U0513841

唐诗别裁集

上

〔清〕沈德潜 选注

图书在版编目(CIP)数据

唐诗别裁集 /(清)沈德潜选注.— 上海：上海古籍出版社，2013.8 （2018.8重印）
ISBN 978-7-5325-6931-1

Ⅰ.①唐… Ⅱ.①沈… Ⅲ.①唐诗—诗集 Ⅳ.①I222.742

中国版本图书馆 CIP 数据核字(2013)第 163567 号

唐诗别裁集
（全二册）
[清]沈德潜 选注
上海世纪出版股份有限公司
上 海 古 籍 出 版 社 出版
（上海瑞金二路 272 号 邮政编码 200020）
（1）網址：www.guji.com.cn
（2）E-mail：gujil@guji.com.cn
（3）易文网网址：www.ewen.co
上海世纪出版股份有限公司发行中心发行经销
常州市金坛古籍印刷厂有限公司印刷
开本 850×1168 1/32 印张 23.625 插页 10 字数470,000
2013 年 8 月第 1 版 2018 年 8 月第 5 次印刷
印数：5,101–7,200
ISBN 978-7-5325-6931-1
I·2705 定价：86.00 元

前言

唐诗，是我国最灿烂、最珍贵的文学遗产，是我国古代诗歌成就的最高峰。唐代诗人辈出，诗歌创作空前繁荣，现见于《全唐诗》一书中，就有作家二千二百多人，诗歌将近五万首。唐代诗人继承和发展了《诗经》《楚辞》以来的现实主义和浪漫主义的优良传统，善于运用形象思维和比兴手法，广泛而深刻地反映了这个历史时期的生活面貌和社会现实。唐诗中许多优秀作品，具有高度的思想性和艺术性，千百年来一直为广大读者所传诵。

唐诗的选录，在唐代天宝年间即已开始，现在我们能看到的唐人选唐诗，就有十种之多。宋代以来特别是明清两代的选本，更是层出不穷。这大量的选本中，有的只是选一个时期，有的专选一种体裁或一个流派，有的数量极少，而有的又数量过多。清代沈德潜的《唐诗别裁集》，尚不失为一部取材比较全面、分量比较适中的唐诗选本。

沈德潜（公元一六七三——一七六九年），字确士，号归愚，江苏长洲（今苏州市）人，乾隆时官至内阁学士兼礼部侍郎。他是清代著名的选诗家和诗评家，选有《古诗源》《唐诗别裁集》《明诗别裁集》《清诗别裁集》等，撰有论诗专著《说诗晬语》。在他的选本中，以《古诗源》和《唐诗别裁集》流传最广，影响最大。沈德潜在本书自序中说他「于束发后即喜钞唐人诗集」，历三十年编成此书，而到最后修订定稿重刻时，他已是九十一岁高龄了。可见这个选本是他花了很大的精力、经历了漫长的时间才完成的。

清初，王士禛主盟诗坛，为了纠正明代前后七子的肤廓和公安派的浅率，倡导神韵之说。他所选的《唐贤三昧集》，专取王、孟、韦、柳等清微淡远之作，是鼓吹神韵说的标本。王士禛的神韵说曾风行一时，但后来也产生了空疏枯寂的流弊。沈德潜的《唐诗别裁集》，在一定程度上起了救弊补偏的作用。在重订序言中，他含蓄地指出王士禛的《唐贤三昧集》排斥李白、杜甫的诗篇，他编选本书的用意，就是要「使人知唐诗中有『鲸鱼碧海』『巨刃摩天』之观」。他在凡例中明确指出「是集以李、杜为宗」，「别于诸家选本」。在所选的一千九百二十余首唐诗中，李白、杜甫的作品就有四百首之多。以李、杜为宗，显示出唐代诗歌中雄浑阔大的一个主要方面，应当说是这个选本的一大特色。

沈德潜在编选中主张「备一代之诗，取其宏博」，因而在重点选录王维、李白、杜甫、岑参、韦应物、韩愈、白居易、李商隐等大家名家的诗外，也选录了不少次要作家和小作家的诗。由于门庭比较宽广，能注意到不同时期、不同流派和不同体裁的作品，入选的题材和风格也较丰富多采，从而反映了唐代诗歌创作的基本面貌。同时本书还附有评注，对作品的主题思想和段落大意，以及作家的艺术特色和表现手法，作了简明扼要的论述，有助于对唐诗的理解。由于具有上述特点，本书对我们今天了解和研究唐代诗歌还有一定的参考价值。

但是，沈德潜对于诗歌创作的理论见解比较落后，他信奉「温柔敦厚」的诗教，宣扬「诗教之尊，可以和性情、厚人伦、匡政治、感神明」，要求诗歌为维护封建统治服务。在这种观点指导下，他选录了一定数量的为封建帝王歌功颂德的应制诗和为应考士子「垂示准则」的试帖诗，而对那些大胆批判时政，揭露封建社会矛盾的作品，则不敢多选，即使入选，也尽量在评语中歪曲思想内容，磨灭其锋芒。例如杜甫的《垂老别》和《无家别》，分明是反映人民的悲惨遭遇、强烈谴责封建统治阶级的作品，而沈氏在评语中却说：「上章（指《垂老别》）以忠结，此章（指《无家别》）以孝结，想见老杜胸次。」又如王建的《田家行》：「麦收上场绢在轴，的知输得官家足。不望入口复上身，且免向城卖黄犊。田家衣食无厚薄，不见县门身即乐！」分明是刻划农民一家劳动成果将被官府掠夺殆尽的痛苦心情，而沈氏在评论末二句时，却说：「守此语便为良农。」此外，本书还选录了一部分情调伤感低沉和逃避现实的作品，评论中还有宣扬封建伦理之处。上述各种情况，都反映了沈德潜的封建地主阶级世界观。

本书编成于康熙五十六年（公元一七一七年），重订于乾隆二十八年（公元一七六三年），重订时作了不少增补。这次整理以重订本为底本，以《全唐诗》校勘原诗。凡是据《全唐诗》改补原诗中的错字和脱字脱句，或有足资参考的重要异文，以及据其他书籍改补小传和注释中的错字脱字，均作出校记说明，附于每卷之后。在校勘中，参校了《唐人选唐诗》（十种）、《文苑英华》、《唐文粹》、《唐百家诗选》、《乐府诗集》、《唐诗纪事》、《万首唐人绝句》、《众妙集》、《唐诗鼓吹》、《唐诗品汇》、《唐人万首绝句选》等，并择要作出校记。为了避免以误传误，对沈氏评注中的错误，经过考证核实，作出校订，加以说明，写在本校记中，供读者参考。在整理校勘过程中，发现本书在编选方面以及其他方面存在很多问题，现分别举例说明于下：

（一）作品重出。例如孟浩然的《晚泊浔阳望香炉峰》，既见于卷一的五古中，又见于卷九的五律中。又如卷十张谓、卷十一严维各有《同王征君湘中有怀》五律一首，卷十祖咏、卷十二鲍溶各有《泊扬子岸》五律一首，文字全同。

（二）作品误收。例如卷十九宋之问的《送杜审言》，原是宋之问同题五律的上半首；高適的《哭单父梁少府》，原是高適同题五古的首四句，沈氏不察，误作五绝收入。又如卷二十录有杜常的七绝《华清宫》，杜常是宋神宗元丰时人，沈氏误作唐末人收入。

（三）作品误属。例如卷七刘禹锡的七古《聚蚊谣》，原误作柳宗元诗；卷九章八元的五律《新安江行》，原误作陶翰诗。又如卷十一的五律中，因白居易和常非月编次相近，竟把白居易的《河亭晴望》误入常非月诗中。

（四）组诗排列错误。例如卷七刘禹锡七古《平蔡州三首》，误将第三首作第一首；卷十李白五律《宫中行乐词七首》，排列前后倒置；卷十九王涯五绝《闺人赠远四首》，误将第四首作第一首。

对于上述四种错误，根据不同情况，或删或改或保持原状，均作出校记说明。

（五）小传、注释中引文舛误。例如卷三刘长卿小传中「至德中，官转运使判官，知淮南、鄂岳转运留后，鄂岳观察使吴仲孺奏贬」一段，原载于《新唐书·艺文志》，但沈氏所引，中间脱去「转运使判官知淮南鄂岳转运留后」十四字，就使人误认刘长卿曾官鄂岳观察使。又如卷四柳宗元《与崔策登西山》诗后注引《庄子》「胥靡登高而不惧，遗生死也」一段，原载于《庚桑楚》篇，但沈氏所引，只作「胥靡登而不遗」六字，中间脱字太多，以致文意难明。对这类引文舛误，尽可能查对所引原文补正，并作出校记说明。

（六）部分作家脱漏小传。本书大部分作家均有小传，但有一部分作家小传脱漏。今据《全唐诗》辑录补充，作为附录，附于书后，供读者参考。

本书校记承徐震堮、吕贞白先生审阅推敲，多所核定；在校勘过程中，曾请教于王蘧常、叶葱奇、朱季海诸先生，得益不少，谨致谢忱。由于校点的时间比较匆促和学殖浅薄，错误难免，恳切期望读者和专家指正。

富寿荪　一九七八年三月

本书此次再版，重经校勘，又补正书中脱误及订正评注错误若干处，写出「补校记」，附于书后，供读者参考。本书出版后，蒙叶葱奇、陈友琴、周采泉诸先生提出宝贵意见，多所指正，谨致谢忱。

富寿荪　一九八二年七月

唐诗别裁集目录

卷五　七言古诗

卷九 五言律诗

卷十　五言律诗

卷十一　五言律诗

卷十二　五言律诗

卷十三　七言律诗

卷十四　七言律诗

卷十五 七言律诗

卷十六 七言律诗

卷十七　五言长律

卷十八　五言长律

卷十九　五言绝句

七言绝句

卷二十 七言绝句

原序

有唐一代诗，凡流传至今者，自大家名家而外，即旁蹊曲径，亦各有精神面目，流行其间，不得谓正变盛衰不同，而变者衰者可尽废也。然备一代之诗，取其宏博，而学诗者沿流讨源，则必寻究其指归。何者？人之作诗，将求诗教之本原也。唐人之诗，有优柔平中顺成和动之音，亦有志微噍杀流僻邪散之响。由志微噍杀流僻邪散而欲上溯乎诗教之本原，犹南辕而之幽、蓟，北辕而之闽、粤，不可得也。即或从事于声之正者矣，而仍泛泛焉嘈囋丛杂之纷逐，犹笙镛琴瑟与秦筝羌笛之类并奏竞陈，而谓韶、英之可闻，亦不得也。然则分别去取，使后人心目有所准则而不惑者，唯编诗者责矣。顾自有明以来，选古人之诗者，意见各殊。嘉、隆而后，主复古者拘于方隅，主标新者偭而先矩，入主出奴，二百年间，迄无定论。而时贤之竞尚华辞者，复取前人所编秾纤浮艳之习，扬其余烬，以易斯人之耳目，此又与于歧趋之甚。而诗教之衰，未必不自编诗者遗之也。夫编诗者之责，能去郑存雅，而误用之者，转使人去雅而群趋乎郑，则分别去取之间，顾不重乎！尚安用意见自私，求新好异于一时，以自误而误人也。德潜于束发后，即喜钞唐人诗集，时竞尚宋、元，适相笑也。迄今几三十年，风气骎上，学者知唐为正轨矣；第简编纷杂，无可据依，故有志复古而未得其宗。因偕树滋陈子，取向时所录五十余卷，删而存之，复于唐诗全帙中网罗佳什，补所未备，日月既久，卷帙遂定。既审其宗旨，复观其体裁，徐讽其音节，未尝立异，不求苟同，大约去淫滥以归雅正，于古人所云微而婉、和而庄者，庶几一合焉。此微意所存也。同志者往复是编而因之以递亲乎风雅，如适远道者陆行之有车马，水行之有舟楫。呜呼，其或可至也哉！

康熙五十六年春正二十有六日，长洲沈德潜题于黄叶夕阳村舍。

重订唐诗别裁集序

新城王阮亭尚书选唐贤三昧集，取司空表圣「不著一字，尽得风流」，严沧浪「羚羊挂角，无迹可求」之意，盖味在盐酸外也。而于杜少陵所云「鲸鱼碧海」，韩昌黎所云「巨刃摩天」者，或未之及。余因取杜、韩语意定唐诗别裁，而新城所取，亦兼及焉。镌版问世，已四十余年矣。第当时采录未竟，同学陈子树滋携至广南镌就，体格有遗，倘学诗者性情所喜，欲奉为步趋，而选中偏未之及，恐不免如望洋而返也。因而增入诸家：如王、杨、卢、骆唐初一体，老杜亦云「不废江河万古流」也；白傅讽谕，有补世道人心，本传所云「箴时之病，补政之缺」也；张、王乐府，委折深婉，曲道人情，李青莲后之变体也；长吉呕心，荒陊古奥，怨怼悲愁，杜牧之许为楚骚之苗裔也。又五言试帖，前选略见，今为制科所需，检择佳篇，垂示准则，为入春秋闱者导夫先路也。他如任华、卢仝之粗野，和凝香奁诗之亵嫚，与夫一切生梗僻涩及贡媚献谀之辞，概排斥焉。且前此诗人未立小传，未录诗话，今为补入；前此评释，亦从简略，今较详明。俾学者读其诗知其为人，抑因评释而窥作者之用心，今人与古人之心，可如相告语矣。成诗二十卷，得诗一千九百二十八章。诗虽未备，要藉以扶掖雅正，使人知唐诗中有「鲸鱼碧海」「巨刃摩天」之观，未必不由乎此。至于诗教之尊，可以和性情，厚人伦，匡政治，感神明，以及作诗之先审宗指，继论体裁，继论音节，继论神韵，而一归于中正和平，前序与凡例中论之已详，不复更述。

乾隆癸未秋七月，长洲沈德潜题于蜉水之清旷楼。

凡例

诗至有唐，菁华极盛，体制大备。学者每从唐人诗入，以宋、元流于卑靡，而汉京暨当涂、典午诸家，未必概能领略，从博涉后，上探其原可也。览唐诗全帙，芟夷烦猥，裒成是编，为学诗者发轫之助焉。

读诗者心平气和，涵泳浸渍，则意味自出；不宜自立意见，勉强求合也。况古人之言，包含无尽，后人读之，随其性情浅深高下，各有会心，如好晨风而慈父感悟，讲鹿鸣而兄弟同食，斯为得之。董子云：「诗无达诂。」此物此志也，评点笺释，皆后人方隅之见。此本不废评点，间存笺释，略示轨途，俾读者知所从入耳。识者谅诸！

朱子云：「楚词不皆是怨君，被后人多说成怨君。」此言最中病痛。如唐人中少陵固多忠爱之词，义山间作风刺之语，然必动辄牵入，即小小赋物，对境咏怀，亦必云某诗指其事，某诗刺某人，水月镜花，多成粘皮带骨，亦何取耶？钞中概为删却。

唐人选唐诗，多不及李、杜。蜀韦縠才调集，收李不收杜。宋姚铉唐文粹，只收老杜莫相疑行、花卿歌等十篇，真不可解也。元杨伯谦唐音，群推善本，亦不收李、杜。明高廷礼正声，收李、杜浸广，而未极其盛。是集以李、杜为宗，玄圃夜光，五湖原泉，汇集卷内，别于诸家选本。

五言古体，发源于西京，流衍于魏、晋，颓靡于梁、陈，至唐显庆、龙朔间，不振极矣。陈伯玉力扫俳优，直追曩哲，读感遇等章，何啻在黄初间也。张曲江、李供奉继起，风裁各异，原本阮公。唐体中能复古者，以三家为最。

过江以后，渊明诗胸次浩然，天真绝俗，当于语言意象外求之。唐人祖述者，王右丞得其清腴，孟山人得其闲远，储太祝得其真朴，韦苏州得其冲和，柳柳州得其峻洁，气体风神，悠然埃壒之外。

苏、李、十九首以后，五言所贵，大率优柔善入，婉而多风。少陵材力标举，篇幅恢张，纵横挥霍，诗品又一变矣。要其为国爱君，感时伤乱，忧黎元，希稷、卨，生平种种抱负，无不流露于楮墨中，诗之变，情之正者也。新宁高氏列为大家，具有特识。

大风、柏梁，七言权舆也。自时厥后，魏、宋之间，时多杰作，唐人出而变态极焉。初唐风调可歌，气格未上。至王、李、高、岑四家，驰骋有余，安详合度，为一体。李供奉鞭挞海岳，驱走风霆，非人力可及，为一体。杜工部沉雄激壮，奔放险幻，如万宝杂陈，千军竞逐，天地浑奥之气，至此尽泄，为一体。钱、刘以降，渐趋薄弱，韩文公拔出于贞元、元和间，踔厉风发，又别为一体。七言楷式，称大备云。

五言律，阴铿、何逊、庾信、徐陵已开其体，唐初人研揣声音，稳顺体势，其制大备。神龙之世，陈、杜、沈、宋如浑金璞玉，不须追琢，自饶名贵。开、宝以来，李太白之秾丽，王摩诘、孟浩然之自得，分道扬镳，并推极胜。杜少陵独开生面，寓纵横颠倒于整密中，故应超然拔萃。终唐之世，变态虽多，无有越诸家之范围者矣。以此求之，有余师焉。

七言律，平叙易于径直，雕镂失之佻巧，比五言更难。初唐英华乍启，门户未开，不用意而自胜。后此摩诘、东川，春容大雅，时崔司勋、高散骑、岑补阙诸公，实为同调，而大历十子及刘宾客、柳柳州，其绍述也。少陵胸次闳阔，议论开辟，一时尽掩诸家，而义山咏史，其余响也。外是曲径旁门，雅非正轨，虽有搜罗，概从其略。

五言长律，贵严整，贵匀称，贵属对工切，贵血脉动荡。唐初应制赠送诸篇，王、杨、卢、骆，陈、杜、沈、宋、燕、许、曲江，并皆佳妙。少陵出而瑰奇宏丽，变动开合，后此无能为役。元、白长律，滔滔百韵，使事亦复工稳，但流易有余，变化不足，故宁舍旃。

五言绝句，右丞之自然，太白之高妙，苏州之古淡，纯是化机，不关人力。他如崔颢长干曲，金昌绪春怨，王建新嫁娘，张祜宫词等篇，虽非专家，亦称绝调。后人当于此问津。

七言绝句，贵言微旨远，语浅情深，如清庙之瑟，一倡而三叹，有遗音者矣。开元之时，龙标、供奉，允称神品。外此高、岑起激壮之音，右丞多凄惋之调，以至「蒲桃美酒」之词，「黄河远上」之曲，皆擅场也。后李庶子、刘宾客、杜司勋、李樊南、郑都官诸家，托兴幽微，克称嗣响。

诗不可无法，乱杂而无章，非诗也。然所谓法者，行所不得不行，止所不得不止，而起伏照应，承接转换，自神明变化于其中。若泥定此处应如何，彼处应如何，则死法矣。兹于评释中偶示纪律，要不以一定之法绳之。试看天地间水流自行，云生自起，何处更著得死法？

诗贵浑浑灏灏，元气结成，乍读之不见其佳，久而味之，骨干开张，意趣洋溢，斯为上乘。若但工于琢句，巧于著词，全局必多不振。故有不著圈点而气味浑成者，收之；有佳句可传而中多败阙者，汰之。领略此意，便可读汉、魏人诗。

唐人诗无论大家名家，不能诸体兼善。如少陵绝句，少唱叹之音；左司七言，诎浑厚之力；刘宾客不工古诗；韩吏部不专近体，其大校也。录其所长，遗其所短，学者知所注力。

唐人达乐者已少，其乐府题，不过借古人体制，写自己胸臆耳，未必尽可被之管弦也。故杂录于各体中，不另标乐府名目。

陈正字幽州台歌，韩吏部琴操，或属四言，或属六言。王右丞送友人还山，李翰林鸣皋歌，韩吏部罗池庙迎神词，皆属骚体。因篇什甚少，附七言古中。

诗本六籍之一，王者以之观民风，考得失，非为艳情发也。虽三百以后，离骚兴美人之思，平子有定情之咏，然词则托之男女，义实关乎君臣友朋。自子夜、读曲，专咏艳情，而唐末香奁体，抑又甚焉，去风人远矣。集中所载，间及夫妇男女之词，要得好色不淫之旨，而淫哇私亵，概从阙如。

唐人诗虽各出机杼，实宪章八代。如李陵录别，开阳关三叠之先声；王粲七哀，为垂老别、无家别之祖武；子昂原本于阮公；左司嗣音夫彭泽。揆厥由来，精神符合。读唐诗而不更求其所从出，犹登山不造五岳，观水不穷昆仑也。选唐人诗外，旧有古诗源选本，更当寻味焉。

重订唐诗别裁集卷一

五言古诗

魏　徵

字玄成，钜鹿人。初事隐太子，继事太宗。直言极谏，参预朝政。后封郑国公，谥文贞。

述怀

乐府作出关。

中原还逐鹿，投笔事戎轩。纵横计不就，慷慨志犹存。杖策谒天子，驱马出关门。请缨系南越，凭轼下东藩。郁纡陟高岫，出没望平原。古木鸣寒鸟，空山啼夜猿。既伤千里目，还惊九折魂。岂不惮艰险？深怀国士恩。季布无二诺，侯嬴重一言。人生感意气，功名谁复论！此奉使出关而作也。「国士」句是主意。〇气骨高古，变从前纤靡之习，盛唐风格，发源于此。

虞世南

字伯施，余姚人。为秦府参军。贞观中，累迁秘书监，封永兴县子。太宗称其五绝：德行、忠直、博学、文辞、书翰也。卒谥文懿。

从军行

涂山烽候惊，弭节度龙城。冀马楼兰将，燕犀上谷兵。剑寒花不落，弓晓月逾明。凛凛严霜节，冰壮黄河绝。蔽日卷征蓬，浮天散飞雪。全兵值月满，精骑乘胶折。结发早驱驰，辛苦事旌麾。马冻重关冷，轮摧九折危。独有西山将，年年属数奇。犹存陈、隋体格，而追琢精警，渐开唐风。

章怀太子

高宗子，名贤。高宗初立忠为太子，武后生弘，因废忠而立焉。弘数忤旨，后鸩之而立贤。后欲专政，嫉贤明察，贤自度不免，因作黄台瓜辞，冀感后也。後终逼令自杀。

黄台瓜辞

种瓜黄台下，瓜熟子离离。一摘使瓜好，再摘令瓜稀。三摘尚自可，摘绝抱蔓归。

乔知之

知之，同州人。官左司郎中。以婢窈娘为武承嗣所夺，知之作绿珠篇寄婢，婢投井死。承嗣见诗，因罗织杀之。

苦寒行

胡天夜清迥，孤云独飘扬。摇曳出雁关，逶迤含晶光。阴陵久徘徊，幽都无多阳。初寒冻巨海，杀气流大荒。朔马饮寒冰，行子履胡霜。路有从役倦，卧死黄沙场。羁旅因相依，恸之泪沾裳。由来从军行，赏存不赏亡。亡者诚已矣，徒令存者伤！「幽都无多阳」，即「幽州白日寒」

所本也。通体亦为用兵者戒。

陈子昂

字伯玉，射洪人。文明初，举进士。武后时，擢左拾遗。圣历初，解官归，县令段简以宿怨因事收系狱中，忧愤死。○追建安之风骨，变齐、梁之绮靡，寄兴无端，别有天地。○昌黎荐士诗云：「国朝盛文章，子昂始高蹈」，良然。

感遇诗十五首

本三十首，今存十五。○感于心，因于遇，犹庄子之寓言也，与感知遇意自别。

兰若即杜若。生春夏，芊蔚何青青！幽独空林色，朱蕤冒紫茎。迟迟白日晚，袅袅秋风生。岁华尽摇落，芳意竟何成？

白日每不归，青阳时暮矣。茫茫吾何思，林卧观无始。众芳委时晦，鶗鴂鸣悲耳。「悲耳」，悲人之耳也。语本陆机。鸿荒古已颓，谁识巢居子？

林居病时久，水木淡孤清。闲卧观物化，悠然念无生。青春始萌达，朱火已满盈。徂落方自此，感叹何时平？有生必化，不如无生也。况春夏交迁，凋落旋尽，能无感叹耶？

逶迤世已久，骨鲠道斯穷。岂无感激者？时俗颓此风。灌园何其鄙，皎皎於陵中。世道不相容，嗟嗟张长公！

玄蝉号白露，兹岁已蹉跎。群物从大化，孤英将奈何！瑶台有青鸟，远食玉山禾。昆仑见玄凤，岂复虞云罗？人生天地中，不能不随时变迁，或游仙庶几可免也。此无可奈何之辞。

可怜瑶台树，灼灼佳人姿。碧华映朱实，攀折青春时。岂不盛光宠？荣君白玉墀。但恨红芳歇，凋伤感所思。

深居观元化，悱然争朵颐。群动相啖食，利害纷嶷嶷。便便夸毗子，荣耀更相持。务光让天下，商贾竞刀锥。已矣行采芝，万世同一时。此言群动纷争，互相啖食，不如采芝深山之为乐也，安得与便便者争刀锥之末乎！

本为贵公子，平生实爱才。感时思报国，拔剑起蒿莱。西驰丁零塞，北上单于台。登山见千里，怀古心悠哉。谁言未忘祸？磨灭成尘埃！

吾观龙变化，乃是至阳精。石林何冥密，幽洞无留行。古之得仙道，信与元化并。玄感非象识，谁能测沈溟？世人拘目见，酣酒笑丹经。昆仑有瑶树，安得采其英？

吾爱鬼谷子，青溪无垢氛。囊括经世道，遗身在白云。有体有用，尽此十字。七雄方龙斗，天下乱无君。浮荣不足贵，遵养晦时文。舒之弥宇宙，卷之不盈分。岂徒山木寿，空与麋鹿群？言隐居而抱经世之道，以世乱不可为，故卷而怀之，非与麋鹿同群者等也。

翡翠巢南海，雄雌珠树林。何知美人意，骄爱比黄金？杀身炎洲里，委羽玉堂阴。旖旎光首饰，葳蕤烂锦衾。岂不在遐远？虞罗忽见寻。多材信为累，叹息此珍禽。此见多才为累也。

朝发宜都渚，浩然思故乡。故乡不可见，路隔巫山阳。巫山彩云没，高丘正微茫。伫立望已久，涕泪沾衣裳。岂兹越乡感？忆昔楚襄王。朝云无处所，荆国亦沦亡。「岂兹越乡感」句，从上转下，见荒淫足以亡国，为世戒也。

朅来豪游子，势利祸之门。如何兰膏叹，感激自生冤？众趋明所避，时弃道犹存。此老氏之学。云泉既已失，罗网与谁论？箕山有高节，湘水有清源。唯应白鸥鸟，可与洗心言。

圣人不利己，忧济在元元。黄屋非尧意，瑶台安可论！吾闻西方化，清净道弥敦。奈何穷金玉，雕刻以为尊？云构山林尽，瑶图珠翠烦。鬼功尚未可，人力安能存？夸愚适增累，矜智道逾昏。圣人有天下而不与，故卑宫室。即释氏之学，亦以无为寂灭为宗；奈何象教既设，徒取土木雕刻以为尊耶！

幽居观大运，悠悠念群生。终古代兴没，豪圣莫能争。三季沦周赧，七雄灭秦嬴。复闻赤精子，提剑入咸京。炎光既无象，晋虏指五胡。复纵横。尧禹道已昧，昏虐势方行。岂无当世雄？天道与与，犹助也。胡兵。咄咄安可言，时醉而未醒。仲尼溺东夏，伯阳遁西溟。大运自古来，旅人胡叹哉！天道如斯，孔子、老氏亦惟居夷出关而已。末二句转用推开。○阮籍咏怀，后人每章注释，失之于凿，读者随所感触可也。子昂感遇，亦不当以凿求之。

燕昭王

南登碣石馆，遥望黄金台。丘陵尽乔木，昭王安在哉？霸图怅已矣，驱马复归来。言外见无人延国士也。

燕太子

秦王日无道，太子怨亦深。一闻田光义，匕首赠千金。其事虽不立，千载为伤心。

酬晖上人秋夜山亭有赠

皎皎白林秋，微微翠山静。禅居感时变，独坐开轩屏。风泉夜声杂，月露宵光冷。多谢忘机人，尘忧未能整。

送客

故人洞庭去，杨柳春风生。相送河洲晚，苍茫别思盈。白蘋已堪把，绿芷复含荣。江南多桂树，归客赠生平。言白蘋绿芷亦可采以赠人，而桂有坚贞之性，故欲折以相遗也。

宋之问 字延清，弘农人。武后时，召与杨炯分直内教，预修三教珠英〔一〕。坐附张易之，左迁泷州。未几逃匿张仲之家，旋发仲之与王同皎谋杀武三思事，得复官。中宗增置修文馆学士，之问首膺其选。睿宗立，以易之、三思党，徙钦州。先天中赐死。〇不以人废言，故薄其行而仍录其诗。

题老松树

岁晚东岩下，周顾何凄恻！日落西山阴，众草起寒色。中有乔松树，使我长叹息。百尺无寸枝，一生自孤直。

别之望后，独宿蓝田山庄

脊令有旧曲，调苦不成歌。自叹兄弟少，常嗟离别多。尔寻北京路，予卧南山阿。泉晚更幽咽，云秋尚嵯峨。药栏听蝉噪，书幌见禽过。愁至愿甘寝，其如乡梦何！

见南山夕阳，召监师不至

夕阳黯晴暮，山翠互明灭。此中意无限，要与开士说。徒郁仲举思，讵回道林辙？孤兴欲待谁？待此湖上月。

薛　稷　字嗣通，蒲州人。举进士。武后时，为凤阁舍人。睿宗即位后，以翊赞功封晋国公，加少保。○纪事云：「稷画师阎立本，书师褚河南，与从兄曜俱以文翰得名。」

秋日还京陕西十里作

驱车越陕郊，北顾临大河。隔河见乡邑，秋风水增波。西登咸阳涂，日暮忧思多。傅岩既纡郁，首山亦嵯峨。操筑无昔老，采薇有遗歌。分顶上二句。客游节回换〔三〕，人生知几何？

高浑超诣，火色俱融。少陵云：「少保有古风，得之陕郊篇。」见重于哲匠，不偶然也。

张九龄

字子寿，韶州曲江人。登进士第。明皇在东宫，举天下文藻之士，九龄对策高第。开元中，累官至平章事，姚、宋后贤相也。尝引周子谅左迁，遂相李林甫、牛仙客，而国事日坏矣。九龄请拜墓归，卒，谥文献。○唐初五言古渐沦于律，风格未遒，陈正字起衰而诗品始正，张曲江继续而诗品乃醇。

杂诗二首

孤桐亦胡为，百尺傍无枝。疏阴不自覆，修幹欲何施？高冈地复迥，弱植风屡吹。凡鸟已相噪，凤凰安得知！喻小人在朝，而君子应善藏也。

良辰不可遇，心赏更蹉跎。终日块然坐，有时劳者歌。庭前揽芳蕙，江上托微波。路远无能达，忧情空复多！欲以精诚达君而无路可通也。二章皆比体。

感遇九首

感遇诗，正字古奥，曲江蕴藉，本原同出嗣宗，而精神面目各别，所以千古。

兰叶春葳蕤，桂华秋皎洁。欣欣此生意〔三〕，自尔为佳节。谁知林栖者，闻风坐相悦。草木有本心，何求美人折！「草木有本心，何求美人折」！想见君子立品，即昌黎「不采而佩，于兰何伤」意。

幽林归独卧，滞虑洗孤清。持此谢高鸟，因之传远情。日夕怀空意，人谁感至精？飞沈理自隔，何所慰吾诚？与前杂诗第二首意同，托言见思君之诚也。

鱼游乐深池，鸟栖欲高枝。嗟尔蜉蝣羽，薨薨亦何为？有生岂不化，所感奚若斯！神理日微灭，吾心安得知！浩叹杨朱子，徒然泣路歧。

孤鸿海上来，池潢不敢顾。侧见双翠鸟，巢在三珠树。矫矫珍木巅，得无金丸惧？美服患人指，高明逼神恶。千秋炯戒。今我游冥冥，弋者何所慕？「鸿飞冥冥，弋人何篡」，本杨子语。篡，取也。改篡为慕，应曲江始。

吴越数千里，梦寐今夕见。形骸非我亲，衾枕即乡县。化蝶犹不识，川鱼安可羡？海上有仙山，归期觉神变。

西日下山隐，北风乘夕流。燕雀感昏旦，檐楹呼匹俦。鸿鹄虽自远，哀音非所求。贵人弃疵贱，下士尝殷忧。众情累外物，恕己忘内修。学道人每坐此病。感叹长如此，使我心悠悠。

江南有丹橘，经冬犹绿林。岂伊地气暖？自有岁寒心。可以荐嘉客，奈何阻重深？运命惟所遇，循环不可寻。徒言树桃李，此木岂无阴？众人不知，徒取目前之色，足以悦人而已。

抱影吟中夜，谁闻此叹息。美人适异方，庭树含幽色。白云愁不见，沧海飞无翼。凤凰一朝来，竹花斯可食。

汉上有游女，求思安可得？袖中一书札，欲寄双飞翼。冥冥愁不见，耿耿徒缄忆。紫兰秀空蹊，皓露夺幽色。馨香岁欲晚，感叹情何极！白云在南山，日暮长太息。言欲就白云归卧，则又不能恝然于君，所以长太息也。首句「游女」指君，犹楚辞思美人意。

奉和圣制幸晋阳宫

隋季失天策，万方罹凶残。皇祖称义旗，三灵皆获安。圣朝将申锡，王业成艰难。盗移未改命，历在终履端。彼汾惟帝乡，雄都信郁盘。三月朔巡狩，群后陪清銮。霸迹在沛庭，旧仪睹汉官。唐风思何深，舜典敷更宽。户蒙枌榆复，邑争牛酒欢。缅惟翦商後，岂独微禹叹？三后既在天，万年斯不刊。尊祖实我皇，天文皆仰观。

登荆州城望江

滔滔大江水，天地相终始。经阅几世人，复叹谁家子？东望何悠悠，西来昼夜流。岁月既如此，为心那不愁？与「大江流日夜」同感。

叙怀

弱岁读群史，抗节追古人。被褐有怀玉，佩印从负薪。志合岂兄弟，道行无贱贫。孤根亦何赖，感激此为邻。言志同不妨道路各异，道行贫贱亦乐也。

崔颢

颢，汴州人。开元进士，官司勋员外郎。○殷璠云：「颢少年为诗，属情浮艳，晚节忽变常调，风骨凛然。」

古游侠呈军中诸将

少年负胆气，好勇复知机。仗剑出门去，孤城逢合围。杀人辽水上，走马渔阳归。错落金锁甲，蒙茸貂鼠衣。还家且行猎，弓矢速如飞。地迥鹰犬疾，草深狐兔肥。腰间带两绶，转盼生光辉。顾谓今日战，何如随建威？耿弇为建威将军。

王维

字摩诘，河东人。开元九年，擢进士第一。官给事中，陷两都，为贼所得，服药佯喑。贼平定罪，以凝碧池诗闻于行在，特宥之。官至尚书右丞。○殷璠云：「维诗词秀调雅，意新理惬，在泉成珠，着壁成绘，一句一字，皆出常境。」○意太深，气太浑，色太浓，诗家一病，故曰「穆如清风」。右丞诗每从不着力处得之。

赠刘蓝田

篱中犬迎吠，出屋候柴扉。岁晏输井税，山村人夜归。晚田始家食，余布成我衣。讵肯无公事，烦君问是非！

春夜竹亭赠钱少府归蓝田

夜静群动息，时闻隔林犬。却忆山中时，人家涧西远。羡君明发去，采蕨轻轩冕。五言用长易，用短难，右丞工于用短。

赠张五弟諲

吾弟东山时，心尚一何远？日高犹自卧，钟动始能饭。领上发未梳，床头书不卷。清川兴悠悠，空林对偃蹇。青苔石上净，细草松下软。窗外鸟声闲，阶前虎心善。徒然万象多，澹尔太虚缅。一知与物平，自顾为人浅。对君忽自得，浮念不烦遣。

蓝田山石门精舍

落日山水好，漾舟信归风。玩奇不觉远，因以缘源穷。遥爱云木秀，初疑路不同。安知清流转，偶与前山通。与「舟行若穷，忽又无际」同一游山妙境。舍舟理轻策，果然惬所适。老僧四五人，逍遥荫松柏。朝梵林未曙，夜禅山更寂。道心及牧童，世事问樵客。暝宿长林下，焚香卧瑶席。涧芳袭人衣，山月映石壁。再寻畏迷误，明发更登历。笑谢桃源人，花红复来觌。

青溪

言入黄花川，每逐青溪水。随山将万转，趣途无百里。声喧乱石中，色静深松里。漾漾泛菱荇，澄澄映葭苇。我心素已闲，清川澹如此。请留盘石上，垂钓将已矣。

渭川田家

斜光照墟落，穷巷牛羊归。野老念牧童，倚杖候荆扉。雉雊麦苗秀，蚕眠桑叶稀。田夫荷锄至，相见语依依。即此羡闲逸，怅然吟式微。「吟式微」，言欲归也，无感伤世衰意。

春中田园作

屋上春鸠鸣，村边杏花白。持斧伐远扬，荷锄觇泉脉。归燕识故巢，旧人看新历。临觞忽不御，惆怅远行客。

谒璇上人 并序

上人外人内天，不定不乱，舍法而渊泊，无心而云动。色空无碍，不物物也；默语无际，不言言也，故吾徒得神交焉。玄关大启，德海群泳。时雨既降，春物具美。序于诗者，人百其言。

少年不足言，识道年已长。事往安可悔？余生幸能养。誓从断臂血，不获婴世网。浮名寄缨珮，空性无羁鞅。夙从大导师，焚香此瞻仰。颓然居一室，覆载纷万象。高柳早莺啼，长廊春雨响。床下阮家屐，窗前筇竹杖。方将见身云，陋彼示天壤。一心在法要，愿以无生奖。

饭覆釜山僧

晚知清净理，日与人群疏。将候远山僧，先期扫敝庐。果从云峰里，顾我蓬蒿居。藉草饭松屑，焚香看道书。然灯昼欲尽，鸣磬夜方初。一悟寂为乐，此生闲有余。思归何必深，身世犹空虚。

送宇文太守赴宣城

辽落云外山，迢遥舟中赏。铙吹发西江，秋空多清响。地迥古城芜，月明寒潮广〔四〕。时赛敬亭神，复解罟师网。何处寄相思？南风摇五两。

送别

下马饮君酒，问君何所之？君言不得意，归卧南山陲。但去莫复问，白云无尽时。白云无尽，足以自乐，勿言不得意也。

齐州送祖三

相逢方一笑，相送还成泣。祖帐已伤离，荒城复愁入。天寒远山净，日暮长河急。著此二语，下「望君」句愈觉黯然。解缆君已遥，望君犹伫立。

送綦母潜落第还乡

圣代无隐者，英灵尽来归。遂令东山客，不得顾采薇。既至金门远，孰云吾道非？江淮渡寒食，京洛缝春衣。置酒长安道，同心与我违。行当浮桂棹，未几拂荆扉。远树带行客，孤城当落晖。如画。吾谋适不用，勿谓知音稀。反复曲折，使落第人绝无怨尤。

观别者

青青杨柳陌，陌上别离人。爱子游燕赵，高堂有老亲。不行无可养，行去百忧新。切切委兄弟，依依向四邻。都门帐饮毕，将作都门之游，故设供帐以饯之〔五〕。从此谢亲宾。挥泪逐前侣，含凄动征轮。车徒望不见，时见起行尘。余亦辞家久，看之泪满巾。只写别者之情，「观」字只末二句一点自足。

别弟缙后，登青龙寺望蓝田山

陌上新别离，苍茫四郊晦。登高不见君〔六〕，故山复云外。远树蔽行人，长天隐秋塞。心悲宦游子，何处飞征盖？

新晴野望〔七〕

新晴原野旷，极目无氛垢。郭门临渡头，村树连溪口。白水明田外，碧峰出山后。农月无闲人，倾家事南亩。

早入荥阳界

泛舟入荥泽，兹邑乃雄藩。河曲闾阎隘，川中烟火繁。因人见风俗，入境闻方言。秋晚田畴盛，朝光市井喧。渔商波上客，鸡犬岸旁村。前路白云外，孤帆安可论？

宿郑州

朝与周人辞，暮投郑人宿。他乡绝俦侣，孤客亲僮仆。宛洛望不见，秋霖晦平陆。田父草际归，村童雨中牧。主人东皋上，时稼绕茅屋。虫思机杼悲，雀喧禾黍熟。明当渡京水，昨晚犹金谷。此去欲何言，穷边徇微禄。「孤客亲僮仆」，「雀喧禾黍熟」，此种句子，后人衍之，可成数言。

奉寄韦太守陟

荒城自萧索，万里山河空。天高秋日迥，嘹唳闻归鸿。寒塘映衰草，高馆落疏桐。临此岁方晏，顾景咏悲翁〔八〕。汉乐府有思悲翁曲。故人不可见，寂寞平林东。

偶然作二首

楚国有狂夫，茫然无心想。散发不冠带，行歌南陌上。孔丘与之言〔九〕，仁义莫能奖。只写狂士行径，然倾倒至矣。未尝肯问天，不怨天。何事须击壤？颂君。复笑采薇人，胡为乃长往？

田舍有老翁，垂白衡门里。有时农事闲，斗酒呼邻里。喧聒茅檐下，或坐或复起。短褐不为薄，园葵固足美。勤则长子孙，不曾向城市。五帝与三王，古来称天子。干戈将揖让，毕竟何者是？田野口角如生。得意苟为乐，野田安足鄙？且当放怀去，行行没余齿。

西施咏

艳色天下重，西施宁久微？朝为越溪女，暮作吴宫妃。贱日岂殊众？贵来方悟稀。邀人傅脂粉，不自著罗衣。君宠益娇态，君怜无是非。当时浣纱伴，莫得同车归。持谢邻家子，效颦安可希？写尽炎凉人眼界，不为题缚，乃臻斯诣。入后人手，征引故实而已。

哭殷遥

人生能几何？毕竟归无形。念君等为死，万事伤人情。慈母未及葬，一女才十龄。泱漭寒郊外，萧条闻哭声。浮云为苍茫，飞鸟不能鸣。行人何寂寞，白日自凄清。忆昔君在时，问我学无生。劝君苦不早，令君无所成。故人各有赠，又不及平生。负尔非一途，痛哭返柴荆。

孟浩然

本名浩，字浩然，以字行，襄阳人。张九龄为荆州，辟置于府，无遇合，以布衣终。王维过郢州，画浩然像于刺史亭，名浩然亭，郑诚更署曰孟亭。○襄阳诗从静悟得之，故语淡而味终不薄，此诗品也。然比右丞之浑厚，尚非鲁、卫。

宿来公山房，期丁大不至

夕阳度西岭，群壑倏已暝。松月生夜凉，风泉满清听。樵人归欲尽，烟鸟栖初定。之子期宿来，孤琴候萝径。山水清音，悠然自远。末二句见「不至」意。

秋登万山寄张五

北山白云里，隐者自怡悦。相望始登高，心随雁飞灭。愁因薄暮起，兴是清秋发。时见归村人，平沙渡头歇。天边树若荠，江畔洲如月。何当载酒来，共醉重阳节。

南阳北阻雪

我行滞宛许，日夕望京豫。旷野莽茫茫，乡山在何处？孤烟村际起，归雁天边去。积雪覆平皋，饥鹰捉寒兔。少年弄文墨，属意在章句。十上耻还家，徘徊守归路。

适越留别谯县张主簿、申屠少府

朝乘汴河流，夕次谯县界。幸因西风吹，得与故人会。君学梅福隐，是吏隐。余随伯鸾迈。别后能相思，浮云在吴会。

送从弟邕下第后归会稽

疾风吹征帆，倏尔向空没。千里去俄顷，三江坐超忽。向来共欢娱，日夕成楚越。言己在楚而弟归越也。落羽更分飞，谁能不惊骨！

夏日南亭怀辛大

山光忽西落，池月渐东上。散发乘夜凉，开轩卧闲敞。荷风送香气，竹露滴清响。欲取鸣琴弹，恨无知音赏。感此怀故人，中宵劳梦想。「荷风」「竹露」，佳景亦佳句也。外又有「微云淡河汉，疏雨滴梧桐」句，一时叹为清绝。

万山潭

垂钓坐磐石，水清心益闲。鱼行潭树下，猿挂岛藤间。游女昔解佩，传闻于此山。求之不可得，沿月棹歌还。不必刻深，风骨自异。

宿扬子津，寄润州长山刘隐士

所思在梦寐，欲往大江深。日夕望京口，烟波愁我心。心驰茅山洞，目极枫树林。不见少微隐，星霜劳夜吟。

晚泊浔阳望香炉峰〔一〇〕

别本亦作律诗，然终是古格。

挂席几千里，名山都未逢。泊舟浔阳郭，始见香炉峰。尝读远公传，永怀尘外踪。东林精舍近，日暮空闻钟。此天籁也。已近远公精舍，而但闻钟声，写「望」字意，悠然神远。

采樵作

采樵入深山，山深树重叠〔一一〕。桥崩卧槎拥，路险垂藤接。日落伴将稀，山风拂薜衣。长歌负轻策，平野望烟归。「桥崩」十字，写出奇险之状。

刘昚虚 昚虚，江东人。夏县令。与贺知章、包融、张旭为「吴中四士」。

暮秋扬子江寄孟浩然

木叶纷纷下，东南日烟霜。林山相晚暮，天海空青苍。暝色况复久，秋声亦何长！孤舟兼微月，独夜仍越乡。寒笛对京口，故人在襄阳。咏思劳今夕，江汉遥相望。前写暮秋江景，寄浩然意于末四语一点，无限深情。

寄阎防

青冥南山口，君与缁锡邻。深路入古寺，乱花随暮春。纷纷对寂寞，往往落衣巾。松色照空水，经声时有人。晚心复南望，山远情独亲。应以修往业，亦惟立此身。深林度空夜，烟月资清真。莫叹文明日，弥年徒隐沦。时防在终南丰德寺读书，故诗中所云皆山寺中景。「烟月资清真」，言性本清真而烟月又资之也。清绝高绝。

王昌龄 字少伯，江宁人。第进士，又中宏词科，官汜水尉。以不矜细行，贬龙标尉。

塞上曲二首

蝉鸣桑树间，八月萧关道。出塞入塞寒，处处黄芦草。从来幽并客，皆共沙尘老(一三)。莫学游侠儿，矜夸紫骝好。

饮马渡秋水，水寒风似刀。平沙日未没，黯黯见临洮。昔日长城战，咸言意气高。黄尘足今古，白骨乱蓬蒿。

失题

奸雄乃得志，遂使群心摇。赤风荡中原，烈火无遗巢。一人计不用，万里空萧条。岂指张曲江欲诛安禄山事耶？

少年行

西陵侠少年，送客短长亭。青槐夹两道，白马如流星。闻有羽书急，单于寇井陉。气高轻赴难，谁顾燕山铭！少伯塞上诗，多能传出义勇。

秋兴

日暮西北堂，凉风洗修竹。著书在南窗，门馆常肃肃。苔草延古意，视听转幽独。或问余所营，刘黍就寒谷。

听弹风入松阕赠杨补阙

商风入我弦，夜竹深有露。弦悲与林寂，清景不可度。寥落幽居心，飕飗青松树。松风吹草白，溪水寒日暮。声意去复还，九变待一顾。空山多雨雪，独立君始悟。弦外之音，味外之旨，可想不可说。

同从弟销南斋玩月，忆山阴崔少府

高卧南斋时，开帷月初吐。清辉淡水木，演漾在窗户。苒苒几盈虚，澄澄变今古。美人清江畔，是夜越吟苦。千里其何如？微风吹兰杜。高人对月时，每有盈虚今古之感。

江上闻笛

横笛怨江月，扁舟何处寻？声长楚山外，曲绕胡关深。相去万余里，遥传此夜心。寥寥浦溆寒，响尽唯空林。不知谁家子，复奏邯郸音？水客皆拥棹，空霜遂盈襟。羸马望北走，迁人悲越吟。何当边草白，旌节陇城阴〔三〕。

储光羲　光羲，兖州人。开元进士，官太祝，转监察御史。受安禄山伪官，贼平后贬死。○太祝诗学陶而得其真朴，与王右丞分道扬镳。

樵父词

山北饶朽木，山南多枯枝。枯枝作采薪，爨室私自知。诘朝砺斧寻，视暮行歌归。先雪隐薜荔，迎暄卧茅茨。清涧日濯足，乔林时曝衣。终年登险阻，不复忧安危。荡漾与神游，莫知是与非。山中之险阻，异世途之险阻也，故登而不危。

牧童词

不言牧田远，不道牧陂深。所念牛驯扰，不乱牧童心。圆笠覆我首，长蓑披我襟。方将忧暑雨，亦以惧寒阴。大牛隐层坂，小牛穿近林。同类相鼓舞，触物成讴吟。取乐须臾间，宁问声与音？与无羊之诗同，总言牧童性情，归于忘机也。

钓鱼湾

垂钓绿湾春，春深杏花乱。潭清疑水浅，荷动知鱼散。日暮待情人，维舟绿杨岸。「待情人」，候同志也，见钓者意不在鱼。

题太玄观

门外车马喧，门里宫殿清。行即翳若木，坐即吹玉笙。所喧既非我，真道其冥冥。肃肃穆穆，无游仙凡语。

吃茗粥作

当昼暑气盛，鸟雀静不飞。念君高梧阴，复解山中衣。数片远云度，曾不蔽炎晖。淹留膳茶粥，共我饭蕨薇。敝庐既不远，日暮徐徐归。

使过弹筝峡作

鸟雀知天雪，群飞复群鸣。原田无遗粟，日暮满空城。达士忧世务，鄙夫念王程。晨过弹筝峡，马足凌兢行。双壁隐灵曜，莫能知晦明。皑皑坚冰白，漫漫阴云平。始信古人言，苦节不可贞。

田家即事

蒲叶日已长，杏花日已滋。老农要看此，贵不违天时。迎晨起饭牛，双驾耕东菑。蚯蚓土中出，田乌随我飞。群合乱啄噪，嗷嗷如道饥。我心多恻隐，顾此两伤悲。拨食与田乌，日暮空筐归。亲戚更相诮，我心终不移。爱物之心，胜于爱己，田父中不易有此人。

田家杂兴四首

春至鸧鹒鸣，薄言向田墅。不能自力作，黾勉娶邻女。既念生子孙，方思广田圃。闲时相顾笑，喜悦好禾黍。夜夜登啸台，南望洞庭渚。百草被霜露，秋山响砧杵。却羡故年时，中情无所取。所羡者故年之收获，不必别有所取也。

众人耻贫贱，相与尚膏腴。我情既浩荡，所乐在畋渔。山泽时晦冥，归家暂闲居。满园种葵藿，绕屋树桑榆。禽雀知我闲，翔集依我庐〔一四〕。所愿在优游，州县莫相呼。日与南山老，兀然倾一壶。

贫士养情性，不复知忧乐。去家行卖畚，留滞南阳郭。秋至黍苗黄，无人可刈获。孺子朝未饭，把竿逐鸟雀。忽见梁将军，乘车出宛洛。虚指浮华，非真有梁将军其人。意气轶道路，光辉满墟落。安知负薪者，咥咥笑轻薄？

楚山有高士，梁国有遗老。筑室既相邻，同田复同道。糗糒常共饭，儿孙每更抱。忘此耕耨劳，愧彼风雨好。老农极知足安分语。蟪蛄鸣空泽，鶗鴂伤秋草。日夕寒风来，衣裳苦不早。

「既念生子孙，方思广园圃」，「糗糒常共饭，儿孙每更抱」，此种真朴，右丞田家诗中未能道著。

陶　翰

翰，润州人。开元中，为礼部员外郎。○殷璠评翰诗云：「既多兴象，复备风骨，三百年以前，方可论其体裁。」

出萧关怀古

驱马击长剑，行役至萧关。悠悠五原上，永眺关河前。北虏三十万，此中常控弦。秦城亘宇宙，汉帝理旌旗。刁斗鸣不息，羽书日夜传。五军计莫就，三策议空全。大漠横万里，萧条绝人烟。孤城当瀚海，落日照祁连。怆然苦寒奏，怀哉式微篇。更悲秦楼月，夜夜出胡天。

武帝纪：「元光二年，韩安国为护军将军，李广为骁骑将军，公孙贺为轻骑将军，王恢为将屯将军，李息为材官将军，屯马邑谷中，单于觉之走出。」故曰「计莫就」。○严尤曰：「匈奴为害，周、秦、汉未有得上策者也。周得中策，汉得下策，秦无策焉。」○虽属对偶，尚有气骨。

宿天竺寺

松柏乱岩口，山西微径通。天开一峰见，宫阙生虚空。正殿倚霞壁，千楼标石丛。夜来猿鸟静，钟梵寒云中。岑翠映湖月，泉声乱溪风。心超诸境外，了与悬解同。无系着也。明发气候改，起视长崖东。湖色浓荡漾，海光渐曈昽。葛仙葛洪。迹尚在，许氏许迈。道犹崇。独往古来事，幽期怀二公。

丘为

为，嘉兴人。官右庶子。年八十余，母尚无恙，给禄之半以旌异之。

题农庐舍

东风何时至？已绿湖上山。湖上春既早，田家日不闲。沟塍流水处，耒耜平芜间。薄暮饭牛罢，归来还闭关。

山行寻隐者不遇

绝顶一茅茨，直上三十里。扣关无僮仆，窥室唯案几〔一五〕。既非巾柴车，应是钓秋水。蹉跎不相见，黾勉空仰止。草色新雨中，松声晚窗里。虽无宾主意，颇得清静理。兴尽方下山，何必见之子！

李　颀　颀，东川人。开元中进士，官新乡尉。

寄镜湖朱处士

澄霁晚流阔，微风吹绿蘋。鳞鳞远峰见，淡淡平湖春。芳草日堪把，白云心所亲。何时可为乐？梦里东山人。

送暨道士还玉清观

仙官有名籍，度世吴江滨。大道本无我，青春长与君。中洲俄已到，至理得而闻。明主降黄屋，时人看白云。空山何窈窕，三秀日氛氲。遂此留书客，超遥烟驾分。「大道」二语，浑然元化。

题綦母校书所居

常称挂冠吏，昨日归沧洲。行客暮帆远，主人庭树秋。岂伊问天命？但欲为山游。万物我何有，白云空自幽。萧条江海上，日夕见丹丘。生事本渔钓，赏心随去留。惜哉旷微月，欲济无轻舟。倏忽令人老，相思河水流。

登首阳山谒夷齐庙

古人已不见，乔木竟谁过？寂寞首阳山，白云空复多。苍苔归地骨，皓首采薇歌。毕命无怨色，成仁其若何！我来入遗庙，时候微清和。落日吊山鬼，回风吹女萝。二语中精灵如在。石门正西豁，引领望黄河。千里一飞鸟，孤光东逝波。驱车层城路，惆怅此岩阿。谒夷齐庙，何容复下赞语耶？淡淡著笔，风骨最高。

东京寄万楚

濩落久无用，自谓。隐身甘采薇。仍闻薄宦者，指万楚。还事田家衣。颍水日夜流，故人相见稀。春山不可望，黄鸟东南飞。濯足岂长往？一尊聊可依。了然潭上月，适我胸中机。在昔同门友，如今出处非。优游白虎殿，偃息青琐闱。且有荐君表，当看携手归。寄书不待面。兰茝空芳菲。后半言同门之友仕于朝者，当荐君而出，则不能复依兰茝，空见其芳菲而已。

贾至

字幼邻，洛阳人。擢明经第，为单父尉。明皇幸蜀，拜中书舍人，知制诰，撰肃宗册文，命往奉册。累封信都县伯，以散骑常侍卒，谥曰文。

自蜀奉册命往朔方途中，呈韦左相、文部房尚书、门下崔侍郎

胡羯乱中夏，銮舆忽南巡。衣冠陷戎寇，狼狈随风尘。豳公韦见素。秉大节，临难不顾身。激昂白刃前，溅血下沾巾。尚书房琯。抱忠义，历险披荆榛。扈从出剑门，登翼岷江滨。时望挹侍郎，公才标缙绅。亭亭昆山玉，皎皎无淄磷。顾惟乏经济，扞牧陪从臣。永愿雪会稽，仗剑清咸秦。太皇时内禅，神器付嗣君。新命集旧邦，至德被远人。捧册自南服，奉内禅册文。奉诏趋北军。往朔方。觐谒心载驰，违离难重陈。策马出蜀山，畏途上缘云。饮啄丛篁间，栖息虎豹群。崎岖凌危栈，惴栗惊心神。峭壁上嵚岑，大江下沄沄。皇风扇八极，异类怀深仁。元凶诱黠虏，肘腋生妖氛。明主信英武，威声赫四邻。誓师自朔方，旗帜何缤纷！铁骑照白日，旄头拂秋旻。将来荡沧溟，宁止蹴昆仑！古来有屯难，否泰常相因。夏康缵禹迹，代祖复汉勋。以中兴望肃宗。于役各勤王，驱驰拱紫宸。岂惟太公望，往昔逢周文？呈韦、房、崔三人。谁谓三杰才，功业独殊伦？感此慰行迈，无为歌苦辛。直叙时事，煌煌大文。

寓言

春草纷碧色，佳人旷无期。悠哉千里心，欲采商山芝。叹息良会晚，如何桃李时？怀君晴

川上，伫立夏云滋。

常　建　建，开元十五年进士，官盱眙尉。

塞上曲

翩翩云中使，来问太原卒。百战苦不归，刀头怨秋月。望其还而不遂。塞云随阵落，寒日傍城没。城下有寡妻，哀哀哭枯骨。

昭君墓

汉宫岂不死？异域伤独没。万里驮黄金，蛾眉为枯骨。回车夜出塞，立马皆不发〔一六〕。共恨丹青人，坟上哭明月。

吊王将军墓

嫖姚北伐时，以霍去病比之。深入强千里。战余落日黄，军败鼓声死。尝闻汉飞将，以李广比之。可夺单于垒。今与山鬼邻，残兵哭辽水。「强千里」，谓过于千里也，木兰诗「赏赐百千强」，可证。〇「哭枯骨」，「哭明月」，「哭辽水」，长于写哭。

宿王昌龄隐居

清溪深不测，隐处惟孤云。松际露微月，清光犹为君。茅亭宿花影，药院滋苔纹。余亦谢时去，西山鸾鹤群。言欲与偕隐。〇清澈之笔，中有灵悟。

江上琴兴

江上调玉琴，一弦清一心。泠泠七弦遍，万木澄幽阴。能令江月白，又令江水深。始知枯桐枝，可以徽黄金。言能使无情者俱有情也。只写琴理，不形容琴声，龙标江上闻笛诗亦然。

送李十一尉临溪

泠泠花下琴，君唱度江吟。天际一帆影，预悬离别心。以言神仙尉，因致瑶华音。回轸抚商调，越溪澄碧林。

潭州留别

贤达不相识，偶然交已深。宿帆谒郡佐，怅别依禅林。湘水流入海，楚云千里心。望君松杉夜，山月清猿吟。

西山

一身为轻舟，落日西山际。常随去帆影，远接长天势。物象归余清，林峦分夕丽。亭亭碧流暗，日入孤霞继。洲渚远阴映，湖云尚明霁。林昏楚色来，岸远荆门闭。至夜转清迥，萧萧北风厉。沙边雁鹭泊，宿处蒹葭蔽。圆月逗前浦，孤琴又摇曳。泠然夜遂深，白露沾人袂。步骤谢公。○此夜泊西山之作。「一身为轻舟」，言独身泛舟，身犹舟也。

高适

字达夫，沧州人。举有道科。哥舒翰表为书记。翰兵败，奔赴行在，迁侍御史。历迁西川节度使。代宗时，封渤海县侯，卒谥曰忠。有唐诗人之达者，适一人而已。○适五十学诗，每一篇出，为时称颂。

登陇

陇头远行客，陇上分流水。流水无尽期，行人未云已。浅才通一命，孤剑适万里。岂不思故乡？从来感知己。观「浅才通一命」句，应是哥舒翰表为参军掌书记时作，感知忘家，语简意足。

蓟中作

策马自沙漠，长驱登塞垣。边城何萧条，白日黄云昏。一到征战处，每愁胡虏翻（一七）。岂无安边书？诸将已承恩。惆怅孙吴事，归来独闭门。言诸将不知防边，虽有策无可陈也。乃不云天子僭赏，而云主将承恩，令人言外思之，可悟立言之体。

岑　参　参，南阳人。天宝中进士，官至监察御史。杜甫荐之，累迁侍御史。出为嘉州刺史。○参诗能作奇语，尤长于边塞。

沣头送蒋侯

君住沣水北，我家沣水西。两村辨乔木，五里闻鸣鸡。饮酒溪雨过，弹琴山月低。徒开蒋生径，尔去谁相携？

至大梁却寄匡城主人

一从弃鱼钓，十载干明王。无由谒天阶，却欲归沧浪。仲秋至东郡，遂见天雨霜。昨日梦故山，蕙草色已黄。平明辞铁丘，薄暮游大梁。仲秋萧条景，拔剌飞鹅鸧。四郊阴气闭，万里无晶光。长风吹白茅，野火烧枯桑。故人南燕吏，籍籍名流芳。聊以玉壶赠，置之君子堂。「长风吹白茅」二语，殷璠称为逸才。又「马走碎石中，四蹄皆血流」，亦为警绝。

暮秋山行

疲马卧长坂，夕阳下通津。山风吹空林，飒飒如有人。苍旻霁凉雨，石路无飞尘。千念集暮节，万籁悲萧辰。鹍鸠昨夜鸣，蕙草色已陈。况在远行客，自然多苦辛。

因假归白阁草堂

雷声傍太白，雨在八九峰。东望白阁云，半入紫阁松。胜概纷满目，衡门趣弥浓。幸有数亩田，得延二仲踪。早闻达士语，偶与心相通。误徇一微官，还山愧尘容。钓竿不复把，野碓无人舂。惆怅飞鸟尽，南溪闻夜钟。

与高適、薛據同登慈恩寺浮图

塔势如涌出，突兀。孤高耸天宫。登临出世界，磴道盘虚空。突兀压神州，峥嵘如鬼工。四角碍白日，七层摩苍穹。下窥指高鸟，俯听闻惊风。连山若波涛，奔走似朝东。青松夹驰道，宫观何玲珑！秋色从西来，苍然满关中。五陵北原上，万古青濛濛。净理了可悟，胜因夙所宗。誓将挂冠去，觉道犹言觉路。资无穷。登慈恩塔诗，少陵下应推此作，高达夫、储太祝皆不及也。薛據诗失传无可考。

送祁乐归河东

祁乐后来秀，挺身出河东。往年诣骊山，献赋温泉宫。天子不召见，挥鞭遂从戎。前月还长安，囊中金已空。有时忽乘兴，画出江上峰。床头苍梧云，帘下天台松。忽如高堂上，飒飒生清风。五月火云屯，气烧天地红。鸟且不敢飞，子行如转蓬。少华与首阳，隔河势争雄。黄河流于二山。新月河上出，清光满关中。置酒灞亭别，高歌披心胸。君到故山时，为我谢老翁。

崔　曙　曙，宋州人。开元二十六年进士，以试明堂火珠诗得名，诗云：「曙后一星孤。」

山下晚晴

寥寥远天静，溪路何空濛！斜光照疏雨，秋气生白虹。云尽山色暝，萧条西北风。故林归宿处，一叶下梧桐。

颍阳东溪怀古　在河南登封县。

灵溪氛雾歇，皎镜清心颜。空色不映水，秋声多在山。世人久疏旷，万物皆自闲。白鸥寒更浴，孤云晴未还。昔时让王者，此地闭玄关。无以蹑高步，凄凉岑壑间。「让王」，指许由，庄子有让王篇。

早发交崖山还太室作

太室在嵩山，与少室相望。

东林气微白，寒鸟急高翔。吾亦自兹去，北山归草堂。杪冬正三五，日月遥相望。肃肃过颍上，昽昽辨少阳〔一八〕。川冰生积雪，野火出枯桑。独往路难尽，穷阴人易伤。伤此无衣客，如何蒙雪霜〔一九〕？

包　融

送国子张主簿

湖岸缆初解，莺啼别离处。遥见舟中人，时时一回顾。坐悲芳岁晚，花落青轩树。春梦随我心，悠扬逐君去。

薛　据

据，荆南人。官太子司议郎〔二〇〕。

冬夜寓居寄储太祝

自为洛阳客，夫子吾知音。爱义能下士，时人无此心。感激欲涕。奈何离居夜，巢鸟飞空林？愁坐至月上，复闻南邻砧。

校记

〔一〕预修三教珠英　「教」原作「殿」，据旧唐书本传改。

〔二〕客游节回换　「节」原作「既」，据全唐诗改。按：宋李昉文苑英华卷二九〇正作「节」。本书卷八顾况短歌行：「四气相催节回换」，可互证。

〔三〕欣欣此生意　「此」原作「似」，据全唐诗改。

〔四〕月明寒潮广　「潮」原作「朝」，据全唐诗改。

〔五〕按：此谓因游燕、赵而亲宾饯之于都门，沈说非是。

〔六〕登高不见君　「高」原作「山」，据全唐诗改。按：文苑英华卷二三四正作「高」。

〔七〕新晴野望　「野」原作「晚」，据全唐诗改。

〔八〕顾景咏悲翁　「咏」原作「问」，据全唐诗改。

〔九〕孔丘与之言　「孔丘」原作「孔子」，据全唐诗改。

〔一〇〕晚泊浔阳望香炉峰　此诗重见本书卷九之五律中，今删五律。

〔一一〕山深树重叠　「树」原作「水」，据全唐诗改。

〔一二〕皆共沙尘老　全唐诗注作「皆向沙场老」，唐芮挺章国秀集卷下、宋王安石唐百家诗选卷五同。

〔一三〕旌节陇城阴　「陇城」全唐诗注作「龙城」，文苑英华卷二一二同。

〔一四〕翔集依我庐　「翔」原作「翱」，据全唐诗改。

〔一五〕窥室唯案几　「案」原作「盈」，据全唐诗改。

〔一六〕立马皆不发　「皆」原作「背」，据全唐诗改。

〔一七〕每愁胡虏翻　「胡虏」原作「胡马」，据全唐诗改。

〔一八〕晚晚辨少阳　「少阳」原作「夕阳」，据全唐诗改。按：唐殷璠河岳英灵集卷下、明高棅唐诗品汇卷一六均作「少阳」。

〔一九〕「伤此无衣客」二句原脱，据全唐诗补。

〔二〇〕官太子司议郎　「司议郎」原作「思议郎」，据杜甫诗「秦州见敕目，薛三璩授司议郎」云云改。按：旧唐书职官志太子官属有司议郎四人。

重订唐诗别裁集卷二

李白

字太白，凉武昭王九世孙，蜀人，亦云山东人。天才奇特。游长安，贺知章见其文，曰："谪仙人也。"言于明皇，召对金銮殿，诏供奉翰林。帝在沉香亭赏名花，召赋清平调词三章。帝爱其才。因醉命高力士脱靴，力士耻之，摘诗中语激杨贵妃，妃谮于帝，赐金放还。安禄山反，永王璘辟为府僚佐。璘起兵，白逃回。璘败当诛。先是尝救郭子仪，至是子仪请解官以赎，诏长流夜郎（一）。赦还，客当涂令李阳冰所。代宗立，以左拾遗召，而白已卒矣。葬当涂之青山。○太白诗纵横驰骤，独古风二卷，不矜才，不使气，原本阮公，风格俊上，伯玉感遇诗后，有嗣音矣。

古风十五首

大雅久不作，吾衰竟谁陈？王风委蔓草，战国多荆榛。龙虎相啖食，兵戈逮狂秦。正声何微茫？哀怨起骚人。扬马激颓波，开流荡无垠。废兴虽万变，宪章亦已沦。自从建安来，绮丽不足珍。圣代复玄古，垂衣贵清真。群才属休明，乘运共跃鳞。文质相炳焕，众星罗秋旻。我志在删述，垂辉映千春。希圣如有立，绝笔于获麟。

昌黎云："齐梁及陈隋，众作等蝉噪。"太白则云："自从建安来，绮丽不足珍。"是从来作豪杰语。○"不足珍"，谓建安以后也，谢朓楼饯别云："蓬莱文章建安骨"一语可证。

蟾蜍薄太清，蚀此瑶台月。圆光亏中天，金魄遂沦没。蝃蝀入紫微，大明夷朝晖。浮云隔两曜，万象昏阴霏。萧萧长门宫，昔是今已非。桂蠹花不实，天霜下严威。沈叹终永夕，感我涕沾衣。意指武惠妃有宠，王皇后见废而作。通体皆作隐语，而「萧萧长门宫」二句，若晦若显，布置最佳。

秦皇扫六合，虎视何雄哉！飞剑决浮云，诸侯尽西来。明断自天启，大略驾群才。收兵铸金人，函谷正东开。铭功会稽岭，骋望琅琊台。刑徒七十万，起土骊山隈。尚采不死药，茫然使心哀。连弩射海鱼，长鲸正崔嵬。额鼻象五岳，扬波喷云雷。鬐鬣蔽青天，何由睹蓬莱。徐市载秦女，楼船几时回？但见三泉下，金棺葬寒灰。既期不死，而又筑高陵，自相矛盾矣。

庄周梦蝴蝶，蝴蝶为庄周。一体更变易，万事良悠悠！乃知蓬莱水，复作清浅流。兴下青门二句。青门种瓜人，旧日东陵侯。富贵固如此，营营何所求？言一体尚有变易，而富贵能长保耶？

齐有倜傥生，鲁连特高妙。明月出海底，一朝开光曜。却秦振英声，后世仰末照。意轻千金赠，顾向平原笑。吾亦澹荡人，拂衣可同调。

松柏本孤直，难为桃李颜。昭昭严子陵，垂钓沧波间。身将客星隐，心与白云闲。长揖万乘君，还归富春山。清风洒六合，邈然不可攀。使我长叹息，冥栖岩石间。不著议论，咏古一体。

君平既弃世，世亦弃君平。观变穷太易，探元化群生。寂寞缀道论，空帘闭幽情。驺虞不虚来，鸑鷟有时鸣。安知天汉上，白日悬高名？海客去已久，谁人测沈溟？言人之不泯，如驺虞鸑鷟，必然见知，即世人不知，天上犹悬其名也。「天汉」二句，用海渚人乘槎至织女宫意。

天津三月时，千门桃与李。朝为断肠花，暮逐东流水。前水复后水，古今相续流。新人非旧人，年年桥上游。鸡鸣海色动，谒帝罗公侯。月落西上阳，余辉半城楼。衣冠照云日，朝下散皇州。鞍马如飞龙，黄金络马头。行人皆辟易，志气横嵩丘。入门上高堂，列鼎错珍羞。香风引赵舞，清管随齐讴。七十紫鸳鸯，双双戏庭幽。行乐争昼夜，自言度千秋。功成身不退，自古多愆尤。黄犬空叹息，绿珠成衅仇。何如鸱夷子，散发棹扁舟？历言权贵豪侈，沉溺不返，而有李斯、石崇之祸，不如范蠡扁舟归去之为得也。前用兴起。

郑客西入关，行行未能已。白马华山君，相逢平原里。璧遗镐池君，明年祖龙死。秦人相谓曰：吾属可去矣！一往桃花源，千春隔流水。

羽檄如流星，虎符合专城。喧呼救边急，群鸟皆夜鸣。白日耀紫微，三公运权衡。天地皆得一，淡然四海清。借问此何为？言天下清平，不应有用兵之事，故因问之。答言楚征兵。渡泸及五月，将赴云南征。炎月出师，而又当炎方，能无败乎！怯卒非战士，炎方难远行。长号别严亲，日月惨光晶。泣尽继以血，心摧两无声。困兽当猛虎，穷鱼饵奔鲸。千去不一回，投躯岂全生？如何舞干戚，一使有苗平？「如何」作何如解，古人每有之。○「干羽」改「干戚」，本渊明「刑天舞干戚」句。○时征兵讨云南而大败，杨国忠掩败为功，诗应作于是时。

胡关饶风沙，萧索竟终古。木落秋草黄，登高望戎虏。荒城空大漠，边邑无遗堵。白骨横千霜，嵯峨蔽榛莽。借问谁凌虐？天骄毒威武。赫怒我圣皇，劳师事鼙鼓。阳和变杀气，发卒骚中土。三十六万人，哀哀泪如雨。且悲就行役，安得营农圃！不见征戍儿，岂知关山苦？李牧今不在，边人饲豺虎。天宝中，上使王忠嗣攻吐蕃石堡城，忠嗣言坚守难攻。董延光自请攻之，不克。复命哥舒翰攻而拔之，获吐蕃四百人，而唐兵死亡略尽，其后世为仇敌矣。诗为开边垂戒，与前一首同。

登高望四海，天地何漫漫！霜被群物秋，风飘大荒寒。荣华东流水，万事皆波澜。白日掩徂辉，浮云无定端。梧桐巢燕雀，枳棘栖鹓鸾。且复归去来，剑歌行路难。「白日」二语，喻谗邪惑主。「梧桐」二语，喻小人得志，君子失所。

丑女来效颦，还家惊四邻。寿陵失故步，笑杀邯郸人。一曲斐然子，雕虫丧天真。棘荆造沐猴，三年费精神。功成无所用，楚楚且华身。大雅思文王，颂声久崩沦。安得郢中质，成风一运斤？讥世之文章，无补风教，而因追思大雅也。

八荒驰惊飙，万物尽凋落。浮云蔽颓阳，洪波振大壑。龙凤脱网罟，飘飖将安托？去去乘白驹，空山咏场藿。「浮云」二语，隐指乱世景象。

桃花开东园，含笑夸白日。偶蒙东风荣，生此艳阳质。岂无佳人色？但恐花不实。宛转龙火苍龙房、心，心为火，故曰「龙火」。飞，零落早相失。讵知南山松，独立自萧瑟？

拟古四首

长绳难系日，自古共悲辛。黄金高北斗，不惜买阳春。石火无留光，还如世中人。言时光与人命同一短促。即事已如梦，后来我谁身？提壶莫辞贫，取酒会四邻。仙人殊恍惚，未若酒中真。

月色不可扫，客愁不可道。玉露生秋衣，流萤飞百草。日月终销毁，天地同枯槁。蟪蛄啼青松，安见此树老？金丹宁误俗，昧者难精讨。尔非千岁翁，多恨去世早。饮酒入玉壶，藏身以为宝。言天地终归枯槁，况乎人生，正当及时行乐。

涉江弄秋水，爱此荷花鲜。攀荷弄其珠，荡漾不成圆。佳期彩云重，欲赠隔远天。相思无由见，怅望凉风前。

去去复去去，辞君还忆君。汉水既殊流，楚山亦此分。人生难称意，岂得长为群？越燕喜海日，燕鸿思朔云。别久容华晚，琅玕不能饭。日落知天昏，梦长觉道远。望夫登高山，化石竟不返。词微旨远，怨而不怒。

沐浴子

乐府不另分一格，杂入五言七言中，长短句入七言。

沐芳莫弹冠，浴兰莫振衣。处世忌太洁，至人贵藏辉。沧浪有钓叟，吾与尔同归。言立身忌太洁，不如老氏之和光同尘也。暗用楚辞意。

子夜吴歌

子夜，晋女子名。

长安一片月，万户捣衣声。秋风吹不尽，总是玉关情。何日平胡虏，良人罢远征？不言朝家之黩武，而言胡虏之未平，立言温厚。

关山月

明月出天山，苍茫云海间。长风几万里，吹度玉门关。汉下白登道，胡窥青海湾。由来征战地，不见有人还。戍客望边邑，思归多苦颜。高楼当此夜，叹息未应闲。

短歌行

白日何短短，百年苦易满。苍穹浩茫茫，万劫太极长。麻姑垂两鬓，一半已成霜。天公见玉女，大笑亿千场。吾欲揽六龙，回车挂扶桑。北斗酌美酒，劝龙各一觞。富贵非所愿，与人驻颜光。

妾薄命

汉帝宠阿娇，贮之黄金屋。咳唾落九天，随风生珠玉。形容尽态，妙于语言。宠极爱还歇，妒深情却疏。长门一步地，不肯暂回车。雨落不上天，水覆难再收。君情与妾意，各自东西流。昔日芙蓉花，今成断根草。以色事他人，能得几时好？

古朗月行

小时不识月，呼作白玉盘。又疑瑶台镜，飞在青云端。仙人垂两足，桂树作团团。白兔捣药成，问言谁与餐？蟾蜍蚀圆影，大明夜已残。暗指贵妃能惑主听。羿昔落九乌，天人清且安。阴精此沦惑，去去不足观。忧来其如何？凄怆摧心肝！与古风中「蟾蜍薄太清」篇同意，但古风指武惠妃，此指杨贵妃，各有主意也。

长干行

妾发初覆额，折花门前剧。郎骑竹马来，绕床弄青梅。同居长干里，两小无嫌猜。十四为君妇，羞颜未尝开。低头向暗壁，千唤不一回。十五始展眉，愿同尘与灰。常存抱柱信，岂上望夫台？十六君远行，瞿塘滟滪堆。五月不可触，猿声天上哀。门前送行迹〔二〕，一一生绿苔。苔深不能扫，落叶秋风早。八月蝴蝶黄，双飞西园草。「蝴蝶」二句，即所见以感兴。感此伤妾心，坐愁红颜老。早晚下三巴，预将书报家。相迎不道远，直至长风沙。长风沙在舒州，金陵至舒州七百余里，言相迎之远也。

赠卢司户

秋色无远近，出门尽寒山。白云遥相识，待我苍梧间。借问卢耽鹤，西飞几时还？

沙丘城下寄杜甫

我来竟何事，高卧沙丘城。城边有古树，日夕连秋声。鲁酒不可醉，齐歌空复情。思君若汶水，浩荡寄南征。沙丘在莱州，汶水出沂水，在青州，境地相接，故欲因水以寄情也。

送杨山人归嵩山

我有万古宅，嵩阳玉女峰。长留一片月，挂在东溪松。尔去掇仙草，菖蒲花紫茸。岁晚或相访，青天骑白龙。

金乡送韦八之西京

客自长安来，还归长安去。狂风吹我心，西挂咸阳树。此情不可道，此别何时遇？望望不见君，连山起烟雾。即「瞻望弗及，实劳我心」意，说来自远。

下终南山，过斛斯山人宿，置酒

暮从碧山下，山月随人归。却顾所来径，苍苍横翠微。相携及田家，童稚开荆扉。绿竹入幽径，青萝拂行衣。欢言得所憩，美酒聊共挥。长歌吟松风，曲尽河星稀。我醉君复乐，陶然共忘机。太白山水诗亦带仙气。

寄东鲁二子

吴地桑叶绿，吴蚕已三眠。我家寄东鲁，谁种龟阴田？春事已不及，江行复茫然。南风吹归心，飞堕酒楼前。楼东一株桃，枝叶拂青烟。此树我所种，别我向三年。家常语琐琐屑屑，弥见其真，得东山诗意。桃今与楼齐，我行尚未旋。娇女字平阳，折花倚桃边。折花不见我，泪下如流泉。小儿名伯禽，与姊亦齐肩。双行桃树下，抚背复谁怜？念此失次第，肝肠日忧煎。

裂素写远意，因之汶阳川。

秋日鲁郡尧祠亭上，宴别杜补阙、范侍御

我觉秋兴逸，谁云秋兴悲？山将落日去，水与晴空宜。鲁酒白玉壶，送行驻金羁。歇鞍憩古木，解带挂横枝。歌鼓川上亭，曲度神飙吹。云归碧海夕，雁没青天时。相失各万里，茫然空尔思！

经下邳圯桥怀张子房

子房未虎啸，破产不为家。沧海得壮士，椎秦博浪沙。报韩虽不成，天地皆振动。潜匿游下邳，岂曰非智勇？我来圯桥上，怀古钦英风。唯见碧流水，曾无黄石公。叹息此人去，萧条徐泗空。为子房生色，「智勇」二字可补世家赞语。

望鹦鹉洲怀祢衡

魏帝营八极，蚁观一祢衡。黄祖斗筲人，杀之受恶名。吴江赋鹦鹉，落笔超群英。锵锵振金玉，句句欲飞鸣。鸷鹗啄孤凤，千春伤我情。五岳起方寸，隐然讵可平？才高竟何施，

寡识冒天刑。至今芳洲上，兰蕙不忍生。曹操送之刘表，刘表送之黄祖，祖乃杀之。固三人之不能容物，而衡之恃才漫骂，有以自取也。严仪卿亦云才高识寡，与太白意同。

月下独酌

花间一壶酒，独酌无相亲。举杯邀明月，对影成三人。月既不解饮，影徒随我身。暂伴月将影，行乐须及春。我歌月徘徊，我舞影零乱。醒时同交欢，醉后各分散。永结无情游，相期邈云汉。脱口而出，纯乎天籁，此种诗人不易学。

春日醉起言志

处世若大梦，胡为劳其生？所以终日醉，颓然卧前楹。觉来盼庭前，一鸟花间鸣。借问此何时？春风语流莺。感之欲叹息，对酒还自倾。浩歌待明月，曲尽已忘情。

望终南山寄紫阁隐者

出门见南山，引领意无限。秀色难为名，苍翠日在眼。有时白云起，天际自舒卷。心中与之然，托兴每不浅。何当造幽人，灭迹栖绝巘。因白云舒卷，念彼幽人，偕隐之思，与之俱远。

送裴十八图南归嵩山

君思颍水绿，忽复归嵩岑。归时莫洗耳，为我洗其心。洗心得真情，洗耳徒买名。谢公终一起，相与济苍生。言真能洗心，则出处皆宜，不专以忘世为高也。借洗耳引洗心，无贬巢父意。

登黄山凌歊台，送族弟溧阳尉济充泛舟赴华阴，得齐字

鸾乃凤之族，翱翔紫云霓。文章辉五色，双在琼树栖。一朝各飞去，凤与鸾俱啼。炎赫五月中，朱曦烁河堤。尔从泛舟役，使我心魂凄。秦地无碧草，南云喧鼓鼙。君王减玉膳，早起思鸣鸡。漕引救关辅，疲人免涂泥。宰相作霖雨，农夫得耕犁。静者伏草间，群才满金闺。空手无壮士，穷居使人低。送君登黄山，长啸倚天梯。小舟若凫雁，大舟若鲸鲵。开帆散长风，舒卷与云齐。日入牛渚晦，苍然夕烟迷。相思定何许，杳在洛阳西。说转漕处，见关系军国，此一篇主意。末写送行，亦不草草。

上三峡 巫峡、西陵峡、归峡，并称三峡。

巫山夹青天，巴水流若兹。巴水忽可尽，青天无到时。三朝上黄牛，三暮行太迟。三朝又

三暮，不觉鬓成丝。古谣云：「朝见黄牛，暮见黄牛，三朝三暮，黄牛如故。」亦峡名。

听蜀僧濬弹琴

蜀僧抱绿绮，西下峨眉峰。为我一挥手，如听万壑松。客心洗流水，余响入霜钟。不觉碧山暮，秋云暗几重。

杜甫

字子美，襄阳人，审言之孙，闲之子。举进士不第。天宝末，献三大礼赋，授京兆府兵曹参军。禄山乱，肃宗即位灵武，甫自京师西谒行在，拜右拾遗。房琯兵败贬官，甫救之，出为华州司功参军。客秦州，流落剑南，严武表为参谋工部员外郎。武卒，游东蜀，往依高适，适旅卒。自是数遭寇乱，以舟为居。耒阳聂令迎归署中，一夕而卒，年五十九。孙嗣业，自耒阳迎柩归葬于偃师县首阳山之前。○圣人言诗自兴观群怨，归本于事父事君。少陵身际乱离，负薪拾橡，而忠爱之意，惓惓不忘，得圣人之旨矣。○前人论少陵诗者多矣，至严沧浪则云：「宪章汉、魏而取材于六朝，至其自得之妙，先辈所谓集大成者也。」敖器之比之「周公制作〔三〕，后世莫能拟议」，斯为笃论。○少陵诗阳开阴阖，雷动风飞，任举一句一节，无不见此老面目，在盛唐中允推大家。○少陵五言长篇，意本连属，而学问博，力量大，转接无痕，莫测端倪，转似不连属者，千古以来，让渠独步。○唐人诗原本离骚、文选，老杜独能驱策经史，不第以诗人目之。

奉赠韦左丞丈二十二韵

纨袴不饿死，儒冠多误身。丈人试静听，贱子请具陈：甫昔少年日，早充观国宾。读书破万卷，下笔如有神。赋料扬雄敌，诗看子建亲。二句古人。李邕求识面，王翰愿卜邻。二句时人。自谓颇挺出，立登要路津。致君尧舜上，再使风俗淳。少年抱负。此意竟萧条，行歌非隐沦。骑驴三十载，旅食京华春。朝扣富儿门，暮随肥马尘。残杯与冷炙，到处潜悲辛。主上顷见征，欻然欲求伸。青冥却垂翅，蹭蹬无纵鳞。天宝二载，诏天下有一艺者诣毂下，李林甫谓野无遗贤，皆下之。甚愧丈人厚，甚知丈人真。每于百僚上，猥诵佳句新。窃效贡公喜，难甘原宪贫。焉能心怏怏？只是走踆踆。今欲东入海，即将西去秦。尚怜终南山，回首清渭滨。有三宿出昼意。常拟报一饭，况怀辞大臣！白鸥没浩荡，万里谁能驯？感知与洁身，并行不悖。○抱负如此，终遭阻抑。然其去也，无怨怼之词，有「迟迟我行」之意，可谓温柔敦厚矣。

游龙门奉先寺

已从招提游，更宿招提境。阴壑生虚籁，月林散清影。天阙象纬逼，云卧衣裳冷。欲觉闻晨钟，令人发深省。伊阙名龙门，非「导河积石」所至之龙门也。本有天阙，不应改天闚。

望岳

岱宗夫如何？齐鲁青未了。造化钟神秀，阴阳割昏晓。荡胸生曾云，决眦入归鸟。会当凌绝顶，一览众山小。「齐鲁青未了」五字，已尽太山。

赠卫八处士

人生不相见，动如参与商。今夕复何夕，共此灯烛光。少壮能几时？鬓发各已苍。访旧半为鬼，惊呼热中肠。焉知二十载，重上君子堂。昔别君未婚，儿女忽成行。怡然敬父执，问我来何方？问答未及已，儿女罗酒浆。夜雨剪春韭，新炊间黄粱。主称会面难，一举累十觞。十觞亦不醉，感子故意长。明日隔山岳，世事两茫茫。

同诸公登慈恩寺塔 原注：「时高适、薛据先有作。」

高标跨苍穹，烈风无时休。自非旷士怀，登兹翻百忧。伏后段。方知象教力，足可追冥搜。仰穿龙蛇窟，始出枝撑幽。七星在北户，河汉声西流。羲和鞭白日，少昊行清秋。四句仰望。秦山忽破碎，泾渭不可求。俯视但一气，焉能辨皇州？四句俯视。回首叫虞舜，苍梧云正愁。惜哉瑶池饮，日晏昆仑丘。黄鹄去不息，哀鸣何所投？君看随阳雁，各有稻粱谋。后半「回首」以下，胸中郁郁硉硉，不敢显言，故托隐语出之。以上皆实境也。钱牧斋谓通体皆属比语，恐穿凿无味。

前出塞九首

朱长孺云：「明皇季年，哥舒翰贪功于吐蕃，安禄山构祸于契丹，于是征调半天下。前出塞为哥舒发，后出塞为禄山发。」今按诗前九章多从军愁苦之词，后五章防强臣跋扈之渐，长孺所分是也。

戚戚去故里，悠悠赴交河。公家有程期，亡命婴祸罗。君已富土境，开边一何多！主意。弃绝父母恩，吞声行负戈。

出门日已远，不受徒旅欺。骨肉恩岂断，男儿死无时。走马脱辔头，手中挑青丝。捷下万仞冈，俯身试搴旗。

磨刀呜咽水，水赤刃伤手。欲轻肠断声，心绪乱已久。丈夫誓许国，愤惋复何有！功名图麒麟，战骨当速朽。「呜咽水」，即陇头流水。

送徒既有长，远戍亦有身。生死向前去，不劳吏怒嗔。路逢相识人，附书与六亲：「哀哉两决绝，不复同苦辛！」

迢迢万馀里，领我赴三军。军中异苦乐，主将宁尽闻？隔河见胡骑，倏忽数百群。我始为奴仆，几时树功勋！

挽弓当挽强，用箭当用长。射人先射马，擒贼先擒王。前四语即寓不多杀伤意，所谓节制之师。杀人亦无限，立国自有疆。苟能制侵陵，岂在多杀伤！诸本「杀人亦有限」，惟文待诏作「无限」，以开合语出之，较有味。文云古本皆然，从之。

驱马天雨雪，军行入高山。径危抱寒石，指落曾冰间。已去汉月远，何时筑城还？浮云暮南征，可望不可攀。

单于寇我垒，百里风尘昏。雄剑四五动，彼军为我奔。掳其名王归，系颈授辕门。潜身备行列，一胜何足论！末二语有大树将军意度。

从军十年馀，能无分寸功？众人贵苟得，欲语羞雷同。中原有斗争，况在狄与戎。丈夫四方志，安可辞固穷！不愿苟得，不辞固穷，军伍中乃有此节概。○合九章成一章法。

后出塞五首

男儿生世间，及壮当封侯。战伐有功业，焉能守旧丘？召募赴蓟门，军动不可留。千金买马鞍，百金装刀头。闾里送我行，亲戚拥道周。斑白居上列，酒酣进庶羞。少年别有赠，含笑看吴钩。

朝进东门营，暮上河阳桥。落日照大旗，马鸣风萧萧。平沙列万幕，部伍各见招。中天悬明月，令严夜寂寥。悲笳数声动，壮士惨不骄。借问大将谁？恐是霍嫖姚！写军容之盛，军令之严，如干莫出匣，寒光相向。霍去病勤远开边，故以为比。

古人重守边，今人重高勋。岂知英雄主，出师亘长云？六合已一家，四夷且孤军。遂使貔虎士，奋身勇所闻。拔剑击大荒，日收胡马群。誓开玄冥北，持以奉吾君。「玄冥北」岂可开乎？「重高勋」之侈心，必至于此。

献凯日继踵，两蕃奚、契丹、吐蕃为两蕃〔四〕。静无虞。渔阳豪侠地，击鼓吹笙竽。云帆转辽海，粳稻来东吴。越罗与楚练，照耀舆台躯。主将位益崇，气骄凌上都。边人不敢议，议者死路衢。滥赏以结军心，严刑以箝众口，虽欲不乱，其可得乎？○连下章禄山叛逆，隐跃言下。

我本良家子，出师亦多门。将骄益愁思，身贵不足论。跃马二十年，恐孤明主恩。坐见幽州骑，长驱河洛昏。中夜间道归，故里但空村。恶名幸脱免，穷老无儿孙。此章显言。

自京赴奉先县咏怀五百字 天宝十四载十一月，上幸华清宫，十一月禄山反，诗应作于将反时。

杜陵有布衣，老大意转拙。许身一何愚？窃比稷与契。居然成濩落，白首甘契阔。盖棺事则已，此志常觊豁。穷年忧黎元，「忧黎元」至「放歌愁绝」，反反覆覆，淋漓颠倒，正古人不可及处。叹息肠内热。取笑同学翁，浩歌弥激烈。非无江海志，萧洒送日月。生逢尧舜君，不忍便永诀。当今廊庙具，构厦岂云缺？葵藿倾太阳，物性固莫夺。顾惟蝼蚁辈，但自求其穴。胡为慕大鲸，辄拟偃溟渤？以兹悟生理，独耻事干谒。兀兀遂至今，忍为尘埃没？终愧巢与由，未能易其节。沉饮聊自适，放歌破愁绝。

岁暮百草零，疾风高冈裂。以下自京赴奉先途中所见。天衢阴峥嵘，客子中夜发。霜严衣带断，指直不得结。凌晨过骊山，御榻在嵽嵲。时明皇在华清宫。蚩尤塞寒空，蹴踏崖谷滑。瑶池气郁律，羽林相摩戛。君臣留欢娱，乐动殷樛嶱。赐浴皆长缨，与宴非短褐。仪卫之盛，赐予之滥，内戚之奢，从行路所经传出。胸中郁结，言外隐忧。彤廷所分帛，本自寒女出。鞭挞其夫家，聚敛贡城阙。周礼：「出夫家之征。」圣人筐篚恩，实欲邦国活。臣如忽至理，君岂弃此物？多士盈朝廷，仁者宜战栗！况闻内金盘，尽在卫霍室。中堂舞神仙，烟雾散玉质。暖客貂鼠裘，悲管逐清瑟。劝客驼蹄羹，霜橙压香橘。朱门酒肉臭，路有冻死骨！荣枯咫尺异，惆怅难再述。北辕就泾渭，官渡又改辙。群冰从西下〔五〕，极目高崒兀。此叙途次遇冰之险，将至奉先。疑是崆峒来，恐触天柱折。河梁幸未坼，枝撑声窸窣。行旅相攀援，川广不可越。老妻寄异县，十口隔风雪。谁能久不顾？庶往共饥渴。潘岳云「谁与同岁寒」？此云「庶往共饥渴」，千古情至语。入门闻号咷，幼子饥已卒。吾宁舍一哀，里巷亦呜咽！所愧为人父，无食致夭折。岂知秋禾登，贫窭有仓卒。即年丰啼饥意。生常免租税，名不隶征伐。抚迹犹酸辛，平人固骚屑。默思失业徒，因念远戍卒。忧端齐终南，澒洞不可掇。结与「许稷、契」「忧黎元」意相应。〇首叙抱负，次述道途所经，末述到家情事。身际困穷，心忧天下，自是希稷、契人语。〇此诗及北征，因长篇画分段落。

述怀

去年潼关破，妻子隔绝久。今夏草木长，脱身得西走。麻鞋见天子，衣袖露两肘。朝廷愍生还，亲故伤老丑。涕泪授拾遗，流离主恩厚。柴门虽得去，未忍即开口。寄书问三川，不知家在否？比闻同罹祸，杀戮到鸡狗。山中漏茅屋，谁复依户牖？摧颓苍松根，地冷骨未朽。几人全性命？尽室岂相偶？嵚岑猛虎场，郁结回我首。自寄一封书，今已十月后。反畏消息来，妙在反接，若云「不见消息来」，意浅薄矣。寸心亦何有！汉运初中兴，生平老耽酒。沉思欢会处，恐作穷独叟！

彭衙行

忆昔通篇追叙，故用「忆昔」二字领起。避贼初，北走经险艰。夜深彭衙道，月照白水山。尽室久徒步，逢人多厚颜。参差谷鸟吟，不见游子还。痴女饥咬我，啼畏虎狼闻。怀中掩其口，反侧声愈嗔。小儿强解事，故索苦李餐。一旬半雷雨，泥泞相牵攀。既无御雨备，径滑衣又寒。有时经契阔，竟日数里间。野果充糇粮，卑枝成屋椽。早行石上水，暮宿天边烟。少留同家洼，欲出芦子关。故人有孙宰，高义薄曾云。延客已曛黑，张灯启重门。暖汤濯我足，剪纸招我魂。从此出妻孥，相视涕阑干。众雏烂漫睡，唤起沾盘飧。「誓将与夫子，永结为弟昆」。遂空所坐堂，安居奉我欢。谁肯艰难际，豁达露心肝？别来岁月周，胡羯仍构患。何当有翅翎，飞去堕尔前！末四句收出本意。

北征 公时家鄜州，在凤翔东北，故云北征。

皇帝二载秋，闰八月初吉。杜子将北征，苍茫问家室。维时遭艰虞，朝野少暇日。顾惭恩私被，诏许归蓬荜。拜辞诣阙下，怵惕久未出。虽乏谏诤姿，恐君有遗失。君诚中兴主，经纬固密勿。东胡反未已，臣甫愤所切。挥涕恋行在，道途犹恍惚。乾坤含疮痍，忧虞何时毕！靡靡逾阡陌，下叙途中所经。人烟眇萧瑟。所遇多被伤，呻吟更流血。回首凤翔县，旌旗晚明灭。前登寒山重，屡得饮马窟。邠郊入地底，泾水中荡潏。猛虎立我前，苍崖吼时裂。菊垂今秋花，以下所见佳景。石戴古车辙。青云动高兴，幽事亦可悦。山果多琐细，罗生杂橡栗。或红如丹砂，或黑如点漆。雨露之所濡，甘苦齐结实。缅思桃源内，益叹身世拙。坡陀望鄜畤，岩谷互出没。我行已水滨，我仆犹木末。一幅旅行名画。鸱鸟鸣黄桑，以下所见惨景。野鼠拱乱穴。夜深经战场，寒月照白骨。潼关百万师，往者散何卒！遂令半秦民，残害为异物！况我堕胡尘，及归尽华发。叙到家。经年至茅屋，妻子衣百结。恸哭松声回，悲泉共幽咽。平生所娇儿，颜色白胜雪。见耶背面啼，垢腻脚不袜。床前两小女，补绽才过膝。海图坼波涛，旧绣移曲折。天吴及紫凤，颠倒在短褐。到家后叙琐屑事，从东山诗「有敦瓜苦，烝在栗薪」悟出。老夫情怀恶，呕泄卧数日。那无囊中帛，救汝寒凛栗？粉黛亦解苞，衾裯稍罗列。瘦妻面复光，痴女头自栉。学母无不为，晓妆随手抹。移时施朱铅，狼藉画眉阔。生还对童稚，似欲忘饥渴。问事竞挽须，谁能即嗔喝？翻思在贼愁，甘受杂乱聒。新归且慰意，生理焉得说？至尊尚蒙尘，叙到家后悲喜交集，词尚未了，忽入「至尊蒙尘」，直起突接，他人无此笔力。几日休练卒？仰观天色改，坐觉妖氛豁。阴风西北来，惨澹随回鹘。其王愿助顺，其俗善驰突。送兵五千人，驱马一万匹。此辈少为贵，四方服勇决。言借兵回纥，后有隐忧。所用皆鹰腾，破敌过箭疾。圣心颇虚伫，时议气欲夺。「虚伫」，谓帝望回纥。「气夺」，谓群议沮丧。伊洛指掌收，西京不足拔。官军请深入，蓄锐伺俱发。此举开青徐，旋瞻略恒碣。时李泌请建宁与李光弼犄角，直取范阳，惜不能用。公所见略同。昊天积霜露，正气有肃杀。祸转亡胡岁，势成擒胡月。胡命其能久？皇纲未宜绝。忆昨狼狈初，事与古先别。奸臣竟菹醢，同恶随荡析。不闻夏殷衰，中自诛褒妲。归美于君，立言得体。褒、妲应妹、妲，偶然误笔耳。周汉获再兴，宣光果明哲。桓桓陈将军，玄礼。仗钺奋忠烈。微尔人尽非，于今国犹活。凄凉大同殿，寂寞白兽闼。都人望翠华，佳气向金阙。园陵固有神，扫洒数不缺。煌煌太宗业，树立甚宏达。「皇帝」起，「太宗」结，收得正大。〇汉、魏以来，未有此体，少陵特为开出，是诗家第一篇大文。公之忠爱谋略，亦于此见。

玉华宫 贞观时建。

溪回松风长，苍鼠窜古瓦。不知何王殿，遗构绝壁下。阴房鬼火青，坏道哀湍泻。万籁真笙竽，秋色正萧洒。美人为黄土，况乃粉黛假！当时侍金舆，故物独石马。忧来藉草坐，浩歌泪盈把。冉冉征途间，谁是长年者？凄凉如见。○唐初所建，而曰「不知何王殿」，妙于语言。

九成宫 本隋仁寿宫，太宗修之以避暑。

苍山入百里，崖断如杵臼。曾宫凭风迥，岌嶪土囊口。立神扶栋梁，凿翠开户牖。其阳产灵芝，其阴宿牛斗。纷披长松倒，揭嶭怪石走。哀猿啼一声，客泪迸林薮。荒哉隋家帝，制此今颓朽！向使国不亡，焉为巨唐有？有「殷鉴不远」意。虽无新增修，尚置官居守。巡非瑶水远，迹是雕墙后。我行属时危，仰望嗟叹久。天王守太白，驻马更搔首。凤翔有太白山，谓肃宗次凤翔也。

羌村三首

峥嵘赤云西，日脚下平地。柴门鸟雀噪，归客千里至。妻孥怪我在，惊定还拭泪。先惊后悲，真极。世乱遭飘荡，生还偶然遂。邻人满墙头，感叹亦歔欷。夜阑更秉烛，相对如梦寐。不再添一语，高绝。○字字镂出肺肝，又似寻常人所能道者，变风之义与？汉京之音与？

晚岁迫偷生，还家少欢趣。娇儿不离膝，畏我复却去。忆昔好追凉，故绕池边树。萧萧北风劲，抚事煎百虑。与「昔我往矣，杨柳依依」四语同意。赖知禾黍收，已觉糟床注。如今足斟酌，且用慰迟暮。

群鸡正乱叫，客至鸡斗争。驱鸡上树木，始闻扣柴荆。父老四五人，问我久远行。问，存问也。手中各有携，倾榼浊复清。苦辞「酒味薄，黍地无人耕。兵革既未息，儿童尽东征。」荒乱景从父老口中传出。请为父老歌：「艰难愧深情。」歌罢仰天叹，四座泪纵横。「酒味薄」四句，以父老语入诗。「艰难」句，少陵歌也。

示从孙济

平明跨驴出，未知适谁门。权门多噂沓〔六〕，且复寻诸孙。诸孙贫无事，宅舍如荒村。堂前自生竹，堂后自生萱。萱草秋已死，竹枝霜不蕃。淘米少汲水，汲多井水浑。刈葵莫放手，放手伤葵根。「淘米」四语有水原木本意，随事比兴，古乐府往往有之。阿翁懒惰久，觉儿行步奔。所来为宗族，亦不为盘飧。小人利口实，薄俗难具论。勿受外嫌猜，同姓古所敦。

义鹘行

阴崖有苍鹰，养子黑柏颠。白蛇登其巢，吞噬恣朝餐。雄飞远求食，雌者鸣辛酸。力强不可制，黄口无半存。其父从西归，翻身入长烟。斯须领健鹘，痛愤寄所宣。斗上捩孤影，嗷哮来九天。修鳞脱远枝，巨颡坼老拳。高空得蹭蹬，短草辞蜿蜒。折尾能一掉，饱肠皆已穿。生虽灭众雏，死亦垂千年。言蛇虽灭众雏，而旋死于义鹘，可垂千年之戒。物情有报复，快意贵目前。兹实鸷鸟最，急难心炯然。功成失所往，用舍何其贤！鲁仲连呼之欲出。近经潏水湄，此事樵夫传。飘萧觉素发，凛欲冲儒冠。人生许与分，只在顾盼间。聂政流亚。聊为义鹘行，用激壮士肝。

新安吏 以下六诗，皆言相州师溃后事。

客行新安道，喧呼闻点兵。借问新安吏：「县小更无丁？」犹言几无丁。「府帖昨夜下，次选中男行。」「中男绝短小，何以守王城？」肥男有母送，瘦男独伶俜。白水暮东流，行者。青山犹哭声。送者。「莫自使眼枯，收汝泪纵横。眼枯却见骨，天地终无情！我军取相州，日夕望其平。岂意贼难料，归军星散营。就粮近故垒，练卒依旧京。掘壕不到水，牧马役亦轻。况乃王师顺，抚养甚分明。送行勿泣血，仆射谓郭子仪。如父兄。」诸咏身所见闻事，运以古乐府神理，惊心动魄，疑鬼疑神，千古而下，何人更能措手？

潼关吏

士卒何草草，筑城潼关道。大城铁不如，小城万丈馀。借问潼关吏：「修关还备胡？」要我下马行，为我指山隅：「连云列战格，即战栅。飞鸟不能逾。胡来但自守，岂复忧西都？丈人视要处，窄狭容单车。艰难奋长戟，千古用一夫。」「哀哉桃林战，百万化为鱼！请嘱防关将，慎勿学哥舒！」见宜守不宜轻敌。潼关之败，由哥舒之出战，实由杨国忠之促战。少陵戒后之守关者，故云，非专归罪哥舒也。

石壕吏

暮投石壕村，有吏夜捉人。老翁逾墙走，老妇出门看。村、人、看，系元、真、寒古韵，非叶也。吏呼一何怒？妇啼一何苦？听妇前致词：「三男邺城戍。一男附书至，二男新战死。存者且偷生，死者长已矣！室中更无人，惟有乳下孙。孙有母未去，出入无完裙。老妪力虽衰，请从吏夜归。急应河阳役，时兵溃后守河阳。犹得备晨炊。」夜久语声绝，如闻泣幽咽。天明登前途，独与老翁别。妇随吏去，老翁自归，少陵与之别也。

新婚别

兔丝附蓬麻，引蔓故不长。起结皆兴。嫁女与征夫，不如弃路旁。结发为君妻，席不暖君床。暮婚晨告别，无乃太匆忙！君行虽不远，守边赴河阳。妾身未分明，何以拜姑嫜？父母养我时，日夜令我藏。生女有所归，鸡狗亦得将。君今往死地，「君今往死地」以下，层层转换，发乎情止乎礼义，得国风之旨矣。沉痛迫中肠。誓欲随君去，形势反苍黄。勿为新婚念，努力事戎行。妇人在军中，兵气恐不扬。用李陵传中意。自嗟贫家女，久致罗襦裳。罗襦不复施，对君洗红妆。即「谁适为容」意。仰视百鸟飞，大小必双翔。人事多错迕，与君永相望！与东山、零雨之诗并读，时之盛衰可知矣。文中子欲删汉以后续经，此种诗何不可续？

垂老别

四郊未宁静，垂老不得安。子孙阵亡尽，焉用身独完！投杖出门去，同行为辛酸。幸有牙齿存，所悲骨髓乾。男儿既介胄，长揖别上官。老妻卧路啼，岁暮衣裳单。孰知是死别，且复伤其寒。此去必不归，还闻劝加餐。「孰知」四语，互相慰藉，实皆永诀之词，而又灭去问答痕迹。土门壁甚坚，杏园度亦难。势异邺城下，纵死时犹宽。人生有离合，岂择衰盛端！忆昔少壮日，迟回竟长叹。万国尽征戍，烽火被冈峦。积尸草木腥，流血川原丹。何乡为乐土，安敢尚盘桓！弃绝蓬室居，塌然摧肺肝。结有敌忾勤王意（七）。○「孰知」，即熟知，古同用。○魏公子救赵，令独子无兄弟者归养。今子孙亡尽，垂老从戎，时事亦可伤已！

无家别

寂寞天宝后，园庐但蒿藜。我里百馀家，世乱各东西。存者无消息，死者为尘泥。贱子因阵败，归来寻旧蹊。久行见空巷，日瘦气惨凄。但对狐与狸，竖毛怒我啼。四邻何所有？一二老寡妻。宿鸟恋本枝，比体。安辞且穷栖。方春独荷锄，日暮还灌畦。县吏知我至，召令习鼓鞞。虽从本州役，内顾无所携。无妻。近行止一身，远去终转迷。家乡既荡尽，远近理亦齐。转作旷达语，弥见沉痛。永痛长病母，五年委沟溪。无母。生我不得力，终身两酸嘶。人生无家别，何以为蒸黎！上章以忠结，此章以孝结，想见老杜胸次。

佳人

绝代有佳人，幽居在空谷。自云「良家子，零落依草木。关中昔丧乱，兄弟遭杀戮。官高何足论？不得收骨肉。世情恶衰歇，万事随转烛。夫婿轻薄儿，新人美如玉。合昏尚知时，鸳鸯不独宿。但见新人笑，那闻旧人哭？」在山泉水清，出山泉水浊。侍婢卖珠回，牵萝补茅屋。摘花不插发，采柏动盈掬。天寒翠袖薄，日暮倚修竹。「在山」二句，自写贞洁也。或以在山比新人，出山比旧人，终觉未安。○结句不着议论，而清洁贞正意，隐然言外，是为诗品。

梦李白二首 此白从夜郎放还，在匡山、江夏之间。

死别已吞声，生别常恻恻。江南瘴疠地，逐客无消息。故人入我梦，明我长相忆。恐非平生魂，路远不可测。魂来枫林青，魂返关塞黑。点缀楚词，恍恍惚惚，使读者惘然如梦。君今在罗网，何以有羽翼？落月满屋梁，犹疑照颜色。水深波浪阔，无使蛟龙得！结出「魑魅喜人过」意。

浮云终日行，游子久不至。三夜频梦君，情亲见君意。告归常局促，苦道「来不易。江湖多风波，舟楫恐失坠。」四句如闻梦中之言。出门搔白首，若负平生志。冠盖满京华，斯人独憔悴！孰云网恢恢？将老身反累！千秋万岁名，寂寞身后事。

万丈潭

青溪合冥寞，神物有显晦。龙依积水蟠，窟压万丈内。五仄。局步凌垠堮，侧身下烟霭。前临洪涛宽，五平。却立苍石大。山危一径尽，崖绝两壁对。削成根虚无，倒影垂澹瀩。窅冥不测，幽险可畏。黑如湾澴底，清见光炯碎。孤云倒来深，飞鸟不在外。极形潭之深广。高萝成帷幄，寒木累旌旆。远川曲通流，嵌窦潜泄濑。造幽无人境，发兴自我辈。告归遗恨多，将老斯游最。闭藏修鳞蛰，出入巨石碍。五仄。何当暑天过，快意风雨会。

铁堂峡 一路自秦州赴同谷县纪行。

山风吹游子，缥缈乘险绝。硖形藏堂隍，壁色立积铁。径摩穹苍蟠，石与厚地裂。修纤无根竹，嵌空太始雪。倭迟哀壑底，徒旅惨不悦。水寒长冰横，我马骨正折。生涯抵弧矢，盗贼殊未灭。飘蓬逾三年，回首肝肺热。

青阳峡

塞外苦厌山，南行道弥恶。冈峦相经亘，云水气参错。林迴硖角来，天窄壁面削。磎西五里石，奋怒向我落。仰看日车侧，俯恐坤轴弱。魑魅啸有风，霜霰浩漠漠。昨忆逾陇坂，高秋视吴岳。东笑莲华卑，北知崆峒薄。借他山以形其突兀。超然侔壮观，已谓殷寥廓。突兀犹趁人，及兹叹冥寞。朱子语录云：「杜诗初年甚精细，晚年旷逸不可当。如自秦州入蜀诗，分明如画，乃其少时作也。」

寒峡

行迈日悄悄，山谷势多端。云门转绝岸，积阻霾天寒。寒峡不可度，我实衣裳单。况当仲冬交，溯沿增波澜。野人寻烟语，行子傍水餐。此生免荷殳，未敢辞路难。

石龛

熊罴咆我东，虎豹号我西；我后鬼长啸，我前狨又啼。起势突兀，若移在中间，只铺排常语。句法本魏武北上行。天寒昏无日，山远道路迷。驱车石龛下，仲冬见虹蜺。非时。伐竹者谁子，悲歌上云梯。为官采美箭，五岁供梁齐。苦云直簳尽，无以充提携。奈何渔阳骑，史思明余党。飒飒惊蒸黎！

飞仙阁 即栈道。

土门山行窄，微径缘秋毫。栈云阑干峻，梯石结构牢。万壑欹疏松，积阴带奔涛。寒日外澹泊，长风中怒号。欹鞍在地底，始觉所历高。往来杂坐卧，人马同疲劳。浮生有定分，饥饱岂可逃！叹息谓妻子，我何随汝曹？

桔柏渡

青冥寒江渡，架竹为长桥。竿湿烟漠漠，江永风萧萧。连笮动袅娜，征衣飒飘飖。急流鸨鹢散，绝岸鼋鼍骄。西辕自兹异，东逝不可要。高通荆门路，阔会沧海潮。孤光隐顾盼，游子怅寂寥。无以洗心胸，前登但山椒。

水会渡

山行有常程，中夜尚未安。微月没已久，崖倾路何难！大江动我前，汹若溟渤宽。篙师暗理楫，歌笑轻波澜。霜浓木石滑，风急手足寒。入舟已千忧，陟巘仍万盘。回眺积水外，始知众星乾。眺水外之星，下「乾」字险。远游令人瘦，衰疾惭加餐。

龙门阁

清江下龙门，绝壁无尺土。长风驾高浪，浩浩自太古。危途中萦盘，仰望垂线缕。滑石欹谁凿？浮梁袅相拄。目眩陨杂花，头风吹过雨。百年不敢料，一坠那得取！饱闻经瞿塘，足见度大庾。终身历艰险，恐惧从此数。从此数起。

剑门

惟天有设险，剑门天下壮。连山抱西南，石角皆北向。两崖崇墉倚，刻画城郭状。一夫怒临关，百万未可傍。珠玉走中原，岷峨气凄怆。三皇五帝前，鸡犬各相放。後王尚柔远，职贡道已丧。至今英雄人，高视见霸王。并吞与割据，公孙述之类。极力不相让。吾将罪真宰，意欲铲叠嶂。恐此复偶然，恐后此复有窃据。临风默惆怅。自秦州至成都诸诗，奥险清削，雄奇荒幻，无所不备。山川诗人，两相触发，所以独绝古今也。以后五古俱横厉颓堕，故所收从略。

遭田父泥饮美严中丞

武为京兆尹兼御史中丞，故诗中称尹。

步屧随春风，村村自花柳。田翁逼社日，邀我尝春酒。酒酣夸新尹，畜眼未见有。回头指大男：「渠是弓弩手。名在飞骑籍，长番岁时久。前日放营农，辛苦救衰朽。差科死则已，誓不举家走！今年大作社，拾遗能住否？」叫妇开大瓶，盆中为吾取。感此气扬扬，须知风化首。语多虽杂乱，说尹终在口。朝来偶然出，自卯将及酉。久客惜人情，如何拒邻叟？高声索果栗，欲起时被肘。指挥过无礼，未觉村野丑。月出遮我留，仍嗔问升斗。传出丰厚村朴景象，而美中丞意自见。若专美郑公，便是后人应酬之作。

述古

市人日中集，于利竞锥刀。置膏烈火上，哀哀自煎熬。农人望岁稔，相率除蓬蒿。所务谷为本，邪赢无乃劳。舜举十六相，身尊道何高！秦时任商鞅，法令如牛毛。东坡谓此希稷、契人语。

望岳

南岳配朱鸟，秩礼自百王。欻吸领地灵，鸿洞半炎方。邦家用祀典，在德非馨香。巡狩何寂寥，有虞今则亡。洎吾隘世网，行迈越潇湘。渴日绝壁出，漾舟清光旁。祝融五峰尊，峰峰次低昂。紫盖独不朝，争长嶪相望。恭闻魏夫人，群仙夹翱翔。有时五峰气，散风如飞霜。牵迫限修途，未暇杖崇冈。归来觊命驾，沐浴休玉堂。三叹问府主，曷以赞我皇？牲璧忍衰俗，神其思降祥。南岳亦名岣嵝山。○「渴日」，如渴虹、渴雨之渴。○衡山七十二峰，最大者五：芙蓉、紫盖、石廪、天柱、祝融，而祝融为最高〔八〕。○「魏夫人」，即紫虚元君南岳夫人。○「府主」，洞府之主，谓岳神也。○灵光缥缈，气象肃穆，汉人练时日、帝临诸章，是此诗原本。

送重表侄王砅评事使南海 砅音傳。郭璞江赋云：「砅崖鼓作。」又音房、

我之曾老姑，尔之高祖母。传志体作诗，真大手笔。尔祖未显时，归为尚书妇。隋朝大业末，房杜俱交友。长者来在门，荒年自糊口。家贫无供给，客位但箕帚。俄顷羞颇珍，寂寥人散后。入怪鬓发空，吁嗟为之久。自陈剪髻鬟，市鬻充杯酒。上云天下乱，宜与英俊厚。向窃窥数公，经纶亦俱有。次问最少年，虬髯十八九。子等成大名，皆因此人手。下云风云合，龙虎一吟吼。风云龙虎，从妇人眼中看出。愿展丈夫雄，得辞儿女丑。秦王时在坐，真气惊户牖。倒补秦王二句，史公能有此笔法。及乎贞观初，尚书践台斗。夫人常肩舆，上殿称万寿。六宫师柔顺，法则化妃后。至尊均叔嫂，盛事垂不朽。凤雏无凡毛，五色非尔曹？「凤雏」句接入评事。「非尔曹」，犹言得非也。往者胡作逆，乾坤沸嗷嗷。吾客左冯翊，尔家同遁逃。争夺至徒步，块独委蓬蒿。逗留热尔肠，十里却呼号。自下所骑马，右持腰间刀。左牵紫游缰，「左」「右」字参差变化。飞走使我高。苟活到今日，寸心铭佩牢。乱离又聚散，宿昔恨滔滔。水花笑白首，春草乱青袍。廷评近要津，下叙使南海。节制收英髦。北驱汉阳传，南泛上泷舠。家声肯坠地？利器当秋毫。番禺亲贤领，筹运神功操。大夫出卢宋，宝贝休脂膏。洞主降接武，海胡舶万艘。我欲就丹砂，跋涉觉身劳。安能陷粪土？有志乘鲸鳌。或骖鸾腾天，聊作鹤

鸣皋。因交趾有丹砂，故以游仙意作结，亦送人一体。○卢奂、宋璟为广府节度使。出者，出其上也。牧斋谓大历四年李勉除广州刺史兼岭南节度，有善政，耆老以为可继卢奂、宋璟、李朝隐之徒，所谓「亲贤」「大夫」者，谓勉也。○「尔祖」指王珪。「老姑」谓珪之妻，非珪母也。注诗家见「剪髻鬟」句，认为珪母，后人因以珪母李氏非杜驳之，议论纷如而起。看来剪髻鬟事，诗中活用，母可剪，妇亦可剪也。定为珪妻，则「尚书践台斗」以下，初无龃龉矣。惟珪始事建成，建成亡后，太宗始召用之，初非旧时相识，起手一段，似乎不合。不知人情好为夸大，或王氏子孙讳事建成一节，饰为此言，而少陵遂因之耶？阙疑可也。

校　记

〔一〕按：郭子仪、李白先后互救事，始见于唐会昌三年裴敬所作翰林学士李公墓碑，新唐书李白传误从。今人詹锳李白诗文系年谓此事是裴敬伪托，考辨甚详。

〔二〕门前送行迹　「送」全唐诗作「迟」，注作「旧」。按：唐诗品汇卷三作「送」。

〔三〕敖器之比之周公制作　「敖器之」原误作「孙器之」，今改正。按：敖陶孙字器之，见宋魏庆之诗人玉屑卷一九、清厉鹗宋诗纪事卷五八。「制作」原作「礼乐」，据诗人玉屑卷二敖陶孙臞翁诗评改。

〔四〕奚契丹吐蕃为两蕃　按：旧唐书北狄传谓奚与契丹「两国常递为表里，号曰两蕃。」此处「吐蕃」盖误。

〔五〕群冰从西下　「群冰」全唐诗注作「群水」，杜诗详注、读杜心解、杜诗镜铨等同，然据诗意，当作「群冰」。

〔六〕权门多噂沓　「沓」原作「香」，据全唐诗改。

〔七〕按：结处极状其悲痛，沈说非是。

〔八〕而祝融为最高　「而祝融」三字原脱，据钱注杜诗卷八所引长沙记补。

重订唐诗别裁集卷三

张　谓　字正言，河南人。天宝二年进士，大历中至礼部侍郎。

读后汉逸人传

子陵没已久，读史思其贤。谁谓颍阳人，千秋如比肩！尝闻汉皇帝，曾是旷周旋。名位苟无心，对君犹可眠。东过富春渚，乐此佳山川。夜卧松下月，朝看江上烟。钓时如有待，钓罢应忘筌。生事在林壑，悠悠经暮年。于今七里濑，遗迹尚依然。高台竟寂寞，流水空潺湲！心存名位，便为势所压，必不能视天子犹故人也。巢、由、随、光只是不为名位所缚。

王季友　季友，酆城人。家贫卖屐。李勉引为宾客。杜少陵诗「酆城客子王季友」，即其人。

山中赠十四秘书兄

出山秋云曙，山木已再春。食我山中药，不忆山中人。山中谁余密，白发日相亲。雀鼠昼夜无，知我厨廪贫。有情尽捐弃，土石为同身。依依舍北松，不厌吾南邻〔一〕。夫子质千寻，天泽枝叶新。余以不材寿，非智免斧斤。元道州云：“‘忘情学草木’，二公诗每有契合处。

元　结　字次山，瀼州人〔二〕。天宝十二载进士。肃宗朝官水部郎，佐荆南节度使，又参山南东道。代宗立，丐侍亲樊上，授道州刺史，进容管经略使，所至立教爱民。著有元子十篇。○次山诗自写胸次，不欲规模古人，而奇响逸趣，在唐人中另辟门径，前人譬诸古钟磬不谐里耳，信然。

春陵行　有序

癸卯岁，漫叟授道州刺史。道州旧四万余户，经贼以来，不满四千，大半不胜赋税。到官未五十日，承诸使征求符牒二百余封，皆曰：“失其限者，罪至贬削〔三〕。”於戏，若悉应其命，则州县破乱，刺史欲焉逃罪？若不应命，又即获罪戾，必不免也。吾将守官，静以安人，待罪而已。此州是春陵故地，故作春陵行以达下情。

军国多所需，切责在有司。有司临郡县，刑法竞欲施。供给岂不忧，征敛又可悲。州小经乱亡，遗人实困疲。大乡无十家，大族命单羸。朝餐是草根，暮食乃木皮。出言气欲绝，意速行步迟〔四〕。追呼尚不忍，况乃鞭扑之！仁人之言。邮亭传急符，来往迹相追。更无宽大恩，但有迫促期。欲令鬻儿女，言发恐乱随。悉使索其家，而又无生资。听彼道路言，怨伤谁复知！去冬山贼来，杀夺几无遗。所愿见王官，抚养以惠慈。奈何重驱逐，不使存活为？安人天子命，符节我所持。州县忽乱亡，得罪复是谁？逋缓违诏令，蒙责固其宜。前贤重守分，恶以祸福移。亦云贵守官，不爱能适时。顾惟孱弱者，正直当不亏。何人采国风？吾欲献此辞。杜老所谓「为万物吐气，天下少安可待者」也。千载以下，读其诗想见其为人。

贼退示官吏 有序

癸卯岁，西原贼入道州，焚烧杀掠，几尽而去。明年，贼又攻永破邵〔五〕，不犯此州边鄙而退。岂力能制敌与？愤语以谐出之。盖蒙其伤怜而已。诸使何为忍苦征敛？故作诗一篇以示官吏。

昔年逢太平，山林二十年。泉源在庭户，洞壑当门前。井税有常期，日晏犹得眠。忽然遭世变，数岁亲戎旗。今来典斯郡，山夷又纷然。城小贼不屠，人贫伤可怜。是以陷邻境，此州独见全。使臣将王命，岂不如贼焉？痛自切责，不嫌直遂。今被征敛者，迫之如火煎。谁能绝人命，以作时世贤！思欲委符节，引竿自刺船。将家就鱼麦，归老江湖边。

招孟武昌 有序

漫叟作退谷铭，指曰："干进之客，不能游之。"作杯湖铭，指曰："为人厌者，勿泛杯湖。"孟士源尝黜官，无情干进，在武昌，不为人厌，可游退谷，可泛杯湖，故作诗招之。

风霜枯万物，退谷如春时。穷冬涸江海，杯湖澄清漪。湖尽到谷口，单船近阶墀〔六〕。湖中更何好？坐见大江水。欹石为水涯，半山在湖里。谷口更何好？绝壑流寒泉。松桂荫茅舍，白云生坐边。武昌不干进，武昌人不厌。退谷正可游，杯湖任来泛。湖上有水鸟，见人不飞鸣。谷口有山兽，往往随人行。莫将车马来，令我鸟兽惊！

与瀼溪邻里

昔年苦逆乱，举族来南奔。日行几十里，爱君此山村。峰谷呀回映，谁家无泉源？修竹多夹路，扁舟皆到门。瀼溪中曲滨，其阳有闲园。邻里昔赠我，许之及子孙。我尝有匮乏，邻里能相分。我尝有不安，邻里能相存。斯人转贫弱，力役非无冤。终以瀼滨讼，无令天下论。桃花源乃设言，瀼溪真太古也。而忽使之贫弱，能毋为之讼冤乎？

喻瀼溪乡旧游

往年在瀼滨，瀼人皆忘情。今来游瀼乡，瀼人见我惊。我心与瀼人，岂有辱与荣？瀼人异其心，应为我冠缨。昔贤恶如此，所以辞公卿。贫穷老乡里，自休还力耕。况曾经逆乱，日夜闻战争。尤爱一溪水，而能存让名。终当来其滨，饮啄全此生。何等胸次，惜不令热官一读之。

大回中

樊水欲东流，大江又北来。樊山当其南，此中为大回。回中鱼好游，回中多钓舟。漫欲作渔人，终焉无所求。

贱士吟

南风发天和，和气天下流。能使万物荣，不能变羁愁。十字孟郊亦能道之。为愁亦何尔，自请说此由：谄竞实多路，苟邪皆共求。尝闻古君子，指以为深羞。正方终莫可，江海有沧洲。

农臣怨

农臣何所怨，乃欲干人主。不识天地心，徒然怨风雨。将论草木患，欲说昆虫苦。巡回宫阙旁，其意无由吐。一朝哭都市，泪尽归田亩。谣颂若采之，此言当可取。

贫妇词

谁知苦贫夫，家有愁怨妻。请君听其词，能不为酸凄！所怜抱中儿，不如山下麑。空念庭前地，化为人吏蹊。出门望山泽，回头心复迷。何时见府主？长跪向之啼。只恐府主不应，啼亦何益！

寿翁兴

借问多寿翁，何方自修育？惟云顺所然，忘情学草木。始知世上术，劳苦化金玉。不见充所求，空闻恣耽欲。清和存王母，潜濩无乱黩。谁正好长生，此言堪佩服。顺天地之自然，自能多寿。「忘情」五字，洵为养生主也。○隐侯公诗「宁为心好道，直由意无穷」，与「不见充所求」二语，可以互证。

沈千运

千运，吴兴人。元次山序其诗，谓「独挺于流俗之中，强攘于已溺之后」，推服者深。

感怀弟妹

今日春气暖，东风杏花坼。筋力久不如，却羡硐中石。神仙杳难准，中寿稀满百。近世多夭伤，喜见鬓发白。杖藜竹树间，宛宛行旧迹。岂知林园主，却是林园客！达人有此旷怀，千古愦愦，无人吐出。兄弟可存半，空为亡者惜。冥冥无再期，哀哀望松柏。骨肉能几人？年大自疏隔。性情谁免此，与我不相易。唯念得尔辈，时看慰朝夕。平生兹已矣，此念尽非适。

山中作

栖隐非别事，所愿离风尘。不辞城邑游，礼乐拘束人。迩来归山林，庶事皆吾身。何者为形骸？谁是智与仁？寂寞了闲事，而后知天真。咳吐矜崇华，迂俯相屈伸。极状拘束意。何如巢与由，天子不得臣！

赠史修文

故人阻千里，会面非别期。握手于此地，当欢返成悲。念离宛犹昨，俄已经数期。畴昔皆少年，别来鬓如丝。不道旧姓名，相逢知是谁。羈游尽骞翥，与君仍布衣。岂曰元其才？命理应有时。别路渐欲少，不觉生涕洟。

孟雲卿

雲卿，平昌人（七）。第进士，为校书郎。少陵诗「孟子论文更不疑」，即指雲卿。

古乐府挽歌

草草闾巷喧，涂车俨成位。冥冥何所须？尽我生人意。北邙路非遥，此别终天地。临穴频抚棺，至哀反无泪。入骨语。尔形未衰老，尔息犹童稚。骨肉安可离？皇天若容易。房帷即灵帐，庭宇为哀次。薤露歌若斯，人生尽如寄。

伤情

为长心易忧，早孤意常伤。出门先踌躇，入户亦徬徨。此生一何苦？前事安可忘！兄弟先我没，孤幼盈我旁。旧居近东南，河水新为梁。松柏今在兹，安忍思故乡？四时与日月，万物各有常。秋风已一起，草木无不霜。行行当自勉，不忍再思量。

赵微明 见箧中集，名与里居未详。○沈千运以下诸诗，生趣独造，与元次山相近，故次山收入箧中集。

挽歌词

寒日蒿上明，凄凄郭东路。素车谁家子，丹旐引将去。原下荆棘丛，丛边有新墓。人间痛伤别，此是长别处。旷野多萧条，青松白杨树。

思归

为别未几日，一日如三秋。犹疑望可见，日日上高楼。惟见分手处，白蘋满芳洲。寸心宁死别，不忍生离忧。

回军跛者

既老又不全，始得离边城。一枝假枯木，步步向南行。去时日一百，来时月一程。「常恐道路旁，掩弃狐兔茔。所愿死乡里，到日不愿生。」少陵每如此用笔，「反畏消息来」一种是也。闻此哀怨词，念念不忍听。惜无异人术，倏忽具尔形。

吴筠 字贞节。举进士不第，为道士。明皇征至京，待诏翰林。后坚求还山，卒于越中。

游庐山五老峰

彭蠡隐深翠，沧波照芙蓉。日初金光满，景落黛色浓。云外听猿鸟，烟中见杉松。自然符幽情，潇洒惬所从。整策务探讨，嬉游任从容。玉膏正滴沥，瑶草多芊茸。羽人栖层崖，道合乃一逢。挥手欲轻举，为尔扣琼钟。空香清人心，正气信有宗。永用谢物累，吾将乘鸾龙。

刘长卿 字文房，河间人。开元末进士。至德中，官转运使判官，知淮南、鄂岳转运留后〔八〕，鄂岳观察使吴仲孺奏贬，后终随州刺史。○中唐诗渐秀渐平，近体句意日新，而古体顿减浑厚之气矣。权德舆推文房为「五言长城」〔九〕，亦谓其近体也。

从军行二首

黄沙一万里，白首无人怜。报国剑已折，归乡身幸全。单于古台下，边色寒苍然。

草枯秋塞上，望见渔阳郭。胡马嘶一声，汉兵泪双落。谁为吮疮者？此事今人薄。

送丘为赴上都

帝乡何处是？歧路空垂泣。楚思暮愁多，川程带潮入。潮归人不归，独向空塘立。工于用短。

浮石濑

秋月照潇湘，月明闻荡桨。石横晚濑急，水落寒沙广。众岭猿啸重，空江人语响。清晖朝复暮，如待扁舟赏。

初至洞庭，怀灞陵别业

长安邈千里，日夕怀双阙。已是洞庭人，犹看灞陵月。谁堪去乡意，亲戚想天末！昨夜梦中归，烟波觉来阔。江皋见芳草，孤客心欲绝。岂讶青春来？但伤经时别。长天不可望，鸟与浮云没。此贬官巴蜀尉时有怀故乡也。

宿怀仁县南湖，寄东海荀处士

向夕敛微雨，晴开湖上天。离人正惆怅，新月愁婵娟。伫立白沙曲，相思沧海边。浮云自来去，此意谁能传？一水不相见，千峰随客船。寒塘起孤雁，夜色分蓝田。时复一回首，忆君如眼前。

钱起

字仲文，吴兴人。天宝十载赐进士第一人，授校书郎，终考功郎中。○时与韩翃、李端辈十人，号「十才子」，形于图画。又与郎士元齐名，人为之语曰：「前有沈、宋，后有钱、郎。」○仲文五言古仿佛右丞，而清秀弥甚。然右丞所以高出者，能冲和能浑厚也。

酬王维春夜竹亭赠别

山月随客来，主人兴不浅。今宵竹林下，谁觉花源远？惆怅曙莺啼，孤云还绝巘。

早渡伊川见旧邻作

鹍鸡鸣曙霜，秋水寒旅涉。渔人昔邻舍，相见具舟楫。出浦兴未尽，向山心更惬。村落通白云，茅茨隐红叶。东皋满时稼，归客欣复业。

东皋早春，寄郎四校书

禄微赖学稼，岁起归衡茅。穷达恋明主，耕桑亦近郊。夜来霁山雪，阳气动林梢。萌蕙暖初吐，春鸠鸣欲巢。蓬莱时入梦，知子忆贫交。「耕桑」近于穷矣，而「亦近郊」，见中心不忘君也。语厚而不腐。

蓝田溪与渔者宿

独游屡忘归，况此隐沦处。濯发清泠泉，月明不能去。更怜垂纶叟，静若沙上鹭。一论白云心，千里沧洲趣。芦中野火尽，浦口秋山曙。叹息分枝禽，何时更相遇？

杪秋南山西峰题準上人兰若

向山看霁色，步步豁幽性。反照乱流明，寒空千嶂净。石门有余好，霞残月欲映。上诣远公庐，孤峰悬一径。云里隔窗火，松间下山磬。客到两忘言，猿心与禅定。

游辋川至南山，寄谷口王十六

山色不厌远，我行随趣深。寻山之趣，尽此十字。迹幽青萝径，思绝孤霞岑。独鹤引过浦，鸣猿呼入林。褰裳百泉里，一步一清心。王子在何处？隔云鸡犬音。折麻定延伫，乘月期招寻。

刘湾 未详。

出塞曲

将军在重围，音信绝不通。羽书如流星，飞入甘泉宫。倚是并州儿，少年心胆雄。一朝随召募，百战争王公。去年桑乾北，今年桑乾东。死是征人死，功是将军功。汗马牧秋月，疲卒卧霜风。仍闻左贤王，更欲围雲中。

韦应物 应物，京兆长安人。少以三卫郎事明皇，后折节读书。屡仕为滁州刺史，改江州，内擢左司郎中，复出为苏州刺史。贞元中尚存，按其年百余岁矣〔一〇〕。为郎时似近豪侠，至后鲜食寡欲，焚香扫地而坐。诗品高洁，朱子谓其「无一字造作，气象近道，真可传人也」，而新旧唐书俱不为之立传何耶？

拟古七首

辞君远行迈，饮此长恨端。已谓道里远，如何中险艰？流水赴大壑，孤云还暮山。无情尚有归，行子何独难？驱车背乡国，朔风卷行迹。严冬霜断肌，日入不遑息。忧欢客发变，寒暑人事易。中心君讵知，冰玉徒贞白。

绮楼何氛氲，朝日正杲杲。四壁含清风，丹霞射其牖。玉颜上哀啭，绝耳非世有。但感离恨情，不知谁家妇。孤云忽无色，边马为回首。歌声所感也。曲绝碧天高，余声散秋草。徘徊帷中意，独夜不堪守。思逐朔风翔，一去千里道。连上首，疑是逐臣恋主之词。

嘉树蔼初绿，蘼芜吐幽芳。君子不在赏，寄之云路长。路长信难越，惜此芳时歇。孤鸟去不还，缄情向天末。此怀友之词。

月满秋夜长，惊乌号北林。天河横未落，斗柄当西南。寒蛩悲洞房，好鸟无遗音。商飙一夕至，独宿怀同衾〔二〕。旧交目千里，隔我浮与沉。人生岂草木？寒暑移此心。侵、覃同韵，本燕燕及株林之诗。

春至林木变，洞房夕含清。单居谁能裁，好鸟对我鸣。良人久燕赵，新爱移平生。别时双鸳绮，留此千恨情。碧草生旧迹，绿琴歇芳声。思将魂梦欢，反侧寐不成。揽衣迷所次，起望空前庭。孤影中自恻，不知双涕零。疑其得新忘故，欲梦魂以相就，而梦既不成，则又披衣顾影，不觉泪之沾衣也。应亦寄托之词。

有客天一方，寄我孤桐琴。迢迢万里隔，托此传幽音。冰霜中自结，龙凤相与吟。弦以明直道，漆以固交深。

白日淇上没，空闺生远愁。寸心不可限，淇水长悠悠。芳树正妍郁，春禽自相求。徘徊东西厢，孤妾谁与俦？年华逐丝泪，一落俱不收。与前意寄托相同。〇诸咏胎源于古诗十九首，须领取意言之外。

与友生野饮，效陶体

携酒花林下，前有千载坟。于时不共酌，奈此泉下人！始自玩芳物，行当念徂春。聊舒远世踪，坐望还山云。且遂一欢笑，焉知贱与贫？

南塘泛舟，会元六昆季

端居倦时燠，轻舟泛回塘。微风飘襟散，横吹绕林长。云淡水容夕，雨微荷气凉。一写悁勤意，宁用诉华觞？

郡斋雨中，与诸文士燕集

兵卫森画戟，燕寝凝清香。海上风雨至，逍遥池阁凉。烦疴近消散，嘉宾复满堂。自惭居处崇，未睹斯民康。理会是非遣，性达形迹忘。鲜肥属时禁，蔬果幸见尝。俯饮一杯酒，仰聆金玉章。神欢体自轻，意欲凌风翔。吴中盛文史，群彦今汪洋。方知大藩地，岂曰财赋强？

初发扬子，寄元校书

凄凄去亲爱，泛泛入烟雾。归棹洛阳人，残钟广陵树。今朝此为别，何处还相遇？世事波上舟，沿洄安得住？写离情不可过于凄惋，含蓄不尽，愈见情深，此种可以为法。

淮上即事，寄广陵亲故

前舟已渺渺，欲渡谁相待？秋山起暮钟，楚雨连沧海。风波离思满，宿昔容鬓改。独鸟下东南，广陵何处在？

听嘉陵江水声，寄深上人

凿崖泄奔湍，称古神禹迹。夜喧山门店，独宿不安席。水性自云静，石中本无声。如何两相激，雷转空山惊？贻之道门旧，了此物我情。两静相遇则动生，天地化机，忽然写出。

同德寺雨后，寄元侍御、李博士

川上风雨来，须臾满城阙。岧峣青莲界，萧条孤兴发。前山遽已净，阴霭夜来歇。乔木生夏凉，流云吐华月。严城自有限，一水非难越。相望曙河远，高斋坐超忽。

寺居独夜，寄崔主簿

幽人寂不寐，木叶纷纷落。寒雨暗深更，流萤度高阁。坐使青灯晓，还伤夏衣薄。宁知岁方晏，离居更萧索！

园林晏起，寄昭应韩明府、卢主簿

田家已耕作，井屋起晨烟。园林鸣好鸟，闲居犹独眠。不觉朝已晏，起来望青天。真朴处最近陶公。四体一舒散，情性亦忻然。还复茅檐下，对酒思数贤。束带理官府，简牍盈目前。当念中林赏，览物遍山川。上非遇明世，庶以道自全。

新秋夜寄诸弟

两地俱秋夕，相望共星河。高梧一叶下，空斋归思多。方用忧人瘼，况自抱微痾。无将别来近，颜鬓已蹉跎。

寄恒璨

心绝去来缘，迹顺人间事。独寻秋草径，夜宿寒山寺。今日郡斋闲，思问楞伽字。

寄全椒山中道士

今朝郡斋冷，忽念山中客：涧底束荆薪，归来煮白石。欲持一瓢酒，远慰风雨夕。落叶满空山，何处寻行迹？化工笔，与渊明「采菊东篱下，悠然见南山」，妙处不关语言意思。

示全真、元常

余辞郡符去，尔为外事牵。宁知风雪夜，复此对床眠？始话南池饮，更咏西楼篇。无将一会易，岁月坐推迁。

赠上方僧

见月出东山，上方高处禅。空林无宿火，独夜汲寒泉。不下蓝溪寺，今年三十年。

送李十四山东游〔一〕即李太白。

圣朝有遗逸，披胆谒至尊。岂是贸荣宠？誓将救元元。权豪非所便，高力士之类。书奏寝禁门。高歌长安酒，忠愤不可吞。欻来客河洛，日与静者论。济世翻小事，丹砂驻精魂。已学道，济世又小事矣。太白学仙，原在不遇之后。东游无复系，梁楚多大藩。高论动侯伯，疏怀脱尘喧。送君都门野，饮我林中尊。立马望东道，白云满梁园。踟蹰欲何赠，空是平生言。左司在开元时已为侍卫，至德宗时犹存，而集中有送太白诗，无与少陵赠答，岂两人本不相识耶？

送令狐岫宰恩阳

大雪天地闭，群山夜来晴。居家犹苦寒，子有千里行。行行安得辞，荷此蒲璧荣。贤豪争追攀，饮饯出西京。樽酒岂不欢？暮春自有程。离人起视日，仆御促前征。逶迟岁已穷，当造巴子城。和气被草木，江水日夜清。从来知善政，离别慰友生。

答畅校书当

偶然弃官去，投迹在田中。日出照茅屋，园林养愚蒙。虽云无一资，樽酌会不空。且欣百谷成，仰叹造化功。出入与民伍，作事靡不同。时伐南涧竹，夜还沣水东。贫蹇自成退，岂为高人踪？览君金玉篇，彩色发我容。日日欲为报，方春已徂冬。

寄裴处士

春风驻游骑，晚景淡山晖。一问清泠子，独掩荒园扉。草木雨余长，里闾人到稀。陶公。方从广陵宴，花落未言归。

有所思

借问堤上柳，青青为谁春？空游昨日地，不见昨日人。黯然消魂。缭绕万家井，往来车马尘。莫道无相识，要非心所亲。

暮相思

朝出自不还，暮归花尽发。岂无终日会？惜此花间月。空馆忽相思，微钟坐来歇。

夕次盱眙县

落帆逗淮镇，停舫临孤驿。浩浩风起波，冥冥日沉夕。人归山郭暗，雁下芦洲白。独夜忆秦关，听钟未眠客。

出还

昔出喜还家，今还独伤意。入室掩无光，衔哀写虚位。凄凄动幽幔，寂寂惊寒吹。幼女复何知，时来庭下戏。因幼女之戏，而己之哀倍深。咨嗟日复老，错莫身如寄。家人劝我餐，对案空垂泪。比安仁悼亡较真。

对芳树 亦悼亡作。

迢迢芳园树，列映清池曲。对此伤人心，还如故时绿。风条洒余霭，露叶承新旭。佳人不可攀，下有往来躅。

月夜 亦悼亡作。

皓月流春城，华露积芳草。坐念绮窗空，翻伤清景好。清景终若斯，伤多人自老。

龙门游眺

凿山导伊流，中断若天辟。都门遥相望，佳气生朝夕。素怀出尘意，适有携手客。精舍绕层阿，千龛邻峭壁。缘云路犹缅，憩涧钟已寂。花树发烟华，淙流散石脉。长啸招远风，临潭漱金碧。日落望都城，人间何役役！

观田家

微雨众卉新，一雷惊蛰始。田家几日闲？耕种从此起。丁壮俱在野，场圃亦就理。归来景常晏，饮犊西涧水。饥劬不自苦，膏泽且为喜。仓廪无宿储，徭役犹未已。方惭不耕者，禄食出闾里。韦诗至处，每在淡然无意，所谓天籁也。

春游南亭

川明气已变，岩寒云尚拥。南亭草心绿，春塘泉脉动。景煦听禽响，雨余看柳重。逍遥池馆华，益愧专城宠。人知作诗在句中炼字，而不知炼在韵脚。篇中「拥」字、「动」字、「重」字，妙处全在韵脚也。他诗可以类推。

游溪

野水烟鹤唳，楚天云雨空。玩舟清景晚，垂钓绿蒲中。落花飘旅衣，归流淡清风。缘源不可极，远树但青葱。

游开元精舍

夏衣始轻体，游步爱僧居。果园新雨后，香台照日初。绿阴生昼静，孤花表春余。符竹方为累，形迹一来疏。「绿阴」二语，写初夏景入神，「表」字尤见作意。

东郊

吏舍局终年，出郊旷清曙。杨柳散和风，青山淡吾虑。依丛适自憩，缘涧还复去。微雨霭芳原，春鸠鸣何处？乐幽心屡止，遵事迹犹遽。终罢斯结庐，慕陶真可庶。

神静师院

青苔幽巷遍，新林露气微。经声在深竹，高斋独掩扉。憩树爱岚岭，听禽悦朝晖。方耽静中趣，自与尘事违。

蓝岭精舍

石壁精舍高，排云聊直上。佳游惬始愿，忘险得前赏。崖倾景方晦，谷转川如掌。绿林含萧条，飞阁起弘敞。道人上方至，深夜还独往。日落群山阴，天秋百泉响。所嗟累已成，安得长偃仰？人谓左司学陶，而风格时近小谢。

澄秀上座院

缭绕西南隅，鸟声转幽静。秀公今不在，独礼高僧影。林下器未收，何人适煮茗？

幽居

贵贱虽异等，出门皆有营。独无外物牵，遂此幽居情。微雨夜来过，不知春草生。中有元化。青山忽已曙，鸟雀绕舍鸣。时与道人偶，或随樵者行。自当安蹇劣，谁谓薄世荣？每过阊阖门时，诵首二句，为之哑然。

秋夜

暗窗凉叶动，秋天寝席单。忧人半夜起，明月在林端。一与清景遇，每忆平生欢。情深人知之。如何方恻怆，披衣露更寒？

种药

好读神农书，多识药草名。持镰购山客，移莳罗众英。不改幽涧色，宛如此地生。汲井既蒙泽，插楥亦扶倾。阴颖夕房敛，阳条夏花明。悦玩从兹始，日夕绕庭行。州民自寡讼，养闲非政成。

采玉行

官府征白丁，言采兰溪玉。绝岭夜无家，深榛雨中宿。独妇饷粮还，哀哀舍南哭。苦语却以简出之。

李端

端，赵州人。大历中进士，官杭州司马。

古别离

水国叶黄时，洞庭霜落夜。行舟问商贾，宿在枫林下。此地送君还，茫茫似梦间。后期知几日？前路转多山。巫峡通湘浦，迢迢隔云雨。天晴见海樯，日落闻津鼓。人老自多愁，水深难急流。清宵歌一曲，白首对汀洲。

芜城

昔人登此地，丘垄已前悲。今日又非昔，春风能几时？风吹城上树，草没城边路。城里月明时，精灵自来去。明远赋意，能以数言该括。

留别柳中庸

惆怅流水时，萧条背城路。离人出古亭，嘶马入寒树。江海正风波，相逢在何处？

刘禹锡　字梦得，彭城人。始附王叔文，擢度支员外郎。宪宗立，叔文败，梦得贬连州。后召还，出刺播州，易连州，易夔州、和州。入为主客郎，进集贤学士。又出刺苏州。会昌时，检校礼部尚书。

客有为余话登天坛遇雨之状，因以赋之

清晨登天坛，半路逢阴晦。疾行穿雨过，却立视云背。白日照其上，风雷走于内。滉漾雪海翻，槎牙玉山碎。蛟龙露鬐鬣，神鬼含变态。万状互生灭，百音以繁会。俯观群动静，始觉天宇大。山顶自晶明，人间已霶霈。豁然重昏敛，涣若春冰溃。反照入松门，瀑流飞缟带。遥光泛物色，余韵吟天籁。洞府撞仙钟，村墟起夕霭。却见山下侣，已如迷世代。问

我何处来？我来云雨外。

插田歌 并序

连州城下，俯接村墟。偶登郡楼，适有所感。遂书其事，为俚歌以俟采诗者。

冈头花草齐，燕子东西飞。田塍望如线，白水光参差。农妇白纻裙，农夫绿蓑衣。齐唱田中歌，嘤儜如竹枝。但闻怨响音，不辨俚语词。时时一大笑，此必相嘲嗤。水平苗漠漠，烟火生墟落。黄犬往复还，赤鸡鸣且啄。路旁谁家郎，乌帽衫袖长。自言「上计吏，年幼离帝乡。」田夫语计吏：「君家侬定记。一来长安道，眼大不相觑。」计吏笑致辞：「长安真大处。省门高轲峨，侬入无度数。昨来补卫士，唯用筒竹布。君看二三年，我作官人去。」前状插田唱歌，如闻其声；后状计吏问答，如绘其形。

白居易

字乐天，下邽人。贞元中，擢进士、拔萃，官集贤校理，入为翰林学士，迁左拾遗。母丧归，还拜左赞善，以言事贬江州司马。后入为中书舍人，丐外，迁为杭州刺史，又为苏州刺史。文宗立，召迁刑部侍郎。太和中，以朝多党祸，移病还。开成中，起改太子少傅。会昌初，以刑部尚书致仕，卒，年七十五。〇乐天晚称香山居士，与胡杲等九人宴集，有年至百三十余者，人为绘图，称香山九老。〇乐天忠君爱国，遇事托讽，与少陵相同。特以平易近人，变少陵之沉雄浑厚，不袭其貌而得其神也。集中可采者多，兹取其大有关系者。外间妪解之说，不可为据。

贺雨诗

皇帝嗣宝历，元和三年冬。自冬及春暮，不雨旱爞爞。上心念下民，惧岁成灾凶。遂下罪己诏，殷勤告万邦。帝曰「予一人，继天承祖宗。忧勤不遑宁，夙夜心忡忡。元年诛刘辟，一举靖巴邛。二年戮李锜，不战安江东。顾惟眇眇德，遽有巍巍功。或者天降沴，无乃儆予躬！上思答天戒，下思致时邕。莫如率其身，慈和与俭恭。」乃命罢进献，乃命赈饥穷。宥死降五刑，已责宽三农。责音债。用晋悼公事，谓止逋也。宫女出宣徽，厩马减飞龙。庶政靡不举，皆出自宸衷。奔腾道路人，伛偻田野翁。欢呼相告报，感泣涕沾胸。顺人人心悦，先天天意从。诏下才七日，和气生冲融。凝为油油云，散作习习风。昼夜三日雨，凄凄复濛濛。万心春熙熙，百谷青芃芃。人变愁为喜，岁易俭为丰。乃知王者心，忧乐与众同。皇天及后土，所感无不通。冠珮何锵锵，将相及王公。蹈舞呼万岁，列贺明庭中。小臣诚愚陋，职忝金銮宫。稽首再三拜，一言献天聪：「君以明为圣，臣以直为忠。敢贺有其始，亦愿有其终。」结寓规戒。○先叙遇灾修省，次写天人感应，而以箴规保治作结，忠爱之意，油然蔼然。

寄唐生 名衢。

贾谊哭时事，阮籍哭路歧。唐生今亦哭，异代同其悲。唐生者何人？五十寒且饥。不悲口无食，不悲身无衣。所悲忠与义，悲甚则哭之。太尉击贼日，段太尉以笏击朱泚。尚书叱盗时。颜尚书叱李希烈。大夫死凶寇，陆大夫为乱兵所害。谏议谪蛮夷。阳谏议左迁道州。每见如此事，声发涕辄随。往往闻其风，俗士犹或非。怜君头半白，其志竟不衰。我亦君之徒〔三〕，郁郁何所为？不能发声哭，转作乐府诗。篇篇无空文，句句必尽规。切过虞人箴，痛甚骚人词。非求宫律高，不务文字奇。白傅作诗，总是此旨。惟歌生民病，愿得天子知。未得天子知，甘受时人嗤。药良气味苦，琴淡音声希。不惧权豪怒，亦任亲朋讥。人竟无奈何，呼作狂男儿。每逢群动息，或遇云雾披。但自高声歌，庶几天听卑。歌哭虽异名，所感则同归。寄君三十章，与君为哭词。歌以代哭，一篇本旨。

李都尉古剑

古剑寒黯黯，铸来几千秋。白光纳日月，紫气排斗牛。有客借一观，爱之不敢求。湛然玉匣中，秋水澄不流。至宝有本性，精刚无与俦。可使寸寸折，不能绕指柔。愿快直士心，将断佞臣头。不愿报小怨，夜半刺私仇。劝君慎所用，无作神兵羞！

秦中吟十首

贞元、元和之际，予在长安，闻见之间，有足悲者。因直歌其事，命为秦中吟。

议婚

天下无正声，悦耳即为娱。人间无正色，悦目即为姝。颜色非相远，贫富则有殊：贫为时所弃，富为时所趋。红楼富家女，金缕绣罗襦。见人不敛手，娇痴二八初。母兄未开口，言嫁不须臾。绿窗贫家女，寂寞二十余。荆钗不直钱，衣上无真珠。几回人欲聘，临日又踌躇。主人会良媒，置酒满玉壶。四座且勿饮，听余歌两途：「富家女易嫁，嫁早轻其夫。贫家女难嫁，嫁晚孝于姑。闻君欲娶妇，娶妇意何如？」

重赋

厚地植桑麻，所要济生民[一四]。生民理布帛，所求活一身。身外充征赋[一五]，上以奉君亲。国家定两税，本意在爱人。厥初防其淫，明敕内外臣：税外加一物，皆以枉法论。奈何岁月久，贪吏得因循？浚我以求宠[一六]，敛索无冬春。织绢未成匹，缫丝未盈斤。里胥逼我纳，不许暂逡巡。岁暮天地闭，阴风生破村。夜深烟火尽，霰雪白纷纷。幼者形不蔽，老者体无温。悲啼与寒气，并入鼻中辛。昨日输残税，因窥官库门：缯帛如山积，丝絮如云屯。号为羡余物，随月献至尊。夺我身上暖，买尔眼前恩。进入琼林库，岁久化为尘。唐时已有进羡余者，言下慨然。

伤宅

谁家起甲第，朱门大道边？丰屋中栉比，高墙外回环。累累六七堂，栋宇相连延。一堂费百万，郁郁起青烟。洞房温且清，寒暑不能干。高亭虚且迥，坐卧见南山。绕廊紫藤架，夹砌红药阑。攀枝摘樱桃，带花移牡丹。主人此中坐，十载为大官。厨有臭败肉，库有贯朽钱。谁能将我语，问尔骨肉间：岂无贫贱者，忍不救饥寒？如何奉一身，直欲保千年？不见马家宅，今作奉诚园！北平王子畅，畅子继祖。畅为宦官窦文场所谗，畅惧，进安邑里宅，改为奉诚园（一七）。此德宗之寡恩，而白傅借以警骄侈者。

伤友

陋巷孤寒士，出门甚栖栖。虽云志气高，岂免颜色低？平生同袍友，通籍在金闺。曩者胶漆契，迩来云雨暌。正逢下朝归，轩骑五门西。是时天久阴，三日雨凄凄。蹇驴避路立，肥马当风嘶。回头望相识，占道上沙堤。昔年洛阳社，贫贱相提携。今日长安道，对面隔云泥。近日多如此，非君独惨凄。死生不变者，惟闻任与黎。自注：「任公叔、黎逢。」○「是时天久阴」六语，一经点染，便觉不堪。

合致仕

七十而致仕，礼法有明文。何乃贪荣贵，斯言如不闻？可怜八九十，齿堕双眸昏。朝露贪名利，夕阳忧子孙。挂冠顾翠缨，悬车惜朱轮。金章腰不胜，伛偻入君门。谁不爱富贵？谁不恋君恩？年高须告老，名遂合退身。少时共嗤笑，晚岁多因循。贤哉汉二疏，彼独是何人？寂寞东门路，无人继去尘。「朝露」二语，耐人寻味，岂浅易人所能。

立碑

勋德既下衰，文章亦陵夷。但见山中石，立作路旁碑。铭勋悉太公，叙德皆仲尼。复以多为贵，千言直万资。为文彼何人，想见下笔时：但欲愚者悦，不思贤者嗤。岂独贤者嗤，仍传后代疑。古石苍苔字，安知是愧词！我闻望江县，麹令抚孤嫠。自注：「麹令名信陵。」在官有仁政，名不闻京师。身殁欲归葬，百姓遮路歧。攀辕不得去，留葬此江湄。至今道其名，男女皆涕垂。无人立碑碣，惟有邑人知。麹信陵，吴县西洞庭山人。

轻肥

意气骄满路，鞍马光照尘。借问何为者？人称是内臣。朱绂皆大夫，紫绶悉将军。夸赴中军宴，走马疾如云。樽罍溢九酝，水陆罗八珍。果擘洞庭橘，鲙切天池鳞。食饱心自若，酒酣气益振。是岁江南旱，衢州人食人！

五弦

清歌且停唱，红袂亦停舞。赵叟抱五弦，宛转当胸抚。大声粗若散，飒飒风和雨。小声细欲绝，切切鬼神语。又如鹊报喜，转作猿啼苦。十指无定音，颠倒宫商羽。坐客闻此声，形神若无主。行客闻此声，驻足不能举。嗟嗟俗人耳，好今不好古。所以北窗琴，日日生尘土。

歌舞

秦中岁云暮，大雪满皇州。雪中退朝者，朱紫尽公侯。贵有风雪兴，富无饥寒忧。所营惟第宅，所务在追游。朱门车马客，红烛歌舞楼。欢酣促密坐，醉暖脱重裘。秋官为主人，廷尉居上头。日中为乐饮，夜半不能休。岂知阌乡狱，中有冻死囚！

买花

帝城春欲暮，喧喧车马度。共道牡丹时，相随买花去。贵贱无常价，酬直看花数。灼灼百朵红，戋戋五束素。上张帐幄庇，旁织笆篱护。水洒复泥封，迁来色如故。家家习为俗，人人迷不悟。有一田舍翁，偶来买花处。低头独长叹，此叹无人谕：一丛深色花，十户中人赋！连上三章，讽意俱于末二语结出。○乐天和答微之诗序云：「每下笔时，辄相顾共患其意太切而理太周。盖理太周则词繁，意太切则言激。与足下为文，所长在此，所病亦在此。」玩此数言，白傅已自定其诗，杜牧之讥之，直是隔壁语耳。

感鹤

鹤有不群者，飞飞在野田。饥不啄腐鼠，渴不饮盗泉。贞姿自耿介，杂鸟何翩翾！同游不同志，如此十余年。一兴嗜欲念，遂为矰缴牵。委质小池内，争食群鸡前。不唯怀稻粱，兼亦竞腥膻。不唯恋主人，兼亦狎乌鸢。物心不可知，天性有时迁。一饱尚如此，况乘大夫轩！有以峻洁持身而一念之误遂丧生平者，故作诗讽之。○元微之晚节亦蹈此患。

慈乌夜啼

慈乌失其母，哑哑吐哀音。昼夜不飞去，经年守故林。夜夜夜半啼，闻者为沾襟。声中如告诉：未尽反哺心。百鸟岂无母？尔独哀怨深。应是母慈重，使尔悲不任。昔有吴起者，母殁丧不临。嗟哉斯徒辈，其心不如禽。慈乌复慈乌，鸟中之曾参。仁孝之人，其言蔼然。

和大觜乌

乌者种有二，名同性不同。觜小者慈孝，觜大者贪庸。觜大命又长，生来十余冬。物老颜色变，头毛白茸茸。飞来庭树立，初但惊儿童。老巫生奸计，与乌意潜通。云是非凡鸟，遥见起敬恭。千岁乃一出，喜贺主人翁。祥瑞来白日，神灵占知风。阴作北斗使，能为人吉凶。此鸟所止家，家产日夜丰。上以致寿考，下可宜田农。主人富家子，身老心童蒙。随巫拜复祝，妇姑亦相从。杀鸡荐其肉，敬若禋六宗。乌喜张大觜，飞接在虚空。乌既饱膻腥，巫亦飨甘醲。乌巫互相利，不复两西东。日日营巢窟，稍稍近房栊。虽生八九子，谁辨其雌雄？群雏又长成，众觜逞残凶。探巢吞燕卵，入簇啄蚕虫。岂无乘秋隼？羁绊委高墉。但食乌残肉，无施搏击功。此比谏官之不言者。亦有能言鹦，翅碧觜距红。暂曾说乌罪，囚闭在深笼。此比言而被罪者。青青窗前柳，郁郁井上桐。贪乌占栖息，慈乌独不容。慈乌尔奚为？来往何憧憧！晓去先晨鼓，暮归后昏钟。辛苦尘土间，飞啄禾黍丛。得食将母哺，饥肠不自充。主人憎慈乌，命子削弹弓。弦续会稽竹，丸铸荆山铜。慈乌求母食，飞下尔庭中。数粒未食口，一丸已中胸。仰天号一声，似欲诉苍穹：反哺日未足，非是惜微躬。谁能持此冤，一为问化工：胡然大觜乌，竟得天年终？乌之残恶，巫之奸计，主人之昏愚，三者合而慈乌自不能容身矣。大觜乌何代无之？要在主人之明，分别种类。

凶宅

长安多大宅，列在街西东。往往朱门内，房廊相对空。枭鸣松桂枝，狐藏兰菊丛。苍苔黄叶地，日暮多旋风。前主为将相，得罪窜巴庸。后主为公卿，寝疾殁其中。连延四五主，殃祸叠相重。自从十年来，不利主人翁。风雨坏檐隙，蛇鼠穿墙墉。人疑不敢买，日毁土木功。嗟嗟俗人心，甚矣其愚蒙！但恐灾将至，不思祸所从。我今题此诗，欲悟迷者胸：凡为大官人，年禄多高崇。权重持难久，位高势易穷。骄者物之盈，老者数之终。四者如寇盗，日夜来相攻。假使居吉土，孰能保其躬？因小以明大，借家可谕邦。叶。周秦宅崤函，其宅非不同。一兴八百年，一死望夷宫。寄语家与国，人凶非宅凶！大声疾呼，可破聋聩。集中惜未议及葬师。

校记

〔一〕「依依舍北松」二句全唐诗在「有情尽捐弃」二句之上，唐元结箧中集、唐百家诗选卷六同。

〔二〕元结字次山瀼州人　按：元结全唐诗小传作河南（今河南洛阳附近）人，今人孙望元次山年谱作鲁县（今河南鲁山县）人。据元结与瀼溪邻里、喻瀼溪乡旧游等诗，结曾挈族避乱于瀼溪（今江西瑞昌县南），故沈氏误作瀼州人。

〔三〕罪至贬削　「罪」原作「遂」，据全唐诗改。

〔四〕意速行步迟　「步」原作「走」，据全唐诗改。

〔五〕贼又攻永破邵　「邵」原作「郡」，据全唐诗改。

〔六〕单船近阶墀　「墀」原作「除」，据全唐诗改。

〔七〕雲卿平昌人　按：孟雲卿全唐诗小传作「河南人，一说武昌人」。此作平昌人，乃据元结送孟校书往南海诗序：「平昌孟雲卿，与元次山同州里」云云。然平昌乃其郡望，实为河南（今洛阳市附近）人。

〔八〕官转运使判官知淮南鄂岳转运留后　「官」字下十四字原脱，据新唐书艺文志补。

〔九〕权德與推文房为五言长城　按：四部丛刊本权载之文集秦征君校书与刘随州唱和诗序：「夫彼汉东守（指刘）尝自以为五言长城。」「五言长城」乃长卿自谓，自元辛文房唐才子传卷二误为「权德與称（刘）为五言长城」，后世不察，以误传误，故特辨正。

〔一〇〕按：韦应物生于开元二十五年（七三七），今人孙望《韦应物事迹考述》谓卒于贞元九年（七九三）左右，则其享年约五十余岁。沈氏谓其年百余岁，盖误。

〔一一〕独宿怀同衾　「同」原作「重」，据全唐诗改。

〔一二〕送李十四山东游　沈氏注云「即李太白」。按：李白排行第十二，其被谗离长安东游在天宝三载（七四四），时韦应物仅八岁，故可断定此李十四决非李白。又，全唐诗此诗一作「山人东游」。

〔一三〕我亦君之徒　「君之」原作「不才」，据全唐诗改。

〔一四〕所要济生民　「要」原作「用」，据全唐诗改。

〔一五〕身外充征赋　「征」原作「正」，据全唐诗改。

〔一六〕浚我以求宠　「浚」原作「役」，据全唐诗改。

〔一七〕按：唐冯翊桂苑丛谈：「马司徒之子畅，以第中大杏馈中人窦文场，文场以进德宗。德宗以为未尝见，颇怪畅，因令中使就封其树。畅惧进宅，改为奉诚园。」可参阅。

重订唐诗别裁集卷四

韩　愈　字退之，昌黎人。三岁而孤，兄会嫂郑鞠之。长擢进士第，历官监察御史。上疏极论宫市，德宗怒，贬阳山令。元和中，历官太子右庶子。裴度宣慰淮西，奏愈行军司马。淮西平，迁刑部侍郎。宪宗迎佛骨入禁内，上表力谏，帝怒，将抵以死，大臣皆为愈言，乃贬潮州刺史。寻改袁州。召拜国子祭酒，转兵部侍郎。王廷凑乱，召愈宣谕，极论顺逆利害，廷凑畏服之。归，转吏部侍郎。后以李逢吉、李绅交构，遣患于愈，罢为兵部侍郎。后复为吏部侍郎。卒，年五十七，赠礼部尚书，谥曰文。〇善使才者，当留其不尽。昌黎诗不免好尽，要之意归于正，规模宏阔，骨格整顿，原本雅颂，而不规规于风人也。品为大家，谁曰不宜！〇昌黎四言，唐人中无与俪者，平淮西碑尤为立极。因碑以文为主，系之以诗，恐体例不合，故只录元和圣德诗。

元和圣德诗　并序〇唐人四言，绝少佳者，不能另立一体，故附五言体中。

臣愈顿首再拜言：臣伏见皇帝陛下即位以来，诛流奸臣，朝廷清明，无有欺蔽。外斩杨惠琳、刘闢以收夏、蜀，东定青、徐积年之叛，海内怖骇，不敢违越。郊天告庙，神灵欢喜，风雨晦明，无不从顺。太平之期，适当今日。臣蒙被恩泽，日与群臣序立紫宸殿下，亲望穆穆之光。而其职业，又在以经籍教导国子，诚宜率先作歌诗以称道盛德，不可以词语浅薄，不足以自效为解。辄依古作四言元和圣德诗一篇，凡千有二十四字，指事实录，具载明天子文武神圣，以警动百姓耳目，传示无极。其诗曰：

皇帝即阼，物无违拒。曰旸而旸，曰雨而雨。维是元年，有盗在夏。杨惠琳据城叛，诏发兵讨之。欲覆其州，以踵近武。皇帝曰嘻，岂不在我。负鄙为艰(一)，纵则不可。出师征之，其众十旅。军其城下，告以福祸。腹败枝披，不敢保聚。掷首陴外，夏州兵马使张承金斩惠琳(二)，传首以献。降幡夜竖。疆外之险，莫过蜀土。入本事。韦皋去镇，刘辟守后。血人于牙，不肯吐口。开库啗士，曰随所取。诱啖士卒之词。汝张汝弓，汝伐汝鼓。汝为表书，求我帅汝。事始上闻，在列咸怒。皇帝曰然，嗟远士女。苟附而安，则且付与。读命于庭，出节少府。宪宗欲以恩抚之，命为剑南西川节度使。朝发京师，夕至其部。辟喜谓党，汝振而伍。蜀可全有，此不当受。万牛脔炙，万瓮行酒。以锦缠股，以红帕首。有恇其凶，有饵其诱。其出穰穰，队以万数。遂劫东川，遂据城阻。皇帝曰嗟，其又可许！此岂可许！爰命崇文，分卒禁籞。命高崇文进讨。有安其驱，无暴我野。日行三十，徐壁其右。辟党聚谋，鹿头是守。崇文奉诏，进退规矩。战不贪杀，擒不滥数。四方节度，整兵顿马。上章乞讨，俟命起坐。皇帝曰嘻，无汝烦苦。荆并洎梁，在国门户。出师三千，各选尔丑。四军齐作，殷其如阜。谓不必四方之兵，惟荆南节度使裴均、河东节度使严绶、山南节度使严砺，足以诛之也。或拔其角，或脱其距。长驱洋洋，无有龃龉。八月壬午，辟弃城走。载妻与妾，包裹稚乳。是日崇文，入处其宇。分散逐捕，搜原剔薮。辟穷见窘，无地自处。俯视大江，不见洲渚。遂自颠倒，若杵投臼。取之江中，枷脰械手。妇女累累，啼哭拜叩。来献阙下，以告庙社。周示城市，咸使观睹。解脱挛索，夹以砧斧。婉婉弱子，赤立伛偻。牵头曳足，先断腰膂。次及其徒，体骸撑拄。末乃取闟，骇汗如泻。挥刀纷纭，争刌脍脯。一段危言其词，借以悚惕藩镇也。优赏将吏，析珪缀组。帛堆其家，粟塞其庾。哀怜阵没，廪给孤寡。赠官封墓，周匝宏溥。经战伐地，宽免租簿。施令酬功，急疾如火。天地中间，莫不顺序。幽恒青魏，东尽海浦。南至徐蔡，区外杂虏。怛威赧德，踧踖蹈舞。此言一时藩镇无不畏威怀德。掉弃兵革，私习簠簋。来请来觐，十百其耦。皇帝曰吁，伯父叔舅。各安尔位，训厥甿畮。正月元日，初见宗祖。一段祭告天地祖宗。躬执百礼，登降拜俯。荐于新宫，顺宗之宫。视瞻梁梠。戚见容色，泪落入俎。侍祠之臣，助我恻楚。乃以上辛，于郊用牡。除于国南，鳞笋毛簴。庐幕周施，开揭磊砢。兽盾腾拏，圆坛帖妥。天兵四罗，旗常婀娜。驾龙十二，鱼鱼雅雅。宵升于丘，圆丘。奠璧献斝。众乐惊作，轰豗融冶。紫焰嘘呵，高灵下堕。群星从坐，错落侈哆。日君月妃，焕赫婐姬。渎鬼蒙鸿，岳祇岦峨。饫沃膻芗，产祥降嘏。凤皇应奏，舒翼自拊。赤鳞黄龙，逶陀结纠。卿士庶人，黄童白叟。踊跃欢呀，失喜噎欧。乾清坤夷，境落褰举。帝车回来，日正当午。幸丹凤门，大赦天下。一段大赦施惠。涤濯剗礉，磨灭瑕垢。续功臣嗣，拔贤任耇。孩养无告，仁滂施厚。皇帝神圣，以下颂扬帝德。通达今古。听聪视明，一似尧禹。生知法式，动得理所。天锡皇帝，为天下主。并包蓄养，无异细巨。亿载万年，敢有违者？皇帝俭勤，盥濯陶瓦。斥遣浮华，好此绨纻。敕戒四方，侈则有咎。天锡皇帝，多麦与黍。无召水旱，耗于雀鼠。亿载万年，有富无窭。皇帝正直，别白善否。擅命而狂，既翦既去。尽逐群奸，靡有遗侣。天锡皇帝，庞臣硕辅。博问遐观，以置左右。亿载万年，无敢予侮。皇帝大孝，慈祥悌友。怡怡愉愉，奉太皇后。浃于族亲，濡及九有。天锡皇帝，与天齐寿。登兹太平，无怠永久。颂继以规。亿载万年，为父为母。博士臣愈，职是训诂。作为歌诗，以配吉甫。典重峭奥，体则二雅、三颂，辞则古赋秦碑，盛唐中昌黎独擅。

秋怀诗二首

离离挂空悲，戚戚抱虚警。露泫秋树高，虫吊寒夜永。敛退就新懦，趋营悼前猛。归愚识夷途，汲古得修绠。名浮犹有耻，味薄真自幸。庶几遗悔尤，即此是幽屏。此即今是昨非之意，连下章颇近谢公。

今晨不成起，端坐尽日景。虫鸣室幽幽，月吐窗冏冏。丧怀若迷方，浮念剧含梗。尘埃慵伺候，文字浪驰骋。尚须勉其顽，王事有朝请。前汉书：「吴王濞使人为秋请。」春曰朝，秋曰请。

龊龊

龊龊当世士，所忧在饥寒。但见贱者悲，不闻贵者叹。大贤事业异，远抱非俗观。报国心皎洁，念时涕汍澜。妖姬坐左右，柔指发哀弹。酒肴虽日陈，感激宁为欢？秋阴欺白日〔三〕，泥潦不少乾。河堤决东郡，老弱随惊湍。天意固有属，谁能诘其端！愿辱太守荐，得充谏诤官。排云叫阊阖，披腹呈琅玕。致君岂无术？自进诚独难！时张建封居公于符离睢上，及秋将辞去，建封奏为节度推官。此犹未荐时诗，故有望于太守之荐也。

县斋读书

出宰山水县，读书松桂林。萧条捐末事，邂逅得初心。哀狖醒俗耳，清泉洁尘襟。诗成有共赋，酒熟无孤斟。青竹时默钓，白云日幽寻。南方本多毒，北客恒惧侵。谪谴甘自守，滞留愧难任。投书类缟带，伫答逾兼金。应是令阳山时作，末二句似答赠诗之客。

送石处士赴河阳幕 处士名洪。

长把种树书，人云避世士。忽骑将军马，自号报恩子。风云入壮怀，泉石别幽耳。巨鹿师欲老，时寇聚于恒。常山险犹恃。王承宗负固。岂惟彼相忧？固是吾徒耻。去去事方急，酒行可以起。即序中所云「不告于妻子，不谋于朋友」也。中带讽意，合看寄卢仝诗愈见。

送湖南李正字归〔四〕正字名础。

长沙入楚深，洞庭值秋晚。人随鸿雁少，江共蒹葭远。历历余所经，悠悠子当返。孤游怀耿介，旅宿梦婉娩。风土稍殊音，鱼虾日异饭。亲交俱在此，谁与同息偃？

泷吏

南行逾六旬，始下乐昌泷。险恶不可状，船石相舂撞。往问泷头吏：「潮州尚几里？行当何时至？土风复何似？」泷吏垂手笑：「官何问之愚？譬官居京邑，何由知东吴？东吴游宦乡，官知自有由。潮州底处所，有罪乃窜流。侬幸无负犯，何由到而知？官今行自到，那遽妄问为？」不虞卒见困，汗出愧且骇。吏曰「聊戏官，侬尝使往罢。岭南大抵同，官去道苦辽。下此三千里，有州始名潮。恶溪瘴毒聚，雷电常汹汹。鳄鱼大于船，牙眼怖杀侬。州南数十里，有海无天地。飓风有时作，掀簸真差同诧。事。圣人于天下，于物无不容。比闻此州囚，亦有生还侬。官无嫌此州，固罪人所徙。官当明时来，事不待说委。官不自谨慎，宜即引分往。胡为此水边，神色久慌慌？瓨大瓶罂小，所任自有宜。官胡不自量，满溢以取斯？工农虽小人，事业各有守。不知官在朝，有益国家不？得无虱其间，商君二十六篇，以仁义礼乐为虱官，曰「六虱成俗，兵必大败。」不武亦不文？仁义饰其躬，巧奸败群伦。」叩头谢吏言，始惭今更羞。历官二十余，国恩并未酬。凡吏之所诃，嗟实颇有之。不即金木诛，敢不识恩私！潮州虽云远，虽恶不可过。于身实已多，敢不持自贺！借吏言以规讽，自嘲亦自宽解也。从古乐府得来，韩诗中之别调。

岳阳楼别窦司直 原注：「窦庠时以武昌幕擢岳州。」

洞庭九州间，厥大谁与让？南汇群崖水，北注何奔放〔五〕！潴为七百里，吞纳各殊状。自古澄不清，环混无归向。炎风日搜搅，幽怪多冗长。轩然大波起，宇宙隘而妨。巍峨拔嵩华，腾踔较健壮。声音一何宏？轰辊车万两。犹疑帝轩辕，张乐就空旷。蛟螭露笱簴，缟练吹组帐。鬼神非人世，节奏颇跌踼。阳施见夸丽，阴闭感凄怆。二句分上下景状。朝过宜春口，极北缺堤障。夜缆巴陵洲〔六〕，丛芮芮，水涯也。才可傍。星河尽涵泳，俯仰迷下上。余澜怒不已〔七〕，喧聒鸣瓮盎。明登岳阳楼，辉焕朝日亮。飞廉戢其威，清晏息纤纩。泓澄湛凝绿，物影巧相况。江豚时出戏，惊波忽荡漾。时当冬之孟，隙窍缩寒涨。前临指近岸，侧坐渺难望。涤濯神魂醒，幽怀舒以畅。主人孩童旧，握手乍忻怅。怜我窜逐归，相见得无恙。开筵交履舄，烂漫倒家酿。杯行无留停，高柱送清唱。中盘进橙栗，投掷倾脯酱。欢穷悲心生，婉娈不能忘。念昔始读书，志欲干霸王。屠龙破千金，本庄子。为艺亦云亢。爱才不择行，触事得谗谤。前年出官由，此祸最无妄。公卿采虚名，擢拜识天仗。奸猜畏弹射，斥逐恣欺诳。新恩移府庭，逼侧厕诸将。吁嗟苦驽缓，但惧失宜当。追思南渡时，鱼腹甘所葬。严程迫风帆，劈箭入高浪。颠沉在须臾，忠鲠谁复谅？生还真可喜，克己自惩创。庶从今日后，粗识得与丧。事多改前好，趣有获新尚。誓耕十亩田，不取万乘相。细君知蚕织，稚子已能饷。行当挂其冠，生死君一访。前两段阳开阴阖，入窦司直后，见忠直被谤，而以追思南渡数语挽转前半，笔力矫然。

荐士

周诗三百篇，雅丽理训诰。曾经圣人手，议论安敢到？五言出汉时，苏李首更号。东都渐弥漫，派别百川导。建安能者七，卓荦变风操。逶迤抵晋宋，气象日凋耗。中间数鲍谢，失却陶公，性所不近也。比近最清奥。齐梁及陈隋，众作等蝉噪。搜春摘花卉，沿袭伤剽盗。国朝盛文章，子昂始高蹈。卓见。勃兴得李杜，万类困陵暴。后来相继生，亦各臻阃奥。有穷者孟郊，受材实雄骜。冥观洞古今，象外逐幽好。横空盘硬语，妥帖力排奡。二语昌黎自状其诗。敷柔肆纡余，奋猛卷海潦。荣华肖天秀，捷疾逾响报。行身践规矩，甘辱耻媚灶。孟轲分邪正，眸子看瞭眊。杳然粹而清，可以镇浮躁。酸寒溧阳尉，五十几何耄？言去耄几何。孜孜营甘旨，辛苦久所冒。俗流知者谁，指注竟嘲慠。圣皇索遗逸，髦士日登造。庙堂有贤相，谓郑馀庆。爱遇均覆焘。况承归与张，归登、张建封。二公迭嗟悼。青冥送吹嘘，强箭射鲁缟。胡为久无成，知而不举也。使以归期告？霜风破佳菊，嘉节迫吹帽。念将决焉去，感物增恋嫪。彼微水中荇，以下皆用比例。尚烦左右芼。鲁侯国至小，庙鼎犹纳郜。幸当择珉玉，宁有弃珪瑁？悠悠我之思，扰扰风中纛。上言愧无路，日夜惟心祷。鹤翎不天生，变化在啄菢。鸟伏卵曰菢。通波非难图，尺地易可漕。水转曰漕。善善不汲汲，后时徒悔懊。救死具八珍，不如一箪犒。微诗公勿诮，恺悌神所劳。此荐孟东野于郑馀庆也。盛称东野之诗，谓可上承李、杜，东野不足以当；而公爱才之心，几比于吐哺握发矣。

驽骥（八）

驽骀诚龌龊，市者何其稠？力小可易制，价微良易酬。渴饮一斗水，饥食一束刍。嘶鸣当大路，志气若有余。骐骥生绝域，自矜无匹俦。牵驱入市门，行者不为留。借问价几何？

黄金比嵩丘。借问行几何？咫尺视九州。饥食玉山禾，渴饮醴泉流。问谁能为御？旷世不可求。惟昔穆天子，乘之极遐游。王良执其辔，造父挟其辀。因言天外事，即指穆天子见西王母事。荒惚使人愁。驽骀谓骐骥：「饿死余尔羞。有能必见用，有德必见收。犹淳于髡讥孟子意。孰云时与命？通塞皆自由。」骐骥不敢言，低徊但垂头。人皆劣骐骥，共以驽骀优。喟余独兴叹，才命不同谋。寄诗同心子，为我商声讴。唐本有「赠欧阳詹」字，詹集有答韩十八驽骥吟，知此诗为欧阳作也。小才得志，傲睨高贤，古今一辙，岂独欧阳詹耶？

调张籍

李杜文章在，光焰万丈长。不知群儿愚，那用故谤伤！蚍蜉撼大树，可笑不自量。伊我生其后，举颈遥相望。夜梦多见之，昼思反微茫。徒观斧凿痕，不瞩治水航。言未见其源。想当施手时，巨刃摩天扬。垠崖划崩豁，乾坤摆雷硠。惟此两夫子，家居率荒凉。帝欲长吟哦，故遣起且僵。翦翎送笼中，使看百鸟翔。平生千万篇，金薤垂琳琅。仙官敕六丁，雷电下取将。流落人间者，太山一豪芒。我愿生两翅，捕逐出八荒。精诚忽交通，百怪入我肠。东坡所云追逐李、杜者，于此见之。刺手拔鲸牙，举瓢酌天浆。腾身跨汗漫，不著织女襄。顾语地上友，经营无太忙！乞音气，与也。君飞霞珮，与我高颉颃。言生平欲学者，惟在李、杜，故梦寐见之，更冀生羽翼以追逐之。见籍有志于古，亦当以此为正宗，无用歧趋也。元微之尊杜而抑李，昌黎则李、杜并尊，各有见地。至谓「群儿愚」指微之，魏道辅之言，未可援引。

柳宗元

字子厚，河东人。贞元初，中博学宏词科，官监察御史里行。顺宗即位，王叔文、韦执谊引入计事，擢礼部员外郎。叔文败，贬永州司马，放浪山水间，以诗文自娱。元和中，授柳州刺史。时刘禹锡得播州，宗元谓播州非人所居，而梦得亲在堂，无母子俱往理。如不往，便为母子永诀。愿请于朝，以柳易播。会大臣为禹锡奏改刺连州。宗元在柳州，有善政。年四十七，卒于官，柳人以神事之。○柳州诗长于哀怨，得骚之余意。东坡谓在韦苏州上，而王阮亭谓不及苏州，各自成家，两存其说可也。

初秋夜坐赠吴武陵

稍稍雨侵竹，翻翻鹊惊丛。美人隔湘浦，一夕生秋风。风神。积雾杳难极，沧波浩无穷。相思岂云远？即席莫与同。若人抱奇音，朱弦絙枯桐。清商激西颢，泛滟凌长空。自得本无作，天成谅非功。千古文章神境。希声閟大朴，聋俗何由聪？下半借琴以喻文才，董庭兰一辈人，未能知也。

晨诣超师院读禅经

汲井漱寒齿，清心拂尘服。闲持贝叶书，步出东斋读。真源了无取，妄迹世所逐。遗言冀可冥，缮性何由熟？道人庭宇静，苔色连深竹。日出雾露余，青松如膏沐。澹然离言说，悟悦心自足。

赠江华长老

老僧道机熟，默语心皆寂。去岁别舂陵，沿流此投迹。室空无侍者，巾屦唯挂壁。一饭不愿余，跏趺便终夕。风窗疏竹响，露井寒松滴。偶地即安居，满庭芳草积。

南磵中题 即柳记中石磵。

秋气集南磵，独游亭午时。回风一萧瑟，林影久参差。始至若有得，稍深遂忘疲。为学仕宦，亦如是观。羁禽响幽谷，寒藻舞沦漪。去国魂已游〔九〕，怀人泪空垂。孤生易为感，失路少所宜。索寞竟何事，徘徊只自知。谁为后来者？当与此心期。语语是独游。○东坡谓柳仪曹南涧诗忧中有乐，妙绝古今，得其旨矣。

与崔策登西山

鹤鸣楚山静，露白秋江晓。连袂渡危桥，萦回出林杪。西岑极远目，毫末皆可了。重叠九疑高，微茫洞庭小。迥穷两仪际，高出万象表。驰景泛颓波，遥风递寒篠。谪居安所习，稍厌从纷扰。生同胥靡遗，寿等彭铿夭。蹇连困颠踣，愚蒙怯幽眇。非令亲爱疏，谁使心神悄？偶兹遁山水，得以观鱼鸟。吾子幸淹留，缓我愁肠绕。庄子：「胥靡登高而不惧，遗生死也〔一〇〕。」言被罪之人，轻生身也。次语即齐物论意。

旦携谢山人至愚池

新沐换轻帻，晓池风露清。自谐尘外意，况与幽人行。霞散众山迥，天高数雁鸣。机心付当路，聊适羲皇情。

独觉

觉来窗牖空，寥落雨声晓。良游怨迟暮，末事惊纷扰。为问经世心，古人谁尽了？

溪居

久为簪组累，幸此南夷谪。闲依农圃邻，偶似山林客。晓耕翻露草，夜榜响溪石。来往不逢人，长歌楚天碧。愚溪诸咏，处连蹇困厄之境，发清夷澹泊之音，不怨而怨，怨而不怨，行间言外，时或遇之。

夏初雨后寻愚溪

悠悠雨初霁，独绕清溪曲。引杖试荒泉，解带围新竹。沉吟亦何事，寂寞固所欲。幸此息营营，啸歌静炎燠。

首春逢耕者

南楚春候早，余寒已滋荣。土膏释原野，百蛰竞所营。缀景未及郊，穑人先耦耕。园林幽鸟啭，渚泽新泉清。农事诚素务，羁因阻平生。故池想芜没，遗亩当榛荆。慕隐既有系，图功遂无成。聊从田父言，款曲陈此情。眷然抚耒耜，回首烟云横。因逢耕者而念及田园之芜，羁人心事，不胜黯然。

秋晓行南谷〔一〕，经荒村

杪秋霜露重，晨起行幽谷。黄叶覆溪桥，荒村唯古木。寒花疏寂历〔二〕，幽泉微断续。机心久已忘，何事惊麋鹿？

雨后晓行，独至愚溪北池

宿云散洲渚，晓日明村坞。高树临清池〔三〕，风惊夜来雨。予心适无事，偶此成宾主。

中夜起望西园，值月上

觉来繁露坠，开户临西园。寒月上东岭，泠泠疏竹根。石泉远逾响〔四〕，山鸟时一喧。倚楹遂至旦，寂寞将何言。

湘岸移木芙蓉植龙兴精舍

有美不自蔽，安能守孤根？迁谪后有得语。盈盈湘西岸，秋至风露繁。丽影别寒水，秾芳委前轩。芰荷谅难杂，反此生高原。

禅堂

发地结菁茅，团团抱虚白。山花落幽户，中有忘机客。涉有本非取，照空不待析。万籁俱缘生，窅然喧中寂。心境本同如，鸟飞无遗迹。

苦竹桥

危桥属幽径，缭绕穿疏林。迸箨分苦节，轻筠抱虚心。俯瞰涓涓流，仰聆萧萧吟。差池下烟日，嘲哳鸣山禽。谅无要津用，栖息有余阴。

田家三首

蓐食徇所务，驱牛向东阡。鸡鸣村巷白，夜色归暮田。札札耒耜声，飞飞来乌鸢。竭兹筋力事，持用穷岁年。尽输助徭役，聊就空舍眠。子孙日已长，世世还复然。

篱落隔烟火，农谈四邻夕。庭际秋虫鸣，疏麻方寂历。蚕丝尽输税，机杼空倚壁。里胥夜经过，鸡黍事筵席。各言「官长峻，文字多督责。东乡后租期[一五]，车毂陷泥泽。公门少推恕，鞭扑恣狼籍。里胥恐吓田家之言，如闻其声。努力慎经营，肌肤真可惜。」迎新在此岁，唯恐踵前迹。

古道饶蒺藜，萦回古城曲。蓼花被堤岸，陂水寒更渌。是时收获竟，落日多樵牧。风高榆柳疏，霜重梨枣熟。行人迷去住，野鸟竞栖宿。田翁笑相念：「昏黑慎原陆！今年幸少丰，无厌饘与粥。」

掩役夫张进骸

生死悠悠尔，一气聚散之。偶来纷喜怒，奄忽已复辞。为役孰贱辱？为贵非神奇。一朝纩息定，枯朽无妍媸。生时勤皂枥，锉秣不告疲。既死给槥椟，葬之东山基。奈何值崩湍，荡析临路垂？髐然暴百骸，散乱不复支。从者幸告予，睠之潸然悲。猫虎获迎祭，犬马有盖帷。伫立唁尔魂，岂复识此为？畚锸载埋瘗，沟渎护其危。我心得所安，不谓尔有知。仁人之言。掩骼著春令，兹焉适其时。及物非吾辈，聊且顾尔私。「一朝纩息定」二语，见贵贱贤愚，古今同尽，此达人之言也。「我心得所安」二语，见求安恻隐，非以示恩，此仁人之言也。

韦道安

道安本儒士，颇擅弓剑名。二十游太行，暮闻号哭声。疾驱前致问，有叟垂华缨。言「我故刺史，失职还西京。偶为群盗得，毫缕无余赢。货财足非恡，二女皆娉婷。苍黄见驱逐，谁识死与生？便当此殒命，休复事晨征。」一闻激高义，眦裂肝胆横。挂弓问所往，趫捷超峥嵘。见盗寒硐阴，罗列方忿争。一矢毙酋帅，余党号且惊。麾令递束缚，缧索相拄撑。彼姝久褫魄，刃下俟诛刑。却立不亲授，谕以从父行。捃收自担肩，转道趋前程。夜发敲石火，山林如昼明。父子更抱持，涕血纷交零。顿首愿归货，纳女称舅甥。道安奋衣去，义重利固轻。师婚古所病，合姓非用兵。蝎来事儒术，十载所能逞。慷慨张徐州，朱邸扬前旌。投躯获所愿，前马出王城。辕门立奇士，淮水秋风生。君侯既即世，麾下相欷倾。立孤抗王命，钟鼓四野鸣。横溃非所壅，逆节非所婴。举头自引刃，顾义谁顾形？烈士不忘死，所死在忠贞。咄嗟徇权子，翕习犹趋荣。我歌非悼死，所悼时世情。毙群盗为勇士，辞师婚为义士，后顾义引刃，又为忠贞之士矣。非柳州表扬之，道安几于湮没。

孟郊

字东野，武康人。年五十始成进士，为溧阳尉。韩昌黎极重之，荐于郑馀庆，奏为参谋，未几卒。〇东坡目为郊寒岛瘦，岛瘦固然，郊之寒过求高深，邻于刻削，其实从真性情流出，未可与岛并论也。而元遗山云：「东野穷愁死不休，高天厚地一诗囚」，毋乃太过乎？

列女操

梧桐相待老，鸳鸯会双死。贞妇贵徇夫，舍生亦如此。波澜誓不起，妾心古井水。写贞心下语崭绝。

游子吟

慈母手中线，游子身上衣。临行密密缝，意恐迟迟归。谁言寸草心，报得三春晖！即「欲报之德，昊天罔极」意，与昌黎之「臣罪当诛，天王圣明」，同有千古。

静女吟

艳女皆妒色，静女独检踪。任礼耻任妆，嫁德不嫁容。君子易求聘，小人难自从。此志与谁谅？琴弦幽韵重。

长安羁旅行

十日一理发，每梳飞旅尘。三旬九过饮，每食唯旧贫。万物皆及时，一人不觉春。失名谁肯访？得意争相亲。直木有恬翼，静流无躁鳞。始知喧竞场，莫处君子身。野策藤竹轻，山蔬薇蕨新。潜歌归去来，事外风景真。「直木」一联，传出君子之品。

古怨别

飒飒秋风生，愁人怨离别。含情两相向，欲语气先咽。心曲千万端，悲来却难说。别后唯所思，天涯共明月。

闻砧

杜鹃声不哀，断猿啼不切。月下谁家砧，一声肠一绝。杵声不为客，客闻发自白。杵声不为衣，欲令游子归。竟是古乐府。

游终南

南山塞天地，日月石上生。高峰夜留景，深谷昼未明。山中人自正，路险心亦平。长风驱松柏，声拂万壑清。即此悔读书，朝朝近浮名。盘空出险语。○出峡诗有「上天下天水，出地入地舟」句，同一奇险。

赵记室俶在职无事

卑静身后老，高动物先摧。方圆水任器，刚劲木成灰。大道母群物，达人腹众才。似子书中名语。时吟尧舜篇，心向无为开。彼隐山万曲，我隐酒一杯。公庭何所有？日日清风来。

上河阳李大夫

上将秉神略，至兵无猛威。三军当严冬，一抚胜重衣。霜剑夺众景，夜星失长辉。苍鹰独立时，恶鸟不敢飞。武牢锁天关，河桥纽地机。大军奚以安？守此称者稀。言无人知大夫之功也。下接呈诗意。贫士少颜色，贵门多轻肥。试登山岳高，方见草木微。山岳恩既广，草木心皆归。

送豆卢策归别墅

短松鹤不巢，高石云始栖。君今潇湘去，意与云鹤齐。力买奇险地，手开清浅溪。身披薜荔衣，山陟莓苔梯。一卷冰雪文，避俗常自携。

送萧炼师入四明山

闲于独鹤心，大于高松年。迥出万物表，高栖四明巅。千寻直裂峰，百尺倒泻泉。绛雪为我饭，白云为我田。静言不语俗，灵踪时步天。工于发端，与前一首同。

送李观、韩愈别，兼献张徐州 即张建封。

富别愁在颜，贫别愁销骨。懒磨旧铜镜，畏见新白发。古树春无花，子规啼有血。离弦不堪听，一听三四绝。世途非一险，俗虑各千结。有客步大方，驱车独迷辙。故人韩与李，逸翰双皎洁。哀哉摧折归，赠词纵横设。徐方国号在，元戎天下杰。祢生投刺游，王粲吟诗谒。高情无遗照，朗抱开晓月。有土不埋冤，有仇皆为雪。愿为直草木，永向君地列。愿为古琴瑟，永向君前发〔一六〕。欲识丈夫心，曾将孤剑说。贞元、元和以降，诗家专尚近体，于古风渐薄，五言古尤入浅率，沿及宋、元，鲜遵正轨，复古转在明代也。兹于柳子厚、孟东野后，所采寥寥，惟恐歧途纷出，学诗者靡所适从耳。

贾　岛　字阆仙，范阳人。初为浮屠，名无本。来东都，韩昌黎奇其诗，令反初服。累举不第。文宗时为长江主簿。

寄远

别肠长郁纡，岂能肥肌肤？始知相结密，不及相结疏。疏别恨应少，密别恨难祛。门前南去水，中有北飞鱼。鱼飞向北海，可以寄远书。不惜寄远书，故人今在无？华山岧峣形，遥望齐平芜。况此数尺身，阻彼万里途。自非日月光，难以知子躯。

李　益　字君虞，姑臧人。成进士，官不达。刘济辟为从事，呈诗有「不上望京楼」句。宪宗召还，官集贤殿学士。负才凌众，谏官暴其在济时诗，贬官散秩。后仍屡迁，以礼部尚书终。〇君虞边塞诗最佳，「征人歌且行」一篇，好事者画为屏障。

观回军

行行上陇头，陇月暗悠悠。万里将军没，回旌陇戍秋〔一七〕。谁令呜咽水，重入故营流？

入南山至全师兰若

木陨水归壑，寂然无念心。枯禅语。南行有真子，被褐息山阴。石路瑶草散，松门寒景深。吾师亦何授，自起定中吟。

长干行 〔一八〕亦作太白诗。

忆妾深闺里，烟尘不曾识。嫁与长干人，沙头候风色。五月南风兴，思君下巴陵。八月西风起，想君发扬子。去来悲如何，见少离别多。湘潭几日到？妾梦越风波。昨夜狂风度，吹折江头树。渺渺暗无边，行人在何处？好乘浮云骢，佳期兰渚东。鸳鸯绿浦上，翡翠锦屏中。自怜十五余，颜色桃花红。那作商人妇，愁水又愁风！设色缀词，宛然太白。

权德舆

字载之，略阳人。第进士。德宗朝，历官礼部侍郎，三典贡举。元和中，以尚书同平章事。卒谥文。

月夜江行

扣舷不能寐，浩露清衣襟。弥伤孤舟夜，远结万里心。幽兴惜瑶草，素怀寄鸣琴。三奏月初上，寂寥寒江深。

严子陵钓台下作

绝顶耸苍翠，清湍石磷磷。先生晦其中，天子不得臣。心灵栖颢元，缨冕犹缁尘。不乐禁中卧，却归江上春。潜驱东汉风，日使薄者醇。焉用佐天子，持此报故人。则知大贤心，不独私其身。弛张有深致，耕钓陶天真。奈何清风后，扰扰论屈伸！交情同市道，利欲相纷纶〔一九〕。我行访遗台，仰古怀逸民。矰缴鸿鹄远，雪霜松桂新。江流去不穷，山色凌秋旻。人世自今古，清辉照无垠。东汉节义，严陵潜驱之，不止高其隐逸而已。议论正大，独著此篇。

与沈十九拾遗同游栖霞寺上方，夜于亮上人院会宿

摄山标胜绝，暇日谐相瞩。萦纡松路深，缭绕云岩曲。重楼回树杪，古像凿山腹。人远水木清，地深兰桂馥。层台耸金碧，绝顶摩净绿。下界诚可悲，南朝纷在目。焚香入古殿，待

月出深竹。稍觉天籁清，自伤人世促。宗雷此相遇，偃放随所欲。清论月轮低，闲吟茗花熟。一生如土梗，万虑相桎梏。永愿事潜师，穷年此栖宿。诗品高洁，在语言外领取。

张籍 字文昌，和州人。贞元中第进士，为太常太祝。昌黎荐之，官水部员外。以国子司业终。〇文昌长于新乐府，虽古意渐失，而婉丽可诵。五古亦不入卑靡。

西州诗

羌胡据西州，近甸无边城。山东收税租，养我防塞兵。胡骑来无时，居人常震惊。嗟我五陵间，农者罢耘耕。边头多杀伤，士卒难全形。郡县发丁役，丈夫各征行。良马不念秣，烈士不苟营。所愿除国难，再逢天下平。西州属陇右道，天宝末陷于吐蕃。此愿中朝恢复，于烈士有厚望焉。

惜花

濛濛庭树花，坠地无颜色。日暮东风起，飘扬玉阶侧。残蕊在犹稀，青条耸复直。为君结芳实，令君勿叹息。翻出一意，浅人不能道。

离怨

切切重切切，秋风桂枝折。人当少年嫁，我当少年别。念君非征行，年年长远途。妾身甘独殁，高堂有舅姑。山川岂遥远？行人自不返。责以「高堂有舅姑」，怨之正也，与泛作闺房之言有别。

温庭筠　本名岐，字飞卿，并州人。工侧词艳曲。累举不第。大中末，以上书授方山尉，仍失意归。与令狐绹不协，薄为有才无行。徐商知政事，用为国子助教。商罢寻废。相传庭筠入试时，押官韵，八叉手而赋成，名温八叉。与李商隐齐名，不虚也。

侠客行

欲出鸿都门，阴云蔽城阙。宝剑黯如水，微红湿余血。白马夜频惊，三更霸陵雪。温诗风秀工整，俱在七言，此篇独见警绝。

赵　嘏　字承祐，山阳人。会昌中进士，大中间授渭南尉终。

汾上宴别

云物如故乡，山川知异路。年来未归客，马上春欲暮。一尊花下酒，残日水西树。不待管弦终，摇鞭背花去。

曹　邺　字邺之，桂州人。大中时登进士，官太常博士，以洋州刺史终。

四望楼

背山见楼影，应合与山齐。座上日已出，城中未鸣鸡。形楼之高。无限燕赵女，吹笙上金梯。风起洛阳东，香过洛阳西。公子长夜醉，不闻子规啼。

李群玉 字文山，澧州人。赴举一上而止，宰相裴休荐之，乞授一文学官，因授弘文馆校书郎，旋乞归卒。

江楼独酌怀从叔

水国发爽气，川光静高秋。酣歌金尊醁，送此青枫愁。楚色忽满目，滩声落西楼。云翻天边叶，月弄波上钩。芳意长摇落，蘅兰谢汀洲。长吟碧云合，怅望江之幽。

送进士苗纵归紫逻山居

汝上多奇山，高怀惬清境。强来干名地，冠带不能整。尝言「梦归处，泉石寒更静。鹤声夜无人，空月随松影」。今朝别我去，春物伤明景。怅望相送还，微阳在东岭。近王右丞。

刘驾 字司南，江东人。大中六年进士，官国子博士，以古诗鸣于时。

早行

马上续残梦，马嘶时复惊。心孤多所虞，僮仆近我行。栖禽未分散，落月照孤城。莫羡居者闲，溪边人已耕。

弃妇

回车在门前，欲上心更悲。路旁见花发，似妾初嫁时。养蚕已成茧，织素犹在机。新人应笑此，何如画蛾眉？见妇之不当弃也，怨而不怒，高于顾况之作。

陆龟蒙　字鲁望，苏州人。举进士不第，退居松江甫里，称天随子，亦称江湖散人。以高士召，不至。李蔚、卢携当国〔二〇〕，召拜左拾遗，诏下已卒。光化中赠右补阙。○龟蒙与皮日休倡和，另开僻涩一体，不能多采。

美人

美人抱瑶瑟，哀怨弹别鹤。雌雄南北飞，一旦异栖托。谅非金石性，安得宛如昨？生为并蒂花，亦有先后落。秋林对斜日，光景自相薄。犹欲悟君心，朝朝佩兰若。结语温厚。

聂夷中 字坦之，河东人。咸通中中进士，官华阴尉。

田家

父耕原上田，子劚山下荒。六月禾未秀，官家已修仓〔三〕。二月卖新丝，五月粜新谷。医得眼前疮，剜却心头肉。我愿君王心，化作光明烛：不照绮罗筵，只照逃亡屋。唐时尚有采诗之役，故诗家每陈下民苦情，如柳州捕蛇者说，亦其一也。此诗言简意足，可匹柳文。

校记

〔一〕负鄙为艰　「艰」原作「奸」，据全唐诗改。

〔二〕夏州兵马使张承金斩惠琳　「张承金」原作「张承全」，据旧唐书宪宗纪改。

〔三〕秋阴欺白日　「日」原作「石」，据全唐诗改。

〔四〕送湖南李正字归　「湖」原作「河」，据全唐诗改。

〔五〕北注何奔放　「何」原作「河」，据全唐诗改。

〔六〕夜缆巴陵洲　「洲」原作「州」，据全唐诗改。

〔七〕余澜怒不已　「澜」原作「缆」，据全唐诗改。

〔八〕驽骥　此诗全唐诗一作驽骥吟示欧阳詹。按：欧阳詹贞元中与韩愈同登第，与愈友善，既卒，愈为作欧阳生哀辞。此诗结云「寄诗同心子，为我商声讴」，明以知己目之。詹答韩十八驽骥吟：「故人舒其愤，昨示驽骥篇。驽以易售陈，骥以难知言。委曲感既深，咨嗟词亦殷」云云，对愈极表同情。沈氏所云，纯是臆说，殆未睹欧阳答韩之作。

〔九〕去国魂已游　「游」原作「远」，据全唐诗改。按：「魂已游」犹云精神恍惚。

〔一〇〕胥靡登高而不惧遗生死也　原作「胥靡登而不遗」，据庄子庚桑楚篇补。

〔一一〕秋晓行南谷　「谷」原作「郭」，据全唐诗改。

〔一二〕寒花疏寂历　「疏」原作「久」，据全唐诗改。

〔一三〕高树临清池　「清」原作「春」，据全唐诗改。

〔一四〕石泉远逾响　「逾」原作「迩」，据全唐诗改。

〔一五〕东乡后租期　「乡」原作「邻」，据全唐诗改。

〔一六〕永向君前发　「前」原作「地」，据全唐诗注改。

〔一七〕回旌陇戍秋　「旌」原作「旗」，据全唐诗改。按：唐令狐楚御览集正作「旌」。

〔一八〕长干行　全唐诗注云：「黄鲁直（庭坚）云：『李白集中长干行二篇，其后篇乃李益所作。』胡震亨从之，增入益集。」此诗全唐诗重见于李白、张潮诗。按：文苑英华卷二一一此诗题作「小长干行」，于作者下注云：「类诗（即唐顾陶唐诗类选）作张潮。」宋计有功唐诗纪事作张潮诗，题作「小长干行」。宋曾季貍艇斋诗话：「唐人小长干行，顾陶唐诗选并载而分两处：『妾发初覆额』一篇李白作，『忆妾深闺里』一篇张潮作。」注云：「玉台新詠（后集）亦作张潮诗。」今人闻一多唐诗大系谓此诗「遣词转韵与（张潮）江风行如出一手，疑仍是张作」。据上所述，此诗应作张潮诗。

〔一九〕「奈何清风后」四句原脱，据全唐诗补。

〔二〇〕李蔚卢携当国　「携」下原有「素」字，据新唐书陆龟蒙传删。按：原文作「李蔚、卢携素与善，及当国」，节录有误。

〔二一〕「父耕原上田」四句全唐诗别作一首。

重订唐诗别裁集卷五

七言古诗

王勃 字子安，绛州人。麟德初对策，授朝散郎，年未及冠也。沛王召署府修撰，作斗鸡檄文，高宗怒，斥出府，客剑南。父福畤，坐勃左迁交趾令。勃往省，渡海溺死，年二十九。与杨炯、卢照邻、骆宾王齐名，号「四杰」。

滕王阁

滕王元婴建阁于豫章郡城西章江门外。○阎都督宴客于阁，先命其婿作序，出纸笔遍请，客莫敢当。勃不辞，都督遣吏伺其文，一再报，语益奇，公曰天才也。

滕王高阁临江渚，珮玉鸣銮罢歌舞。画栋朝飞南浦云，珠帘暮卷西山雨。闲云潭影日悠悠，物换星移几度秋（一）。阁中帝子今何在？槛外长江空自流。

卢照邻 字升之，范阳人。授邓王府典签。后居太白山，饵方士药，疾转笃，徙具茨山，愈甚，投颍水卒。

长安古意

长安大道连狭斜，青牛白马七香车。玉辇纵横过主第，金鞭络绎向侯家。龙衔宝盖承朝日，凤吐流苏带晚霞。百丈游丝争绕树，一群娇鸟共啼花。游蜂戏蝶千门侧，碧树银台万种色。复道交窗作合欢，双阙连甍垂凤翼。梁家画阁天中起，梁冀穷极土木。汉帝汉武。金茎云外直。楼前相望不相知，陌上相逢讵相识？不相知识，甚形其多。借问吹箫向紫烟，曾经学舞度芳年。得成比目何辞死，愿作鸳鸯不羡仙。比目鸳鸯真可羡，双去双来君不见？生憎帐额绣孤鸾，好取门帘帖双燕。双燕双飞绕画梁，罗帏翠被郁金香。片片行云著蝉鬓，纤纤初月上鸦黄。额装也。鸦黄粉白车中出，含娇含态情非一。妖童宝马铁连钱，娼妇盘龙金屈膝。御史府中乌夜啼，廷尉门前雀欲栖。二句言执法之官不过而问，任游侠之人往来娼家也。隐隐朱城临玉道，遥遥翠幰没金堤。挟弹飞鹰杜陵北，探丸借客渭桥西。俱邀侠客芙蓉剑，共宿娼家桃李蹊。娼家日暮紫罗裙，清歌一啭口氛氲。北堂夜夜人如月，南陌朝朝骑似云。南陌北堂连北里，五剧三条控三市。路交错谓剧。「三条」，三达之路。「三市」，九市之三也。弱柳青槐拂地垂，佳气红尘暗天起。汉代金吾千骑来，翡翠屠苏鹦鹉杯。不止侠客，执金吾亦宿娼家矣。罗襦宝带为君解，燕歌赵舞为君开。别有豪华称将相，又不止金吾矣。转日回天不相让。意气由来排灌夫，专权判不容萧相。专权意气本豪雄，青虬紫燕坐春风。自言歌舞长千载，自谓骄奢凌五公。「五公」，谓张汤、杜周、萧望之、冯奉世、史丹。节物风光不相待，桑田碧海须臾改。昔时金阶白玉堂，即今惟见青松在。以墓田言。寂寂寥寥扬子居，年年岁岁一床书。独有南山桂花发，飞来飞去袭人裾。长安大道，豪贵骄奢，狭邪艳冶，无所不有。自嬖宠而侠客，而金吾，而权臣，皆向娼家游宿，自谓可永保富贵矣。然转瞬沧桑，徒存墟墓，不如读书自守者之为得也。借言子云，聊以自况云尔。

骆宾王

宾王，义乌人。武后时授临海丞，弃官去。徐敬业举兵，署为府属，传檄天下。后读至「一抔之土未乾，六尺之孤安在？」矍然曰：「宰相安得失此人？」及徐败，宾王亡命，不知所终。

帝京篇

山河千里国，城阙九重门。不睹皇居壮，安知天子尊？皇居帝里崤函谷，鹑野龙山侯甸服。五纬连影集星躔，八水分流横地轴。秦塞重关一百二，结上形势。汉家离宫三十六。起下宫阙。桂殿嵚岑对玉楼，椒房窈窕连金屋。三条九陌丽城隈，万户千门平旦开。复道斜通鳷鹊观，交衢直指凤皇台。剑履南宫入，簪缨北阙来。声明冠寰宇，文物象昭回。钩陈肃兰阯，璧沼浮槐市。铜羽应风回，金茎承露起。校文天禄阁，习战昆明水。朱邸抗平台，黄扉通戚里。引入「戚里」以下，皆言王侯贵人并及交游一切奢侈之事。平台戚里带崇墉，炊金馔玉待鸣钟。小堂绮帐三千户，大道青楼十二重。宝盖雕鞍金络马，兰窗绣柱玉盘龙。绣柱璇题粉壁映，锵金鸣玉王侯盛。王侯贵人多近臣，朝游北里暮南邻。陆贾分金将宴喜，陈遵投辖正留宾。赵李经过密，萧朱交结亲。丹凤朱城白日暮，青牛绀幰红尘度。侠客珠弹垂杨道，倡妇银钩采桑路。并述侠客倡乐之盛。倡家桃李自芳菲，京华游侠盛轻肥。延年女弟双飞入，罗敷使君千骑归。同心结缕带，连理织成衣。春朝桂樽樽百味，秋夜兰灯灯九微。翠幌珠帘不独映，清歌宝瑟自相依。且论三万六千是，宁知四十九年非？古来荣利若浮云，以下见倏忽变迁，荣华消歇。人生倚伏信难分。始见田窦相倾夺，俄闻卫霍有功勋。未厌入声。金陵气，先开石椁文。庄子载卫灵公事。朱门无复张公子，灞亭谁畏李将军？相顾百龄皆有待，居然万化咸应改。桂枝芳气已销亡，柏梁高宴今何在？春去春来苦自驰，争名争利徒尔为！久留郎署终难遇，空扫相门谁见知？当时一旦擅豪华，自言千载常骄奢。倏忽抟风生羽翼，贱者忽贵。须臾失浪委泥沙。贵者忽贱。黄雀徒巢桂，青门遂种瓜。黄金销铄素丝变，一贵一贱交情见。红颜夙昔白头新，脱粟布衣轻故人。故人有湮沦，新知无意气。灰死韩安国，安国坐法，狱吏辱之，安国曰：「死灰不复然乎？」吏曰：「然即溺之。」罗伤翟廷尉。已矣哉，归去来！马卿辞蜀多文藻，扬雄仕汉乏良媒。以下俱指己之不遇。三冬自矜诚足用，十年不调几邅回。汲黯薪逾积，孙弘阁未开。谁惜长沙傅，独负洛阳才？作帝京篇，自应冠冕堂皇，敷陈主德。此因己之不遇而言，故始盛而以衰飒终也。首叙形势之雄，宫阙之壮；次述王侯贵戚游侠倡家之奢僭无度；至「古来」以下，慨世道之变迁；「已矣哉」以下，伤一已之湮滞。此非诗之正声也，向来推重此篇，故采之以备一体。

刘希夷 一名庭芝，汝州人。善为从军闺情之诗，为时所重。○唐新语载宋之问为此诗有佳句，因杀害希夷，而以此诗为己作。此因之问品居下流，而以恶归之。其实宋之诗高于刘，不用攘窃他人也。杂说不足凭，每每如此。

代悲白头翁〔一〕

洛阳城东桃李花，飞来飞去落谁家？幽闺儿女惜颜色〔二〕，坐见落花长叹息。今年花落颜色改，明年花开复谁在？已见松柏摧为薪，更闻桑田变成海。古人无复洛城东，今人还对落花风。年年岁岁花相似，岁岁年年人不同。寄言全盛红颜子，须怜半死白头翁。此翁白头真可怜，伊昔红颜美少年。公子王孙芳树下，清歌妙舞落花前。光禄池台文锦绣，将军楼阁画神仙。一朝卧病无相识，三春行乐在谁边？宛转蛾眉能几时？须臾鹤发乱如丝。但看古来歌舞地，惟有黄昏鸟雀悲。少年每轻视老翁，因言老翁当少年时，亦尝与公子王孙游冶，一朝奄忽，尽付空虚。今之少年，能免衰老乎？末又宕开作结。

公子行

天津桥下阳春水，天津桥上繁华子。马声回合青云外，人影动摇绿波里。绿波荡漾玉为砂，青云离披锦作霞。可怜杨柳伤心树，可怜桃李断肠花。此日遨游邀美女，此时歌舞入娼家。娼家美女郁金香，飞去飞来公子旁。的的珠帘白日映，娥娥玉颜红粉妆。花际徘徊双蛱蝶，池边顾步两鸳鸯。倾国倾城汉武帝，为云为雨楚襄王。古来容光人所羡，况复今日遥相见。「愿作轻罗着细腰，愿为明镜分娇面。」用张平子同声赋中语意。二句公子之语，下六句娼妇答语。「与君相向转相亲，与君双栖共一身。愿作贞松千岁古，谁论芳槿一朝新？百年同谢西山日，千秋万古北邙尘。」公子惑于声色，而娼家以诳语答之，犹所云同生同死也。绝不说破其诳，令人于言外思之。○队仗工丽，上下蝉联，此初唐七古体，少陵所云「劣于汉魏近风骚」也。明代何景明谓此得风人之正，而以少陵之沉雄顿挫为变体，因作明月篇以拟之。王渔洋论诗绝句云：「接迹风人明月篇，何郎妙悟本从天。王杨卢骆当时体，莫逐刀圭误后贤。」得此论而初盛之诗品乃定。

乔知之

绿珠篇

石家金谷重新声，明珠十斛买娉婷。此日可怜君自许，此时可喜得人情。君家闺阁不曾难，常将歌舞借人看。意气雄豪非分理，骄矜势力横相干。辞君去君终不忍，徒劳掩袂伤铅粉。百年离别在高楼，一代红颜为君尽！知之有婢窈娘，美丽善歌舞，为武承嗣夺去，知之作绿珠篇以寄，窈娘缝诗衣带中，投井死。承嗣见诗大恨，讽酷吏罗织死之。

李峤

字巨山，赞皇人。弱冠举进士，官凤阁舍人。圣历初，迁鸾台侍郎。神龙中，拜吏部尚书，封赵国公。景龙中，以兵部尚书同中书门下三品。睿宗时致仕，卒。○纪事云："峤于武后时赋金枢诗，贬唐之功，颂周之德，人皆鄙之。"

汾阴行

汉武帝从祠官宽舒议，祀后土于汾阴。

君不见昔日西京全盛时，汾阴后土亲祭祠。斋宫宿寝设厨供，撞钟鸣鼓树羽旗。汉家五叶才且雄〔四〕，宾筵万灵服九戎。柏梁赋诗高宴罢，诏书法驾幸河东。河东太守亲扫除，奉迎至尊导銮舆。五营将校列容卫，三河纵观空里闾。回旌驻跸降灵场，焚香奠醑邀百祥。金鼎发食正焜煌，灵祇炜烨摅景光。埋玉陈牲礼神毕，举麾上马乘舆出。彼汾之曲嘉可游，木兰为楫桂为舟〔五〕。棹歌微吟彩鹢浮，箫鼓哀鸣白云秋。欢娱宴洽赐群后，家家复除户牛酒。声名动天乐无有，千秋万岁南山寿。自从天子向秦关，玉辇金车不复还。帝崩于五柞宫。珠帘羽帐长寂寞，鼎湖龙髯安可攀？千龄人事一朝空，四海为家此路穷。雄豪意气今何在？坛场宫馆尽蒿蓬。路逢故老长叹息，世事回还不可测。昔时青楼对歌舞，今日黄埃聚荆棘。山川满目泪沾衣，富贵荣华能几时？不见只今汾水上，唯有年年秋雁飞。明皇蜀道回，听人歌此辞，叹曰："李峤真才子也！"○明皇封禅泰山，后亦祀后土于汾阴，宜乎闻此辞于播迁之余，几乎泣下也。○尔时风格乍开，故句调未能全合。

沈佺期

字雲卿，内黄人。第进士。长安中，预修三教珠英，转考功员外郎。坐事配流岭表。神龙中，授起居郎，后历太子詹事。○佺期与宋之问作诗音韵相和，约句准篇，号「沈、宋体」。

古歌

落叶流风向玉台，夜寒秋思洞房开。水晶帘外金波下，云母窗前银汉回。玉阶阴阴苔藓色，君王履綦难再得。璇闺窈窕秋夜长，绣户徘徊秋月光。燕姬彩帐芙蓉色，秦女金鈩兰麝香。北斗七星横夜半，清歌一曲断君肠。

入少密溪

云峰苔壁绕溪斜，江路春风夹岸花。树密不嫌通鸟道，鸡鸣始觉有人家。人家更在深岩口，涧水周流宅前后。游鱼瞥瞥双钓童，伐木丁丁一樵叟。自言避喧非避秦，薜衣耕凿帝尧人。相留且待鸡黍熟，夕卧深山萝月春。

宋之问

龙门应制

宿雨霁氛埃，流云度城阙。河堤柳新翠，苑树花先发。洛阳花柳此时浓，山水楼台映几重。群公拂雾朝翔凤，天子乘春幸凿龙。凿龙近出王城外，羽从琳琅拥轩盖。云跸才临御水桥，天衣已入香山会。山壁崭岩断复连，清流澄澈俯伊川。雁塔遥遥绿波上，星龛奕奕翠微边。层峦旧长千寻木，远壑初飞万丈泉。彩仗红旌绕香阁，下辇登高望河洛。东城宫阙拟昭回，南陌沟塍殊绮错。林下天香七宝台，山中春酒万年杯。微风一起祥花落，仙乐初鸣瑞鸟来。鸟来花落纷无已，称觞献寿香霞里。歌舞淹留景欲斜，石关犹驻五云车。鸟旗翼翼留芳草，龙骑骎骎映晚花。千乘万骑銮舆出，水静山空严警跸。郊外喧喧引看人，倾都南望属车尘。嚣声引飏闻黄道，王气周回入紫宸。先王定鼎山河固，宝命乘周万物新。吾君不事瑶池乐，时雨来观农扈春。武后游龙门，命群臣赋诗，先成者赐以锦袍。东方虬诗成，拜赐坐未安，之问诗成，文理兼美，左右称善，后乃夺锦袍衣之。○归重观农，立言得体。

寒食陆浑别业

洛阳城里花如雪，陆浑山中今始发。旦别河桥杨柳风，夕卧伊川桃李月。伊川桃李正芳新，寒食山中酒复春。野老不知尧舜力，酣歌一曲太平人。

寒食江州满塘驿

去年上巳洛桥边，今年寒食庐山曲。遥怜巩树花应满，复见吴洲草新绿。吴洲春草兰杜芳，感物思归怀故乡。驿骑明朝发何处？猿声今夜断君肠。

至端州驿，见杜五审言、沈三佺期、阎五朝隐、王二无竞题壁，慨然成咏

题中诸人，皆与张易之往来者，张败，诸人贬窜南方。

逐臣北地承严谴，谓到南中每相见。岂意南中歧路多，千山万水分乡县。云摇雨散各翻飞，海阔天长音信稀。处处山川同瘴疠，自言能得几人归？

明河篇

八月凉风天气清，万里无云河汉明。昏见南楼清且浅，晓落西山纵复横。洛阳城阙天中起，长河夜夜千门里。复道连甍共蔽亏，画堂琼户特相宜。云母帐前初汎滥，水晶帘外转逶迤。倬彼昭回如练白，复出东城接南陌。南陌征人去不归，谁家今夜捣寒衣？鸳鸯机上疏萤度，乌鹊桥边一雁飞。雁飞萤度愁难歇，坐见明河渐微没。已能舒卷任浮云，不惜光辉让流月。明河可望不可亲，愿得乘槎一问津。更将织女支机石，还访成都卖卜人。

郭　震〔六〕

古剑篇

君不见昆吾铁冶飞炎烟，红光紫气俱赫然。良工锻炼凡几年，铸得宝剑名龙泉。龙泉颜色如霜雪，良工咨嗟叹奇绝。琉璃玉匣吐莲花，错镂金镮映明月。正逢天下无风尘，幸得周防君子身。精光黯黯青蛇色，文章片片绿龟鳞。非直结交游侠子，亦曾亲近英雄人。何言中路遭弃捐，零落飘沦古狱边。虽复沈埋无所用，犹能夜夜气冲天。杜诗云：「高咏宝剑篇，神交付冥漠」，谓此诗也。

张　说　字道济，洛阳人。垂拱中，对贤良方正第一。历中宗、睿宗至玄宗朝，为中书令，封燕国公。卒，谥文贞。

邺都引

君不见魏武草创争天禄，群雄睚眦相驰逐。昼携壮士破坚阵，夜接词人赋华屋。都邑缭绕西山阳，桑榆汗漫漳河曲〔七〕。城郭为墟人代改，但见西园明月在〔八〕。邺傍高冢多贵臣，蛾眉曼睩共灰尘。试上铜台歌舞处，唯有秋风愁杀人。声调渐响，去王、杨、卢、骆体远矣。○「草创」二字，居然史笔。「昼携壮士」二句，叙得简老。

陈子昂

登幽州台歌

不另列杂言一体，因附七言古内。

前不见古人，后不见来者。念天地之悠悠，独怆然而涕下！余于登高时，每有今古茫茫之感，古人先已言之。

张若虚 若虚，开元初人，与贺知章、张旭齐名。

春江花月夜

春江潮水连海平，海上明月共潮生。滟滟随波千万里，何处春江无月明？江流宛转绕芳甸，月照花林皆似霰。空里流霜不觉飞，汀上白沙看不见。江天一色无纤尘，皎皎空中孤月轮。江畔何人初见月？江月何年初照人？人生代代无穷已，江月年年只相似。不知江月待何人，但见长江送流水。白云一片去悠悠，青枫浦上不胜愁。谁家今夜扁舟子？何处相思明月楼？可怜楼上月徘徊，应照离人妆镜台。玉户帘中卷不去，捣衣砧上拂还来。此时相望不相闻，愿逐月华流照君。鸿雁长飞光不度，鱼龙潜跃水成文。昨夜闲潭梦落花，可怜春半不还家。江水流春去欲尽，江潭落月复西斜。斜月沉沉藏海雾，碣石潇湘无限路。不知乘月几人归，落月摇情满江树。前半见人有变易，月明常在，江月不必待人，惟江流与月同无尽也。后半写思妇怅望之情，曲折三致。题中五字安放自然，犹是王、杨、卢、骆之体。

孙逖 逖，博州人。开元十年举贤良方正，官至中书舍人，典诏诰。

春日留别

春路逶迤花柳前，孤舟晚泊就人烟。东山白云不可见，西陵江月夜娟娟。春江夜尽潮声度，征帆遥从此中去。越国山川看渐无，可怜愁思江南树。以上诸篇，志初唐入盛之渐。

高适 李、杜外，高、岑、王、李七言古中最矫健者。

邯郸少年行

邯郸城南游侠子，自矜生长邯郸里。千场纵博家仍富，几处报仇身不死。宅中歌笑日纷纷，门外车马如云屯。未知肝胆向谁是？豪语。令人却忆平原君。君不见今日交态薄，黄金用尽还疏索。以兹感叹辞旧游，更于时事无所求。且与少年饮美酒，往来射猎西山头。不忆信陵而忆平原，以邯郸为赵地之故。

古大梁行

古城莽苍饶荆榛，驱马荒城愁杀人。魏王宫观尽禾黍，信陵宾客随灰尘。忆昨雄都旧朝市，轩车照耀歌钟起。军容带甲三十万，国步连营五千里。全盛须臾那可论？高台曲池无复存。遗墟但见狐狸迹，古地空余草木根。暮天摇落伤怀抱，抚剑悲歌对秋草。侠客犹传朱亥名，行人尚识夷门道。白璧黄金万户侯，宝刀骏马填山丘。年代凄凉不可问，往来惟见水东流。

燕歌行

开元二十六年，客有从元戎出塞而还者，作燕歌行以示适，感征戍之事，因而和焉。

汉家烟尘在东北，汉将辞家破残贼。男儿本自重横行，天子非常赐颜色。摐金伐鼓下榆关，旌旆逶迤碣石间。校尉羽书飞瀚海，单于猎火照狼山。山川萧条极边土，胡骑凭陵杂风雨。战士军前半死生，美人帐下犹歌舞！悲壮。言主将不惜士卒。大漠穷秋塞草腓，孤城落日斗兵稀。身当恩遇常轻敌，力尽关山未解围。铁衣远戍辛勤久，玉筯泪也。应啼别离后。少妇城南欲断肠，征人蓟北空回首。边庭飘飖那可度，绝域苍茫更何有〔九〕？杀气三时作阵云，寒声一夜传刁斗。相看白刃雪纷纷，死节从来岂顾勋？君不见沙场征战苦，至今犹忆李将军！李广爱惜士卒，故云。或云李牧，亦可。○七言古中时带整句，局势方不散漫。若李、杜风雨分飞，鱼龙百变，又不可以一格论。

送田少府贬苍梧

沉吟对迁客，惆怅西南天。昔为一官未得意，今向万里令人怜。念兹斗酒成暌间，停舟叹君日将晏。远树应连北地春，行人却羡南归雁。丈夫穷达未可知，看君不合长数奇。江山到处堪乘兴，杨柳青青那足悲？

赠别晋三处士

有人家住清河源，渡河问我游梁园。手持道经注已毕，心知内篇口不言。卢门十年见秋草，此心惆怅谁能道！知己从来不易知，慕君为人与君好。别时九月桑叶疏，出门千里无行车。爱君且欲君先达，今上求贤早上书。

赋得还山吟，送沈四山人

还山吟，天高日暮寒山深，送君还山识君心。人生老大须恣意，看君解作一生事。山间偃仰无不至，石泉淙淙若风雨，桂花松子常满地。卖药囊中应有钱，还山服药又长年。白云劝尽杯中物，明月相随何处眠？眠时忆问醒时事，梦魂可以相周旋。

人日寄杜二拾遗

人日题诗寄草堂，遥怜故人思故乡。柳条弄色不忍见，梅花满枝空断肠。身在南蕃无所预，时为蜀、彭二州刺史。心怀百忧复千虑。今年人日空相忆，明年人日知何处？一卧东山三十春，岂知书剑老风尘。龙钟还忝二千石，愧尔东西南北人！言羁绊一官，萍踪断梗，转不如遨游四方之为乐也〔10〕。

封丘县

我本渔樵孟诸野，一生自是悠悠者。乍可狂歌草泽中，宁堪作吏风尘下！只言小邑无所为，公门百事皆有期。拜迎官长心欲碎，鞭挞黎庶令人悲。悲来向家问妻子，举家尽笑今如此。生事应须南亩田，世情付与东流水。梦想旧山安在哉？为衔君命日迟回。乃知梅福徒为尔，转忆陶潜归去来。

别韦参军

二十解书剑，西游长安城。举头望君门，屈指取公卿。国风冲融迈三五，朝廷礼乐弥寰宇。白璧皆言赐近臣，布衣不得干明主。天下无事，朝廷自谓登三咸五，但宠锡近臣，而布衣之士无由进身也。归来洛阳无负郭，东过梁宋非吾土。兔苑为农岁不登，雁池垂钓心长苦。分承梁、宋。世人遇我同众人〔二〕，唯君于我最相亲。且喜百年见交态，未尝一日辞家贫。弹棋击筑白日晚，纵酒高歌杨柳春。欢娱未尽分散去，使我惆怅惊心神。丈夫不作儿女别，临歧涕泪沾衣巾。言虽非儿女别，亦不得不垂泪也。

送浑将军出塞 此蕃人而为汉将者。

将军族贵兵且强，汉家已是浑邪王。子孙相承在朝野，至今部曲燕支下。控弦尽用阴山儿，登阵长骑大宛马。银鞍玉勒绣螯弧，每逐嫖姚破骨都。李广从来先将士，卫青未肯学孙吴。霍去病事，此误用。传有沙场千万骑，昨日边庭羽书至。城头画角三四声，匣里宝刀昼夜鸣。意气能甘万里去，辛勤动作一年行。黄云白草无前后，朝建旌旗夕刁斗。塞下应多侠少年，关西不见春杨柳。从军借问所从谁？击剑酣歌当此时。远别无轻绕朝策，平戎早寄仲宣诗。

岑参

登古邺城

本战国时邺邑，属魏，三国时曹氏都于此。

下马登邺城，城空复何见？东风吹野火，暮入飞云殿。城隅南对望陵台，漳水东流不复回。武帝宫中人去尽，年年春色为谁来？

题匡城周少府厅壁

妇姑城南风雨秋，妇姑城中人独愁。愁云遮却望乡处，数日不上西南楼。故人薄暮公事闲，玉壶美酒琥珀殿〔三〕。颍阳秋草今黄尽，醉卧君家犹未还。

凉州馆中与诸判官夜集

弯弯月出挂城头，城头月出照凉州。凉州七里十万家，胡人半解弹琵琶。琵琶一曲肠堪断，风萧萧兮夜漫漫。河西幕中多故人，故人别来三五春。花门楼前见秋草，岂能贫贱相看老！一生大笑能几回〔三〕？斗酒相逢须醉倒。

胡笳歌送颜真卿使赴河陇

君不闻胡笳声最悲，紫髯绿眼胡人吹。吹之一曲犹未了，愁杀楼兰征戍儿。凉秋八月萧关道，北风吹断天山草。昆仑山南月欲斜，胡人向月吹胡笳。胡笳怨兮将送君，秦山自己。遥望陇山颜公。云。边城夜夜多愁梦，向月胡笳谁喜闻？只言笳声之悲，见河、陇之不堪使，而惜别在言外矣。

函谷关歌送刘评事使关西

君不见函谷关，崩城毁壁至今在。树根草蔓遮古道，空谷千年长不改。寂寞无人空旧山，圣朝无事不须关。白马公孙何处去？青牛老人更不还。苍苔白骨空满地，月与古时长相似。野花不省见行人，山鸟何曾识关吏？故人方乘使者车，吾知郭丹却不如。请君时忆关外客，行到关西多致书。刘向七略：「公孙龙持白马之论以度关。」后汉书：「郭丹字少卿，买符入函谷关，慨然叹曰：『丹不乘使者车，终不出关。』更始二年，乘高车出关。」

火山云歌送别

即小头痛山、大头痛山〔一四〕。

火山突兀赤亭口，火山五月火云厚。火云满山凝未开，飞鸟千里不敢来。平明乍逐胡风断，薄暮浑随塞雨回。缭绕斜吞铁关树，氛氲半掩交河戍。迢迢征路火山东，山上孤云随马去。

走马川行奉送封大夫出师西征 即封常清也。参尝从常清屯兵轮台，故多边塞之作。

君不见走马川〔一五〕，雪海边，平沙莽莽黄入天。轮台九月风夜吼，一川碎石大如斗，随风满地石乱走。匈奴草黄马正肥，金山西见烟尘飞，汉家大将西出师。将军金甲夜不脱，半夜军行戈相拨，风头如刀面如割。马毛带雪汗气蒸，五花连钱旋作冰，幕中草檄砚水凝。虏骑闻之应胆慑，料知短兵不敢接，车师西门伫献捷〔一六〕。势险节短。○句句用韵，三句一转，此峄山碑文法也。唐中兴颂亦然〔一七〕。

轮台歌奉送封大夫出师西征

轮台城头夜吹角，轮台城北旄头落。羽书昨夜过渠黎，单于已在金山西。戍楼西望烟尘黑，汉兵屯在轮台北。上将拥旄西出征，平明吹笛大军行。四边伐鼓雪海涌，三军大呼阴山动。虏塞兵气连云屯，战场白骨缠草根。剑河风急雪片阔，沙口石冻马蹄脱。亚相即指上将〔一八〕。勤王甘苦辛，誓将报主静边尘。古来青史谁不见，今见功名胜古人。

白雪歌送武判官归

北风卷地白草折，胡天八月即飞雪。忽如一夜春风来，千树万树梨花开。散入珠帘湿罗幕，狐裘不暖锦衾薄。将军角弓不得控，都护铁衣冷难著。瀚海阑干「阑干」，犹言盛也。百丈冰，愁云惨淡万里凝。中军置酒饮归客，下言送别。胡琴琵琶与羌笛。纷纷暮雪下辕门，风掣红旗冻不翻。轮台东门送君去，去时雪满天山路。山回路转不见君，去路不尽。雪上空留马行处。

卫节度赤骠马歌

君家赤骠画不得，一团旋风桃花色。红缨紫缰珊瑚鞭，玉鞍锦鞯黄金勒。请君鞴出看君骑，尾长窣地如红丝。自矜诸马皆不及，却忆百金初买时。香街紫陌凤城内，满城见者谁不爱！扬鞭骤急白汗流，弄影行骄碧蹄碎。紫髯胡儿金剪刀，平明剪出三鬃高。枥上看时独意气，众中牵出偏雄豪。骑将猎向南山口，城南狐兔不复有。草头一点疾如飞，却使苍鹰翻向后。与少陵「岂有四蹄疾于鸟，不与八骏俱先鸣」同一意，而语更奇警。忆昨看君朝未央，鸣珂拥盖满路香。始知边将真富贵，可怜人马相辉光！男儿称意得如此，骏马长鸣北风起。待君东去扫胡尘，为君一日行千里。

太白胡僧歌 并序

太白中峰绝顶有胡僧，不知几百岁，眉长数寸。身不制缯帛，衣以草叶。恒持楞伽经〔一九〕。云壁迥绝，人迹罕到。尝东峰有斗虎，弱者将死，僧杖而解之；西湫有毒龙，久而为患，僧器而贮之。商山赵叟，前年采茯苓，深入太白，偶值此僧。访我而说。予恒有独往之意，闻而悦之，乃为歌曰：

闻有胡僧在太白，兰若去天三百尺。一持楞伽入中峰，世人难见但闻钟。窗边锡杖解两虎，床下钵盂藏一龙。草衣不针复不线，两耳垂肩眉覆面。此僧年几那得知？手种青松今十围。心将流水同清净，身与浮云无是非。商山老人已曾识，愿一见之何由得？山中有僧人不知，城里看山空黛色。言城里但知有山也，足上一句意。

西亭子送李司马

高高亭子郡城西，直上千尺与云齐。盘崖缘壁试攀跻，群山向下飞鸟低。使君五马天半嘶，丝绳玉壶为君提。坐来一望无端倪，红花绿柳莺乱啼，千家万井连回溪。酒行未醉闻暮鸡，点笔操纸为君题。为君题，惜解携。草萋萋，没马蹄。

与独孤渐道别长句，兼呈严八侍御

轮台客舍春草满，颍阳归客肠堪断。穷荒绝漠鸟不飞，万碛千山梦犹懒。怜君白面一书生，读书千卷未成名。五侯贵门脚不到〔三〇〕，数亩山田身自耕。兴来浪迹无远近，乃至辞家忆乡信。无事垂鞭信马头，西南几欲穷天尽。奉使自己。三年独未归，边头词客旧来稀。借问君来得几日？到家不觉换春衣。高斋清昼卷罗幕，预言其归家以后。纱帽接䍦慵不著。中酒朝眠日色高，弹棋夜半灯花落。冰片高堆金错盘，满堂凛凛五月寒。桂林蒲桃新吐蔓，武城刺蜜未可餐。军中置酒夜挝鼓，锦筵红烛月未午。忽入别筵，淋漓尽致。花门将军善胡歌，叶河蕃王能汉语。知尔园林压渭滨，夫人堂上泣罗裙。鱼龙川北磐溪雨，鸟鼠山西洮水云。台中严公于我厚，别后新诗满人口。自怜弃置天西头，因君为问相思否？此诗硬转突接，不须蛛丝马迹，古诗中另是一格。

李　颀

东川比高、岑多和缓之响。

古意

男儿事长征，少小幽燕客。赌胜马蹄下，由来轻七尺。杀人莫敢前，须如猬毛磔。黄云陇底白雪飞，未得报恩不能归。辽东小妇年十五，惯弹琵琶解歌舞。今为羌笛出塞声，使我三军泪如雨。

古从军行

白日登山望烽火〔三〕，黄昏饮马傍交河。行人刁斗风沙暗，公主琵琶幽怨多。野云万里无城郭，雨雪纷纷连大漠。胡雁哀鸣夜夜飞，胡儿眼泪双双落。闻道玉门犹被遮，应将性命逐轻车。年年战骨埋荒外，空见蒲桃入汉家。以人命换塞外之物，失策甚矣。为开边者垂戒，故作此诗。

古行路难

汉家名臣杨德祖，四代五公享茅土。自震至修，四代中五为太尉。父子兄弟绾银黄，跃马鸣珂朝建章。火浣单衣绣方领，茱萸锦带玉盘囊。宾客填街复满座，片言出口生辉光。世人逐势争奔走，沥胆隳肝惟恐后。当时一顾登青云，自谓生死长随君。一朝谢病还乡里，穷巷苍苔绝知己。秋风落叶闭重门，昨日论交竟谁是？薄俗嗟嗟难重陈，深山麋鹿可为邻。鲁连所以蹈东海，古往今来称达人。此借杨氏发论，为势利之徒言之。末言鲁连蹈海，正能一空势利之见耳。

送刘昱

八月寒苇花，秋江浪头白。北风吹五两，谁是浔阳客？鸬鹚山头宿雨晴，扬州郭里暮潮生。行人夜宿金陵渚，试听沙边有雁声。郭璞江赋：「觇五两之动静」，谓候风羽也。

崔五丈图屏风，各赋一物，得乌孙佩刀

乌孙腰间佩两刀，刃可吹毛锦为带。握中枕宿穹庐室，此言藏。马上割飞蝎蠮塞。此言用。执之魍魉谁能前？气凛清风沙漠边。磨用阴山一片石，洗将胡地独流泉。主人屏风写奇状，铁鞘金镮俨相向。回头瞪目时一看，使予心在江湖上。寸心亦为飞越。○晋载纪：「慕容皝率骑出蠮螉塞。」

爱敬寺古藤歌

古藤池水盘树根，左攫右拿龙虎蹲。横空直上相陵突，丰茸离缅若无骨。风雷霹雳连黑枝，人言其下藏妖魑。空庭落叶乍开合，十月苦寒常倒垂。忆昨花飞满空殿，密叶吹香饭僧遍。南阶双桐一百尺，相与年年老霜霰。

送刘十

三十不官亦不娶，时人焉识道高下？房中惟有老氏经，枥上空余少游马。往来嵩华与函秦，放歌一曲前山春。西林独鹤引闲步，南涧飞泉清角巾。前年上书不得意，归卧东山兀然醉。诸兄相继掌青史，第五之名齐骠骑。烹葵摘果告我行，落日夏云纵复横。闻道谢安掩口笑，知君不免为苍生。

别梁锽

梁生倜傥心不羁，途穷气盖长安儿。回头转眄似雕鹗，有志飞鸣人岂知？虽云四十无禄位，曾与大军掌书记。抗辞请刃诛部曲，作色论兵犯二帅。一言不合龙额侯，汉韩说封龙额侯。击剑拂衣从此弃。朝朝饮酒黄公垆，脱帽露顶争叫呼。庭中犊鼻昔常挂，怀里琅玕今在无？时人见子多落魄，共笑狂歌非远图。忽然遣跃紫骝马，还是昂藏一丈夫。洛阳城头晓霜白，层冰峨峨满川泽。但闻行路吟新诗，不叹举家无担石。莫言贫贱长可欺，覆篑成山当有时。莫言富贵长可托，木槿朝看暮还落。不见古时塞上翁，倚伏由来任天作。去去沧波勿复陈，五湖三江愁杀人。结有世路风波意，非专言江湖难涉也。

琴歌送别

主人有酒欢今夕，请奏鸣琴广陵客。月照城头乌半飞，霜凄万木风入衣。铜炉华烛烛增辉，初弹渌水后楚妃。一声已动物皆静，四座无言星欲稀。清淮奉使千余里，敢告云山从此始。比「高堂如空山，能使江月白」等语，更微更远。

王　维

送友人归山歌二首

山寂寂兮无人，又苍苍兮多木。群龙兮满朝，君何为兮空谷？文寡和兮思深，道难知兮行独。悦石上兮流泉，与松间兮草屋。入云中兮养鸡，上山头兮抱犊。神与枣兮如瓜，虎卖杏兮收穀。愧不才兮妨贤，嫌既老兮贪禄。誓解印兮相从，何詹尹兮可卜！神仙传：「董奉种杏数万株，买杏者将穀一器置仓中，即自往取一器。若穀少杏多，有虎逐之。」

山中人兮欲归，云冥冥兮雨霏霏。水惊波兮翠菅靡，白鹭忽兮翻飞，君不可兮褰衣。山万兮一云，混天地兮不分。树晻暧兮氛氲，猿不见兮空闻。忽山西兮夕阳，见东皋兮远平芜绿兮千里，眇惆怅兮思君。「山万重兮」以下，写去后情事，如披画图。

陇头吟

长城少年游侠客〔三二〕，夜上戍楼看太白。陇头明月迥临关〔三三〕，陇上行人夜吹笛。关西老将不胜愁，驻马听之双泪流。曾经大小百余战，麾下偏裨万户侯。苏武才为典属国，节旄空落海西头。少年看太白星，欲以立边功自命也。然老将百战不侯，苏武只邀薄赏，边功岂易立哉！

夷门歌 侯嬴抱关处。

七国雄雌犹未分，攻城杀将何纷纷！秦兵益围邯郸急，魏王不救平原君。公子为嬴停驷马，执辔逾恭意逾下。亥为屠肆鼓刀人，嬴乃夷门抱关者。非但慷慨献奇谋，意气兼将身命酬。向风刎颈送公子，七十老翁何所求？言老翁之刎颈，岂有所求于公子耶？特以意气相激故耳。

洛阳女儿行

洛阳女儿对门居，才可颜容十五余。良人玉勒乘骢马，侍女金盘脍鲤鱼。画阁朱楼尽相望，红桃绿柳垂檐向。罗帷送上七香车，宝扇迎归九华帐。狂夫富贵在青春，意气骄奢剧季伦。自怜碧玉亲教舞，不惜珊瑚持与人。春窗曙灭九微火，九微片片飞花琐。戏罢曾无理曲时，妆成只是熏香坐。城中相识尽繁华，日夜经过赵李家。谁怜越女颜如玉，贫贱江头自浣纱？结意况君子不遇也，与西施詠同一寄托。

老将行

此种诗纯以队仗胜。学诗者不能从李、杜入，右丞、常侍自有门径可寻。

少年十五二十时，步行夺取胡马骑。射杀山中白额虎，肯数邺下黄须儿！曹彰。一身转战三千里，一剑曾当百万师。汉兵奋迅如霹雳，虏骑崩腾畏蒺藜。卫青不败由天幸，误与高常侍同。李广无功缘数奇。自从弃置便衰朽，世事蹉跎成白首。昔时飞箭无全目，鲍照诗：「惊雀无全目。」今日垂杨生左肘。亦误用。路傍时卖故侯瓜，门前学种先生柳。苍茫古木连穷巷，寥落寒山对虚牖。誓令疏勒出飞泉，耿恭拜井事。不似颍川空使酒。指灌夫。贺兰山下阵如云，羽檄交驰日夕闻。节使三河募年少，诏书五道出将军。试拂铁衣如雪色，聊持宝剑动星文。愿得燕弓射天将〔四〕，耻令越甲鸣吾君。雍门子狄事。莫嫌旧日云中守，犹堪一战立功勋。卖瓜种柳，极形落寞。后半写出据鞍顾盼意，不敢以衰老自废弃也。○庄子：「支离叔与滑介叔观于冥伯之丘，俄而柳生其左肘。」柳，瘍也，非杨柳之谓。

桃源行

渔舟逐水爱山春，两岸桃花夹去津。坐看红树不知远，行尽青溪不见人(三五)。山口潜行始隈隩，山开旷望旋平陆。遥看一处攒云树，近入千家散花竹。樵客初传汉姓名，居人未改秦衣服。居人共住武陵源，还从物外起田园。月明松下房栊静，日出云中鸡犬喧。惊闻俗客争来集，竞引还家问都邑。平明闾巷扫花开，薄暮渔樵乘水入。初因避地去人间，及至成仙遂不还。峡里谁知有人事，世中遥望空云山。不疑灵境难闻见，尘心未尽思乡县。出洞无论隔山水，辞家终拟长游衍。自谓经过旧不迷，安知峰壑今来变！当时只记入山深，青溪几度到云林。春来遍是桃花水，不辨仙源何处寻。顺文叙事，不须自出意见，而夷犹容与，令人味之不尽。

答张五弟

终南有茅屋，前对终南山。终年无客长闭关，终日无心长自闲。不妨饮酒复垂钓，君但能来相往还。

同崔傅答贤弟

洛阳才子姑苏客，桂苑殊非故乡陌。九江枫树几回青，一片扬州五湖白。扬州时有下江兵，兰陵镇前吹笛声。夜火人归富春郭，秋风鹤唳石头城。周郎瑜。陆弟逊。为俦侣，对舞前溪歌白纻。曲几书留小史家，王羲之事。草堂棋赌山阴墅。谢安事。衣冠若话外台臣，先数夫君席上珍。更闻台阁求三语，即阮瞻之三语掾。遥想风流第一人。谢琨风流第一（三六）。〇寓疏荡于队仗之中，此盛唐人身分。

崔颢

七夕词

长安城中月如练，家家此夜持针线。仙裙玉佩空自知，天上人间不相见。长信深阴夜转幽，玉阶金阁数萤流。班姬此夕愁无限，河汉三更看斗牛。言长信孤居，不能如牛女之一年一见也。深情无限。

孟门行

黄雀衔黄花，翩翩傍檐隙。本拟报君恩，如何反弹射！刺谗之作，浑厚乃尔。金罍美酒满座春，平原爱才多众宾。满堂尽是忠义士，何意得有谗谀人！谀言反覆那可道，能令君心不自保。北园新栽桃李枝，根株未固何转移？成阴结实君自取，若问旁人那得知！比体作结，委曲深婉，耐人寻绎。○「成阴结实」，即报恩之喻，言君宜不惑于谗人也。

孟浩然

夜归鹿门歌

山寺鸣钟昼已昏，渔梁渡头争渡喧。人随沙岸向江村，余亦乘舟归鹿门。鹿门月照开烟树，忽到庞公栖隐处。岩扉松径长寂寥，唯有幽人自来去。

丁仙芝 曲阿人。开元进士，官余杭尉。

余杭醉歌赠吴山人

晓幕红襟燕，春城白项乌。只来梁上语，不向府中趋。四句比山人之高，宛然乐府。城头坎坎鼓声曙，满庭新种樱桃树。桃花昨夜撩乱开，当轩发色映楼台。十千兑得余杭酒，二月春城长命杯。酒后留君待明月，还将明月送君回。

储光羲

登戏马台作

君不见宋公杖钺诛燕後，英雄踊跃争趋走。小会衣冠吕梁壑，大征甲卒碻磝口。天开神武树元勋〔二七〕，九日茱萸飨六军。泛泛楼船游极浦，摇摇歌吹动浮云。居人满目市朝变，霸业犹存齐楚甸。泗水南流桐柏川，沂山北走琅琊县。沧海沉沉晨雾开，彭城烈烈秋风来。少年自言未得意，日暮萧条登古台。

张　谓

赠乔林

去年上策不见收，今年寄食仍淹留。羡君有酒能便醉，羡君无钱能不忧。如今五侯不待客，羡君不入五侯宅。如今七贵方自尊，羡君不过七贵门。丈夫会应有知己，世上悠悠安足论！兀傲之气如见。

湖中对酒作

夜坐不厌湖上月，昼行不厌湖上山。眼前一樽又常满，心中万事如等闲。主人有黍万余石，浊醪数斗应不惜。即今相对不尽欢，别后相思复何益！茱萸湾头归路赊，愿君且宿黄公家。风光若此人不醉，参差孤负东园花。

代北州老翁答

负薪老翁住北州，北望乡关生客愁。自言「老翁有三子，两人已向黄沙死。如今小儿新长成，明年闻道又征兵。定知此别必零落，不及相随同死生。尽将田宅借邻伍，且复伶俜去乡土。在生本求多子孙，及有谁知更辛苦！」近传天子尊武臣，应是天宝之末。强兵直欲静胡尘。安边自合有长策，何必流离中国人！为明皇黩武而言，与老杜石壕吏相似。

王昌龄

城傍曲

秋风鸣桑条，草白狐兔骄。邯郸饮来酒未消，城北原平掣皂雕。射杀空营两腾虎，回身却月佩弓弰。犹齐风「子之还」、「卢令令」等篇。

乌栖曲

白马逐朱车，黄昏入狭斜。柳树乌争宿，争枝未得飞上屋。东房少妇婿从军，每听乌啼知夜分。

校记

〔一〕物换星移几度秋　「几度秋」原作「度几秋」，据全唐诗改。

〔二〕代悲白头翁　全唐诗注作「白头吟」，文苑英华卷二〇七、宋郭茂倩乐府诗集卷四一、宋葛立方韵语阳秋卷六同。唐佚名搜玉小集作「代白头吟」，唐诗大系从之，并注云：「鲍照乐府皆曰代，代犹拟也。白头吟，乐府旧题，此拟之耳。」

〔三〕幽闺儿女惜颜色　全唐诗作「洛阳女儿好颜色」。

〔四〕汉家五叶才且雄　「五叶」原作「四叶」，据全唐诗改。按：乐府诗集卷九三正作「五叶」。

〔五〕木兰为楫桂为舟　「木兰」原作「杏兰」，据全唐诗改。

〔六〕郭震　原作「郭振」，据全唐诗及旧唐书本传改。按：郭震字元振，以字行，故误作「郭振」。

〔七〕桑榆汗漫漳河曲　「汗漫」原作「漫漫」，据全唐诗改。

〔八〕但见西园明月在　「但见」全唐诗作「但有」。

〔九〕绝域苍茫更何有　「更何有」原作「无所有」，据全唐诗改。

〔一〇〕按：此谓自惭衰迈龙钟犹忝居刺史之职，有愧于漂泊四方之杜甫。沈说非是。

〔一一〕世人遇我同众人　「遇」原作「向」，据全唐诗改。

〔一二〕玉壶美酒琥珀殷　「殷」原作「盘」，据全唐诗改。

〔一三〕一生大笑能几回　「笑」原作「啸」，据全唐诗改。

〔一四〕按：火山在今新疆维吾尔自治区吐鲁番县境。山石皆赤色，形似火焰，故又名火焰山。

〔一五〕君不见走马川　「川」下原有「行」字。按：此诗逐句用韵，三句一转，此「行」字乃因题中「走马川行」而误衍，故删去。

〔一六〕车师西门伫献捷　「车师」原作「军师」，据全唐诗改。按：车师今新疆吐鲁番县，唐安西都护府所在地。

〔一七〕按：峄山碑是每三句用韵，中间转韵，两韵到底。而唐中兴颂乃是句句用韵，三句一转。

〔一八〕按：汉御史大夫位上卿，掌副丞相。封常清兼御史大夫，故称「亚相」。

〔一九〕恒持楞伽经　「楞」字原脱，据全唐诗补。

〔二〇〕五侯贵门脚不到　「五侯贵门」原作「五贵侯门」，据全唐诗改。

〔二一〕白日登山望烽火　「白日」原作「白首」，据全唐诗改。

〔二二〕长城少年游侠客　「长城」全唐诗作「长安」。

〔二三〕陇头明月迥临关　「迥」原作「尚」，据全唐诗改。

〔二四〕愿得燕弓射天将　「天将」宋姚铉唐文粹卷一一二、乐府诗集卷九〇作「大将」，可从。

〔二五〕行尽青溪不见人　「青溪」原作「清溪」，据全唐诗改。按：下文「青溪几度到云林」，可证。

〔二六〕谢琨风流第一　「谢琨」原作「谢晦鲲」，据南史谢晦传改。按：南史原文作「时谢琨风华为江左第一」。

〔二七〕天开神武树元勋　「天开」原作「天门」，据全唐诗注改。按：文苑英华卷三一三正作「天开」。

重订唐诗别裁集卷六

李白

太白七言古，想落天外，局自变生。大江无风，波浪自涌，白云从空，随风变灭。此殆天授，非人可及。○集中如「笑矣乎」、「悲来乎」、怀素草书歌等作，皆五代凡庸子所拟，后人无识，将此种入选，嗷訾者指太白为粗浅人作俑矣。读李诗者，于雄快之中，得其深远宕逸之神，才是谪仙人面目。

远别离（一）

远别离，古有皇英之二女。乃在洞庭之南，潇湘之浦。海水直下万里深，谁人不言此离苦？日惨惨兮云冥冥，猩猩啼烟兮鬼啸雨。我纵言之将何补？皇穹指肃宗。窃恐不照余之忠诚，雷凭凭兮欲吼怒。天问曰：「康回凭怒。」尧舜当之亦禅禹：禅位。君失臣兮龙为鱼，明皇。权归臣兮鼠变虎。肃宗。或言尧幽囚，见竹书。舜野死。九疑连绵皆相似，重瞳孤坟竟何是？帝子泣兮绿云间，竹也。随风波兮去无还。恸哭兮远望，见苍梧之深山。苍梧山崩湘水绝，竹上之泪乃可灭。言此恨不绝。○玄宗禅位于肃宗，宦者李辅国谓上皇居兴庆宫交通外人，将不利于陛下，于是徙上皇于西内，怏怏不逾时而崩。诗盖指此也。太白失位之人，虽言何补，故托吊古以致讽焉。

蜀道难

噫吁戏，危乎高哉！蜀道之难难于上青天。蚕丛及鱼凫，蜀王始祖名。开国何茫然！尔来四万八千岁，不与秦塞通人烟。西当太白有鸟道，可以横绝峨眉巅。地崩山摧壮士死，五丁开山，死于山中。然后天梯石栈相钩连。上有六龙回日之高标，下有冲波逆折之回川。黄鹤之飞尚不得过，猿猱欲度愁攀缘。青泥何盘盘，百步九折萦岩峦。扪参历井仰胁息，以手抚膺坐长叹。问君西游何时还？畏途巉岩不可攀。但见悲鸟号古木，雄飞雌从绕林间。又闻子规啼夜月，愁空山。蜀道之难难于上青天，使人听此凋朱颜。连峰去天不盈尺，枯松倒挂倚绝壁。飞湍瀑流争喧豗，砯崖转石万壑雷。其险也若此，嗟尔远道之人胡为乎来哉！总束三语，千钧笔力。剑阁峥嵘而崔嵬(二)：一夫当关，万夫莫开。所守或非亲，化为狼与豺。朝避猛虎，夕避长蛇。磨牙吮血，杀人如麻。锦城虽云乐，不如早还家。恐蜀地有发难之人，则乘舆危矣，故望其早还帝都也。通篇结穴。蜀道之难难于上青天，侧身西望长咨嗟。诸解纷纷，萧士赟谓禄山乱华，天子幸蜀而作，为得其解。臣子忠爱之辞，不比寻常穿凿。〇笔阵纵横，如虬飞蠖动，起雷霆于指顾之间。任华、卢仝辈仿之，适得其怪耳，太白所以为仙才也。

乌夜啼

黄云城边乌欲栖，归飞哑哑枝上啼。机中织锦秦川女，碧纱如烟隔窗语。停梭怅然忆远人，独宿空房泪如雨。蕴含深远，不须语言之烦。贺知章读乌夜啼诸乐府，因重太白，荐于明皇。

乌栖曲

姑苏台上乌栖时，吴王宫里醉西施。吴歌楚舞欢未毕，青山欲衔半边日。银箭金壶漏水多，起看秋月坠江波，东方渐高奈乐何！末句为乐难久也，缀一单句，格奇。

战城南

去年战桑乾源，今年战葱河道。洗兵条支海上波，放马天山雪中草。万里长征战，三军尽衰老。匈奴以杀戮为耕作，奇句。古来惟见白骨黄沙田。秦家筑城备胡处〔三〕，汉家还有烽火然。烽火然不息，征战无已时。野战格斗死，败马嘶鸣向天悲。乌鸢啄人肠，衔飞上挂枯树枝。士卒涂草莽，将军空尔为。乃知兵者是凶器，圣人不得已而用之。端庄语以摇曳出之。

○末句用老子。

飞龙引二首

黄帝铸鼎于荆山，炼丹砂。丹砂成黄金，骑龙飞上太清家。云愁海思令人嗟。宫中彩女颜如花，飘然挥手凌紫霞，从风纵体登鸾车。登鸾车，侍轩辕。遨游青天中，其乐不可言。鼎湖流水清且闲，轩辕去时有弓剑，古人传道留其间。後宫婵娟多花颜，乘鸾飞烟去不还。骑龙攀天造天关。造天关，闻天语，长云河车载玉女。载玉女，过紫皇。紫皇乃赐白兔所捣之药方，后天而老凋三光。下视瑶池见王母，蛾眉萧飒如秋霜。后天而老，犹蛾眉萧飒，则不老者先老矣。学仙何为哉？

长相思二首

长相思，在长安。络纬秋啼金井阑，微霜凄凄簟色寒。孤灯不明思欲绝，卷帷望月空长叹。美人指夫君言。如花隔云端，上有青冥之长天，下有渌水之波澜。天长地远魂飞苦，梦魂不到关山难。长相思，摧心肝！

日色欲尽花含烟，月明欲素愁不眠。赵瑟初停凤凰柱，蜀琴欲奏鸳鸯弦。此曲有意无人传，愿随春风寄燕然。忆君迢迢隔青天，昔时横波目，今作流泪泉。不信妾肠断，归来看取明镜前。怨而不怒。

上留田行 上留田，地名。其地有人父母死而不字其弟者，邻人为弟作歌以讽其兄〔四〕，故名上留田，亦古乐府。

行至上留田，孤坟何峥嵘！积此万古恨，春草不复生。悲风四边来，肠断白杨声。借问「谁家地，埋没蒿里茔？」古老向余言，言是「上留田，蓬科马鬣皆已平。昔之弟死兄不葬，他人于此举铭旌。」一鸟死，百鸟鸣。一兽走，百兽惊。桓山之禽别离苦，欲去回翔不能征。见说苑颜子对孔子语。田氏仓卒骨肉分，青天白日摧紫荆。交柯之木本同形，东枝憔悴西枝荣。无心之物尚如此，参商胡乃寻天兵？孤竹延陵，让国扬名。高风绵邈，颓波激清。尺布之谣，塞耳不能听！促节繁音，如闻乐章之乱。○末以孤竹、延陵、汉文、淮南为言，知此非同泛然而作也。太白每借古题以讽时事，岂有感于永王璘之死而为是言与？

夷则格上白鸠拂舞辞 此歌而且舞之辞。

铿鸣钟，考朗鼓。歌白鸠，引拂舞。白鸠之白谁与邻？霜衣雪襟诚可珍。含哺七子能平均。食不噎，性安驯。首农政，鸣阳春。鸣鸠拂羽。天子刻玉杖，镂形赐耆人。白鹭之白非纯真，外洁其色心匪仁。非必有恶于白鹭，借以讥外洁内污者耳。阙五德，无司晨。胡为啄我葭下之紫鳞？鹰鹯雕鹗，贪而好杀，凤凰虽大圣，不愿以为臣。时多酷吏与聚敛之臣，故作是诗以刺。

独漉篇

晋人古词，本或断或续，太白亦以此体仿之。中三解未易窥测，恐强解之转成穿凿耳。

独漉水中泥，水浊不见月。不见月尚可，水深行人没。越鸟从南来，胡鹰亦北渡。我欲弯弓向天射，惜其中道失归路。落叶别树，飘零随风。客无所托，悲与此同。罗帏舒卷，似有人开。明月直入，无心可猜。雄剑挂壁，时时龙鸣。不断犀象，绣涩苔生。国耻未雪，主意。何由成名！神鹰梦泽，不顾鸱鸢。为君一击，搏鹏九天〔五〕。原词为父报仇，太白为国雪耻。中作六解，似岭断云连，若离若合，不能强作一意。「雄剑挂壁」以下，言豪士为国雪耻，当立大功以成名，犹鹰之不顾凡鸟而击九天之鹏也。

登高丘而望远海

登高丘，望远海。六鳌骨已霜，三山流安在？扶桑半摧折，白日沉光彩。银台金阙如梦中，秦皇汉武空相待。精卫费木石，鼋鼍无所凭。君不见骊山茂陵尽灰灭，牧羊之子来攀登。盗贼劫宝玉，精灵竟何能？穷兵黩武今如此，鼎湖飞龙安可乘？

杨叛儿

此童谣也。北齐胡太后宠杨旻，童谣云：「杨婆儿，共戏来。」语讹转「婆」为「叛」。○篇中非咏其事。

君歌杨叛儿，妾劝新丰酒。何许最关人？乌啼白门柳。乌啼隐杨花，君醉留妾家。博山炉中沉香火，双烟一气凌紫霞。即子夜、读曲意，而语不嫚亵，故知君子言有则也。

白头吟

西京杂记云：「白头吟，卓文君作。」

锦水东北流，波荡双鸳鸯。雄巢汉宫树，雌弄秦草芳。宁同万死碎绮翼，不忍云间两分张。此时阿娇正娇妒，独坐长门愁日暮。但愿君恩顾妾深，岂惜黄金买词赋？相如作赋得黄金，丈夫好新多异心。一朝将聘茂陵女，文君因赠白头吟。东流不作西归水，落花辞条羞故林。信手写来，无不入妙。兔丝固无情，随风任颠倒。谁使女萝枝，而来强萦抱？两草犹一心，人心不如草。莫卷龙须席，从他生网丝。且留琥珀枕，或有梦来时。覆水再收岂满杯？弃妾已去难重回。古来得意不相负，只今唯见青陵台。韩凭与妇俱以义死，故云。○太白诗固多寄托，然必欲事事牵合，谓此指废王皇后事，殊支离也。

久别离

别来几春未还家，玉窗五见樱桃花。况有锦字书，开缄使人嗟。至此肠断彼心绝，云鬟绿鬓罢梳结，愁如回飚乱白雪。去年寄书报阳台，今年寄书重相催。东风兮东风，为我吹行云使西来。待来竟不来，落花寂寂委青苔。

日出入行

日出东方隈，似从地底来。历天又入海，六龙所舍安在哉？其始与终古不息，人非元气，安得与之久徘徊？草不谢荣于春风，木不怨落于秋天。谁挥鞭策驱四运？万物兴歇皆自然。羲和！羲和！汝何汩没于荒淫之陂？鲁阳何德，驻景挥戈？逆天违道，矫诬实多。我将囊括大块，浩然与溟涬同科。言鲁阳挥戈之矫诬，不如委顺造化之自然也，总见学仙之谬。

幽涧泉 琴操

拂彼白石，弹我素琴，幽涧愀兮流泉深。善手明徽，高张清心。寂历似千古，松飕飗兮万寻。中见愁猿吊影而危处兮，叫秋木而长吟。客有哀时失职而听者，泪淋浪以沾襟。乃缉商缀羽，潺湲成音。吾但写声发情于妙指，殊不知此曲之古今。幽涧泉，鸣深林。松响猿吟，从琴中写出，俱可以例涧泉也。纵笔挥洒，泠泠有声。

梁父吟 梁父吟始于曾子，后诸葛孔明作梁父吟。

长啸梁父吟，何时见阳春？君不见朝歌屠叟辞棘津，八十西来钓渭滨。宁羞白发照渌水(六)，逢时吐气思经纶。广张三千六百钓，风期暗与文王亲。地有三千六百轴，太公合天下而钓之，得与文王相遇也。大贤虎变愚不测，当年颇似寻常人。君不见高阳酒徒起草中，长揖山东隆準公！入门不拜逞雄辩，两女辍洗来趋风。东下齐城七十二，指挥楚汉如旋蓬。狂客落魄尚如此，何况壮士当群雄！自谓。吾欲攀龙见明主，雷公砰訇震天鼓，帝旁投壶多玉女。三时大笑开电光，倏烁晦冥起风雨。阊阖九门不可通，以额扣关阍者怒(七)。一段见朝之权贵女子小人拥遏主听，忠言不得上陈也。白日不照我精诚，杞国无事忧天倾。知时之将乱。猰貐磨牙竞人肉，驺虞不折生草茎。手接飞猱搏雕虎，侧足焦原未言苦。见君子小人并列，而人主不知。我欲起而除去奸恶，犹接飞猱，搏雕虎，不自言苦也。智者可卷愚者豪，以愚自谓。世人见我轻鸿毛。力排南山三壮士，齐相杀之费二桃。言众人害己之易。吴楚弄兵无剧孟，亚夫咍尔为徒劳。言朝无贤人，何以为国！仍望世之用己也。梁父吟，声正悲。张公两龙剑，神物合有时。风云感会起屠钓，大人岘屼当安之。言己安于困厄以俟时。○始言吕尚之耄年，郦食其之狂士，犹乘时遇合，为壮士者，正当自奋。然欲以忠言寤主，而权奸当道，言路壅塞。非不愿剪除之，而人主不听，恐为匪人戕害也。究之论其常理，终当以贤辅国，惟安命以俟有为而已。后半拉杂使事而不见其迹，以气胜也。若无太白本领，不易追逐。

北风行

烛龙栖寒门，光耀犹旦开。日月照之何不及此？唯有北风号怒天上来！燕山雪花大如席，片片吹落轩辕台。幽州思妇十二月，停歌罢笑双蛾摧。倚门望行人，念君长城苦寒良可哀。别时提剑救边去，遗此虎纹金鞞靫。中有一双白羽箭，蜘蛛结网生尘埃。箭空在，人愁战死不复回〔八〕。「人愁战死」，「愁」字诸本讹作「今」字，从原本正之。不忍见此物，焚之已成灰。黄河捧土尚可塞，北风雨雪恨难裁！淮南子：「烛龙人身龙面而无足。八紘之外有八极，北极之山曰寒门。」

山人劝酒

苍苍云松，落落绮皓。春风尔来为阿谁？蝴蝶忽然满芳草。秀眉霜雪颜桃花，骨清髓绿长美好。称是秦时避世人，劝酒相欢不知老。各守麋鹿志，耻随龙虎争。欻起佐天子，汉皇乃复惊。顾谓戚夫人，彼翁羽翼成。归来商山下，泛若云无情。举觞酬巢由，洗耳何独清？浩歌望嵩岳，意气还相倾。

襄阳歌〔九〕

落日欲没岘山西，倒著接䍦花下迷。襄阳小儿齐拍手，拦街争唱白铜鞮。白铜鞮，梁武帝时童谣。傍人借问笑何事？笑杀山翁醉似泥。鸬鹚杓，鹦鹉杯。百年三万六千日，一日须倾三百杯。遥看汉水鸭头绿，恰似葡萄初酦醅。妙于形容。此江若变作春酒，垒麴便筑糟丘台。千金骏马换小妾，笑坐雕鞍歌落梅。车旁侧挂一壶酒，凤笙龙管行相催。咸阳市中叹黄犬，何如月下倾金罍？君不见晋朝羊公一片石，龟头剥落生莓苔。泪亦不能为之堕，心亦不能为之哀。清风朗月不用一钱买，玉山自倒非人推。舒州杓，力士铛，李白与尔同死生。襄王云雨今安在？江水东流猿夜声。羊叔子之岘山碑，犹然磨灭，无人堕泪，况寻常富贵乎？不如韬精沉饮之为乐也。「清风明月」二语，欧阳公谓足以惊动千古，信然。○地理志：「舒州道士贡酒器铁器。」韦坚传有豫章力士甆饮器。

江上吟

木兰之枻沙棠舟，玉箫金管坐两头。美酒尊中置千斛，载妓随波任去留。仙人有待乘黄鹤，海客无心随白鸥。屈平词赋悬日月，楚王台榭空山丘。兴酣落笔摇五岳，诗成笑傲凌沧洲。功名富贵若长在，汉水亦应西北流。言必无之理。

侍从宜春苑，奉诏赋龙池柳色初青听新莺百啭歌

东风已绿瀛洲草，紫殿红楼觉春好。池南柳色半青青，萦烟袅娜拂绮城。垂丝百尺挂雕楹，上有好鸟相和鸣，间关早得春风情。春风卷入碧云去，千门万户皆春声。是时君王在镐京，五云垂晖耀紫清。仗出金宫随日转，天回玉辇绕花行。始向蓬莱看舞鹤，还过茝若听新莺。新莺飞绕上林苑，愿入箫韶杂凤笙。应制诗有此，非仙才不能。〇西都赋：「後宫则有茝若、椒风。」诸本作「茝石」者误。〇三唐应制诗，以此篇及摩诘之「云里帝城，雨中春树」为最上。

寄王屋山人孟大融

我昔东海上，劳山餐紫霞。亲见安期公，食枣大如瓜。中年谒汉主，自谓也。安期生见项羽，不见汉主〔一〇〕。不惬还归家。朱颜谢春晖，白发见生涯。所期就金液，飞步登云车。愿随夫子天坛上，闲与仙人扫落花。

鸣皋歌送岑征君

自注：「时梁园三尺雪，在清泠池作。」

若有人兮思鸣皋，阻积雪兮心烦劳。洪河凌兢不可以径度，冰龙鳞兮难容舠。邈仙山之峻

极兮，闻天籁之嘈嘈。霜崖缟皓以合沓兮，若长风扇海，涌沧溟之波涛。玄猿绿罴，舔舕崟岌，危柯振石，骇胆栗魄，群呼而相号。叠四句，而以第五句为一韵，四句之中又成二韵，变化已极。峰峥嵘以路绝（二），挂星辰于岩嶅。送君之归兮，动鸣皋之新作。交鼓吹兮弹丝，觞清泠之池阁。君不行兮何待？若返顾之黄鹤。扫梁园之群英，见惠连之雪赋，谓邹、枚也。振大雅于东洛。巾征轩兮历阻折，寻幽居兮越巘崿。盘白石兮坐素月，琴松风兮寂万壑。望不见兮心氛氲，萝冥冥兮霰纷纷。此一段写送别以后幽居寂寞之况，恰好引起下段。水横洞以下渌，波小声而上闻。虎啸谷而生风，龙藏溪而吐云。寡鹤清唳，饥鼯嚬呻。魂独处此幽默兮，愀空山而愁人。鸡聚族以争食，凤孤飞而无邻。蝘蜓嘲龙，鱼目混珍。嫫母衣锦，西施负薪。西施鬻薪见吴越春秋。若使巢由桎梏于轩冕兮，亦奚异乎夔龙蹩躠于风尘？哭何苦而救楚？申包胥。笑何夸而却秦？鲁仲连。吾诚不能学二子，承上言。沽名矫节以耀世兮，固将弃天地而遗身。白鸥兮飞来，长与君兮相亲！学楚骚而长短疾徐，横纵驰骤，文复变化其体，是为仙才。

当涂赵炎少府粉图山水歌

峨眉高出西极天（三），罗浮直与南溟连。名公绎思挥彩笔，驱山走海置眼前。画笔如真。满堂空翠如可扫，赤城霞气苍梧烟。洞庭潇湘意邈绵，三江七泽情洄沿。惊涛汹涌向何处？孤舟一去迷归年。征帆不动亦不旋，飘如随风落天边。心摇目断兴难尽，几时可到三山巅？西峰峥嵘喷流泉，横石蹙水波潺湲。东崖合沓蔽轻雾，深林杂树空芊绵。绵韵复。此中冥昧失昼夜，隐几寂听无鸣蝉。长松之下列羽客，对坐不语南昌仙。梅福为南昌尉，后传为仙。南昌仙人赵夫子，妙年历落青云士。讼庭无事罗众宾，杳然如在丹青里。真景如画。五色粉图安足珍，真仙可以全吾身。若待功成拂衣去，武陵桃花笑杀人。

忆旧游寄谯郡元参军

忆昔洛阳董糟丘，为余天津桥南造酒楼。此只作引引入。黄金白璧买歌笑，一醉累月轻王侯。海内贤豪青云客，以下言元参军。就中与君心莫逆。此言合。回山转海不作难，倾情倒意无所惜。我向淮南攀桂枝，君留洛北愁梦思。不忍别，还相随。此言欲离仍合。相随迢迢访仙城，三十六曲水回萦。一溪初入千花明，万壑度尽松风声。银鞍金络倒平地，汉东太守来相迎。此宾。紫阳之真人，邀我吹玉笙。餐霞楼上动仙乐，嘈然宛似鸾凤鸣。袖长管催欲轻举，汉东太守醉起舞。手持锦袍覆我身，我醉横眠枕其股。当筵意气凌九霄，星离雨散不终朝，分飞楚关山水遥。此言离。余既还山寻故巢，君亦归家渡渭桥。君家严君勇貔虎，作尹并州遏戎虏。五月相呼度太行，摧轮不道羊肠苦。行来北京岁月深，感君贵义轻黄金。

此又合。琼杯绮食青玉案，使我醉饱无归心。时时出向城西曲，晋祠流水如碧玉。浮舟弄水箫鼓鸣，微波龙鳞莎草绿。兴来携妓恣经过，其若杨花似雪何！红妆欲醉宜斜日，百尺清潭写翠娥。翠娥婵娟初月辉，美人更唱舞罗衣。清风吹歌入空去，歌曲自绕行云飞。此时行乐难再遇，西游因献长杨赋。此又离。北阙青云不可期，东山白首还归去。渭桥南头一遇君，酂台之北又离群。此两合两离，语从其略。问余别恨知多少？落花春暮争纷纷。言亦不可尽，情亦不可极。呼儿长跪缄此辞，寄君千里遥相忆。叙与参军情事，离离合合，结构分明，才情动荡，不止以纵逸见长也。老杜外谁堪与敌？

赠裴十四

朝见裴叔则，朗如行玉山。黄河落天走东海，万里写入胸怀间。身骑白鼋不敢度，楚词：「乘白鼋兮逐文鱼。」金高南山买君顾。用楚成王买夫人笑事。徘徊六合无相知，飘若浮云且西去。「黄河落天」二语，自道所得。

白云歌送刘十六还山

秦山楚山皆白云，白云处处常随君。君入楚山里，云亦随君渡湘水。湘水上，女萝衣，白云堪卧君早归。随手写去，自然流逸。

庐山谣寄卢侍御虚舟

我本楚狂人，凤歌笑孔丘〔三〕。手持绿玉杖，朝别黄鹤楼。五岳寻山不辞远，一生好入名山游。庐山秀出南斗傍，屏风九叠云锦张，影落明湖青黛光。金阙前开二峰长，香炉、双剑。银河倒挂三石梁。香炉瀑布遥相望，回崖沓嶂凌苍苍。翠影红霞映朝日，鸟飞不到吴天长。长韵复。登高壮观天地间，大江茫茫去不还。黄云万里动风色，白波九道流雪山。好为庐山谣，兴因庐山发。闲窥石镜清我心，谢公行处苍苔没。石镜山在浔阳，谢灵运所游。早服还丹无世情，琴心三叠道初成。遥见仙人彩云里，手把芙蓉朝玉京。先期汗漫九垓上，愿接卢敖游太清。先写庐山形胜，后言寻幽不如学仙，与卢敖同游太清，此素愿也。笔下殊有仙气。

金陵酒肆留别

风吹柳花满店香，吴姬压酒劝客尝。金陵子弟来相送，欲行不行各尽觞。请君试问东流水，别意与之谁短长？语不必深，写情已足。

梦游天姥吟留别 天姥峰在天台西北境，下临嵊县。

海客谈瀛洲，引起。烟涛微茫信难求。越人语天姥，云霓明灭或可睹。天姥连天向天横，势拔五岳掩赤城。天台一万八千丈，对此欲倒东南倾。我欲因之梦吴越，一夜飞度镜湖月。「飞度镜湖月」以下，皆言梦中所历。湖月照我影，送我至剡溪。谢公宿处今尚在，渌水荡漾清猿啼。脚著谢公屐，身登青云梯。半壁见海日，空中闻天鸡。千岩万转路不定（四），迷花倚石忽已暝。熊咆龙吟殷岩泉，栗深林兮惊层巅。云青青兮欲雨，水淡淡兮生烟。列缺霹雳，丘峦崩摧。洞天石扉，訇然中开。一路离奇灭没，恍恍惚惚，是梦境，是仙境。青冥浩荡不见底，日月照耀金银台。霓为衣兮风为马，云之君兮纷纷而来下。虎鼓瑟兮鸾回车，仙之人兮列如麻。忽魂悸以魄动，恍惊起而长嗟。梦醒。惟觉时之枕席，失向来之烟霞。世间行乐亦如此，古来万事东流水。因梦游推开，见世事皆成虚幻也。别君去兮何时还？留别意只末路一点。且放白鹿青崖间，须行即骑访名山。安能摧眉折腰事权贵，使我不得开心颜！托言梦游，穷形尽相，以极洞天之奇幻，至醒后顿失烟霞矣。知世间行乐，亦同一梦，安能于梦中屈身权贵乎？吾当别去，遍游名山以终天年也。诗境虽奇，脉理极细。

灞陵行送别

送君灞陵亭，灞水流浩浩。上有无花之古树，下有伤心之春草。我向秦人问路歧，云是王粲南登之古道。古道连绵走西京，紫阙落日浮云生。正当今夕断肠处，骊歌愁绝不忍听〔一五〕！

宣州谢朓楼饯别校书叔云

弃我去者昨日之日不可留，乱我心者今日之日多烦忧。此种格调，太白从心化出。长风万里送秋雁，对此可以酣高楼。蓬莱文章建安骨，中间小谢又清发。俱怀逸兴壮思飞，欲上青天览日月〔一六〕。抽刀断水水更流，举杯消愁愁更愁。人生在世不称意，明朝散发弄扁舟！

泾溪东亭寄郑少府谔

我游东亭不见君，沙上行将白鹭群。白鹭行时散飞去，又如雪点青山云。欲往泾溪不辞远，龙门蹙波虎转眼。杜鹃花开春已阑，归向陵阳钓鱼晚。「虎转眼」，谓水波旋转，有光相映，若虎眼之光。刘禹锡「汴水东流虎眼纹」〔一七〕，亦此意也。

示金陵子

金陵城东谁家子，窃听琴声碧窗里。落花一片天上来，随人直度西江水。楚歌吴语娇不成，似能未能最有情。谢公正要东山妓，携手林泉处处行。

杜甫

少陵七言古，如建章之宫，千门万户；如巨鹿之战，诸侯皆从壁上观，膝行而前，不敢仰视；如大海之水，长风鼓浪，扬泥沙而舞怪物，灵蠢毕集。别于盛唐诸家，独称大宗。〇太白以高胜，少陵以大胜，执金鼓而抗颜行，后人那能鼎足！〇一饭未尝忘君，其忠孝与夫子事父事君之旨有合，不可以寻常诗人例之。

玄都坛歌寄元逸人〔一八〕

汉武所筑。

故人昔隐东蒙峰，已佩含景苍精龙。故人今居子午谷，独在阴崖结茅屋。屋前太古玄都坛，青石漠漠常风寒。子规夜啼山竹裂，言其声之哀。王母昼下云旗翻。言仙真载灵旗而下。知君此计成长往，芝草琅玕日应长。铁锁高垂不可攀，致身福地何萧爽！

兵车行

车辚辚，马萧萧，行人弓箭各在腰。耶娘妻子走相送，尘埃不见咸阳桥。牵衣顿足拦道哭，哭声直上干云霄。道旁过者问行人，行人但云点行频。或从十五北防河，便至四十西营田。此防河归又出兵也。去时里正与裹头，归来头白还戍边。边庭流血成海水，武皇开边意未已。主意在此。君不闻汉家山东二百州，太行山东秦、晋之地皆是。千村万落生荆杞。纵有健妇把锄犁，禾生陇亩无东西。况复秦兵耐苦战，被驱不异犬与鸡。长者虽有问，役夫敢申恨？且如今年冬，未休关西卒。县官急索租，租税从何出？信知生男恶，反是生女好。生女犹得嫁比邻，生男埋没随百草！君不见青海头，古来白骨无人收。新鬼烦冤旧鬼哭，天阴雨湿声啾啾！以人哭始，以鬼哭终，照应在有意无意。○诗为明皇用兵吐蕃而作，设为问答。声音节奏，纯从古乐府得来。

高都护骢马行 名仙芝。

安西都护胡青骢，声价欻然来向东。此马临阵久无敌，与人一心成大功。即「真堪托死生」意。功成惠养随所致，飘飘远自流沙至。雄姿未受伏枥恩，猛气犹思战场利。腕促蹄高如踣铁，交河几蹴曾冰裂。五花散作云满身，万里方看汗流血。长安壮儿不敢骑，走过掣电倾城知。青丝络头为君老，何由却出横门道！思驰驱于战场，隐然为老将写照。○三辅黄图：「长安城北出西头第一门名横门。」横音光。○结处悠扬不尽者，或四语，或六语，以传其神。若二语用韵，戛然而止，此又专取简捷，如此篇是也。

天育骠骑歌 天育，厩名。

吾闻天子之马走千里，今之画图无乃是。是何意态雄且杰？骏尾萧梢朔风起。毛为绿缥两耳黄，眼有紫焰双瞳方。矫矫龙性合变化，卓立天骨森开张。伊昔太仆张景顺，监牧攻驹阅清峻。遂令大奴守天育，别养骥子怜神骏。当时四十万匹马，张公叹其材尽下。目中无物，敢下此笔。故独写真传世人，见之座右久更新。年多物化空形影，呜呼健步无由骋！如今岂无騕褭与骅骝？时无王良伯乐死即休！

醉时歌 原注：「赠广文馆博士郑虔。」

诸公衮衮登台省，广文先生官独冷。甲第纷纷厌粱肉，广文先生饭不足。先生有道出羲皇，转韵出韵，此诗偶见。先生有才过屈宋。德尊一代常坎轲，名垂万古知何用！杜陵野客人更嗤，被褐短窄鬓如丝。日籴太仓五升米，时赴郑老同襟期。得钱即相觅，沽酒不复疑。忘形到尔汝，痛饮真吾师。清夜沉沉动春酌，灯前细雨檐花落。但觉高歌有鬼神，焉知饿死填沟壑？悲壮淋漓。相如逸才亲涤器，子云识字终投阁。先生早赋归去来，石田茅屋荒苍苔。儒术于我何有哉？孔丘盗跖俱尘埃。不须闻此意惨怆，生前相遇且衔杯。本庄子盗跖篇，见贤愚同尽，不如托之饮酒。○故作旷达语，而不平之意自在。

醉歌行 原注：「别从侄勤落第归。」

陆机二十作文赋，汝更小年能缀文。总角草书又神速，世上儿子徒纷纷！骅骝作驹已汗血，鸷鸟举翮连青云。词源倒流三峡水，笔阵独扫千人军。只今年才十六七，射策君门期第一。旧穿杨叶真自知，顶射策。暂蹶霜蹄未为失。顶骅骝。偶然擢秀非难取，会是排风有毛质。顶鸷鸟。汝身已见唾成珠，汝伯何由发如漆？春光淡沲秦东亭，渚蒲芽白水荇青。送别情景，突然接入，开后人无限法门。风吹客衣日杲杲，树搅离思花冥冥。酒尽沙头双玉瓶，众宾皆醉我独醒。「醉歌」意只用一点，与赠郑作自别。乃知贫贱别更苦，吞声踯躅涕泪零。

送孔巢父谢病归游江东，兼呈李白

巢父掉头不肯住，飘忽。东将入海随烟雾。诗卷长留天地间，钓竿欲拂珊瑚树。深山大泽龙蛇远，春寒野阴风景暮。蓬莱织女回云车（一九），李、杜多缥缈恍惚语，其原盖出于骚。指点虚无是征路。自是君身有仙骨，世人那得知其故？惜君只欲苦死留，富贵何如草头露！蔡侯静者意有余，时在蔡侯席上。清夜置酒临前除。罢琴惆怅月照席，几岁寄我空中书？望孔之别后寄书，只用一点。南寻禹穴见李白，道甫问讯今何如？巢父归隐学仙，故诗中多缥缈欲仙语。

饮中八仙歌

知章骑马似乘船，眼花落井水底眠。汝阳三斗始朝天，道逢麴车口流涎，恨不移封向酒泉。左相日兴费万钱，饮如长鲸吸百川，衔杯乐圣称避贤。宗之潇洒美少年，举觞白眼望青天，皎如玉树临风前。苏晋长斋绣佛前，醉中往往爱逃禅。李白一斗诗百篇，长安市上酒家眠。天子呼来不上船，自称臣是酒中仙。张旭三杯草圣传，脱帽露顶王公前，挥毫落纸如云烟。焦遂五斗方卓然，高谈雄辩惊四筵。前不用起，后不用收，中间参差历落，似八章仍似一章，格法古未曾有。每人各赠几语，故有重韵而不妨碍。

曲江

自断此生休问天，杜曲幸有桑麻田。故将移住南山边，短衣匹马随李广，看射猛虎终残年。

贫交行

翻手作云覆手雨，一语说得尽。纷纷轻薄何须数！君不见管鲍贫时交，此道今人弃如土！

丽人行

三月三日天气新，长安水边多丽人。态浓意远淑且真，肌理细腻骨肉匀。绣罗衣裳照暮春，蹙金孔雀银麒麟。头上何所有？翠为㔩叶垂鬓唇〔三〇〕。背后何所见？珠压腰衱稳称身。就中云幕椒房亲，赐名大国虢与秦。紫驼之峰出翠釜，水精之盘行素鳞。犀筯厌饫久未下，銮刀缕切空纷纶。黄门飞鞚不动尘，御厨络绎送八珍。箫鼓哀吟感鬼神，宾从杂遝实要津。后来鞍马何逡巡，当轩下马入锦茵。杨花雪落覆白蘋，青鸟飞去衔红巾。炙手可热势绝伦，慎莫近前丞相嗔！ 极言姿态服饰之美，饮食音乐宾从之盛，微指椒房，直言丞相，大意本君子偕老之诗，而风刺意较显。○「态浓意远」下倒插秦、虢，「当轩下马」下倒插丞相，他人无此笔法。

乐游园歌 原注：「晦日贺兰杨长史筵醉中作。」

乐游古园崒森爽，烟绵碧草萋萋长。公子华筵势最高，秦川对酒平如掌。长生木瓢示真率，更调鞍马狂欢赏。青春波浪芙蓉园，白日雷霆夹城仗。阊阖晴开昳荡荡，曲江翠幕排银榜。拂水低徊舞袖翻，缘云清切歌声上。却忆年年人醉时，只今未醉已先悲。数茎白发那抛得？百罚深杯亦不辞。圣朝亦知贱士丑，一物自荷皇天慈。 献赋召试，为宰相所抑，言朝已共弃，而天犹见怜。「一物」，公自谓也。此身饮罢无归处，独立苍茫自咏诗。 极欢宴时不胜身世之感，临川兰亭记序所云：「情随事迁，感慨系之」也。

白丝行

缫丝须长不须白，越罗蜀锦金粟尺。象床玉手乱殷红，万草千花动凝碧。已悲素质随时染，裂下鸣机色相射。美人细意熨贴平，裁缝灭尽针线迹。春天衣著为君舞，蛱蝶飞来黄鹂语。落絮游丝亦有情，随风照日宜轻举。香汗清尘汙颜色，开新合故置何许？君不见才士汲引难，恐惧弃捐忍羁旅！渲染之余，即弃捐之渐，抱才之士，所以甘忍羁旅也。

渼陂行

岑参兄弟皆好奇，携我远来游渼陂。天地黤惨忽异色，波涛万顷堆琉璃。琉璃汗漫泛舟入，事殊兴极忧思集。此放舟入陂，陡遇风波。鼍作鲸吞不复知，恶风白浪何嗟及。主人锦帆相为开，舟子喜甚无氛埃。凫鹥散乱棹讴发，此时风恬浪静。丝管啁啾空翠来。沉竿续缦深莫测〔三〕，菱叶荷花静如拭。宛在中流渤澥清，下归无极终南黑。半陂已南纯浸山，动影袅窕冲融间。写山影动摇，水波微漾之状。船舷暝戛云际寺，水面月出蓝田关。此时骊龙亦吐珠，冯夷击鼓群龙趋。湘妃汉女出歌舞，金支翠旗光有无。此是虚景，本之楚辞。咫尺但愁雷雨至，苍茫不晓神灵意。少壮几时奈老何，向来哀乐何其多！一日如此变幻，自少至老，皆作如是观。○以「好奇」二字领起，中间鬼神风雨，恍惚万状，末用推开语作结，以「哀乐」二字总束全篇，章法奇诡，莫此为甚。

骢马行　原注：「太常梁卿敕赐马也，李邓公爱而有之，命甫制诗。」

邓公马癖人共知，初得花骢大宛种。夙昔传闻思一见，牵来左右神皆竦。雄姿逸态何崷崒，顾影骄嘶自矜宠。如名士自负。隅目青荧夹镜悬，肉骔碨礧连钱动。赭白马赋，二句括尽。朝来久试华轩下，未觉千金满高价。赤汗微生白雪毛，银鞍却覆香罗帕。卿家旧赐公取之，天厩真龙此其亚。昼洗须腾泾渭深，夕趋可刷幽并夜。一日千里。吾闻良骥老始成，此马数年人更惊。岂有四蹄疾于鸟，不与八骏俱先鸣！时俗造次那得致，云雾晦冥方降精。近闻下诏喧都邑，肯使骐驎地上行！言大材必当大用，人马双关。○老杜咏马诗并皆佳妙，而用意用笔无一处相似，此老胸中具有造化。

奉先刘少府新画山水障歌

堂上不合生枫树，怪底江山起烟雾？突兀。闻君扫却赤县图，乘兴遣画沧洲趣。画师亦无数，好手不可遇。对此融心神，知君重毫素。岂但祁岳与郑虔，笔迹远过杨契丹。得非玄圃裂，无乃潇湘翻？悄然坐我天姥下，耳边已似闻清猿。反思前夜风雨急，乃是蒲城鬼神入。惊风雨，泣鬼神意，写来怪怪奇奇，不顾俗眼。元气淋漓障犹湿，真宰上诉天应泣。即天雨粟，鬼夜哭意。野亭春还杂花远，渔翁暝踏孤舟立。沧浪水深青溟阔，欹岸侧岛秋毫末。不见湘妃鼓瑟时，至今斑竹临江活？刘侯天机精，爱画入骨髓。自有两儿郎，挥洒亦莫比：大儿聪明到，能添老树巅崖里。小儿心孔开，貌得山僧及童子。若耶溪，云门寺，吾独胡为在泥滓？青鞋布袜从此始。见画而思游名山，神游题外。〇题画诗开出异境，后人往往宗之。

悲陈陶

陈陶斜在咸阳东。唐书作陈涛。〇房琯自请讨贼，车战大败，故悲之。

孟冬十郡良家子，血作陈陶泽中水。野旷天清无战声，四万义军同日死。群胡归来血洗箭，仍唱胡歌饮都市。都人回面向北啼，日夜更望官军至。

悲青坂

去陈陶不远。琯败后欲持重有所伺，而中人促战，故又败。

我军青坂在东门，天寒饮马太白窟。黄头奚儿部落。日向西，数骑弯弓敢驰突。山雪河冰野萧飔，青是烽烟白人骨。焉得附书与我军：忍待明年莫仓卒！

哀江头

哀贵妃也。帝与妃常游幸曲江，故以哀江头为名。

少陵野老吞声哭，春日潜行曲江曲。江头宫殿锁千门，细柳新蒲为谁绿？忆昔霓旌下南苑，苑中万物生颜色。昭阳殿里第一人，贵妃。同辇随君侍君侧。曰「同」，曰「随」，曰「侍」，似不免乎复，然诗有「高朗令终」，传有「远哉遥遥」等语，不必苛责。辇前才人带弓箭，白马嚼啮黄金勒。翻身向天仰射云，一笑正坠双飞翼。明眸皓齿今何在？血污游魂归不得。清渭东流剑阁深，去住彼此无消息。「彼此无消息」，犹长恨歌云：「一别人间两渺茫」也。前人谓指明皇、肃宗父子，恐与上下文不属。人生有情泪沾臆，江水江花岂终极！黄昏胡骑尘满城，欲往城南望南北(三)。结出心迷目乱，与入手「潜行」关照。

哀王孙

至德元载七月，禄山杀霍国长公主、王妃、附马等八十人，又杀王孙及郡县主二十余人，此诗所以作也。

长安城头头白乌，夜飞延秋门上呼。起似谣谚，风人「莫黑匪乌」意。又向人家啄大屋，屋底达官走避胡。金鞭断折九马死，骨肉不待同驰驱。四语言明皇弃王孙而出奔也。腰下宝玦青珊瑚，可怜王孙泣路隅。问之不肯道姓名，但道困苦乞为奴。已经百日窜荆棘，身上无有完肌肤。高帝子孙尽隆準，龙种自与常人殊。四语恐其相貌不凡，为贼所得。準音拙，鼻也。豺狼在邑龙在野，王孙善保千金躯。不敢长语临交衢，且为王孙立斯须。昨夜东风吹血腥，东来橐驼满旧都。朔方健儿好身手，昔何勇锐今何愚？哥舒翰。窃闻天子已传位，圣德北服南单于。花门指回纥。剺面请雪耻，慎勿出口他人狙！哀哉王孙慎勿疏，五陵佳气无时无。丁宁反覆，以中兴望之。〇一韵到底，诗易于平直。此独波澜变化，层出不穷，似逐段转韵者，七古能事已极。

苏端薛复筵简薛华醉歌

文章有神交有道，端复得之名誉早。爱客满堂尽豪翰，开筵上日元日也。思芳草。安得健步移远梅，乱插繁花向晴昊。千里犹残旧冰雪，百壶且试开怀抱。垂老恶闻战鼓悲，急觞为缓忧心捣。少年努力纵谈笑，看我形容已枯槁。坐中薛华善醉歌，歌辞自作风格老。近来海内为长句，汝与山东李白好。何刘沈谢力未工，才兼鲍照愁绝倒。诗家愁为不及。诸生颇尽新知乐，万事终伤不自保。气酣日落西风来，突接。愿吹野水添金杯。如渑之酒常快意，亦知穷愁安在哉？忽忆雨时秋井塌，古人白骨生青苔，如何不饮令心哀！

洗兵马 原注：「收京后作。」

中兴诸将收山东，河北。捷书夜报清昼同。河广传闻一苇过，胡危命在破竹中。只残邺城不日得，独任朔方无限功。京师皆骑汗血马，回纥喂肉蒲萄宫。已喜皇威清海岱，常思仙仗过崆峒。「仙仗过崆峒」，追思昔日播迁。下言笛奏关山，兵惊草木，不忘起事艰难也。三年笛里关山月，万国兵前草木风。成王广平王俶。功大心转小，郭相子仪。谋深古来少。司徒李光弼。清鉴悬明镜，尚书王思礼。气与秋天杳。二三豪俊为时出，整顿乾坤济时了。东走无复忆鲈鱼，南飞觉有安巢鸟。青春复随冠冕入，紫禁正耐烟花绕。鹤禁通宵凤辇备，鸡鸣问寝龙楼晓。肃宗即位，下制曰：「复宗庙于函洛，迎上皇于巴蜀，导銮舆而反正，朝寝门以问安，朕愿足矣。」诗中指此意，并非刺讥。牧斋所笺，俱深文未允。攀龙附凤势莫当，天下尽化为侯王。汝等岂知蒙帝力？时来不得夸身强。关中既留萧丞相，肃宗比杜鸿渐为萧何。幕下复用张子房。张镐。张公一生江海客，身长九尺须眉苍。征起适遇风云会，扶颠始知筹策良。青袍白马比之侯景。更何有？后汉今周喜再昌。寸地尺天皆入贡，奇祥异瑞争来送：不知何国致白环，复道诸山得银瓮。隐士李泌。休歌紫芝曲，词人解撰河清颂。田家望望惜雨乾，布谷处处催春种。淇上健儿归莫懒，城南思妇愁多梦。安得壮士挽天河，净洗甲兵长不用！结出题目。〇诗共四段，每段平仄相间，各用六韵，此古风变体。〇两京克复，上皇还宫，正臣子欣幸之时，安有预探移宫之事，而加以诽议乎？钱笺比之商臣、杨广，过用深文，少陵忠爱，必不若是。

瘦马行

东郊瘦马使我伤，骨胳硉兀如堵墙。绊之欲动转欹侧，此岂有意仍腾骧？细看六印带官字，众道三军遗路旁。皮乾剥落杂泥滓，毛暗萧条连雪霜。去岁奔波逐余寇，骅骝不惯不得将。士卒多骑内厩马，惆怅恐是病乘黄。当时历块误一蹶，委弃非汝能周防。见人惨淡若哀诉，失主错莫无晶光。天寒远放雁为伴，日暮不收乌啄疮。谁家且养愿终惠，更试明年春草长。岂救房琯失职，以之自比耶？

乾元中寓居同谷县作歌七首

有客有客字子美，白头乱发垂过耳。岁拾橡栗随狙公，天寒日暮山谷里。中原无书一作「主」归不得，手脚冻皴皮肉死。呜呼一歌兮歌已哀，悲风为我从天来！

长镵长镵白木柄，我生托子以为命。黄精一作「独」。无苗山雪盛，短衣数挽不掩胫。此时与子空归来，男呻女吟四壁静。呜呼二歌兮歌始放，邻里为我色惆怅！杂入「长镵」一章，章法甚奇。

有弟有弟在远方，一作「各一方」。三人各瘦何人强？生别展转不相见，胡尘暗天道路长。东飞驾鹅后鹙鸧，安得送我置汝旁？呜呼三歌兮歌三发，汝归何处收兄骨？

有妹有妹在钟离，良人早殁诸孤痴。长淮浪高蛟龙怒，十年不见来何时？一作「迟」。扁舟欲往箭满眼，杳杳南国多旌旗。呜呼四歌兮歌四奏，林猿为我啼清昼！

四山多风溪水急，寒雨飒飒枯树一作「树枝」。湿。黄蒿古城云不开，白狐跳梁黄狐立。乱世景象。我生何为在穷谷？中夜起坐万感集。呜呼五歌兮歌正长，魂招不来归故乡！

南有龙兮在山湫，此咏万丈潭之龙湫。古木巃嵸枝相樛。木叶黄落龙正蛰，蝮蛇东来水上游。我行怪此安一作「寒」。敢出，拔剑欲斩且复休。呜呼六歌兮歌思迟，溪壑为我回春姿！「木叶黄落」，冬日愁惨之状，故望其「回春姿」云。阳长阴消，所感者大。

男儿生不成名身已老，三年饥走荒山道。长安卿相多少年，富贵应须致身早。山中儒生旧相识，但话宿昔伤怀抱。呜呼七歌兮悄终曲，仰视皇天白日速！原本平子四愁、明远行路难诸篇，然能神明变化，不袭形貌，斯为大家。

戏题画山水图歌〔三〕

十日画一水，五日画一石。能事不受相促迫，王宰始肯留真迹。壮哉昆仑方壶图，挂君高堂之素壁。巴陵洞庭日本东，赤岸水与银河通，中有云气随飞龙。用一单句。舟人渔子入浦溆，山木尽亚洪涛风。尤工远势古莫比，咫尺应须论万里。焉得并州快剪刀，剪取吴淞半江水！

题李尊师松树障子歌

老夫清晨梳白头，玄都道士来相访。平调亦近率笔。握发呼儿延入户，手提新画青松障。障子松林静杳冥，凭轩忽若无丹青。阴崖却承霜雪幹，偃盖反走虬龙形。老夫平生好奇古，对此兴与精灵聚。已知仙客意相亲，更觉良工心独苦。即「惨淡经营」意。松下丈人巾屦同，偶坐似是商山翁。怅望聊歌紫芝曲，领取言外。时危惨淡来悲风。

戏为双松图歌 原注：「韦偃。」

天下几人画古松？毕宏已老韦偃少。绝笔长风起纤末，满堂动色嗟神妙。两株惨裂苔藓皮，屈铁交错回高枝。白摧朽骨龙虎死，黑入太阴雷雨垂。松根胡僧憩寂寞，庞眉皓首无住著。偏袒右肩露双脚，叶里松子僧前落。韦侯韦侯数相见，我有一匹好东绢，重之不减锦绣段。已令拂拭光凌乱，请公放笔为直幹。好是正直。〇突兀起不妨平接，如「堂上不合生枫树」，下接「闻君扫却赤县图」是也。平调起必须用警语接，如「天下几人画古松」，下接「绝笔长风起纤末」是也。学者于此求之，思过半矣。

茅屋为秋风所破歌〔二四〕

八月秋高风怒号，卷我屋上三重茅。茅飞度江洒江郊，高者挂罥长林梢，下者飘转沉塘坳。

南村群童欺我老无力，忍能对面为盗贼。实有此事，不必作隐喻。公然抱茅入竹去，唇焦口燥呼不得。归来倚杖自叹息。俄顷风定云墨色，秋天漠漠向昏黑。布衾多年冷似铁，骄儿恶卧踏里裂。床床屋漏无干处，雨脚如麻未断绝。自经丧乱少睡眠，长夜沾湿何由彻！安得广厦千万间，大庇天下寒士俱欢颜，此老胸中，实有「同胞同与」之意。风雨不动安如山。呜呼！何时眼前突兀见此屋，吾庐独破受冻死亦足！

校　记

〔一〕远别离　此诗与下首蜀道难均见于河岳英灵集卷上。河岳英灵集编成于天宝十二载，则此二诗当作于安史之乱以前（安史之乱起于天宝十四载）。沈氏谓远别离为肃宗薄待玄宗而作，蜀道难为安史乱起玄宗奔蜀而作，均非是。

〔二〕剑阁峥嵘而崔嵬　「嵬」原作「巍」，据全唐诗改。

〔三〕秦家筑城备胡处　「备胡」原作「避胡」，据全唐诗改。按：乐府诗集卷一六正作「备胡」。

〔四〕邻人为弟作歌以讽其兄　「邻人」二字原脱，据乐府诗集卷三八所引崔豹古今注补。

〔五〕搏鹏九天　「搏鹏」原作「鹏搏」，据全唐诗注改。按：乐府诗集卷五五正作「搏鹏」。「搏鹏」用楚文王神鹰搏击鹏鸟事，见宋李昉太平广记卷四六〇所引幽明录。

〔六〕宁羞白发照渌水　「渌水」原作「清水」，据全唐诗注改。

〔七〕以额扣关阍者怒　「扣关」原作「触关」，据全唐诗改。

〔八〕人愁战死不复回　「愁」全唐诗作「今」，沈氏改「今」为「愁」，非是。

〔九〕襄阳歌　「歌」原作「曲」，据全唐诗改。

〔一〇〕按：此处以「汉主」借指玄宗，沈说未谛。

〔一一〕峰峥嵘以路绝　「以」原作「而」，据全唐诗改。

〔一二〕峨眉高出西极天　原作「蛾眉高极西出天」，据全唐诗改。

〔一三〕凤歌笑孔丘　「凤歌」原作「狂歌」，据全唐诗改。

〔一四〕千岩万转路不定　「转」原作「盭」，据全唐诗改。

〔一五〕骊歌愁绝不忍听　「骊歌」原作「黄鹂」，据全唐诗改。

〔一六〕欲上青天览日月　「日月」清王琦李太白诗集注作「明月」，可从。

〔一七〕汴水东流虎眼纹　「虎眼纹」原作「见虎文」，据全唐诗刘禹锡浪淘沙词九首之二改。

〔一八〕玄都坛歌寄元逸人　「寄元逸人」四字原脱，据全唐诗补。按：元逸人即与李白同游之元丹丘。

〔一九〕蓬莱织女回云车　「蓬莱织女」全唐诗注作「仙人玉女」。

〔二〇〕翠为㔩叶垂鬓唇　「为」原作「微」，据全唐诗改。

〔二一〕沉竿续缦深莫测　「缦」原作「蔓」，据全唐诗注改。

〔二二〕欲往城南望南北　「望南北」全唐诗注作「望城北」。按：今人陈寅恪元白诗笺证稿第五章谓唐代宫阙在长安城北，「望城北」，乃回望宫阙，寓其眷恋君国之情。然据杜甫悲陈陶：「都人回面向北啼，日夜更望官军至」，「望城北」亦可谓望官军之至。宋陆游老学庵笔记卷七云「北人谓向为望」，欲往城南（杜甫家在城南）而反向城北，正写出忧愤交并惶惑迷惘之情状，似较合诗意。全唐诗又作「忘南北」，亦瞀乱不辨南北之意。

〔二三〕戏题画山水图歌　「歌」字原脱，据全唐诗补。全唐诗注一作「戏题王宰画山水图歌」。

〔二四〕茅屋为秋风所破歌　「歌」原作「叹」，据全唐诗改。

重订唐诗别裁集卷七

杜甫

观打鱼歌

绵州江水之东津，鲂鱼鱍鱍色胜银。渔人漾舟沉大网，截江一拥数百鳞。众鱼常才尽却弃，赤鲤腾出如有神。潜龙无声老蛟怒，回风飒飒吹沙尘。饔子左右挥霜刀，鲙飞金盘白雪高。徐州秃尾不足忆，汉阴槎头远遁逃。鲂鱼肥美知第一，既饱欢娱亦萧瑟。功名富贵，何独不然？君不见朝来割素鬐，咫尺波涛永相失！

又观打鱼

苍江渔子清晨集，设网提纲万鱼急。能者操舟疾若风，撑突波涛挺叉入。小鱼脱漏不可记，半死半生犹戢戢。大鱼伤损皆垂头，屈强泥沙有时立。东津观鱼已再来，主人罢鲙还倾杯。日暮蛟龙改窟穴，恶其伤类。山根鳣鲔随云雷。干戈兵革斗未止，再进一层。凤凰麒麟安在哉？吾徒胡为纵此乐，暴殄天物圣所哀！前首为老饕戒耳，此更说到「干戈兵革」，洪钟无纤响也。

短歌行 原注：「赠王郎司直。」

王郎酒酣拔剑斫地歌莫哀，我能拔识也。尔抑塞磊落之奇才。豫章翻风白日动，鲸鱼跋浪沧溟开。二句形奇才。且脱佩剑休徘徊。西得诸侯棹锦水，王欲入蜀。欲向何门趿珠履？仲宣楼头春色深，送别之地。青眼高歌望吾子。眼中之人吾老矣！上下各五句，复用单句相间，此亦独创之格。○言眼中之人，纷纷不足比数，而我年已老，所望者惟吾子也。

桃竹杖引 原注：「赠章留后。」

江心蟠石生桃竹，苍波喷浸尺度足。斩根削皮如紫玉，江妃水仙惜不得。梓潼使君章留后。开一束，满堂宾客皆叹息。怜我老病赠两茎，出入爪甲铿有声。老夫复欲东南征，乘涛鼓枻白帝城。路幽必为鬼神夺，拔剑或与蛟龙争。重为告曰：犹楚词之乱曰。「杖兮杖兮！尔之生也甚正直，慎勿见水踊跃学变化为龙。字字腾掷跳跃。使我不得尔之扶持，灭迹于君山湖上之青峰。」噫！风尘澒洞兮豺虎咬人，忽失双杖兮吾将曷从？凌空超忽，横绝一时。

韦讽录事宅观曹将军画马图

国初已来画鞍马，神妙独数江都王。霍王元轨之子。将军得名三十载，人间又见真乘黄。曾貌先帝照夜白，伏末段。龙池十日飞霹雳。内府殷红玛瑙盘，婕妤传诏才人索。盘赐将军拜舞归，轻纨细绮相追飞。贵戚权门得笔迹，始觉屏障生光辉。昔日太宗拳毛騧，近时郭家师子花。今之新图有二马，画马正位。复令识者久叹嗟。此皆骑战一敌万，缟素漠漠开风沙。其余七匹亦殊绝，迥若寒空动烟雪。霜蹄蹴踏长楸间，马官厮养森成列。可怜九马争神骏，顾视清高气深稳。才德并见。借问苦心爱者谁？后有韦讽前支遁。忆昔巡幸新丰宫，翠华拂天来向东。腾骧磊落三万匹，皆与此图筋骨同。自从献宝朝河宗，以穆王比明皇。无复射蛟江水中。又以汉武比。君不见金粟堆前松柏里，明皇陵。龙媒去尽鸟呼风！「朝河宗」，言河宗朝而献宝也，用穆天子传意，应指明皇西幸而言。○因画马说到真马，因真马说到天子巡幸，故君之思，惓惓不忘，此题后拓开一步法。

丹青引 原注：「赠曹将军霸。」

将军魏武之子孙，于今为庶为清门。英雄割据虽已矣，不以正统与之，诗中史笔。文彩风流今尚存〔一〕。学书初学卫夫人，但恨无过王右军。丹青不知老将至，富贵于我如浮云。开元之中常引见，承恩数上南熏殿。凌烟功臣少颜色，将军下笔开生面。以画人引起。良相头上进贤冠，猛将腰间大羽箭。褒公鄂公毛发动，英姿飒爽来酣战。先帝天马玉花骢，画工如山貌不同。是日牵来赤墀下，迥立阊阖生长风。诏谓将军拂绢素，意匠惨澹经营中。斯须九重真龙出，一洗万古凡马空。神来纸上，如堆阜突出。玉花却在御榻上，榻上庭前屹相向。至尊含笑催赐金，圉人太仆皆惆怅。弟子韩幹早入室，亦能画马穷殊相。幹惟画肉不画骨，忍使骅骝气凋丧。反衬霸之尽善，非必贬幹也。将军善画盖有神〔二〕，必逢佳士亦写真。仍归画人。即今飘泊干戈际，屡貌寻常行路人。途穷反遭俗眼白，霸为左卫将军，后削籍。世上未有如公贫。但看古来盛名下，终日坎壈缠其身。推开作结。〇画人画马，宾主相形，纵横跌宕，此得之于心，应之于手，有化工而无人力，观止矣！

戏作花卿歌 花敬定〔三〕。

成都猛将有花卿，学语小儿知姓名。用如快鹘风火生，见贼惟多身始轻。绵州副使段子璋。著柘黄，我卿扫除即日平。子璋髑髅血模糊，手提掷还崔大夫。崔光远。李侯李奂。重有此节度，人道我卿绝世无。既称绝世无，天子何不唤取守东都？见不宜留蜀，以滋后乱。〇李奂出奔成都，后复镇东川，故曰「重有此节度」也。

冬狩行

原注：「时梓州刺史章彝兼侍御史留后东川。」

君不见东川节度兵马雄，校猎亦似观成功！夜发猛士三千人，清晨合围步骤同。禽兽已毙十七八，杀声落日回苍穹。幕前生致九青兕，骆驼㠥峞垂玄熊。东西南北百里间，仿佛蹴踏寒山空。有鸟名鸜鹆，力不能高飞逐走蓬。肉味不足登鼎俎，何为见羁虞罗中？春蒐冬狩侯得同，使君五马刺史。一马骢。侍御。况今摄行大将权，留后。号令颇有前贤风。飘然时危一老翁，自谓。十年厌见旌旗红。喜君士卒甚整肃，为我回辔擒西戎。吐蕃。草中狐兔尽何益？天子不在咸阳宫。朝廷虽无幽王祸，得不哀痛尘再蒙？明皇已蒙尘，故云再蒙。呜呼！得不哀痛尘再蒙！言当敌忾勤王，不宜以校猎自夸英武也。大声疾呼，鬼神欲泣。

阆山歌

阆州城东灵山白〔四〕，阆州城北玉台碧。松浮欲尽不尽云，江动将崩未崩石。那知根无鬼神会，已觉气与嵩华敌。中原格斗且未归，应结茅斋着青壁〔五〕。

阆水歌

嘉陵江色何所似？石黛碧玉相因依。正怜日破浪花出，更复春从沙际归。巴童荡桨欹侧过，水鸡衔鱼来去飞。阆中胜事可肠断，阆州城南天下稀。

越王楼歌

太宗子越王贞任绵州刺史，作此楼。

绵州州府何磊落，显庆中年越王作。孤城西北起高楼，碧瓦朱甍照城郭。楼下长江百丈清，江头落日半轮明。君王旧迹今人赏，转见千秋万古情。仿佛王子安滕王阁诗，见此老无所不有。

折槛行

呜呼房魏不复见，秦王学士十八学士。时难羡。青衿胄子困泥涂，白马将军若雷电。千载少似朱雲人，至今折槛空嶙峋！娄公师德。不语宋公璟。语，尚忆先皇容直臣。永泰二年，中官鱼朝恩判国子监事，故作此诗。言当时诸臣不能力争，任其横行也。朝恩兼神策军使，故以「白马将军」比之。

古柏行

孔明庙前有老柏，此夔州孔明庙柏。柯如青铜根如石。霜皮溜雨四十围，黛色参天二千尺。君臣已与时际会，树木犹为人爱惜。云来气接巫峡长，月出寒通雪山白。忆昨路绕锦亭东，先主武侯同閟宫。此忆成都孔明庙柏。崔嵬枝干郊原古，窈窕丹青户牖空。落落盘踞虽得地，冥冥孤高多烈风。扶持自是神明力，正直原因造化功。大厦如倾要梁栋，万牛回首丘山重。不露文章世已惊，未辞剪伐谁能送？为负才之士写照。公自比稷、契而不见用，故发此议。苦心岂免容蝼蚁，香叶终经宿鸾凤。志士幽人莫怨嗟，古来材大难为用！中间时有整句，与洗兵马篇同格。○大木寓栋梁意，人人有之，从君臣际会着笔，方见精采。

缚鸡行

小奴缚鸡向市卖，鸡被缚急相喧争。家中厌鸡食虫蚁，不知鸡卖还遭烹。虫鸡于人何厚薄？吾叱奴人解其缚。鸡虫得失无了时，注目寒江倚山阁。宕开作结，妙不说尽。

观公孙大娘弟子舞剑器行 并序

大历二年十月十九日，夔州别驾元持宅见临颍李十二娘舞剑器，舞有剑器、胡旋、胡腾等名，则知非舞剑也。后人用误者多。壮其蔚跂，问其所师，曰：「余公孙大娘弟子也。」开元五载〔六〕，余尚童稚，记于郾城观公孙氏舞剑器浑脱，浑脱，舞名。脱音驼。人多点读错者。浏漓顿挫，独出冠时。自高头宜春、梨园二伎坊内人洎外供奉，晓是舞者，圣文神武皇帝初，公孙一人而已。玉貌锦衣，况余白首。今兹弟子，亦匪盛颜。既辨其由来，知波澜莫二。抚事慷慨，聊为剑器行。往者吴人张旭善草书书帖，数常于邺县见公孙大娘舞西河剑器，自此草书长进，豪荡感激，即公孙可知矣。

昔有佳人公孙氏，一舞剑器动四方。观者如山色沮丧，天地为之久低昂。㸌如羿射九日落，矫如群帝骖龙翔。来如雷霆收震怒，罢如江海凝清光。绛唇珠袖两寂寞，晚有弟子传芬芳。临颍美人在白帝，妙舞此曲神扬扬。与余问答既有以，感时抚事增惋伤。先帝侍女八千人，注重此段。公孙剑器初第一。五十年间似反掌，风尘澒洞昏王室。梨园子弟散如烟，女乐余姿映寒日。金粟堆南木已拱，瞿塘石城草萧瑟。玳筵急管曲复终，乐极哀来月东出。老夫不知其所往，不忍遽去。足茧荒山转愁疾。咏李氏思及公孙，咏公孙念及先帝，身世之戚，兴亡之感，交赴腕下。若就题还题，有何兴会？

李潮八分小篆歌

苍颉鸟迹既茫昧，字体变化如浮云。陈仓石鼓又已讹，大小二篆生八分。秦有李斯汉蔡邕，中间作者寂不闻。峄山之碑野火焚，枣木传刻肥失真。苦县光和尚骨立，苦县有老子庙碑，光和二年立。书贵瘦硬方通神。惜哉李蔡不复得，吾甥李潮下笔亲。尚书韩择木，骑曹蔡有邻。开元已来数八分，潮也奄有二子成三人。况潮小篆逼秦相，快剑长戟森相向。八分一字直百金，蛟龙盘拏肉倔强。吴郡张颠夸草书，草书非古空雄壮。岂如吾甥不流宕，丞相中郎丈人行。巴东逢李潮，逾月求我歌。我今衰老才力薄，潮乎潮乎奈汝何！

王兵马使二角鹰

悲台萧飒石巃嵸，哀壑杈枒浩呼汹。中有万里之长江，回风滔日孤光动〔七〕。角鹰翻倒壮士臂，将军玉帐轩勇气。二鹰猛脑絛徐坠，目如愁胡视天地。杉鸡竹兔不自惜，溪虎野羊俱辟易。鞲上锋棱十二翮，左右劲羽各六。将军勇锐与之敌。将军树勋起安西，昆仑虞泉入马蹄。白羽曾肉三狻猊，敢决岂不与之齐？荆南芮公得将军，亦如角鹰下翔云。恶鸟飞飞啄金屋，安得尔辈开其群，驱出六合枭鸾分！主意。○起四句不着鹰一字，然如有角鹰起于吾前，入手须如此落笔。

忆昔

忆昔开元全盛日，小邑犹藏万家室。稻米流脂粟米白，公私仓廪俱丰实。九州道路无豺虎，远行不劳吉日出。齐纨鲁缟车班班，男耕女桑不相失。宫中圣人奏云门，天下朋友皆胶漆。百余年间未灾变，叔孙礼乐萧何律。岂闻一绢直万钱，束昔日。有田耕种今流血。入今事。洛阳宫殿烧焚尽，宗庙新除狐兔穴。伤心不忍问耆旧，复恐初从乱离说。沉痛语使人读不得。小臣鲁钝无所能，朝廷记忆蒙禄秩。周宣中兴望我王，洒血江汉身衰疾。前忆开元之盛，后叙吐蕃之乱，末望代宗之中兴也。

陪王侍御同登东山最高顶宴姚通泉，晚携酒泛江

姚公美政谁与俦？不减昔时陈太丘。邑中上客有柱史，多暇日陪骢马游。东山高顶罗珍羞，下顾城郭消我忧。清江白日落欲尽，复携美人登采舟。笛声怨愤哀中流，妙舞逶迤夜未休。灯前往往大鱼出，听曲低昂如有求。三更风起寒浪涌，取乐喧呼觉船重。满空星河光破碎，四座宾客色不动。请公临深莫相违，回船罢酒上马归。人生欢会岂有极，无使霜露沾人衣。结出好乐毋荒意，而措语蕴蓄，耐人咀吟。

白凫行

君不见黄鹄高于五尺童，化为白凫似老翁。故畦遗穗已荡尽，天寒日暮波涛中。鳞介腥膻素不食，终日忍饥西复东。鲁门鶢鶋亦蹭蹬，闻道于今亦避风。爱居今犹避风，黄鹄忍饥，所固然也。推开作结，感愤中复能安分。

魏将军歌

将军昔著从事衫，铁马驰突重两衔。被坚执锐略西极，昆仑月窟东崭岩。昆仑在西而曰东者，言略地至极西。君门羽林万猛士，恶犹猛。若哮虎子所监。五年起家列霜戟，一日过海收风帆。归自西海。平生流辈徒蠢蠢，长安少年气欲尽。魏侯骨耸精爽紧，华岳峰尖见秋隼。星缠宝铰金盘陀，马饰。夜骑天驷超天河。欃枪荧惑不敢动，翠蕤云旓相荡摩。吾为子起歌都护，宋有丁都护歌。酒阑插剑肝胆露，钩陈苍苍玄武暮。万岁千秋奉明主，临江节士安足数！汉有临江节士歌。

醉歌行赠公安颜少府，请顾八分题壁

神仙中人不易得，颜氏之子才孤标。天马长鸣待驾驭，秋鹰整翮当云霄。君不见东吴顾文学，君不见西汉杜陵老。诗家笔势君不嫌，自谓。词翰升堂为君扫。指顾。是日霜风冻七泽，杜诗每有此种接法。乌蛮落照衔赤壁。酒酣耳热忘头白，感君意气无所惜，一为歌行歌主客。

夜闻觱篥

夜闻觱篥沧江上，衰年侧耳情所向。邻舟一听多感伤，塞曲三更欻悲壮。积雪飞霜此夜寒，孤灯急管复风湍。君知天地干戈满，不见江湖行路难。本言行路之难，而以干戈之满形之，则不见其难矣。透过一层。「家乡既荡尽，远近理亦齐」，用意亦复尔尔。

追酬故高蜀州人日见寄 并序

开文书帙中，检所遗忘，因得故常侍适——往居在成都时，高任蜀州刺史——人日相忆见寄诗。泪洒行间，读终篇末。自枉诗已十余年，莫纪存殁又六七年矣。老病怀旧，生意可知。今海内忘形故人，独汉中王瑀与昭州敬使君超先在。爱而不见，情见乎词。大历五年正月二十一日，却追酬高公此作，因寄王及敬弟。

自枉蜀州人日作，不意清诗久零落。今晨散帙眼忽开，迸泪幽吟事如昨。呜呼壮士多慷慨，合沓高名动寥廓！叹我凄凄求友篇，感君郁郁匡时略(八)。锦里春光空烂漫，瑶墀侍臣已冥寞。潇湘水国傍鼋鼍，时公泊潭州。鄠杜秋天失雕鹗。忆高所处。东西南北更谁论？对针高赠句。白首扁舟病独存。遥拱北辰缠寇盗，欲倾东海洗乾坤。边塞西蕃最充斥，衣冠南渡多崩奔。分说东西南北，本楚词之招魂。鼓瑟至今悲帝子，曳裾何处觅王门？文章曹植波澜阔，服食刘安德业尊。曹、刘比汉中王。长笛邻家乱愁思，昭州词翰与招魂。欲得敬书以招高魂。○答蜀州「愧尔东西南北人」句，故将东西南北分点，古人酬赠体也。

王季友

酬李十六岐

炼丹文武火未成，卖药贩履俱逃名。出谷迷行洛阳道，乘流醉卧滑台城。城下故人久离怨，一欢适我两家愿。朝饮杖悬沽酒钱，暮餐囊有松花饭。于何车马日憧憧，李膺门馆争登龙。千宾揖对若流水，五经发难如叩钟。下笔新诗行满壁，立谈古人坐在席。问我草堂有卧云，知我山储无担石。自耕自刈食为天，如鹿如麋饮野泉。亦知世上公卿贵，且养丘中草木年。「车马憧憧」一段，即所云「世上公卿贵」也。

宿东溪李十五山亭

上山下山入山谷，溪中落日留我宿。松石依依当主人，主人不在意亦足。名花出地两重阶，绝顶平天一小斋。本意由来是山水，何用相逢语旧怀！直白语自是真境。

元结

宿丹崖翁宅

扁舟欲到泷口湍，春水湍泷上水难〔九〕。投竿来泊丹崖下，得与崖翁尽一欢。丹崖之亭当石巅，破竹半山引寒泉。泉流掩映在木杪，有若白鸟飞林间。接竹引水，写来如画。往往随风作雾雨，湿人巾履满庭前。丹崖翁，爱丹崖，弃官几年崖下家。儿孙棹船抱酒瓮，醉里长歌挥钓车。我将求退与翁游，学翁歌醉在渔舟。官吏随人往未得，却望丹崖惭复羞。

洄溪招隐

长松亭亭满四山，山间乳窦流清泉。洄溪正在此山里，乳水松膏常灌田。松膏乳水田肥良，稻苗如蒲米粒长。糜色如珈玉液酒，酒熟犹闻松节香。溪边老翁年几许？长男头白孙嫁女。问言只食松田米，无药无方向人语。即此是仙，蓬壶、方丈皆虚语也。浯溪石下多泉源，盛暑大寒冬大温。屠苏宜在水中石，洄溪一曲自当门。吾今欲作洄溪翁，谁能住我舍西东？勿惮山深与地僻，罗浮尚有葛仙翁。通体俱写洄溪之可隐，招客意只末路一点。

刘长卿 中唐古诗，寥寥可数，故文房以后，昌黎以前，存十余首以志崖略。

铜雀台

娇爱更何日，高台空数层。含啼映双袖，不忍看西陵。漳水东流无复来，百花辇路为苍苔。青楼月夜长寂寞，碧云日暮空徘徊。君不见邺中万事非昔时，古人不在今人悲。春风不逐君王去，草色年年旧宫路。宫中歌舞已浮云，空指行人往来处。不必嘲笑老瞒，淡淡写去，自存诗品。

入桂渚次砂牛石穴

扁舟傍归路，日暮潇湘深。湘水清见底，楚云澹无心。片帆落桂渚，独夜依枫林。枫林月出猿声苦，桂渚天寒桂花吐。此中无处不堪愁，江客相看泪如雨。

严陵钓台送李康成赴江东使

潺湲子陵濑，仿佛如在目。七里人已非，千年水空绿。新安江上孤帆远，应逐枫林千万转。古台落日共萧条，寒水无波更清浅。台上渔竿不复持，却令猿鸟向人悲。滩声山翠至今在，迟待也。尔行舟晚泊时。

听笛歌别郑协律

旧游怜我长沙谪，载酒沙头送迁客。天涯望月自沾衣，江上何人复吹笛？横笛能令孤客愁，绿波淡淡如不流。商声寥亮羽声苦，江天寂历江枫秋。静听关山闻一叫，三湘月色悲猿啸。又吹杨柳激繁音，千里春色伤人心。随风飘向何处落？唯见曲尽平湖深。明发与君离别后，马上一声堪白首。

钱起

送崔十三东游

千里有同心，十年一会面。当杯缓筝柱，倏忽催离宴。丹凤城头噪晚鸦，行人马首夕阳斜。灞上春风留别袂，关东新月宿谁家？官柳依依两乡色，谁能此别不相忆！何尝不佳，然流入平调矣。

送邬三落第还乡

郢客文章绝世稀，常嗟时命与心违。十年失路谁知己？千里思亲独远归。云帆春水将何适？日爱东南暮山碧。关中新月对离樽，江上残花待归客。名宦无媒自古迟，穷途此别不堪悲。荷衣垂钓且安命，金马招贤会有时。

郎士元

塞下曲

宝刀塞下儿，起用单句，而以儿、知为韵。身经百战曾百胜，壮心竟未嫖姚知。白草山头日初没，黄沙戍下悲歌发。萧条夜静边风吹，独倚营门望秋月。

卢纶

字允言，河中蒲人。大历初举进士，不第，以元载荐授监察御史。后韦渠牟表其才，得召见，帝有所作，辄命赓和。既从浑瑊在河中，驿召之，会卒，官止检校户部郎中。

腊日观咸宁王部曲娑勒擒虎歌

山头曈曈日将出，山下猎围照初日。前林有兽未识名，将军促骑无人声。潜形踠伏草不动，双雕转旋群鸦鸣。阴方质子才三十，译语受词蕃语揖。舍鞍解甲疾如风，人忽虎蹲兽人立。人虎互形，毛发生动。欻然扼颡批其颐，爪牙委地涎淋漓。既苏复吼拗仍怒，果叶英谋生致之。拖自深丛目如电，万夫失容千马战。传呼贺拜声相连，杀气腾陵阴满川。始知缚虎如缚鼠，败寇降羌在眼前。祝尔嘉词尔无苦，献尔将随犀象舞。苑中流水禁中山，期尔攫搏开天颜。非熊之兆庆无极，愿纪雄名传百蛮。中间搏兽数语，何减太史公叙巨鹿之战。

刘禹锡

平蔡州三首〔一〇〕

蔡州城中众心死，妖星夜落照壕水。汉家飞将下天来，马棰一挥门洞开。贼徒崩腾望旗拜〔一一〕，有若群蛰惊春雷。狂童面缚登槛车，太白夭矫垂捷书。相公从容来镇抚，常侍郊迎负文弩。四人归业闾里闲〔一二〕，小儿跳踉健儿舞。

汝南晨鸡喔喔鸣，城头鼓角音和平。路旁老人忆旧事，相与感激皆涕零。老人收泣前致辞：「官军入城人不知。忽惊元和十二载，重见天宝承平时〔一三〕。」纪事云：「梦得曰：柳八驳韩十八平淮西碑云『左餐右粥』，何如我平淮西雅云『仰父俯子』？韩碑兼有帽子，使我为之，便说用兵伐叛矣。韩碑、柳雅，各有所长。余诗有云：『汝南晨鸡喔喔鸣，城中鼓角声和平』，美愬之入蔡城也，须臾之间，贼无觉者。又落句云：『忽惊元和十二载，重见天宝升平时』，以见平淮之年云。」〇纪事语不足凭，究之柳雅刘诗，远逊韩碑，李义山诗，可取而证也。

九衢车马浑浑流，使臣来献淮西囚。四夷闻风失匕箸，天子受贺登高楼。妖童擢发不足数，血污城西一抔土。南峰无火楚泽闲〔一四〕，夜行不锁穆陵关。策勋礼毕天下泰，猛士按剑看常山。时惟常山不庭。

聚蚊谣〔一五〕

沉沉夏夜兰堂开〔一六〕，飞蚊伺暗声如雷。嘈然欻起初骇听，殷殷若自南山来。喧腾鼓舞喜昏黑，昧者不分聪者惑。露花滴沥月上天，利嘴迎人着不得。我躯七尺尔如芒，我孤尔众能我伤。天生有时不可遏，为尔设幄潜匡床。清商一来秋日晓，羞尔微形饲丹鸟。

韦应物

学仙吟二首

昔有道士求神仙，灵真下试心确然。千钧巨石一发悬，卧之石下十三年。存道忘身一试过，名奏玉皇乃升天。云气冉冉渐不见，留语弟子但精坚。

石上凿井欲到水，惰心一起中路止。岂不见古来三人俱弟兄，结茅深山读仙经。上有青冥倚天之绝壁，下有飕飗万壑之松声。仙人变化为白鹿，二弟玩之兄诵读。读多七过可乞言，为子心精得神仙。可怜二弟仰天泣，一失毫厘千万年。二章总言求道贵专。

听莺曲

东方欲曙花冥冥，须知是听莺起法。啼莺相唤亦可听。乍去乍来时近远，才闻南陌又东城。忽似上林翻下苑〔一七〕，绵绵蛮蛮如有情。欲啭不啭意自娇，羌儿弄笛曲未调。前声后声不相及，秦女学筝指犹涩。须臾风暖朝日暾，流音变作百鸟喧。谁家懒妇惊残梦？何处愁人忆故园？伯劳飞过声局促，戴胜下时桑田绿。不及流莺日日啼花间，能使万家春意闲。有时断续听不了，飞去花枝犹袅袅。还栖碧树锁千门，春漏方残一声晓。

韩　愈

昌黎从李、杜崛起之后，能不相沿习，别开境界，虽纵横变化，不迨李、杜，而规模堂庑，弥见阔大，洵推豪杰之士。

汴州乱二首

汴州城门朝不开，天狗堕地声如雷。健儿争夸杀留后，连屋累栋烧成灰。诸侯咫尺不能救，此讥邻镇之不救。孤士何者自兴哀！汴州董晋卒，陆长源总留守事，八日而军乱，杀长源，公因此作诗。

母从子走者为谁？大夫夫人留后儿。昨日乘车骑大马，坐者起趋乘者下。庙堂不肯用干戈，此讥德宗之姑息。呜呼奈汝母子何！

山石

山石荦确行径微，黄昏到寺蝙蝠飞。升堂坐阶新雨足，芭蕉叶大支子肥。僧言古壁佛画好，以火来照所见稀。铺床拂席置羹饭，疏粝亦足饱我饥。夜深静卧百虫绝，清月出岭光入扉。天明独去无道路，出入高下穷烟霏。山红涧碧纷烂漫，时见松枥皆十围。当流赤足踏涧石，水声激激风吹衣。人生如此自可乐，岂必局促为人鞿！嗟哉吾党二三子，安得至老不更归？元遗山论诗绝句云："有情芍药含春泪，无力蔷薇卧晚枝。拈出退之山石句，始知渠是女郎诗。"谓此篇也。"有情"二句，秦少游诗。

雉带箭

原头火烧静兀兀，野雉畏鹰出复没。将军欲以巧伏人，盘马弯弓惜不发。地形渐窄观者多，雉惊弓满劲箭加。冲人决起百余尺，红翎白镞随倾斜。将军仰笑军吏贺，五色离披马前堕。李将军度不中不发，发必应弦而倒，审量于未弯弓之先，此矜惜于已弯弓之候，总不肯轻见其技也。作文作诗，亦须得此意。

汴泗交流赠张仆射 建封。

汴泗交流郡城角，筑场千步平如削。短垣三面缭逶迤，击鼓腾腾树赤旗。新秋朝凉未见日，公早结束来何为？分曹决胜约前定，百马攒蹄近相映。毬惊杖奋合且离，红牛缨绂黄金羁。侧身转臂著马腹，霹雳应手神珠驰。超遥散漫两闲暇，挥霍纷纭争变化。发难得巧「发难得巧」，即前「盘马弯弓」注脚。意气粗，欢声四合壮士呼。此诚习战非为剧，岂若安坐行良图？当今忠臣不可得，公马莫走须杀贼！

赠唐衢 其人善哭。

虎有爪兮牛有角，虎可搏兮牛可触。奈何君独抱奇材，手把锄犁饿空谷。当今天子急贤良，匦函朝出开明光。何不上书自荐达，坐令四海如虞唐？贤哲心事，光明磊落，公所以三上宰相书也。

八月十五夜赠张功曹 名署，为谗言所中，贬县令南方。顺宗即位，徙掾江陵。

纤云四卷天无河，清风吹空月舒波。沙平水息声影绝，一杯相属君当歌。君歌声酸辞且苦，不能听终泪如雨：以下皆功曹歌。「洞庭连天九疑高，蛟龙出没猩鼯号。十生九死到官所，幽居默默如藏逃。下床畏蛇食畏药〔一八〕，海气湿蛰熏腥臊。昨者州前捶大鼓，嗣皇继圣登夔皋。赦书一日行万里，罪从大辟皆除死。迁者追回流者还，涤瑕荡垢朝清班。州家申名使家抑，观察使作主。坎轲只得移荆蛮。判司卑官不堪说，未免捶楚尘埃间。唐时参军簿尉有过，上官得捶楚之。同时辈流多上道，天路幽险难追攀。」君歌且休听我歌，我歌今与君殊科：以下韩公之歌。「一年明月今宵多，人生由命非由他，有酒不饮奈明何？」

谒衡岳庙，遂宿岳寺，题门楼 在长沙湘南县南。

五岳祭秩皆三公，四方环镇嵩当中。火维地荒足妖怪，天假神柄专其雄。喷云泄雾藏半腹，虽有绝顶谁能穷？我来正逢秋雨节，阴气晦昧无清风。潜心默祷若有应，岂非正直能感通？东坡所谓「力能开衡山之云」也。须臾静扫众峰出，仰见突兀撑青空。紫盖连延接天柱，石廪腾掷堆祝融。森然动魄下马拜，松柏一径趋灵宫。粉墙丹柱动光彩，鬼物图画填青红。升阶伛偻荐脯酒，欲以菲薄明其衷。庙令老人识神意，睢盱侦伺能鞠躬。手持杯珓导我掷，云此最吉余难同。窜逐蛮荒幸不死，衣食才足甘长终。侯王将相望久绝，神纵欲福难为功。夜投佛寺上高阁，星月掩映云曈昽。猿鸣钟动不知曙，杲杲寒日生于东。

嗟哉董生行

淮水出桐柏山，东驰遥遥千里不能休。淝水出其侧，不能千里，百里入淮流。寿州属县有安丰，唐贞元时，县人董生召南隐居行义于其中。刺史不能荐，天子不闻名声，爵禄不及门。门外惟有吏，日来征租更索钱。嗟哉董生朝出耕，夜归读古人书。尽日不得息，或山而樵，或水而渔。入厨具甘旨，上堂问起居。作诗主意。父母不戚戚，妻子不咨咨。嗟哉董生孝且慈，人不识，惟有天翁知。生祥下瑞无时期：家有狗乳出求食，鸡来哺其儿。啄啄庭中拾虫蚁，哺之不食鸣声悲。傍徨踯躅久不去，以翼来覆待狗归。化及物类，其人可知。嗟哉董生，谁将与俦？时之人，夫妻相虐，兄弟为仇。食君之禄，而令父母愁。亦独何心，嗟哉董生无与俦！此诗朱子取入小学中，见孝慈之行可以矜式众人也。直白少文，正是不可及处。○俞犀月云：「奇横在用韵处，贯下一笔，然后截住，以足上意，如『尽日不得息』、『亦独何心』等句是也。」

寒食日出游

张十一院长见示病中忆花九篇，寒食日出游夜归，因以投赠。

李花初发君始病〔一九〕，我往看君花转盛。走马城西惆怅归，不忍千株雪相映〔二〇〕。尔来又见桃与梨，交开红白如争竞。可怜物色阻携手，空展霜缣吟九咏。纷纷落尽泥与尘，不共新妆比端正。桐华最晚今已繁，君不强起时难更。关山远别固其理，寸步难见始知命。忆昔与君同贬官，夜渡洞庭看斗柄。岂料生还得一处，引袖拭泪悲且庆。各言生死两追随，直置心亲无貌敬。念君又署南荒吏，路指鬼门幽且夐。三公尽是知音人，曷不荐贤陛下圣？囊空甑倒谁救之？我今一食日还併。自然忧气损天和，安得康强保天性？断鹤两翅鸣何哀，絷骥四足气空横。今朝寒食行野外〔三〕，绿杨匝岸蒲生迸〔三〕。宋玉庭边不见人，轻浪参差鱼动镜。自嗟孤贱足瑕疵，特见放纵荷宽政。饮酒宁嫌醆底深，题诗尚倚笔锋劲。明宵故欲相就醉，有月莫辞当火令。

郑群赠簟

蕲州笛竹天下知，郑君所宝尤瑰奇。携来当昼不得卧，一府传看黄琉璃。体坚色净又藏节，尽眼凝滑无瑕疵。法曹自谓。贫贱众所易，腰腹空大何能为？自从五月困暑湿，如坐深甑遭蒸炊。手磨袖拂心语口：慢肤多汗真相宜。日暮归来独惆怅，有卖直欲倾家资。谁谓故人知我意，卷送八尺含风漪。呼奴扫地铺未了，光彩照耀惊童儿。青蝇侧翅蚤虱避，肃肃疑有清飚吹〔三〕。倒身甘寝百疾愈，却愿天日恒炎曦。与「携来当昼不得卧」，俱透过一层法。明珠青玉不足报，赠子相好无时衰。

赠崔立之评事 名斯立。

崔侯文章苦捷敏，高浪驾天输不尽。曾从关外来上都，随身卷轴车连轸。朝为百赋犹郁怒，暮作千诗转遒紧。摇毫掷简自不供，顷刻青红浮海蜃。才豪气猛易语言，往往蛟螭杂蝼蚓。工拙并见。知音自古称难遇，世俗乍见那妨哂！勿嫌法官未登朝，时为评事。犹胜赤尉长趋尹。时命虽乖心转壮，技能虚富家逾窘。念昔尘埃两相逢，争名龃龉持矛楯。子时专场夸觜距，余始张军严韁靷。尔来但欲保封疆，莫学庞涓怯孙膑。窜逐新归厌闻闹，自江陵法曹召为国子博士。齿发早衰嗟可闵。频蒙怨句刺弃遗，岂有闲官敢推引？深藏箧笥时一发，戢戢已多如束笋。可怜无益费精神，有似黄金掷虚牝。文人每坐此病，然可传亦正在此。当今圣人求侍从，拔擢杞梓收楛箘。东马严徐已奋飞，枚皋即召穷且忍。复闻王师西讨蜀，霜风洌洌摧朝菌。走章驰檄在得贤，燕雀纷拏要鹰隼。窃料二途必处一，岂比恒人长蠢蠢？劝君韬养待征招，不用雕琢愁肝肾。墙根菊花好沽酒，钱帛纵空衣可准。晖晖檐日暖且鲜，摵摵井梧疏更殒〔二四〕。高士例须怜麯糵，丈夫终莫生畦畛。能来取醉任喧呼，死后贤愚俱泯泯！

酬司门卢四兄云夫院长望秋作 名汀。

长安雨洗新秋出，极目寒镜开尘函。终南晓望蹋龙尾，倚天更觉青巉巉。自知短浅无所补，从事久此穿朝衫。归来得便即游览，暂似壮马脱重衔。曲江荷花盖十里，江湖生目思莫缄。乐游下瞩无远近，绿槐萍合不可芟。白首寓居谁借问？平地寸步扃云岩。云夫老兄有狂气，嗜好与俗殊酸咸。日来省我不肯去，论诗说赋相諵諵。望秋一章已惊绝，犹言低抑避谤谗。若使乘酣骋雄怪，造化何以当镌劖(三五)？嗟我小生值强伴，怯胆变勇神明鉴。驰坑跨谷终未悔，为利而止真贪馋。高揖群公谢名誉，远追甫白感至诚(三六)。楼头完月不共宿，其奈就缺行攕攕！

和虞部卢四汀酬翰林钱七徽赤藤杖歌

赤藤为杖世未窥，台郎虞部。始携自滇池。滇王扫宫避使者，跪进再拜语嗢咿。绳桥拄过免倾堕，性命造次蒙扶持。途经百国皆莫识，君臣聚观逐旌麾。共传滇神出水献，赤龙拔须血淋漓。此种奇杰，昌黎独造。又云羲和操火鞭，暝到西极睡所遗。几重包裹自题署，不以珍怪夸荒夷。归来捧赠同舍子，浮光照手欲把疑。空堂昼眠倚户牖，飞电著壁搜蛟螭。南宫清深禁闱密，翰林。唱和有类吹埙篪。妍辞丽句不可继，见寄聊且慰分司。公时为分司。

石鼓歌

张生手持石鼓文，劝我试作石鼓歌。少陵无人谪仙死，才薄将奈石鼓何！周纲陵迟四海沸，宣王愤起挥天戈。大开明堂受朝贺，诸侯剑佩鸣相磨。蒐于岐阳骋雄俊，万里禽兽皆遮罗。镌功勒成告万世，凿石作鼓隳嵯峨。从臣才艺咸第一，拣选撰刻留山阿。雨淋日炙野火燎，鬼物守护烦㧑呵。公从何处得纸本？毫发尽备无差讹。辞严义密读难晓，字体不类隶与科。年深岂免有缺画，快剑斫断生蛟鼍。鸾翔凤翥众仙下，珊瑚碧树交枝柯。金绳铁索锁纽壮，古鼎跃水龙腾梭。陋儒编诗不收入，二雅褊迫无委蛇。「陋儒」，指当时采风者言。二雅不载，孔子无从采取也。焉有不满孔子意？孔子西行不到秦，掎摭星宿遗羲娥。嗟余好古生苦晚，对此涕泪双滂沱。忆昔初蒙博士征，其年始改称元和。故人从军在右辅，为我度量掘臼科。濯冠沐浴告祭酒，如此至宝存岂多？毡苞席裹可立致，十鼓只载数骆驼。荐诸太庙比郜鼎，光价岂止百倍过？圣恩若许留太学，诸生讲解得切磋。观经鸿都尚填咽，坐见举国来奔波。剜苔剔藓露节角，安置妥帖平不颇。大厦深檐与盖覆，经历久远期无佗。中朝大官老于事，讵肯感激徒媕婀？牧童敲火牛砺角，谁复著手为摩挲？日销月铄就埋没，六年西顾空吟哦。羲之俗书趁姿媚，隶书风俗通行，别于古篆，故云「俗书」，无贬右军意。数纸尚可博白鹅。继周八代争战罢，无人收拾理则那！方今太平日无事，柄任儒术崇丘轲。安能以此上论列？愿借辩口如悬河。石鼓之歌止于此，呜呼吾意其蹉跎！于今石鼓永留太学，昌黎诗为之先声也。典重和平，与题相称。

华山女

街东街西讲佛经，撞钟吹螺闹宫庭。广张罪福资诱胁，听众狎恰排浮萍。黄衣道士亦讲说，座下寥落如明星。华山女儿家奉道，欲驱异教归仙灵。洗妆拭面著冠帔，白咽红颊长眉青。如见其人。遂来升座演真诀，观门不许人开扃(三七)。不知谁人暗相报，訇然振动如雷霆。扫除众寺人迹绝，骅骝塞路连辎軿。观中人满坐观外，后至无地无由听。抽钗脱钏解环珮，堆金叠玉光青荧。天门贵人传诏召，六宫愿识师颜形。玉皇颔首许归去，乘龙驾鹤来青冥。此与迎佛骨，同见人主之不察也。豪家少年岂知道，来绕百匝脚不停。云窗雾阁事慌惚，中藏亵慢之意。重重翠幔深金屏。仙梯难攀俗缘重，浪凭青鸟通丁宁。谢自然诗显斥之，华山女诗微刺之，总见神仙之说之惑人也。渔隐丛话谓退之此诗颇用假借，岂其然乎？

柳州罗池庙碑

荔子丹兮蕉黄，杂佳蔬兮进侯堂。侯之船兮两旗，度中流兮风泊之。待侯不来兮，不知我悲。侯乘驹兮入庙，慰我民兮不嚬以笑。鹅之山兮柳之水，桂树团团兮，白石齿齿。侯朝出游兮暮来归，春与猿吟兮，秋鹤与飞。北方之人兮，为侯是非。千秋万岁兮，侯无我违。福我兮寿我，驱厉鬼兮山之左。下无苦湿兮高无乾，秔稌充羡兮，蛇蛟结蟠。我民报祀兮，无怠其始，自今兮钦于世世。九歌之遗。

拘幽操　文王羑里作。集中少此格，今附七言古后。

目窈窈兮，其凝其盲。耳肃肃兮，听不闻声。朝不见日出兮，夜不见月与星。有知无知兮，为死为生。呜呼！臣罪当诛兮，天王圣明。此为「人臣止于敬」注脚也。程伊川先生云：「道文王意中事，前后人道不到此。」

越裳操　周公作。

雨之施，物以孳。我何意，于彼为。自周之先，其艰其勤。以有疆宇，私我后人。我祖在上，四方在下。厥临孔威，敢戏以侮！孰荒于门？孰治于田？四海既均，越裳是臣。孰荒孰治，皆我祖所监临也。

将归操　孔子之赵，闻杀鸣犊作。

狄之水兮，其色幽幽。我将济兮，不得其由。涉其浅兮，石啮我足。乘其深兮，龙入我舟。我济而悔兮，将安归尤！归兮归兮，无与石斗兮，无应龙求。

猗兰操　孔子伤不逢时作。

兰之猗猗，扬扬其香。不采而佩，于兰何伤！今天之旋，其曷为然！我行四方，以日以年。雪霜贸贸，荠麦之茂。子如不伤，我不尔觏。荠麦之茂，荠麦之有。彼自有之性。君子之伤，君子之守。君子之伤，正君子之守也。

校记

〔一〕文彩风流今尚存　「今尚」原作「犹尚」，据全唐诗改。

〔二〕将军善画盖有神　「善画」原作「尽善」，据全唐诗改。

〔三〕花敬定　按：「花敬定」旧唐书高適传作「花惊定」，钱注杜诗卷七引宋趙抃玉垒记同。

〔四〕阆州城东灵山白　「灵山」原作「雪山」，据全唐诗改。按：新唐书地理志阆州阆中县有灵山。

〔五〕应结茅斋着青壁　「着青壁」原作「看青壁」，据全唐诗改。

〔六〕开元五载　「五载」原作「三载」，据全唐诗注改。按：开元五载，杜甫六岁。闻一多少陵先生年谱会笺亦将此诗系于是年。

〔七〕回风滔日孤光动　「滔」原作「陷」，据全唐诗改。

〔八〕感君郁郁匡时略　原作「感时郁郁匡君略」，据全唐诗改。

〔九〕春水湍泷上水难　「湍泷」原作「满泷」，据全唐诗改。

〔一〇〕平蔡州三首　第三首原误作第一首，据全唐诗移正。

〔一一〕贼徒崩腾望旗拜　「崩腾」原作「奔腾」，据全唐诗改。

〔一二〕四人归业闾里闲　「四人」原作「西人」，据全唐诗改。按：「四人」即「四民」，谓士农工商。「民」字因避唐讳而作「人」字。

〔一三〕重见天宝承平时　「重见」原作「喜见」，据全唐诗改。

〔一四〕南峰无火楚泽闲　「南峰」原作「南风」，据全唐诗改。

〔一五〕聚蚊谣　此诗原误作柳宗元诗，据全唐诗移正。

〔一六〕沉沉夏夜兰堂开　「兰堂」原作「兰台」，据全唐诗改。

〔一七〕忽似上林翻下苑　「忽似上林」原作「忽往山林」，据全唐诗改。

〔一八〕下床畏蛇食畏药　「畏药」原作「果药」，据全唐诗改。

〔一九〕李花初发君始病　「初发」原作「开发」，据全唐诗改。

〔二〇〕不忍千株雪相映　「不忍千株」原作「不见千林」，据全唐诗改。

〔二一〕今朝寒食行野外　「今朝」原作「今闻」，据全唐诗改。

〔二二〕绿杨匝岸蒲生迸　「蒲生」全唐诗注一作「蒲芽」。

〔二三〕肃肃疑有清飔吹　「清飔」原作「青飔」，据全唐诗改。

〔二四〕摵摵井梧疏更殒　「殒」原作「韵」，据全唐诗改。

〔二五〕造化何以当镌劖　「何以」原作「可以」，据全唐诗改。

〔二六〕远追甫白感至诚　「远追」原作「速追」，据全唐诗改。

〔二七〕观门不许人开扃　「观门」原作「龙门」，据全唐诗改。

重订唐诗别裁集卷八

柳宗元

杨白花

杨白花，杨大眼之子。胡太后逼幸之，白花惧祸，南奔于梁。太后作杨白花歌，使宫人连臂踏足歌之。

杨白花，风吹渡江水。坐令宫树无颜色，摇荡春光千万里。茫茫晓月下长秋，哀歌未断城鸦起。长秋宫太后所居。通篇不露正旨，而以「长秋」二字逗出，用笔用意在微显之间。

渔翁

渔翁夜傍西岩宿，晓汲清湘然楚竹。烟消日出不见人，欸乃一声山水绿。回看天际下中流，岩上无心云相逐。东坡谓删去末二语，余情不尽，信然。

放鹧鸪词

楚越有鸟甘且腴，嘲嘲自鸣为鹧鸪。狥媒得食不复虑，机械潜发罹罝罦。暗指王叔文招之及罹祸事。羽毛摧折触笼籞，烟火煽赫惊庖厨。鼎前芍药调五味，膳夫攘腕左右视。齐王不忍觳觫牛，简子亦放邯郸鸠。二人得意犹念此，况我万里为孤囚！破笼展翅当远去，同类相呼莫相顾。见此后当自检束，勿更为所引也。

顾　况　字逋翁，苏州海盐人。与柳浑、李泌善。浑辅政，以校书征。泌为相，稍迁著作郎。坐诗语调谑，贬司户参军。隐居茅山，以寿终。

短歌行〔一〕有序

情思发动，圣贤所不能免也。故师乙陈其宜，延陵审其音〔二〕。理乱之所经，王化之所兴也。信无逃于声教，岂徒文彩之丽。遂作此歌。

城边路，今人犁田昔人墓。岸上沙，昔时江水今人家。今人昔人共长叹，四气相催节回换。
明月皎皎入华池，白云离离度青汉。
我欲升天天隔霄，我欲渡水水无桥。我欲上山山路险，我欲汲井井泉遥。越人翠被今何夕，
独立沙边江草碧。紫燕西飞欲寄书，白云何处蓬莱客？悠然神远。
新系青丝百尺绳，心在君家辘轳上。我心皎洁君不知，辘轳一转一惆怅。
何处春风吹晓幕？江南渌水通朱阁。美人二八颜如花，泣向春风畏花落。

临春风，听春鸟。别时多，见时少。愁人一夜不得眠，瑶井玉绳相对晓。言惘忱之无由上达也，总以微婉出之。

囝

囝，哀闽也。囝音蹇。闽俗呼子为囝，父为郎罢。青箱杂记云："唐世多取闽童为阉奴，故况陈其苦以讽。"

囝生闽方，闽吏得之，乃绝其阳。为臧为获，致金满屋。为髡为钳，如视草木。天道无知，我罹其毒。神道无知，彼受其福。郎罢别囝："吾悔生汝！及汝既生，人劝不举。不从人言，果获是苦。"囝别郎罢，心摧血下："隔地绝天，及至黄泉，不得在郎罢前！"闽童亦人子，何罪而遭此毒耶？即事直书，闻者足诫。

白居易

七德舞

美拨乱、陈王业也。

七德舞，七德歌，传自武德至元和。元和小臣白居易，观舞听歌知乐意，曲终稽首陈其事："太宗十八举义兵，白旄黄钺定两京，擒充戮窦四海清。二十有四功业成，二十有九即帝位，三十有五致太平。功成理定何神速？速在推心致人腹。一句领起下文。亡卒遗骸散帛收，饥人卖子分金赎。魏徵梦见子夜泣，张谨哀闻辰日哭。怨女三千放出宫，死囚四百来归狱。剪须烧药赐功臣，李勣呜咽思杀身。含血吮疮抚战士，思摩奋呼乞效死。以心感人人心归。」尔来一百九十载，天下至今歌舞之。歌七德，舞七德，圣人有作垂无极。岂徒耀神武？岂徒夸圣文？太宗意在陈王业，王业艰难示子孙。「推心置腹」，通篇主意。「怨女」一联，尤为警动。纵囚事欧公作论贬之，然当时实为盛举也。宋太宗亦谓朕不及此。

海漫漫　戒求仙也。

海漫漫，直下无底旁无边。云涛烟浪最深处，人传中有三神山。山上多生不死药，服之羽化为天仙。秦皇汉武信此语，方士年年采药去。蓬莱今古但闻名，烟水茫茫无觅处。海漫漫，风浩浩，眼穿不见蓬莱岛。不见蓬莱不敢归，童男丱女舟中老。徐福文成多诳诞，上元太一虚祈祷。君看骊山顶上茂陵头，毕竟悲风吹蔓草！何况玄元圣祖五千言：不言药，不言仙，不言白日升青天。此言求仙之妄也。唐代崇奉老子，而五千言中不言神仙，恍然可悟矣。

上阳白发人　愍怨旷也。

原注：「天宝五载已后，杨贵妃专宠，后宫人无复进幸矣。六宫有美色者，辄置别所，上阳是其一也。贞元中尚存焉。」

上阳人，红颜暗老白发新。绿衣监使守宫门，一闭上阳多少春！明皇末岁初选入，入时十六今六十。同时采择百余人，零落年深残此身。忆昔吞悲别亲族，扶入车中不教哭（三）。皆云入内便承恩，脸似芙蓉胸似玉。未容君王得见面，已被杨妃遥侧目。妒令潜配上阳宫，一生遂向空房宿。宿空房，秋夜长，夜长无寐天不明。耿耿残灯背壁影，萧萧暗雨打窗声，春日迟，日迟独坐天难暮。宫莺百啭愁厌闻，梁燕双栖老休妒。莺归燕去长悄然，春往秋来不记年。惟向深宫望明月，东西四五百回圆。今日宫中年最老，大家遥赐尚书号。小头鞋履窄衣裳，青黛点眉眉细长。外人不见见应笑，天宝末年时世妆。上阳人，苦最多：少亦苦，老亦苦，少苦老苦两如何！君不见昔时吕向美人赋（四），原注：「天宝末有密采艳色者，当时号花鸟使。吕向献美人赋以讽之（五）。」又不见今日上阳宫人白发歌！只「惟向深宫望明月，东西四五百回圆」二语，已见宫人之苦，而杨妃之嫉妒专宠，足以致乱矣。女祸之诫，千古昭然。

新丰折臂翁　戒边功也。

新丰老人八十八，头鬓眉须皆似雪。玄孙扶向店前行，左臂凭肩右臂折。问翁臂折来几年？兼问致折何因缘？翁云「贯属新丰县，生逢圣代无征战。惯听梨园歌管声，不识旗枪与弓箭。无何天宝大征兵，户有三丁点一丁。点得驱将何处去？五月万里云南行。闻道云南有泸水，椒花落时瘴烟起。大军徒涉水如汤，未过十人二三死。村南村北哭声哀，儿别耶娘夫别妻。皆云前后征蛮者，千万人行无一回。是时翁年二十四，兵部牒中有名字。夜深不敢使人知，偷将大石捶折臂。张弓簸旗俱不堪，从兹始免征云南。骨碎筋伤非不苦，且图拣退归乡土。此臂折来六十年，一肢虽废一身全。至今风雨阴寒夜，直到天明痛不眠。痛不眠，终不悔，且喜老人今独在。不然当时泸水头，身死魂孤骨不收〔六〕。应作云南望乡鬼，万人冢上哭呦呦。」原注：「云南有万人冢，即鲜于仲通、李宓曾覆军之所。」老人言，君听取。君不闻开元宰相宋开府，不赏边功防黩武。宋璟不重赏郝雲岑斩突厥默啜之功〔七〕。又不闻天宝宰相杨国忠，欲求恩幸立边功。杨国忠讨阁罗凤，前后二十余万，去无返者。边功未立生人怨，请问新丰折臂翁。穷兵黩武之祸，慨切言之。末以宋璟、杨国忠对言，见开、宝治乱之机，实分于此。

百炼镜　美皇王鉴也。

百炼镜，熔范非常规，日辰处所灵且祇。江心波上舟中铸，五月五日日午时。琼粉金膏磨莹已，化为一片秋潭水。镜成将献蓬莱宫，扬州长吏手自封。人间臣妾不合照，背有九五飞天龙。人人呼为天子镜，我有一言闻太宗：太宗常以人为镜，鉴古鉴今不鉴容。四海安危居掌内，百王治乱悬心中〔八〕。乃知天子别有镜，不是扬州百炼铜。百炼之镜照一人，君心之镜照四海。张曲江进千秋金鉴录，即是此意。

青石　激忠烈也。

青石出自蓝田山，兼车运载来长安。工人磨琢欲何用？石不能言我代言：不愿作人家墓前神道碣，坟土未乾名已灭。不愿作官家道旁德政碑，不镌实录镌虚辞。愿为颜氏段氏碑，雕镂太尉与太师。刻此两片坚贞质〔九〕，状彼二人忠烈姿。义心如石屹不转〔一〇〕，死节如石确不移〔一一〕。如观奋击朱泚日，似见叱呵希烈时。各于其上题名谥，一置高山一沉水。陵谷虽迁碑独存，骨化为尘名不死。长使不忠不烈臣，观碑改节慕为人。慕为人，劝事君。写段、颜二公，凛凛有生气。末劝人忠烈，一篇主意。

八骏图　戒奇物、惩佚游也。

穆王八骏天马驹，后人爱之写为图。背如龙兮颈如象，骨竦筋高肌肉壮。日行万里速如飞，穆王独乘何所之？四荒八极蹋欲遍，三十二蹄无歇时。属车轴折趁不及，黄屋草生弃若遗。瑶池西赴王母宴，七庙经年不亲荐。璧台南与盛姬游，明堂不复朝诸侯。白云黄竹歌声动，一人荒乐万人愁。周从后稷至文武，积德累功世勤苦。岂知才及五代孙〔一二〕，心轻王业如灰土！由来尤物不在大，能荡君心则为害。文帝却之不肯乘，千里马去汉道兴。穆王得之不为戒，八骏驹来周室坏。至今此物世称珍，不知房星之精下为怪〔一三〕！八骏图，君莫爱。耽佚游，政治荒矣。以汉文之却千里马对照，兴坏显然。

秦吉了　哀冤民也。

秦吉了，出南中，彩毛青黑花颈红。耳聪心慧舌端巧，鸟语人言无不通。昨日长爪鸢，今日大觜乌。鸢捎乳燕一窠覆，乌啄母鸡双眼枯。比害民之人。鸡号堕地燕惊去，然后拾卵攫其雏。岂无雕与鹗，嗉中食饱不肯搏。比谏臣不言。亦有鸾鹤群，闲立飏高如不闻。比大臣不言。秦吉了，人云尔是能言鸟，岂不见鸡燕之冤苦？吾闻凤凰百鸟主，尔竟不为凤凰之前致一言，竟不一言，民冤无可伸矣。空多嗓嗓闲言语！

长恨歌

汉皇重色思倾国，御宇多年求不得。杨家有女初长成，养在深闺人未识。为尊者讳。天生丽质难自弃，一朝选在君王侧。回头一笑百媚生，六宫粉黛无颜色。春寒赐浴华清池，温泉水滑洗凝脂。侍儿扶起娇无力，始是新承恩泽时。云鬓花颜金步摇，芙蓉帐暖度春宵。春宵苦短日高起，从此君王不早朝。致祸之由。承欢侍宴无闲暇，春从春游夜专夜。后宫佳丽三千人，三千宠爱在一身。金屋妆成娇侍夜，玉楼宴罢醉和春。姊妹弟兄皆列土，可怜光彩生门户。遂令天下父母心，不重生男重生女。骊宫高处入青云，仙乐风飘处处闻。缓歌慢舞凝丝竹，尽日君王看不足。渔阳鞞鼓动地来，此言安禄山之乱。惊破霓裳羽衣曲。如闻春雷一声。九重城阙烟尘生，千乘万骑西南行。此言出奔。翠华摇摇行复止，西出都门百余里。六军不发无奈何，宛转蛾眉马前死！花钿委地无人收，翠翘金雀玉搔头。君王掩面救不得，回看血泪相和流〔一四〕。黄埃散漫风萧索，云栈萦纡登剑阁。此言幸蜀。峨嵋山下少人行，旌旗无光日色薄。蜀江水碧蜀山青，圣主朝朝暮暮情。行宫见月伤心色，夜雨闻铃肠断声。天旋地转回龙驭，此言自蜀回。到此踌躇不能去。马嵬坡下泥土中，不见玉颜空死处。潜遣中使具棺以葬。君臣相顾尽沾衣，东望都门信马归。归来池苑皆依旧，太液芙蓉未央柳。以下言上皇在南内，又迁西宫，中暗藏肃宗之不孝，然此处不用显言。芙蓉如面柳如眉，对此如何不泪垂？春风桃李花开日〔一五〕，秋雨梧桐叶落时。西宫南内多秋草〔一六〕，落叶满阶红不扫〔一七〕。梨园弟子白发新，椒房阿监青娥老。夕殿萤飞思悄然，孤灯挑尽未成眠。迟迟钟鼓初长夜，耿耿星河欲曙天。鸳鸯瓦冷霜华重，翡翠衾寒谁与共？悠悠生死别经年，魂魄不曾来入梦。引入方士寻幽一段。临邛道士鸿都客，能以精诚致魂魄。为感君王展转思，遂教方士殷勤觅。排空驭气奔如电，升天入地求之遍。上穷碧落下黄泉，两处茫茫皆不见。忽闻海上有仙山，山在虚无缥缈间。著「虚无缥缈」字，知以下皆方士诳言。楼阁玲珑五云起，其中绰约多仙子。中有一人字太真，雪肤花貌参差是。金阙西厢叩玉扃，转教小玉报双成。闻道汉家天子使，九华帐里梦魂惊。揽衣推枕起徘徊，珠箔银屏逦迤开。云鬓半偏新睡觉，花冠不整下堂来。风吹仙袂飘飖举，犹似霓裳羽衣舞。玉容寂寞泪阑干，梨花一枝春带雨。写泪语妙。含情凝睇谢君王〔八〕，一别音容两渺茫。昭阳殿里恩爱绝，蓬莱宫中日月长。回头下望人寰处，不见长安见尘雾。惟将旧物表深情，钿合金钗寄将去。钗留一股合一扇，钗擘黄金合分钿。但令心似金钿坚，天上人间会相见。临别殷勤重寄词，词中有誓两心知。七月七日长生殿，夜半无人私语时：「在天愿作比翼鸟，在地愿为连理枝。」天长地久有时尽，此恨绵绵无绝期！

迷离惝恍，不用收结，此正作法之妙。〇此讥明皇之迷于色而不悟也。以女宠几于丧国，应知从前之谬戾矣。乃犹令方士遍索，而方士因得以虚无缥缈之词为对，遂信钿钗私语为真，而信其果为仙人也。天下有妖艳之妇而成仙人者耶？诗本陈鸿长恨传而作，悠扬旖旎，情至文生，本王、杨、卢、骆而又加变化者矣。时有一妓夸于人曰：「我能诵白学士长恨歌，岂与他妓等哉！」诗之见重于时如此。

琵琶行 并序

元和十年，予左迁九江郡司马。明年秋，送客湓浦口。闻舟中夜弹琵琶者，听其音，铮铮然有京都声。问其人，本长安倡女。尝学琵琶于穆、曹二善才，年长色衰，委身为贾人妇。遂命酒使快弹数曲。曲罢悯然，自叙少小时欢乐事，今漂沦憔悴，转徙于江湖间。予出官二年，恬然自安，感斯人言，是夕始觉有迁谪意。因为长句，歌以赠之，凡六百一十二言，命曰琵琶行。

浔阳江头夜送客，枫叶荻花秋瑟瑟。主人下马客在船，举酒欲饮无管弦。醉不成欢惨将别，别时茫茫江浸月。以江月为文澜。忽闻水上琵琶声，主人忘归客不发。寻声暗问弹者谁？琵琶声停欲语迟。移船相近邀相见，添酒回灯重开宴。千呼万唤始出来，犹抱琵琶半遮面。转轴拨弦三两声，未成曲调先有情。弦弦掩抑声声思，似诉平生不得志。低眉信手续续弹，说尽心中无限事。轻拢慢撚乃殄切。抹复挑，初为霓裳后六么。大弦嘈嘈如急雨，小弦切切如私语。嘈嘈切切错杂弹，大珠小珠落玉盘。间关莺语花底滑，幽咽泉流水下滩〔一九〕。水泉冷涩弦凝绝，凝绝不通声暂歇。别有幽愁暗恨生，此时无声复有声。小住复弹，此余声也。银瓶乍破水浆迸，铁骑突出刀枪鸣。曲终收拨当心画，四弦一声如裂帛。东船西舫悄无言，唯见江心秋月白。应江月。沉吟放拨插弦中，整顿衣裳起敛容。自言「本是京城女，家在虾蟆陵下住。十三学得琵琶成，名属教坊第一部。曲罢曾教善才服〔二〇〕，妆成每被秋娘妒。五陵年少争缠头，一曲红绡不知数。钿头银篦击节碎，血色罗裙翻酒污。今年欢笑复明年，秋月春风等闲度。弟走从军阿姨死，暮去朝来颜色故。门前冷落鞍马稀，老大嫁作商人妇。商人重利轻别离，前月浮梁买茶去。去来江口守空船，绕船明月江水寒。又应江月。夜深忽梦少年事，梦啼妆泪红阑干。」我闻琵琶已叹息，又闻此语重唧唧。同是天涯沦落人，相逢何必曾相识！二语通篇关键。我从去年辞帝京，谪居卧病浔阳城。浔阳地僻无音乐，终岁不闻丝竹声。住近湓江地低湿，黄芦苦竹绕宅生。其间旦暮闻何物？杜鹃啼血猿哀鸣。春江花朝秋月夜，往往取酒还独倾。岂无山歌与村笛？呕哑嘲哳难为听。今夜闻君琵琶语，如听仙乐耳暂明。莫辞更坐弹一曲，为君翻作琵琶行。感我此言良久立，却坐促弦弦转急。凄凄不似向前声，满座重闻皆掩泣。座中泣下谁最多？江州司马青衫湿。结得住。〇写同病相怜之意，恻恻动人。〇诸本「此时无声胜有声」，既无声矣，下二语如何接出？宋本「无声复有声」，谓住而又弹也。古本可贵如此〔三〕！

真娘墓　墓在虎丘寺。

真娘墓，虎丘道。不识真娘镜中面，惟见真娘墓头草。霜摧桃李风折莲，真娘死时犹少年。脂肤荑手不牢固，世间尤物难留连。难留连，易消歇：塞北花，江南雪。不着迹象，高于众作。

梦得云：「香魂虽死人不怕」，真可笑人也！

寒食野望吟

丘墟郭门外，寒食谁家哭？风吹旷野纸钱飞，古墓累累春草绿。棠梨花映白杨树，尽是死生离别处。冥漠重泉哭不闻，萧萧风雨人归去。

醉后狂言酬赠萧、殷二协律

余杭邑客多羁贫，其间甚者萧与殷。天寒身上犹衣葛，日高甑中未拂尘。江城山寺十一月，北风吹沙雪纷纷。宾客不见绨袍惠，黎庶未沾襦袴恩。此时太守自惭愧，重衣复衾有余温。因命染人与针女，先制两裘赠二君。吴绵细软桂布密，柔如狐腋白似云。劳将诗书投赠我，如此小惠何足论？我有大裘君未见，宽广和暖如阳春。此裘非缯亦非纩，裁以法度絮以仁。刀尺钝拙制未毕，出亦不独裹一身。若令在郡得五考，与君展覆杭州人。欲遍覆杭人，实有所难，然居官者不可不存此心也。与老杜之「广厦万间」同一志向。

元　稹　字微之，河南人。元和初，对策第一，官左拾遗。后忤中人仇士良，击稹败面，贬江陵士曹参军；久乃徙虢州长史。长庆初，监军崔潭峻方亲幸，以稹歌辞进，帝大悦，擢祠部郎中知制诰。俄迁中书舍人、翰林学士，旋进同中书门下平章事。始忤中人，继以依中人进，朝论鄙之。又连次欲倾裴度，盖两截人也。太和中，为武昌节度使卒。○白乐天同对策，同倡和，诗称元、白体，其实远不逮白。白修直中皆雅音，元意拙语纤，又流于涩。东坡品为元轻白俗，非定论也。兹特取七言古四章，近体不在此数。

连昌宫词

连昌宫中满宫竹，岁久无人森似束。又有墙头千叶桃，风动落花红蔌蔌。宫边老人为予泣：“小年进食曾因入。上皇正在望仙楼，太真同凭栏干立。楼上楼前尽珠翠，炫转荧煌照天地。归来如梦复如痴，何暇备言宫里事。初届他本作“初过”，误。寒食一百六，店舍无烟宫树绿。夜半月高弦索鸣，贺老贺怀智。琵琶定场屋。力士传呼觅念奴，念奴潜伴诸郎宿。秾琐。须臾觅得又连催，特敕街中许然烛。尚在禁烟，故下云“特敕”。春娇满眼睡红绡，掠削云鬟旋装束。飞上九天歌一声，二十五郎吹管逐。邠王善吹小管。逡巡大遍凉州彻，色色龟兹轰录续。李谟擫笛傍宫墙，偷得新翻数般曲。平明大驾发行宫，万人鼓舞途路中。百官队仗避岐薛，杨氏诸姨车斗风。明年十月东都破，御路犹存禄山过。禄山之乱，说得太轻。驱令供顿不敢藏，万姓无声泪潜堕。两京定后六七年，郭子仪收复两京。却寻家舍行宫前。庄园烧尽有枯井，行宫门闭树宛然。尔后相传六皇帝〔三〕，肃、代、德、顺、宪、穆。不到离宫门久闭。往来年少说长安，玄武楼成华萼废。去年敕使因斫竹，偶值门开暂相逐。荆榛栉比塞池塘，狐兔骄痴缘树木。此一段神来之笔。舞榭攲倾基尚存，文窗窈窕纱犹绿。尘埋粉壁旧花钿，壁上之饰。鸟啄风筝碎珠玉。风筝之音。上皇偏爱临砌花，依然御榻临阶斜。蛇出燕巢盘斗栱，菌生香案正当衙。寝殿相连端正楼，太真梳洗楼上头。晨光未出帘影黑，至今反挂珊瑚钩。指示旁人因恸哭，却出宫门泪相续。自从此后还闭门，夜夜狐狸上门屋。」我闻此语心骨悲：「太平谁致乱者谁？」翁言「野父何分别？耳闻眼见为君说：开元、天宝之治乱，微之岂不知，而必野老言之乎？此立言之失。姚崇宋璟作相公，劝谏上皇言语切。燮理阴阳禾黍丰，调和中外无兵戎。长官清贫太守好，拣选皆言由至公。他本作「相公」，误。开元之末姚宋死，朝廷渐渐由妃子。禄山宫中养作儿，不应斥言。虢国门前闹如市。弄权宰相不记名，依稀忆得杨与李。林甫、国忠，路人皆知其奸，不必微言。庙谟颠倒四海摇，五十年来作疮痏。今皇神圣丞相明，诏书才下吴蜀平。李锜、刘闢。官军又取淮西贼，吴元济。此贼亦除天下宁。年年耕种宫前道，今年不遣子孙耕。」老翁此意深望幸，努力庙谟休用兵！结似端重，然通篇无黩武意，句尚无根〔三〕。○诗中既有指斥，似可不选。然微之超擢，因中人崔潭峻进此诗，宫中呼为元才子，亦因此诗；又诸家选本与长恨歌、琵琶行并存，所谓元、白体也，故已置而仍存之。

有鸟

有鸟有鸟如鹳雀，食蛇抱岩天姿恶。行经水浒为毒流，羽拂酒杯为死药。汉后忍渴天岂知？骊姬坟地君宁觉？鸣呼为有白色毛，亦得乘轩谬称鹤！刺有文采而中毒螫者。

冬白纻

吴宫夜长宫漏款，帘幕四垂灯焰暖。西施自舞王自管，雪纻翻翻鹤翎散，上声。促节牵繁舞腰懒。舞腰懒，王罢饮，盖覆西施凤花锦。身作匡床臂为枕，朝佩枞玉王晏寝。寝醒阍报门无事，子胥死后言为讳。近王之臣谕王意，共笑越王穷惴惴，夜夜抱冰寒不睡。

田家词

牛吒吒，田确确，旱块敲牛蹄趵趵。种得官仓珠颗谷。六十年来兵簇簇，月月食粮车辘辘。一日官军收海服，驱牛驾车食牛肉。归来收得牛两角，重铸锄犁作斤劚。姑舂妇担去输官，输官不足归卖屋。愿官早胜仇早覆。农死有儿牛有犊，誓不遣官军粮不足（三四）。音节入古。

戴叔伦 字幼公，金坛人。萧颖士弟子。刘晏掌盐铁，表主管湖南。历抚州刺史、容管经略使，所至治行称最。

女耕田行

乳燕入巢笋成竹，谁家二女种新谷。无人无牛不及犁，持刀斫地翻作泥。自言「家贫母年老，长兄从军未娶嫂。去年灾疫牛囤空，截绢买刀都市中。头巾掩面畏人识，以刀代牛谁与同？」姊妹相携心正苦，不见路人唯见土。疏通畦垅防乱苗，整顿沟塍待时雨。日正南冈下饷归，可怜朝雉扰惊飞。东邻西舍花发尽，共惜馀芳泪满衣！末二语一衬，愈见二女之苦，二女之正。

李绅 字公垂，亳州人。元和初，补国子助教，累迁中书舍人。武宗即位，拜中书侍郎平章事。○绅悯农诗中云：「四海无闲田，农夫犹饿死。」又云：「谁知盘中餐，粒粒皆辛苦。」吕温见之曰：「他日必为宰相。」果如其言。

悲善才 并序

余守郡日，有客游者，善弹琵琶。问其所传，乃善才所授。顷在内庭日，别承恩顾，赐宴曲江，敕善才等二十人备乐。自余经播迁，善才已殁，因追感前事，为悲善才。

穆皇夜幸蓬池曲，从赐宴曲江说入。金銮殿开高秉烛。东头弟子曹善才，琵琶请奏新翻曲。翠蛾列坐层城女，笙笛参差齐笑语。天颜静听朱丝弹，众乐寂然无敢举。衔花金凤当承拨，转腕拢弦促挥抹。扶花翻凤天上来，徘徊满殿飞春雪。抽弦度曲新声发，金铃玉珮相磋切。流莺子母飞上林，仙鹤雌雄唳明月。此时奉诏侍金銮，别殿承恩许召看。三月曲江春草绿，九霄天乐下云端。紫髯供奉前屈膝，尽弹妙曲当春日。兼言二十人备乐。寒泉注射陇水开，塞雁翻飞朔天没。日曛尘暗车马散，为惜新声有余叹。明年冠剑闭桥山，万里孤臣投海畔。穆皇宴驾，绅亦播迁。笼禽铩翮尚还飞，白首生从五岭归。闻道善才成朽骨，空余弟子奉宣徽。南谯寂寞三春晚，有客弹弦独凄怨。此言善才殁后，听其指授者所弹。静听深奏楚明光，忆昔初闻曲江宴。回环赐宴曲江。心悲不觉泪阑干，更为调弦反覆弹。秋吹动摇神女佩，月珠敲击水晶盘。自怜淮海同泥滓，恨魄痴心未能死。惆怅追怀万事空，雍门琴感徒为尔！题系守郡说入，诗却先写赐宴曲江，婉曲淋漓，然后转入播迁，复听善才弟子弹弦凄怨，末路双收两层，神情无限。

李　益

夜上西城听梁州

行人夜上西城宿，听唱梁州双管逐。此时秋月满关山，何处关山无此曲？鸿雁新从北地来，闻声一半却飞回。金河戍客肠应断，更在秋风百尺台。

野田行

日没出古城，野田何茫茫！寒狐啸青冢，鬼火烧白杨。昔人未为泉下客，行到此中曾断肠。

登夏州城楼观征人，赋得六州胡儿歌

六州胡儿六蕃语，十岁骑羊逐沙鼠。沙头牧马孤雁飞，汉军游骑貂锦衣。云中征戍三千里，今日征行何处归？无定河边数株柳，共送行人一杯酒。胡儿起作和蕃歌，齐唱呜呜尽垂手。心知旧国西州远，西向胡天望乡久。回身忽作异方声，一声回尽征人首。蕃音虏曲直难分，似说边情向塞云。故国关山无限路，风沙满眼断征魂。不见天边青草冢〔三五〕，古来愁杀汉昭君！ 君虞最长边塞诗，不独「回乐峰前」一绝，足以动人。

杨巨源

字景山，河中人。贞元中进士，自秘书郎累迁国子司业。年七十，致仕归，时宰白河中少尹，俾食禄终其身。

杨花落

北斗南回春物老，红英落尽绿尚早。韶风澹荡无所依，偏惜垂杨作春好。此时可怜杨柳花，萦盈艳曳满人家。人家女儿出罗幕，静扫玉庭待花落。宝环纤手捧更飞，翠羽轻裾承不著。历历瑶琴舞态陈，霏红拂黛怜玉人。东园桃李芳已歇，独有杨花娇暮春。儿童捉柳花，无甚情味，美人游戏杨花，风神无限矣。「宝环纤手」一联，形容尽善。

张　籍

张、王乐府，有新声而少古意，王渔洋所谓「不曾辛苦学妃豨」也。然心思之巧，辞句之隽，最易启人聪颖，高青丘每肖之，存之以备一格。○文昌有节妇吟，时在他镇幕府，郓帅李师道以书币聘之（三六），因作此词以却。然玩辞意，恐失节妇之旨，故不录。

古钗叹

古钗坠井无颜色，百尺泥中今复得。凤凰宛转有古仪，欲为首饰不称时。女伴传看不知主，罗袖拂拭生光辉。兰膏已尽股半折，雕文刻样无年月。虽离井底入匣中，不用还与坠时同。

征妇怨

九月匈奴杀边将，汉军全没辽水上。万里无人收白骨，家家城下招魂葬。妇人依倚子与夫，同居贫贱心亦舒。夫死战场子在腹，妾身虽存如昼烛！李华吊古战场文，篇中可云缩本。

伤歌行

黄门诏下促收捕，京兆尹系御史府。出门无复部曲随，亲戚相逢不容语。辞成谪尉南海州，受命不得须臾留。身著青衫骑恶马，东门之外无送者。邮夫防吏急喧驱，往往惊堕马蹄下。长安里中荒大宅，朱门已除十二载。高堂舞榭锁管弦，美人遥望西南天。此为杨凭贬临贺尉而作。凭为京兆尹，广蓄姬妾，筑第逾制，为人纠劾，贬之。

乌栖曲

西山作宫花满池，宫乌晓鸣茱萸枝。吴姬采莲自唱曲，君王昨夜船中宿。

短歌行

青天荡荡高且虚，上有白日无根株。流光暂出还入地，使我年少不须臾。与君相逢勿寂寞，衰老不复如今乐。金卮盛酒置君前，再拜劝君千万年。祝辞正是可伤之处。

野老歌

老翁家贫在山住，耕种山田三四亩。苗疏税多不得食，输入官仓化为土。岁暮锄犁傍空室〔二七〕，呼儿登山收橡实。西江贾客珠成斛，船中养犬长食肉。

北邙行

洛阳北门北邙道，丧车辚辚入秋草。车前齐唱薤露歌，高坟新起白峨峨〔二八〕。朝朝暮暮人送葬，洛阳城中人更多。千金立碑高百尺，终作谁家柱下石！沉溺于葬地者，读此可以恍然。山头松柏半无主，地下白骨多于土。寒食家家送纸钱，乌鸢作窠衔上树。人居朝市未解愁，请君暂向北邙游。

送远曲

戏马台南山簇簇，山边饮酒歌别曲。行人醉后起登车，席上回尊劝僮仆。青天漫漫覆长路，远游无家安得住？愿君到处自题名，他日知君从此去。从前送远诗，此意未曾写到。

王　建　字仲初，颍川人。成进士，官昭应县丞，转太常寺丞，终陕州司马。建与张籍友善，工为乐府，故张、王并名。

田家行

男声欣欣女颜悦，人家不怨言语别。五月虽热麦风清，檐头索索缲车鸣。野蚕作茧人不取〔元〕，叶间扑扑秋蛾生。麦收上场绢在轴，的知输得官家足。不望入口复上身，且免向城卖黄犊。田家衣食无厚薄，不见县门身即乐！守此语便为良农。

当窗织

叹息复叹息，园中有枣行人食。贫家女为富家织，翁母隔墙不得力。水寒手涩丝脆断，续来续去心肠烂。草虫促促机下啼，两日催成一匹半。输官上头有零落，姑未得衣身不著。当窗却羡青楼倡，十指不动衣盈箱。本意薄之，然「羡」字失言矣。

镜听词

重重摩挲嫁时镜，夫婿远行凭镜听。回身不遣别人知，人意丁宁镜神圣。怀中收拾双锦带，恐畏街头见惊怪。嗟嗟嚓嚓下堂阶，独自灶前来跪拜。出门愿不闻悲哀，郎在任郎回未回。月明地上人过尽，好语多同皆道来。卷帷上床喜不定，与郎裁衣失翻正。可中三日得相见，重绣镜囊磨镜面。摹写儿女子声口，可云惟肖。

望夫石

望夫处，江悠悠。化为石，不回头。山头日日风复雨，行人归来石应语。

短歌行

人初生，日初出。古乐府神理。上山迟，下山疾。百年三万六千朝，夜里分将强半日。有歌有舞须早为，昨日健于今日时。人家见生男女好，不知男女催人老。短歌行，无乐声。读此辞，觉世人一生碌碌为儿孙作马牛者，真痴绝也。

行见月

月初生，居人见月一月行。行行一年十二月，强半马上看盈缺。百年欢乐能几何？在家见少行见多。不缘衣食相驱遣，此身谁愿长奔波？箧中有帛仓有粟，岂向天涯走碌碌！家人见月望我归，正是道上思家时。

簇蚕辞

蚕欲老，箔头作茧丝皓皓。场宽地高风日多，不向中庭晒蒿草。神蚕急作莫悠扬，年来为尔祭神桑。但得青天不下雨，上无苍蝇下无鼠。新妇拜簇愿茧稠，女洒桃浆男打鼓。三日开箔雪团团，先将新茧送县官。已闻乡里催织作，去与谁人身上著？意亦他人同有，然此觉入情。

李贺

字长吉，系出郑王后。七岁能辞章，韩昌黎、皇甫持正访之，贺赋高轩过一篇，二公重之〔三〇〕。父名晋肃，不举进士，昌黎作原讳劝之，卒不就举。后以奉礼终，年二十七。○长吉诗依约楚骚，而意取幽奥；辞取瑰奇，往往先成得意句，投锦囊中，然后足成之，所以每难疏解。母氏谓儿当呕心者，此也。使天假以年，必更进大方。然天地间不可无此种文笔，有乐天之易，自应有长吉之难。特取明丽几章，以志畦径之变。

高轩过 并序

韩员外愈、皇甫侍御湜见过，因而命作。

华裾织翠青如葱，金环压辔摇玲珑。马蹄隐耳声隆隆，入门下马气如虹。云是东京才子，文章巨公。二十八宿罗心胸，元精耿耿贯当中。精光煜爚，四语韩公足以当之。殿前作赋声摩空，笔补造化天无功。庞眉书客感秋蓬，谁知死草生华风？我今垂翅附冥鸿，言己欲附二公后。他日不羞蛇作龙。

雁门太守行

黑云压城城欲摧，甲光向日金鳞开。阴云蔽天，忽露赤日，实有此景。角声满天秋色里，塞上燕脂凝夜紫。半卷红旗临易水，霜重鼓寒声不起。报君黄金台上意，提携玉龙为君死。字字锤炼而成，昌谷集中定推老成之作。

金铜仙人辞汉歌 并序

魏明帝青龙元年八月〔三二〕，诏宫官牵车西取汉孝武捧露盘仙人，欲立置前殿。宫官既拆盘，仙人临载，乃潸然泪下。唐诸王孙李长吉遂作金铜仙人辞汉歌。

茂陵刘郎秋风客，夜闻马嘶晓无迹。少承露盘意，便嫌无根。画栏桂树悬秋香，三十六宫土花碧。魏官牵车指千里，东关酸风射眸子。空将汉月出宫门，忆君清泪如铅水。衰兰送客咸阳道，天若有情天亦老。奇句。携盘独出月荒凉，渭城已远波声小。汉武有秋风辞，遂名「秋风客」，好奇之过也。多情者天，以生物为心可见，兹以无情目之，写胸中愤懑不平，而年命之促，已兆于此〔三三〕。

春坊正字剑子歌

先辈匣中三尺水，曾入吴潭斩龙子。隙月斜明刮露寒，练带平铺吹不起。蛟胎皮老蒺藜刺，鸊鹈淬花白鹇尾。直是荆轲一片心，莫教照见春坊字。挼丝团金悬䍡㲯，神光欲截蓝田玉。提出西方白帝惊，嗷嗷鬼母秋郊哭。从来写剑者，只形其利，此并传其神。末暗用汉祖斩白蛇事。

将进酒

琉璃钟，琥珀浓，小槽酒滴真珠红。烹龙炮凤玉脂泣，罗屏绣幕围香风。吹龙笛，击鼍鼓。皓齿歌，细腰舞。况是青春日将暮，桃花乱落如红雨。佳句不须雕刻。劝君终日酩酊醉，酒不到刘伶坟上土。达人之言。

美人梳头歌

西施晓梦绡帐寒，香鬟堕髻半沉檀。辘轳咿哑转鸣玉，惊起芙蓉睡新足。双鸾开镜秋水光，解鬟临镜立象床。发长也。一编香丝云撒地，玉钗落处无声腻。纤手却盘老鸦色，翠滑宝钗簪不得。春风烂漫恼娇慵，十八鬟多无气力。妆成鬖髿欹不斜，云裾数步踏雁沙。背人不语向何处，下阶自折樱桃花。梳头以后之神。

李商隐

字义山，河内人。开成中进士，官弘农尉。会昌中，王茂元镇河阳，辟为掌书记，得侍御史。茂元以子妻之。李德裕秉政，厚遇之。李宗闵党与德裕为仇，卒不遇。后令狐绹作相，商隐启陈绹父楚相厚之情，绹不之省。会河南尹柳仲郢镇东蜀，辟为节度判官。大中末，仲郢左迁，商隐罢，未几卒。○商隐诗文，工于獭祭，典赡过温庭筠，宋代杨大年诸人宗之，号西昆体。

韩碑

元和天子神武姿，彼何人哉轩与羲！誓将上雪列圣耻，坐法宫中朝四夷。淮西有贼五十载，封狼生貙貙生罴。七字平。不据山河据平地，长戈利矛日可麾。帝得圣相相曰度，七字仄。贼斫不死神扶持。腰悬相印作都统，阴风惨淡天王旗(三)。愬武古通作牙爪，仪曹外郎载笔随。行军司马智且勇，十四万众犹虎貔。入蔡缚贼献太庙，七字仄。功无与让恩不訾。帝曰汝度功第一，汝从事愈宜为辞。愈拜稽首蹈且舞：金石刻画臣能为。古者世称大手笔，此事不系于职司。当仁自古有不让，言讫屡颔天子颐。公退斋戒坐小阁，濡染大笔何淋漓！点窜尧典舜典字，涂改清庙生民诗。文成破体书在纸，清晨再拜铺丹墀。表曰臣愈昧死上，咏神圣功书之碑。碑高三丈字如斗，负以灵鳌蟠以螭。句奇语重四字品定韩公诗文。喻者少，谗之天子言其私。长绳百尺拽碑倒，粗砂大石相磨治。公之斯文若元气，先时已入人肝脾。天地大文，势位不能磨灭。汤盘孔鼎有述作，今无其器存其辞。为文人吐气，语应如是。

呜呼圣王及圣相，相与烜赫流淳熙！公之斯文不示后，曷与三五相攀追？愿书万本诵万遍，口角流沫右手胝。传之七十有二代，以为封禅玉检明堂基。晚唐人古诗，秾鲜柔媚，近诗馀矣。即义山七古，亦以辞胜。独此篇意则正正堂堂，辞则鹰扬凤翽，在尔时如景星庆云，偶然一见。○段文昌改作亦自明顺，然较之韩碑，不啻虫吟草间矣。宋代陈珦磨去段文，仍立韩碑，大是快事。

陈　润〔三四〕未详

宿北乐馆

欲眠不眠夜深浅，越鸟一声空山远。庭木萧萧落叶时，溪声雨声听不辨。溪流潺潺风习习，灯影山光满窗入。栋里不知浑是云，晓来但觉衣裳湿。清幽何减孟襄阳归鹿门作，而天然有升降之别，气味有厚薄也。

张　泌 泌，淮南人。初官句容尉，南唐后主征为监察御史，官至中书舍人。入宋后不仕。

春晚谣

雨微微，烟霏霏，小庭半拆红蔷薇。细筝斜倚画屏曲，零落几行金雁飞。萧关梦断无寻处，万叠春波起南浦。凌乱杨花扑绣帘，晓窗时有流莺语。

春江雨

雨溟溟，风泠泠，老松瘦竹临烟汀。空江冷落野云重，云中孤月微如星。是雨后微月。夜惊溪上渔人起，滴沥篷声满愁耳。子规叫断独未眠，罨岸春涛打船尾。

鲍君徽

字文姬，善词赋，德宗时人，与宋氏五女学士齐名。

惜春花〔三五〕

枝上花，花下人，可怜颜色俱青春。昨日看花花灼灼，今日看花花欲落。不如尽此花下欢，莫待春风总吹却。莺歌蝶舞媚韶光，红炉煮茗松花香。妆成形影自矜惜，女学士品。独把花枝归洞房。

张夫人

户部侍郎吉中孚室。

拜新月

拜新月，拜月出堂前。暗魄初笼桂，虚弓未引弦。拜新月，拜月妆楼上。鸾镜未安台，蛾眉已相向。拜新月，拜月不胜情。庭前风露清。单句用韵。月临人自老，人望月长生。东家阿母亦拜月，一拜一悲声断绝。昔年拜月逞容辉，如今拜月双泪垂。回看众女拜新月，却忆闺中年少时〔三六〕。名士老年，回忆青灯诵读时，亦复如是。

裴羽仙 失其姓，裴悦室也。悦征匈奴不归，羽仙赋边将诗以写忧郁。后寄夫征衣，并系以诗。

寄夫征衣〔三七〕

深闺乍冷开香匣，玉箸微微湿红颊。一阵霜风杀柳条，浓烟半夜成黄叶。重重白练如霜雪，独下寒阶转凄切。只知抱杵捣秋砧，不觉高楼已无月。时闻寒雁声呼唤，纱窗只有灯相伴。几展齐纨又懒裁，离肠空逐金刀断。细想仪形执刀尺，回刀剪破澄江色。愁捻银针信手缝，惆怅无人试宽窄。时时举袖匀残泪，红笺漫有千行字。书中不尽心中事，一半殷勤托边使。

僧隐峦 时代无可考，故附于末。

蜀中送人游庐山

君行正值芳春月，蜀道千山皆秀发。溪边十里五里花，云外三峰两峰雪。君上匡山我旧居，松萝抛掷十年余。君行试到山前问：山鸟只今相忆无？

校记

〔一〕短歌行　全唐诗作「悲歌」。第一、第二首原是一首，第三、第四、第五首原是一首，据全唐诗（唐韦縠才调集卷一、乐府诗集卷三〇同）移正。

〔二〕延陵审其音　「延陵」原作「延州」，据全唐诗改。

〔三〕扶入车中不教哭　「不教哭」原作「不敢哭」，据全唐诗改。

〔四〕君不见昔时吕向美人赋　「吕向」原作「吕尚」，据全唐诗改。

〔五〕吕向献美人赋以讽之　「吕向」原作「吕尚」，据全唐诗改。

〔六〕身死魂孤骨不收　「魂孤」原作「魂飞」，据全唐诗改。

〔七〕宋璟不重赏郝雲岑斩突厥默啜之功　「郝雲岑」全唐诗白居易原注作「郝灵筌」。元白诗笺证稿第五章谓当从新唐书玄宗纪、杜佑传等作「郝灵佺」。

〔八〕百王治乱悬心中　「心中」原作「其中」，据全唐诗改。

〔九〕刻此两片坚贞质　「坚贞」原作「坚金」，据全唐诗改。

〔一〇〕义心如石屹不转　「如石」原作「若石」，据全唐诗改。

〔一一〕死节如石确不移　「如石」原作「名流」，据全唐诗改。

〔一二〕岂知才及五代孙　「五代」原作「四代」，据全唐诗改。

〔一三〕不知房星之精下为怪　「怪」原作「害」，据全唐诗改。

〔一四〕回看血泪相和流　「回看」原作「回首」，据全唐诗改。

〔一五〕春风桃李花开日　「日」原作「夜」，据全唐诗改。

〔一六〕西宫南内多秋草　「南内」原作「南苑」，据全唐诗改。

〔一七〕落叶满阶红不扫　「落叶」原作「宫叶」，据全唐诗改。

〔一八〕含情凝睇谢君王　「凝睇」原作「凝涕」，据全唐诗改。

〔一九〕幽咽泉流水下滩　「水下滩」全唐诗注作「冰下难」。按：清段玉裁经韵楼文集卷八与阮芸台书：「『泉流水下滩』，不成语，昔年曾谓当作『泉流冰下难』。莺语花底，泉流冰下，形容涩滑二境，可谓工绝。」元白诗笺证稿第二章举元稹琵琶歌：「冰泉呜咽流莺涩」，谓「实为乐天『间关流莺花底滑，幽咽泉流冰下难』二句演变扩充之所从来。取元诗以校白句，段氏之说，其正确可以无疑」。

〔二〇〕曲罢曾教善才服　「曾教」原作「长教」，据全唐诗改。

〔二一〕按：今人高步瀛唐宋诗举要卷二：「『无声复有声』，语稚而意浅，并失下二句斗转之妙，沈说非是。」元白诗笺证稿第二章：「『声暂歇之后，忽起『银瓶乍破』『铁骑突出』之声，何为不可接出？沈氏之疑滞，诚所不解。且遍考今存白集诸善本，未见有作『此时无声复有声』者，不知沈氏所见是何古本，深可疑也。」

〔二二〕尔后相传六皇帝　按：玄宗之后，历肃宗、代宗、德宗、顺宗而至宪宗，仅五帝，「六」当作「五」，注中列穆宗非是。

〔二三〕按：结句「休用兵」，乃承上文削平吴、蜀、淮西藩镇叛乱而言，谓天下既已平定，希望朝廷不再用兵。沈说非是。

〔二四〕誓不遣官军粮不足　「誓」字原脱，据全唐诗补。

〔二五〕不见天边青草冢　「青草冢」原作「青作冢」，据全唐诗改。

〔二六〕郓帅李师道以书币聘之　「郓帅」原误作「郸帅」，今改正。按：李师道为淄青节度使，治郓州，故称「郓帅」。

〔二七〕岁暮锄犁傍空室　「傍」原作「倚」，据全唐诗改。

〔二八〕高坟新起白峨峨　「白」原作「日」，据全唐诗改。按：「白」谓新起之坟泥土色白。

〔二九〕野蚕作茧人不取　「作」原作「在」，据全唐诗改。

〔三〇〕按：此从五代王定保唐摭言之说，今人朱自清李贺年谱谓韩愈、皇甫湜访贺在元和四年，时贺年二十。又按：高轩过诗中「庞眉书客感秋蓬」「我今垂翅附冥鸿」等句，决非七岁儿童语，可证摭言之谬。

〔三一〕魏明帝青龙元年八月　按：青龙五年三月改为景初元年。三国志魏书明帝纪景初元年裴松之注引魏略：「是岁，徙长安诸钟簴、骆驼、铜人、承露盘」，则此处「青龙元年」当作「青龙五年」。

〔三二〕按：「天若有情天亦老」句，意谓天公屡阅兴亡，若有情感，亦将悲伤而衰老。乃极言兴亡之感，沈氏所云非是。

〔三三〕阴风惨淡天王旗　「阴风」原作「阴气」，据全唐诗改。

〔三四〕陈润　原作「陈闰」，据全唐诗改。

〔三五〕惜春花　全唐诗作「惜花吟」，唐韦庄又玄集卷下、才调集卷一〇、文苑英华卷三一三同。

〔三六〕却忆闺中年少时　「闺中」全唐诗作「红闺」，又玄集卷下、才调集卷一〇、文苑英华卷三一三同。

〔三七〕寄夫征衣　此诗全唐诗作裴说诗，题为「闻砧」，一作「寄边衣」。

重订唐诗别裁集卷九

五言律诗

玄宗皇帝

姓李讳隆基，睿宗子，靖内难即位。开元中，任姚崇、宋璟、韩休、张九龄诸人，治称太平。天宝后，任李林甫、杨国忠，内宠贵妃，外宠边将，治乱较然矣。安禄山反，幸蜀，太子即位灵武。明年还京，居西内崩，唐祚自此不复再振。○太宗、高宗、中宗皆有诗，然承陈、隋之后，古律俱未谐，故以玄宗为始。冠于唐初诸臣之上，尊君也。

经鲁祭孔子而叹之

夫子何为者？栖栖一代中。地犹鄹氏邑，宅即鲁王宫。叹凤嗟身否，伤麟怨道穷。今看两楹奠，当与梦时同。孔子之道，从何处赞叹？故只就不遇立言，此即运意高处。

送贺知章

遗荣期入道，辞老竟抽簪。岂不惜贤达？其如高尚心。寰中得秘要，方外散幽襟。独有青门饯，群僚怅别深。朱子云：「越州有石刻唐朝臣送贺知章诗，只有明皇一首好。」○爱其贤，全其节，两得之矣。

幸蜀西至剑门

剑阁横云峻，銮舆出狩回。至剑门而云「出狩回」，未解。翠屏千仞合，丹嶂五丁开。灌木萦旗转，仙云拂马来。乘时方在德，嗟尔勒铭才！晋张载有剑阁铭。○雄健有力，开盛唐一代先声。

王绩

野望

东皋薄暮望，徙倚欲何依。树树皆秋色，山山唯落晖。牧人驱犊返，猎马带禽归。相顾无相识，长歌怀采薇。五言律前此失严者多，应以此章为首。○通首只无相识意，「怀采薇」，偶然兴寄古人也。说诗家谓感隋之将亡，毋乃穿凿！

王勃

秋日别薛昇华（一）

送送多穷路，遑遑独问津。悲凉千里道，凄断百年身。心事同漂泊，生涯共苦辛。无论去与住，俱是梦中人。

杜少府之任蜀州〔二〕

城阙辅三秦，己所处。风烟望五津。蜀地，少府任所。与君离别意，同是宦游人。海内存知己，天涯若比邻。无为在歧路，儿女共沾巾！

杨　炯　炯，华阴人。举神童，为弘文馆学士。则天初，左迁梓州参军，终盈川令。炯与王勃、卢照邻、骆宾王以文词齐名，称王、杨、卢、骆。炯曰："我愧在卢前，耻居王后。"盖不满于子安也。

从军行

烽火照西京，心中自不平。牙璋辞凤阙，铁骑绕龙城。雪暗凋旗画，风多杂鼓声。宁为百夫长，胜作一书生。此泛言用武效力，胜于一经自守。唐汝询谓朝廷尊宠武臣，而盈川抱才不遇，故尔心中不平，亦近于凿。

卢照邻

春晚山庄率题

田家无四邻，独坐一园春。莺啼非选树，鱼戏不惊纶。山水弹琴尽，风花酌酒频。年华已可乐，高兴复留人。清稳诗自开后人风气。

骆宾王

在狱咏蝉

西陆蝉声唱，南冠客思侵。那堪玄鬓影，来对白头吟！露重飞难进，风多响易沉。无人信高洁，谁为表予心？宾王兵败后，史称被诛，或云亡命，无下狱之说，意未从敬业之前曾见系也。原序「平反已奏」等语，见非讨武后之故甚明。

苏味道　栾城人。未弱冠成进士。延载中，历官凤阁侍郎。证圣初，拜天官侍郎。圣历初，同凤阁鸾台三品。前后居相位数载，事持两端，中无断决，人号苏摸棱。至贺三月雪为瑞雪，盖谄佞人也。后坐张易之党，贬死眉州。

正月十五夜〔三〕

火树银花合，星桥铁锁开。暗尘随马去，明月逐人来。游妓皆秾李，行歌尽落梅。金吾不禁夜，玉漏莫相催！

韦承庆　字延休，阳武人。以孝闻。举进士，补雍王府参军。长寿中，累迁凤阁舍人。后三掌天官，知政事。后贬岭表，入为秘书少监，封扶阳县子，迁黄门侍郎卒。

凌朝浮江旅思 一作马周诗。

天晴上初日，春水送孤舟。山远疑无树，潮平似不流。岸花开且落，江鸟没还浮。羁望伤千里，长歌遣四愁。三四眼前真景，可悟画理。

刘希夷

晚春

佳人眠洞房，回首见垂杨。寒尽鸳鸯被，春生玳瑁床。庭阴幕青霭，帘影散红芳。寄语同心伴，迎春且薄妆。六朝风致，一语百媚。

陈子昂

晚次乐乡县

故乡杳无际，日暮且孤征。川原迷旧国，道路入边城。野戍荒烟断，深山古木平。如何此时恨，噭噭夜猿鸣！前此风格初成，精华未备。子昂崛起，坚光奥响，遂开少陵之先。方虚谷云：「不但感遇为古调之祖，其律诗亦近体之祖也。」

春日登九华观

白玉仙台古，丹丘别望遥。山川乱云日，楼榭入烟霄。鹤舞千年树，虹飞百尺桥。还逢赤松子，天路坐相邀。

度荆门望楚

遥遥去巫峡，望望下章台。巴国山川尽，荆门烟雾开。城分苍野外，树断白云隈。今日狂歌客，谁知入楚来？序自蜀入楚道路，结言楚有狂歌之士，今反狂歌入楚也。

春夜别友人

银烛吐青烟，金尊对绮筵。离堂思琴瑟，别路绕山川。明月隐高树，长河没晓天。悠悠洛阳道〔四〕，此会在何年？

送魏大从军

匈奴犹未灭，魏绛复从戎。怅别三河道，言追六郡雄。雁山横代北，狐塞接雲中。勿使燕然上，唯留汉将功。绛本和戎，今曰「从戎」，此活用之法。一结雄浑。

送别崔著作东征

金天方肃杀，白露始专征。王师非乐战，之子慎佳兵！海气侵南部，边风扫北平。莫卖卢龙塞，归邀麟阁名。魏志：「田畴入徐无山中躬耕，百姓归之。太祖北征乌丸，不得进。畴曰：『可回军，从卢龙口越白檀之险，路近而便。』太祖引军出卢龙，大斩获。论功行封，畴不受，曰：『岂可卖卢龙塞以易赏哉！』」○诗意以「慎佳兵」为主。

杜审言

蓬莱三殿侍宴，奉敕咏终南山

北斗挂城边，南山倚殿前。云标金阙迥，树杪玉堂悬。半岭通佳气，中峰绕瑞烟。小臣持献寿，长此戴尧天。初唐五言律不用雕镂，然后人雕镂者正不能到，故曰「大巧若拙」。陈、杜、沈、宋，足以当之。○诗咏终南而通说蓬莱，此应制体也。

秋夜宴临津郑明府宅

行止皆无地，招寻独有君。酒中堪累月，身外即浮云。霜白宵钟彻，风清晓漏闻。坐携余兴往，还似未离群。「累月」「浮云」，妙用活对。月与云皆活用也，故下有「霜」「风」字而不嫌其复。

夏日过郑七山斋

共有尊中好，言寻谷口来。薜萝山径入，荷芰水亭开。日气含残雨，云阴送晚雷。洛阳钟鼓至，车马系迟回。写日中之雨，雨后之雷，有情有景。

和晋陵陆丞早春游望（五）

独有宦游人，偏惊物候新。警健。云霞出海曙，梅柳渡江春。淑气催黄鸟，晴光转绿蘋。忽闻歌古调，归思欲沾巾。末二句指陆丞之诗，言陆怀归，并动己之归思也。

登襄阳城

旅客三秋至，层城四望开。楚山横地出，汉水接天回。冠盖非新里，章华即旧台。习池风景异，归路满尘埃。冠盖里、章华台、习郁池皆在襄阳，吊古诗不应空写，即此可悟。

送崔融

君王行出将，书记远从征。祖帐连河阙，军麾动洛城。旌旆朝朔气，笳吹夜边声。坐觉烟尘扫，秋风古北平。

赋得妾薄命

草绿长门掩，苔青永巷幽。宠移新爱夺，泪落故情留。啼鸟惊残梦，飞花搅独愁。自怜春色罢，团扇复迎秋。汉代后废每居长门，宫人废每居永巷。六语「搅」字，本经语「祇搅我心」，谓乱也。

沈佺期

铜雀台

昔年分鼎地，今日望陵台。一旦雄图尽，千秋遗令开。绮罗君不见，歌舞妾空来。恩共漳河水，东流无重回。雲卿近体，吞吐含芳，安详合度，不必陈之简老，杜之浑厚，而位置其间，自难轩轾。○嘲笑魏武意于言外见之。○古人轻重之重与重叠之重通用。

被试出塞

十年通大漠，万里出长平。寒日生戈剑，阴云拂旆旌。饥乌啼旧垒，疲马恋空城。辛苦皋兰北，胡尘损汉兵。

送金城公主适西番应制

金榜扶丹掖，银河属紫阁。那堪将凤女，还以嫁乌孙！玉就歌中怨，珠辞掌上恩。西戎非我匹，明主至公存。极周旋正是极不堪处。

游少林寺

长歌游宝地，徙倚对珠林。雁塔风霜古，龙池岁月深。绀园澄夕霁，碧殿下秋阴。归路烟霞晚，山蝉处处吟。

夜宿七盘岭〔六〕

独游千里外，高卧七盘西。山月临窗近，天河入户低。芳春平仲绿，清夜子规啼。浮客空留听，褒城闻曙鸡。「平仲」，木名，见吴都赋。「听」与「闻」复。结处每不用力，为昭容所抑，亦由乎此。

杂诗

闻道黄龙戍，频年不解兵。可怜闺里月，偏照汉家营。少妇今春意，良人昨夜情。谁能将旗鼓，一为取龙城！

陇头水

陇山飞落叶，陇雁度寒天。愁见三秋水，分为两地泉。西流入羌郡，东下向秦川。征客重回首，肝肠空自怜。

宋之问

夏日仙萼亭应制

高岭逼星河，乘舆此日过。野含时雨润，山杂夏云多。睿藻光岩穴，宸襟洽薜萝。悠然小天下，归路满笙歌。

扈从登封途中作

帐殿郁崔嵬，仙游实壮哉！晚云连幕卷，夜火杂星回。谷暗千旗出，山鸣万乘来。扈从良可赋，终乏掞天才。沉雄之作，落句不免意尽。

送沙门弘景、道俊、玄奘还荆州应制

三乘归净域，万骑饯通庄。就日离亭近，以谒帝言。弥天别路长。以去后言。荆南旋杖钵，渭北限津梁。何日纡真果，还来入帝乡？弘景、道俊未详。玄奘于贞观中历西域取经归，翻译入藏，高宗敕还荆州，群僚饯之。○「弥天」犹遥天，此僧家语。

奉和立春日侍宴内出剪彩花应制

金阁妆仙杏，琼筵弄绮梅。人间都未识，天上忽先开。蝶绕香丝住，蜂怜艳粉回。今年春色早，应为剪刀催。

留别之望舍弟

同气有三人，分飞在此晨。西驰巴岭徼，东去洛阳滨。强饮离前酒，终伤别后神。谁怜散花萼，独赴日南春！

途中寒食〔七〕

马上逢寒食，愁中属暮春。可怜江浦望，不见洛桥人。北极怀明主，南溟作逐臣。故园肠断处，日夜柳条新。此诗应谪泷州时作〔八〕，结处「故园」与四语「洛桥」相应。

登禅定寺阁

梵宇出三天，登临望八川。开襟坐霄汉，挥手拂云烟。函谷青山外，昆明落日边。东京杨柳陌，少别已经年。

度大庾岭

度岭方辞国，停轺一望家。魂随南翥鸟，泪尽北枝花。山雨初含霁，江云欲变霞。但令归有日，不敢怨长沙。

题大庾岭北驿

阳月南飞雁，传闻至此回。我行殊未已，何日复归来？江静潮初落，林昏瘴不开。明朝望乡处，应见陇头梅。「陇头」疑是「岭头」。

陆浑山庄

归来物外情，负杖阅岩耕。源水看花入，幽林采药行。野人相问姓，山鸟自呼名。去去独吾乐，无能愧此生。

李　峤

长宁公主东庄侍宴

别业临青甸，鸣銮降紫霄。长筵鹓鹭集，仙管凤凰调。树接南山近，烟含北渚遥。承恩咸已醉，恋赏未还镳。结见君恩无已。

送金城公主适西番应制

汉帝抚戎臣，丝言命锦轮。还将弄机女，比天孙。远嫁织皮人。西戎。曲怨关山月，妆消道路尘。所嗟秾李树，用王姬事。空对小榆春。公主和蕃，极辱国事，虽奉诏作，亦带讽谏，此立言之体也。

宗楚客　字子敖，蒲州人。擢进士第。谄事韦后、武三思，累官中书令。陷害忠良，并与谋弑逆。中宗中毒崩，睿宗子平王以兵靖乱，诛韦后、武三思，楚客亦伏诛。

奉和人日清晖楼宴群臣遇雪应制

窈窕神仙阁，清暉楼。参差云汉间。九重中禁启，七日人日。早春还。太液天为水，犹云天在水。蓬莱雪作山。遇雪。今朝上林树，无处不堪攀。顶上作结。

长孙正隐 未详

晦日宴高氏林亭，同用华字

晦晚属烟霞，遨游重岁华。歌钟虽戚里，林薮是山家。细雨犹开日，深池不涨沙。淹留迷处所，岩岫几重花。

郭　震

塞上

塞上虏尘飞，频年出武威。死生随玉剑，辛苦向金微。久戍人将老，长征马不肥。仍闻酒泉郡，已合数重围。

苏　颋

奉和登骊山高顶应制

仙跸御层氛，高高积翠分。岩声中谷应，天语半空闻。丰树连黄叶，函关入紫云。圣图恢宇县，歌赋少横汾。

崔　湜　字澄澜，定州人。少成进士，官左补阙。预修三教珠英，转考功员外郎。附武三思，迁兵部侍郎。又附上官昭容，转中书侍郎平章事。以事左转襄阳刺史。韦庶人临朝，复拜中书令。萧至忠诛，湜流岭外。后知湜本谋，赐死。

折杨柳

二月风光半，三边戍不还。年华妾自惜，杨柳为君攀。落絮萦衫袖，垂条拂髩鬟。那堪音信断，流涕望阳关！

张　说

恩敕丽正殿书院宴应制，得林字

东壁图书府，西园翰墨林。诵诗闻国政，讲易见天心。位窃和羹重，恩叨醉酒深。载歌春兴曲，情竭为知音。

岳州燕别潭州王熊

缙云通省阁，沟水遽西东。然诺心犹在，容华岁不同。孤城临楚塞，远树入秦宫。谁念三千里，江潭一老翁？

深渡驿

旅宿青山夜，荒庭白露秋。洞房悬月影，高枕听江流。猿响寒岩树，萤飞古驿楼。他乡对摇落，并觉起离忧。

还至端州驿前与高六别处

旧馆分江口，凄然望落晖。相逢传旅食，临别换征衣。追叙从前会合及别离事。昔记山川是，今伤人代非。往来皆此路，生死不同归。燕公尝贬岳州，与高遇而旋别。及召还而高已辞世，念及解衣推食情事凄然。今地是人非，死生异路，不胜悼叹也。

岳州赠广平公宋大夫

亚相本时英，归来复国桢。朝推长孺直，野慕隐之清。传节还闽嶂，皇华入汉京。宁思江上老，自谓。岁晏独无成！

和魏仆射还乡

富贵还乡国，光华满旧林。秋风树不静，君子叹何深！用皋鱼语，谓归而亲没也。故老空悬剑，用季子事。邻交日散金。用疏傅事。众芳摇落尽，独有岁寒心。

幽州夜饮

凉风吹夜雨，萧瑟动寒林。正有高堂宴，能忘迟暮心。军中宜剑舞，塞上重笳音。不作边城将，谁知恩遇深？此种结，后惟老杜有之。远臣宜作是想。

南中别蒋五岑向青州

老亲依北海，贱子弃南荒。有泪皆成血，无声不断肠。此中逢故友，彼地送还乡。愿作枫林叶，随君度洛阳。

南中赠高六戬

北极辞明代，南溟宅放臣。丹诚由义尽，白发带愁新。鸟坠炎洲气，花飞洛水春。平生歌舞席，谁忆不归人？

张九龄

望月怀远

海上生明月，天涯共此时。情至语。情人怨遥夜，竟夕起相思。灭烛怜光满，披衣觉露滋。不堪盈手赠，还寝梦佳期。

旅宿淮阳亭口号

日暮荒亭上，悠悠旅思多。故乡临桂水，今夜眇星河。暗草霜华发，空亭雁影过。兴来谁与晤？劳者自为歌。故乡临韶州之桂水，旅中念及，眇若天河。此种活对，度人无限金针。

折杨柳

纤纤折杨柳，持此寄情人。一枝何足贵，怜是故园春。迟景那能久？芳菲不及新。更愁征戍客，容鬓老边尘。

湖口望庐山瀑布水

万丈红泉落，迢迢半紫氛。奔流下杂树，洒落出重云。日照虹霓似，天清风雨闻。灵山多秀色，空水共氤氲。任华爱太白瀑布诗，系「海风吹不断，江月照还空」二语，此诗正足相敌。

孙　逖

宿云门寺阁

香阁东山下，烟花象外幽。悬灯千嶂夕，卷幔五湖秋。画壁余鸿雁，纱窗宿斗牛。更疑天路近，梦与白云游。「千嶂夕」「五湖秋」承「象外幽」言之。五言寺之古，六言阁之高。

梁　献　未详

王昭君

图画失天真，容华坐误人。君恩不可再，妾命在和亲。泪点关山月，衣销边塞尘。一闻阳鸟至，思绝汉宫春。安命语实深于怨。○唐人咏昭君者，多纤巧恬俗，此作故为雅音。若少陵「群山万壑赴荆门」，笔如游龙，不可方物矣。

崔颢

赠梁州张都督

闻君为汉将，虏骑罢南侵。出塞清沙漠，还家拜羽林。风霜臣节苦，岁月主恩深。为语西河使，知予报国心。末语「予」字都督自谓，欲虏地知其忠勇报国之心，不敢犯边也。此种结法，少陵有之。

送单于裴都护赴西河

征马去翩翩，城秋月正圆。单于莫近塞，都护欲临边。汉驿通烟火，胡沙乏井泉。功成须献捷，未必去经年。

题潼关楼

客行逢雨霁，歇马上津楼。山势雄三辅，关门扼九州。川从陕路去，河绕华阴流。向晚登临处，风烟万里愁。

刘昚虚

寄江滔求孟六遗文

南望襄阳路，思君指滔。情转亲。偏知汉水广，应与孟家邻。在日贪为善，昨来闻更贫。相如有遗草，一为问家人〔九〕。不负死友，古人交谊。○遗草中必无封禅书。

阙题

道由白云尽，春与青溪长。时有落花至，远随流水香。闲门向山路，深柳读书堂。幽映每白日，清辉照衣裳。每事过求，则当前妙境，忽而不领。解此意方见其自然之趣。

张子容 子容，襄阳人。与孟浩然同隐鹿门山。开元初，擢进士，为乐城令。

送孟浩然归襄阳

东越相逢地，西亭送别津。风潮看解缆，云海去愁人。乡在桃林岸，山连枫树春。因怀故园意，归与孟家邻。

贬乐城尉日作

窜谪边穷海，川原近恶溪。有时闻虎啸，无夜不猿啼。地暖花长发，岩高日易低。故乡可忆处，遥指斗牛西。

贺知章

字季真，越州永兴人。证圣初，擢进士，累迁太常博士。开元初，迁礼部侍郎，兼集贤殿学士。天宝初，乞为道士，诏赐镜湖一曲，御制诗送行，并令朝臣赋诗饯送，传为盛事。

送人之军中

常经绝脉塞，复见断肠流。送子成今别，令人起昔愁。陇云晴半雨，边草夏先秋。万里长城寄，无贻汉国忧。

章八元〔一〇〕

新安江行

江源南去永，野饭暂维梢。古戍悬渔网，空林露鸟巢。雪晴山脊见，沙浅浪痕交。自笑无媒者，逢人作解嘲。

王　维

右丞五言律有二种：一种以清远胜，如「行到水穷处，坐看云起时」是也；一种以雄浑胜，如「天官动将星，汉地柳条青」是也。当分别观之。

从岐王过杨氏别业应教 岐王名範，玄宗弟。

扬子谈经处，淮王载酒过。兴阑啼鸟换，坐久落花多。径转回银烛，林开散玉珂。严城时未启，前路拥笙歌。扬子雲比杨氏，淮王比岐王。三四言赏玩之久也。后言深夜始归，余情无尽。

同崔员外秋宵寓直 禁中直宿。

建礼门名。高秋夜，承明庐名。候晓过。九门寒漏彻，万井曙钟多。月迥藏珠斗，云消出绛河。更惭衰朽质，南陌共鸣珂。

酬张少府

晚年惟好静，万事不关心。自顾无长策，空知返旧林。松风吹解带，山月照弹琴。君问穷通理，渔歌入浦深。结意以不答答之。

辋川闲居赠裴秀才迪

寒山转苍翠，秋水日潺湲。倚杖柴门外，临风听暮蝉。渡头余落日，墟里上孤烟。复值接舆醉，狂歌五柳前。

山居秋暝

空山新雨后，天气晚来秋。明月松间照，清泉石上流。竹喧归浣女，莲动下渔舟。随意春芳歇，王孙自可留。言春芳虽歇，山中自可留也。

归嵩山作

清川带长薄，草木交错曰薄。车马去闲闲。流水如有意，暮禽相与还。荒城临古渡，落日满秋山。迢递嵩高下，归来且闭关。写人情物性，每在有意无意间。

辋川闲居

一从归白社，不复到青门。时倚檐前树，远看原上村。青菰临水映，白鸟向山翻。寂寞於陵子，桔槔方灌园。三四天然。「青」「白」字复。

终南山

太乙近天都，连山到海隅。白云回望合，青霭入看无。分野中峰变，阴晴众壑殊。欲投人处宿，隔水问樵夫。「近天都」言其高，「到海隅」言其远，「分野」二句言其大，四十字中，无所不包，手笔不在杜陵下。○或谓末二句似与通体不配。今玩其语意，见山远而人寡也，非寻常写景可比。

晚春严少尹与诸公见过

松菊荒三径，图书共五车。烹葵邀上客，看竹到贫家。鹊乳先春草，莺啼过落花。自怜黄发暮，一倍惜年华。

过香积寺

不知香积寺，数里入云峰。古木无人径，深山何处钟？泉声咽危石，日色冷青松。「咽」与「冷」见用字之妙。薄暮空潭曲，安禅制毒龙。

登辨觉寺

竹径从初地，莲峰出化城。窗中三楚尽，林外九江平。软草承趺坐，长松响梵声。空居法云外，观世得无生。

送严秀才还蜀

宁亲为令子，似舅即贤甥。别路经花县，将谒舅也。还乡入锦城。归省亲也。山临青塞断，江向白云平。献赋何时至？明君忆长卿。

送张判官赴河西

单车曾出塞，报国敢邀勋。见逐张征虏，今思霍冠军。沙平连白雪，蓬卷入黄云。慷慨倚长剑，高歌一送君。

同崔兴宗送瑗公

言从石菌阁，新下穆陵关。独向池阳去，白云留故山。绽衣秋日里，洗钵古松间。一施传心法，唯将戒定还。以纫绽为绽，犹以澣为污，以治为乱也。

送平淡然判官

不识阳关路，新从定远侯。黄云断春色，画角起边愁。瀚海经年到，交河出塞流。须令外国使，知饮月支头。匈奴破月支王，以其头为饮器，今借来活用。

送赵都督赴代州

天官动将星，汉地柳条青。万里鸣刁斗，三军出井陉。忘身辞凤阙，报国取龙庭。岂学书生辈，窗间老一经！

送方城韦明府

遥思葭菼际，寥落楚人行。高鸟长淮水，平芜故郢城。远景在目。使车听雉乳，县鼓应鸡鸣。

若见州从事，无嫌手板迎。

送梓州李使君

万壑树参天，斗绝。千山响杜鹃。山中一夜雨，树杪百重泉。从上蝉联而下，而本句中复用流水对，古人中亦偶见。汉女输橦布，巴人讼芋田。文翁翻教授，不敢倚先贤。结意言时之所急在征戍，而文翁治蜀，翻在教授，准之当今，恐不敢倚先贤也（一）。然此亦须活看。

送刘司直赴安西

绝域阳关道，胡沙与塞尘。三春时有雁，万里少行人。苜蓿随天马，葡萄逐汉臣。当令外国惧，不敢觅和亲。一气浑沦，神勇之技。

送贺遂员外外甥

南国有归舟，荆门溯上流。苍茫葭菼外，云水与昭丘。樯带城乌去，江连暮雨愁。猿声不可听，莫待楚山秋。

送杨长史赴果州

褒斜不容幰，之子去何之？鸟道一千里，猿声十二时。官桥祭酒客，山木女郎祠。别后同明月，君应听子规。子规叫不如归去，盖望其归也。

送邢桂州 唐之桂州，即汉之合浦。

铙吹喧京口，风波下洞庭。赭圻将赤岸，击汰复扬舲。日落江湖白，潮来天地青。明珠归合浦，应逐使臣星。三四当句对，复用活对。「潮来」句奇警。末讽以不贪也，古人运意，曲折微婉。○后汉书：「孟尝字伯周，迁合浦太守。先时宰守贪，珠徙交阯，尝到官，去珠复还。」

送丘为落第归江东

怜君不得意，况复柳条春。为客黄金尽，还家白发新。五湖三亩宅，万里一归人。知祢不能荐，反用孔融荐祢衡事。羞称献纳臣。末句自咎，言我知君而不能荐之于朝，羞自比于献纳臣也。玄宗改理匦使为献纳使，故有是称。

汉江临泛

楚塞三湘接，荆门九派通。江流天地外，山色有无中。郡邑浮前浦，波澜动远空。襄阳好风日，留醉与山翁。

被出济州

微官易得罪，谪去济川阴。执政方持法，明君无此心。亦周旋，亦感愤。闾阎河润上，井邑海云深。纵有归来日，多愁年鬓侵。

使至塞上

单车欲问边，属国过居延。征蓬出汉塞，归雁入胡天。大漠孤烟直，长河落日圆。萧关逢候吏，都护在燕然。

冬晚对雪忆胡居士家

寒更传晓箭，清镜览衰颜。隔牖风惊竹，开门雪满山。洒空深巷静，积素广庭闲。借问袁安舍，翛然尚闭关。写「对雪」意，不削而合，不绘而工。「忆胡居士」，只末一见。

终南别业

中岁颇好道，晚家南山陲。兴来每独往，胜事空自知。行到水穷处，坐看云起时。偶然值林叟，谈笑无还期。行所无事，一片化机。末语「无还期」，谓不定还期也。「无」字或作「滞」字，亦可。

登裴迪秀才小台作

端居不出户，满目望云山。落日鸟边下，秋原人外闲。遥知远林际，不见此檐间。好客多乘月，应门莫上关。转从远林望小台，思路曲折。「远林」已之家中也，故结言应门有待，莫便上关。

秋夜独坐

独坐悲双鬓，空堂欲二更。雨中山果落，灯下草虫鸣。白发终难变，黄金不可成。欲知除老病，惟有学无生。翻方士语〔一三〕。

观猎

风劲角弓鸣，将军猎渭城。草枯鹰眼疾，雪尽马蹄轻。忽过新丰市，还归细柳营。回看射雕处，千里暮云平。章法、句法、字法俱臻绝顶，盛唐诗中亦不多见。○起二句若倒转便是凡笔，胜人处全在突兀也。结亦有回身射雕手段。

孟浩然

孟诗胜人处，每无意求工，而清超越俗，正复出人意表。○清浅语，诵之自有泉流石上，风来松下之音。

临洞庭上张丞相

八月湖水平，涵虚混太清。气蒸云梦泽，波撼岳阳城。欲济无舟楫，下半上张丞相。端居耻圣明。坐观垂钓者，徒有羡鱼情。起法高浑，三四雄阔，足与题称。○读此诗知襄阳非甘于隐遁者。语云："临渊羡鱼，不如退而结网。"意外望张公之援引也。

与诸子登岘山

人事有代谢，往来成古今。江山留胜迹，我辈复登临。水落鱼梁浅，天寒梦泽深。羊公碑尚在，读罢泪沾襟。清远之作，不烦攻苦著力。

晚春

二月湖水清，家家春鸟鸣。林花扫更落，径草踏还生。酒伴来相命，开樽共解酲。当杯已入手，歌妓莫停声。

题义公禅房

义公习禅寂，结宇依空林。户外一峰秀，阶前众壑深。夕阳连雨足，空翠落庭阴。看取莲花净，方知不染心。

李氏园卧疾

我爱陶家趣，林园无俗情。春雷百卉坼，寒食四邻清。伏枕嗟公幹，归田羡子平。年年白社客，空滞洛阳城。刘公幹诗：「余婴沉痼疾，窜身清漳滨。」〇张平子有归田赋，向子平不知何指。

寻梅道士

彭泽先生柳，山阴道士鹅。我来从所好，停策夏阴多。重以观鱼乐，因之鼓枻歌。崔徐迹未朽，千载揖清波。

梅道士水亭

傲吏非凡吏，名流即道流。隐居不可见，高论莫能酬。水接仙源近，山藏鬼谷幽。再来寻处所，花下问渔舟。

寻天台山

吾爱太乙子，餐霞卧赤城。欲寻华顶去，不惮恶溪名。歇马凭云宿，扬帆截海行。高高翠微里，遥见石梁横。处州有恶溪，应从处州至天台也。华顶，天台之巅。一统志谓石梁广不盈尺，长数十丈，下临绝涧。予游其地，长三丈许，僧与樵人每经行焉。

归终南山

北阙休上书，南山归敝庐。不才明主弃，多病故人疏。白发催年老，青阳逼岁除。永怀愁不寐，松月夜窗虚。此浩然不第归来作也。时帝幸王维寓，浩然见帝，帝命赋平日诗，浩然即诵此篇。帝曰："卿不求仕，朕何尝弃卿！"遂放还。时不诵临洞庭而诵归终南，命实为之，浩然亦有不能自主者耶！

初出关旅亭夜坐，怀王大校书

向夕槐烟起，葱茏池馆曛。客中无偶坐，关外惜离群。烛至萤光灭，荷枯雨滴闻。永怀芸阁友，寂寞滞扬雲。

过故人庄

故人具鸡黍，邀我至田家。绿树村边合，青山郭外斜。开轩面场圃，把酒话桑麻。待到重阳日，还来就菊花。通体清妙，末句「就」字作意，而归于自然。

裴司士见寻

府僚能枉驾，家醖复新开。落日池上酌，清风松下来。厨人具鸡黍，稚子摘杨梅。谁道山翁醉，犹能骑马回。即山巨源倒载意也〔三〕，「山翁」仍宜用山公。

和李侍御渡松滋江

南纪西江阔，皇华御史雄。截流宁假楫，挂席自生风。寮寀争攀鹢，鱼龙亦避驄。坐听白雪唱，翻入棹歌中。

宿桐庐江寄广陵旧游

山暝听猿愁，沧江急夜流。风鸣两岸叶，月照一孤舟。建德非吾土，维扬忆旧游。还将两行泪，遥寄海西头。孟公诗高于起调，故清而不寒。

送友东归

士有不得志，栖栖吴楚间。广陵相遇罢，彭蠡泛舟还。樯出江中树，波连海上山。风帆明日远，何处更追攀？

留别王维

寂寂竟何待，客中无聊之况。朝朝空自归。欲寻芳草去，惜与故人违。当路谁相假？知音世所稀。只应守寂寞，还掩故园扉。

闲园怀苏子

林园虽少事，幽独自多违。向夕开帘坐，庭阴落翠微。鸟从烟树宿，萤傍水轩飞。感念同怀子，京华去不归。

早寒有怀

木落雁南渡，北风江上寒。起手须得此高致。我家襄水曲，遥隔楚云端。乡泪客中尽，孤帆天际看。迷津欲有问，平海夕漫漫。

途中遇晴

已失巴陵雨，犹逢蜀坂泥。天开斜景遍，山出晚云低。余湿犹沾草，残流尚入溪。今宵有明月，乡思远凄凄。状晚霁如画。

赴京途中遇雪

迢递秦京道，苍茫岁暮天。穷阴连晦朔，积雪遍山川。落雁迷寒渚，饥乌噪野田。客愁空伫立，不见有人烟。

夜渡湘水

客行贪利涉，夜里渡湘川。露气闻芳杜，歌声识采莲。是夜渡。榜人投岸火，渔子宿潭烟。行旅时相问，浔阳何处边？「行旅」自谓，问者问榜人渔子也。

常　建

破山寺后禅院

清晨入古寺，初日照高林。曲径通幽处，禅房花木深。山光悦鸟性，潭影空「空」字平声，此入古句法。人心。鸟性之悦，悦以山光，人心之空，空因潭水，此倒装句法。万籁此俱寂，惟闻钟磬音。〇通体幽绝，欧阳公自谓学之未能，古人虚心服善如是。

泊舟盱眙

泊舟淮水次，霜降夕流清。夜久潮侵岸，天寒月近城。平沙依雁宿，候馆听鸡鸣。乡国云霄外，谁堪羁旅情？

校　记

〔一〕秋日别薛昇华　原作「别薛华」，据全唐诗注补改。按：薛华与杜甫同时（杜甫有苏端薛复筵简薛华醉歌），与王勃不相及。薛曜字昇华，薛收之孙，薛元超之子，见新唐书宰相世系表三。旧唐书薛收传：「（元超）子曜，亦以文学知名，圣历中，修三教珠英，官至正谏大夫。」唐诗大系注：「本集有秋夜于绵州群官席别薛昇华序，疑即因此诗而作。」

〔二〕杜少府之任蜀州　按：文苑英华卷二六六「杜」上有「送」字，可从。

〔三〕正月十五夜　全唐诗注一作「上元」。按：搜玉小集作「观灯」，唐诗纪事卷六作「上元」。

〔四〕悠悠洛阳道　「道」原作「去」，据全唐诗改。

〔五〕和晋陵陆丞早春游望　全唐诗注一作韦应物诗。按：宋吴曾能改斋漫录卷一一韦应物逸诗条录此诗，谓「韦集逸去，余家有顾陶所编唐诗有之」。宋时韦集无此诗，且风格亦不类韦诗，当是杜审言作。

〔六〕夜宿七盘岭　按：国秀集卷上「宿」上无「夜」字。唐诗大系录此诗，注云：「各本『宿』上有『夜』字，从国秀集删。」

〔七〕途中寒食　全唐诗下有「题黄梅临江驿寄崔融」九字。

〔八〕此诗应谪泷州时作　「泷州」原作「龙州」，据旧唐书本传改。

〔九〕一为问家人　「一为」原作「为一」，据全唐诗改。

〔一〇〕章八元　原作「陶翰」，据全唐诗改。按：新安江行诗，中兴间气集卷上、又玄集卷上、文苑英华卷二九三、唐诗纪事卷二六及宋赵师秀众妙集均作章八元诗。

〔一一〕按：诗中无征戍事，沈说非是。结二句乃承上而言，谓文翁不以巴蜀僻陋而翻教授之，今不当倚先贤业绩而无所建树。盖相勉之词也。

〔一二〕翻方士语　「方士」原误作「方上」，今改正。按：此谓翻汉武帝时方士栾大「黄金可成」语，见史记封禅书。

〔一三〕即山巨源倒载意也　按：「倒载」乃山涛之子山简事，见世说新语任诞篇，此处「山巨源」当作「山季伦」。

重订唐诗别裁集卷十

贾　至

南州有赠〔一〕

极浦三春草，高楼万里心。楚山晴霭碧，湘水暮流深。忽与朝中旧，同为泽畔吟。作敧侧体，孑然异人。停杯试北望，还欲泪沾襟。应是贬岳州时作，与故人饮而念京华也。

岑　参　嘉州五言，多激壮之音。

高冠谷口招郑鄠

谷口来相访，空斋不见君。涧花然暮雨，潭树暖春云。门径稀人迹，檐峰下鹿群。衣裳与枕席，山霭碧氛氲。三四「然」字「暖」字，工于烹炼。

初授官题高冠草堂

三十始一命，宦情多欲阑。自怜无旧业，不敢耻微官。涧水吞樵路，山花醉药栏。只缘五斗米，辜负一渔竿。五六「吞」字「醉」字，与前一首同。

送杜佐下第归陆浑别业

正月今欲半，陆浑花未开。出关见青草，春色正东来。夫子且归去，明时方爱才。二联俱用流走。还须及秋赋，莫即隐蒿莱。「芙蓉生在秋江上，不向东风怨未开」，安分语耳。此诗纯用慰勉，心和气平，盛唐人身分，故不易到。

送张子尉南海

不择南州尉，高堂有老亲。楼台重蜃气，邑里杂鲛人。海暗三山雨，花明五岭春。此乡多宝玉，慎勿厌清贫。著眼起结。〇唐人结意虚词游衍者多，此种规讽有体。〇讽以不贪，而云「勿厌清贫」，忠告善道，自宜尔尔。

赵少尹南亭，送郑侍御归东台

红亭酒瓮香，白面绣衣郎。砌冷虫喧座，帘疏月到床。钟催离思急，弦逐醉歌长。关树应先落，随君满路霜。

送张都尉东归〔二〕

白羽绿弓弦，年年只在边。还家剑锋尽，出塞马蹄穿。逐虏西逾海，平胡北到天。封侯应不远，燕颔岂徒然！只第三句见送归意，下皆追叙其功。

奉送李太保兼御史大夫充渭北节度使即太尉光弼弟。

诏出未央宫，登坛近总戎。上公周太保，副相汉司空。弓抱关西月，旗翻渭北风。弟兄皆许国，天地荷成功。弓与旗皆随常景，点入「关西」「渭北」，便切渭北节度，而「抱」字「翻」字，尤使句中有力。

虢州送天平何丞入京市马

关树晚苍苍，长安近夕阳。回风醒别酒，细雨湿行装。习战边尘黑，防秋塞草黄。知君市骏马，不是学燕王。

武威暮春，闻宇文判官西使还，已到晋昌

片雨过城头，黄鹂上戍楼。塞花飘客泪，边柳挂乡愁。白发悲明镜，青春换弊裘。君从万

里使，闻已到瓜州。因判官之归，慨己之滞于武威也。武威属凉州，晋昌、瓜州属陇右道〔三〕。

寄左省杜拾遗

联步趋丹陛，分曹限紫微。岑居右省，杜居左省，紫微省居中，故云「限」。晓随天仗入，暮惹御香归。白发悲花落，青云羡鸟飞。圣朝无阙事，自觉谏书稀。下半自伤迟暮，无可建白也。感叹语以回护出之，方是诗人之旨。

登总持寺阁〔四〕

高阁逼诸天，登临近日边。晴开万井树，愁看五陵烟。槛外低秦岭，窗中小渭川。早知清净理，常愿奉金仙。

碛西头送李判官入京 时岑留碛西，为记室。

一身从远使，万里向安西。汉月垂乡泪，胡沙费马蹄。寻河愁地尽，过碛觉天低。送子军中饮，家书醉里题。

陕州月城楼送辛判官入奏

送客飞鸟外，城头楼最高。尊前遇风雨，窗里动波涛。谒帝向金殿，随身唯宝刀。相思灞陵月，只有梦偏劳。入手须不平，宋人不讲此法，所以单弱。

题山寺僧房

窗影摇群木〔五〕，墙阴载一峰。野炉风自爇，山碓水能舂。勤学翻知误，勤学则虚心，故知己之误。为官好欲慵。高僧瞑不见，月出但闻钟。

巴南舟中夜书事

渡口欲黄昏，归人争渡喧。近钟清野寺，远火点江村。见雁思乡信，闻猿积泪痕。孤舟万里夜，秋月不堪论！

丘中春卧寄王子

田中开白室，林下闭玄关。卷迹人方处，无心云自闲。竹深喧暮鸟，花缺露春山。佳句。胜事那能说，王孙去未还。

初至犍为作

山色轩楹内，滩声枕席间。草生公府静，花落讼庭闲。云雨连三峡，风尘接百蛮。到来能几日，不觉鬓毛斑。

高适

送刘评事充朔方判官，赋得征马嘶

征马向边州，萧萧嘶未休。思深应带别，声断为兼秋。歧路风将远，关山月共愁。赠君从此去，何日大刀头？

送郑侍御谪闽中

谪去君无恨，闽中我旧过。大都秋雁少，只是夜猿多。雁少猿多，正言旅思不堪也。东路云山合，南天瘴疠和。自当逢雨露，行矣慎风波！忠厚。

使青夷军入居庸

匹马行将久，征途去转难。不知边地别，只讶客衣单。溪冷泉声苦，山空木叶乾。莫言关塞极，雨雪尚漫漫。

醉后赠张九旭

世上漫相识，此翁殊不然。兴来书自圣，醉后语尤颠。白发老闲事，青云在目前。床头一壶酒，能更几回眠？世俗交谊不亲，而泛云知己，所谓「漫相识」也。

储光羲

张谷田舍〔六〕

县官清且俭，深谷有人家。一径入寒竹，小桥穿野花。碓喧春涧满，梯倚绿桑斜。自说年来稔，前村酒可赊。田舍之乐，由县官清俭，欲安民先贵得人也。

题虬上人房

禅宫分两地，释子一为心。入道无来去，清言见古今。江寒池水绿，山暝竹园深。别有中天月，遥遥散夕阴。

崔　曙

涂中晓发

晓霁长风里，劳歌赴远期。云轻归海疾，月满下山迟。旅望因高尽，乡心遇物悲。故林遥不见，况在落花时。

缑山庙

遗庙宿阴阴，孤峰映绿林。步随仙路远，意入道门深。涧水流年月，山云变古今。只闻风竹里，犹有凤笙音。

奉试明堂火珠

曙以是诗得名，明年卒，惟一女名星星，是为诗谶。

正位开重屋，凌空出火珠。夜来双月满，曙后一星孤。巧句。天净光难灭，云生望欲无。遥知太平代，国宝在名都。

殷　遥

遥，句容人。天宝间，终于忠王府仓曹参军。

送友人下第归省

君此卜行日，高堂应梦归。莫将和氏泪，滴著老莱衣。岳雨连河细，田禽出麦飞。到家调膳后，吟好送斜晖。真到极处，去风雅不远。○「和氏泪」「老莱衣」本属套语，合用之只见其妙，有真性情流于笔墨之先也。

李　颀

望秦川

秦川朝望迥，日出正东峰。远近山河净，逶迤城阙重。秋声万户竹，寒色五陵松。客有归与叹，凄其霜露浓。

綦毋潜

字季通，荆南人。开元中进士，由宜寿尉入为集贤待诏，终著作郎。

题灵隐寺山顶禅院〔七〕

招提出山顶，下界不相闻。塔影挂清汉，钟声和白云〔八〕。观空静室掩，行道众香焚。且驻西来驾，人天日未曛。

张 谓

送裴侍御归上都

楚地劳行役，秦城罢鼓鼙。舟移洞庭岸，路出武陵溪〔九〕。江月随人影，山花趁马蹄。离魂将别梦，先已到关西。

同王征君湘中有怀〔一〇〕

八月洞庭秋，潇湘水北流。还家万里梦，为客五更愁。不用开书帙，偏宜上酒楼。故人京洛满，何日复同游？

王 湾 湾，洛阳人。先天中进士。开元初为荥阳簿，后为洛阳尉。

次北固山下

客路青山外，行舟绿水前。潮平两岸失，风正一帆悬。海日生残夜，江春入旧年。乡书何处达？归雁洛阳边。「两岸失」，言潮平而不见两岸也。别本作「两岸阔」，少味。○江中日早，客冬立春，本寻常意，一经锤炼，便成奇绝。与少陵「无风云出塞，不夜月临关」，一种笔墨。○五六语张燕公手书进士堂，以示楷式。

祖　咏　詠，洛阳人。开元十二年进士。张说在并州，引为驾部员外郎。

泊扬子岸〔一〕

才入维扬郡，乡关此路遥。林藏初霁雨，风退欲归潮。江火明沙岸，云帆碍浦桥。客衣今日薄，寒气近来饶。

苏氏别业

别业居幽处，到来生隐心。南山当户牖，沣水映园林。竹覆经冬雪，庭昏未夕阴。寥寥人境外，闲坐听春禽。

李　白　逸气凌云，天然秀丽，随举一联，知非老杜诗，非王摩诘、孟襄阳诗也。

宫中行乐词七首〔二〕　原本齐、梁，缘情绮靡中不忘讽意，寄兴独远。

小小生金屋，盈盈在紫微。山花插宝髻，石竹绣罗衣。每出深宫里，常随步辇归。只愁歌舞散，化作彩云飞。

柳色黄金嫩，梨花白雪香。玉楼巢翡翠，金殿锁鸳鸯。选妓随雕辇，征歌出洞房。宫中谁第一？飞燕在昭阳。连上首专咏贵妃，言下有祸水灭汉之意（一三）。

卢橘为秦树，蒲萄出汉宫。烟花宜落日，丝管醉春风。笛奏龙吟水，箫鸣凤下空。君王多乐事，还与万方同。中有规讽。

玉树春归日，金宫乐事多。后庭朝未入，轻辇夜相过。笑出花间语，娇来竹下歌。莫教明月去，留著醉嫦娥。

绣户香风暖，纱窗曙色新。宫花争笑日，池草暗生春。绿树闻歌鸟，青楼见舞人。昭阳桃李月，罗绮自相亲。

寒雪梅中尽，春风柳上归。宫莺娇欲醉，檐燕语还飞。迟日明歌席，新花艳舞衣。晚来移彩仗，行乐泥光辉。

水绿南熏殿，花红北阙楼。莺歌闻太液，凤吹绕瀛州。素女鸣珠珮，天人弄綵球。今朝风日好，宜入未央游。

塞下曲三首

五月天山雪，无花只有寒。笛中闻折柳，春色未曾看。四语直下，从前未具此格。晓战随金鼓，宵眠抱玉鞍。愿将腰下剑，直为斩楼兰。

骏马似风飙，鸣鞭出渭桥。弯弓辞汉月，插羽破天骄。阵解星芒尽，营空海雾消。功成画麟阁，独有霍嫖姚！独有贵戚得以纪功，则勇士丧气矣。

塞虏乘秋下，天兵出汉家。将军分虎竹，战士卧龙沙。边月随弓影，胡霜拂剑花。玉关殊未入，少妇莫长嗟。只弓如月、剑如霜耳，笔端点染，遂成奇彩。○结意亦复深婉。

秋思 古琴操商调之曲。

燕支黄叶落，妾望白登台。海上碧云断，单于秋色来。胡兵沙塞合，汉使玉关回。征客无归日，空悲蕙草摧。单于，匈奴主号，亦是地名，李益"秋风吹入小单于"是也(一四)。四语应以地言。

侍从游宿温泉宫作

羽林十二将，罗列应星文。霜仗悬秋月，霓旌卷夜云。严更千户肃，清乐九天闻。日出瞻佳气，葱葱绕圣君。

口号赠征君卢鸿 公时被召。

陶令辞彭泽，梁鸿入会稽。我寻高士传，君与古人齐。云卧留丹壑，谓征君。天书降紫泥。谓自己。不知杨伯起，早晚向关西？

赠孟浩然

吾爱孟夫子，风流天下闻。红颜弃轩冕，白首卧松云。醉月频中圣，迷花不事君。高山安可仰？徒此揖清芬。

寄淮南友人

红颜悲旧国，青岁歇芳洲。不待金门诏，空持宝剑游。海云迷驿路，江月隐乡楼。复作淮南客，因逢桂树留。

渡荆门送别 诗中无送别意，题中二字可删。

渡远荆门外，来从楚国游。山随平野尽，江入大荒流。月下飞天镜，云生结海楼。仍怜故乡水，万里送行舟。太白蜀人，江亦发源于蜀。

送友人

青山横北郭，白水绕东城。此地一为别，孤蓬万里征。浮云游子意，落日故人情。挥手自兹去，萧萧班马鸣。三四流走，亦竟有散行者，然起句必须整齐。〇苏、李赠言多唏嘘语而无蹶蹩声，知古人之意在不尽矣。太白犹不失斯旨。

送友人入蜀

见说蚕丛路，崎岖不易行。山从人面起，云傍马头生。芳树笼秦栈，春流绕蜀城。升沉应已定，不必问君平。奇语传出不易行意。「笼秦栈」、「绕蜀城」，以所经言之。结用蜀人恰好。

送麴十少府

试发清秋兴，因为吴会吟。碧云敛海色，流水折江心。我有延陵剑，君无陆贾金。艰难此为别，惆怅一何深！

寻雍尊师隐居

群峭碧摩天，逍遥不记年。拨云寻古道，倚树听流泉。花暖青牛卧，松高白鹤眠。语来江色暮，独自下寒烟。或云青牛花叶上青虫，有角如牛，故名，其说似可从。

访戴天山道士不遇

犬吠水声中，桃花带雨浓。树深时见鹿，溪午不闻钟。野竹分青霭，飞泉挂碧峰。无人知所去，愁倚两三松。

过崔八丈水亭

高阁横秀气，清幽并在君。檐飞宛溪水，窗落敬亭云。猿啸风中断，渔歌月里闻。闲随白鸥去，沙上自为群。

秋登宣城谢脁北楼

江城如画里，山晓望晴空。两水夹明镜，双桥落彩虹。二联俱是如画。人烟寒橘柚，秋色老梧桐。谁念北楼上，临风怀谢公？人家在橘柚林，故寒；梧桐早凋，故老。

谢公亭 与范云同游处。

谢公离别处，风景每生愁。客散青天月，山空碧水流。言当时。池花春映日，窗竹夜鸣秋。

言今日。今古一相接，长歌怀旧游。收上二联。

太原早秋

岁落犹岁晚。众芳歇，时当大火流。霜威出塞早，云色渡河秋。梦绕边城月，心飞故国楼。思归若汾水，无日不悠悠。

观猎

太守耀清威，乘闲弄晚晖。江沙横猎骑，山火绕行围。箭逐云鸿落，鹰随月兔飞。不知白日暮，欢赏夜方归。

夜泊牛渚怀古 原注：「此地即谢尚闻袁宏咏史处。」

牛渚西江夜，青天无片云。登舟望秋月，空忆谢将军。余亦能高咏，斯人不可闻。明朝挂帆去，枫叶落纷纷。不用对偶，一气旋折，律诗中有此一格。

杜甫 杜诗近体，气局阔大，使事典切，而人所不可及处，尤在错综任意，寓变化于严整之中，斯足凌轹千古。

登兖州城楼

东郡趋庭日，公父闲为兖州司马。南楼纵目初。浮云连海岱，平野入青徐。孤嶂秦碑在，荒城鲁殿余。从来多古意，临眺独踌躕。三四写形势，五六写古迹，下恰好接怀古。

房兵曹胡马诗

胡马大宛名，锋棱瘦骨成。竹批双耳峻，风入四蹄轻。所向无空阔，真堪托死生。骁腾有如此，一句束住。万里可横行。前半论骨相，后半并及性情。「万里横行」指房兵曹，方不粘著题面。

画鹰

素练风霜起，可与「缟素漠漠开风沙」印合。苍鹰画作殊。攫身思狡兔，侧目似愁胡。絛鏇光堪擿，轩楹势可呼。联写画。何当击凡鸟，毛血洒平芜！怀抱俱见。

夜宴左氏庄

风林纤月落，衣露净琴张。暗水月落故暗。流花径，春星带犹低也。草堂。检书烧烛短，看剑引杯长。诗罢闻吴咏，扁舟意不忘。公曾游吴、越，故闻吴咏而思之。

春日忆李白

白也诗无敌，飘然思不群。清新庾开府，俊逸鲍参军。渭北春天树，江东日暮云。何时一尊酒，重与细论文？少陵在渭北，太白在江东，写景而离情自见。

对雪

战哭多新鬼，愁吟独老翁。乱云低薄暮，急雪舞回风。瓢弃尊无绿，炉存火似红。数州消息断，愁坐正书空。三四对雪之景，余俱感怀。

月夜

今夜鄜州月，闺中只独看。遥怜小儿女，未解忆长安。香雾云鬟湿，清辉玉臂寒。何时倚虚幌，双照泪痕干？「只独看」正忆长安，儿女无知，未解忆长安者苦衷也。反复曲折，寻味不尽。○五六语丽情悲，非寻常秾艳。

春望

国破山河在，城春草木深。感时花溅泪，恨别鸟惊心。「溅泪」「惊心」，转因花鸟，乐处皆可悲也。烽火连三月，家书抵万金。五六直下。白头搔更短，浑欲不胜簪。

喜达行在所三首 肃宗时在凤翔。

西忆岐阳信，无人遂却回。眼穿当落日，心死著寒灰。茂树行相引〔一五〕，连山望忽开〔一六〕。二句途中。所亲惊老瘦，辛苦贼中来。所亲问语。○首章喜脱贼中，次章喜见人主，三章喜睹中兴之业，章法井然不乱。

愁思胡笳夕，凄凉汉苑春。生还今日事，间道暂时人。司隶章初睹，南阳气已新。喜心翻倒极，呜咽泪沾巾。痛定思痛。○「间道」本汉书，谓伺间隙之道而行也。○「司隶」二句，用光武纪中语。

死去凭谁报？归来始自怜。犹瞻太白雪，喜遇武功天。影静千官里，心苏七校前。今朝汉社稷，新数中兴年。「中兴」读音众，犹当也。○喜达行在三首、收京三首、有感五首，皆根本节目之大者，不宜去取。

收京三首

仙仗指上皇。离丹极，妖星禄山。照玉除。须为下殿走，不可好楼居。暂屈汾阳驾，言入蜀。聊飞燕将书。言河北事定。依然七庙略，更与万方初。前半言陷京之由，后半言更新气象。三语谓离宫阙也，四语见奉仙无益也，六语计河北易定也。难显然直陈，故出以隐语。

生意甘衰白，天涯正寂寥。忽闻哀痛诏，又下圣明朝。十字成句。羽翼怀商老，文思忆帝尧。叨逢罪己日，洒涕望青霄。「商老」，望李泌调护太子；「帝尧」，谓上皇。

汗马收宫阙，春城铲贼壕。赏应歌杕杜，此还师之诗。归及荐樱桃。杂虏横戈数，功臣甲第高。万方频送喜，无乃圣躬劳！此收京而为事后之虑也，恐虏横臣骄，复成蹂躏跋扈之势。反词致讽，言外可思。

天河

常时任显晦，秋至最分明。纵被微云掩，终能永夜清。含星动双阙，伴月落边城。牛女年年渡，何曾风浪生？

端午日赐衣

宫衣亦有名，端午被恩荣。细葛含风软，香罗叠雪轻。自天题处湿，当暑著来清。意内称长短，终身荷圣情。

春宿左省

花隐掖垣暮，啾啾栖鸟过。星临万户动，月傍九霄多。不寝听金钥，因风想玉珂。明朝有封事，数问夜如何？谏臣心事。○三四即景名句，而注释家谓民劳则星动，月属阴象，指女子小人。以峭刻深心测诗人敦厚之旨，一何可笑！

送翰林张司马南海勒碑 原注：「相国制文。」

冠冕通南极，文章落上台。诏从三殿去，碑到百蛮开。野馆浓花发，春帆细雨来。不知沧海上，天遣即天使。几时回？

晚出左掖

昼刻传呼浅，春旗簇仗齐。退朝花底散，归院柳边迷。楼雪融城湿，宫云去殿低。避人焚谏草，大臣心事。骑马欲鸡栖。晚出意。○楼在城上，故雪融而湿；殿高逼云，故去殿若低。

奉赠王中允维

中允声名久，如今契阔深。共传收庾信，不比得陈琳。一病缘明主，三年独此心。天宝末至乾元，乃三年也。穷愁应有作，试诵白头吟。旧唐书：「天宝末，维历官给事中，扈从不及，为贼所得，服药取痢，诈称喑病。禄山素怜之，遣人迎至洛阳，拘于普施寺，迫以伪署。贼平，陷贼官六等定罪。维以凝碧诗闻于行在，肃宗特宥之，责授太子中允。」

秦州杂诗四首

满目悲生事，因人作远游。迟回度陇怯，浩荡及关愁。水落鱼龙夜，山空鸟鼠秋。西征问烽火，心折此淹留。鱼龙川、鸟鼠谷皆秦地。

南使宜天马，由来万匹强。浮云连阵没，秋草遍山长。闻说真龙种，仍残老骕骦。哀鸣思战斗，迥立向苍苍。残，余也，与「山中漏茅屋」漏字义同。○伏枥长鸣，隐然自寓。

莽莽万重山，孤城山谷间。起手壁立万仞。无风云出塞，不夜月临关。属国归何晚？楼兰斩未还。烟尘独长望，衰飒正摧颜。奇景偶然写出，或以「无风」「不夜」为地名，不但穿凿，亦令杜诗无味。

凤林戈未息，鱼海路长难。候火云烽峻，悬军幕井乾。风连西极动，月过北庭寒。故老思飞将，何时议筑坛？时郭子仪以鱼朝恩谮罢归京师，故以筑坛望之。

月夜忆舍弟

戍鼓断人行，边秋一雁声。露从今夜白，月是故乡明。有弟皆分散，无家问死生。寄书长不达，况乃未休兵。

捣衣

亦知戍不返，秋至拭清砧。已近苦寒月，况经长别心。宁辞捣衣倦？一寄塞垣深。用尽闺中力，君听空外音。通首代戍妇之辞，一气旋折，全以神行。

送远

带甲满天地，胡为君远行？何等起手！读杜诗要从此种著眼。亲朋尽一哭，鞍马去孤城。草木岁月晚，关河霜雪清。别离已昨日，因见古人情。此既别后作诗赠之。○江淹拟古别离有「送君如昨日，檐前露已团」句，言别离之情，古今有同悲也。

天末怀李白

时李流窜夜郎。

凉风起天末，君子意如何！鸿雁几时到？江湖秋水多。文章憎命达，魑魅喜人过。沉郁。应共冤魂指屈原。语，投诗赠汨罗。李投诗赠之。

送人从军

弱水应无地，阳关已近天。今君渡沙碛，累月断人烟。好武宁论命？封侯不计年。马寒防失道，雪没锦鞍鞯。西方地高，故云近天。岑参亦云「走马西来欲到天」，又云「过碛觉天低」。五六悲壮，通体皆振。

野望

清秋望不极，迢递起层阴。远水兼天净，孤城隐雾深。叶稀风更落，山迥日初沉。独鹤归何晚？昏鸦已满林。

春夜喜雨

好雨知时节，当春乃发生。随风潜入夜，润物细无声。野径云俱黑，江船火独明。晓看红湿处，花重锦官城。「知时节」，即所云「灵雨既零」也。三四传出春雨之神。

江亭

坦腹江亭暖，长吟野望时。水流心不竞，云在意俱迟。不着理语，自足理趣。寂寂春将晚，欣欣物自私。物各得所。故林归未得，排闷强裁诗。与上六句似不合。

后游

寺忆曾游处，桥怜再渡时。江山如有待，花柳更无私。野润烟光薄，沙暄日色迟。客愁全为减，舍此复何之？「物自私」，物各遂其性也。「更无私」，物共适其天也。

不见 原注：「近无李白消息。」

不见李生久，佯狂真可哀。世人皆欲杀，吾意独怜才。敏捷诗千首，飘零酒一杯。匡山读书处，头白好归来。

客亭

秋窗犹曙色，落木更天风。日出寒山外，江流宿雾中。圣朝无弃物，老病已成翁。一呼一应。

多少残生事，飘零似转蓬。比「不才明主弃」，蕴藉何如？

有感五首

将帅蒙恩泽，兵戈有岁年。至今劳圣主，何以报皇天！白骨新交战，云台旧拓边。思开国功臣。乘槎断消息，无处觅张骞。钱笺：「李之芳使吐蕃，被留经年，故以张骞乘槎为比。」〇此慨节镇拥兵，不能御寇。

幽蓟余蛇豕，乾坤尚虎狼。诸侯春不贡，使者日相望。慎勿吞青海，无劳问越裳。大君先息战，归马华山阳。此言朝廷姑息，近在内地，不修贡职，而勤远略于青海、越裳乎？「息战」「归马」，婉词以致讽谕。

洛下舟车入，天中贡赋均。洛阳天下之中。日闻红粟腐，寒待翠华春。公意只宜转粟，不宜迁都。莫取金汤固，长令宇宙新。不过行俭德，盗贼本王臣。时程元振劝帝迁都洛阳，公婉言以讽之，大意与郭子仪论奏之旨相合。〇取「金汤固」「宇宙新」，此程元振议也。公谓莫用迁都，不过力行俭德，盗贼自服耳。后半四语直下。

丹桂风霜急，青梧日夜凋。由来强干地，未有不臣朝。受钺亲贤往，卑宫制诏遥。终依古封建，岂独听箫韶！桂比王室，用汉成帝时童谣。梧比宗藩，用上官仪册殷王文。〇讽朝廷建立宗藩，以慑叛臣，与房琯建分镇讨贼之议相合。

盗灭人还乱，兵残将自疑。登坛名绝假，绝异于假摄也。报主尔何迟！领郡辄无色，之官皆有词。愿闻哀痛诏，端拱问疮痍。归重人君。〇因当时重节制而轻郡守，故云。后藩镇之乱，公先料之矣。

暂往白帝，复还东屯

复作归田去，犹残获稻功。筑场怜穴蚁，拾穗许村童。即「寡妇之利」意。落杵光辉白，除芒子粒红。加餐可扶老，仓廪慰飘蓬。三四佛心王政，兼而有之。

移居公安山馆 原注：「途次所作。」

南国昼多雾，北风天正寒。路危行木杪，身远宿云端。山鬼吹灯灭，厨人语夜阑。鸡鸣问前馆，世乱敢求安！

江汉

江汉思归客，乾坤一腐儒。片云天共远，永夜月同孤。落日心犹壮，见犹可用世。「落日」犹云暮年。秋风病欲苏。古来存老马，不必取长途。取其智。

禹庙

禹庙空山里，秋风落日斜。荒庭垂橘柚，古屋画龙蛇。庙之内。云气生虚壁，江声走白沙。庙之外。早知乘四载，疏凿控三巴。「橘柚」「龙蛇」，孙莘老谓点染禹事，并非附会。○末意乘四载以治水，早知之矣，若疏凿遗迹，必亲至三巴，始知控引之方也。

旅夜书怀

细草微风岸，危樯独夜舟。星垂平野阔，月涌大江流。名岂文章著？官应老病休。飘飘何所似？天地一沙鸥。胸怀经济，故云名岂以文章而著；官以论事罢，而云老病应休，立言之妙如此。

落日

落日在帘钩，起超然。溪边春事幽。芳菲缘岸圃，樵爨倚滩舟。名画。啅雀争枝坠，飞虫满院游。浊醪谁造汝？一酌散千愁。

刘稻了咏怀

稻获空云水，川平对石门。寒风疏落木，旭日散鸡豚。画寒村如见。野哭初闻战，战败信归。樵歌稍出村。「稍」字见哭多于歌。无家问消息，作客信乾坤。

瞿塘两崖

三峡传何处？双崖壮此门。入天犹石色，穿水忽云根。猱玃须髯古，蛟龙窟宅尊。羲和冬驭近，愁畏日车翻。三语状其高，四语状其深，结意言两崖插天，日光不到，羲和亦畏日车之翻而避之也。

洞房

洞房环珮冷，玉殿起秋风。秦地应新月，龙池满旧宫。系舟今夜远，清漏往时同。万里黄山北，园陵白露中。此因舟中见月，感宫掖凄凉而作。诗中无悲凉痛楚字面，而情致黯然，一结尤觉泪和墨下。

江上

江上日多雨，萧萧荆楚秋。高风下木叶，永夜揽貂裘。勋业频看镜，行藏独倚楼。时危思报主，衰谢不能休。

吾宗 原注：「卫仓曹崇简。」

吾宗老孙子，质朴古人风。耕凿安时论，衣冠与世同。在家常早起，忧国愿年丰。语及君臣际，经书满腹中。

遣忧

乱离知又甚，消息苦难真。受谏无今日，临危忆古人。纷纷乘白马，攘攘著黄巾。隋氏留宫室，焚烧何太频！三四语即禄山乱而思曲江意。

熟食日示宗文宗武 熟食即寒食。

消渴游江汉，羁栖尚甲兵。几年逢熟食，万里逼清明。松柏邙山路，故里。风花白帝城。客中。汝曹催我老，回首泪纵横。

又示两儿

令节成吾老，他时见汝心。他日汝之思我，犹今我之思亲。浮生看物变，为恨与年深。长葛书难得，指弟。江州涕不禁。指妹。团圆思弟妹，行坐白头吟。

孤雁

孤雁不饮啄，飞鸣声念群。谁怜一片影，相失万重云？望尽似犹见，哀多如更闻。野鸦无意绪，鸣噪自纷纷。

促织

促织甚微细，哀鸣何动人！草根吟不稳，床下夜相亲。久客得无泪？故妻即寡妇。难及晨。悲丝与急管，感激异天真。「天真」指促织，言非丝管所能同也。

蕃剑

致此自僻远，又非珠玉装。如何有奇怪，每夜吐光芒？虎气必腾上，龙身宁久藏！风尘苦未息，持汝奉明王。不粘不脱，写一物而全副精神皆见。他人咏物，斤斤尺寸，惟恐失之，此高下之分也。

子规

峡里云安县，江楼翼瓦齐。两边山木合，终日子规啼。眇眇春风见，萧萧夜色凄。客愁那听此，故作傍人低。

喜观即到，复题短篇

「即到」，尚未到也，玩诗中意自见。

巫峡千山暗，终南万里春。十字成句。病中吾见弟，书到汝为人。沉痛。意答儿童问，公之子。来经战伐新。即书中语也。泊船悲喜后，款款话归秦。

第五弟丰独在江左，近三四载寂无消息，觅使寄此

闻汝依山寺，杭州定定者，不定之谓。越州。风尘淹别日，江汉失清秋。影著啼猿树，魂飘结蜃楼。明年下春水，东尽白云求。历尽云水以求之。

公安县怀古

野旷吕蒙营，江深刘备城。寒天催日短，风浪与云平。洒落君臣契，飞腾战伐名。维舟倚前浦，长啸一含情。「洒落」二字，形得欢如鱼水意出。结松。

泊岳阳城下

江国逾千里，山城仅百层。岸风翻夕浪，舟雪洒寒灯。留滞才难尽，艰危气益增。图南未可料，变化有鲲鹏。

登岳阳楼

昔闻洞庭水，今上岳阳楼〔一七〕。吴楚东南坼，乾坤日夜浮。亲朋无一字，老病有孤舟。戎马关山北，凭轩涕泗流。三四雄跨今古，五六写情黯淡，著此一联，方不板滞。〇孟襄阳三四语实写洞庭，此只用空写，却移他处不得，本领更大。

严　武

字季鹰，华州人，中书侍郎挺之之子。弱冠哥舒翰奏充判官。至德中，累迁剑南东川节度、成都尹，寻迁黄门侍郎，复拜成都尹、剑南节度等使。广德中，破吐蕃，封郑国公。

班婕妤

贱妾如桃李，君王若岁时。秋风一已劲，摇落不胜悲。寂寂苍苔满，沉沉绿草滋。繁华非此日，指辇竟何辞！

张巡

巡，南阳人。以文行名。成进士，授清河令，调真源令。安禄山反，恸哭起兵，与睢阳太守许远分城坚守，经年乏食，忠义不衰。城陷，与南霁云诸人俱遇害。论者谓遮蔽江淮，沮遏贼势，使李、郭得以成功，天下之不亡，皆巡、远之力也。是为笃论。

闻笛

岧峣试一临，虏骑附城阴。不辨风尘色，安知天地心。门开边月近，战苦阵云深。旦夕更楼上，遥闻横笛音。

一片忠义之气滚出，「闻笛」意一点自足。○三四言不识风尘之愁惨，并不知天意之向背，非一开一阖语也。宋贤谓伯夷、叔齐欲与天意违拗，正复相合。

邢巨

未详。

游春

海岳三峰古，春皋二月寒。绿潭渔子钓，红树美人攀。弱蔓环沙屿，飞花点石关。溪山游未厌，琴酌弄晴湾。

校记

〔一〕南州有赠　全唐诗作「岳阳楼宴王员外贬长沙」。

〔二〕送张都尉东归　「张都尉」原作「张子」，据全唐诗补改。

〔三〕按：凉州即武威郡，瓜州即晋昌郡（在武威之西），均属河西道。据闻一多岑嘉州系年考证，宇文判官系岑参武威幕中同僚，则「西使还」，乃还武威，非还长安。沈氏谓「因判官之归，叹己之滞于武威也」，盖误。

〔四〕登总持寺阁　「阁」字原脱，据全唐诗补。

〔五〕窗影摇群木　「木」原作「动」，据全唐诗改。

〔六〕张谷田舍　此诗全唐诗作郑谷诗，文苑英华卷三一三同，注云「见集本」。按：宋时郑集有此诗，当作郑谷诗。

〔七〕题灵隐寺山顶禅院　「禅」字原脱，据全唐诗补。

〔八〕钟声和白云　按：「和」文苑英华卷二三四及唐语林卷三所引并作「扣」。

〔九〕路出武陵溪　「出」原作「入」，据全唐诗改。按：文苑英华卷二七七正作「出」。

〔一〇〕同王征君湘中有怀　此诗重见于本书卷一一严维诗，全唐诗二家均载，而文苑英华卷二三〇、唐诗纪事卷二五、唐诗品汇卷六三均作张谓诗，今据以删严诗。

〔一一〕泊扬子岸　此诗重见于本书卷一二鲍溶诗，全唐诗作祖咏诗，文苑英华卷二九一、唐诗品汇卷六三同，今据以删鲍诗。

〔一二〕宫中行乐词七首　此诗原序列被倒置，即原第一首被列为第七首，下仿此。今据全唐诗（乐府诗集卷八二同）移正。唐孟棨本事诗谓当时共作十首，全唐诗存八首，沈氏未选者第六首：「今日明光里，还须结伴游。春风开紫殿，天乐下朱楼。艳舞全知巧，娇歌半欲羞。更怜花月夜，宫女笑藏钩。」才调集卷六共选五首，题为「紫宫乐」。

〔一三〕按：宫中行乐词乃奉诏而作，但有谀美之词，绝无讥刺之意，沈说非是。

〔一四〕按：此处「单于」是地名，指单于大都护府（在今内蒙古境内），而所引李益诗中之「小单于」，乃是曲名。

〔一五〕茂树行相引　「茂树」原作「雾树」，据全唐诗改。

〔一六〕连山望忽开　「连山」原作「莲峰」，据全唐诗改。

〔一七〕今上岳阳楼　「岳阳」原作「洞庭」，据全唐诗改。

唐诗别裁集

[清]沈德潜　选注

下

上海古籍出版社

重订唐诗别裁集卷十一

刘长卿 中唐诗近收敛，选言取胜，元气不完，体格卑而声调亦降矣。刘文房工于铸意，巧不伤雅，犹有前辈体段。

穆陵关北逢人归渔阳

逢君穆陵路，匹马向桑乾。楚国苍山古，幽州白日寒。沉郁。城池百战后，耆旧几家残？处处蓬蒿遍，归人掩泪看。

逢郴州使因寄郑协律〔一〕

相思楚天外，梦寐楚猿吟。更落淮南叶，难为江上心。衡阳问人远，湘水向君深。欲逐孤帆去，茫茫何处寻？

岳阳馆中望洞庭湖

万古巴丘戍，平湖此望长〔二〕。问人何淼淼，愁暮更苍苍。叠浪浮元气，中流没太阳。孤舟有归客，早晚达潇湘？五六犹有气焰，然视襄阳、少陵二篇，如江、黄之敌荆楚矣。

北归次秋浦界清溪馆

万岭猿啼断，孤村客暂依。雁过彭蠡暮，人向宛陵稀。旧路青山在，余生白首归。渐知行近北，不见鹧鸪飞。

余干旅舍

摇落暮天迥，青枫霜叶稀。孤城向水闭，独鸟背人飞。渡口月初上，邻家渔未归。乡心正欲绝，何处捣寒衣？

经漂母墓

昔贤怀一饭，兹事已千秋。古墓樵人识，前朝楚水流。渚蘋行客荐，山木杜鹃愁。春草茫茫绿，王孙旧此游。方虚谷云：「意深不露。盖谓楚、汉兴亡，唯有流水耳。一老母之墓，樵人犹能识之，以其有一饭之德于时也。」

送李中丞归汉阳别业

流落征南将，曾驱十万师。罢归无旧业，老去恋明时。独立三边静，轻生一剑知。此追叙其向日之功。茫茫江汉上，日暮欲何之！

移使鄂州，次岘阳馆，怀旧居

多惭恩未报，敢问路何长？万里通秋雁，千峰共夕阳。旧游成远道，岘阳馆。此去更违乡。怀旧居。草露深山里，朝朝满客裳。

酬皇甫侍御见寄，时前相国姑臧公初临郡

离别江南北，汀洲叶再黄。路遥云共水，沙迥月如霜。岁俭依仁政，年衰忆故乡。伫看宣室召，汉法倚张纲。此指初临郡，答侍御。

送齐郎中典括州即今之处州。

星象移何处？旌麾独向东。劝耕沧海畔，听讼白云中。树色双溪合，猿声万岭同。石门康乐住，几里枉帆通。

送王端公入秦赴上都

旧国无家访，临歧亦羡归。途经百战后，客过二陵稀。秋草通征骑，寒城背落晖。行当蒙顾问，吴楚岁频饥。望其救时，不是寻常酬应。

送张继司直适越

时危身适越，事往任浮沉。万里三江去，孤舟百战心[三]。春风吴渚绿，古木剡溪深。明日沧洲路，归云不可寻。

宿北山禅寺

上方鸣夕磬，林下一僧还。密行传人少，禅心对虎闲。青松临古路，白月满寒山。旧识窗前桂，经霜更待攀。

寻南溪常道士

一路经行处，莓苔见屐痕。白云依静渚，芳草闭闲门。过雨看松色，随山到水源。溪花与禅意，相对亦忘言。结意言其道士能通禅理也。

碧涧别墅喜皇甫侍御相访

荒村带晚照，落叶乱纷纷。古路无行客，空山独见君。野桥经雨断，涧水向田分。不为怜同病，何人到白云？

海盐官舍早春

小邑沧洲吏，新年白首翁。一官如远客，万事极飘蓬。柳色孤城里，莺声细雨中。羁心早已乱，何事更春风？

饯别王十一南游

望君烟水阔〔四〕，挥手泪沾巾。飞鸟没何处？青山空向人。长江一帆远，落日五湖春。谁见汀洲上，相思愁白蘋？

新年作

乡心新岁切，天畔独潸然。老至居人下，春归在客先。巧句。别于盛唐，正在此种。岭猿同旦暮，江柳共风烟。已似长沙傅，从今又几年？

松江独宿

洞庭初下叶，孤客不胜愁。明月天涯夜，青山江上秋。一官成白首，万里寄沧洲。久被浮名系，能无愧海鸥？

送侯侍御赴黔中充判官

不识黔中路，今看遣使臣。猿啼万里客，鸟似五湖人。地远官无法，山深俗岂淳？须令荒徼外，亦解惧埋轮。从黔中著意。

钱　起

和万年成少府寓直

赤县新秋夜，文人藻思催。钟声自仙掖，月色近霜台。一叶兼萤度，孤云带雁来。明朝紫书下，应问长卿才。钱、刘以下，专工造句。

裴迪南门秋夜对月

夜来诗酒兴，月满谢公楼。影闭重门静，寒生独树秋。鹊惊随叶散，萤远入烟流。今夕遥天末，清光几处愁？月夜萤光自失，然远入烟丛，则仍见其流矣。此最工于体物。

送屈突司马充安西书记

制胜三军劲，澄清万里余。星飞庞统骥，箭发鲁连书。海月低云旆，江霞入锦车。遥知太阿剑，计日斩鲸鱼。

送少微师西行

随缘忽西去，何日返东林？世路无期别，空门不住心。人烟一饭少，山雪独行深。天外猿啼处，谁闻清梵音？

送僧归日本

上国随缘住，来途若梦行。浮天沧海远，去世法舟轻。水月通禅寂，鱼龙听梵声。惟怜一灯影，万里眼中明。

题温处士山居

谁知白云里，别有绿萝春？苔绕溪边径，花深洞里人。逸妻看种药，稚子伴垂纶。颍上逃尧者，何如此养真！许由之逃，虚言其高，不如日用常行中自存逸趣也。

送夏侯审校书东归

楚乡飞鸟外，独与片帆还。破镜催归客，残阳见旧山。诗成流水上，梦尽落花间。倘寄相思字，愁人定解颜。

送征雁

秋空万里静，嘹唳独南征。风急翻霜冷，云开见月惊。塞长凭去翼，影灭有余声。怅望遥天外，乡愁满目生。六语传雁去后之神。

韦应物

奉送从兄宰晋陵

东郊春草歇，千里夏云生。立马愁将夕，看山独送行。依微吴苑树，迢递晋陵城。慰此断行别，邑人多颂声。

送汾城王主簿

少年初带印，汾上又经过。芳草归时遍，情人故郡多。禁钟春雨细，宫树野烟和。相望东桥别，微风起夕波。意主簿必向住汾城，故有三四语。雨中听钟，其声自细，粗心人未必知之。

送别覃孝廉

思亲当自去，不第未蹉跎。家住青山下，门前芳草多。秭归通远徼，巫峡注惊波。州举年年事，还期复几何？说得心平气和，送不第人，自应如是。

送元仓曹归广陵

官闲得去住，告别恋音徽。旧国应无业，他乡到是归。苦句。楚山明月满，淮甸夜钟微。何处孤舟别？遥遥心曲违。

赋得暮雨送李胄〔五〕

楚江微雨里，建业暮钟时。漠漠帆来重，冥冥鸟去迟。海门深不见，浦树远含滋。相送情无限，沾襟比散丝。关合。

淮上喜会梁州故人

江汉曾为客，相逢每醉还。浮云一别后，流水十年间。欢笑情如旧，萧疏鬓已斑。何因不归去？淮上有秋山。语意好，然淮上实无山也。

郎士元　钱、郎送人之作，时得之者以为宠荣。

送李将军赴邓州〔六〕应是定州，即古之中山，近今之真定。若南阳邓州，与诗中意不合。

双旌汉飞将，万里独横戈。春色临关尽，黄云出塞多。极警拔语，右丞则以「黄云断春色」五字尽之。鼓鼙悲绝漠，烽戍隔长河。莫断阴山路〔七〕，天骄已请和。

送杨中丞和蕃

锦车登陇日，边草正萋萋。旧好随君长，新愁听鼓鼙。河源飞鸟外，雪岭大荒西。汉垒今犹在，遥知路不迷。

送钱大

暮蝉不可听，落叶岂堪闻？共是悲秋客，那知此路分？荒城背流水，远雁入寒云。陶令东篱菊，余花可赠君。高仲武谓工于发端，然「不可听」「岂堪闻」，未免于复。愚谓结意望其能秉高节，更耐寻绎也。

送贾奚归吴

东南富春渚，曾是谢公游。今日奚生去，新安江正秋。水容清过客，枫叶落行舟。遥想赤亭下，闻猿应夜愁。

送彭偃、房由赴朝，因寄钱大郎中、李十七舍人

衰病已经年，西峰望楚天。风光欺鬓发，秋色换山川。寂寞浮云外，支离汉水边。平生故

人远，君去话潸然。

春日宴张舍人宅

懒寻芳草径，来接侍臣筵。山色知残雨，墙阴觉暮天。莺归汉宫柳，花隐杜陵烟。地与东邻接，春光醉目前。

皇甫冉　字茂政，丹阳人。十岁能诗文。天宝中成进士第一，官无锡尉，左金吾兵曹。大历中，迁右补阙。

巫山高

巫峡见巴东，迢迢出半空。云藏神女馆，雨到楚王宫。朝暮泉声落，寒暄树色同。清猿不可听，偏在九秋中。终篇稳称，可继沈云卿作。

送韩司直

游吴还适越，来往任风波。复送王孙去，其如芳草何？岸明残雪在，潮满夕阳多。季子留遗庙，停舟试一过。

送康判官往新安

不向新安去，那知江路长。猿声近庐霍，水色胜潇湘。驿路收残雨，渔家带夕阳。何须愁旅泊，使者有辉光。开后人套语。

奉和王相公早春登徐州城

落日凭危堞，春风似故乡。川流通楚塞，山色绕徐方。壁垒依寒草，旌旗动夕阳。元戎资上策，南亩起耕桑。

途中送权三兄弟

淮海风涛起，江关幽思长。同悲鹊绕树，独作雁随阳。喻漂泊无依。山晚云和雪，汀寒月映霜。由来濯缨处，渔父爱沧浪。

归渡洛水

暝色赴春愁，写渡水晚景，自然入妙，与「落日在帘钩」一种起法。归人南渡头。渚烟空翠合，滩月碎光流。澧浦饶芳草，沧浪有钓舟。谁知放歌处，此意正悠悠！

逢庄纳因赠

世故还相见，天涯共向东。春归江海上，人老别离中。郡吏名何晚，沙鸥道自同。甘泉须早献，且莫叹飘蓬。

皇甫曾

字孝常，冉之弟也。天宝中，第进士，历侍御史。坐事贬舒州司马、阳翟令。诗与兄齐名。

送人往荆州

亦作李端诗。

草色随骢马，悠悠同出秦。水传云梦晓，山接洞庭春。帆影连三峡，猿声近四邻。青门一分手，难见杜陵人。

送李中丞归本道

上将宜分阃，双旌复出秦。关河三晋路，宾从五原人。孤戍云通海，平沙雪度春。酬恩看玉剑，何处有烟尘？

送孔征士

谷口多幽处〔一〕，君归不可寻。家贫青史在，身老白云深。扫雪开松径，疏泉过竹林。余生负丘壑，相送亦何心？

司空曙

字文明，广平人。登进士第。贞元中，为水部郎中，终虞部。

云阳馆与韩绅宿别〔九〕

故人江海别，几度隔山川。乍见翻疑梦，相悲各问年。孤灯寒照雨，深竹暗浮烟。更有明朝恨，离杯惜共传。三四写别久忽遇之情，五六夜中共宿之景，通体一气，无饾饤习，尔时已为高格矣。

贼平后送人北归

世乱同南去，时清独北还。他乡生白发，旧国见青山。晓月过残垒，繁星宿故关。寒禽与衰草，处处伴愁颜。四语与「残阳见旧山」同妙。

送郑明府贬岭南

青枫江色晚，楚客独伤春。共对一尊酒，相看万里人。猜嫌成谪宦，正直不妨身。五字可谓赠人以言。莫畏炎方久，年年雨露新。

经废宝庆寺

黄叶前朝寺，无僧寒殿开。池晴龟出曝，松暝鹤飞回。古砌碑横草，阴廊画杂苔。禅宫亦消歇，尘世转堪哀。

喜外弟卢纶访宿

静夜四无邻，荒居旧业贫。雨中黄叶树，灯下白头人。以我独沉久，愧君相访频。平生有深意〔一〇〕，况是蔡家亲。

卢纶

送李端

故关衰草偏，离别正堪悲。路出寒云外，人归暮雪时。少孤为客早，多难识君迟。掩泣空相向，风尘何所期？

送韩都护归边〔二〕

好勇知名早，争雄上将间。战多春入塞，猎惯夜烧山。合阵龙蛇动，移军草木闲。今来部曲尽，白首过萧关。

夜中得循州赵司马侍郎书，因寄回使

瘴海寄双鱼，中宵达我居。两行灯下泪，一纸岭南书。地说炎蒸极，人称老病余。殷勤报贾傅，莫共酒杯疏。

题崔端公园林〔一〕

上士爱清辉，开门向翠微。抱琴看鹤去，枕石待云归。自然处犹近摩诘。野坐苔生席，高眠竹挂衣。旧山东望远，惆怅暮花飞。

李　端

端，赵州人。大历五年进士。从驸马郭暧游。仕杭州刺史。

闻吉中孚还俗，因而有此赠

闻道华阳客，儒衣谒紫微。旧山连药卖，孤鹤带云归。柳市名犹在，桃源梦已稀。还家见鸥鸟，应愧背船飞。还俗，归于正也。诗中却有不满意。

顾　况

洛阳早春

何地避春愁？终年忆旧游。一家千里外，百舌五更头。客路偏逢雨，乡山不入楼。故园桃李月，伊水向东流。

耿　沣 字洪源，河东人。宝应元年进士，官右拾遗。

春日即事

数亩东皋宅，青春独屏居。家贫僮仆慢，官罢友朋疏。强饮沽来酒，羞看读破书〔三〕。闲花更满地，惆怅复何如？三四语当时传诵。○少陵云："读书破万卷，下笔如有神。"此云"羞看"，言读破者之少也。

李嘉祐 字从一，赵州人。天宝中擢第，官秘书正字。大历中，至袁州刺史。

和都官苗员外秋夜寓直对雨，简诸知己

多雨南宫夜，仙郎寓直时。漏长丹凤阙，秋冷白云司。萤影侵阶乱，鸿声出苑迟。萧条人吏散，小谢有新诗。玄晖有直中书省及观朝雨二诗，与题中对雨关合，故云。

送王牧往吉州谒使君叔

细草绿汀洲，王孙耐薄游。年华初冠带，文体旧弓裘。野渡花争发，春塘水乱流。使君怜小阮，应念倚门愁。天然名秀，当时称其齐、梁风格，不虚也。

至七里滩作

迁客投干越，临江泪满衣。独随流水去，转觉故人稀。万木迎秋序，千峰驻晚晖。行舟犹未已，惆怅暮潮归。

奉陪韦润州游鹤林寺（一四）

野寺江城近，双旌五马过。禅心超忍辱，梵语问多罗。松竹闲僧老，云烟晚日和。寒塘归路转，清磬隔微波。

严维

字正文，山阴人。至德中，擢辞藻宏丽科，官止秘书郎。

酬刘员外见寄

苏耽佐郡时，近出白云司。药补清羸疾，窗吟绝妙词。柳塘春水漫，花坞夕阳迟。欲识怀君意，明朝访楫师。欧公云："天容时态，融和骀荡，如在目前。"

荆溪馆呈丘义兴

失路荆溪上，依人忽暝投。长桥今夜月，阳羡古时州。野烧明山郭，寒更出县楼。先生能馆我，无事五湖游。

刘方平

方平，河南人。不乐仕进。元鲁山与之善，萧颖士称之。

新春

南陌春风早，东邻曙色斜。一花开楚国，双燕入卢家。鲜而不腻。眠罢梳云髻，妆成上锦车。谁知如昔日，更浣越溪纱？诗意咏美人新春，与泛然咏春不同。

秋夜泛舟

林塘夜泛舟，虫响荻飕飕。万影皆因月，千声各为秋。巧而不纤。岁华空复晚，乡思不堪愁。西北浮云外，伊川何处流？

韩翃

字君平，南阳人。大吏辟为从事，不得意，家居。一日夜将半，叩门急，贺曰："旨除驾部郎中知制诰。"翃曰："误矣。"客曰："制诰乏人，中书两进名不从。又请，曰与韩翃。时有同姓名者为江淮刺史，又具二人同进，御批与咏'春城无处不飞花'之韩翃，此君诗也。"翃始信。时建中初也。终中书舍人。

送寿川陈录事

寿阳南渡口，敛笏见诸侯。片雨楚云暮，千家淮水秋。开帘对芳草，送客上春洲。请问山中桂，王孙几度游？

题荐福寺衡岳禅师房〔一五〕

春城乞食还，高论此中闲。僧腊阶前树，禅心江上山。疏帘看雪卷，深户映花关。晚送门人去，钟声杳霭间。

梅花落〔一六〕

新岁芳梅树，繁花四面同。春风吹渐落，一夜几枝空。似徐、庾小诗，不落后人咏梅坑堑。少妇今如此，长城恨不穷。莫将辽海雪，来比后庭中。

寄武陵李少府

小县春生日，公孙吏隐时。楚歌催晚醉，蛮语入新诗。桂水遥相忆，花源暗有期。郢门千里外，莫怪尺书迟。

郑　锡 未详。

送客之江西

乘轺奉紫泥，泽国渺天涯。九派春潮满，孤帆暮雨低。草深莺断续，花落水东西。更有高堂处〔一七〕，知君路不迷。著雨则帆重，体物之妙，在一低字。

陇头别

秋尽初移幕，沾裳一送君。据鞍窥古堠，开灶爇寒云。登陇人回首，临关马顾群。从来断肠处，皆向此中分。

度关山

象弭插文犀，鱼肠莹鸊鹈。水声分陇咽，马色度关迷。晓幕胡沙惨，危峰汉月低。仍闻数骑将，更欲出辽西〔一八〕。

包何 字幼嗣，里居未详。天宝中进士，大历中官起居舍人。

送泉州李使君之任

傍海皆荒服，分符重汉臣。云山百越路，市井十洲人。执玉来朝远，还珠入贡频。连年不见雪，到处即行春。

崔峒 未详。

题崇福寺禅师院

僧家竟何事，扫地与焚香。清磬度山翠，闲云来竹房。身心尘外远，岁月坐中忘。向晚禅堂掩，无人空夕阳。

于良史 良史为张徐州建封从事，重其诗，荐于朝，官至侍御。

冬日野望〔一九〕

地际朝阳满，天边宿雾收。风兼残雪起，河带断冰流。北阙驰心极，南图尚旅游。登临思不已，何处可销忧？

闲居寄薛华

隐几读黄老，萧斋耳目清。僻居人事少，多病道心生。雨洗山林湿〔10〕，鸦鸣池馆晴。晚来因废卷，行药至西城。

戎　昱

昱，荆南人。登进士第。建中中为辰、虔二州刺史。○宪宗朝，北狄频寇边，大臣奏古者和亲有五利而无费。帝曰：「朕记得诗人咏史一篇云：『汉家青史上，计拙是和亲。』」侍臣以戎昱对。帝笑曰：「魏绛之功，何其懦也？」自是息和蕃之议。

咏史

汉家青史上，计拙是和亲。社稷依明主，安危托妇人。岂能将玉貌，便拟静胡尘！地下千年骨，谁为辅佐臣？议论正大。○昱又有句云：「过从谗后重，恩合死前酬」，此议论之佳者。

塞下曲

北风凋白草，胡马日骎骎。夜后戍楼月，秋来边将心。铁衣霜雪重，战马岁年深。自有卢龙塞，烟尘飞至今。

桂州腊夜

坐到三更尽，归仍万里赊。雪声偏傍竹，寒梦不离家。晓角分残漏，孤灯落碎花。二年随骠骑，辛苦向天涯。

李　益

喜见外弟又言别

十年离别后，长大一相逢。问姓惊初见，称名忆旧容。别来沧海事，语罢暮天钟。明日巴陵道，秋山又几重。与「乍见翻疑梦，相悲各问年」，抚衷述愫，同一情至。〇一气旋折，中唐诗中仅见者。

于　鹄

鹄，贞元时人，未详里居出处。

送客临边〔一〕

若到并州北〔二〕，谁人不忆家？塞深无伴侣，路尽只平沙。碛冷唯逢雁，天春不见花。莫随征将意，垂老事轻车。

哭刘夫子

近闻南州客，云亡已数春。痛心曾受业，追服恨无亲。孀妇归乡里，书斋属四邻。不知经乱后，奠祭有何人？

题邻居

僻巷邻家少，茅檐喜並居。蒸梨常共灶，浇薤亦同渠。传屐朝寻药，分灯夜读书。虽然在城市，还得似樵渔。语语中有邻在。

窦叔向

字遗直，扶风人。与常衮善，衮为相，用为左拾遗。贬出为溧水令，后赠工部尚书。诸子常、牟、群、庠、巩，皆以诗名。

过担石湖

晓发鱼门戍，晴看担石湖。日衔高浪出，天入四空无。咫尺分洲岛，纤毫指舳舻。渺然从此去，谁念客帆孤？

朱　湾 字巨川，蜀人。贞元、元和间，为李勉永平从事。

秋夜宴王郎中宅，赋得露中菊〔三〕

众芳春竞发，寒菊露偏滋。受气何曾异？开花独自迟。晚成犹有分，欲采未过时。忍弃东篱下，看随秋草衰！

戴叔伦 高仲武谓叔伦骨气稍轻，晁公武谓唐史不称其能诗，正以少其绵弱。然尔时诗格日卑，幼公已云娇娇，愚不能人云亦云也。

除夜宿石头驿

旅馆谁相问？寒灯独可亲。一年将尽夜，万里未归人。旅人读不得。寥落悲前事，支离笑此身。愁颜与衰鬓，明日又逢春。应是万里归来，宿于石头驿，未及到家也。不然，石城与金坛相距几何，而云万里乎〔二四〕？

汝南逢董校书

扰扰倦行役，相逢陈蔡间。如何百年内，不见一人闲？对酒惜余景，问程愁乱山。秋风万里道，又度穆陵关。前人有「谁人肯向死前闲」句，读三四语，为之慨然。

山居即事

岩云掩竹扉，去鸟带余晖。地僻生涯薄，山深俗事稀。养花分宿雨，剪叶补秋衣。野渡逢渔子，同舟荡月归。

卧病

门掩青山卧，莓苔积雨深。病多知药性，客久见人心。众鸟趋林健，孤蝉抱叶吟。沧洲诗社散，无梦盍朋簪。

杨巨源

长城闻笛

孤城笛满林，断续共霜砧。夜月降羌泪，秋风老将心。静过寒垒遍，暗入故园深。惆怅梅花落，山川不可寻。

白居易

赋得古原草送别

离离原上草，一岁一枯荣。野火烧不尽，春风吹又生。远芳侵古道，晴翠接荒城。又送王孙去，萋萋满别情。此诗见赏于顾况，以此得名者也。然老成而少远神，白诗之佳者，正不在此。

久不见韩侍郎，戏题四韵赠之

近来韩阁老，疏我我心知。户大嫌甜酒，才高笑小诗。静吟乘月夜，闲醉旷花时。还有愁同处，春风满鬓丝。

宴散

小宴追凉散，平桥步月回。笙歌归院落，灯火下楼台。残暑蝉催尽，新秋雁带来。将何迎睡兴？临卧举残杯。三四传出富贵气象。

人定

人定月胧明，香消枕簟清。翠屏遮烛影，红袖下帘声。坐久吟方罢，眠初梦未成。谁家教鹦鹉，故故语相惊。与前一首相似。

河亭晴望〔三九〕九月八日。

风转云头敛，烟销水面开。晴虹桥影出，秋雁橹声来。郡静官初罢，乡遥信未回。明朝是重九，谁劝菊花杯？

常非月 未详名字里居，官西河尉。

咏谈容娘

举手整花钿，翻身舞锦筵。马围行处匝，人压看场圆。歌索齐声和，情教细语传。不知心大小，容得许多怜。梁、陈人名语。

校记

〔一〕逢郴州使因寄郑协律　「郑协律」原作「严协律」，据全唐诗改。按：本书卷七刘长卿有听笛歌别郑协律诗，可证。

〔二〕平湖此望长　「此」原作「北」，据全唐诗改。按：文苑英华卷二九八正作「此」。

〔三〕孤舟百战心　「孤舟」全唐诗作「孤城」。

〔四〕望君烟水阔　「望」原作「留」，据全唐诗改。

〔五〕赋得暮雨送李胄　「李胄」原作「李曹」，据全唐诗改。

〔六〕送李将军赴邓州　「邓州」全唐诗作「定州」。

〔七〕莫断阴山路　原作「想到阴山路」，据全唐诗改。按：唐姚合极玄集卷上、又玄集卷上、众妙集均作「莫断阴山路」。

〔八〕谷口多幽处　「多」原作「为」，据全唐诗改。

〔九〕云阳馆与韩绅宿别　「韩绅」全唐诗注作「韩升卿」。文苑英华卷二九八、唐百家诗选卷八、众妙集作「韩申卿」。按：今人岑仲勉读全唐诗札记：「李端有送韩绅卿，又戏赠韩判官绅卿，此当夺『卿』字。绅卿，愈之叔；新表三上有升卿，洪氏韩谱以为误。」

〔一〇〕平生有深意　「有深意」全唐诗作「自有分」，又作「有深分」。

〔一一〕送韩都护归边　「韩都护」原作「都尉」，据全唐诗补改。

〔一二〕题崔端公园林　此诗全唐诗作李端诗，唐诗品汇卷六五同。

〔一三〕羞看读破书　「读破」全唐诗作「读了」。按：此句意谓家贫少书。「读破」犹云读过，亦即「读了」之意。杜甫「读书破万卷」之「破」字，亦作过解，其漫兴绝句：「二月已破三月来」可证。沈说非是。

〔一四〕奉陪韦润州游鹤林寺　「游」原作「过」，据全唐诗改。

〔一五〕题荐福寺衡岳禅师房　「衡岳禅师」原作「衡阳岳师」，据全唐诗改。

〔一六〕梅花落　此诗全唐诗作刘方平诗，文苑英华卷二〇八、唐诗品汇卷六六同。

〔一七〕更有高堂处　「高堂」全唐诗作「高唐」。

〔一八〕更欲出辽西　清姚鼐今体诗钞注：「末二字疑是『洮西』之误。」

〔一九〕冬日野望　全唐诗下有「寄李赞府」四字。

〔二〇〕雨洗山林湿　「山林」原作「山木」，据全唐诗改。

〔二一〕送客临边　全唐诗一作「送张司直入单于」。按：御览集注：「原题『送张司直入单于』。」

〔二二〕若到并州北　「北」原作「去」，据全唐诗改。

〔二三〕秋夜宴王郎中宅赋得露中菊　「露」原作「霜」，据全唐诗改。

〔二四〕按：石头驿即石头渚，在江西新建县西北，为赣水津渡处，又名石头津。沈氏所云，乃以石头驿误为石头城。

〔二五〕河亭晴望　此诗因编次与常非月相近而误入常诗中，今据全唐诗移正。

重订唐诗别裁集卷十二

韩　愈

祖席 得秋字。

淮南悲木落，而我亦伤秋。况与故人别，那堪羁宦愁！荣华今异路，风雨昔同忧。莫以宜春远，江山多胜游。大历以下，无人解此用笔矣。昌黎高超迈俗，五言近体中运以古风，笔力英气逼人。○淮南子云："长年悲木落〔一〕。"

送桂州严大夫 名谟。

苍苍森八桂，兹地在湘南。江作青罗带，山如碧玉篸。户多输翠羽，家自种黄甘。远胜登仙去，飞鸾不假骖。

奉和兵部张侍郎酬郓州马尚书被召途中见寄，开缄之日，马帅已再领郓州之作 张名贾，马名总。

来朝当路日，承诏改辕时。再领须句国，仍迁少昊司。暖风抽宿麦，清雨卷归旗。赖寄新珠玉，长吟慰我思。左传：「僖公二十一年，邾人灭须句。」地在东平须昌县。秋帝少昊主刑，时马总加检校刑部尚书。

柳宗元

酬徐二中丞普宁郡内池馆即事见寄

鹓鸿念旧行，虚馆对芳塘(二)。落日明朱槛，繁花照羽觞。泉归沧海近，树入楚山长。荣贱俱为累，相期在故乡。「荣贱」，合己与中丞言之。

梅雨

梅实迎时雨，苍茫值晚春。愁深楚猿夜，梦断越鸡晨。海雾连南极，江云暗北津。素衣今尽化，非为帝京尘。活用陆士衡语，所以念帝乡、伤放逐也。

刘禹锡

岁夜咏怀

弥年不得意，新岁又如何？念昔同游者，而今有几多？以闲为自在，将寿补蹉跎。春色无新故，幽居亦见过。

八月十五夜观月

天将今夜月，一遍洗寰瀛。暑退九霄净，秋澄万景清。星辰让光彩，风露发晶英。能变人间世，翛然是玉京。

张　籍

蓟北旅思

日日望乡国，空歌白纻词。长因送人处，忆得别家时。失意还独语，多愁只自知。客亭门外柳，折尽向南枝。五六平平，中晚通病。

夜到渔家

渔家在江口，潮水入柴扉。行客欲投宿，主人犹未归。竹深村路远，月出钓船稀。遥见寻沙岸，春风动草衣。三四直白语，以自然得之。

李 贺

七夕

别浦今朝暗，罗帏午夜愁。鹊辞穿线月，花入曝衣楼。天上分金镜，人间望玉钩。钱塘苏小小，又值一年秋。

张 祜

字承吉，清河人。尝客淮南，杜牧深重之。爱丹阳曲阿地，筑室卜隐以终。○长庆中，祜为令狐楚所知，自草荐表，令以诗三百首随荐表进。元稹在内廷，上问之。稹曰：『雕虫小技，壮夫不为』。或奖激之，恐变陛下风教。」上颔之，遂失意东归。

登广武原

广武原西北，华夷此浩然。地盘山入海，河绕国连天。远树千门色，高樯万里船。乡心日云暮，犹在楚城边。有气魄，有笔力。○此公金山诗最为庸下，偏以此得名，真不可解。

题松汀驿

山色远含空，苍茫泽国东。海明先见日，江白迥闻风。鸟道高原去，人烟小径通。那知旧遗逸，不在五湖中！

姚　合　合，陕州人，崇之玄孙。元和中进士，为武功主簿，历官观察使，终秘书监。以诗名重于时。选有极玄集，取王维等二十六人诗百篇，曰「此诗中射雕手也」。

春日早朝寄刘起居

九衢寒雾敛，双阙曙光分。綵仗迎春日，香烟接瑞云。珮声清漏间，天语侍臣闻。莫笑冯唐老，还来谒圣君。

贾　岛　字浪仙，范阳人。初为浮屠，名无本。元和中诗尚轻浅，岛以僻涩矫之。来东都，韩昌黎奇其诗，令返初服。文宗时，官长江主簿。

暮过山村

数里闻寒水，山家少四邻。怪禽啼旷野，落日恐行人。后李洞全学此种。初月未终夕，边烽不过秦。萧条桑柘外，烟火渐相亲。「落日」「初月」，平头之病。

赠王将军

宿卫炉烟近，除书墨未乾。马曾金镞中，身有宝刀瘢。父子同时捷，君王画阵看。何当为外帅，白日出长安。中晚五律，亦多佳制，然苍莽之气不存，所以难与前人分道。此篇庶几近之。

宿山寺

众岫耸寒色，精庐向此分。流星透疏木，走月逆行云。顺行云则月隐矣，妙处全在「逆」字。绝顶人来少，高松鹤不群。一僧年八十，世事未曾闻。长江有「秋风吹渭水，落叶满长安」句，风格颇高，惜通体不称，故不全录。

周贺　字南卿。初为僧，与贾岛、无可齐名。后姚合爱其诗，加以冠巾。

长安送人

上国多离别，年年渭水滨。空将未归意，说向欲行人。雁度池塘月，山连井邑春。临岐惜分手，日暮一沾巾。

李德裕　字文饶，赵郡人，宰相吉甫子也。以荫补校书郎。穆宗即位，擢翰林学士，授御史中丞。牛僧孺、李宗闵追怨吉甫，出德裕为浙江观察使。太和中召还，拜中书门下平章事，封赞皇县伯。为李训、郑注所恶，王璠、李汉复谮之，贬太子宾客，分司东都。武宗立，复相，拜太尉，封卫国公。翊赞之功，唐室几于复振。宣宗即位，终以党人交搆，贬崖州司户卒。〇德裕引掖寒素，不遗余力。及谪官南去，或有诗曰：「八百孤寒齐下泪，一时回首望崖州。」即汲引一端，可以知其生平矣。〇其论文云：「譬如日月，终古常见而光景常新。」斯为至论。

秋日登郡楼望赞皇山，感而成咏

昔人怀井邑，为有挂冠期。顾我飘蓬者，长随泛梗移。越吟因病感，潘鬓入秋悲〔三〕。北指邯郸道，应无归去期。一气直下，以行文之法成诗，小家数不解办此。

题剑门

奇峰百仞悬，清眺出岚烟。迥若戈回日，高疑剑倚天。参差霞壁耸，合沓翠屏连。想是三刀梦，森然在目前。

章孝标

孝标，桐庐人。元和中进士，初除秘书省正字，太和中为大理评事。

田家

田家无五行，水旱卜蛙声。牛犊乘春放，儿孙候暖耕。池塘烟未起，桑柘雨初晴。岁晚香醪熟，村村自送迎。首句「无」字作不识意解。通体村朴称题。

李商隐

义山五言近体，征引过多，性灵转失，兹特取有风格者数章。

河清与赵氏昆季燕集，拟杜工部

胜概殊江右，佳名逼渭川。虹收青嶂雨，鸟没夕阳天。客鬓行如此，沧江坐渺然。此中真得地，漂荡钓鱼船。能以格胜。

蝉

本以高难饱，徒劳恨费声。五更疏欲断，一树碧无情。取题之神。薄宦梗犹泛，故园芜已平。烦君最相警，我亦举家清。

令狐舍人说昨夜西掖玩月，因戏赠

昨夜玉轮明，传闻近太清。凉波冲碧瓦，晓晕落金茎。露索秦宫井，风弦汉殿筝。几时绵竹颂，拟荐子虚名。绵竹颂，扬雄作，杨莊诵于成帝。子虚赋，司马相如作，狗监杨得意表其名于武帝。

落花

高阁客竟去，小园花乱飞。参差连曲陌，迢递送斜晖。肠断未忍扫，眼穿仍欲归。芳心向春尽，所得是沾衣。题易粘腻，此能扫却臼科。

陈后宫

茂苑城如画，阊门瓦欲流。还依水光殿，更起月华楼。侵夜鸾开镜，迎冬雉献裘。从臣皆半醉，天子正无愁。茂苑在台城内，非吴城之茂苑也。阊阖门亦然。二处宋、齐所建。月华楼乃陈后主所建。

题郑大有隐居

结构何峰是？喧闲此地分。石梁高泻月，樵路细侵云。偃卧蛟螭室，希夷鸟兽群。近知西岭上，玉管有时闻。

晚晴

深居俯夹城，春去夏犹清。天意怜幽草，人间重晚晴。併添高阁迥，微注小窗明。越鸟巢乾后，归飞体更轻。

细雨

萧洒傍回汀，依微过短亭。气凉先动竹，点细未开萍。稍促高高燕，微疏的的萤。故园烟草色，仍近五门青。礼记注：「天子五门，皋、雉、库、应、路也。」

和张秀才落花有感

晴暖感余芳，红苞杂绛房。落时犹自舞，扫后更闻香。梦罢收罗荐，仙归敕玉箱。回肠九回后，犹有剩回肠。

过姚孝子庐偶书

拱木临周道，荒庐积古苔。鱼因感姜出，鹤为吊陶来。姜诗事母孝，舍侧涌泉，每旦出双鱼以供母膳。陶侃居母忧，二客来吊，化鹤飞去。两鬓蓬常乱，双眸血不开。圣朝敦尔类，非独路人哀。

少将

族亚齐安陆，萧缅封安陆侯。风高汉武威。刘子南。烟波别墅醉，花月后门归。青海闻传箭，天山报合围。一朝携剑起，上马即如飞。

温庭筠

商山早行

晨起动征铎，客行悲故乡。鸡声茅店月，人迹板桥霜。早行名句，尽此一联。槲叶落山路，枳花明驿墙。因思杜陵梦，凫雁满回塘。中晚律诗，每于颈联振不起，往往索然兴尽。

送人东游

古戍落黄叶，浩然离故关。高风汉阳渡，初日郢门山。江上几人在？天涯孤棹还。何当重相见，尊酒慰离颜。起调最高。

太子西池

花红兰紫茎，愁草雨新晴。柳占三春色，莺偷百鸟声。日长嫌辇重，风暖觉衣轻。薄暮香尘起，长杨落照明。

卢氏池上遇雨，赠同游

簟翻凉气集，溪上润残棋。萍皱风来后，荷喧雨到时。寂寥闲望久，飘洒独归迟。无限松江恨，烦君解钓丝。四语与「荷枯雨滴闻」同妙。

许　浑 字用晦，丹阳人。太和六年进士，为当涂、太平二县令。大中三年，为监察御史，历睦、郢二州刺史。有丁卯集。

送客归兰溪

花下送归客，路长应过秋。暮随江鸟宿，寒共岭猿愁。众水喧严濑，群峰抱沈楼。因君几南望，曾向此中游。沈楼即元畅楼，又名八詠楼。

游维山新兴寺，宿石屏村谢叟家

晚过石屏村，村长日渐曛。僧归下岭见，人语隔溪闻。谷响寒耕雪，山明夜烧云。家家扣铜鼓，欲赛鲁将军。原注：「村有鲁肃庙。」

送客归湘楚

无辞一杯酒，昔日与君深。秋色换归鬓，曙光生别心。桂花山庙冷，枫树水楼阴。此路千余里，应劳楚客吟。

马戴 字虞臣，未详里居。会昌四年进士。大中初，太原李司空辟掌书记，以正言被斥为龙阳尉，终太学博士。

落日怅望

孤云与归鸟，千里片时间。念我何留滞，辞家久未还。微阳下乔木，远色隐秋山〔四〕。临水不敢照，恐惊平昔颜。意格俱好，在晚唐中可云轩鹤立鸡群矣。

送人游蜀

别离杨柳陌，迢递蜀门行。若听清猿后，应多白发生。虹霓侵栈道，雨雪杂江声。即下所云「愁人处」。过尽愁人处，烟花是锦城。杜云「仲冬见虹霓」，岂蜀中虹霓与雨雪并见耶？

送柳秀才往连州看弟

离人非逆旅，有弟谪连州。楚雨沾猿暮，湘云拂雁秋。蒹葭行广泽，星月棹寒流。何处江关锁？风涛阻客愁。

楚江怀古

露气寒光集，微阳下楚丘。猿啼洞庭树，人在木兰舟。二语连读，乃见标格。广泽生明月，苍山夹岸流。云中君不降，竟夕自悲秋。

过野叟居

野人闲种树，树老野人前。居止白云内，渔樵沧海边。呼儿采山药，放犊饮溪泉。自著养生论，无烦忧暮年。

赵　嘏

东归道中

未明唤童仆，江上忆残春。风雨落花夜，山川驱马人。星星一镜发，草草百年身。此日念前事，沧洲情更亲。

李　远

字承古，蜀人。太和五年进士，历忠、建、江三州刺史，终御史中丞。

送人入蜀

蜀客本多愁，今君是胜游。碧藏云外树，红露驿边楼。杜魄呼名语，巴江学字流。不知烟雨外，何处梦刀州？

李群玉

登蒲涧寺后岩

五仙骑五羊，何代降兹乡？涧有尧年韭，山余禹日粮。楼台笼海色，草树发天香。歌啸波光里，浮溟兴甚长。

于武陵 品汇云杜曲人。纪事云会昌时人。大中进士。

赠卖松人

入市虽求利，怜君意独真。欲将寒涧树，卖与翠楼人。所卖非所需。瘦叶几经雪，淡花应少春。长安重桃李，徒染六街尘。

东门路

东门车马路，此路有浮沉。白日若不落，红尘应更深。从来名利地，皆起是非心。所以青青草，年年生汉阴。

项斯

字子迁，江东人。始未有闻，以卷谒杨敬之，杨赠诗云：「几度见诗诗尽好，及观标格过于诗。平生不解藏人善，到处逢人说项斯。」未几诗达长安，明年擢上第。

送欧阳衮之闽中

秦城几岁住，犹著故乡衣。失意时相识，成名后独归。海秋蛮树黑，岭夜瘴云飞。为学心难满，知君更掩扉。即「勤学翻知误」意。

纪唐夫

开成时人，余未详。

送友人归宜春

落花兼柳絮，无处不纷纷。远道空归去，流莺独自闻。墅桥喧碓水，山郭入楼云。故里南陔曲，秋期欲送君。应是下第后送归故里省亲，至秋期复送之入都也。

周朴

字太朴，吴兴人。避地福州，寄食乌石山。黄巢寇闽，欲降之。朴曰：「我不仕天子，焉肯从贼？」遂见害。

董岭水

湖州安吉县，门与白云齐。禹力不到处，河声流向西。去衔山色远，近水月光低。中有高人在，沙中曳杖藜。

安吉县水势实流向西，因众山围合也。服其用笔之老。○五六少力。○朴自爱「禹力不到处」二语。有一士跨驴而行，遇朴，佯诵「河声流向东」，促驴行。朴直追数里，告之以「流向西」，非东也。当时传以为笑。

哭陈度

系马向山立，一杯聊奠君。野烟孤客路，寒草故人坟。琴韵归流水，诗情寄白云。日斜休哭后，松韵不堪闻。

陆龟蒙

村中晚望

抱杖柴门立，江村日易斜。雁寒犹忆侣，人病更离家。短鬓堪成雪，双眸旧有花。何须万里外，即此是天涯。

皮日休　字袭美，襄阳人。隐居鹿门，自号间气布衣。咸通中第进士，为著作郎。尝流寓于吴。乾符乱，出关为巢贼所害。日休子光业，辨巢贼时父依吴越王，无遇害事，陆游采入笔记中。

游栖霞寺

不见明居士，空山但寂寥。白莲吟次缺，青霭坐来消。泉冷无三伏，松围有六朝。何时石上月，相对论逍遥？今栖霞之松成围者几十株，三人始能围者九株，今上赐名九株松，有御制诗勒石。

张乔　乔，池州人。咸通中，与许棠、郑谷、张蠙诸人同号十哲。黄巢之乱，隐九华以终。

送友人许棠

离乡积岁年，归路远依然。夜火山头市，春江树杪船。干戈愁鬓改，瘴疠喜家全。何处营甘旨？波涛浸薄田。

许棠　字文化，泾县人。久困名场，李频主解试，首荐之，始得登第。官江宁丞。

登渭南县楼

近甸名偏著，登城景又宽。半空分太华，极目是长安。雪助河流涨，人耕烧色残。闲来时甚少，欲下重凭栏。高瞻阔步，可惜结法稍弱。

寄盩厔薛能少府

满县唯云水，何曾似近畿。晓庭禽集惯，寒署吏衙稀。冰色封深涧，樵声出翠微。时闻迎隐者，依旧著山衣。

野步

闲赏步易远，野吟声自高。路无人到迹，林有鹤遗毛。物外趣多别，尘中心枉劳。沿溪收堕果，坐石唤饥猱。

李咸用 唐末人，未详字与里居。举进士不第，应辟为推官。有披沙集六卷。

访友人不遇

出门无至友，动即到君家。空掩一庭竹，去看何寺花？短僮应捧杖，稚女学擎茶。吟罢留题处，苔阶日影斜。推官有「危城三面水，古树一边春」，及「春雨有五色，洒来花旋成」，传为名句。

闻泉

淅淅梦初惊，幽窗枕簟清。更无人共听，只有月空明。急想穿岩曲，低应过石平。欲将琴强写，不是自然声。五六传「闻」字之神。

秋日访同人

忽忆同心友，携琴去自由。远寻寒涧碧，深入乱山秋。见后却无语，别来长独愁。幸逢三五夕，露坐对冥搜。

崔　塗 字礼山，未详里居。光启中进士。

除夜有感

迢递三巴路，羁危万里身。乱山残雪夜，孤烛异乡人。渐与骨肉远，转于童仆亲。那堪正飘泊，明日岁华新。颔联名俊。「孤客亲童仆」，何许简贵！衍作十字，便不及前人。

李昌符 字岩梦。与张乔、许棠辈齐名。咸通四年进士，历膳部员外郎。

旅游伤春

酒醒乡关远，迢迢听漏终。曙分林影外，春尽雨声中。鸟倦江村路，花残野岸风。十年成底事？羸马厌西东。

晚秋归故居

马省曾行处，连嘶渡晚河。忽惊乡树出，渐识路人多。细径穿禾黍，颓垣压薜萝。乍归犹似客，邻叟亦相过。情景俱真，结意即杜老「邻人满墙头，感叹亦歔欷」意。

塞上行

朔野烟尘起，天军又举戈。阴风向晚急，杀气入秋多。树尽禽栖草，冰坚路在河。汾阳无继者，羌部肯相和？

郑谷

字守愚，袁州人。光启二年擢第，乾宁中为都官郎中。谷诗名盛于唐末，人都传讽，号为郑都官而弗名也。

乱后途中忆张乔〔五〕

天末去程孤，沿淮复向吴。乱离知又甚，安稳到家无？树尽云垂野，樯稀月满湖。伤心绕村路，应少旧耕夫。

杜荀鹤

字彦之，池州人。大顺中进士，后授翰林学士知制诰。序己文为唐风集。

春宫怨

早被婵娟误，恃貌而误。欲妆临镜慵。承恩不在貌，教妾若为容？不得已而随俗。风暖鸟声碎，日高花影重。年年越溪女，相忆采芙蓉。回忆盛年以自伤也，须曲体此意。

送人游吴

君到姑苏见，人家尽枕河。古宫闲地少，水港小桥多。写吴中如画。夜市卖菱藕，春船载绮罗。遥知未眠月，乡思在渔歌。

送人宰吴县

海涨兵荒后，为官合动情。字人无异术，至论不如清。千古不易。草履随船卖，绫梭隔岸鸣。惟持古人意，千里赠君行。

罗隐

字昭谏，新登人。十上不中第，投钱镠，累官至盐铁发运副使，奏授司勋郎。朱梁以谏议大夫召，不行。年七十七终。○南唐李氏尝遣使聘越，越人问：「见罗给事否？」使人云：「不识，亦不闻名。」越人云：「四海闻罗江东，何拙之甚？」答云：「为金榜无名，所以不知。」

寄陆龟蒙

龙楼李丞相，昔岁仰高文。黄阁寻无主，青山竟未闻。夜船乘海月，秋寺伴江云。却恐尘埃里，浮名点汙君。时李相公蔚尝征其诗而未能用，故寄此诗。

刘绮庄 未详，从诗话中采之。

扬州送人

桂楫木兰舟，枫江竹箭流。故人从此去，望远不胜愁。落日低帆影，回风引棹讴。思君折杨柳，泪尽武昌楼。

韦庄 字端己，杜陵人。乾宁中进士，授校书郎。后依王建。建即伪位，拜散骑常侍，进吏部侍郎平章事，卒。

延兴门外作

芳草五陵道，美人金犊车。绿奔穿内水，红落过墙花。马足倦游客，鸟声欢酒家。王孙归去晚，宫树欲栖鸦。

婺州和陆谏议将赴阙怀阳羡山居

望阙路仍远，子牟魂欲飞。道开烧药鼎，僧寄卧云衣。故国饶芳草，他山挂夕晖。东阳虽胜地，王粲奈思归！

李　洞 字才江，唐诸王孙。昭宗时不第，游蜀。为诗追慕贾岛，人病其僻涩，惟吴融亟称之。

送雲卿上人游安南

春往海南边，秋闻半路蝉。鲸吞洗钵水，犀触点灯船。岛屿分诸国，星河共一天。长安却回日，松偃旧房前。

王贞白 字有道，永丰人。乾宁中进士，官校书郎。

题严陵钓台

山色四时碧，溪光七里清。严陵爱此景，下视汉公卿。垂钓月初上，放歌风正轻。应怜渭滨叟，匡国只论兵。正以不著断语为高，笔力亦复遒劲。

御沟水

一派御沟水，绿槐相荫清。此中涵帝泽，无处濯尘缨。鸟道来虽险，龙池到自平。朝宗心本切，愿向急流倾。三语初作「此波」，以示贯休。休曰：「甚好，只是剩一字。」贞白去。休曰：「此公思敏。」书一「中」字于掌。顷贞白回，曰：「已改『此中』。」休以掌示之，相视而笑。

秋日旅怀寄右省郑拾遗

永夕愁不寐，草虫喧客庭。半窗分晓月，当枕落残星。鬓发游梁白，家山近越青。知音在谏省，苦调有谁听？

张蠙 字象文，清河人。乾宁中进士。王建开国，拜员外郎。后王衍见其「墙头细雨垂纤草，水面回风聚落花」句，命录诗稿，欲召为知制诰。宋光嗣以轻傲止之，赐金而已。

登单于台

边兵春尽回，独上单于台。白日地中出，黄河天上来。沙翻痕似浪，风急响疑雷。欲向阴关度，阴关晓不开。

周繇 未详。

望海〔六〕

苍茫空泛日，四顾绝人烟。半浸中华岸，旁通异域船。岛间知有国，波外恐无天。欲作乘槎客，翻愁去隔年〔七〕。友人费滋衡咏海诗十章，投之于海，鱼龙腾跃，似迎此诗者然。人以才大目之。余谓咏海何难万言，惟简而该为贵也。读「岛间知有国，波外恐无天」，爽然自失矣。

崔道融 道融，荆州人。以征辟为永嘉令，累官右补阙。

梅花

数萼初含雪，孤标画本难。香中别有韵，清极不知寒。横笛和愁听，斜枝倚病看。朔风如解意，容易莫摧残。

宋若宪 以下女士。○若宪，贝州人。父廷芬，生五女，皆警慧，善属文。德宗召入，呼女学士。若宪，第四女也。

催妆诗

雲安公主贵，出嫁五侯家。天母亲调粉，日兄怜赐花。催铺百子帐，待障七香车。借问妆成未？东方欲晓霞。

薛　媛〔八〕濠梁南楚材妻。

写真寄外

欲下丹青笔，先拈宝镜寒。已惊颜索寞，渐觉鬓凋残。泪眼描将易，愁肠写出难。恐君浑忘却，时展画图看。楚材旅游，受颍牧之眷〔九〕，欲妻以女，无返旧意。媛对镜写真〔一〇〕，并诗寄之。楚材自惭，还与偕老。

李　冶字季兰，女冠也。高仲武云：『「士有百行，女有四德」。季兰则不然，形器既雄，诗亦豪荡。如「远水浮仙棹，寒星伴使车」，此五言之佳境也。』

寄校书七兄

无事乌程县，蹉跎岁月余。不知芸阁吏，寂寞竟何如？远水浮仙棹，寒星伴使车。因过大雷泽，莫忘几行书。不求深邃，自足雅音。

送韩揆之西江

相看指杨柳，别恨转依依。万里西江水，孤舟何处归？湓城潮不到，夏口信应稀。唯有衡阳雁，年年来去飞。

元　淳　洛中人，女冠。

寄洛中诸妹

旧国经年别，关河万里思。题书凭雁翼，望月想蛾眉。白发愁偏觉，归心梦独知。谁堪离乱处，掩泪向南枝？

释皎然　以下释氏。○皎然姓谢氏，字清昼，吴兴人，灵运十世孙，居杼山。颜鲁公为刺史，集文士撰韵海，皎然预其论著。贞元中，取其集藏之，于頔为序。

送刘司法之越州

萧萧鸣夜角，驱马背城濠。雨后寒流急，秋来朔吹高。三山期望海，八月欲观涛。几日西陵路，应逢谢法曹。

啼猿送客

万里巴江外，三声月峡深。何年有此路？几客共沾襟？断壁分垂影，流泉入苦吟。凄凄别离后，闻此更伤心。

寻陆鸿渐不遇

移家虽带郭，野径入桑麻。近种篱边菊，秋来未著花。扣门无犬吠，欲去问西家。报道山中去，归来每日斜。通首散语，存此以识标格。

处默 未详。

圣果寺 即今之吴山，寺院比密，而圣果寺不存矣。江之东萧山一带皆是。

路自中峰上，盘回出薜萝。到江吴地尽，隔岸越山多。古木丛青霭，遥天浸白波。下方城郭近，钟磬杂笙歌。

齐己 姓胡，襄州人，名得生。

早梅

万木冻欲折，孤根暖独回。前村深雪里，昨夜一枝开。风递幽香出，禽窥素艳来。明年如应律，先发望春台。三四格胜，五六只是凡语。〇原本「昨夜数枝开」，许丁卯改「一」字，即所谓「一字师」也。

剑客

拔剑绕残尊，歌终便出门。西风满天雪，何处报人恩？勇死寻常事，轻仇不足论！翻嫌易水上，细碎动离魂。豪爽，何尝是僧诗？

秋夜听业上人弹琴

万物都寂寂，堪闻弹正声。太和元气，从来咏琴诗俱未写到。人心尽如此，天下自和平。湘水泻寒碧，古风吹太清。往年庐岳奏，今夕更分明。渊灏之气，应在李颀、常建之间。

寄方干处士鉴湖旧居

贺监旧山川，空来近百年。闻君与琴鹤，终日在渔船。方处士呼之欲出。岛路深秋石，湖灯半夜天。云门几回去，题遍好林泉。

景　雲　未详。

溪叟

溪翁居处静，溪鸟入门飞。早起钓鱼去，夜深乘月归。露香菰米熟，烟暖荇丝肥。潇洒尘埃外，扁舟一草衣。

校记

〔一〕淮南子云长年悲木落　按：淮南子说山训作「故桑叶落而长年悲也」。庾信枯树赋引之云：「淮南子曰：『木叶落，长年悲。』」

〔二〕虚馆对芳塘　「芳塘」原作「荒塘」，据全唐诗改。

〔三〕潘鬓入秋悲　「秋」原作「愁」，据全唐诗改。

〔四〕远色隐秋山　按：唐诗品汇卷六八注一作「远烧入秋山」，可从。此乃以下句形上句，以「远烧」比「微阳」，句法甚奇。

〔五〕乱后途中忆张乔　全唐诗作「久不得张乔消息」。

〔六〕望海　原作「海望」，据全唐诗改。

〔七〕翻愁去隔年　「愁」原作「然」，据全唐诗改。

〔八〕薛媛　「媛」原作「瑗」，据全唐诗改。按：才调集卷一〇、唐诗纪事卷七八均作「薛媛」。

〔九〕受颍牧之眷　「颍」原作「颜」，据唐范摅云溪友议改。

〔一〇〕媛对镜写真　「媛」原作「瑗」，据云溪友议改。

重订唐诗别裁集卷十三

七言律诗

沈佺期

龙池篇

新书礼乐志：「帝赐第隆庆坊，坊南地变为池。即位后作龙池乐，姚崇、佺期等共作乐章十章。」此系第三章。

龙池跃龙龙已飞，龙德先天天不违。池开天汉分黄道，龙向天门入紫微。邸第楼台多气色，君王凫雁有光辉。为报寰中百川水，来朝此地莫东归。经语入诗，体格亦复超拔，一结有万国来朝之意。

古意〔一〕

乐府作独不见。

卢家少妇郁金香〔二〕，海燕双栖玳瑁梁。九月寒砧催木叶，十年征戍忆辽阳。白狼河塞外。北音书断，丹凤城长安。南秋夜长。谁为含愁独不见？更教明月照流黄。以「卢家少妇」起兴，言夫妇相守，犹雕梁之燕也。下就分离言。○乐府「卢家兰室桂为梁，中有郁金苏合香。」应是「郁金香」，别本作「堂」者非。

奉和立春游苑迎春

初唐七律，事多而寡用之，情多而简出之，特每篇结句不无浅率之弊，为风气所囿耳。后人一概抹煞，如何平允。

东郊暂转迎春仗，上苑初飞行庆杯。风射蛟冰千片断，气冲鱼钥九关开。林中觅草才生蕙，殿里争花併是梅。歌吹衔恩归路晚，栖乌半下凤城来。

兴庆池侍宴应制

即龙池。此侍宴泛舟而作。

碧水澄潭映远空，紫云香气御微风。汉家城阙疑天上，秦地山川似镜中。向浦回舟萍已绿，分林蔽殿槿初红。古来徒羡横汾赏，即汉武秋风辞。今日宸游圣藻雄。

奉和春初幸太平公主南庄应制

公主武后所生，后爱之过于诸女。睿宗即位，主权震天下。玄宗立，主以谋逆赐死。

主家山第早春归，御辇春游绕翠微。买地铺金曾作埒，寻河取石旧支机。云间树色千花满，竹里泉声百道飞。自有神仙鸣凤曲，併将歌舞报恩晖。

遥同杜员外审言过岭

天长地阔岭头分，去国离家见白云。洛浦风光何所似？崇山瘴疠不堪闻。南浮涨海人何处？北望衡阳雁几群。两地江山万余里，何时重谒圣明君？佺期流驩州，审言流峰州，南北分飞，同时过岭而作。○「圣明君」似俚，然刘祯有「将须圣明君」句。

再入道场纪事应制

南方归去再生天，内殿今年异昔年。见辟乾坤新定位，看题日月更高悬。行随香辇登仙路，坐近炉烟讲法筵。自喜恩深陪侍从，两朝长在圣人前。云卿于流窜后召入，故云。应是中宗初复位时。

杜审言

春日京中有怀

今年游寓独游秦，愁思看春不当春。上林苑里花徒发，细柳营前叶漫新。公子南桥应尽兴，将军西第几留宾〔三〕。寄语洛城风日道：明年春色倍还人。造语新异，以后人熟诵不觉耳。○明年春色，恐未还人，奈何！

李峤

奉和初春幸太平公主南庄应制

主家山第接云开，天子春游动地来。羽骑参差花外转，霓旌摇曳日边回。还将石溜调琴曲，更取峰霞入酒杯。鸾辂已辞乌鹊渚，（以织女比公主。）箫声犹绕凤凰台。（初唐每多对结。）

宗楚客

奉和幸安乐公主山庄应制（公主亦武后女。）

玉楼银榜枕严城，翠盖红旗列禁营。日映层岩图画色，风摇杂树管弦声。水边重阁含飞动，云里孤峰类削成。幸睹八龙游阆苑，无劳万里访蓬瀛。（八句皆对，能以髡实胜人。）

宋之问

嵩山石淙侍宴应制（此武后游幸石淙而作也。上有御诗，下多诸臣和作，狄人杰、宋璟、张昌宗、易之并列，今碑尚留嵩山。）

离宫秘苑胜瀛洲，别有仙人洞壑幽。岩边树色含风冷，石上泉声带雨秋。鸟向歌筵来度曲，云依帐殿结为楼。微臣昔忝方明御，今日还陪八骏游。

苏　颋

奉和春日幸望春宫应制

东望望春春可怜，更逢晴日柳含烟。宫中下见南山尽，城上平临北斗悬。写高峻意，语特浑成。细草偏承回辇处，飞花故落舞筵前。宸游对此欢无极，鸟弄歌声杂管弦。

兴庆池侍宴应制

降鹤池前回步辇，栖鸾树杪出行宫。山光积翠遥疑逼，水态含青近若空。直视天河垂象外，俯窥京室画图中。皇欢未使恩波极，日暮楼船更起风。因泛舟侍宴，故有末句。

扈从鄠杜间，奉呈刑部尚书舅、崔黄门、马常侍

翠辇红旗出帝京，长杨鄠杜昔知名。云山一一看皆美，竹树萧萧画不成。清疏。羽骑将过持袂拂，香车欲度卷帘行。汉家曾草巡游赋，何似今来应圣明？

李邕

字太和，扬州人，善之子。李峤荐拜左拾遗。玄宗时，为御史中丞，出为北海太守。李林甫忌其名，傅以罪，遣御史杖杀之。○邕长碑颂文，尤工八法，中朝衣冠及天下寺观多求其文，至今有流传者。

奉和初春幸太平公主南庄应制

传闻银汉支机石，复见金舆出紫微。织女桥边乌鹊起，仙人楼上凤凰飞。流风入座飘歌扇，瀑水当阶溅舞衣。今日还同犯牛斗，乘槎共泛海潮归。以己扈从言，应起句，非复也。○初唐应制多谀美之词，况当武后、中宗朝，又天下秽浊时也。众手雷同，初无颂不忘规之意，故不能多录，取铁中铮铮者几章，以备一体。

张说

灉湖山寺

空山寂历道心生，虚谷迢遥野鸟声。禅室从来尘外赏〔四〕，香台岂是世中情？云间东岭千重出，树里南湖一片明。若使巢由同此意，不将萝薜易簪缨。巢、由当指「终南捷径」一辈人，不然，岂有轻视天下者而不能忘情于簪缨耶？诸家解说未稳〔五〕。

贾　曾　曾，洛阳人。景云中为员外郎。开元中徙谏议大夫，坐事贬，复迁礼部侍郎。

奉和春日出苑瞩目应令　秦法，太子称令。

铜龙晓辟问安回，金辂春游博望开。太子苑名。渭水晴光摇草树，终南佳气入楼台。招贤已从商山老，托乘还征邺下才。臣在东周独留滞，忻逢睿藻日边来。题本出苑，而起句先说问安，发端正大。

崔　颢

黄鹤楼　在武昌。

昔人已乘黄鹤去，此地空余黄鹤楼。黄鹤一去不复返，白云千载空悠悠。晴川历历汉阳树，芳草萋萋鹦鹉洲。日暮乡关何处是？烟波江上使人愁。末因凭吊而怀乡也。〇意得象先，神行语外，纵笔写去，遂擅千古之奇。

行经华阴　因华山在前，故县名华阴。

岧峣太华俯咸京，天外三峰削不成。太华三峰如削，今反云「削不成」，妙。武帝祠前云欲散，仙人掌上雨初晴。河山北枕秦关险，驿路西连汉畤平。借问路傍名利客，何如此处学长生？三峰谓芙蓉、明星、玉女。○汉五帝畤在岐州雍县南。畤，神灵所止也。

张　谔

谔景龙进士第。岐王範好士，与阎朝隐、刘廷琦、郑繇等饮酒赋诗。驸马都尉裴虚己善谶纬，坐私与範游，徙岭南，廷琦贬司户，谔山茌丞〔六〕。然明皇于範无间也〔七〕。

九日

秋天林下不知春，一种佳游事也均。绛叶从朝飞著夜，黄花开日未成旬。将曛陌树频惊马〔八〕，半醉归途数问人。城远登高并九日，茱萸凡作几年新。

祖　咏

望蓟门

燕台一去客心惊，笳鼓喧喧汉将营。万里寒光生积雪，三边曙色动危旌。沙场烽火侵胡月，海畔云山拥蓟城。少小虽非投笔吏，论功还欲请长缨。

崔　曙

九日登望仙台呈刘明府

神仙传：「河上公授汉文老子而失所在（九），帝于西山筑台望之。」

汉文皇帝有高台，耸拔。此日登临曙色开。三晋云山皆北向，二陵风雨自东来。关门令尹谁能识？河上仙翁去不回。且欲近寻彭泽宰，陶然共醉菊花杯。一气转合，就题有法。

李　憕

憕，太原人。以明经举。开元中，为监察御史。天宝中，累官礼部尚书。禄山乱遇害，谥忠懿。

奉和圣制从蓬莱向兴庆阁道中留春雨中春望之作应制

别馆春还淑气催，三宫路转凤凰台。云飞北阙轻阴散，雨歇南山积翠来。御柳遥随天仗发，林花不待晓风开。已知圣泽深无限，更喜年芳入睿才。首句「蓬莱」，次句「向兴庆」，三四「雨中」，五六「春望」，结美御制。

王　维

奉和圣制从蓬莱向兴庆阁道中留春雨中春望之作应制

渭水自萦秦塞曲，黄山旧绕汉宫斜。銮舆迥出千门柳，阁道回看上苑花。云里帝城双凤阙，雨中春树万人家。诗中有画。为乘阳气行时令，不是宸游玩物华。结意寓规于颂，臣子立言，方为得体。○应制诗应以此篇为第一。

敕赐百官樱桃

芙蓉阙下会千官，紫禁朱樱出上兰。才是寝园春荐后，非关御苑鸟衔残。归鞍竞带青丝笼，先赐者。中使频倾赤玉盘。后赐者。饱食不须愁内热，大官还有蔗浆寒。起句敕赐之由，三四见敬礼臣下，结见君恩无已。词气雍和，浅深合度，与少陵野人送朱樱诗，均为三唐绝唱。○三辅黄图：「上林有上兰观。」作「上阑」者非。

敕借岐王九成宫避暑应教

帝子远辞丹凤阙，天书遥借翠微宫。隔窗云雾生衣上，卷幔山泉入镜中。林下水声喧语笑，岩间树色隐房栊。仙家未必能胜此，何事吹箫向碧空？

和贾至舍人早朝大明宫之作

绛帻鸡人报晓筹，尚衣方进翠云裘。九天阊阖开宫殿，万国衣冠拜冕旒。日色才临仙掌动，香烟欲傍衮龙浮。朝罢须裁五色诏，珮声归到凤池头。早朝倡和诗，右丞正大，嘉州明秀，有鲁、卫之目。贾作平平，杜作无朝之正位，不存可也。

和太常韦主簿五郎温泉寓目

汉主离宫接露台，秦川一半夕阳开。青山尽是朱旗绕，碧涧翻从玉殿来。新丰树里行人度，小苑城边猎骑回。闻道甘泉能献赋，悬知独有子雲才。

出塞作

居延城外猎天骄，白草连天野火烧。暮云空碛时驱马〔一○〕，秋日平原好射雕。项「猎天骄」言。护羌校尉朝乘障，破虏将军夜度辽。玉靶角弓珠勒马，汉家将赐霍嫖姚。上言疆埸有警，下言命将出师，一结得「彤弓弨兮，受言藏之」意。○二「马」字押脚，亦是一病。

酬郭给事

洞门高阁霭余晖，桃李阴阴柳絮飞。禁里疏钟官舍晚，省中啼鸟吏人稀。晨摇玉珮趋金殿，夕奉天书拜琐闱。强欲从君无那老，将因卧病解朝衣。

积雨辋川庄作

积雨空林烟火迟，蒸藜炊黍饷东菑。漠漠水田飞白鹭，状水田之广。阴阴夏木啭黄鹂。状夏木之深。山中习静观朝槿，松下清斋折露葵。野老与人争席罢，海鸥何事更相疑？俗说谓「水田飞白鹭，夏木啭黄鹂」，乃李嘉祐句，右丞袭用之。不知本句之妙，全在「漠漠」「阴阴」，去上二字，乃死句也。况王在李前，安得云王袭李耶？

送杨少府贬郴州（二）

明到衡山与洞庭，「明」谓明日。若为秋月听猿声？愁看北渚三湘远，恶说南风五两候风羽。轻。青草瘴时过夏口，白头浪里出湓城。长沙不久留才子，贾谊何须吊屈平？不能北归，反恶南风，语妙意曲。

送方尊师归嵩山

仙宫欲住九龙潭，毛节朱幡倚石龛。山压天中半天上，洞穿江底出江南。奇境非此奇句不能写出。瀑布杉松常带雨，夕阳彩翠忽成岚。借问迎来双白鹤，已曾衡岳送苏耽？

春日与裴迪过新昌里访吕逸人不遇

桃源一向绝风尘，柳市南头访隐沦。到门不敢题凡鸟，看竹何须问主人？城上青山如屋里，东家流水入西邻。闭户著书多岁月，种松皆作老龙鳞。

孟浩然

登安阳城楼

城在汉中府汉阴县。

县城南面汉江流，江涨开成南雍州。才子乘春来骋望，群公暇日坐销忧。楼台晚映青山郭，罗绮晴骄绿水洲。向夕波摇明月动，更疑神女弄珠游。

李 颀

东川七律，故难与少陵、右丞比肩，然自是安和正声。自明代嘉、隆诸子奉为圭臬，又不善学之，只存肤面，宜招毛初晴太史之讥也。然讥诸子而痛扫东川，毋乃因噎而废食乎？

送魏万之京

朝闻游子唱离歌，昨夜微霜初度河。「度河」以人言。鸿雁不堪愁里听，云山况是客中过。关城曙色催寒近，御苑砧声向晚多。莫见长安行乐处〔二〕，空令岁月易蹉跎。结意勉以立功，若曰勿以长安为行乐之地，而蹉跎无成也。

寄司勋卢员外〔三〕

流澌腊月下河阳，草色新年发建章。秦地立春传太史，汉宫题柱忆仙郎。归鸿欲度千门雪，侍女新添五夜香。早晚荐雄文似者，故人今已赋长杨。望人荐引，却能自占身分。○三辅录：「田凤为尚书郎，入奏事，灵帝目送之，因题柱曰：『堂堂乎张，京兆田郎。』」○汉官仪：「尚书郎入直，女侍史挈被服、持香炉随入台中。」

题璿公山池

远公遁迹庐山岑，开士幽居祇树林。片石孤云窥色相，清池皓月照禅心。指挥如意天花落，坐卧闲房春草深。此外俗尘都不染，惟余玄度许询字。得相寻。

寄綦母三名潜。

新加大邑绶仍黄，近与单车向洛阳。顾盼一过丞相府，风流三接令公香。南川粳稻花侵县，西岭云霞色满堂。共道进贤蒙上赏，看君几岁作台郎？

送李回

知君官属大司农，诏幸骊山职事雄。岁发金钱供御府，昼看仙液注离宫。千岩曙雪旌门上，十月寒花辇路中。不睹声名与文物，自伤留滞去关东。四语「仙液」谓汤池。

宿莹公禅房闻梵

花宫仙梵远微微，月隐高城钟漏稀。夜动霜林惊落叶，晓闻天籁发清机。萧条已入寒空静，飒沓仍随秋雨飞。二语正写梵音。始觉浮生无住著，顿令心地欲皈依。

题卢五旧居

物在人亡无见期，闲庭系马不胜悲。窗前绿竹生空地，门外青山似旧时。怅望秋天鸣坠叶，巑岏枯柳宿寒鸱。忆君泪落东流水，岁岁花开知为谁〔一四〕？

高　適

送前卫县李寀少府

黄鸟翩翩杨柳垂，春风送客使人悲。怨别自惊千里外，论交却忆十年时。云开汶水孤帆远，少府之行。路绕梁山匹马迟。自己之归。此地从来可乘兴，留君不住益凄其。情不深而自远，景不丽而自佳，韵使之也。

送李少府贬峡中、王少府贬长沙

嗟君此别意何如？驻马衔杯问谪居。巫峡峡中。啼猿数行泪，衡阳长沙。归雁几封书。青枫江长沙。上秋天远，白帝城峡中。边古木疏。圣代即今多雨露，暂时分手莫踌躇。连用四地名，究非律诗所宜，五六浑言之，斯善矣。

夜别韦司士得城字。

高馆张灯酒复清，夜钟残月雁归声。只言啼鸟堪求侣，无那春风欲送行。黄河曲里沙为岸，白马津边柳向城。莫怨他乡暂离别，知君到处有逢迎。以上皆近酬应诗，因神韵使人不觉，知近体贵神韵也。

岑参

和贾至舍人早朝大明宫之作

鸡鸣紫陌曙光寒，莺啭皇州春色阑。金阙晓钟开万户，玉阶仙仗拥千官。花迎剑佩星初落，柳拂旌旗露未乾。独有凤凰池上客，阳春一曲和皆难。

和祠部王员外雪后早朝即事

长安雪后似春归，积素凝华连曙辉。色借玉珂迷晓骑，光添银烛晃朝衣。西山落月临天仗，作比似看。北阙晴云捧禁闱。闻道仙郎歌白雪，关合。由来此曲和人稀。

奉和杜相公发益州 唐书：「崔旰杀郭英乂，据成都，上命宰相杜鸿渐镇抚之。」

相国临戎别帝京，拥旄持节远横行。朝登剑阁云随马，夜度巴江雨洗兵。山花万朵迎征盖，川柳千条拂去旌。暂到蜀城应计日，计日定乱，望其归也。须知明主待持衡。

九日使君席奉饯卫中丞赴长水

节使横行西出师，鸣弓擐甲羽林儿。台上霜风凌草木〔一五〕，军中杀气傍旌旗。预知汉将宣威日，正是胡尘欲灭时。为报使君多泛菊，泛菊以壮行色，补九日意。更将弦管醉东篱。

首春渭西郊行，呈蓝田张二主簿

回风度雨渭城西，细草新花踏作泥。秦女峰头雪未尽，胡公陂上日初低。愁窥白发羞微禄，悔别青山忆旧溪。闻道辋川多胜事，玉壶春酒正堪携。主簿应居辋川，故欲携酒往游。

暮春虢州东亭送李司马归扶风别庐

柳亸莺娇花复殷，红亭绿酒送君还。到来函谷愁中月，归去磻溪梦里山。「梦里山」，言客中所梦之山，今始得归也。帘前春色应须惜，世上浮名好是闲。西望乡关肠欲断，对君衫袖泪痕斑。司马归而己为客，是以望乡垂涕也。

万　楚

楚，开元中进士，字与里居未详。

骢马

金络青骢白玉鞍，长鞭紫陌野游盘。朝驱东道尘恒灭，暮到河源日未阑。汗血每随边地苦，蹄伤不惮陇阴寒。君能一饮长城窟，为尽天山行路难。几可追步老杜咏马诗。诸家舍此，只取五日观妓，谓末句「却令今日死君家」，与彩丝续命关合，巧则巧矣，讵非风雅之愆耶！

张　谓　字正言，河南人。天宝二年进士。大历中，官至礼部侍郎，典贡举。

别韦郎中

应是已适楚，韦适蜀，故中二联分写。三四写情，五六写景，不嫌其复。

星轺计日赴岷峨，云树连天阻笑歌。南入洞庭楚。随雁去，西过巫峡蜀。听猿多。峥嵘洲楚。上飞黄叶〔一六〕，滟滪堆蜀。边起白波。不醉郎中桑落酒，教人无奈别离何！原本「飞黄叶」，别本作「黄蝶」误。

杜侍御送贡物戏赠

铜柱珠崖道路难，伏波横海旧登坛。越人自贡珊瑚树，汉使何劳獬豸冠？疲马山中愁日晚，孤舟江上畏春寒。由来此货称难得，多恐君王不忍看。旅獒不宝远物之意。〇亦严亦婉，讽侍御兼以讽君〔一七〕。

春园家宴

南园春色正相宜，大妇同行小妇随。竹里登楼人不见，花间觅路鸟先知。樱桃解结垂檐子，杨柳能低入户枝。山简醉来歌一曲，参差笑杀郢中儿。

李　白

登金陵凤凰台

凤凰台上凤凰游，凤去台空江自流。吴宫花草埋幽径，晋代衣冠成古丘。三山半落青天外，二水中分白鹭洲。总为浮云能蔽日，长安不见使人愁。三山二水可见，而长安不见，为浮云蔽也。有忧谗畏讥意。○从心所造，偶然相似，必谓摹仿司勋，恐属未然。○江宁北十二里有三山相接，城西南有白鹭洲。○自方山合流至建康，分为二支，中夹一洲名白鹭。

送贺监归四明应制

四明山在宁波府南百五十里，上有石窗，通日月星辰，故曰四明。

久辞荣禄遂初衣，曾向长生说息机。真诀自从茅氏得，恩波应许洞庭归。瑶台含雾星辰满，仙峤浮空岛屿微。借问欲栖珠树鹤，何年却向帝城飞？望其复来帝城，借说便不入套。

别中都明府兄〔一八〕

吾兄诗酒继陶君，试宰中都天下闻。东楼喜奉连枝会，南陌愁为落叶分。城隅渌水明秋日，海上青山隔暮云。取醉不辞留夜月，雁行中断惜离群。

鹦鹉洲

黄祖杀祢衡，葬于江中之洲，因衡赋鹦鹉，故洲以是名。

鹦鹉来过吴江水，江上洲传鹦鹉名。鹦鹉西飞陇山去，芳洲之树何青青？烟开兰叶香风暖，岸夹桃花锦浪生。迁客此时徒极目，长洲孤月向谁明？以古笔为律诗，盛唐人每有之，大历后此调不复弹矣。

杜甫

杜七言律有不可及者四：学之博也，才之大也，气之盛也，格之变也。五色藻缋，八音和鸣，后人如何仿佛？〇王摩诘七言律风格最高，复饶远韵，为唐代正宗。然遇杜秋兴、诸将、咏怀古迹等篇，恐瞠乎其后，以杜能包王，王不能包杜也。〇中有疏宕一体，实为宋、元人滥觞，才大自无所不可也。然学杜者，不应从此种入。〇凡名家诗有名句可采，如郑鹧鸪、崔鸳鸯、赵倚楼之类是也。杜诗议论正，器局高，却无名句可采，所以彦恢高氏独列为大家。

题张氏隐居

即张卿也。

春山无伴独相求，伐木丁丁山更幽。涧道余寒历冰雪，石门斜日到林丘。不贪夜识金银气，远害朝看麋鹿游。乘兴杳然迷出处，对君疑是泛虚舟。「不贪」句言其识之清，「远害」句言其识之旷，不必穿凿。

城西陂泛舟 城西陂即渼陂。

青蛾皓齿在楼船，横笛短箫悲远天。春风自信牙樯动，迟日徐看锦缆牵。鱼吹细浪摇歌扇，燕蹴飞花落舞筵。不有小舟能荡桨，百壶那送酒如泉？

九日蓝田崔氏庄

老去悲秋强自宽，兴来今日尽君欢。羞将短发还吹帽，活用旧事。笑倩傍人为正冠。蓝水远从千涧落，玉山高並两峰寒。明年此会知谁健？醉把茱萸子细看。茱萸，酒名。言把酒而看蓝水、玉山，不忍遽去也。若云看茱萸，有何意味！

崔氏东山草堂 东山即蓝田山。

爱汝玉山草堂静，高秋爽气相鲜新。有时自发钟磬响，落日更见渔樵人。盘剥白鸦谷口栗，饭煮青泥坊底芹。何为西庄王给事，柴门空闭锁松筠？此以古为律，谓之拗体，可偶一为之。○「芹」韵在十二文，应是「莼」字。王维辋川在蓝田之西，故云「西庄」。似有讽之归来意。

紫宸殿退朝口号随口行吟曰口号。

户外昭容女官也。紫袖垂，双瞻分行也。御座引朝仪。香飘合殿春风转，花覆千官淑景移。昼漏稀闻高阁报，天颜有喜近臣知。宫中每出归东省，会送夔龙集凤池。紫宸乃内殿，故所咏皆宫中之景，与大明宫自别。

曲江对雨

城上春云覆苑墙，江亭晚色静年芳。林花著雨燕脂湿，水荇牵风翠带长。龙武新军深驻辇，芙蓉别殿漫焚香。何时诏此金钱会？暂醉佳人锦瑟傍。前半写雨景之寂静，后半怀南内之凄凉，不忘上皇也。末冀复见金钱之会，无限低徊。〇上皇改龙武军，从夹城达芙蓉园，今云「深驻辇」「漫焚香」，见不复检阅临幸也。〇开元二年，宴百官于承天门，令左右撒金钱，赐之争拾。宴时太常教坊乐具在，故曰「佳人」。

送郑十八虔贬台州司户，伤其临老陷贼之故，阙为面别，情见于诗

郑公樗散鬓成丝，酒后常称老画师。万里伤心严谴日，百年垂死中兴时。苍黄已就长途往，邂逅无端出饯迟。便与先生应永诀，九重泉路尽交期！屈曲赴题，清空一气，与闻官军收河南河

北，同是一格。

至日遣兴，奉寄北省旧阁老两院故人

忆昨逍遥供奉班，去年今日侍龙颜。麒麟不动炉烟上，孔雀徐开扇影还。玉几由来天北极，朱衣只在殿中间。孤城此日肠堪断，愁对寒云雪满山。此公出为华州掾，故有此诗。○追忆去岁朝仪而今不得与，惓惓有故主之思焉。

蜀相

丞相祠堂何处寻？锦官城外柏森森。映阶碧草自春色，隔叶黄鹂空好音。三顾频烦天下计，两朝开济老臣心。檃括武侯生平，激昂痛快。出师未捷身先死，长使英雄泪满襟。宗忠简临终诵此二语。○「开济」言开基济美，合两朝言之。

野老

野老篱前江岸回，柴门不正逐江开。如画。渔人网集澄潭下，估客船随返照来。长路关心悲剑阁，片云何意傍琴台？王师未报收东郡，城阙秋生画角哀。前写晚景，后写旅情，不必承接，杜诗中偶有此格。

送韩十四江东觐省

兵戈不见老莱衣，叹息人间万事非。我已无家寻弟妹，君今何处访庭闱？黄牛峡静滩声转，白马江寒树影稀。「滩声」「树影」，写离情乡思，神致淋漓。此别应须各努力，故乡犹恐未同归。前半言江东觐省，后半言蜀江送别。

野人送朱樱

西蜀樱桃也自红，野人相赠满筠笼。数回细写愁仍破，万颗匀圆讶许同。忆昨赐沾门下省，开笔。退朝擎出大明宫。金盘玉箸无消息，此日尝新任转蓬。阖笔。○「也自红」「愁仍破」「讶许同」，俱对赐樱桃著笔。下半流走直下，格法独创。

南邻

锦里先生乌角巾，园收芋栗未全贫。惯看宾客儿童喜，得食阶除鸟雀驯。秋水才深四五尺〔一九〕，自然。野航恰受两三人。白沙翠竹江村暮，相送柴门月色新。前半言造南邻之居，后半言同舟送别也。

和裴迪登蜀州东亭送客逢早梅相忆见寄

东阁官梅动诗兴，还如何逊在扬州。此时对雪遥相忆，送客逢春可自由？幸不折来伤岁暮，若为看去乱乡愁？无限曲折。江边一树垂垂发，朝夕催人自白头。

客至原注：「喜崔明府相过。」

舍南舍北皆春水，但见群鸥日日来。花径不曾缘客扫，蓬门今始为君开。盘飧市远无兼味，樽酒家贫只旧醅。肯与邻翁相对饮，隔篱呼取尽余杯。

宾至

幽栖地僻经过少，老病人扶再拜难。岂有文章惊海内？自谦实自任也。漫劳车马驻江干。竟日淹留佳客坐，百年粗粝粝音辣。腐儒餐。不嫌野外无供给，乘兴还来看药栏。

恨别

洛城一别四千里，胡骑长驱五六年。草木变衰行剑外，兵戈阻绝老江边。思家步月清宵立，忆弟看云白日眠。闻道河阳近乘胜，司徒急为破幽燕。见公将略与李泌建议同〔一〇〕。「司徒」，李光弼也。○若说如何思，如何忆，情事易尽，「步月」「看云」，有不言神伤之妙。

秋尽

秋尽东行且未回，茅斋寄在少城隈。篱边老却陶潜菊，江上徒逢袁绍杯。以郑康成自比。雪岭独看西日落，剑门犹阻北人来。不辞万里长为客，怀抱何时得好开？

野望

西山白雪三城戍，南浦清江万里桥。海内风尘诸弟隔，天涯涕泪一身遥。惟将迟暮供多病，未有涓埃答圣朝。跨马出郊时极目，不堪人事日萧条。前半思家，后半思国。

闻官军收河南河北 两河俱收，安、史之乱始熄。

剑外忽传收蓟北，初闻涕泪满衣裳。却看妻子愁何在，漫卷诗书喜欲狂。白日放歌须纵酒，青春作伴好还乡。即从巴峡穿巫峡，便下襄阳向洛阳。预计归程，如禹贡曰浮、曰逾、曰沿、曰达句法。○一气流注，不见句法字法之迹。○对结自是落句，故收得住。若他人为之，仍是中间对偶，便无气力。

登高

风急天高猿啸哀，一句中三层。渚清沙白鸟飞回。无边落木萧萧下，不尽长江滚滚来。万里悲秋常作客，百年多病独登台。好在「无边」、「不尽」、「万里」、「百年」，亦一句三层。艰难苦恨繁霜鬓，潦倒新停浊酒杯。八句皆对，起二句对举之中仍复用韵，格奇而变。○昔人谓两联俱可截去二字，试思「落木萧萧下，长江滚滚来」，成何语耶？

将赴荆南寄别李剑州

使君高义驱今古，与古并驱。寥落三年坐剑州。但见文翁能化俗，焉知李广未封侯。路经滟滪双蓬鬓，天入沧浪一钓舟。预道赴荆南之景。炼句炼字。戎马相逢更何日？春风回首仲宣楼。切荆南。

将赴成都草堂，途中有作，先寄严郑公五首

得归茅屋赴成都，直为文翁再剖符。但使闾阎还揖让，敢论松菊久荒芜！承「再剖符」，言但望风俗之还淳，而草堂之荒芜可不论也。鱼知丙穴由来美，酒忆郫筒不用酤。五马旧曾谙小径，几回书

札待潜夫。

处处清江带白蘋，故园犹得见残春。雪山斥堠无兵马，锦里逢迎有主人。休怪儿童延俗客，不教鹅鸭恼比邻。预拟。习池未觉风流尽，况复荆州赏更新。以山简比郑公。

竹寒沙碧浣花溪，橘刺藤梢咫尺迷。过客径须愁出入，居人不自解东西。承「咫尺迷」。书签药裹封蛛网，野店山桥送马蹄。公每下此等巧字而不入于纤。肯藉荒庭春草色，先拚一饮醉如泥。

常苦沙崩损药栏，也从江槛落风湍。新松恨不高千尺，恶竹应须斩万竿。言外有扶君子抑小人意。生理只凭黄阁老，衰颜欲付紫金丹。三年奔走空皮骨，信有人间行路难。

锦官城西生事微，乌皮几在还思归。昔去为忧乱兵入，今来已恐邻人非。侧身天地更怀古，回首风尘甘息机。共说总戎云鸟阵，不妨游子芰荷衣。对结。〇五章通作一章看。

登楼

花近高楼伤客心，万方多难此登临。妙在倒装，若一倒转，与近人诗何异。锦江春色来天地，玉垒浮云变古今。北极朝廷终不改，西山寇盗莫相侵。二语前人谓可抵一篇王命论。可怜后主还祠庙，日暮聊为梁甫吟。望世有诸葛其人，何等抱负？〇气象雄伟，笼盖宇宙，此杜诗之最上者。〇钱笺谓代宗任程元振、鱼朝恩，致蒙尘之祸，故以后主之任黄皓比之。

宿府

清秋幕府井梧寒，独宿江城蜡炬残。永夜角声悲自语，中天月色好谁看？风尘荏苒音书绝，关塞萧条行路难。已忍伶俜十年事，强移栖息一枝安。

阁夜 此西阁夜中作。

岁暮阴阳催短景，天涯霜雪霁寒宵。五更鼓角声悲壮，三峡星河影动摇。野哭千家闻战伐，夷歌几处起渔樵。卧龙跃马终黄土，人事音书漫寂寥！结言贤愚同尽，则目前人事，远地音书，亦付之寂寥而已。○蜀都赋云：「公孙跃马而称帝。」「卧龙」「跃马」，因夔州祠庙而及之。

白帝城最高楼

城尖径仄旌旆愁，独立缥缈之飞楼。峡坼云霾龙虎卧，江清日抱鼋鼍游。扶桑西枝对断石，就东言西。弱水东影随长流。就西言东。杖藜叹世者谁子，泣血迸空回白头！句法古体，对法律体，两者兼用之。

校　记

〔一〕古意　全唐诗作「古意呈乔补阙知之」。

〔二〕卢家少妇郁金香　「郁金香」全唐诗作「郁金堂」，才调集卷二、搜玉小集、文苑英华卷二〇五、乐府诗集卷七五、唐诗纪事卷六同。清冯舒才调集评：「『郁金堂』故粘『玳瑁梁』，若『香』字不相属矣。」殷元勋才调集补注：「郁金堂，盖堂以郁金涂壁，如椒房之类。」沈氏谓应作「郁金香」，非是。

〔三〕将军西第几留宾　「西第」原作「西地」，据全唐诗改。

〔四〕禅室从来尘外赏　「尘外」原作「云外」，据全唐诗改。

〔五〕按：沈说非是。今体诗钞七言卷一云：「此是燕公在岳州时诗，所谓『得江山之助』者也。」又云：「谢宣城（游敬亭山）云：『我行虽纡组，兼得穷回溪。』结句即其义。言不以迁谪为病而正得山水之乐也。盖其意实憾，其词反夸也。」

〔六〕谔山荘丞　「山荘」原作「山莊」，据唐诗纪事改。

〔七〕然明皇与範无间也　「间」原作「闻」，据唐诗纪事改。

〔八〕将曛陌树频惊马　「曛」原作「横」，据全唐诗改。按：文苑英华卷一五八正作「曛」。

〔九〕河上公授汉文老子而失所在　「失」原作「去」，据神仙传改。

〔10〕暮云空碛时驱马　按：文苑英华卷一九七、乐府诗集卷二一、金元好问唐诗鼓吹卷二、唐诗品汇卷八三、全唐诗均作「马」，而清管世铭读雪山房唐诗钞卷一八作「雁」，未知所据。清赵殿成王右丞集笺注卷一〇云：「王弇州（明王世贞）甚佳此作，谓非犯两『马』字，足当压卷。谢廷瓒维园铅摘以为『驱马』当作『驱雁』，引鲍照诗『秋霜晓驱雁』，杨衒之洛阳伽蓝记『北风驱雁，千里雪飞』为证。予谓『驱马』『射雕』皆塞外射猎之事，若作『驱雁』，则与上下句不

相贯串。至欲改易一字以为全璧，亦如无意味画工，割蕉加梅，是则是矣，岂妙手所谓冬景哉！」

〔一一〕送杨少府贬郴州　「州」字原脱，据全唐诗补。

〔一二〕莫见长安行乐处　「莫见」原作「莫是」，据全唐诗改。

〔一三〕寄司勋卢员外　「寄」原作「送」，据全唐诗改。

〔一四〕岁岁花开知为谁　「为」原作「是」，据全唐诗改。

〔一五〕台上霜风淩草木　「霜风」原作「霜威」，据全唐诗改。

〔一六〕峥嵘洲上飞黄叶　「飞黄叶」全唐诗作「飞黄蝶」，唐诗品汇卷八三同。文苑英华卷二七一作「飞黄叶」。按：上二句已用「雁」字、「猿」字，此句不当再用「蝶」字，沈说可从。

〔一七〕按：今体诗钞七言卷二云：「此盖岭南幕寮，『侍御』其检校借衔耳。诗意刺其府主。」

〔一八〕别中都明府兄　「明府兄」原作「兄明府」，据全唐诗改。

〔一九〕秋水才深四五尺　「深」原作「添」，据全唐诗改。

〔二〇〕见公将略与李泌建议同　「同」原误作「用」，今改正。按：李泌建议肃宗先取安史巢穴范阳（见资治通鑑卷二一九），杜甫诗中亦持此议，故云。

重订唐诗别裁集卷十四

杜甫 下

秋兴八首

潘岳有秋兴赋，言因秋而感兴，重在兴不在秋也。每章中时见秋意。

玉露凋伤枫树林，巫山巫峡气萧森。江间波浪兼天涌，塞上风云接地阴。丛菊两开他日犹往日。泪，孤舟一系故园樊川。心。寒衣处处催刀尺，白帝城高急暮砧。客子无衣之感。〇首章乃八章发端也。「故园心」与四章「故国思」隐隐注射。

夔府孤城落日斜，夔州暮景。每依北斗望京华。听猿实下三声泪，奉使虚随八月槎。孤舟长系，有似乘槎（一）。画省香炉违伏枕，以京华言。山楼粉堞隐悲笳。以夔府言。请看石上藤萝月，近言「石上」，远言「洲前」，下句虚拟之也。已映洲前芦荻花。「望京华」八章之旨，特于此章拈出。身羁夔府，心恋京华，望而不见，不能不为之黯然也。

千家山郭静朝晖，夔州朝景。日日江楼坐翠微。信宿渔人还泛泛，清秋燕子故飞飞。二句喻己之飘泊。匡衡抗疏功名薄，刘向传经心事违。二句慨己之不遇。同学少年多不贱，五陵衣马自轻肥。以上就夔府言，以下就长安言，此八诗分界处也。或谓末句「五陵」逗起「长安」，此又失之于纤矣。

闻道长安似奕棋，百年世事不胜悲。王侯第宅皆新主，文武衣冠异昔时。直北回纥。关山金鼓震，征西吐蕃。车马羽书驰。鱼龙寂寞秋江冷，点秋意。故国平居有所思。结本章以起下四章。○前半指朝廷之变迁，后半指边境之侵逼，北忧回纥，西患吐蕃，追维往事，不胜今昔之感。

蓬莱宫阙对南山，承露金茎霄汉间。西望瑶池降王母，东来紫气满函关。前对南山，西眺瑶池，东接函关，极言宫阙气象之盛，无讥刺意。云移雉尾开宫扇，日绕龙鳞识圣颜。指献三大礼赋时事。一卧沧江惊岁晚，指夔府言。几回青琐点朝班。言立朝无几日。○追思长安全盛时宫阙壮丽，朝省尊严，而末叹己之久违朝宁也。

瞿唐峡口夔府。曲江头，京华。万里风烟接素秋。花萼夹城通御气，芙蓉小苑入边愁。珠帘绣柱围黄鹄，锦缆牙樯起白鸥。回首可怜歌舞地，秦中自古帝王州。见「有德易以兴，无德易以亡」意。○此追叙长安失陷之由：城通御气，指敦伦勤政时；苑入边愁，即所云「渔阳鼙鼓动地来」。上言治，下言乱也。下追叙游幸之时，见盛衰无常，自古为然，言外无穷猛省。

昆明池水汉时功，武帝旌旗在眼中。织女机丝虚夜月，石鲸鳞甲动秋风。波漂菰米沉云黑，露冷莲房坠粉红。关塞极天惟鸟道，江湖满地一渔翁。对结。○借汉喻唐，极写苍凉景象。结意身阻鸟道，迹比渔翁，见还京无期也。○中间故实，点化西京赋及西京杂记中语意。

昆吾御宿自逶迤，紫阁峰阴入渼陂。香稻啄余鹦鹉粒，碧梧栖老凤凰枝。二语倒装句法。佳人拾翠春相问，城西泛舟事。仙侣同舟晚更移。与岑参兄弟游渼陂事。彩笔昔曾干气象，白头吟望苦低垂。此章追叙交游，一结并收拾八章，所谓「故园心」「望京华」者，一付之苦吟怅望而已。○曰「巫峡」，曰「夔府」，曰「瞿唐」，曰「江楼」「沧江」「关塞」，皆言身之所处；曰「故国」「故园」，曰「京华」「长安」「蓬莱」「曲江」「昆明」「紫阁」，皆言心之所思，此八诗中线索也。○怀乡恋阙，吊古伤今，杜老生平，具见于此。其才气之大，笔力之高，天风海涛，金钟大镛，莫能拟其所到。

咏怀古迹五首

支离东北风尘际，漂泊西南天地间。三峡楼台淹日月，五溪衣服共云山。羯胡事主终无赖，风尘。词客哀时且未还。漂泊。庾信平生最萧瑟，暮年诗赋动江关。咏怀古迹，犹云借古迹以咏怀也。谓首章咏怀、下四章古迹者非。○此章以庾信自况，非专咏庾也。五六语已与庾信双关。以上少陵自叙。

摇落深知宋玉悲，风流儒雅亦吾师。怅望千秋一洒泪，萧条异代不同时。流水对。江山故宅空文藻，云雨荒台岂梦思？最是楚宫俱泯灭，舟人指点到今疑。谓高唐之赋，乃假托之词，以讽淫惑，非真有梦也。○怀宋玉亦所以自伤，言斯人虽往，文藻犹存，不与楚宫同其泯灭，其寄慨深矣。

群山万壑赴荆门，生长明妃尚有村。一去紫台连朔漠，独留青冢向黄昏。画图省识犹略识。

临去一见，略识其面也。春风面，环珮空归夜月魂。千载琵琶作胡语，分明怨恨曲中论。指吊明妃者。○咏昭君诗此为绝唱，余皆平平。至杨凭「马驼弦管向阴山」，风斯下矣！

蜀主窥吴幸三峡，崩年亦在永安宫。翠华想像空山里，玉殿虚无野寺中。古庙杉松巢水鹤，岁时伏腊走村翁。武侯祠屋常邻近，一体君臣祭祀同。曰「崩」，曰「翠华」，明以天子待之也。于魏武则曰「英雄割据」，益知以正统予蜀矣。考亭、南轩以前，少陵已持此论。称「蜀主」，因旧号也。

诸葛大名垂宇宙，宗臣遗像肃清高。三分割据纡筹策，万古云霄一羽毛。伯仲之间见伊吕，论断。指挥若定失萧曹。运移汉祚终难复，志决身歼军务劳。所云「鞠躬尽瘁」。○「云霄羽毛」，犹鸾凤高翔，状其才品之不可及也。文中子谓诸葛武侯不死，礼乐其有兴乎？即「失萧曹」之旨。此议论之最高者。后人谓诗不必著议论，非通言也。

诸将五首

汉朝陵墓对南山，胡虏千秋尚入关。昨日玉鱼蒙葬地，早时金碗出人间。言陵墓之被发。见愁汗马西戎逼，曾闪朱旗北斗殷。多少材官守泾渭？将军且莫破愁颜。此为吐蕃内侵，诸将不能御侮而作也。不忍斥言，故借汉为比。

韩公张仁愿。本意筑三城，拟绝天骄拔汉旌。岂谓尽烦回纥马，翻然远救朔方兵？胡来不觉潼关隘，龙起犹闻晋水清。感伤目前，追忆盛时，龙跳虎卧之笔。独使至尊忧社稷，诸君何以答升平？此为回纥入境，责诸将不能分忧而言也。○筑城本以御寇，岂谓反赖回纥以平乱耶？故追思开创之主，以勖诸君。

洛阳宫殿化为烽，休道秦关百二重。沧海未全归禹贡，蓟门何处尽尧封？朝廷衮职虽多预，天下军储不自供。稍喜临边王相国，肯销金甲事春农。其人只此一事可嘉，故曰「稍喜」〔二〕。○起追忆安、史陷京，下指河北余孽，因伤转输不继，而以王缙愧励诸藩，其言微矣！

回首扶桑铜柱标，冥冥氛祲未全销。越裳翡翠无消息，南海明珠久寂寥。殊锡曾为大司马，总戎皆插侍中貂。炎风朔雪天王地，只在忠良翊圣朝。言南方不靖，贡献久稀，由诸将膺异宠，拥高官，而不尽抚绥之道耳，故于忠良有厚望焉。

锦江春色逐人来，巫峡清秋万壑哀。正忆往时严仆射，共迎中使望乡台。公为幕佐，故云「共迎」。主恩前后三持节，军令分明数举杯。有雅歌投壶气象。西蜀地形天下险，安危须仗出群材。思严武，伤武後之镇蜀者皆非其人也。○五章议论时事，感慨淋漓，而辞气仍出以丁宁反覆，所云「言者无罪，闻者足戒」。

夜

露下天高秋气清，空山独夜旅魂惊。疏灯自照孤帆宿，新月犹悬双杵鸣。南菊再逢人卧病，北书不至雁无情。步檐倚杖看牛斗，银汉遥应接凤城。即「每依北斗望京华」意。

暮归

霜黄碧梧白鹤栖，城上击柝复乌啼。客子入门月皎皎，谁家捣练风凄凄？南渡桂水阙舟楫，北归秦川多鼓鼙。年过半百不称意，明日看云还杖藜。

返照

楚王宫在巫山旁。北正黄昏，白帝城西过雨痕。返照入江翻石壁，归云拥树失山村。炼字。衰年肺病惟高枕，绝塞愁时早闭门。不可久留豺虎乱，南方实有未招魂。己之惊魂，不能招之北归。

九日

重阳独酌杯中酒，抱病起登江上台。竹叶于人既无分，菊花从此不须开。即注明「独酌」，言弗与弟妹饮也。「竹叶」「菊花」真假对。殊方日落玄猿哭，旧国霜前白雁来。弟妹萧条各何在？干戈衰谢两相催。

又呈吴郎前有简吴郎司法一首。

堂前扑枣任西邻，无食无儿一妇人。不为困穷宁有此？只缘恐惧转须亲。体贴曲折至此。即防远客虽多事，便插疏篱却任真（三）。妇防远客，固为多事，吴插疏篱，未免任真矣。已诉征求贫到骨，无食。正思戎马泪盈巾。无儿。○痌瘝一体意，却不涉庸腐。末并见诛求之酷，乱离之惨，所谓其言蔼如者耶！

吹笛

吹笛秋山风月清，谁家巧作断肠声？风飘律吕相和切，月傍关山几处明？分顶。胡骑中宵堪北走，借笳比笛。武陵一曲想南征。笛中实事。故园杨柳今摇落，何得愁中却尽生？笛中有折杨柳曲，故翻其意作结。

冬至

年年至日长为客，忽忽穷愁泥杀人。江上形容吾独老，天涯风俗自相亲。所谓「入门各自媚，谁肯相为言」。杖藜雪后临丹壑，鸣玉朝来散紫宸。忆在朝。心折此时无一寸，路迷何处是三秦？

小寒食舟中作 寒食次日为小寒食，看首句自明。

佳辰强饮食犹寒（四），隐几萧条带鹖冠。春水船如天上坐，老年花似雾中看。娟娟戏蝶过闲幔，片片轻鸥下急湍。二语以往来自在，反兴欲归长安而不得也。云白山青万余里，愁看直北是长安！

张志和 字子同，婺州人。始名龟龄，肃宗命待诏翰林，赐名志和。后坐贬，居江湖，自称烟波钓徒。著玄真子，亦以自号。

渔父

八月九月芦花飞，南溪老人垂钓归。秋山入帘翠滴滴，野艇倚槛云依依。却把渔竿寻小径，闲梳鹤发对斜晖。翻嫌四皓曾多事，出为储皇定是非。

陶岘 岘，渊明之后，开元末移居昆山。○纪事云：「岘泛游江湖，自制一舟，与孟彦深、孟云卿、焦遂共载，吴越之士号为水仙。」

西塞山下回舟作

匡庐旧业是谁主？吴越新居安此生。白发数茎归未得，青山一望计还成。鸦翻枫叶夕阳动，鹭立芦花秋水明。从此舍舟何所诣？酒旗歌扇正相迎。

元结

橘井

灵橘无根井有泉，世间如梦又千年。乡园不见重归鹤，姓字今为第几仙？风冷露坛人悄悄，地闲荒径草芊芊。如何蹑得苏君迹，白日霓旌拥上天？

刘长卿 七律至随州，工绝亦秀绝矣，然前此浑厚兀奡之气不存。降而君平、茂政，抑又甚焉。风会使然，岂作者莫能自主耶！

长沙过贾谊宅

三年谪宦此栖迟，万古惟留楚客悲。秋草独寻人去后，寒林空见日斜时。汉文有道恩犹薄，湘水无情吊岂知？寂寂江山摇落处，怜君何事到天涯！谊之迁谪，本因被谗，今云何事而来，含情不尽。

登余干古城

孤城上与白云齐，万古萧条楚水西。官舍已空秋草没，女墙犹在夜乌啼。平沙渺渺迷人远，落日亭亭向客低。飞鸟不知陵谷变，朝来暮去弋阳溪。

献淮宁军节度李相公

建牙吹角不闻喧，三十登坛众所尊。家散万金酬士死，言轻财。身留一剑答君恩。言报主。渔阳老将多回席，犹避席。鲁国诸生半在门。言好士。白马翩翩春草绿，邵陵西去猎平原。

赠别严士元

春风倚棹阖闾城，水国春寒阴复晴。细雨湿衣看不见，闲花落地听无声。日斜江上孤帆影，草绿湖南万里情。东道若逢相识问，青袍今已误儒生。三四只分写阴晴之景，注释家谓比谗言之渐渍，朝廷之弃贤，初无此意。

自夏口至鹦鹉洲望岳阳寄阮中丞〔五〕

汀洲无浪复无烟，楚客相思益渺然〔六〕。汉口夕阳斜度鸟，洞庭秋水远连天。孤城背岭寒吹角，独树临江夜泊船〔七〕。贾谊上书忧汉室，长沙谪去古今怜。直说浅露，右丞则云：“长沙不久留才子，贾谊何须吊屈平？”

观校猎上淮西相公

龙骧校猎邵陵东，野火初烧楚泽空。师事黄公即黄石公。千载后，身骑白马万人中。笳随晚吹迎边草，箭没寒云落塞鸿。三十拥旄谁不羡，周郎少小立奇功。

送柳使君赴袁州 袁州与三苗地接。

宜阳出守新恩至，京口因家始愿违。五柳闭门高士去，三苗按节远人归。月明江路闻猿断，花暗山城见吏稀。惟有郡斋窗里岫，朝朝空对谢玄晖。

使次安陆寄友人

新年草色远萋萋，久客将归问路蹊。暮雨不知溳口处，春风只到穆陵西。言此处春光缓到，因地偏也〔八〕。孤城尽日空花落，三户无人自鸟啼。史记：「楚虽三户，亡秦必楚。」君在江南相忆否，门前五柳几枝低？

送耿拾遗归上都

若为天畔独归秦？对水看山欲暮春。穷海别离无限路，隔河征战几归人？长安万里传双泪，建德今严州。千峰寄一身。想到邮亭愁驻马，不堪西望见风尘。时应值吐蕃之乱，故有「隔河征战」「西望风尘」之语〔九〕。

送陆沣仓曹西上

长安此去欲何依？先达谁当荐陆机？日下凤翔双阙迥，雪中人去二陵稀。舟从故里难移棹，家在寒塘独掩扉。下半说自己。临水自伤流落久，赠君空有泪沾衣。

题灵祐和尚故居

叹逝翻悲有此身，禅房寂寞见流尘。六时行径空秋草，几日浮生哭故人。风竹自吟遥入磬，雨花随泪共沾巾。残经窗下依然在，忆得山中问许询。「哭故人」可伤矣，「几日浮生」，尤为可伤。

钱　起

和李员外扈驾幸温泉宫

未央月晓度疏钟，凤辇时巡出九重。雪霁山门迎瑞日，云开水殿候飞龙。轻寒不入宫中树，佳于偶句。佳气常浮仗外峰。遥羡枚皋扈仙跸，偏承霄汉渥恩浓。

赠阙下裴舍人

二月黄鹂飞上林，春城紫禁晓阴阴。长乐钟声花外尽，不出花外。龙池柳色雨中深。蒙泽独深。阳和不散穷涂恨，霄汉常悬捧日心。献赋十年犹未遇，羞将白发对华簪。少含蕴。〇格近李东川。

汉武出猎

汉家无事乐时雍，羽猎年年出九重。玉帛不朝金阙路，旌旗长绕彩霞峰。且贪原兽轻黄屋，宁畏渔人犯白龙？薄暮方归长乐观，垂杨几处绿烟浓。

和王员外晴雪早朝

紫微晴雪带恩光，绕仗偏随鸳鹭行。长信月留宁避晓，宜春花满不飞香。独看积素凝清禁，已觉轻寒让太阳。题柱盛名兼绝唱，风流谁继汉田郎？可追随嘉州作，惜一结泛然，不如岑诗关合。

山中酬杨补阙见访

日暖风恬种药时，红泉翠壁薜萝垂。幽溪鹿过苔还静，深树云来鸟不知。佳句。青琐同心多逸兴，春山载酒远相随。却惭身外牵缨冕，未信尊前倒接䍦。

韦应物

自巩洛舟行入黄河即事，寄府县僚友

夹水苍山路向东，东南山豁大河通。寒树依微远天外，夕阳明灭乱流中。孤村几岁临伊岸，伊水之岸。一雁初晴下朔风。为报洛桥游宦侣，扁舟不系与心同。「寒树」句画本，「夕阳」句画亦难到。○「鹭鸶飞破夕阳烟」「水面回风聚落花」「芰荷翻雨泼鸳鸯」，同是名句，然皆作意求工，少天然之致矣。山水云霞，皆成图缋，指点顾盼，自然得之，才是古人佳处。

寄李儋元锡

去年花里逢君别，今日花开又一年。世事茫茫难自料，春愁黯黯独成眠。身多疾病思田里，邑有流亡愧俸钱。闻道欲来相问讯，西楼望月几回圆〔一〇〕？五六不负心语。

皇甫冉

同温丹徒登万岁楼晋王恭建。

高楼独上思依依，极浦遥山合翠微。江客不堪频北望，塞鸿何事又南飞？丹阳古渡寒烟积，瓜步空洲远树稀。闻道王师犹转战，谁能谈笑解重围？

三月三日义兴李明府后亭泛舟

江南烟景复如何？闻道新亭更可过。处处执兰春浦绿〔二〕，萋萋藉草远山多。壶觞须就陶彭泽，风俗犹传晋永和。更使轻桡徐转去，微风落日水增波。「执兰」即郑风「秉蕑」也。二字见郑笺，于上巳为典切，他本作「蓺兰」非。

春思

莺啼燕语报新年，马邑龙堆路几千？家住层城邻汉苑，心随明月到胡天。机中锦字论长恨，楼上花枝笑独眠。为问元戎窦车骑，何时反旆勒燕然？「卢家少妇」之亚，惟「笑独眠」句工而近纤，或难与沈诗争席耳。

送李录事赴饶州

北人南去雪纷纷，雁叫汀洲不可闻。积水长天随远客，荒城极浦足寒云。山从建业千峰出，江至浔阳九派分。借问督邮才弱冠，府中年少不如君。府佐即指录事。

皇甫曾

早朝日寄所知

长安雪后见归鸿，紫禁朝天拜舞同。曙色渐分双阙下，漏声遥在百花中。炉烟乍起开仙仗，玉珮成行引上公。共荷发生同雨露，不应黄叶久从风。望其出而仕也。○领联不让贾、王诸公。

秋夕寄怀契上人

已见槿花朝委露，独悲孤鹤在人群。真仙出世心无事，静夜名香手自焚。窗临绝涧闻流水，客至孤峰扫白云。更想清晨诵经处，独看松上雪纷纷。结为后人开便易一路。

李嘉祐

暮春宜阳郡斋愁坐，忽枉刘七侍御诗，因以酬答

子规夜夜啼槠叶，远道逢春半是愁。芳草伴人还易老，落花随水亦东流。山当睥睨城墙。常多雨，地接潇湘畏及秋。惟羡君为周柱史，手持黄纸到沧洲。

自苏台至望亭驿，人家尽空，春物增思，怅然有作，因寄从弟纾

南浦菰蒲覆白蘋，东吴黎庶逐黄巾。野棠自发空流水，江燕初归不见人。远树依依如送客，平田漠漠独伤春。那堪回首长洲苑，烽火年年报虏尘！宋元嘉时，春燕归来，巢于林木，因乱后也。四语用其意。

郎士元

赠钱起秋夜宿灵台寺见寄

石林精舍武溪东，夜扣禅扉谒远公。月在上方诸品静，心持半偈万缘空。苍苔古道行应遍，落木寒泉听不穷。更忆双峰最高顶，此心期与故人同。前六语皆指仲文，末更愿同游最高之顶。「故人」，君胄自谓也。

韩翃

同题仙游观

仙台下见五城楼〔三〕，风物凄凄宿雨收。山色遥连秦树晚，砧声近报汉宫秋。疏松影落空坛静，细草春香小洞幽。何用别寻方外去，人间亦自有丹丘。

送刘评事赴广州使幕

征南官属似君稀，才子当今刘孝威。蛮府参军郝隆语。趋传舍，交州刺史拜行衣。前临涨海无人过，却望衡阳少雁飞。为报苍梧云影道，明年早送客帆归。

送冷朝阳还上元

青丝缆引木兰船，名遂身归拜庆年。落日澄江乌榜外，秋风疏柳白门前。桥通小市家林近，山带平芜野寺连。别后刚逢寒食节，共谁携手上东田？东田在上元，沈休文别业。

送王光辅归青州，兼寄储侍御

几回奏事建章宫，圣主偏知汉将功。身著紫衣趋阙下，口衔丹诏出关东。蝉声驿路秋山里，草色河桥落照中。远忆故人沧海别，当年好跃五花骢。

秦　系　字公绪，会稽人。不求仕进，隐南安之九日山。张建封以不可招致，请就加校书郎。贞元中卒。○刘长卿自谓「五言长城」，系欲以偏师攻之。然诗格近幽涩，未之许也。

题茅山李尊师山居

尊师百岁少如童，不到山中竟不逢。洗药每临新瀑水，步虚时上最高峰。篱间五月留残雪，石上千年破怪松。此去人寰今远近，回看云壑一重重。

卢　纶

长安春望

东风吹雨过青山，却望千门草色闲。家在梦中何日到？春来江上几人还？川原缭绕浮云外，宫阙参差落照间。谁念为儒逢世难，独将衰鬓客秦关？遭乱意，上皆蕴含，至末点出。○臾犹绰约，风致天成。○诗贵一语百媚，大历十子是也；尤贵一语百情，少陵、摩诘是也。

至德中途中书事，却寄李倜

乱离无处不伤情，况复看碑对古城。路绕寒山人独去，月临秋水雁空惊。颜衰重喜归乡国，上一诗望乡不还，此时始还。身贱多惭问姓名。今日主人还共醉，应怜世故一儒生。

夜投丰德寺谒液上人

半夜中峰有磬声，偶逢樵者问山名。上方月晓闻僧语，下界林疏见客行。野鹤巢边松最老，毒龙潜处水偏清。愿得远公知姓字，焚香洗钵过浮生。

晚次鄂州

云开远见汉阳城，犹是孤帆一日程。估客昼眠知浪静，舟人夜语觉潮生。三湘愁鬓逢秋色，万里归心对月明。旧业已随征战尽，更堪江上鼓鼙声！读三四语，如身在江舟间矣，诗不贵景象耶！

酬畅当寻嵩岳麻道士见寄

闻逐樵夫闲看棋，忽逢人世是秦时。开云种玉嫌山浅，渡海传书怪鹤迟。阴洞石幢微有字，古坛松树半无枝。烦君远寄青囊箓，愿得相从一问师。

窦叔向

夏夜宿表兄话旧

夜合花开香满庭，夜深微雨醉初醒。远书珍重何曾达，旧事凄凉不可听。去日儿童皆长大，昔年亲友半凋零。明朝又是孤舟别，愁见河桥酒幔青。

窦　常　字中行，叔向长子。大历中进士，官至国子祭酒。

之任武陵，寒食日途次松滋渡，先寄刘员外禹锡

杏花榆荚晓风前，云际离离上峡船。江转数程淹驿骑，楚曾三户少人烟。看春又过清明节，算老重经癸巳年。幸得枉山当郡舍〔三〕，在朝长咏卜居篇。

朱　湾

寻隐者韦九于东溪草堂

寻得仙源访隐沦，渐来深处渐无尘。初行竹里唯通马，直到花间始见人。四面云山谁作主？数家烟火自为邻。路傍樵客何须问，朝市如今不是秦。

戴叔伦

宫词

紫禁迢迢宫漏鸣，夜深无语独含情。春风鸾镜愁中影，明月羊车梦里声。尘暗玉阶綦迹断，香飘金屋篆烟清。贞心一任蛾眉妒，买赋何须问马卿！宫词不多作怨声，能存贞正。

司空曙

长安晓望寄程补阙

迢递山河拥帝京，参差宫殿接云平。风吹晓漏经长乐，柳带晴烟出禁城。天净笙歌临路发，日高车马隔尘行。独有浅才甘未达，多惭名在鲁诸生！极形山河宫阙之壮丽，而己之虚名不遇，益觉可伤。

酬李端校书见赠

绿槐垂穗乳乌飞，忽忆山中独未归。青镜流年看发变，白云芳草与心违。乍逢酒客春游惯，久别林僧夜坐稀。昨日闻君到城阙，莫将簪弁胜荷衣。四语言己系于一官，不能遂「白云芳草」之心。末勉其坚守初服，勿萦情于簪弁也。与前一首似两种心事，意既得官后，知宦途之无味耶？

酬张芬赦后见赠

紫凤朝衔五色书，阳春忽报网罗除。已将心变寒灰后，岂料光生腐草余？建水风烟收客泪，杜陵花竹梦郊居。劳君故有诗相赠〔四〕，欲报琼瑶恨不如。

李端

宿淮浦忆司空文明 即曙。

愁心一倍长离忧，夜思千重恋旧游。秦地故人成远梦，文明。楚天凉雨在孤舟。自己。诸溪近海潮皆应，独树边淮叶尽流。别恨转深何处写？前程惟有一登楼。如仲宣作登楼赋。

闲园即事，赠考功王员外

南陌晴云稍变霞，东风动柳水纹斜。园林带雪潜生草，桃李虽春未有花。幸接上宾登郑驿，羞为长女似黄家。喻己未遇。今朝一望还成暮，欲别芳菲恋岁华。

张南史 字季直，幽州人。

陆胜宅秋雨中探韵

同人永日自相将，深竹闲园偶并也。辟疆。已被秋风教忆鲙，更闻寒雨劝飞觞。归心莫问三江水，旅服从沾九日霜。醉里欲寻骑马路，萧条是处有垂杨。言归心乍动，然闻雨中飞觞，则仍且淹留矣。下承上作转语。

刘方平

秋夜呈皇甫冉、郑丰

洛阳清夜白云归，城里长河列宿稀。秋后见飞千里雁，月中闻捣万家衣。工而秀。长辞西雍青门道，久别东吴黄鹤矶。借问客书何所寄？用心不啻两乡违。西雍、东吴。○时在洛阳，故云已辞西雍，又别东吴也。

耿沣

上裴行军中丞〔一五〕即晋公度。

胡尘已灭天山外，闭阁阴阴日复曛。枥上骅骝嘶鼓角，门前老将识风云。旌旗四面高秋见，丝竹千家静夜闻。莫道古来多计策，功成唯有李将军。

李　益

送贾校书东归，寄振上人

北风吹雁数声悲，况指前林是别时。秋草不堪频送远，白云何处更相期？山随匹马行看暮，路入寒城去独迟。为向东州故人道：江淹已拟惠休诗。

盐州过胡儿饮马泉

绿杨著水草如烟，旧是胡儿饮马泉。几处吹笳明月夜，何人倚剑白云天？言备边无人，句特含蕴。从来冻合关山路，今日分流汉使前。莫遣行人照容鬓，恐惊憔悴入新年。

鲍　溶　字德源，里居未详。元和中进士，与韩门诸人相友善。

蔡平喜遇河阳马判官宽话别

从事东军正四年，相逢且喜偃兵前。蔡平。看寻狡兔翻三窟，见射妖星落九天。江上柳营回鼓角，河阳花府望神仙。遇马判官。秋风萧飒醉中别，话别。白马嘶霜雁叫烟。

武元衡　字伯苍，缑氏人。大历中进士。宪宗时，拜同中书门下平章事，复出为剑南节度使。召还秉政，淮西用兵，王承宗上表请赦吴元济，元衡叱之，承宗上章诋诬。未几，元衡入朝，为盗所害。

送张六谏议归朝

诏书前日下丹霄，头戴儒冠脱皂貂。笛怨柳营烟漠漠，云愁江馆雨萧萧。鸳鸿得路争先翥，松柏凌寒独后凋。规之以正。归去朝端如有问，玉门关外老班超。

酬严司空荆南见寄

金貂再入三公府，玉帐连封万户侯。帘卷青山巫峡晓，烟开碧树渚宫秋。刘琨坐啸风清塞，谢朓题诗月满楼。白雪调高歌不得，美人南望翠蛾愁。

杨巨源

赠张将军

关西诸将揖容光，独立营门剑有霜。知爱鲁连归海上，肯令王翦在频阳！天晴红帜当山满，日暮清笳入塞长。年少功高人共羡，汉家坛树月苍苍。神骨俱王。○言当时急于用人，必不令如王翦之在频阳也。岂将军有归隐之志，故云尔耶？

和侯大夫秋原山观征人回

两河战罢万方清，原上军回识旧营。立马望云秋塞静，射雕临水晚天晴。戍闲部伍分歧路，地远家乡寄旆旌。圣代止戈资庙略，诸侯不复更长征。

送澹公归嵩山龙潭寺葬本师

野烟秋水苍茫远，禅境真机去住闲。双树为家思旧壑，千花成塔礼寒山。洞宫曾向龙边宿，云径应从鸟外还。莫恋本师金骨地，空门无处复无关。更上一层。

校　记

〔一〕按：严武为剑南节度使，杜甫曾入幕参谋，武卒而甫留滞蜀中，未能还京，故云「奉使虚随八月槎」也。沈说非是。

〔二〕按：今人张相诗词曲语辞汇释卷二引此诗「稍喜」二句为例证，谓此处「稍喜」犹云颇喜或甚喜，并非贬词。又按：就全诗看，「稍喜」非专指王缙而言，谓国事在在可忧，独此事可喜耳。沈氏谓「其人只此一事可嘉，故曰『稍喜』」，非是。

〔三〕便揷疏篱却任真　「任真」全唐诗作「甚真」。

〔四〕佳辰强饮食犹寒　原作「佳人强饭食犹寒」，据全唐诗改。

〔五〕自夏口至鹦鹉洲望岳阳寄阮中丞　全唐诗「望」上有「夕」字，「阮中丞」作「源中丞」，又作「元中丞」。按：读全唐诗札记：「按中丞当是湖南观察，据唐方镇年表六，无源姓者，盖即贞元二三年间之元全柔也，时长卿方贬谪。」

〔六〕楚客相思益渺然　「益」原作「亦」，据全唐诗改。

〔七〕独树临江夜泊船　「独树」全唐诗作「独戍」。

〔八〕按：沈说非是。今体诗钞七言卷四云：「肃、代之时，江、淮间有刘展之乱，穆陵以东，光、潢、舒、庐盖苦兵扰，不识春和矣，其西则差安静，故有第四句。」

〔九〕按：据「建德千峰寄一身」句，此诗当作于睦州司马时。长卿任睦州司马在大历十二年（公元七七七年）前后（宋释赞宁宋高僧传卷八唐睦州韵兴寺慧朗传：「大历十二年，新定太守萧定述碑，司马刘长卿书，刺史李揆篆额。」新定即睦州），而「吐蕃之乱」在广德元年（公元七六三年），沈说非是。此处「隔河征战」，似指黄河南北藩镇叛乱。

〔一〇〕西楼望月几回圆　「几回」原作「几时」，据全唐诗改。

〔一一〕处处执兰春浦绿　「执兰」全唐诗作「蓺兰」，唐百家诗选卷九、众妙集、唐诗鼓吹卷三同。

〔一二〕仙台下见五城楼　「下见」原作「初见」，据全唐诗改。

〔一三〕幸得枉山当郡舍　「枉山」原作「旺山」，据全唐诗注改。按：宋乐史太平寰宇记卷一一八江南西道一六朗州武陵县条云：「枉山，在郡东十七里，枉水出焉。」

〔一四〕芳君故有诗相赠　「相」原作「人」，据全唐诗改。

〔一五〕上裴行军中丞　沈氏注云：「即晋公度。」按：此诗全唐诗作「上将行」，首句作「萧关扫定犬羊群」，结二句一作「更想他时耆竹帛，功成不独霍将军」。玩诗意似赠边将之作，与裴度生平不符，且耿沣为宝应进士，大历十子之一，与裴度不相及，疑非是。

重订唐诗别裁集卷十五

韩　愈

奉和库部卢四兄曹长元日朝回卢名汀。

天仗宵严建羽旄，春云送色晓鸡号。金炉香动螭头暗，玉珮声来雉尾高。戎服上趋承北极，儒冠列侍映东曹。太平时节身难遇，郎署何须叹二毛！

晋公破贼回，重拜台司，以诗示幕中宾客，愈奉和

南伐旋师太华东，天书夜到册元功。将军旧压三司贵，相国新兼五等崇。鹓鹭欲归仙仗里，熊罴还入禁营中。长惭典午司马隐语，公自谓。非材职，得就闲官即至公。

左迁至蓝关，示侄孙湘湘字清夫。

一封朝奏九重天，夕贬潮阳路八千。欲为圣明除弊事，肯将衰朽惜残年！云横秦岭家何

在？雪拥蓝关马不前。知汝远来应有意，好收吾骨瘴江边。

酒中留上襄阳李相公 即李逢吉。宪宗罢逢吉政事，出为剑南节度使。穆宗立，移襄州刺史、山南东道节度使。

浊水汙泥清路尘，还曾同制掌丝纶。眼穿长讶双鱼断，耳热何辞数爵频！银烛未消窗送曙，金钗半醉座添春。知公不久归钧轴，应许闲官寄病身。公之岳岳而忽作此明丽之句，如广平之赋梅花，不碍心似铁也。

柳宗元

登柳州城楼，寄漳、汀、封、连四州刺史 韩泰漳州，韩晔汀州，陈谏封州，刘禹锡连州。

城上高楼接大荒，海天愁思正茫茫。从登城起，有百端交集之感。惊风乱飐芙蓉水，密雨斜侵薜荔墙。岭树重遮千里目，江流曲似九回肠。共来百粤文身地，犹自音书滞一乡。「惊风」「密雨」，言在此而意不在此。岭南江行诗中「射工」「飓母」亦然。

别舍弟宗一

零落残魂倍黯然，双垂别泪越江边。一身去国六千里，万死投荒十二年。桂岭瘴来云似墨，自己留柳。洞庭春尽水如天。弟之楚。欲知此后相思梦，长在荆门郢树烟。

岭南江行

瘴江南去入云烟，望尽黄茅是海边。山腹雨晴添象迹，潭心日暖长蛟涎。射工巧伺游人影，飓母偏惊旅客船。从此忧来非一事，岂容华发待流年！中二联俱写风土之异，不分浅深。

得卢衡州书，因以诗寄

临蒸且莫叹炎方，为报秋来雁几行。林邑东回山似戟，牂牁南下水如汤。蒹葭淅沥含秋雾，橘柚玲珑透夕阳。非是白蘋洲畔客，还将远意问潇湘。

柳州峒氓

郡城南下接通津，异服殊音不可亲。青箬裹盐归峒客，绿荷包饭趁墟人。鹅毛御腊缝山罽，鸡骨占年拜水神。愁向公庭问重译，欲投章甫作文身。

刘禹锡　大历后诗，梦得高于文房。与白傅唱和，故称刘、白。实刘以风格胜，白以近情胜，各自成家，不相肖也。

松滋渡望峡中

渡头轻雨洒寒梅，云际溶溶雪水来。望峡中。梦渚草长迷楚望，夷陵土黑有秦灰。巴人泪应猿声落，蜀客船从鸟道回。正写望峡，警拔。十二碧峰何处所？永安宫外是荒台。左传：「江、汉、睢、漳，楚之望也。」

送源中丞充新罗册立使

相门才子称华簪，持节东行捧德音。身带霜威辞凤阙，中丞。口传天语到鸡林。新罗。烟开鳌背千寻碧，日浴鲸波万顷金。想见扶桑受恩处，一时西拜尽倾心。

西塞山怀古

王濬楼船下益州，金陵王气黯然收。起手如黄鹄高举，见天地方员。千寻铁锁沉江底，一片降幡出石头。流走。见地利不足恃。人世几回伤往事，山形依旧枕寒流。从今四海为家日，别于三分割据。故垒萧萧芦荻秋。时梦得与元微之、韦楚客、白乐天各赋金陵怀古，梦得诗成，乐天览之曰：「四人探骊龙，子已获珠，余皆鳞爪矣。」遂罢唱。

奉送浙西李仆射赴镇

建节东行是旧游，欢声喜气满吴州。郡人重得黄丞相，童子争迎郭细侯。郭伋字细侯。诏下初辞温室树，梦中先到景阳楼。言其不忘君也。自怜不识平津阁，遥望旌旗汝水头。应是重镇浙西，故云「旧游」及「黄丞相」等语。

早春对雪，奉寄澧州元郎中

新赐鱼书墨未乾，贤人暂屈远人安。朝驱旌旆行时令，夜见星辰忆旧官。郎官上应列宿。梅蕊覆阶铃阁暖，下半点「对雪」。雪花当户戟枝寒。宁知楚客思公子，北望长吟澧有兰？顾澧州作结。

汉寿城春望 古荆州刺史治亭下，有子胥庙、楚王故坟。

汉寿城边野草春，荒祠古墓对荆榛。田中牧竖烧刍狗，陌上行人看石麟。华表半空经霹雳，碑文才见满埃尘。不知何日东瀛变，此地还成要路津？

荆州道怀古

南国山川旧帝畿，宋台梁馆尚依稀。马嘶古道行人歇，麦秀空城野雉飞。风吹落叶填空井，火入荒陵化宝衣。徒使词臣庾开府，咸阳终日苦思归。

始闻秋风

昔看黄菊与君别，今听玄蝉我却回。五夜飕飗枕前觉，一年形状镜中来。马思边草拳毛动，雕盼青云倦眼开。天地肃清堪四望，为君扶病上高台。「君」字未知所谓〔一〕。下半首英气勃发，少陵操管，不过如是。

哭吕衡州，时予方谪居 吕温。

一夜霜风凋玉芝，苍生望绝士林悲。空怀济世安人略，不见男婚女嫁时。遗草一函归太史，孤坟三尺近要离。朔方徙岁行当满，欲为君刊第二碑。先有岘山堕泪碑〔二〕。

再授连州，至衡阳酬柳柳州赠别

去国十年同赴召，渡湘千里又分歧。重临事异黄丞相，再授。三黜名惭柳士师。归目併随回雁尽，至衡阳而北望也。愁肠正遇断猿时。桂江东过连山下，相望长吟有所思。与子厚同召，柳得柳州，刘得播州。子厚谓播州非人所居，愿以柳易播。大臣为上言之，乃改授连州。

赴苏州酬别乐天

吴郡鱼书下紫宸，长安厩吏送朱轮。二南风化承遗爱，八咏声名蹑后尘。梁氏夫妻为寄客，陆家兄弟是州民。江城春日追随处，共忆东归旧主人。颈联可云佳话。

酬乐天扬州初逢席上见赠

巴山楚水凄凉地，二十三年弃置身。怀旧空吟闻笛赋，到乡翻似烂柯人。沉舟侧畔千帆过，病树前头万木春。今日听君歌一曲，暂凭杯酒长精神。「沉舟」二语，见人事不齐，造化亦无如之何！悟得此旨，终身无不平之心矣〔三〕。

刑部白侍郎谢病长告，改宾客分司，以诗赠别

鼎食华轩到眼前，拂衣高坐岂徒然！九霄路上辞朝客，四皓丛中作少年。他日卧龙终得

雨，今朝放鹤且冲天。洛阳旧有衡茅在，亦拟抽身伴地仙。言己亦欲告归。

白居易

香炉峰下新卜山居，草堂初成，偶题东壁

五架三间新草堂，石阶桂柱竹编墙。南檐纳日冬天暖，北户迎风夏月凉。洒砌飞泉常有点，拂窗斜竹不成行。来春更葺东厢屋，纸阁芦帘著孟光。

赠杨秘书巨源　自注：「杨尝有赠人诗云：『三刀梦益州，一箭取辽城』，由是得名。」

早闻「一箭取辽城」，相识虽新有故情。清句三朝谁是敌？白须四海半为兄。贫家薙草时时入，瘦马寻花处处行。不用更教诗过好，折君官职是声名。

闻杨十二新拜省郎，遥以诗贺

文昌新入有光辉，紫界宫墙白粉闱。晓日鸡人传漏箭，春风侍女护朝衣。雪飘歌曲高难和，鹤拂烟霄老惯飞。官职声名俱入手，近来诗客似君稀。前有「折君官职是诗名」句，故用末二句以解之。

自河南经乱，关内阻饥，兄弟离散，各在一方。因望月有感，聊书所怀，寄上浮梁大兄，於潜七兄，乌江十五兄，兼示符离及下邽弟妹

时难年荒世业空，弟兄羁旅各西东。田园寥落干戈后，骨肉流离道路中。吊影分为千里雁，辞根散作九秋蓬。共看明月应垂泪，一夜乡心五处同。

和杨尚书罢相后暇游永安水亭，兼招本曹杨侍郎同行

道行无喜退无忧，舒卷如云得自由。良冶动时为哲匠，巨川济了作虚舟。句得大体。竹亭阴合偏宜夏，水槛风凉不待秋。遥爱翩翩双紫凤，入同官署出同游。随题顺写，第四语尤工于立言。

寻郭道士不遇

郡中乞假来相访，洞里朝元去不逢。看院只留双白鹤，入门惟见一青松。药炉有火丹应伏，云碓无人水自舂。欲问参同契中事，更期何日得从容？

欲与元八卜邻，先有是赠

平生心迹最相亲，欲隐墙东不为身。明月好同三径夜，绿杨宜作两家春。每因暂出犹思伴，岂得安居不择邻？何独终身数相见，子孙长作隔墙人。两家意语语夹写，一步深是一步。

余杭形胜

余杭形胜四方无，州傍青山县枕湖。绕郭荷花三十里，拂城松树一千株。梦儿亭古传名谢，教伎楼新道姓苏。独有使君年太老，风光不称白髭须。灵隐山上有梦谢亭，即杜明甫梦谢灵运之所，因名客儿亭。苏小小，钱塘人也。

钱塘湖春行

孤山寺北贾亭西，水面初平云脚低。几处早莺争暖树，谁家新燕啄春泥？秀绝。乱花渐欲迷人眼，浅草才能没马蹄。最爱湖东行不足，绿杨阴里白沙堤。今之白堤即白沙堤，白公时已有之，非白公筑也。虎丘白公堤，公为刺史时所筑。

西湖晚归，回望孤山寺，赠诸客

柳湖松岛莲花寺，晚动归桡出道场。卢橘子低山雨重〔一〕，棕榈叶战水风凉。烟波澹荡摇空碧，楼阁参差倚夕阳。孤山一路风景，即名画家亦不能到。到岸请君回首望，蓬莱宫在海中央。比也。○白傅刺杭时，往来湖上，宴饮赋诗，艺林知重其诗。不知诸务就理，即建石函一事，泻西湖之水，润三邑之田，其功未有涯量也。乌得以诗人概之！

西湖留别

征途行色惨风烟，祖帐离声咽管弦。翠黛不须留五马，皇恩只许住三年。绿藤阴下铺歌席，红藕花中泊妓船。处处回头尽堪恋，就中难别是湖边。

武丘寺路宴留别诸妓

银泥裙映锦障泥，画舸停桡马簇蹄。清管曲终鹦鹉语，红旗影动䮀鶾音薄韩，马名。嘶。渐消醉色朱颜浅，欲语离情翠黛低。莫忘使君吟咏处，女坟湖北武丘西。

送萧处士游黔南

能文好饮老萧郎，身似浮云鬓似霜。生计抛来诗是业，家园忘却酒为乡。江从巴峡初成字，猿过巫阳始断肠。不醉黔中争去得？磨围山月正苍苍。

送王十八归山，寄题仙游寺

曾于太白峰前住，数到仙游寺里来。黑水澄时潭底出，白云破处洞门开。林间暖酒烧红叶，石上题诗扫绿苔。惆怅旧游无复到，菊花时节羡君回！

八月十五日夜禁中独直，对月忆元九

银台金阙夕沉沉，独宿相思在翰林。三五夜中新月色，中秋。二千里外故人心。忆元。渚宫东面烟波冷，浴殿西头钟漏深。犹恐清光不同见，江陵卑湿足秋阴。

酬赠李炼师见招

几年司谏直承明，今日求真礼上清。曾犯龙鳞容不死，欲骑鹤背觅长生。二语合看方妙。刘纲有妇仙同得，伯道无儿累更轻。若许移家相近住，便驱鸡犬上层城。

寄殷协律 自注：「多叙江南旧游。」

五岁优游同过日，一朝消散似浮云。琴诗酒伴皆抛我，雪月花时最忆君。几度听鸡歌白日，亦曾骑马咏红裙。吴娘暮雨萧萧曲，自别苏州更不闻。自注：「予在杭州日，有歌云『听唱黄鸡与白日』，又云『著红骑马是何人』。」又注：「江南吴二娘曲云：『暮雨萧萧郎不归。』」○追忆佳冶，转觉凄凉。

九年十一月二十一日感事而作 其日独游香山寺。

祸福茫茫不可期，大都早退似先知。当君白首同归日，「白首同所归」，潘岳与石崇临刑时语。是我青山独往时。顾索素琴应不暇，忆牵黄犬定难追。麒麟作脯龙为醢，何似泥中曳尾龟！东坡志林云：「乐天为王涯所谗，谪江州司马。甘露之祸，乐天在洛，适游香山寺，有『白首同归』二句，不知者以为幸之也。乐天岂幸人之祸者哉？盖悲之也。」○汪立名曰：「太和九年甘露事，李训、郑注、舒元舆、王涯、贾餗皆被害，味诗中『同归』句，本就事而言，不专指王涯也。公自苏州召还，秩位渐崇，见机引退，宦官之祸，早计及者，何至追憾王涯？况公之迁谪，本由宦官恶之，附宦官者成之，岂反以宦官诛夷士大夫为快！幸祸之说，出于章惇，盖以小人心度君子腹耳。」

元稹

赠严童子 自注：「严司空孙，十岁能赋诗，有奇句，诗题有成人风。」

卫瓘诸孙卫玠珍，可怜雏凤好青春。解拈玉叶排新句，认得金环识旧身。用羊祜事。十岁佩觿娇稚子，八行飞札老成人。杨公莫讶清无业，家有骊珠不复贫。

以州宅夸于乐天

州城回绕拂云堆，镜水稽山满眼来。四面常时对屏障，一家终日在楼台。星河似向檐前落，鼓角惊从地底回。我是玉皇香案吏，谪居犹得住蓬莱。州宅即越王台，在卧龙山上，人民城郭，俱在其下，故有「鼓角惊从地底回」句。

重夸州宅旦暮景色，兼酬前篇末句

仙都难画亦难书，暂合登临不合居。绕郭烟岚新雨后，满山楼阁上灯初。人声晓动千门辟，湖色宵涵万象虚。为问西州罗刹岸，涛头冲突近何如？浙江亦名罗刹江。末二语嘲乐天也。乐天有解嘲诗。

寄乐天

荣辱升沉影与身，世情谁是旧雷陈？惟应鲍叔犹怜我，自保曾参不杀人。山入白楼沙苑暮，潮生沧海野塘春。老逢佳景惟惆怅，两地各伤何限神。此微之伤弓之言。

遣悲怀 三首存一。

谢公最小偏怜女，自嫁黔娄百事乖。顾我无衣搜荩草名。箧，泥他沽酒拔金钗。野蔬充膳甘长藿，落叶添薪仰古槐。今日俸钱过十万，见唐代俸钱之厚。与君营奠复营斋。

和乐天早春见寄

雨香云澹觉微和，谁送春声入櫂歌？萱近北堂穿土早，柳偏东面受风多。新句。湖添水色消残雪，江送潮头涌漫波。同爱新年不同赏，无由缩地欲如何？

李德裕

岭南道中

岭水争分路转迷，桄榔椰叶暗蛮溪。愁冲毒雾逢蛇草，畏落沙虫避燕泥。五月畲田收火米，三更津吏报潮鸡。不堪肠断思乡处，红槿花中越鸟啼。时为白敏中辈排挤，贬潮州司马，又贬崖州司户，故三四语双关，犹柳州诗之「射工」「飓母」也。

张籍

寄苏州白二十二使君

三朝出入紫微臣，头白金章未老身。登第早年同座主，莅官今日是州民。阊门柳色烟中远，茂苑莺声雨后新。此处吟诗向山寺，知君忘却曲江春。有不满意。

送李仆射赴镇凤翔

由来勋业属英雄，兄弟连营列位同。先入贼城擒首恶，雪夜擒吴元济。尽封官库让元功。让功于裴度。旌幢独继家声外，竹帛新添国史中。天子欲收秦陇地，故教移镇右扶风。

贾　岛

寄韩潮州愈

此心曾与木兰舟，直到天南潮水头。起超。隔岭篇章来华岳，言韩之来书。出关书信过泷流。言己之寄书。峰悬驿路残云断，海浸城根老树秋。一夕瘴烟风卷尽，月明初上浪西楼。

牛僧孺　字思黯，陇西人。贞元中进士，历相穆、敬两朝，封奇章郡公，后出镇鄂渚。文宗朝，征入再相。夙与李赞皇相恶。会昌中，分司东都，贬循州长史。大中初，还为太子少师。

席上赠刘梦得

粉署为郎四十春，今来名辈更无人。休论世上升沉事，且斗樽前见在身。珠玉会应成咳唾，山川犹觉露精神。莫嫌侍酒轻言语，曾把文章谒后尘。僧孺赴举时，尝投贽于刘，刘对客展卷，涂窜其文。历二十年，刘转汝州，牛镇淮南，枉道信宿，酒酣赋诗，刘方悟往年涂窜事。

朱庆馀

本名可久，以字行，越州人。受知于张籍，成宝历进士，官未达。

南湖

一作温庭筠诗。

湖上微风小槛凉，翻翻菱荇满回塘。野船著岸偎春草，水鸟带波飞夕阳。芦叶有声疑露雨，浪花无际似潇湘。飘然蓬艇东归客，尽日相看忆楚乡。

王建

赠王枢密

三朝行坐镇相随，今上春宫见长时。脱下御衣偏得著，进来龙马每教骑。长承密旨归家少，独奏边机出殿迟。不是当家频向说，九重争得外人知？建与宦官王守澄善，酒中语及汉桓、灵任中官之祸，守澄憾之，欲以建所作宫词百首上闻，曰：「禁掖事汝何敢言！」建赋此诗以赠，乃脱其祸。

杜　牧

字牧之，京兆万年人。太和二年进士，又举贤良方正，历任中外官，终考功郎中知制诰、中书舍人。有樊川集二十卷。〇晚唐诗多柔靡，牧之以拗峭矫之。人谓之小杜，以别于少陵。配以义山，时亦称李、杜。

寄题甘露寺北轩

曾上蓬莱宫里行，北轩阑槛最留情。孤高堪弄桓伊笛，缥缈宜闻子晋笙。天接海门秋水色，烟笼隋苑暮钟声。他年会著荷衣去，不向山僧道姓名。

题青云馆　在商於。

虬蟠千仞剧羊肠，天府由来百二强。四皓有芝轻汉祖，张仪无地与怀王。云连帐影萝阴合，枕绕泉声客梦凉。深处会容高尚者，水苗三顷百株桑。

酬张祜处士见寄长句四韵

七子论诗谁似公？曹刘须在指挥中。荐衡昔日知文举，乞火无人作蒯通。北极楼台长入梦，西江波浪远吞空。可怜「故国三千里」，虚唱歌词满六宫！「乞火」，用蒯通说曹参请东郭先生、梁石君事，见汉书蒯通传，谓荐贤也。时令狐楚以张祜诗三百篇随状表进，祜至京，上问元稹，稹曰：「雕虫小技，奖激之恐变陛下风教。」祜乃罢归。三四语正指其事。

街西

隋三礼图："长安领街西五十四坊及西市，多王侯贵戚之第。"

碧池新涨浴娇鸦，分锁长安富贵家。游骑偶同人斗酒，名园相倚杏交花。银鞍騕褭嘶宛马，绣鞅璁珑走钿车。一曲将军何处笛，连云芳树日初斜。"名园"句比"绿杨宜作两家春"尤妙。

怀钟陵旧游

滕阁中春绮席开，柘枝蛮鼓殷晴雷。垂楼万幕青云合，破浪千帆阵马来。未掘双龙牛斗气，高悬一榻栋梁材。连巴控越知何有？珠翠沉檀处处堆。

九日齐山登高

江涵秋影雁初飞，与客携壶上翠微。尘世难逢开口笑，菊花须插满头归。但将酩酊酬佳节，不用登临恨落晖。古往今来只如此，牛山何必独沾衣！末二句影切齐山，非泛然下笔。

早雁

金河秋半虏弦开，云外惊飞四散哀。仙掌月明孤影过，长门灯暗数声来。须知胡骑纷纷在，岂逐春风一一回？莫厌潇湘少人处，水多菰米岸莓苔。

李商隐　义山近体，辟绩重重，长于讽谕，中有顿挫沉著可接武少陵者，故应为一大宗。后人以温、李并称，只取其秾丽相似，其实风骨各殊也。

马嵬　在西安府兴平县西。

海外徒闻更九州，他生未卜此生休。用长恨传中事。空闻虎旅传宵柝，无复鸡人报晓筹。此日六军同驻马，当时七夕笑牵牛。如何四纪为天子，不及卢家有莫愁？五六语逆挽法，若顺说便平。○末言四纪天子不及民间夫妇，盖讥之也。

重过圣女祠　水经注：「武都秦冈山悬崖之侧，列壁之上，有妇人像，上赤下白，世名之曰圣女神。」

白石岩扉碧藓滋，上清沦谪得归迟。一春梦雨常飘瓦，尽日灵风不满旗。萼绿华来无定所，杜兰香去未移时。玉郎会此通仙籍〔五〕，忆向天阶问紫芝。圣女以形似得名，非果有其神，故以萼绿华、杜兰香比之。

隋宫

紫泉宫殿锁烟霞，唐祖讳渊，故曰「泉」。欲取芜城作帝家。玉玺不缘归日角，汉祖隆準日角，此借言唐帝〔六〕。锦帆应是到天涯。于今腐草无萤火，终古垂杨有暮鸦。地下若逢陈后主，岂宜重问后庭花？ 言天命若不归唐，游幸岂止江都而已？用笔灵活。后人只铺叙故实，所以板滞也。末言亡国之祸，甚于后主，他时魂魄相遇，岂应重以后庭花为问乎？

杜工部蜀中离席 应是拟杜。

人生何处不离群，世路干戈惜暂分。雪岭未归天外使，松州犹驻殿前军。座中醉客延醒客，江上晴云杂雨云。美酒成都堪送老，当垆仍是卓文君。

二月二日

二月二日江上行，东风日暖闻吹笙。花须柳眼各无赖，紫蝶黄蜂俱有情。万里忆归元亮井，三年从事亚夫营。新滩莫悟游人意〔七〕，更作风檐夜雨声。

南朝

玄武湖宋元嘉时开。中玉漏催，鸡鸣埭口绣襦回。齐武帝幸湖北埭。谁言琼树后主新制曲。朝朝见，不及金莲齐潘妃事。步步来？敌国军营漂木柹，隋文帝伐陈事。前朝神庙锁烟煤。火焚大皇佛寺。满宫学士皆颜色，女学士。江令当年只费才。江总与诸嫔妃女学士共赋诗。○题概说南朝，而主意在陈后主。「玄武湖」「鸡鸣埭」虽前朝事，而「玉漏催」「绣襦回」已言后主游幸无明无夜也。三四谁言后主不及东昏，见盛于东昏也。五六见不防敌患，不畏天灾，欲国之不亡，其可得乎！

筹笔驿

猿鸟犹疑畏简书，风云常为护储胥。徒令上将挥神笔，终见降王走传车。管乐有才真不忝，关张无命复何如？对活。他年锦里经祠庙，梁父吟成恨有余。绵州绵谷县北，武侯尝驻军筹画于此。瓣香在老杜，故能神完气足，边幅不窘。

九成宫

本隋仁寿宫，去京三百里，唐贞观中修之以避暑。

十二层城阆苑西，平时避暑拂虹霓。形其高。云随夏后双龙尾，后启事，见山海经。风逐周王八马蹄。吴岳晓光连翠巘，甘泉晚景上丹梯。荔枝卢橘沾恩幸，鸾鹊天书湿紫泥。

重有感

感甘露之变也。前有长律二首，故云「重」。

玉帐牙旗得上游，安危须共主君忧。窦融表已来关右，陶侃军宜次石头。岂有蛟龙愁失水？更无鹰隼与高秋。昼号夜哭兼幽显，如申包胥秦廷之哭。早晚星关雪涕收。李训事变，宦官族诛大臣，时王茂元为泾原节度使，故曰上游当与君分忧也。昭义节度使刘从谏上疏问王涯等何罪，仇士良惧，故云「窦融表已来关右」也。茂元在泾原，宜出兵相助，故云「陶侃军宜次石头」也。至尊制于中人，是犹蛟龙失水；节度不能仗义，谁为鹰隼当秋？昼号夜哭，神人共愤，仍有望于拥兵上游者耳。茂元，义山妻父，以大义责之，见作者之持正。

茂陵

汉家天马出蒲梢，勤兵。苜蓿榴花遍近郊。内苑只知含凤觜，射猎。属车无复插鸡翘。微行。玉桃偷得怜方朔，求仙。金屋修成贮阿娇。重色。谁料苏卿老归国，茂陵松柏雨萧萧？

赠前蔚州契苾使君

契苾何力系外酋来归，为唐初功臣，使君其后也。

何年部落到阴陵？三世勤王国史称。夜卷牙旗千帐雪，朝飞羽骑一河冰。蕃儿襁负来青冢，使君招来者。狄女壶浆出白登。日晚鸊鹈泉畔猎，路人遥识郅都鹰。

随师东

此借随东征之役，以讽时事。○「隋」古本作「随」，文帝去辵作「隋」。

东征日调万黄金，几竭中原买斗心。军令未闻诛马谡，捷书惟是报孙歆。平吴之役，言已得歆头，吴平歆尚在。但须鸑鷟巢阿阁，岂假鸱鸮在泮林？可惜前朝玄菟郡，积骸成莽阵云深！三语言军令不行，四语言虚声邀赏，五六言人主修德，则贤士满朝，不必借远人之服也。

曲江

此借玄宗时曲江以讽文宗时事。○郑注言秦中有灾，宜兴土工压之，乃浚昆明池与曲江。十一月，以甘露变而止。故以曲江为题。

望断平时翠辇过，空闻子夜鬼悲歌。金舆不返倾城色，玉殿犹分下苑波。死忆华亭闻唳鹤，老忧王室泣铜驼。谓郑注、王涯诸人，望雪冤有人。天荒地变心虽折，若比伤春意未多。

哭刘蕡

上帝深宫闭九阍，巫咸不下问衔冤。上帝不遣巫咸问冤，言既厄于人，并厄于天也〔八〕。黄陵别后春涛隔，湓浦书来秋雨翻。只有安仁能作诔，何曾宋玉解招魂？平生风义兼师友，不敢同君哭寝门。孔子曰：「师，吾哭诸寝；朋友，吾哭诸寝门之外。」

安定城楼

为令狐氏所摈而作。

迢递高城百尺楼，绿杨枝外尽汀洲。贾生年少虚垂涕，王粲春来更远游。永忆江湖归白发，欲回天地入扁舟。何减少陵！不知腐鼠成滋味，猜意鹓雏竟未休。言己长忆江湖以终老，但志欲挽回天地，乃入扁舟耳。时人不知己志，以鸱鸮嗜腐鼠而疑鹓雏，不亦重可叹乎！

井络

井络天彭一掌中，漫夸天设剑为锋？阵图八阵图。东聚夔江石，东川。边柝西悬雪岭松。西川。堪叹故君成杜宇，可能先主是真龙？将来为报奸雄辈，莫向金牛县名。访旧踪。言世守及帝胄且不能成功，况奸雄割据乎？如刘辟辈是也。

少年

外戚平羌第一功，生年二十有重封。直登宣室螭头上，横过甘泉豹尾中。别馆觉来云雨梦，后门归去蕙兰丛。灞陵夜猎随田窦，不识寒郊自转蓬。骄恣色荒，兼而有之，此诗应有所指。

王十二兄与畏之员外相访，见招小饮。时予以悼亡日近，不去，因寄王十二，茂元之子。畏之，义山僚婿也。

谢傅门庭旧末行，今朝歌管属檀郎。更无人处帘垂地，欲拂尘时簟竟床。潘岳悼亡诗：「长簟竟床空。」嵇氏幼男犹可悯，左家娇女岂能忘？秋霖腹疾俱难遣，万里西风夜正长〔九〕。

泪

永巷长年怨绮罗，离情终日思风波。湘江竹上痕无限，二妃。岘首碑前洒几多？羊公堕泪碑。人去紫台秋入塞，明妃。兵残楚帐夜闻歌。项籍。朝来灞水桥边问，未抵青袍送玉珂。以古人之泪，形送别之泪，主意转在一结。

宋玉

何事荆台百万家，惟教宋玉擅才华？楚辞已不饶唐勒，襄王命玉与唐勒为大言赋，玉赋善。风赋何曾让景差？风赋见文选。落日渚宫供观阁，开年云梦送烟花。可怜庾信寻荒径，犹得三朝托后车。庾信乱后居宋玉故宅。梁、魏、周，信皆经历。

温庭筠

语曰：「情生于文，文生于情。」情不足而文多，晚唐诗所以病也。得此意以去取温诗，则真诗出矣。

马嵬驿

穆满曾为物外游，借穆王比玄宗。六龙经此暂淹留。返魂无验青烟灭，埋血空成碧草愁。香辇却归长乐殿，晓钟还下景阳楼。甘泉不得重相见，谁道文成是故侯！通体俱属借言，咏古诗另开一体。

经李征君故居

露浓烟重草萋萋，树映阑干柳拂堤。一院落花无客醉，五更残月有莺啼。芳筵想象情难尽，故榭荒凉路已迷。风景宛然人自改，却经门巷马频嘶。

过陈琳墓 墓在下邳。

曾于青史见遗文，今日飘蓬过此坟。词客有灵应识我，霸才无主始怜君。插入自己凭吊。石麟埋没藏春草，铜雀荒凉对暮云。魏武亦难保其荒台矣。对活。莫怪临风倍惆怅，欲将书剑学从军。已与琳踪迹相似。〇言袁绍非霸才，不堪为主也。有伤其生不逢时意[10]。

苏武庙

苏武魂销汉使前，古祠高树两茫然。云边雁断胡天月，陇上羊归塞草烟。回日楼台非甲帐，去时冠剑是丁年。茂陵不见封侯印，空向秋波哭逝川。汉武故事：「以琉璃珠玉，明月夜光，错杂天下珍宝为甲帐，其次为乙帐。甲以居神，乙以自居。」○五六与「此日六军同驻马」一联，俱属逆挽法，律诗得此，化板滞为跳脱矣。

经五丈原 在凤翔府郿县，武侯伐魏，屯兵于此。

铁马云雕共绝尘，柳营高压汉宫春。天清杀气屯关右，夜半妖星照渭滨。下国卧龙空寤主，出师二表是也。中原得鹿不由人。天意不可知。象床宝帐无言语，从此谯周是老臣。诮之比于痛骂。

赠蜀将

十年分散剑关秋，万事皆随锦水流。志气已曾明汉节，功名犹自滞吴钩。雕边认箭寒云重，马上听笳塞草愁。今日逢君倍惆怅，灌婴韩信尽封侯。惜其立功而不侯，同于李广。○李蔡下中人且侯，况灌婴、韩信乎？

池塘七夕

月出西南露气秋，绮寮河汉在针楼。杨家绣作鸳鸯幔，张氏金为翡翠钩。银烛有光妨宿燕，画屏无睡待牵牛。万家砧杵三篙水，一夕横塘是旧游。

和友溪居别业

积润初销碧草新，凤阳晴日带雕轮。风飘弱柳平桥晚，雪点寒梅小院春。屏上楼台陈后主，镜中金翠李夫人。形别业之胜，非实写也。花房透露红珠落，蛱蝶双飞护粉尘。

春日偶作

西园一曲艳阳歌，扰扰车尘负薜萝。自欲放怀犹未得，不知经世竟如何？夜闻猛雨拌花尽(二)，寒恋重衾觉梦多。钓渚别来应更好，春风还为起微波。诸本作「判花尽」，判，分也，无平音，应是「拌」字之讹，今改正。

赠知音

翠羽花冠碧树鸡，未明先向短墙啼。窗间谢女青蛾敛，门外萧郎白马嘶。残曙微星当户没，澹烟斜月照楼低。上阳宫里钟初动，不语垂鞭过柳堤。颈联写晓别之景，令人辄唤奈何！

校记

〔一〕君字未知所谓　按：二「君」字均指秋风。

〔二〕按：沈说非是。今体诗钞七言卷四云：「梦得此时在贬谪（按：吕温卒于元和六年，时梦得贬朗州司马），故以伯喈在朔方（按：蔡邕因上书言事获罪，与家属髡钳徙朔方）自比。伯喈有为人作二碑三碑者，故拟北还，虽吕已有碑，犹欲为更撰也。」

〔三〕按：「沉舟」二句针对乐天赠诗「举眼风光长寂寞，满朝官职独蹉跎」而言，乃梦得自慨之词，沈说非是。

〔四〕卢橘子低山雨重　「山雨」原作「山雾」，据全唐诗改。

〔五〕玉郎會此通仙籍　「會」疑当作「曾」，形近而误。

〔六〕按：旧唐书唐俭传：俭说李渊举事，称其「日角龙庭，天下属望」。沈氏谓「日角」用汉祖事，非是。

〔七〕新滩莫悟游人意　「新滩莫悟」原作「新春莫讶」，据全唐诗改。

〔八〕按：此谓刘蕡遭宦官诬陷，而武宗不察，致沉冤莫雪。沈氏谓「厄于天」，非是。

〔九〕万里西风夜正长　「正」原作「渐」，据全唐诗改。

〔一〇〕按：沈说非是。清纪昀瀛奎律髓刊误云：「『词客』指陈，『霸才』自谓。此一联有异代同心之感，实则彼此互文，『应』字极兀傲，『始』字极沉痛。通首以此二语为骨，非吊陈琳也。虚谷（元方回号虚谷，编选瀛奎律髓）以『霸才』为曹操，谬甚。」又云：「『霸才』『词客』皆结于末句中。」可参阅。

〔一一〕夜闻猛雨拌花尽　「拌」全唐诗作「判」。按：此处「判」字音潘，平声，与「拼」「拚」「拌」音义相同。宋人诗词中多用「拼」字或「拚」字，间用「拌」字，唐人诗中则多用「判」字。如杜甫七律曲江对酒：「纵饮久判人共弃」，白居易七律酬舒三员外见赠长句：「已判到老为狂客」，皆可证。沈说非是。

重订唐诗别裁集卷十六

许浑

金陵怀古

玉树歌残王气终，景阳兵合戍楼空。楸梧远近千官冢，禾黍高低六代宫。石燕拂云晴亦雨，江豚吹浪夜还风。英雄一去豪华尽，惟有青山似洛中。六朝建都金陵，至陈后主始灭，故以此发端。

咸阳城东楼

一上高楼万里愁，蒹葭杨柳似汀洲。咸阳何地，而竟如汀洲耶？溪云初起日沉阁，山雨欲来风满楼。鸟下绿芜秦苑夕，蝉鸣黄叶汉宫秋。行人莫问当年事，故国东来渭水流。恐落吊古套语，少陵怀古诗每章各有结束。

晨起白云楼寄龙兴江準上人，兼呈窦秀才

兹楼今是望乡台，乡信全稀晓雁哀。山翠万重当槛出，水光千里抱城来。东岩月在僧初

定，上人。南浦花残客未回。秀才。欲吊灵均能赋否？秋风还有木兰开。

朝台送客 台在广州府城西。汉文帝遣陆贾使南粤，以诚感之，赵佗称臣，因筑朝台。

赵佗西拜已登坛，马援南征土宇宽。越国旧无唐印绶，蛮乡今有汉衣冠。江云带日秋偏热，海雨随风夏亦寒。岭北归人莫回首，俱着意朝台，送客意只一点。蓼花枫叶万重滩。

村舍

自剪青莎织雨衣，南村烟火是柴扉。莱妻早报蒸藜熟，童子遥迎种豆归。鱼下碧潭当镜跃，鸟还青嶂拂屏飞。花时未免人来往，欲买严光旧钓矶。

尚平多累自归难，一日身闲一日安。山径有云收猎网，水门无月挂鱼竿。花间酒气春风暖〔一〕，竹里棋声夜雨寒。三顷水田秋更熟，北窗谁拂旧尘冠？

卧病

寒窗灯尽月斜辉，珮马朝天独掩扉。清露已凋秦塞柳，白云空长越山薇。病中送客难为别，梦里还家不当归。惟有寄书书未得，卧闻燕雁向南飞。意亦前人所有，而写来独新。

南海府罢，南康阻浅，行侣稍稍登陆，主人燕饯至频，暮宿东溪

暗滩水落涨虚沙，阻浅。滩去秦吴万里赊。登陆。马上折残江北柳，燕饯。舟中开尽岭南花。见留滞之久。离歌不断如留客，归梦初惊似到家。暮宿。山鸟一声人未起，半床春月在天涯。

晚自朝台至韦隐居郊园

秋来凫雁下方塘，系马朝台步夕阳。村径绕山松叶暗，柴门临水稻花香。云连海气琴书润，风带潮声枕簟凉。西下磻溪犹万里，可能垂白待文王？

李远

失鹤

秋风吹却九皋禽，一片闲云万里心。碧海有情应怅望，青天无路可追寻。来时白雪翎犹短，去日丹砂顶渐深。华表柱头留后语，更无消息到如今。

赠写御容李长史

玉座烟销研水清，龙髯不动彩毫轻。初分隆準山河秀，再点重瞳日月明。宫女卷帘皆暗认，侍臣开殿尽遥惊。三朝供奉应无敌，始觉僧繇浪得名。过誉。○东坡赠写御容妙善师中云："仰观眩晃日生晕，但见晓色开扶桑。"又云："野人不识日月角，仿佛尚记重瞳光。"与此诗正相表里，后人扬苏抑李，殊不必也。

雍　陶　字国钧，成都人。太和中进士，官至简州刺史。尝自比谢宣城、柳吴兴，宾至每不与接，人罕得见之。

塞路初晴

晚虹斜日塞天昏，一半山川带雨痕。新水乱侵青草路，残烟犹傍绿杨村。胡人羊马休南牧，汉将旌旗在北门。行子喜闻无战伐，闲看游骑猎秋原。

项　斯

送宫人入道

愿随仙女董双成，王母前头作伴行。初戴玉冠多误拜，欲辞金殿别称名。将敲碧落新斋磬，却进昭阳旧赐筝。旦暮焚香绕坛上，步虚犹作按歌声。此题唐人诗无佳者，此篇差胜。○本朝汪太史琬诗有云："颜逢炼液重疑艳，身为持斋转觉轻"，双关语妙。又云："此生无复昭阳梦，犹为君王夜祝釐"，传出忠爱，过于前人矣。

薛逢

开元后乐

莫奏开元旧乐章，乐中歌曲断人肠。邠王玉笛三更咽，虢国金车十里香。一自犬戎生蓟北，便从征战老汾阳。中原骏马搜求尽，沙苑年来草又芳。

送灵州田尚书

阴风猎猎满旌竿，白草飔飔剑戟攒。九姓羌浑随汉节，六州蕃落从戎鞍。霜中入塞琱弓响，月下翻营玉帐寒。今日路旁谁不指，穰苴门户惯登坛。犹有盛唐人气息。

汉武宫词

武帝清斋夜筑坛，自斟明水醮仙官。殿前童女移香案，云际金人捧露盘（二）。绛节有时还入梦，碧桃何处更骖鸾？茂陵烟雨埋弓剑，石马无声蔓草寒。独举求仙一事言之。

长安夜雨

滞雨通宵又彻明，百忧如草雨中生。心关桂玉天难晓，运落风波梦亦惊。压树早鸦飞不散，到窗寒鼓湿无声。当年志气俱消尽，白发新添四五茎。

赵　嘏

长安月夜与友人话故山

宅边秋水浸苔矶，日日持竿去不归。杨柳风多潮未落，蒹葭霜冷雁初飞。重嘶匹马吟红叶，却听疏钟忆翠微。今夜秦城满楼月，故人相见一沾衣。

长安秋望

云物凄清拂曙流，汉家宫阙动高秋。残星几点雁横塞，长笛一声人倚楼。紫艳半开篱菊静，红衣落尽渚莲愁。鲈鱼正美不归去，空戴南冠学楚囚。杜紫薇赏「长笛」句，人因称赵倚楼。

司空图

字表圣，河中虞乡人。咸通末进士，官礼部郎中。僖宗行在用为知制诰、中书舍人。知天下必乱，归隐中条山王官谷，预为生圹，坐卧其中。乾宁间，以户兵二部侍郎召，不起。迁洛后，柳璨希朱温意，诏图入朝，阳堕笏丐归。后闻哀宗被弑，不食而卒。〇表圣论诗，谓妙在酸咸之外。〇本朝王尚书士禛本此意，为唐贤三昧集。

退栖

宦游萧索为无能，移住中条最上层。得剑乍如添健仆，亡书久似忆良朋〔三〕。燕昭不是空怜马，支遁何妨亦爱鹰。自此致身绳检外，肯教世路日凌兢？「得剑」一联，当时艺林传诵。

归王官次年作

乱后烧残满架书，峰前犹自恋吾庐。忘机渐喜逢人少，缺粒空怜待鹤疏。孤屿池痕春涨满，小栏花韵午晴初。佳景佳句。酣歌自适逃名久，不必门多长者车。

李群玉

九子坂闻鹧鸪

落照苍茫秋草明，鹧鸪啼处远人行。正穿屈曲崎岖路，九子坂。又听钩辀格磔声。闻鹧鸪。曾泊桂江深岸雨，亦于梅岭阻归程。此时为尔肠千断，乞放今宵白发生。

黄陵庙

小姑洲北浦云边，二女明妆共俨然。野庙向江春寂寂，古碑无字草芊芊。风回日暮吹芳芷〔四〕，月落山深哭杜鹃〔五〕。犹似含嚬望巡狩，九疑如黛隔湘川。舜葬九疑。

送裴评事〔六〕

塞垣从事识兵机，只拟平戎不拟归。入夜笳声惊白发，报秋榆叶落征衣。城临战垒黄云晚，马渡寒沙夕照微。此别不应书断绝，满天霜雪有鸿飞。

皮日休

馆娃宫怀古　原注：「在研石山，盖以西施得名。」

艳骨已成兰麝土，宫墙依旧压层崖。弩台雨坏逢金镞，香径泥销露玉钗。研沼只留溪鸟浴，屧廊空任野花埋。姑苏麋鹿真闲事，须为当时一怆怀。

刘沧　字蕴灵，鲁人。大中八年进士，官华阴令。

经炀帝行宫

此地曾经翠辇过，浮云流水竟如何？香销南国美人尽，怨入东风芳草多。炀帝后宫太多，终身不一见，有自经者。三四暗用此意。残柳宫前空露叶，夕阳川上浩烟波。行人遥起广陵思，古渡月明闻棹歌。怀古诗如咸阳、邺都、长洲诸作，设色写景，可以互相统易，诗品在许用晦下。惟此首稍见典切，余韵犹存。

崔珏 字梦之，荆州人。大中中进士，为淇县令，有惠政，迁官侍御。

和友人鸳鸯之什

翠鬣红毛舞夕晖，水禽情似此禽稀。暂分烟岛犹回首，只渡寒塘亦並飞。映雾尽迷珠殿瓦，逐梭齐上玉人机。采莲无限兰桡女，笑指中流羡尔归。三四写情，五六映衬，此次第法，不犯复也。以此诗得名，称崔鸳鸯。

李频

湘中送友人

中流欲暮见湘烟，岸苇无穷接楚天。去雁远冲云梦雪，离人独上洞庭船。风波尽日依山转，星汉通宵向水悬。零落梅花过残腊，故园归去又新年。犹近大历十子。

李山甫 字里未详。咸通中数举进士被黜，依魏博幕府终。

公子家

唐代公子家之盛，诗人往往言之，如李义山之「外戚平羌第一功」，「七国三边未到忧」之类是也。然郭令公宅未几寥落，马北平宅为奉诚园，后人至为乞丐矣，此又不可概论。

柳底花阴压露尘，瑞烟轻罩一团春。鸳鸯占水能嗔客，鹦鹉嫌笼解骂人。骙褭似龙随日换，轻盈如燕逐年新。不知买尽长安笑，活得苍生几户贫？

寒食

柳带东风一向斜，春阴澹澹蔽人家。有时三点两点雨，于不着力处见工。到处十枝五枝花。万井楼台疑绣画，九原珠翠似烟霞。不明。年年今日谁相问，独卧长安泣岁华。

隋堤柳

曾傍龙舟拂翠华，至今凝恨倚天涯。但经春色还秋色，不觉杨家是李家。背日古阴从北朽，逐波疏影向南斜。年年只有晴风便，遥为雷塘送雪花。

李咸用

题王处士山居

云木沉沉夏亦寒，此中幽隐几经年。无多别业供王税，大半生涯在钓船。蜀魄叫回芳草色，鹭鸶飞破夕阳烟。干戈猬起能高卧，真个逍遥是谪仙。

方干

字雄飞，桐庐人。为人质野，貌寝兔缺。见人设三拜，人呼为方三拜。不与科名。身后，宰臣张文蔚奏文人不第者十五人，干与焉，皆追赐及第。门人私谥为玄英先生。

自缙云赴郡，溪流百里，轻棹一发，曾不崇朝，叙事四韵，寄献段郎中

激箭溪湍势莫凭，飘然一叶若为乘。仰瞻青壁开天罅，形容峭壁与峡中相似。斗转寒湾避石棱。巢鸟夜惊离岛树，啼猿昼怯下岩藤。此中明日寻知己，恐似龙门不易登。

来鹄

〔七〕字未详，豫章人。

旅次洋州，寓居郝氏林亭

举目纵然非我有，思量似在故山时。鹤盘远势投孤屿，蝉曳残声过别枝。形与声俱出。凉月照窗欹枕倦，澄泉绕石泛觞迟。青云未得平行去，梦到江南身旅羁。结弱。

宛陵送李明府罢任归江州

菊花村晚雁来天，共把离杯向水边。官满便寻垂钓侣，家贫已用卖琴钱。浪生湓浦千层雪，云起炉峰一炷烟。倘见吾乡旧知己，为言憔悴过年年。

高　骈　字千里，崇文之孙。折节为文学。懿宗朝，历官荆南节度观察等使。广明之乱，拜诸道兵马都统，镇扬州，怀二心，拥兵自固。好神仙，任吕用之诸人，政大乱，为其将毕师铎所杀。

和王昭符进士赠洞庭赵先生

为爱君山景最灵，角冠秋礼一坛星。药将鸡犬云间试，琴许鱼龙月下听。自要乘风随羽客，谁同种玉验仙经？烟霞寂寞无人到，惟有渔翁过洞庭。

章　碣　孝标子，乾符中进士。

春别

掷下离觞指乱山，趋程不待凤笙残。花边马嚼金衔去，楼上人垂玉箸看。柳陌虽然风袅袅，葱河犹自雪漫漫。殷勤莫厌貂裘重，恐犯三边五月寒。结意温厚。

崔　涂　字礼山，江南人。光启四年进士。

春夕旅怀

水流花谢两无情，送尽东风过楚城。蝴蝶梦中家万里，杜鹃枝上月三更。故园书动经年绝，华发春催两鬓生。自是不归归便得，五湖烟景有谁争？

李郢 字楚望，大中中进士，为藩镇从事，兼侍御史，后避乱岭表。

江上逢羽林王将军

虬须憔悴羽林郎，曾入甘泉侍武皇。雕没夜云知御苑，马随仙仗识天香。承「入侍」。五湖归去孤舟月，六国平来两鬓霜。承「憔悴」。唯有桓伊江上笛，卧吹三弄送残阳。末点江上送人。〇「五湖」句比范蠡，「六国」句比王翦。

上裴晋公

四朝忧国鬓如丝，龙马精神海鹤姿。天上玉书传诏夜，阵前金甲受降时。曾经庾亮三秋月，下尽羊昙两路棋。惆怅旧堂扃绿野，夕阳无限鸟飞迟。晋公后不得于君，故望其归田，玩末二句可见。

江亭春霁

江蓠漠漠荇田田，江上云亭霁景鲜。蜀客帆樯背归燕，楚山花木怨啼鹃。春风掩映千门柳，晓色凄凉万井烟。金磬泠泠水南寺，上方僧室翠微连。

郑　谷 字守愚，袁州人。父与司空图同官，幼年图见而奇之，尝抚其背曰：「当为一代风骚主。」光启二年登第，历都官郎中。诗名盛于时，人多传讽，号为郑都官而弗名也。

漂泊

槿坠莲疏池馆清，日光风绪淡无情。鲈鱼斫鲙输张翰，橘树呼奴羡李衡。十口飘零犹寄食，两川消息未休兵。黄花催促重阳酒，何处登高望二京？

少华甘露寺

石门萝径与天邻，雨桧风篁远近闻。饮涧鹿喧双派水，上楼僧踏一梯云。名句。孤烟薄暮关城没，远色初晴渭曲分。长欲燃灯来此宿，北林猿鹤旧同群。

鹧鸪

暖戏烟芜锦翼齐，品流应得近山鸡。雨昏青草湖边过，花落黄陵庙里啼。游子乍闻征袖湿，佳人才唱翠眉低。相呼相唤湘江曲，苦竹丛深春日西。咏物诗刻露不如神韵，三四语胜于「钩辀格磔」也。诗家称郑鹧鸪以此。

罗隐

字昭谏，新登人。本名横，十上不中第，乃更名。从事湖南，历淮、润皆不遇。久之，投钱镠，累官著作佐郎，奏授司勋郎。时梁以钱镠为吴越王，隐说镠讨梁曰："纵无成功，犹可退保杭、越，奈何交臂事贼，为终古之羞乎！"镠始疑隐不遇于唐，必有怨心，及闻其言，虽不能用，心甚义之。

曲江春感

江头日暖花又开，江东行客心悠哉。高阳酒徒半凋落，终南山色空崔嵬。圣代也知无弃物，侯门未必用非才。一船明月一竿竹，家住五湖归去来。

忆九华故居

九华峥嵘荫柴扉，长忆前时此息机。黄菊倚风村酒熟，绿蒲低雨钓船归。江乡景如绘。干戈已是三年别，尘土那堪万事违？回首佳期恨多少，夜阑霜露又沾衣。

登夏州城楼 即今榆林郡地。

寒城猎猎戍旗风〔八〕，独倚危栏怅望中。万里山川唐土地，千年魂魄晋英雄。离心不忍听边马，往事应须问塞鸿。好脱儒冠从校尉，一枝长戟六钧弓。唐末昭谏诗，犹棱棱有骨。

绵谷回寄蔡氏昆仲

一年两度锦江游，前值东风后值秋。芳草有情皆碍马，好云无处不遮楼。山将别恨和心断，水带离声入梦流。今日因君试回首，淡烟乔木隔绵州。

杏花

暖触衣襟漠漠香，间梅遮柳不胜芳。数枝艳拂文君酒，半里红欹宋玉墙。尽日无人疑怅望，有时经雨乍凄凉。旧山山下还如此，回首东风一断肠。

牡丹

艳多烟重欲开难，红蕊当心一抹檀。公子醉归灯下见，美人朝插镜中看。当庭始觉春风贵，带雨方知国色寒。日晚更将何所似？太真无力凭栏干。唐人牡丹诗，每失之浮腻浅薄，然如罗邺之「看到子孙能几家」，又索然兴尽矣。独存此篇，尚近雅音。

中元夜泊淮口

木叶回飘水面平，偶停孤棹已三更。秋凉雾露侵灯下，夜静鱼龙逼岸行。欹枕正牵题柱思，隔楼谁转绕梁声？锦帆天子狂魂魄，应过扬州看月明。

崔峒 未详。

赠同官李明府

讼堂寂寂对烟霞，五柳门前聚晓鸦。流水声中视公事，寒山影里见人家。观风竞美新为政，计日还知旧触邪。可惜陶潜无限酒，不逢篱菊正开花。

吴融 字子华，越州山阴人。龙纪初成进士。韦昭度讨蜀，表掌书记。昭宗反正，群臣称贺，融最先至，于时左右欢骇。帝有指授，叠十许稿，融跪作诏，语当意详。帝咨赏，进户部侍郎。凤翔劫迁，融不克从，去客阌乡。俄召还，迁翰林承旨，卒。

即事

抵鹊山前寄掩扉，便甘终老脱朝衣。晓窥清镜千峰入，暮倚长松独鹤归。云里引来泉脉细，雨中移得药苗肥。何须一箸鲈鱼脍，始挂孤帆问钓矶！

春归次金陵

春阴漠漠覆江城，南国归桡趁晚程。水上驿流初过雨，树笼堤处不离莺。迹疏冠盖兼无梦，地近乡园自有情。更被东风动离思，杨花千里雪中行。

韩偓

字致尧，京兆万年人。龙纪元年进士，累官中书舍人。刘季述之变，佐崔胤反正，为功臣。随幸岐下，迁兵部侍郎，进承旨。上欲用为相，力辞，荐赵崇自代。忤朱全忠，贬濮州司马。上与泣别，偓曰："是人非向来之比，臣得贬死为幸，不忍见篡弑之辱。"及昭宗被弑，挈族依王审知以终。○偓少岁喜为香奁诗，后一归节义，得风雅之正焉。

春尽

惜春连日醉昏昏，醒后衣裳见酒痕。细水浮花归别浦，断云含雨入孤村。人闲易得芳时恨，地胜难招自古魂。惭愧流莺相厚意，清晨犹为到西园。

中秋禁直

星斗疏明禁漏残，紫泥封后独凭栏。露和玉屑金盘冷，月射珠光贝阙寒。天衬楼台笼苑外，风吹歌管下云端。长卿只为长门赋，未识君臣际会难。

安贫

手风慵展八行书〔九〕，眼暗休寻九局图。窗里日光飞野马，案头筠管长蒲卢。即螟蛉虫。谋身拙为安蛇足，报国危曾捋虎须。举世可能无默识，未知谁拟试齐竽？

韦庄

柳谷道中作却寄

马前红叶正纷纷，马上离情欲断魂。晓发独辞残月店，暮程遥宿隔云村。心如岳色留秦地，梦逐河声出禹门。莫怪苦吟鞭拂地，有谁倾盖待王孙？

赠边将

曾因征远向金微，马出榆关一鸟飞。万里只携孤剑去，十年空逐塞鸿归。手招都护新降虏，身著文皇旧赐衣。只待「只待」二字语病。烟尘报天子，满头霜雪为兵机。

绥州作 州属延安府，即秦太子扶苏监军处。

雕阴无树水难流，雉堞连云古帝州。带雨晚驼鸣远戍，望乡孤客倚高楼。明妃去日花应笑，蔡琰归时鬓已秋。一曲单于暮烽起，扶苏城上月如钩。

思归

暖丝无力自悠扬，牵引东风断客肠。外地见花终寂寞，异乡闻乐更凄凉。红垂野岸樱还熟，绿染回汀草又芳。旧里若为归去好？子期凋谢吕安亡。

立春

青帝东来日驭迟，暖烟轻逐晓风吹。罽袍公子樽前觉，以气相感也。锦帐佳人梦里知。雪圃乍开红菜甲，彩幡新剪绿杨丝。殷勤为作宜春曲，题向花笺帖绣楣。

长安清明

早是伤春梦雨天，可堪芳草更芊芊！内官初赐清明火，上相闲分白打钱。蹴踘戏为「白打」。紫陌乱嘶红叱拨，绿杨高映画秋千。游人记得承平事，暗喜风光似昔年。

和同年韦学士华下途中见寄

绿杨城郭雨凄凄，过尽千轮与万蹄。送我独游三蜀路，羡君新上九霄梯。马惊门外山如活，花笑尊前客似泥。正是清和好时节，不堪离恨剑门西。

忆昔

昔年曾向五陵游，午夜清歌月满楼。银烛树前长似昼，露桃花下不知秋。西园公子名无忌，南国佳人字莫愁。今日乱离俱是梦，夕阳唯见水东流。此诗时遘乱离，追忆昔时而作，极风美流发。惟第五语「西园公子」，或指陈思，然与魏无忌、长孙无忌俱不相合，不免有凑句之病。

陪金陵府相中堂夜宴

满耳笙歌满眼花，满楼珠翠胜吴娃。因知海上神仙窟，只似人间富贵家。绣户夜攒红烛市，舞衣晴曳碧天霞。却愁宴罢青娥散，扬子江头月半斜。只是说人间富贵，几如海上神仙，一用倒说，顿然换境。

刘威 未详。

游东湖王处士园林

偶向东湖更向东，数声鸡犬翠微中。遥知杨柳是门处，似隔芙蓉无路通。樵客出来山带雨，渔舟过去水生风。物情多与闲相称，所恨求安计不同。

秦韬玉 字仲明，京兆人。为田令孜神策判官。中和二年，得准敕及第。

贫女

蓬门未识绮罗香，拟托良媒益自伤。谁爱风流高格调？共怜时世俭梳妆〔一〇〕。敢将十指夸纤巧〔一一〕，不把双眉斗画长。苦恨年年压金线〔一二〕，为他人作嫁衣裳。语语为贫士写照。

春雪

云重寒空思寂寥，玉尘如糁满春朝。片才著地轻轻陷，力不禁风旋旋销。惹砌任他香粉妒，萦丛自学小梅娇。谁家醉卷珠帘看，弦管堂深暖易调。

曹唐 字尧宾，桂州人。初为道士，后举进士不第，为使府从事。

病马

绿耳何年别渥洼，病来颜色半尘沙。四蹄不凿金砧裂，双眼慵开玉箸斜。堕月兔毛乾觳觫，失云龙骨瘦查牙。平原好放无人放，嘶向秋风苜蓿花。

陇上沙葱叶正齐，腾黄犹自局羸蹄。尾蟠夜雨红丝脆，头掉秋风白练低。力惫未思金络脑，影寒空望锦障泥。阶前莫怪垂双泪，不遇孙阳不敢嘶。

张　蠙

钱唐夜宴，留别郡守

四方骚动一州安，钱氏不用兵，故钱唐独安。夜列樽罍伴客欢。箪篥调高山阁迥，虾蟆更促海涛寒。夜宴。屏间珮响藏歌妓，幕外刀光立从官。沉醉不愁归棹远，晚风吹上子陵滩。

夏日题老将林亭

百战功成翻爱静，侯门渐欲似仙家。墙头细雨垂纤草，水面回风聚落花。井放辘轳闲浸酒，笼开鹦鹉报煎茶。几人图在凌烟阁，曾不交锋向塞沙。晚唐佳句，如「绿杨花扑一溪烟」，如「芰荷翻雨泼鸳鸯」，皆近小样；惟「水面回风聚落花」，归于自然，宜王衍与徐后见其诗而欲官之也。

谭用之　字藏用。唐艺文志有谭藏用诗一卷。里居出处未详。

秋宿湘江遇雨

江上阴云锁梦魂，江边深夜舞刘琨。秋风万里芙蓉国，暮雨千家薜荔村。乡思不堪悲橘柚，旅游谁肯重王孙？渔人相见不相问，长笛一声归岛门。

张　泌

秋晚过洞庭

征帆初挂酒初酣，暮景离情两不堪。千里晚霞云梦北，一洲霜橘洞庭南。溪风送雨过秋寺，涧石惊泷落夜潭。莫把羁魂吊湘魄，九疑愁绝锁烟岚。

洞庭阻风

空江浩荡景萧然，尽日菰蒲泊钓船。青草浪高三月渡，绿杨花扑一溪烟。情多莫举伤春目，愁极兼无买酒钱。犹有渔人数家住，不成村落夕阳边。夜泊洞庭湖边港汊，故有「绿杨花扑一溪烟」句，否则风景全不合矣，玩末句自明。

王仁裕　字德辇，天水人。历仕后唐、晋、汉三代，长乐老人之亚也。

放猿　原注：「仁裕从事汉中，有献小猿者，怜其黠慧，育之，名曰野宾。经年壮大，跳踯颇为患，系红绡于颈，题诗送之。」

放尔丁宁复故林，旧来行处好追寻。月明巫峡堪怜静，路隔巴山莫厌深。栖宿免劳青嶂梦，跻攀应惬白云心。三秋松子纍纍熟，任抱高枝采不禁。

遇所放猿作

原注：「仁裕罢职入蜀，行次汉江壖嶓冢庙前，见一巨猿舍群而前，于道畔古木间垂身下顾，红绡宛在，以野宾呼之，声声如应。立马移时，不觉恻然，遂继题一篇云。」

嶓冢祠前汉水滨，饮猿连臂下嶙峋。渐来子细窥行客，认得依稀是野宾。月宿纵劳羁绁梦，松餐非复稻粱身。数声肠断和云叫，识是前时旧主人。

沈彬

字子文，高安人。宋艺文志有闲居集十卷。

塞下

塞叶声悲秋欲霜，寒山数点下牛羊。映霞旅雁随疏雨，向碛行人带夕阳。边骑不来沙路失，国恩深后海城荒。胡儿向化新成长，犹自千回问汉王。塞下诗防其粗豪，此首最见品格。○下半说武备废弛，胡人窥伺，而措语婉曲，于唐末得之，尤为仅见。

入塞

年少辞乡事冠军〔三〕，戍楼独上望星文。生希沙漠禽骄虏，死夺河源答圣君。鸢觇败兵横白草，马惊边鬼哭阴云。功多地远无人纪，汉阁笙歌日又曛。

校　记

〔一〕花间酒气春风暖　「暖」原作「远」，据全唐诗改。

〔二〕云际金人捧露盘　「云际」原作「庭际」，据全唐诗改。

〔三〕亡书久似忆良朋　「忆」全唐诗作「失」，唐诗鼓吹卷九同，然司空图与李生论诗书举此句正作「忆」。

〔四〕风回日暮吹芳芷　「风回日暮」原作「东风近墓」，据全唐诗改。

〔五〕月落山深哭杜鹃　「月落山深」原作「落日深山」，据全唐诗改。

〔六〕送裴评事　此诗全唐诗作赵嘏诗，文苑英华卷二八一同。「送」下原有「李」字，据全唐诗、文苑英华注删。

〔七〕来鹄　原作「来鹏」，据全唐诗改。

〔八〕寒城猎猎戍旗风　「寒城」原作「寒声」，据全唐诗改。

〔九〕手风慵展八行书　「手风」原作「手疲」，据全唐诗改。

〔一〇〕共怜时世俭梳妆　按：新唐书车服志：文宗即位，「禁高髻、险妆、去眉、开额」。元郝天挺唐诗鼓吹卷四注：「唐文宗下诏禁高髻、俭妆、去眉、开额。」「俭梳妆」似即「俭妆」，亦即时世妆（当时风行之时髦梳妆）。此处「怜」字作爱解。诗意谓谁能赏识风流高格调，而皆喜爱时世俭梳妆。一开一合，句法甚明，寓意显然。「俭妆」新唐书车服志作「险妆」，「俭」「险」古通，常互用。新唐书五行志述时世妆云：「元和末，妇人为圆鬟椎髻，不设鬓饰，不施朱粉，唯以乌膏注唇，似悲啼者。」则殆因其「不设鬓饰，不施朱粉，唯以乌膏注唇」，而又称「俭妆」或「俭梳妆」欤？此句向无确解，故于校此诗时略予述证。

〔一一〕敢将十指夸纤巧　按：「纤巧」才调集卷五、清江标影宋本唐人五十家小集作「偏巧」，唐百家诗选卷一八、唐诗纪事卷六三、唐诗鼓吹卷四、全唐诗均作「纤巧」，而今通行读本唐诗三百首作「针巧」，未知所据。

〔一二〕苦恨年年压金线　「苦恨」原作「每恨」，据全唐诗改。按：「苦恨」犹云甚恨、极恨。

〔一三〕年少辞乡事冠军　原作「苦战身经刀箭痕」，据全唐诗注改。

重订唐诗别裁集卷十七

五言长律

玄宗皇帝 太宗、高宗俱有长律，然音节未能谐和，故以明皇为冠。

早渡蒲津关（一）

钟鼓严更曙，山河野望通。鸣銮下蒲坂，飞旆入秦中。地险关逾壮，天平镇尚雄。春来津树合，月落戍楼空。马色分朝景，鸡声逐晓风。写晓景无刻画痕。所希常道泰，非复弃繻同。诗之长律，自颜、谢诸公开出，至唐始盛。初只六韵，后增至八韵，少陵增至百韵，又此体中变体也。王介甫选唐诗，以此篇压卷。

早登太行山中言志

清跸度河阳，凝笳上太行。以下六句写「早登」。火龙明鸟道，铁骑绕羊肠。白雾埋阴壑，丹霞助晓光。涧泉含宿冻，山木带余霜。野老茅为室（二），樵人薜作裳。宣风问耆艾，敦俗劝耕桑。此「言志」。凉德惭先哲，徽猷慕昔皇。不因今展义，何以冒垂堂？

南出雀鼠谷答张说

雷出应乾象，风行顺国人。川途犹在晋，车马渐归秦。背陕关山险，横汾鼓吹频。草依阳谷变，花待北岩春。闻有鹓鸾客，清词雅调新。求音思欲报，心迹竟难陈。

左丞相说、右丞相璟、太子少傅乾曜同日上官，命宴东堂，赐诗

赤帝收三杰，黄轩举二臣。风后、力牧。由来丞相重，分掌国之钧。我有握中璧，双飞席上珍。子房张说。推道要，仲子宋璟。讶风神。复辍台衡老，源乾曜。将为调护人。太子少傅。鹓鸾同拜日，车骑拥行尘。乐聚南宫宴，觞连北斗醇。俾余成百揆，垂拱问彝伦。总收。

春晚宴两相及礼官丽正殿学士，探得风字

乾道运无穷，恒将人代工。阴阳调历象，两相。礼乐报玄穹。礼官。介胄清荒外，陪句。衣冠佐域中。学士。言谈延国辅，词赋引文雄。野霁伊川绿，郊明巩树红。冕旒多暇景，诗酒会春风。

杨　炯

送刘校书从军

天将下三宫，星门召五戎。坐谋资庙略，飞檄伫文雄。赤土流星剑，乌号明月弓。秋阴生蜀道，杀气绕湟中。风雨何年别？入送意。琴尊此日同。离亭不可望，沟水自西东。

卢照邻

西使兼送孟学士南游

地道巴陵北，学士南游。天山弱水东。自己西使。相看万余里，共倚一征蓬。零雨悲王粲，清尊别孔融。徘徊闻夜鹤，怅望待秋鸿。骨肉胡秦外，言不相关。风尘关塞中。唯余剑锋在，耿耿气成虹。「零雨被秋草」，本孙楚诗，王粲无「零雨」句也。岂沈约有「仲宣灞岸之篇，子荆零雨之章」等语，故偶误用耶？〇前人但赏其起语雄浑，须看一气承接，不平实，不板滞。后太白每有此种格法。

骆宾王

晚泊蒲类

二庭归望断，万里客心愁。山路犹南属，河源自北流。晚风连朔气，新月照边秋。灶火通军壁，烽烟上戍楼。龙庭但苦战，燕颔会封侯。莫作兰山下，李陵败于此，即皋兰山。空令汉国羞。「二庭」即南庭、北庭，复用「龙庭」，亦病。

灵隐寺

〔三〕此即今之韬光寺也，后移灵隐于山下。若今之灵隐，能观海日、对江潮乎？○此诗骆宾王、宋之问集中皆载，好事者撰出宋赋起二句，下窘于才，有老僧续下二句，乃宾王也。愚意但取其诗，或骆或宋皆可，好事者说之抵牾，不足与辨。

鹫岭郁岧峣，龙宫锁寂寥。楼观沧海日，门对浙江潮。桂子月中落，天香云外飘。扪萝登塔远，刳木取泉遥。霜薄花更发，冰轻叶未凋〔四〕。夙龄尚遐异，披对涤烦嚣。待入天台路，看余度石桥。杨师道还山宅五韵，此篇七韵，初唐有之，后人用偶不用奇，乃见正格。

宿温城望军营

虏地寒胶折，边城夜柝闻。兵符关帝阙，天策动将军。塞静胡笳彻，沙明楚练分。风旗翻翼影，霜剑转龙文。白羽摇如月，青山断若云。烟疏疑卷幔，尘灭似销氛。投笔怀班业，临戎想顾勋。还应雪汉耻，持此报明君。「顾勋」，谓顾荣挥扇破广陵相陈敏军事。

卢　僎

上幸皇太子新院应制

佳气晓葱葱，乾行入震宫。前星迎北极，少海被南风。视膳铜楼下，吹笙玉座中。训深家以政，义举俗为公。父子成钊合，君臣禹启同。仰天歌圣道，犹愧乏雕虫。禹之传子，即是传贤，故云「君臣」。

陈子昂

白帝城怀古（五）

日落沧江晚，停桡问土风。城临巴子国，台没汉王宫。荒服仍周甸，深山尚禹功。岩悬青壁断，地险碧流通。古木生云际，归帆出雾中。川途去无限，客思坐何穷！

岘山怀古

秣马临荒甸，登高览旧都。犹悲堕泪碣，尚想卧龙图。城邑遥分楚，山川半入吴。丘陵徒自出，贤圣几凋枯？野树苍烟断，津楼晚气孤。谁知万里客，怀古正踟蹰？西王母白云谣：「白云在天，丘陵自出。」

杜审言

赠苏味道

北地寒应苦，南庭戍不归。边声乱羌笛，朔气卷戎衣。雨雪关山暗，风霜草木稀。胡兵战欲尽，汉卒尚重围。云净妖星落，秋高塞马肥。据鞍雄剑动，摇笔羽书飞。舆驾还京邑，朋游满帝畿。指乘舆还京，朋旧皆集。方期来献凯，歌舞共春晖。

度石门山

石门千仞断，迸水落遥空。道束悬崖半，桥欹绝涧中。仰攀人屡息，直下骑才通。泥拥奔蛇径，云埋伏兽丛。星躔牛斗北，地脉象牙东。关塞随行变，高深触望同。江声连骤雨，日气抱残虹。未改朱明律，先含白露风。坚贞深不惮，险涩谅难穷。有异登临赏，徒为造化功。

沈佺期

酬苏员外味玄夏晚寓直省中见赠〔六〕

並命登仙阁，通宵直礼闱。大官供宿膳，侍史护朝衣。卷幔天河入，开窗月露微。小池残暑退，省中应有小池。高树早凉归。冠剑无时释，轩车待漏飞。明朝题汉柱，三署有光辉。

同韦舍人早朝

阊阖连云起，岩廊拂雾开。玉珂龙影度，珠履雁行来。长乐宵钟尽，明光晓奏催。一经传旧德，五字擢英材。俨若神仙去，纷从霄汉回。千春奉休历，分禁喜趋陪。司马景王命虞松作表，再呈不可意，令松更定，竭思不能改。钟会为定五字，景王曰：「王佐才也。」

宋之问

奉和幸长安故城未央宫应制 汉之故都。

汉皇未息战，萧相乃营宫。壮丽一朝尽，威灵千载空。皇明怅前迹，置酒宴群公。寒轻彩仗外，春发幔城中。乐思回斜日，鲁阳挥戈事。歌词继大风。今朝天子贵，不假叔孙通。恰好作结。○「不愁明月尽」，以巧思胜，此以冠冕典切胜，今人但尚巧思耳。

奉和晦日幸昆明池应制

春豫灵池会，沧波帐殿开。舟凌石鲸度，槎拂斗牛回。节晦蓂全落，合下句看，是正月晦日。春迟柳暗催。象溟看浴景，烧劫辨沉灰。镐饮周文乐，「镐饮」本武王。汾歌汉武才。不愁明月尽，自有夜珠来。巧思。○中宗于正月晦日幸昆明池，集群臣赋诗，命上官昭容选一篇为新曲。群臣集楼下，须臾落纸如飞，惟沈、宋二诗不下。移时一纸飞堕，乃沈诗也，阅其评云：「二诗工力悉敌，沈诗落句词气已竭，宋犹健举耳。」○汉武于昆明池放带索衔钩之鱼，后得明珠一双，帝曰：「岂昔鱼之报耶？」

早发始兴江口至虚氏村作

候晓逾闽嶂，乘春望越台。宿云鹏际落，残月蚌中开。薜荔摇青气，桄榔翳碧苔。桂香多露裛，石响细泉回。抱叶玄猿啸，衔花翡翠来。南中虽可悦，承上转下。北思日悠哉！鬓发俄成素，丹心已作灰。何当首归路，行剪故园莱。此应谪宦时作。

登粤王台 南越王赵佗所筑。

江上粤王台，登高望几回。南溟天外合，北户日边开。地湿烟常起，山晴雨半来。冬花采卢橘，夏果摘杨梅。迹类虞翻枉，人非贾谊才。归心不可见，白发重相催。虞仲翔以直谏谪，故云「枉」，延清党邪而斥，岂可同日语耶！

苏 颋

奉和圣制途次旧居

潞国临淄邸，天王别驾舆。出潜离隐际，小往大来初。东陆行春典，南阳即旧居。约川星罕驻，扶道日旗舒。云覆连行在，风回助扫除。木行城邑望，皋落土田疏。昔试邦兴后，今过俗徯予。示威宁校猎？崇让不陈渔。府吏趋宸扆，乡耆捧帝车。帐倾三饮处，闲整六飞余。盛业铭汾鼎，昌期应洛书。愿陪歌赋末，留比蜀相如。语语是帝王旧居，点化经言，冠冕正大。

御箭连中双兔 试帖。

宸游经上苑，羽猎向闲田。狡兔初迷窟，纤骊讵著鞭〔七〕？三驱仍百步，一发遂双连。典切。影射含霜草，魂销向月弦。欢声动寒木，喜气满晴天。那似陈王意，空垂乐府篇！

奉和圣制答张说出雀鼠谷

雨施巡方罢，云从训俗回。密途汾水卫，清跸晋郊陪。寒著山边尽，春当日下来。御祠玄鸟应，仙仗绿杨开〔八〕。作颂音传雅，观文色动台。更知西向乐，宸藻协盐梅。

同饯杨将军兼原州都督御史中丞

右地接龟沙，龟兹、流沙。中朝任虎牙。然明方改俗，去病不为家。将礼登坛盛，军容出塞华。朔风摇振也。汉鼓，边月思胡笳。旗合无邀正，冠危有触邪。当看劳旋日，及此御沟花。后汉张奂字然明，桓、灵间三为大将，正身洁己，威化大行。○结用出车诗末章意。

张　说

奉和圣制途经华山

西岳镇皇京，中峰入太清。玉銮重岭应，缇骑薄云迎。白日悬高掌，巨灵掌劈华山〔九〕。寒空映削成。轩游会神处，汉幸望仙情。望仙台在华阴县。旧庙青林古，新碑绿字生。群臣愿封岱，回驾勒鸿名。未言封禅泰山后当勒铭于华山也。时说劝帝东封泰山，故云。

奉和圣制暇日与兄弟同游兴庆宫作应制

汉武横汾日，周王宴镐年。何如造区夏，复此睦亲贤？巢凤新成阙，飞龙旧跃泉。棣华歌尚在，桐叶戏仍传。禁籞氛埃隔，平台景物连。圣慈良有裕，王道固无偏。问俗兆人阜，观风五教宣。献图开益地，张乐奏钧天。侍酒衢尊满，询刍谏鼓悬。永言形友爱，万国共周旋。运题有法，立言得体。

将赴朔方军应制

礼乐逢明主，庄重。韬钤用老臣。恭凭神武策，远静鬼方人。供帐恩荣饯，山川喜诏巡。天文日月丽〔一〇〕，朝赋管弦新。幼志传三略，衰材谢六钧。胆犹忠作屏〔一一〕，心故道为邻。汉保河南地，胡清塞北尘。连年大军后，不日小康辰。剑舞轻离别，歌酣忘苦辛。从来思博望，许国不谋身。以张骞自比，立言有体。

张九龄

奉和圣制早渡蒲津关〔一二〕

魏武中流处，轩皇问道回。长堤春树发〔一三〕，高掌曙云开。龙负王舟渡，人占仙气来。尹喜知老子将过，望气知之。河津会日月，天仗役风雷。东顾重关尽，西驰万国陪。还闻股肱郡，元首咏康哉！

奉和圣制送尚书燕国公说赴朔方军

宗臣事有征，耸拔。庙算在休兵。天与三台座，人当万里城。朔南方偃革，河右暂扬旌〔一四〕。宠锡从仙禁，光华出汉京。山川勤远略，原隰轸皇情。为奏薰琴唱，仍题珤即宝字。剑名。闻风六郡勇，计日五戎平。西方之戎有五。山甫归应疾，留侯功复成。歌钟旋可望，衽席岂难行〔一五〕！四牡何时入？吾君听履声。汉书："何、参位冠群臣，为一代之宗臣。"宗，犹尊也。

自始兴溪夜上赴岭

尝蓄名山意，兹为世网牵。征途屡及此，初服已非然。日落青岩际，溪行绿篠边。去舟乘月后，归鸟息人前。数曲迷幽嶂，连圻触暗泉。深林风绪结，遥夜客情悬。非梗胡为泛？无膏亦自煎。不知于役者，相乐在何年？

同綦母学士月夜闻雁

栖宿岂无意？飞飞更远寻。长途未及半，中夜有遗音。月思关山笛，风号流水琴。空声两相应，幽感一何深！避缴归南浦，离群叫北林。联翩俱不定，怜尔越乡心。

张子容

长安早春 试帖。

开国移东井，长安秦地，是为东井。方城启北辰。咸欢太平日，共乐建寅春。雪尽黄山树，冰开黑水津。草迎金埒马，花待玉楼人。写「早春」妍丽。鸿渐看无数，莺迁听转频。何当桂枝擢，还及柳条新。

郑愔

字文靖，沧州人。年十七，成进士。附张昌宗、易之，荐为殿中侍御史。又附武三思，迁吏部侍郎。后预谯王重福谋，伏诛。

塞外二首

塞外萧条望，征人此路赊。边声乱朔马，秋引动胡笳。遥嶂侵归日(一六)，长城带晚霞。断蓬飞古戍，连雁聚寒沙。海暗云无叶，山春雪作花。丈夫期报主，万里独辞家〔一七〕。

阳鸟南飞夜，阴山北地寒。汉家征戍客，年岁在楼兰。玉塞朔风起，金河秋月团。边声入鼓吹，霜气下旌竿。海外归书断，天涯旅鬓残。子卿犹奉使，恒向节旄看。知子卿奉使之忠，而品偏秽浊，言之不足定人也。

宋　璟　邢州人。耿介有大节。成进士，累迁凤阁舍人。武后敬礼之，拜黄门侍郎。睿宗时，同中书门下三品。开元中，继姚崇为相。崇以才，璟以节。封广平公。以右丞相致仕，卒谥文正。

奉和御制璟与张说、源乾曜同日上官，命宴都堂，赐诗一首应制

丞相邦之重，非贤谅不居。老臣庸且惫，何德以当诸！长律中散行一联，倍见力量。厚秩先为忝，崇班复此除。太常陈礼乐，中掖降簪裾。圣酒江河润，仙文象纬舒。冒恩怀宠锡，陈力省空虚。郭隗惭无骏，冯谖愧有鱼。不知周勃者，荣幸定何如？以「厚重少文」自况。○本传：「开元十七年，璟为尚书右丞相，张说为左丞相，源乾曜为太子少傅，同日拜官〔一八〕。诏太官设宴，太常奏乐，会百官于尚书省东堂。帝赋三杰诗以赐。」

徐　坚　字元固，湖州人。圣历中，为东都留守判官，预修三教珠英，迁司封员外郎。开元中，为集贤院学士，封东海郡公。

奉和圣制送张说巡边

至德抚遐荒，神兵赴朔方。燕、许、曲江诸公，入手无不高耸，元固亦然。帝思元帅重，爰择股肱良。累相承安世，深筹协子房。寄崇专斧钺，礼备设坛场。鼙鼓喧雷电，戈殳凛雪霜。四騑将戒道，十乘启先行。圣锡加恒数，天文耀宠光。圣制。出郊开帐饮，寅饯盛离章。送意。雨濯梅林润，风清麦野凉。燕山应勒颂，麟阁伫名扬。

常理 未详。

古别离

君御狐白裘，妾居缃绮帱。粟钿金夹膝，花错玉搔头。离别生庭草，征衣断戍楼〔一九〕。蟏蛸网清曙，菡萏落红秋。小胆空房怯，体贴至此。长眉满镜愁。为传儿女意，不用远封侯。

比「悔教夫婿觅封侯」温厚。○比薛道衡「空梁落燕泥」之作，似又过之。

王维

奉和圣制上巳于望春亭观禊饮应制

长乐青门外，宜春小苑东。楼开万户上，辇过百花中。画鹢移仙仗，金貂列上公。清歌邀落日，妙舞向春风。渭水明秦甸，黄山入汉宫。君王来祓禊，灞浐亦朝宗。「宗」借二冬韵。

奉和圣制与太子诸王三月三日龙池春禊应制

故事修春禊，新宫展豫游。明君移凤辇，太子出龙楼。赋掩陈王作，杯如洛水流。金人来捧剑，画鹢去回舟。苑树浮宫阙〔三〇〕，天池照冕旒。宸章在云汉，垂象满皇州。

奉和圣制暮春送朝集使归郡应制

万国仰宗周，衣冠拜冕旒。玉乘叶平声。迎大客，金节送诸侯。祖席倾三省，褰帷向九州。杨花飞上路，槐色荫通沟。来预钧天乐，归分汉主忧。宸章类河汉，垂象满中州。

春日直门下省早朝

骑省直明光，鸡鸣谒建章。遥闻侍中珮，暗识令公香。二语见未辨色。玉漏随铜史，天书拜夕郎。旌旗映阊阖，歌吹满昭阳。官舍梅初紫，宫门柳欲黄。愿将迟日意，同与圣恩长。

送李太守赴上洛

商山包楚邓，积翠蔼沉沉。驿路飞泉洒，关门落照深。野花开古戍，行客响空林。板屋春多雨，山城昼欲阴。丹泉通虢略，白羽抵荆岑。若见西山爽，应知黄绮心。似欲讽其归意。

晓行巴峡

际晓投巴峡，余春忆帝京。晴江一女浣，朝日众禽鸣。水国舟中市，山桥即栈道。树杪行。登高万井出，眺迥二流明。成都有二江双流。人作殊方语，莺为旧国声。赖多山水趣，稍解别离情。

送秘书晁监还日本

积水不可极，安知沧海东！九州何处远？万里若乘空。向国唯看日，归帆但信风。鳌身映天黑，鱼眼射波红。乡树扶桑外，主人孤岛中。别离方异域，音信若为通？姚合极玄集以此诗压卷。

游感化寺

翡翠香烟合，琉璃宝地平〔三〕。龙宫连栋宇，虎穴傍檐楹。谷静唯松响，山深无鸟声。琼峰当户拆，金涧透林明。郢路云端迥，秦川雨外清。雁王衔果献，鹿女踏花行。抖擞辞贫里，以下说己之游。归依宿化城。绕篱生野蕨，空馆发山樱。香饭青菰米，嘉蔬绿笋羹。誓陪清梵末，端坐学无生。

过沈居士山居哭之

杨朱来此哭，桑扈返于真。独自成千古，依然旧四邻。闲檐喧鸟雀，故榻满埃尘。曙月孤莺啭，空山五柳春。野花愁对客，泉水咽迎人。善卷善卷本平声，亦可仄用。明时隐，黔娄在日贫。逝川嗟尔命，丘井叹吾身。前后徒言隔，相悲讵几晨〔三〕？高士传：「舜以天下让善卷，卷曰：『吾何以天下为哉！』」〔一〇〕「丘井」用佛语，犹言空井。

奉和圣制幸玉真公主山庄因题石壁十韵之作应制〔三〕

碧落风烟外，瑶台道路赊。如何连帝苑，别自有仙家？比地易：「地上有水比」，言相比无间也。近本误作「此地」。回銮驾〔四〕，缘溪转翠华。洞中开日月，窗里发云霞。庭养冲天鹤，溪留上汉槎。种田生白玉，泥灶化丹砂。谷静泉逾响，山深日易斜。御羹和石髓，香饭进胡麻。大道今无外，长生讵有涯！还瞻九霄上，来往五云车。公主辞主第而就山庄，应志在求仙者。

孟浩然

西山寻辛谔

漾舟寻水便，因访故人居。落日清川里，谁言独羡鱼？石潭窥洞彻，沙岸历纡徐〔三五〕。竹屿见垂钓，茅斋闻读书。款言忘景夕，清兴属凉初。回也一瓢饮，贤哉常晏如。

高适

送柴司户充刘卿判官之岭外

岭外资雄镇，朝端宠节旄。月卿临幕府，「卿士惟月」，指刘。星使出词曹。司户。海对羊城阔，山连象郡高。风霜驱瘴疠，忠信涉波涛。别恨随流水，交情脱宝刀。用吕虔赠王祥佩刀事。有才无不适，行矣莫徒劳。

陪窦侍御泛灵云池〔三六〕

白露时先降〔三七〕，清川思不穷。江湖仍塞上，舟楫在军中。舞换临津树，歌饶向晚风。夕阳连积水，边色满秋空。乘兴宜投辖，邀欢莫避骢。谁怜持弱羽，犹欲伴鹓鸿？

李　颀

送刘主簿归金坛

与子十年旧，其如离别何（二六）！宦游怜故国，归梦是沧波。京口青山远，金陵芳草多。云帆晓容裔，江日昼清和。县郭舟人饮，津亭渔者歌。茅山有仙洞，羡尔再经过。

岑　参

早秋与诸子登虢州西亭观眺

亭高出鸟外，客到与云齐。树点千家小，天围万岭低。残虹挂陕北，急雨过关西。写景雄阔。酒榼缘青壁，瓜田傍绿溪。微官何足道？爱客且相携。唯有乡园处，依依望不迷。起手贵突兀。少陵有「开筵对鸟巢」句，此同一落想。

六月十三日，水亭送华阴王少府还县

亭晚人将别，池凉酒未酣。关门劳夕梦，仙掌引归骖。荷叶藏鱼艇，藤花罥客簪。残云收夏暑，新雨带秋岚。失路情无适，离怀思不堪。赖兹庭户里，别有小江潭。轻点水亭。〇岑在关外思长安，故梦为之劳，王归华阴，路从仙掌，若引归骖也。三四极见用意。

送卢郎中除杭州之任

罢起郎官草，初分刺史符。海云迎过楚，江月引归吴。城底涛声震，楼头蜃气孤。千家窥驿舫，五马饮春湖。柳色供诗用，莺声送酒须。句不稳而稳。知君望乡处，枉道上姑苏。

送郭仆射节制剑南

铁马擐红缨，幡旗出禁城。明王亲授钺，丞相欲专征。玉馔天厨送，金杯御酒倾。剑门乘险过，阁道踏空行。山鸟惊吹笛，江猿看洗兵。晓云随去阵，夜月逐行营。南仲今时往，西戎计日平。将心感知己，万里寄悬旌。

祖　咏

清明宴司勋刘郎中别业

田家复近臣，行乐不违亲。霁日园林好，清明烟火新。以文常会友，唯德自成邻。池照窗阴晚，杯香药味春。檐前花覆地(二九)，竹外鸟窥人。何必桃源里，深居作隐沦！

张谓

同诸公游雲公禅寺

共许寻鸡足，山名。谁能惜马蹄？长空净云雨，斜日半虹霓。檐下千峰转，窗前万木低。看花寻径远，听鸟入林迷。地与喧卑隔(三〇)，人将物我齐。不知樵客意，何事武陵溪？

李白

送储邕之武昌

黄鹤西楼月，长江万里情。春风三十度，空忆武昌城。送尔难为别，衔杯惜未倾。湖连张乐地，山逐泛舟行。诺谓楚人重，诗传谢朓清。沧浪吾有曲，寄入棹歌声。以古风起法，运作长律，太白天才，不拘绳墨乃尔！

送友人寻越中山水

闻道稽山去，偏宜谢客才。千岩泉洒落，万壑树萦回。东海横秦望，西陵绕越台。湖清霜镜晓，涛白雪山来。八月枚乘笔，三吴张翰杯。此中多逸兴，早晚向天台？越中山水，独数会稽，此时杭州属吴。

秋日与张少府楚城韦公藏书高斋作

日下空亭暮，城荒古迹余。地形连海尽，天影落江虚。旧赏人虽隔，新知乐未疏。彩云思作赋，丹壁问藏书。楂拥随流叶，萍开出水鱼。夕来秋兴满，回首意何如？

秋日登扬州西灵塔

宝塔凌苍苍，登攀览四荒。顶高元气合，标出海云长。万象分空界，三天接画梁。水摇金刹影，日动火珠光。鸟拂琼帘度，霞连绣栱张。目随征路断，心逐去帆扬。露浴梧楸白〔三〕，霜催橘柚黄。玉毫如可见，于此照迷方。入手高超，能以古笔为律体。

中丞宋公以吴兵赴河南，军次寻阳，脱余之囚〔三〕，参谋幕府，因赠之

独坐清天下，专征出海隅。九江皆渡虎，三郡尽还珠。组练明秋浦，楼船入郢都。风高初选将，月满欲平胡。言平胡之速。杀气横千里，军声动九区。白猿惭剑术，黄石借兵符。戎虏

行当剪，鲸鲵立可诛。自怜非剧孟，何以佐良图？史记："吴楚反时，条侯至河南，得剧孟，喜曰：'吴楚不求孟，知其无能为矣！'"诗中不多感谢脱囚，而第言已非剧孟，立言有体。

杜　甫

五言长律，陈、杜、沈、宋简老为宗，燕、许、曲江诣崇典硕，老杜出而推扩之，精力团聚，气象光昌，极人间之伟观，后有作者，莫能为役。

冬日洛城北谒玄元皇帝庙

原注："庙有吴道子画五圣图。"

配极配北极也。玄都閟，凭高禁籞长。禁苑之遮卫。守祧严具礼，掌节镇非常。碧瓦初寒外，金茎一气傍。山河扶绣户，日月近雕梁。仙李盘根大，猗兰奕叶光。世家遗旧史，史记不载于世家，在列传中也。道德付今王。画手看前辈，吴生远擅场。森罗移地轴，妙绝动宫墙。五圣联龙衮，高祖、太宗、高宗、中宗、睿宗为五圣。千官列雁行。冕旒俱秀发，旌旆尽飞扬。翠柏深留景，红梨迥得霜。冬日景。风筝吹玉柱，檐铃之类。露井冻银床。身退卑周室，经传拱汉皇。河上公授汉文道德经奥旨。谷神如不死，养拙更何乡？通体含讽，末尤婉曲。见老子之学，以谷神不死为主，如其果然，方养拙藏名于无何有之乡，而岂以帝王崇祀为荣耶！微而显矣。

投赠哥舒开府翰二十韵

今代麒麟阁，何人第一功？入手要领得起。君王自神武，驾驭必英雄。开府当朝杰，论兵迈古风。先锋百胜在，略地两隅空。言陇右战功。青海无传箭，天山早挂弓。言息兵也。廉颇仍走敌，魏绛已和戎。每惜河湟弃，新兼节制通。言恢复河西。智谋垂睿想，出入冠诸公。日月低秦树，乾坤绕汉宫。胡人愁逐北，宛马又从东。受命边沙远，归来御席同。轩墀曾宠鹤，指禄山。畋猎旧非熊。指翰。茅土加名数，户籍也，见汉书。山河誓始终。策行遗战伐，言以计用兵，不假战伐。契合动昭融。勋业青冥上，交亲气概中。二语承上转下。未为朱履客，已见白头翁。以下叙入自己，此投赠体也。壮节初题柱，生涯独转蓬。几年春草歇，今日暮途穷。军事留孙楚，行间识吕蒙。防身一长剑，将欲倚崆峒。收得有身分。○有气象，有神力，开合变化，自中规矩。长律以少陵为至，元、白动成百韵，颓然自放矣。

赠特进汝阳王二十韵 名琎，宁王长子。

特进群公表，天人夙德升。霜蹄千里骏，风翮九霄鹏。服礼求毫发，惟忠忘寝兴。圣情常有眷，朝退若无凭。若无所凭借，言不挟贵也。仙醴来浮蚁，奇毛或赐鹰。清关尘不杂〔三〕，中使日相乘。晚节嬉游简，平居孝义称。自多亲棣萼，谁敢问山陵！宁王薨，谥让皇帝，葬地名惠陵，琎上表辞。学业醇儒富，词华哲匠能。笔飞鸾耸立，章罢凤骞腾。精理通谈笑，忘形向友朋。寸长堪缱绻，叙重文好士，接入自叙，不见痕迹。一诺岂骄矜！已忝归曹植，何知对李膺〔三〕？招要恩屡至，崇重力难胜。披雾初欢夕，高秋爽气澄。樽罍临极浦，凫雁宿张灯。花月穷游宴，炎天避郁蒸。砚寒金井水，檐动玉壶冰。瓢饮惟三径，岩栖在百层。且持蠡测海，况挹酒如渑。鸿宝宁全秘？淮南王有枕中鸿宝。丹梯庶可凌。淮王门有客，终不愧孙登。嵇康有愧孙登，以所遇非时，见己逢贤王，不同康之有愧也。

敬赠郑谏议十韵

谏官非不达，诗义早知名。破的由来事，先锋孰敢争？比意。思飘云物外，律中鬼神惊。毫发无遗憾，波澜独老成。野人宁得所？自叙沦落。天意薄浮生。多病休儒服，冥搜信客旌。筑居仙缥渺，行踪无定，意卜居近宫观。旅食岁峥嵘。使者求颜阖，诸公厌祢衡。时荐而召试，试而不遇。将期一诺重，欻使寸心倾。君见途穷哭，宜忧阮步兵。望郑荐引。

上韦左相二十韵 见素。

凤历轩辕纪，龙飞四十春。从朝廷用人说起，与投赠哥舒翰篇，同是高屋建瓴之势。八荒开寿域，一气转洪钧。霖雨思贤佐，丹青忆旧臣。应图求骏马，惊代得麒麟。沙汰江河浊，调和鼎鼐新。

十字叙相业简老。韦贤初相汉，范叔已归秦。盛业今如此，传经固绝伦。豫章深出地，沧海阔无津。北斗司喉舌，东方领搢绅。持衡留藻鉴，听履上星辰。独步才超古，余波德照邻。聪明过管辂，尺牍倒陈遵。岂是池中物？由来席上珍。庙堂知至理，风俗尽还淳。才杰俱登用，愚蒙但隐沦。叙入自己，每用承上接下法。长卿多病久，子夏索居频。回首驱流俗，为流俗所驱。生涯似众人。巫咸不可问，邹鲁莫容身。感激时将晚，苍茫兴有神。为公歌此曲，涕泪在衣巾。

喜闻官军已临贼境二十韵

胡骑潜京县，官军拥贼壕。鼎鱼犹假息，穴蚁欲何逃！帐殿罗玄冕，公卿服。辕门照白袍。回纥衣。秦山当警跸，汉苑入旌旄。路失羊肠险，云横雉尾高。五原空壁垒，八水散风涛。今日看天意，游魂贷尔曹。乞降那更得，尚诈莫徒劳。元帅归龙种，广平王。司空握豹韬。郭子仪。前军苏武节，李嗣业。左将吕虔刀。仆固怀恩。兵气回飞鸟，威声没巨鳌。戈铤开雪色，弓矢向秋毫。天步艰方尽，时和运更遭。谁云遗毒螫，已是沃腥臊。睿想丹墀近，神行羽卫牢。六军。花门腾绝漠，回纥。拓羯渡临洮。安西募勇健者为拓羯，犹华言战士也。此辈感恩至，羸俘何足操！锋先衣染血，骑突剑吹毛。喜觉都城动，悲怜子女号。家家卖钗钏，只待献香醪。

送蔡希鲁都尉还陇右，因寄高三十五书记 原注：「时哥舒入奏，勒蔡子先归。」

蔡子勇成癖，弯弓西射胡。健儿宁斗死，壮士耻为儒。官是先锋得，材缘挑战须。身轻一鸟过，警句。枪急万人呼。云幕随开府，指哥舒。春城赴上都。马头金匼匝，驼背锦模糊。咫尺雪山路，归飞青海隅。上公犹宠锡，指留京师。突将且前驱。希鲁先归。汉使黄河远，凉州白麦枯。因君问消息，好在阮元瑜。二句寄高书记。

遣兴 于贼中遥忆幼子。

骥子好男儿，前年学语时。问知人客姓，诵得老夫诗。世乱怜渠小，家贫仰母慈。鹿门携有处，鸟道去无期。天地军麾满，山河战角悲。倘归免相失，见日敢辞迟！

行次昭陵

旧俗疲庸主，群雄问独夫。谶归龙凤质，威定虎狼都。隋主昏庸，群雄割据，唐宗受命，以四语了之。天属尊尧典，以高祖禅位言。神功协禹谟。风云随绝足，「云从龙、风从虎」意。「绝足」，马名也〔三五〕。日月继高衢。文物多师古，朝廷半老儒。直词宁戮辱？以受谏言。贤路不崎岖。往者灾犹降，苍生喘未苏。指麾安率土，荡涤抚洪炉。言天宝之乱，同于隋末，安得如太宗神灵，指麾荡涤之。壮士悲陵邑，幽人拜鼎湖。玉衣晨自举，铁马汗常趋。二语犹骚所云「神之来兮夹两旗」，言神灵陟降也。松柏瞻虚殿，尘沙立暝途。寂寥开国日，流恨满山隅。

重经昭陵

草昧英雄起，讴歌历数归。风尘三尺剑，社稷一戎衣。翼亮贞文德，丕承戢武威。圣图天广大，宗祀日光辉。陵寝盘空曲，熊罴守翠微。再窥松柏路，还见五云飞。前首伤乱，此望中兴，以「五云飞」作结，大旨显然。

寄李十二白二十韵

昔年有狂客，贺知章。号尔谪仙人。笔落惊风雨，诗成泣鬼神。声名从此大，汩没一朝伸。文彩承殊渥，指见知于明皇。流传必绝伦。龙舟移棹晚，兽锦夺袍新。白日来深殿，青云满后尘。乞归优诏许，遇我宿心亲。谓白辞归后，两人交与之情。未负幽栖志，兼全宠辱身。剧谈怜野逸，嗜酒见天真。醉舞梁园夜，行歌泗水春。才高心不展，道屈善无邻。处士祢衡俊，诸生原宪贫。稻粱求未足，薏苡谤何频！隐指永王璘事。五岭炎蒸地，三危放逐臣。夜郎在南荒，故以「五岭」、

「三危」为比。几年遭鹏鸟，独泣向麒麟。苏武先还汉，黄公岂事秦？楚筵辞醴日，用穆生事。梁狱上书辰。已用当时法，谁将此义陈？太史公报任安书中意。老吟秋月下，病起暮江滨。莫怪恩波隔，乘槎与问津。欲上诉于天也。○太白一生，具见于此。「未负幽栖」「楚筵辞醴」，极辨其不受永王璘之污矣。

奉送严公入朝十韵

鼎湖瞻望远，时肃宗晏驾。象阙宪章新。四海犹多难，中原忆旧臣。与时安反侧，自昔有经纶。感激张天步，从容静塞尘。南图回羽翮，北极捧星辰。漏鼓还思昼，宫莺罢啭春。空留玉帐术，愁杀锦城人。言严公入朝而蜀人失望。阁道通丹地，江潭隐白蘋。此生那老蜀？自谓。不死会归秦。公若登台辅，临危莫爱身。古人直谅。

伤春

日月还相斗，星辰屡合围。不成诛执法，焉得变危机？大角缠兵气，钩陈出帝畿。烟尘昏御道，耆旧把天衣。行在诸军阙，来朝大将稀。贤多隐屠钓，王肯载同归？

王阆州筵奉酬十一舅惜别之作

万壑树声满，千崖秋气高。要争此起手。浮舟出郡郭，别酒寄江涛。良会不复久，此生何太劳！穷愁但有骨，群盗尚如毛。吾舅惜分手，使君寒赠袍。沙头暮黄鹄，失侣亦哀号。

春归

苔径临江竹，茅檐覆地花。别来频甲子，归到忽春华。倚杖看孤石，倾壶就浅沙。远鸥浮水静，轻燕受风斜。鸥燕性情形态，以「静」字「斜」字传出。世路虽多梗，吾生亦有涯。此身醒复醉，乘兴即为家。

奉观严郑公厅事岷山沱江画图十韵

沱水流中座，岷山到北堂。竟以为真，题画要得此法。白波吹粉壁，青嶂插雕梁。直讶杉松冷，兼疑菱荇香。以下皆山水对言。雪云虚点缀，沙草得微茫。岭雁随毫末，川霓饮练光。霏红洲蕊乱，拂黛石萝长。暗谷非关雨，丹枫不为霜。秋城玄圃外，景物洞庭旁。绘事功殊绝，幽襟兴激昂。从来谢太傅，丘壑道难忘。归重郑公。

谒先主庙

惨淡风云会，乘时各有人。谓三分也。力侔分社稷，志屈偃经纶。复汉留长策，中原仗老臣。指武侯。杂耕心未已，欧血事酸辛。霸气西南歇，雄图历数屯。言天命去蜀。锦江元过楚，剑阁复通秦。二句伤蜀之旋入于晋。旧俗存祠庙，空山泣鬼神。虚檐交鸟道，枯木半龙鳞。竹送清溪月，苔移玉座春。闾阎儿女换，歌舞岁时新。绝域归舟远，荒城系马频。此谒先主而自抒怀抱。如何对摇落，况乃久风尘？孰与关张并，功临耿邓亲？应天才不小，得士契无邻。迟暮堪帷幄，飘零且钓缗。向来忧国泪，寂寞洒衣巾。三分割据，君臣鱼水，孔明之鞠躬尽瘁，后主之面缚出降，起数句中包括殆尽，何等笔力！○「绝域归舟」下，纯是自伤语，谓今风尘未靖，孰与关、张并其忠勇，而其功可与耿、邓相亲者乎？使有英主应天而出，得士相契，则吾虽迟暮，犹堪共谋帷幄；惟飘零不偶，所以忧国之泪，不能自已也。若末段仍说向先主，不免前后重复。

东屯月夜

抱疾漂萍老，防边旧谷屯。春农亲异俗，岁月在衡门。青女霜枫重，黄牛峡水喧。泥留虎斗迹，月挂客愁村。俊句。乔木澄稀影，轻云倚细根。数惊闻雀噪，暂睡想猿蹲。日转东方白，风来北斗昏。天寒不成寝，无梦寄归魂。

张 巡

守睢阳作〔三六〕

接战春来苦，孤城日渐危。合围侔月晕，分守若鱼丽。屡厌黄尘起，时将白羽挥。裹疮犹出阵，饮血更登陴。忠信应难敌，坚贞谅不移。无人报天子，心计欲何施？

王季友

玉壶冰〔三七〕试帖。

玉壶知素洁，止水复中澄。坚白能虚受，玉壶。清寒得自凝。冰。分形同晓镜，照物掩宵灯。璧映圆光彻，人惊爽气凌。金罍何足贵？瑶席几回升。正值求珪瓒，提携共饮冰。

李 华

字遐叔，赵郡人。开元中举进士，天宝中举宏词，皆科首。官右补阙。禄山乱，奉母逃，为盗所得。收京后，谪杭州司户。上元中，复召用，以废疾辞。

尚书都堂瓦松 试帖。

华省秘仙踪，高堂露瓦松。叶因春后长，花为雨来浓。影混鸳鸯色，光含翡翠容。近天忻所寄，拔地叹无从。接栋凌双阙，连甍盖九重。宁知深涧底，霜雪岁兼封？不落纤巧，结意脱祈请卑格。

校记

〔一〕早渡蒲津关　「津」字原脱，据全唐诗补。

〔二〕野老茅为室　「茅」原作「菲」，据全唐诗改。

〔三〕灵隐寺　此诗全唐诗作宋之问诗。按：骆宾王与宋之问年辈相近，并有交往酬唱（骆有在江南酬宋五之问、在兖州饯宋五之问、送宋五之问得凉字等诗）。本事诗载骆为老僧，呼宋为「少年」，为宋此诗续「楼观」二句，若素不相识者，其谬妄不足辨。此诗当作之问诗，骆集载此诗，殆后人因本事诗而增入者。沈氏谓「此诗骆宾王、宋之问集中皆载，好事者撰出」云云，亦未谛。

〔四〕冰轻叶未凋　「未」原作「互」，据全唐诗改。

〔五〕白帝城怀古　「城」字原脱，据全唐诗补。

〔六〕酬苏员外味玄夏晚寓直省中见赠　「味玄」全唐诗作「味道」。按：文苑英华卷一九一、众妙集均作「味玄」。

〔七〕纤骊讵著鞭　「骊」原作「缅」，据全唐诗改。

〔八〕仙仗绿杨开　「杨」原作「云」，据全唐诗改。按：唐诗品汇卷七二正作「杨」。

〔九〕白日悬高掌　沈氏注云：「巨灵掌劈华山。」按：此处「高掌」指华山顶东峰仙人掌。华岳志：「顶东峰曰仙人掌，峰侧石上有痕，自下望之，宛然一掌，五指俱备。」

〔一〇〕天文日月丽　「丽」原作「送」，据全唐诗改。

〔一一〕胆犹忠作屏　「屏」全唐诗作「伴」。

〔一二〕奉和圣制早渡蒲津关　「津」字原脱，据全唐诗补。

〔一三〕长堤春树发　「长」原作「是」，据全唐诗改。

〔一四〕河右暂扬旌　「河右」原作「河内」，据全唐诗改。

〔一五〕衽席岂难行　「衽」原作「枕」，据全唐诗改。

〔一六〕遥嶂侵归日　「嶂」原作「障」，据全唐诗改。

〔一七〕万里独辞家　「辞」原作「归」，据全唐诗改。

〔一八〕同日拜官　「拜官」二字原脱，据旧唐书宋璟传补。

〔一九〕征衣断戍楼　「征衣」乐府诗集卷七二作「征行」，可从。

〔二〇〕苑树浮宫阙　「苑」原作「花」，据全唐诗改。

〔二一〕琉璃宝地平　「宝地」原作「宝殿」，据全唐诗改。按：文苑英华卷二三四正作「宝地」。

〔二二〕相悲讵几晨　「悲」原作「思」，据全唐诗改。按：唐诗品汇卷七四正作「悲」。

〔二三〕奉和圣制幸玉真公主山庄因题石壁十韵之作应制　「玉真」原作「玉霄」，据全唐诗改。

〔二四〕比地回銮驾　按：「比」，近也，因与禁苑相近（即上文所谓「连帝苑」），故云，与沈氏所引易经无涉。

〔二五〕沙岸历纡徐　「徐」原作「馀」，据全唐诗改。

〔二六〕陪窦侍御泛灵云池　「泛」原作「游」，据全唐诗改。按：唐诗品汇卷七四正作「泛」。

〔二七〕白露时先降　「时先」原作「先时」，据全唐诗改。

〔二八〕其如离别何　「离」原作「难」，据全唐诗改。

〔二九〕檐前花覆地　「檐」原作「栏」，据全唐诗改。

〔三〇〕地与喧卑隔　「卑」原作「闻」，据全唐诗注改。按：文苑英华卷二七五正作「卑」。又按：「闻」似是「闻」字之误。

〔三一〕露浴梧楸白　「浴」原作「浩」，据全唐诗改。

〔三二〕脱余之囚　「囚」原作「困」，据全唐诗改。

〔三三〕清关尘不杂　「杂」原作「离」，据全唐诗改。

〔三四〕何知对李膺　「何知」原作「何如」，据全唐诗改。

〔三五〕绝足马名也　按：「绝足」全唐诗注作「逸足」，犹云骏足，乃指良马，非马名。

〔三六〕守睢阳作　「作」原作「诗」，据全唐诗改。

〔三七〕玉壶冰　全唐诗注：「统签（即明胡震亨唐音统签）云：『作此诗者，另一王季友。』」

重订唐诗别裁集卷十八

刘长卿

栖霞寺东峰寻南齐明征君故居 明僧绍字休烈，舍宅为寺，齐帝征之不出。

山人今不见，山鸟自相从。长啸辞齐主〔一〕，终身卧此峰。泉源通石径，涧户掩尘容。古墓依寒草，前朝寄老松。片云生半壁，万壑遍疏钟。惆怅空归去〔二〕，犹疑林下逢。

行营酬吕侍御

不敢淮南卧，来趋汉将营。受辞瞻左钺，扶疾拜前旌。井税鹑衣乐，壶浆鹤发迎。水归余断岸，水灾后。烽至掩孤城。兵后。晚日归千骑〔三〕，秋风合五兵。孔璋才素健，早晚檄书成。

自道林寺西入石路至麓山寺，过法崇师故居 寺在长沙岳麓山下。

山僧候谷口，石路拂莓苔。深入泉源去，遥从树杪回。香随青霭散，钟过白云来。野雪空斋掩，山风古殿开。桂寒知自发，松老问谁栽。以下四语指「故居」言。惆怅湘江水，何人更渡杯？

送郑说之歙州谒薛侍御 时侍御出守歙。

漂泊来千里，指郑。讴歌满百城。指薛。汉家尊太守，薛。鲁国重诸生。郑。俗变人难理，江传水至清。船经危石住，路入乱山行。老得沧洲趣，春伤白发情。尝闻马南郡，门下有康成。马融为南郡守。

负罪后登干越亭作〔四〕在饶州府。

天南愁望绝，亭上柳条新。落日独归鸟，孤舟何处人？言鸟归故处，人滞孤舟，作感兴语看，愈有味。生涯投越徼，世业陷胡尘。杳杳钟陵暮，悠悠鄱水春。秦台悲白首，楚泽怨青蘋。草色迷征路，莺声傍逐臣。独醒翻引笑，直道不容身。得罪风霜苦，全生天地仁。归美君恩，风人之旨。青山数行泪，沧海一穷鳞。牢落机心尽，唯怜鸥鸟亲。

送徐大夫赴广州〔五〕

上将坛场拜，南荒羽檄招。远人来百粤，元老事三朝。雾绕龙川暗，山连象郡遥。路分江淼淼，军动马萧萧。画角知秋气，楼船逐暮潮。当令输贡赋，不使外夷骄〔六〕。

钱起

湘灵鼓瑟 省试。

善鼓云和瑟，常闻帝子灵。冯夷空自舞，楚客不堪听。苦调凄金石，清音入杳冥。苍梧来怨慕，白芷动芳馨。流水传湘浦，悲风过洞庭。曲终人不见，江上数峰青。远神不尽。○落句固好，然亦诗人意中所有，谓得自鬼语，盖谤之耳。

题玉山村叟壁

谷口好泉石，居人能陆沈。人中隐者，如无水而沉。牛羊下山小，烟火隔云深。一径入溪色，数家连竹阴。藏虹辞晚雨，惊隼落残禽。涉趣皆流目，将归羡在林。却思黄绶事，孤负紫芝心。

送王使君赴太原行营

太白明无象，皇威未戢戈。诸侯持节钺，千里控山河。汉驿双旌度，胡沙七骑过。惊蓬连雁起，牧马入云多。不卖卢龙塞，能消瀚海波。须传出师颂，莫奏式微歌。

奉和宣城张太守南亭秋夕怀友

池馆蟪蛄声，梧桐秋露晴。月临朱戟静，河近画楼明。写「秋夕」妍丽。卷幔浮凉入，闻钟永夜清。片云悬曙斗，数雁过秋城。羽扇扬风暇，瑶琴怅别情。见「怀友」意。江山飞丽藻，谢朓让诗名。

皇甫冉

送归中丞使新罗

诏使殊方远，朝仪旧典行。浮天无尽处，望日计前程。暂喜孤山出，长愁积水萦。野风飘叠鼓，海雨湿危旌。异俗知文教，通儒有令名。还将大戴礼，方外授诸生。

河南郑少尹城南亭送郑判官还河东

使臣怀饯席，郑判官。亚尹有前溪。少尹。客是仙舟里，涂从御苑西。泉声喧暗竹，草色引长堤。故绛青山在，新田绿树齐。天秋闻别鹤，关晓候鸣鸡。应叹沉冥者，自谓。年年津路迷。

李嘉祐

和袁郎中破贼后经剡中山水

授律仙郎贵，长驱下会稽。鸣笳山月晓，摇旆野云低。剪寇人皆贺，回军马自嘶。地闲春草绿，城静夜乌啼。破竹清闽岭，看花入剡溪。元戎催献捷，莫道事攀跻。写景俱带定破贼后，下笔谨严。

韩翃

奉送王相公赴幽州〔七〕

黄阁开帷幄，丹墀侍冕旒。位高汤左相，权总汉诸侯。不改周南化，仍分赵北忧。双旌过易水，千骑入幽州。塞草连天暮，边声动地秋。无因随远道，结束佩吴钩。

卢纶

从军行

二十在边城，军中得勇名。卷旗收败马，占碛拥残兵。覆阵乌鸢起，烧山草木明〔八〕。塞闲思远猎，师老厌分营。雪岭无人迹，冰河有雁声。李陵甘此没，惆怅汉公卿。孙武子云：「鸟起者，伏也。」「覆」同「伏」。

逢南中使，因寄岭外故人

见说南来处，苍梧接桂林。过秋天更暖，边海日长阴。巴路缘云出，蛮乡入洞深。信回人自老，梦到月应沉。「信回」二句，苦心得之。碧水通春色，青山寄远心。炎方难久客，为尔一沾襟。

韩濬

字未详，江东人，大历九年进士。○以下多试帖。此体凡六韵：起联点题；次联写题意，不用说尽；三四联正写，发挥明透；五联题后推开；六联收束。略似后代帖括体式，合格者入彀。当时才士，每细心揣摩，降格为之。李、杜二公不能降格，终不遇也。唐人中佳者寥寥，兹取气骨近高，辞章近雅者，为学诗人导以先路，一切祈请卑屈者斥之。至于增加多韵，变化方板，巧心濬发者自能之，无烦缕缕为也。

清明日赐百僚新火 试帖。

朱骑传红烛，天厨赐近臣。火随黄道见，烟绕白榆新。切「新火」，不脱「清明」。荣曜分他室，恩光共此辰。更调金鼎味，还暖玉堂人。不脱「百僚」。灼灼千门晓，辉辉万井春。应怜萤聚者，瞻望及东邻。以车胤自况。

冷朝阳 字未详，金陵人。大历中进士，为薛嵩从事。

立春 试帖。

玉律传佳节，青阳应此辰〔九〕。土牛呈岁稔，彩燕表年春。腊尽星回次，寒余月建寅。风光行处好，云物望中新。流水初销冻，潜鱼欲振鳞。梅花将柳色，偏思越乡人。

于尹躬 字里未详。大历中进士。元和中，为中书舍人，左除洋州刺史〔一〇〕。

南至日太史登台书云物 试帖。

至日行时令，登台约礼文。官称伯赵氏，「伯赵氏」，司至者也。色辨五方云。昼漏听初发，阳光望渐分。司天为岁备，持简出人群。惠爱周微物，生灵荷圣君。长当有嘉瑞，郁郁复纷纷。天官书中语。

独孤绶 字里未详。大历十年进士，又举宏辞，试驯象赋，德宗奇之，特书第三。

藏珠于渊〔一一〕 试帖。〇谓不取也，与沉珠意各别。

至道归淳朴，明珠被弃捐。失真来照乘，成性却沉泉。不是灵蛇吐，犹疑合浦旋。岸旁随月落，波底共星悬。致远终无胫，怀贪遂息肩〔三〕。欲知恭俭德，所宝在唯贤。结意正大。

罗　让　字景先，迥之子。举进士、宏词、贤良方正，皆高第，历尚书郎、散骑常侍，终江西观察使。

闰月定四时　试帖。

月闰随寒暑，畴人定职司〔三〕。余分将考日，闰月。积算自成时。定时。律候行宜表，阴阳运不欺。气薰灰琯验，数扐卦辞推。六历文明序，三年步暗移。当知岁功立，唯是奉无私。

易系辞：「归奇于扐，以象闰六历。」蔡邕议曰：「黄帝、颛顼、夏、殷、周、鲁，凡六家。」

陆复礼　字里未详。贞元八年宏词第一。

中和节诏赐公卿尺　宏词试。○唐德宗朝，以二月朔为中和节。

春仲令初吉，欢娱乐大中。中和与尺意俱见。皇恩贞百度，宝尺赐群公。欲使方隅法，还令规矩同。正写。捧观珍质丽，拜受圣心崇。如荷丘山重，思酬分寸功。从兹度天地，与国庆无穷。

王损之　字里未详。贞元十四年进士。

浊水求珠 试帖。

积水非澄澈，明珠不易求。依稀沉极浦，想像在中流。瞪目思清浅，褰裳恨暗投。徒看川色媚，空爱夜光浮。月入疑龙吐，星归似蚌游。终希识珍者，采掇在冥搜。见求之不以道也。不正写「浊水」，却处处有「浊水」在。

杜元颖

字未详。杜陵人。贞元十六年进士，又举宏词，累官司勋员外郎。穆宗时为相，后贬循州司马。

玉水记方流 试帖。

〇淮南子：「水之方折者有玉，圆折者有珠。」

重泉生美玉，积水异常流。如见清堪赏，因知宝在幽。斗回虹气见，磬折紫光浮。正写「方流」。中矩谐明德，同方叶至柔。写「方折」意。类圭才有角，写月让成钩。用反衬法。异宝虽无胫，逢时愿俯收。

李行敏

字里未详。贞元中宏词科登第。

观庆云图 省试。

缫素传休祉，丹青状庆云。非烟凝漠漠，似盖乍纷纷。尚驻从龙意，全舒捧日文。光从五色起，影向九霄分。裂素留嘉瑞，披图贺圣君。宁同窥汗漫，方此睹氛氲。

李虞仲 字见之，端之子。元和中进士，累官中书舍人、知制诰，终吏部侍郎。

初日照凤楼 试帖。

旭景开宸极，朝阳烛帝居。断霞生峻宇，通阁丽晴虚。流彩连朱槛，腾辉照绮疏。寅宾趋陛后，羲驾奉车初。「初日」「凤楼」并见。黄道龙光合，丹翚乌翼舒。倘蒙回一顾，愿上十烨书。周礼春官：「眡祲掌十烨之法，以观妖祥，辨吉凶。」眡祲，官名。烨，日旁气数也。

沈亚之 字下贤，吴兴人。元和中进士，历殿中侍御史，后谪南康尉。

春色满皇州 试帖。

何处春晖好？偏宜在雍州。花明夹城道，柳暗曲江头。风软游丝重，光融瑞气浮。斗鸡怜短草，乳燕傍高楼。绣毂盈香陌，新泉溢御沟。行看日近处，进骑似川流。

裴夷直 字礼卿，河东人。登进士第。文宗时，官中书舍人，历任刺史，终散骑常侍。

观淬龙泉剑 试帖。

欧冶将成器，风胡幸见逢。发硎思剸玉，投水化为龙。是「淬」。讵肯藏深匣？终期用剸钟。白帖：「干将之剑，剸钟无声。」莲华生宝锷，秋日励霜锋。炼质才三尺，吹毛过百重。击磨如不倦，提握愿长从。

刘得仁 字里未详，系贵主之子。长庆中，即以诗名，后卒未遇。

莲花峰 监试。

太华万余重，岧峣最上峰。当秋倚寥泬，入望似芙蓉。翠拔千寻直，青危一朵秾。琢句。气分毛女秀，灵有羽人踪。倒影侵官路，流香激庙松。藕如船十丈，望里豁心胸。

顾　况

送从兄使新罗

六气铜浑转，三光玉律调。河宫清奉赉，海岳宴来朝。地绝提封入，天平锡贡饶。扬威轻破虏，柔服耻征辽。曙色黄金阙，寒声白鹭潮。楼船非习战，入奉使。骢马是嘉招。帝女飞衔石，以下一路经行海岛。鲛人卖泪绡。管宁虽不偶，徐市倘相邀。独岛悬空翠，孤霞上泬寥。蟾蜍同汉月，螮蝀异秦桥。水豹横吹浪，花鹰迥拂霄。晨装凌莽渺，夜泊记招摇。几路通圆峤？何山是沃焦？飓风晴汨起，阴火暝潜烧。鬓发成新髻〔一四〕，人参长旧苗。扶桑衔日近〔一五〕，析木带津遥。梦向愁中积，魂当别处销。临川思结网，见弹欲求鸮。共散羲和历，已到新罗颁朔。谁差甲子朝？沧波仗忠信〔一六〕，译语辨讴谣。叠鼓鲸鳞隐，阴帆鹢首飘。南溟随大翼，西海饮文鳐。指景寻灵草，排云听洞箫。封侯万里外，未肯后班超。结得有力。〇风骨未高，才情焕发。

殷寅

字未详，陈郡人。事母以孝闻。应宏词科，为永宁尉。

玄元皇帝应见，贺圣祚无疆 八韵。

应历生周日，修祠表汉年。复兹秦岭上，更似霍山前。昔赞神功启，武德年。今符圣祚延。天宝年。已题金简字，仍访玉堂仙。睿祖光元始，曾孙体又玄。言因六梦接，周礼春官：「占梦，以日月星辰占六梦之吉凶。」庆叶九龄传。北阙心超矣，南山寿固然。无由同拜庆，窃忭贺陶甄。旧唐书：「开元二十年四月，帝梦城南山趾有天尊之象，求得之于盩厔楼观之侧。天宝元年正月，田同秀称于京师永昌街空中见玄元皇帝，以『天下太平，圣寿无疆』八言传于今上。」又云：「桃林县故关令尹喜宅旁有灵宝符，发使求而得之，献于含元殿。」〇高祖武德三年，吉善行于羊角山，见白衣老父，曰：「为我语唐天子，吾是老君，即汝祖也。」高祖即遣使致祭，立庙于其地。

陆　贽　字敬舆，嘉兴人。年十八登进士第，又中博学宏词科。德宗立，召为翰林学士。朱泚反，帝如奉天，贽从幸，知无不言，诏诰皆出其手。兴元诏下，罪己深切，远近皆感动流涕。贞元八年入相，事之不可者力争之。或规其太过，贽曰："吾上不负天子，下不负所学，遑他恤乎！"裴延龄搆之，贬忠州别驾。卒后赠兵部侍郎，谥曰宣。

禁中春松 试帖。

阴阴清禁里，苍翠满春松。雨露恩偏近，阳和色更浓。高枝分晓日，虚吹杂宵钟。香助炉烟远，形疑盖影重。愿符千载寿，不羡五株封。倘得回天眷，全胜老碧峰。秦皇封泰山，逢疾风暴雨，得松树庇之，封为五大夫，非五株也。然唐人误认者多。

白居易

微之整集旧诗及文笔为百轴，以七言长句寄乐天，乐天次韵酬之。余思未尽，加为六韵重寄 七言长律不另列，附五言中。

海内声华併在身，箧中文字绝无伦。遥知独对封章草，忽忆同为献纳臣。走笔往来盈卷轴，自注："予与微之前后寄和诗数百篇，近代无如此多者也。"除官递互掌丝纶。予除中书舍人，微之撰制词。微之除翰林学士，予撰制词。制从长庆辞高古，微之长庆初知制诰，文格高古，始变俗体，继者效之也。诗到元和体变新。众称元、白为千字律诗，或号"元和格"。各有文姬才稚齿，蔡邕无儿，有女琰，字文姬。俱无通子继余尘。陶潜小儿名通子。琴书何必求王粲，与女犹胜与外人。

泛太湖书事，寄微之

烟渚云帆处处通，飘然舟似入虚空。玉杯浅酌巡初匝，金管徐吹曲未终。黄夹缬林寒有叶，碧琉璃水净无风。避旗飞鹭翩翻白，惊鼓跳鱼拨刺红。涧雪压多松偃蹇，岩泉滴久石玲珑。书为故事留湖上，自注：「所见胜景，多记在湖中石上。」吟作新诗寄浙东。军府威容从道盛，江山气色定知同。报君一事君应羡，五宿澄波皓月中。

元稹

赋得数蓂

试帖。○尧时有草夹阶而生，每月朔日一荚生，至十五日而足，十六日一荚落，至晦而尽。月小，一荚厌而不落。

将课司天历，先观近砌蓂。一旬开应月，五日数从星。桂满丛初合，蟾亏影渐零。辨时长有素，数闰或余青。坠叶推前事，新芽察未形。尧年始今岁，方欲瑞千龄。

徐凝〔一七〕

送日本使还

绝国将无外，扶桑更有东。来朝逢圣日，归去及秋风。夜泛潮回际，晨征莽苍上声。中。鲸波腾水府，蜃气壮仙宫〔一八〕。天眷何期远？王文久已同。相望杳不见，离思托飞鸿。犹有盛唐家数。

张继

送邹判官往陈留〔一九〕

齐宋分巡地，频年此用兵。女停襄邑杼，农废汶阳耕。使者乘轺去，诸藩拥节迎。深仁佐君子，薄赋恤黎甿。火燎原犹热，风摇海未平。应将否泰理，一问鲁诸生。兵荒之后，以深仁薄赋期之，得赠人以言之意。

武元衡

途次近蜀驿，蒙恩赐宝刀及飞龙厩马，使还，因寄李、郑二中书

草草事行役，迟迟出故关。碧幢遥隐雾，红旆渐依山。感激酬恩泪，风霜去国颜。捧刀金

错字，归马玉连环。威凤翔双阙，征夫护百蛮。应怜宣室召，温树不同攀。

裴度

中书即事

有意效承平，无功答圣明。灰心缘忍事，霜鬓为论兵。道直身还在，恩深命转轻。大臣语。盐梅虚拟议，葵藿是平生。白日常悬照，苍蝇漫发声！言君鉴其诚，谗人亦不得逞其技也。嵩阳旧田里，终使谢归耕。

中和节诏赐公卿尺 试帖。

阳和行庆赐，尺度为臣工。宠赉乘佳节，倾心立大中。短长思合制，远近贵攸同。共荷裁成德，将酬分寸功。作程施有用，垂範播无穷。愿续延洪寿〔三〇〕，千春奉圣躬。尚书：「天降割于我家，不少延，洪惟我幼冲人。」孔传以「延洪」作句，释云：「延，长也；洪，大也。」借尺意以祝圣寿，最有关合。后人改「南山」，遂成套语。

韩愈

送郑尚书赴南海

番禺军府盛，欲说暂停杯。盖海旗幢出，连天观阁开。衔时龙户集，上日马人来。风静鶢鶋去，官廉蚌蛤回。货通师子国，乐奏武王台。事事皆殊异，无嫌屈大才。「龙户」，采珠户也。○「马人」，因马援留南蛮，去后，有不去者十三户，隋末，衍至三百户，皆姓马，俗以为马留人。

学诸进士作精卫衔石填海

鸟有偿冤者，终年抱寸诚。口衔山石细，心望海波平。渺渺功难见，区区命已轻。人皆讥造次，我独赏专精。岂计休无日？惟应毕此生。何惭刺客传，不著报仇名。清空挥洒，本非试场中作，自然脱去卑靡。

柳宗元

酬娄秀才寓居开元寺早秋月夜病中见寄

客有故园思，潇湘生夜愁。病依居士室，梦绕羽人丘。味道怜知止，遗名得自求。壁空残月曙，门掩候虫秋。谬委双金重，难将杂佩酬。碧霄无枉路，徒此助离忧。

贾　岛

别徐明府

抱琴非本意，生事偶相萦。口尚袁安节，身无子贱名。地寒春雪盛，山浅夕风轻。百战余荒野，千夫渐偶耕。一杯宜独夜，孤客恋交情。明日疲骖去，萧条过古城。

李商隐

戏赠张书记

别馆君孤枕，空庭我闭关。池光不受月，野气欲沉山。星汉秋方会，关河梦几还？危弦伤远道，明镜惜红颜。四句言张之室家相念。古木含风久，平芜尽日闲。心知两愁绝，不断若连环。足相念意，「戏」意在言外。

武侯庙古柏

蜀相阶前柏，龙蛇捧閟宫。阴成外江畔，老向惠陵东。大树思冯异，甘棠忆召公。叶凋湘燕雨，枝折海鹏风。玉垒经纶远，金刀历数终。谁将出师表，一为报昭融？

月照冰池 省试。

皓月方离海，坚冰正满池。分写。金波双激射，璧彩对参差。二句双承。影占徘徊处，光含的皪时。高低连素色，上下接清规。四句合写。顾兔飞难定，潜鱼跃未期。鹊惊俱欲绕，狐听始无疑。四句又分写。似镜将盈手，如霜恐透肌。复合写作收。独怜游玩意，达晓不知疲。

有感 为甘露之变而作：前一首恨李训、郑注之浅谋，后一首咎文宗之误任非人也。

九服归元化，三灵叶睿图。如何本初辈，自取屈氂诛？训、注欲学袁绍之诛宦官，自取刘屈氂之腰斩也。有甚当车泣，因劳下殿趋。何成奏云物？指奏甘露。直是灭萑苻。比王涯诸臣为萑苻之盗，误矣。证逮符书密，辞连性命俱。竟缘尊汉相，不早辨胡雏。王衍谓石勒有异志。鬼箓分朝部，军烽照上都。敢云堪恸哭？未免怨洪炉。清平之世，横戮大臣，由训、注浅谋自取也。至使天子下殿，无辜证逮，不亦可哀之甚哉！

丹陛犹敷奏，彤廷欻战争。临危对卢植，始悔用庞萌。董卓欲废主另立，卢植不从。庞萌，光武素亲信，后萌反，帝始有悔心。御仗收前殿，兵徒剧背城。苍黄五色棒，掩遏一阳生。事在十一月。古有清君侧，今非乏老成。素心虽未易，此举太无名。谁瞑衔冤目，宁吞欲绝声？近闻开寿宴，不废用咸英。变起仓卒，方悔信任之误。君侧非不可清，实不得老成之人共谋也。一时死者衔冤，生者饮恨，而开成元年上元，赐百寮宴饮，何乐而为此耶！

大虏平后，移家到永乐县居，书怀十韵，寄刘、韦二前辈。二公尝于此县寄居

驱马绕河干，家山照露寒。依然五柳在，况值百花残〔三〕。昔去惊投笔，今来分挂冠。不忧悬磬乏，乍喜覆盂安。甑破宁回顾？孟敏事。舟沉岂暇看？聂友事。脱身离虎口，移疾就猪肝。闵仲叔事。鬓入新年白，颜非旧日丹。自悲秋获少，谁惧夏畦难？逸志忘鸿鹄，清香披蕙兰。还持一杯酒，坐想二公欢。

杜　牧

题永崇西平王宅太尉愬院六韵〔三〕

天下无双将，关西第一雄。授符黄石老，学剑白猿翁。矫矫云长勇，恂恂郤縠风。家呼小太尉，国号大梁公。半夜龙骧去，雪夜擒吴元济事。中原虎穴空。陇山兵十万，嗣子握雕弓。

公乘亿 字寿仙，魏人。咸通中进士，为魏博节度使乐彦祯从事，后加授侍郎。

郎官上应列宿 试帖。

北极伫文昌，南宫早拜郎。紫泥乘帝泽，银印佩天光。纬结三台侧，钩连四辅旁。写列宿，亦双关郎官。佐商依傅说，列宿。仕汉笑冯唐。郎官。委佩摇秋色，峨冠带晓霜。唐制，郎官每兼御史。自然符列象，千古耀岩廊。

马戴

水始冰 府试。

南池寒色动，北陆岁阴生。薄薄流澌聚，漓漓翠潋平。暗沾霜稍厚，回照日还轻。是始冰。乳窦悬残滴，湘流减恨声。巧句。那堪金井贮，会映玉壶清。洁白心谁识，空期饮此明。

张乔

月中桂 州试。

与月转鸿蒙，扶疏万古同。根非生下土，叶不堕秋风。密蕊圆时足，低枝缺处空。二语刻画。

影高群木外，香满一轮中。二语自然。未种丹霄日，应虚白兔宫。何当因羽化，细得问元功。

杜荀鹤

御沟新柳 试帖。

律到九重春，沟连柳色新。细笼穿禁水，轻拂入朝人。日近韶光早，天低圣泽匀。谷莺栖未稳〔二三〕，宫女画难真。楚国空摇浪，隋堤暗惹尘。何如帝城里，先得覆龙津？

焦郁 一作周存。

赋得白云向空尽 试帖。

白云生远岫，摇曳入晴空。乘化随舒卷，无心任始终。欲销仍带日，将断不因风〔二四〕。势薄飞难定〔二五〕，天高色易穷。影收元气表，光灭太虚中。倘若乘龙去，还施润物功。刻画无痕，试帖中名作。

李景 字未详，陇西人。

都堂试士日庆春雪 试帖。

密雪分天路，群才坐粉廊。一起全意已见。霭空迷昼景，临宇借寒光。似暖花融地，春雪。无声玉满堂。洒词偏误曲〔二六〕，留砚或因方。二句从试士用意。几处曹风比，何人谢赋长？春晖早相照，莫滞九衢芳。「曲有误，周郎顾」。句从试士自谦。曲名白雪，亦可牵入。「因方」，谢惠连雪赋：「或因方而为珪。」着「留砚」二字，亦与试士关合也。曹风：「麻衣如雪。」唐时士子入试，俱穿白衣。

梁　铉 未详。

天门街观荣王聘妃 试帖。

帝子乘龙夜，三星照户前。两行宫出火，十里道铺筵。罗绮明中识，箫韶暗里传。灯攒九华扇，帐撒五铢钱。交翼文鸳合，和鸣彩凤连。欲知来日美，双拜紫微天。王与妃双收。

黄　滔 字文江，莆田人。乾宁二年进士。光化中，官监察御史里行。王审知据闽，中州人避地者，多主于滔。

内出白鹿宣示百官 省试。

上瑞何曾乏？毛群表色难。珍于四灵外，宣示百僚观。形夺场驹洁，光交月兔寒。以白驹白兔作衬。已驯瑶草列，孤立雪花团。戴豸惭端士，抽毫跃史官。贵臣歌咏日，皆作白麟看。

徐　夤　字昭梦，莆田人。乾宁中进士，授秘书省正字。依王审知，不合，归隐延寿溪。

东风解冻　试帖。

暖气发蘋末，冻痕销水中。二句分。扇冰初觉泮，吹海旋成空。二句合。入律三春变，朝宗万里通。二句又分。岸分天影阔，色照日光融。波起轻摇绿，鳞游乍跃红。四句浑写「解冻」后景。殷勤拂弱羽，飞翥趁和风。

濮阳瓘

出笼鹘　京兆府试。

玉镞分花袖，金铃出彩笼。摇心长捧日，逸翩镇生风。一点青霄里，千声碧落中。星眸随狡兔，霜爪落飞鸿。两联状出笼后生鹘，字字英爽。每念提携力，常怀搏击功。以君能惠好，不敢没遥空。

无名氏

霜隼下晴皋　试帖。

九皋霜气劲，翔隼下初晴。风动闲云卷，星驰白草平。棱棱方厉疾，肃肃自纵横。中有「霜」字在。掠地秋毫迥，投身逸翮轻。高墉全失影，逐雀作飞声。薄暮寒郊外，悠悠万里情。

无名氏

古镜 府试。

旧是秦时镜，今藏古匣中。龙盘初挂月，凤舞欲生风。砚滴方诸水，庭悬轩帝铜。应祥知道泰，鉴物觉神通。肝胆诚难隐，妍媸岂易穷？幸依君子室，长得免尘蒙。

校记

〔一〕长啸辞齐主　原作「长笑思齐主」，据全唐诗改。

〔二〕惆怅空归去　「空归」原作「长空」，据全唐诗改。

〔三〕晚日归千骑　原作「晓日尚千骑」，据全唐诗改。

〔四〕负罪后登干越亭作　原作「谪居干越亭作」，据全唐诗补改。

〔五〕送徐大夫赴广州　「夫」字原脱，据全唐诗补。

〔六〕不使外夷骄　「夷」原作「蛮」，据全唐诗改。

〔七〕奉送王相公赴幽州　全唐诗作「奉送王相公缙赴幽州巡边」。

〔八〕烧山草木明　「明」原作「鸣」，据全唐诗改。

〔九〕青阳应此辰　「此」原作「北」，据全唐诗改。按：唐诗品汇卷七九正作「此」。

〔一〇〕左除洋州刺史　「洋州」原作「扬州」，据全唐诗小传、唐诗纪事卷三二改。

〔一一〕藏珠于渊　全唐诗作「投珠于泉」，唐诗纪事卷三三同。文苑英华卷一八六作「沉珠于渊」，于「渊」字下注云：「类诗作『泉』。」按：「渊」字乃唐讳，当是后人改回。

〔一二〕怀贪遂息肩　「遂息肩」原作「岂比肩」，据全唐诗改。按：文苑英华卷一八六、唐诗纪事卷三三均作「遂息肩」。

〔一三〕畴人定职司　「畴人」原作「畴恣」，据全唐诗改。按：文苑英华卷一八一正作「畴人」。

〔一四〕鬒发成新髻　「鬒发」原作「须发」，据全唐诗改。

〔一五〕扶桑衔日近　「衔」原作「御」，据全唐诗改。

〔一六〕沧波仗忠信　「沧波」原作「沧浪」，据全唐诗改。

〔一七〕徐凝　原作「徐凝」，据全唐诗改。

〔一八〕蜃气壮仙宫　「壮」原作「状」，据全唐诗改。

〔一九〕送邹判官往陈留　「邹」字原脱，据全唐诗补。

〔二〇〕愿续延洪寿　「延洪」全唐诗作「南山」，唐诗纪事卷三三同。按：文苑英华卷一八〇作「延洪」，注作「南山」。

〔二一〕况值百花残　「残」原作「攒」，据全唐诗改。

〔二二〕题永崇西平王宅太尉愬院六韵　「永崇」原作「安崇」，据全唐诗改。

〔二三〕谷莺栖未稳　「未」原作「欲」，据全唐诗改。

〔二四〕将断不因风　「不因」全唐诗作「更因」，文苑英华卷一八二、唐诗纪事卷三五同。

〔二五〕势薄飞难定　「定」原作「见」，据全唐诗改。按：文苑英华卷一八二、唐诗纪事卷三五均作「定」。

〔二六〕洒词偏误曲　「词」全唐诗作「池」。

重订唐诗别裁集卷十九

五言绝句

文宗皇帝

宫中题

太和九年杀王涯、郑注后，仇士良专权，上游幸，往往独语，左右莫敢进，因赋此。

辇路生秋草，上林花满枝。凭高何限意，无复侍臣知。

虞世南

咏蝉

垂緌饮清露，流响出疏桐。居高声自远，非是藉秋风。咏蝉者每咏其声，此独尊其品格。

王 勃

江亭月夜送别

江送巴南水，山横塞北云。津亭秋夜月，谁见泣离群？意虽未深，却为正声之始。

卢照邻

曲池荷

浮香绕曲岸，圆影覆华池。常恐秋风早，飘零君不知。言外有抱才不遇，早年零落之感。

韦承庆

南行别弟〔一〕

万里人南去，三春雁北飞。未知何岁月，得与尔同归？断句以自然为宗，此种最是难到。

宋之问

送杜审言〔二〕

卧病人事绝，嗟君万里行。河桥不相送，江树远含情。

渡汉江

岭外音书断，经冬复历春。近乡情更怯，不敢问来人。即老杜「反畏消息来，寸心亦何有」意。

张说

蜀道后期

客心争日月，来往预期程。秋风不相待，先到洛阳城。以秋风先到，形出己之后期，巧心濬发。

苏颋

汾上惊秋

北风吹白云，万里渡河汾。心绪逢摇落，秋声不可闻。

将赴益州题小园壁

岁穷将益老，春至却辞家。可惜东园树，无人也作花。

张九龄

自君之出矣

自出之出矣，不复理残机。思君如满月，夜夜减清辉。巧思全在「满」字生出。

照镜见白发

宿昔青云志，蹉跎白发年。谁知明镜里，形影自相怜？曲江抱伯仲伊、吕之志，而令其蹉跎以老，唐室所以衰也。中藏得任用匪人之意。

王适 适，幽州人。武后时，糊名考，选入第二等，官至雍州司功参军。

江上梅

忽见寒梅树，花开汉水滨。不知春色早，疑是弄珠人。

卢僎 中宗时人，自闻喜尉入为学士，终吏部员外郎。

南楼望

去国三巴远，登楼万里春。伤心江上客，不是故乡人。

崔国辅

魏宫词

朝日点红妆〔三〕，拟上铜雀台。画眉犹未了，魏帝使人催。「魏帝」，指曹丕，见父死而彰秽德也。下后显言之，此诗婉言之。

怨词

崔 曙

妾有罗衣裳，秦王在时作。为舞春风多，秋来不堪著。

雨中送客

别愁复兼雨，别泪还如霰。寄言海上云，千里长相见。

崔 颢

长干曲二首 长干里在上元县。

君家住何处？妾住在横塘。停舟暂借问，或恐是同乡。不必作桑、濮看。○横塘在应天府，近长干。

家临九江水，来去九江侧。同是长干人，生小不相识。此答前问词。

储光羲

江南曲

日暮长江里，相邀归渡头。落花如有意，来去逐船流。艳而不亵。

王维

临高台送黎拾遗

古乐府有临高台曲。

相送临高台，川原杳无极。日暮飞鸟还，行人去不息。写离情能不露情态。

鸟鸣涧

人闲桂花落，夜静春山空。月出惊山鸟，时鸣春涧中。诸咏声息臭味，迥出常格之外，任后人摹仿不到，其故难知。

鸬鹚堰

乍向红莲没，复出青蒲飏。独立何褵褷，衔鱼古查上。

孟城坳

新家孟城口，古木余衰柳。来者复为谁？空悲昔人有。言后我而来者不知何人，又何必悲昔人之所有耶？达人每作是想。

鹿柴

空山不见人，但闻人语响。返景入深林，复照青苔上。佳处不在语言，与陶公「采菊东篱下，悠然见南山」同。

竹里馆

独坐幽篁里，弹琴复长啸。深林人不知，明月来相照。

辛夷坞

木末芙蓉花，山中发红萼。涧户寂无人，纷纷开且落。幽极。○借用楚辞，因颜色相似也

山中送别

山中相送罢，日暮掩柴扉。春草年年绿，王孙归不归？

杂咏

已见寒梅发，复闻啼鸟声。心心视春草，畏向玉阶生。
君自故乡来，应知故乡事。来日绮窗前，寒梅著花未？

答裴迪〔四〕

淼淼寒流广，苍苍秋雨晦。君问终南山，心知白云外。

息夫人 宁王取卖饼者妻，问曰："汝忆饼师否？"默然不对。维时在坐，即席吟此诗，王因还之。

莫以今时宠，能忘旧日恩〔五〕。看花满眼泪，不共楚王言。

相思子

红豆生南国，春来发几枝？愿君多采撷〔六〕，此物最相思。

田园乐 六言不能更列一体，附五言后。

采菱渡头风急，策杖林西日斜。杏树坛边渔父，桃花源里人家。
山下孤烟远村，天边独树高原。一瓢颜回陋巷，五柳先生对门。
桃红复含宿雨，柳绿更带朝烟。花落家僮未扫，鸟啼山客犹眠。

孟浩然

宿建德江

移舟泊烟渚，日暮客愁新。野旷天低树，江清月近人。下半写景而客愁自见。

祖咏

望终南残雪

纪事云：「有司以此题试士，詠成四句，纳于有司，问之，曰：『意尽而止。』」

终南阴岭秀，积雪浮云端。林表明霁色，城中增暮寒。

王昌龄

题僧房

棕榈花满院，苔藓入闲房。彼此名言绝，空中闻异香。

朝来曲

日昃鸣珂动，花连绣户春。盘龙玉台镜，唯待画眉人。

高　適

哭单父梁少府〔七〕

开箧泪沾臆，见君前日书。夜台今寂寞，犹是子雲居。

岑　参

见渭水思秦川〔八〕

渭水东流去，何时到雍州？凭添两行泪，寄向故园流。

题平阳郡汾桥边柳树

此地曾居住，今来宛似归。可怜汾上柳，相见也依依。

九日思长安故园〔九〕

强欲登高去，无人送酒来。遥怜故园菊，应傍战场开。可悲在「战场」二字。

王之涣 之涣，并州人。兄之咸、之贲，皆能诗。之涣与王昌龄、高適倡和，名重于时。

登鹳雀楼〔一〇〕

白日依山尽，黄河入海流。欲穷千里目，更上一层楼。四语皆对，读去不嫌其排，骨高故也。

送别

杨柳东门树〔一一〕，青青夹御河〔一二〕。近来攀折苦，应为别离多。

丘为

左掖梨花 此亦奉诏作。

冷艳全欺雪，余香乍入衣。春风且莫定，吹向玉阶飞。

李华 字遐叔，赵郡人。开元二十三年进士，天宝二年博学宏词，皆为科首。官右补阙，以风痹废。尝为元德秀墓碑，颜真卿书，李阳冰篆额，时称三绝。

奉寄彭城公

公子三千客，人人愿报恩。应怜抱关者，贫病老夷门。

薛奇童

吴声子夜歌

净扫黄金阶，飞霜皎如雪。下帘弹箜篌，不忍见秋月。

李　白

玉阶怨

玉阶生白露，夜久侵罗袜。却下水精帘，玲珑望秋月。妙在不明说怨。

静夜思〔一三〕

床前明月光〔一四〕，疑是地上霜。举头望山月〔一五〕，低头思故乡。旅中情思，虽说明却不说尽。

独坐敬亭山〔一六〕

众鸟高飞尽，孤云独去闲〔一七〕。相看两不厌，只有敬亭山。传「独坐」之神，与前一首同。

清溪半夜闻笛〔一八〕

羌笛梅花引，吴溪陇水清。寒山秋浦月，肠断玉关情。

劳劳亭 古送别之所，在江宁县南。

天下伤心处，劳劳送客亭。春风知别苦，不遣柳条青。

杜甫

复愁

万国尚防寇，故园今若何？昔归相识少，早已战场多。先言今，追言昔，「早已」二字，无限伤情。

归雁

东来万里客，乱定几年归？肠断江城雁，高高向北飞。

八阵图 在鱼复平沙之上，阵势有八：天、地、风、云、龙、虎、鸟、蛇也。

功盖三分国，名成八阵图。江流石不转，遗恨失吞吴。吴蜀唇齿，不应相仇。「失吞吴」，失策于吞吴，非谓恨未曾吞吴也。隆中初见时，已云「东连孙权，北拒曹操」矣。

刘长卿

逢雪宿芙蓉山主人〔一九〕

日暮苍山远，天寒白屋贫。柴门闻犬吠，风雪夜归人。

送上人

孤云将野鹤，岂向人间住？莫买沃洲山，时人已知处。有三宿桑下已嫌其迟意，盖讽之也。

送灵澈上人

苍苍竹林寺，杳杳钟声晚。荷笠带斜阳，青山独归远。

钱　起

江行无题〔二〇〕

咫尺愁风雨，匡庐不可登。只疑云雾里，犹有六朝僧。

逢侠者

燕赵悲歌士，相逢剧孟家。寸心言不尽，前路日将斜。

韦应物

宿永阳寄璨师

遥知郡斋夜，冻雪封松竹。时有山僧来，悬灯独自宿。

秋夜寄丘员外

怀君属秋夜，散步咏凉天。山空松子落，幽人应未眠。幽绝。

登楼

兹楼日登眺，流岁暗蹉跎。坐厌淮南守，秋山红树多。

闻雁

故园渺何处？归思方悠哉。淮南秋雨夜，高斋闻雁来。「归思」后说「闻雁」，其情自深。一倒转说，则近人能之矣。

刘方平

长信宫

梦里君王近，宫中河汉高。秋风能再热，团扇不辞劳。翻用古意，见其敦厚。

采莲曲

落日清江里，荆歌艳楚腰。采莲从小惯，十五即乘潮。

春雪

飞雪带春风，徘徊乱绕空。君看似花处，偏在洛城中。天寒风雪，独宜于富贵之家，却说来蕴藉。

畅　当

当，河东人。初从军。大历中，成进士，官果州刺史。

登鹳雀楼〔二〕

迥临飞鸟上，高出世尘间。天势围平野，河流入断山。不减王之涣作。

耿　湋 湋，河东人。宝应中进士，官左拾遗。

秋日

返照入闾巷，忧来谁与语？古道无人行，秋风动禾黍。

顾　况

忆鄱阳旧游〔三〕

悠悠南国思，夜向江南泊。楚客断肠时，月明枫子落。

卢　纶

塞下曲二首

林暗草惊风，将军夜引弓。平明寻白羽，没在石棱中。

月黑雁飞高，单于夜遁逃。欲将轻骑逐，大雪满弓刀。雄健。

赠李果毅

向日磨金镞，当风著锦衣。上城邀贼语，走马截雕飞。

李　端

听筝

鸣筝金粟柱，素手玉房前。欲得周郎顾，时时误拂弦。吴绥眉谓因病致妍，语妙。

拜新月

开帘见新月，即便下阶拜。细语人不闻，北风吹裙带。对月诉情，人自不闻语也。近子夜歌。

溪行遇雨，寄柳中庸

日落众山昏，潇潇风雨繁。那堪两处宿，共听一声猿！

皇甫曾

送王司直

西塞云山远，东风道路长。人心胜潮水，相送过浔阳。潮不过浔阳。

淮口寄赵员外

欲逐淮潮上，暂停鱼子沟。相望知不见，终是屡回头。

司空曙

金陵怀古

辇路江枫暗，宫庭野草春。伤心庾开府，老作北朝臣。庾信聘于北周，遂留之，官开府仪同三司。时陈氏通好，南北之士，各还故国，而周独不遣信，此哀江南赋所以作也。

送卢秦卿

知有前期在，难分此夜中。无将故人酒，不及石尤风。石尤风，打头逆风。宋武帝诗：「愿作石尤风，四面断行旅。」送人时致留人意。

金昌绪 临安人。

春怨 一作无名氏伊州歌。

打起黄莺儿，莫教枝上啼。啼时惊妾梦，不得到辽西。语音一何脆？○一气蝉联而下者，以此为法。

柳淡 字中庸，京兆人。官洪府户曹。

江行

繁阴乍隐洲，落叶初飞浦。萧萧楚客帆，暮入寒江雨。

李益

鹧鸪词

湘江斑竹枝，锦翅鹧鸪飞。处处湘云合，郎从何处归？

戴叔伦

题三闾大夫庙

沅湘流不尽，屈子怨何深？日暮秋风起，萧萧枫树林。忧愁幽思，笔端缭绕。○屈子之怨，岂沅湘所能流去耶？发端妙。

严维 字正文，山阴人。至德中，擢辞藻宏丽科，官终秘书郎。

送人往金华

明月双溪水，清风八咏楼。少年为客处，今日送君游。

朱放 字长通，襄州人。贞元中，召为拾遗不就。

题竹林寺

岁月人间促，烟霞此地多。殷勤竹林寺，更得几回过？

权德舆

岭上逢久别者又别

十年曾一别，征旆此相逢。马首向何处？夕阳千万峰。

柳宗元

长沙驿

海鹤一为别，存亡三十秋。今来数行泪，独上驿南楼。

入黄溪闻猿

溪路千里曲，哀猿何处鸣？孤臣泪已尽，虚作断肠声。翻出新意愈苦。

春怀故园

九扈鸣已晚，楚乡农事春。悠悠故池水，空待灌园人。

江雪

千山鸟飞绝，万径人踪灭。孤舟蓑笠翁，独钓寒江雪。清峭已绝，王阮亭尚书独贬此诗，何也？

刘禹锡

经檀道济故垒

万里长城坏，荒营野草秋。秣陵多士女，犹唱白符鸠。当时人歌曰："可怜白符鸠，枉杀檀江州。"见南史。

视刀环

常恨言语浅，不如人意深。今朝两相视，着意"视"字。脉脉万重心。

秋风引

何处秋风至？萧萧送雁群。朝来入庭树，孤客最先闻。若说"不堪闻"便浅。

孟郊

古别离

欲别牵郎衣，郎今向何处？不恨归来迟，莫向临邛去。

贾岛

寻隐者不遇

松下问童子，言师采药去。只在此山中，云深不知处。

王　建

新嫁娘

三日入厨下，洗手作羹汤。未谙姑食性，先遣小姑尝。诗到真处，一字不可移易。

行宫 一作元稹诗。

寥落古行宫，宫花寂寞红。白头宫女在，闲坐说玄宗。「说玄宗」，不说玄宗长短，佳绝。○只四语，已抵一篇长恨歌矣。

王　涯

字广津，太原人。贞元中进士，举宏词，为翰林学士。元和中，知制诰，为相，寻出镇。文宗立，复为相。甘露之变，为宦官仇士良族诛。

闺人赠远四首〔三〕

花明绮陌春，柳拂御沟新。为报辽阳客，流光不待人。

远戍功名薄，幽闺年貌伤。妆成对春树，不语泪千行。

形影一朝别，烟波千里分。君看望君处，只是起行云。

莺啼绿树深，燕语雕梁晚。不省出门行，沙场知近远。闺人不省出门，而梦中时到沙场，若知其近远者然。如云不省出门，焉知沙场之近远，意味便薄。

张仲素 字绘之〔二四〕，河间人。官司勋员外郎。与王涯、令狐楚同为舍人，同长五七言绝句，编三舍人集。

春闺思

袅袅城边柳，青青陌上桑。提笼忘采叶，昨夜梦渔阳。杨用修谓从卷耳首章翻出。

李 贺

马诗

催榜渡乌江，神骓泣向风。君王今解剑，何处逐英雄？项羽虽以马赠亭长，然羽既刎死，神骓必不受人骑也。二十余首中，此首写得神骏。

张祜

宫词

故国三千里，深宫二十年。一声河满子，双泪落君前。乐府杂录云：「何满子，开元中歌者，临刑歌乐府以赎死，竟不得免。曲即名何满子。」〇文宗时，宫人沈阿翘为帝舞此曲，亦舞曲也。

令狐楚 字悫士，德棻之后。成进士，累迁至中书侍郎同平章事。敬宗逐李绅，楚自宣武节度徙天平，入为左仆射。

从军行

胡风千里惊，汉月五更明。纵有还家梦，犹闻出塞声。

杨凝

柳絮

河畔多杨柳，追游尽狭邪。春风一回送，乱入莫愁家。

施肩吾 字希圣，睦州人。元和中进士，慕仙迹，隐豫章西山。

湘竹词

万古湘江竹，无穷奈怨何！年年长春笋，只是泪痕多。

幼女词

幼女才六岁，未知巧与拙。向夜在堂前，学人拜新月。是幼女，与「细语人不闻」，情事各别。

雍 陶

送陈标

满酌劝僮仆，好随郎马蹄。春风慎行李，莫上白铜鞮。

杜 牧

江楼

独酌芳春酒，登楼已半醺。谁惊一行雁，冲断过江云。

李商隐

嘲桃

无赖夭桃面，平明露井东。春风为开了，却拟笑春风。似为负恩人写照。

登乐游原

向晚意不适，驱车登古原。夕阳无限好，只是近黄昏。

许浑

塞下曲

夜战桑乾北〔三五〕，秦兵半不归。朝来有乡信，犹自寄寒衣。可与陈陶陇西行相证。

于武陵杜曲人。

劝酒

劝君金屈卮，满酌不须辞。花发多风雨，人生足别离。

赵嘏

寒塘

晓发梳临水，寒塘坐见秋。乡心正无限，一雁过南楼。

崔道融

班婕妤

宠极辞同辇，恩深弃后宫。自题秋扇后，不敢怨春风。

沈如筠 僖宗时进士(二六)。

闺怨

雁尽书难寄，愁多梦不成。愿随孤月影，流照伏波营。与"可怜闺里月，偏照汉家营"同妙。

雍裕之 未详。

江上闻猿

枫岸月斜明，猿啼旅梦惊。愁多肠易断，不待第三声。

荆　叔 未详

题慈恩寺塔

汉国山河在，秦陵草木深。暮云千里色，无处不伤心。暗合少陵春望起法。

七岁女子 以下闺中及无名氏诗。

送兄

如意中，有七岁女子能诗，武后命赋别兄，应声而成云。

别路云初起，离亭叶正飞。所嗟人异雁，不作一行归。

王韫秀 元载妻也。载为相后，愧此妇人。

偕夫游秦

路扫饥寒迹，天哀志气人。休零别离泪，携手入西秦。作丈夫语。

宫人韩氏

题红叶

流水何太急？深宫尽日闲。殷勤谢红叶，好去到人间。僖宗时，于祐步禁衢，得红叶诗，亦题一叶云：「曾闻叶上题红怨，叶上题诗寄阿谁？」后娶宫人韩氏，见叶惊曰：「此妾所作。妾于水中，亦得一叶。」验之相合〔二七〕。

张文姬 鲍参军妻。

沙上鹭

沙头一水禽，鼓翼扬清音。只待高风便，非无云汉心。

溪口云

溶溶溪口云，才向溪中吐。不复归溪中，还作溪中雨。音节竟是古诗。

安邑坊女子

幽恨诗

卜得上峡日，秋江风浪多。江陵一夜雨，肠断木兰歌。

刘采春

啰唝曲三首

不喜秦淮水，生憎江上船。载儿夫婿去，经岁又经年。「不喜」，「生憎」，「经岁」，「经年」，重复可笑，的是儿女子口角。

那年离别日，只道往桐庐。桐庐人不见，今得广州书。言无定踪也。

莫作商人妇，金钗当卜钱。朝朝江上望，错认几人船。

薛　涛

罚赴边有怀上韦令公〔三八〕

闻说边城苦，如今到始知。羞将筵上曲〔三九〕，唱与陇头儿。

西鄙人

哥舒歌

北斗七星高，哥舒夜带刀。至今窥牧马，不敢过临洮。与敕勒歌同是天籁，不可以工拙求之。

太上隐者

答人

偶来松树下，高枕石头眠。山中无历日，寒尽不知年。语有太古风。

七言绝句

王　勃

九日登高 勃既废，客剑南时作。

九月九日望乡台，他席他乡送客杯。人今已厌南中苦，鸿雁那从北地来？似对不对，初唐标格，不得认作律诗之半。

杜审言

赠苏绾书记〔三〇〕

知君书记本翩翩，为许从戎赴朔边？红粉楼中应计日，燕支山下莫经年。「燕支」「红粉」，略见映带。

渡湘江 此遭贬峰州而作。

迟日园林悲昔游，今春花鸟作边愁。独怜京国人南窜，不似湘江水北流。北人南窜，归日无期，惟湘流向北为可羡也。

张说

送梁六自洞庭山作〔三〕

巴陵一望洞庭秋，日见孤峰水上浮。闻道神仙不可接，心随湖水共悠悠。比洞庭为神仙窟宅，然身不至，惟送人之心与湖水俱远耳。

张敬忠 开元中平卢节度使。

边词

五原春色旧来迟，二月垂杨未挂丝。即今河畔冰开日，正是长安花落时。不须用意。

王翰

凉州词

蒲桃美酒夜光杯，欲饮琵琶马上催。醉卧沙场君莫笑，古来征战几人回？故作豪饮之词，然悲感已极。○杨仲弘论绝句，以第三句为主，而第四句发之，盛唐多与此合。

王维

送元二使安西

渭城朝雨浥轻尘，客舍青青柳色新。劝君更尽一杯酒，西出阳关无故人。相传曲调最高，倚歌者笛为之裂。○阳关在中国外，安西更在阳关外，言阳关已无故人矣，况安西乎？此意须微参。

少年行

新丰美酒斗十千，咸阳游侠多少年。相逢意气为君饮，系马高楼垂柳边。

九月九日忆山东兄弟

独在异乡为异客，每逢佳节倍思亲。遥知兄弟登高处，遍插茱萸少一人。即陟岵诗意，谁谓唐人不近三百篇耶？

送沈子福之江东

杨柳渡头行客稀，罟师荡桨向临圻。唯有相思似春色，江南江北送君归。春光无处不到，送人之心犹春光也。

孟浩然

送杜十四之江南

荆吴相接水为乡，君去春江正渺茫。日暮孤帆泊何处？天涯一望断人肠。

王之涣

凉州词〔三三〕

黄河远上白云间〔三三〕，一片孤城万仞山。羌笛何须怨杨柳，春光不度玉门关〔三四〕。集异记云：「之涣与王昌龄、高適共诣旗亭，有梨园伶官十余人会饮，三人拥炉以观。俄有妙妓四辈奏乐，皆当时名部。三人私相约曰：『我辈各擅诗名，不定甲乙。今诸伶所讴，以诗多者为优。』初讴昌龄诗，次讴適诗，又次讴复昌龄诗。之涣指诸妓中最佳者曰：『待此子所唱，如非我诗，终身避席矣。』次至双鬟发声，果讴『黄河远上』云云，因大谐笑。诸伶诣问，因语之，乃竞拜，乞就筵席。」○李于鳞推王昌龄「秦时明月」为压卷。王元美推王翰「葡萄美酒」为压卷。王渔洋则云：「必求压卷，王维之『渭城』，李白之『白帝』，王昌龄之『奉帚平明』，王之涣之『黄河远上』，其庶几乎！而终唐之世，绝句亦无出四章之右者矣。」愚谓李益之「回乐峰前」，刘禹锡之「山围故国」，杜牧之「烟笼寒水」，郑谷之「扬子江头」，气象虽殊，亦堪接武。

常 建

塞下曲

玉帛朝回望帝乡，乌孙归去不称王。天涯静处无征战，兵气销为日月光。句亦吐光。

三日寻李九庄

雨歇杨林东渡头，永和三日荡轻舟。故人家在桃花岸，直到门前溪水流。

高 适

除夜作〔三五〕

旅馆寒灯独不眠，客心何事转凄然？故乡今夜思千里，霜鬓明朝又一年。作故乡亲友思千里外人，愈有意味。

营州歌

营州少年厌原野，狐裘蒙茸猎城下。虏酒千钟不醉人，胡儿十岁能骑马。

别董大

千里黄云白日曛，北风吹雁雪纷纷。莫愁前路无知己，天下何人不识君？

岑参 嘉州边塞诗尤为独步。

酒泉太守席上醉后歌〔三六〕

酒泉太守能剑舞，高堂置酒夜击鼓。胡笳一曲断人肠，座上相看泪如雨。

武威送刘判官赴碛西行军

火山五月行人少，看君马去疾如鸟。都护行营太白西，角声一动胡天晓。

赴北庭度陇思家

西向轮台万里余，也知乡信日应疏。陇山鹦鹉能言语，为报家人数寄书。欲鹦鹉报家人寄书，思曲而苦。

碛中作

走马西来欲到天，辞家见月两回圆。今夜不知何处宿，平沙万里绝人烟。投宿无所，则碛中无人可知矣。

虢州后亭送李判官〔三七〕

西原驿路挂城头，客散红亭雨未休〔三八〕。君去试看汾水上，白云犹似汉时秋。

山房春事

梁园日暮乱飞鸦，极目萧条三两家。庭树不知人去尽，春来还发旧时花。后人袭用者多，然嘉州实为绝调。

逢入京使

故园东望路漫漫，双袖龙钟泪不乾。马上相逢无纸笔，凭君传语报平安。人人胸臆中语，却成绝唱。

封大夫破播仙凯歌 名常清。

汉将承恩西破戎，捷书先奏未央宫。天子预开麟阁待，只今谁数贰师功？

日落辕门鼓角鸣，千群面缚出蕃城。洗兵鱼海云迎阵，秣马龙堆月照营。

贾 至

送李侍郎赴常州

雪晴云散北风寒，楚水吴山道路难。今日送君须尽醉，明朝相忆路漫漫。

西亭春望

日长风暖柳青青，北雁归飞入窅冥。岳阳楼上闻吹笛，能使春心满洞庭。

巴陵与李十二、裴九泛洞庭

枫岸纷纷落叶多，洞庭秋水晚来波。乘兴轻舟无近远，白云明月吊湘娥。前人谓末句翻太白案，试思「白云明月」，仍是不知何处矣，何尝翻案耶？

贺知章

回乡偶书

少小离家老大回，乡音无改鬓毛摧。儿童相见不相识，笑问客从何处来？原本「鬓毛衰」，「衰」入四支，音司。十灰中「衰」音缞。恐是「摧」字之误，因改正。

离别家乡岁月多，近来人事半销磨。惟有门前镜湖水，春风不改旧时波。

王昌龄 龙标绝句，深情幽怨，意旨微茫，令人测之无端，玩之无尽，谓之唐人骚语可。

听流人水调子

孤舟微月对枫林，分付鸣筝与客心。岭色千重万重雨，断弦收与泪痕深。

芙蓉楼送辛渐 楼在润州。

寒雨连江夜入吴，平明送客楚山孤。洛阳亲友如相问，一片冰心在玉壶。言己之不牵于宦情也。

送狄宗亨

秋在水清山暮蝉，洛阳树色鸣皋烟。送君归去愁不尽，又惜空度凉风天。生趣。

殿前曲

昨夜风开露井桃，未央前殿月轮高。平阳歌舞新承宠，帘外春寒赐锦袍。只说他人之承宠，而己之失宠，悠然可会，此国风之体也。

长信秋词

奉帚平明金殿开，且将团扇共徘徊。玉颜不及寒鸦色，犹带昭阳日影来。昭阳宫赵昭仪所居，宫在东方，寒鸦带东方日影而来，见己之不如鸦也。优柔婉丽，含蕴无穷，使人一唱而三叹。

真成薄命久寻思，梦见君王觉后疑。火照西宫知夜饮，分明复道奉恩时。下「分明」二字，写梦境入微。

西宫春怨

西宫夜静百花香，欲卷珠帘春恨长。斜抱云和深见月，朦胧树色隐昭阳。

从军行四首〔三九〕

烽火城西百尺楼，黄昏独坐海风秋。更吹羌笛关山月，无那金闺万里愁！万里之外，念及金闺，能无愁乎？

青海长云暗雪山，孤城遥望玉门关。黄沙百战穿金甲，不破楼兰终不还！作豪语看亦可，然作归期无日看，倍有意味。

秦时明月汉时关，万里长征人未还。但使龙城飞将在〔四〇〕，不教胡马度阴山。备胡筑城，起于秦、汉。明月属秦，关属汉，互文也。○师劳力竭而功不成，由将非其人之故，故思飞将军云。

大漠风尘日色昏，红旗半卷出辕门。前军夜战洮河北，已报生擒吐谷浑。

张谓

送卢举使河源〔四一〕

西域传：「河有两源，一出葱岭，一出于阗。」

故人行役向边州，匹马今朝不少留。长路关山何日尽？满堂丝竹为君愁。丝竹本以娱情，然送人万里之远，则丝竹皆愁音也。警绝。

张　旭苏州人。

山中留客

山光物态弄春晖，莫为轻阴便拟归。纵使晴明无雨色，入云深处亦沾衣。

校记

〔一〕南行别弟　全唐诗作「南中詠雁」。此诗全唐诗重见于于季子诗，题下注云：「一作杨师道诗，英华作韦承庆『南中詠雁』。」

〔二〕送杜审言　此诗全唐诗为宋之问送杜审言五律之前半首。

〔三〕朝日点红妆　「点」原作「照」，据全唐诗注改。按：河岳英灵集卷中、才调集卷一、唐文粹卷一二、唐诗纪事卷一五均作「点」。「点」谓妆点，故下有「画眉犹未了」句。

〔四〕答裴迪　全唐诗下有「辋口遇雨忆终南山之作」十字。

〔五〕能忘旧日恩　「能」原作「难」，据全唐诗注改。

〔六〕愿君多采撷　原作「劝君休采撷」，据全唐诗改。

〔七〕哭单父梁少府　此诗全唐诗为高適哭单父梁九少府五古之首四句。

〔八〕见渭水思秦川　全唐诗上有「西过渭州」四字。

〔九〕九日思长安故园　全唐诗上有「行军」二字，下有注云：「时未收长安。」

〔一〇〕登鹳雀楼　全唐诗注一作朱斌诗，国秀集卷下同。按：宋司马光续诗话、沈括梦溪笔谈卷一五、彭乘墨客挥犀卷二均载河中府鹳雀楼有王之涣诗云云，则此诗当是之涣所作。

〔一一〕扬柳东门树　「东门」全唐诗作「东风」，唐诗品汇卷四〇同。唐诗纪事卷二六、万首唐人绝句卷一五作「东门」，是。

〔一二〕青青夹御河　「御河」原作「岸河」，据全唐诗改。

〔一三〕静夜思　「静」字原脱，据全唐诗补。

〔一四〕床前明月光　「明月光」全唐诗作「看月光」，各本李白集、乐府诗集卷九〇、宋洪迈万首唐人绝句五言卷一、唐诗品汇卷三九同，而清王士禛唐人万首绝句选卷一作「明月光」，未知所据。沈氏此处作「明月光」，殆从王氏选本。

〔一五〕举头望山月　按：各本李白集、乐府诗集卷九〇、万首唐人绝句五言卷一、唐诗品汇卷三九、唐人万首绝句选卷一、全唐诗均作「望山月」，而唐诗三百首作「望明月」，未知所据。

〔一六〕独坐敬亭山　原作「敬亭独坐」，据全唐诗补改。

〔一七〕孤云独去闲　「独去」原作「去独」，据全唐诗改。

〔一八〕清溪半夜闻笛　「清溪」原作「青溪」，据全唐诗改。

〔一九〕逢雪宿芙蓉山主人　「主人」二字原脱，据全唐诗补。

〔二〇〕江行无题　此诗全唐诗互见于钱珝诗。按：江行无题共一百首，此是第六十八首。明胡震亨唐音戊签卷八八谓江行无题一百首乃钱起曾孙钱珝所作，考辨甚详。

〔二一〕登鹳雀楼　按：此诗乃畅诸所作。全唐文卷四三〇李翰河中鹳雀楼序：「前辈畅诸题诗上头，名播前后，山川景物，备于一言。」续诗话、梦溪笔谈卷一五、墨客挥犀卷二均载河中府鹳雀楼有畅诸诗云云。中华文史论丛第三辑王重民补唐诗所辑敦煌唐诗中有畅诸登鹳雀楼五律一首，此诗是其中两联。据李翰序，畅诸当时亦颇著诗名，惜诗集不传。读全唐诗札记谓文苑英华称「畅诸开元九年拔萃科」，元和姓纂称「诗人畅诸，汝州人，许昌尉」，并考证唐诗纪事称畅诸为畅当之弟之误。

〔二二〕忆鄱阳旧游　「鄱阳」二字原脱，据全唐诗补。

〔二三〕按：此诗第四首原误作第二首，今据全唐诗移正。

〔二四〕张仲素字绘之　「绘之」原作「续之」，据全唐诗小传及唐诗纪事卷四二改。

〔二五〕夜战桑乾北　「北」原作「雪」，据全唐诗改。

〔二六〕沈如筠僖宗时进士　按：新唐书艺文志谓沈如筠句容人，横阳主簿，殷璠曾汇集包何、储光羲及沈如筠等十八人诗为丹阳集。又，如筠有寄天台司马道士诗，司马道士即司马承祯，曾居天台山，武后、睿宗、玄宗迭次召见，开元二十三年卒，年八十九。据此，如筠当是武后时或玄宗开元中人。

〔二七〕按：此段沈氏节录自宋刘斧青琐高议。云溪友议载：卢渥应举，偶临御沟，得一红叶，上有绝句，置于巾箱。后娶宣宗所出宫人韩氏，睹红叶而吁嗟，曰：「当时偶题随流，不谓郎君收藏巾箧。」其诗曰：「水流何太急」云云。太平广记卷三五四引五代孙光宪北梦琐言云：「进士李茵，襄州人。尝游苑中，见红叶自御沟流出，上题诗『流水何太急』云云。后僖宗幸蜀，茵奔窜山谷民家，见一宫娥，有才思，与之款接，因见红叶，叹曰：『此妾所题也。』同行诣蜀。」三说不同，似应以云溪友议所载为准。

〔二八〕罚赴边有怀上韦令公　原作「高骈席上作」，据全唐诗（又玄集卷下同）补改。按：韦令公即韦皋，贞元中镇蜀，薛涛出入其幕府，称女校书。高骈镇蜀在僖宗时，薛涛去世已久。

〔二九〕羞将筵上曲　「羞」原作「好」，据全唐诗改。

〔三〇〕赠苏绾书记　「绾」字原脱，据全唐诗补。

〔三一〕送梁六自洞庭山作　原作「送梁六」，据全唐诗补。

〔三二〕凉州词　此诗乐府诗集卷二二题为「出塞」。高適有和王七玉门关听吹笛绝句，王七即王之涣，疑即和此诗。

〔三三〕黄河远上白云间　「黄河远上」全唐诗注作「黄沙直上」，文苑英华卷二九九、乐府诗集卷二二、唐诗纪事卷二六同。按：此诗写玉门关荒凉景象，当作「黄沙直上」。

〔三四〕春光不度玉门关　按：国秀集卷下、文苑英华卷一九七、乐府诗集卷二二、唐诗纪事卷二六、万首唐人绝句七言卷八、唐诗品汇卷四八、唐人万首绝句选卷三、全唐诗均作「春光」，而唐薛用弱集异记（明顾元庆所刻文房小说本）述旗亭赌唱引此诗作「春风」，唐诗三百首作「春风」，殆据此。

〔三五〕除夜作　「作」字原脱，据全唐诗补。

〔三六〕酒泉太守席上醉后歌　按：此诗敦煌唐诗残卷与岑参同题七古合为一首，此是首四句。

〔三七〕虢州后亭送李判官　全唐诗下有「使赴晋绛」四字，其下注云：「得秋字。」

〔三八〕客散红亭雨未休　「红亭」原作「江亭」，据全唐诗改。按：岑参虢州西亭陪端公宴集：「红亭出鸟外」，暮春虢州东亭送李司马归扶风别庐：「红亭绿酒送君还」，可互证。

〔三九〕从军行四首　按：第三首全唐诗题为「出塞」。

〔四〇〕但使龙城飞将在　按：文苑英华卷一九七、乐府诗集卷二一、万首唐人绝句七言卷一七、唐诗品汇卷四七、唐人万首绝句选卷三、全唐诗均作「龙城」，而唐百家诗选卷五作「卢城」，疑出臆改。清阎若璩潜邱札记云「龙城」当从唐百家诗选作「卢城」。并谓李广为右北平太守，匈奴号之曰「飞将军」，不敢入侵。右北平唐为北平郡，治卢龙县，唐书有卢龙府、卢龙军，而龙城乃匈奴大会祭天之处，在匈奴境内，安得于其上冠「飞将军」哉？又按：唐人边塞诗中所用地名，有但取字面瑰奇雄丽而不甚考地理方位者。汉书卫青霍去病传：「元光六年，青为车骑将军，击匈奴出上谷，至笼城（师古注：「『笼』读与『龙』同。」），斩首虏数百。此处「龙城飞将」，乃合用卫青、李广事，指扬威敌境之名将，更不得拘泥地理方位。而诗中用「龙城」字，亦有泛指边关要隘者。如何逊学古：「日隐龙城雾，尘起玉关风。」简文帝赋得陇底雁初飞：「虽弭轮台援，未解龙城围。」阎氏之说，似是而非，不可从。

〔四二〕送卢举使河源　原作「送人使河源」，据全唐诗补改。按：此处「河源」乃指河源军，非沈氏所注黄河发源之地。吕温经河源军汉村作：「行行忽到旧河源，城外千家作汉村。樵采未侵征虏墓，耕耘犹就破羌屯」云云。杜甫秦州杂诗：「使节向河源。」清仇兆鳌杜少陵集详注、杨伦杜诗镜铨云：「唐书：『鄯州鄯城县有河源军，属陇右道。』」鄯城县，今青海西宁市。

重订唐诗别裁集卷二十

李　白　五言绝右丞、供奉，七言绝龙标、供奉，妙绝古今，别有天地。○七言绝句，以语近情遥，含吐不露为贵，只眼前景，口头语，而有弦外音，使人神远。太白有焉。

越中怀古

越王勾践破吴归，战士还家尽锦衣。宫女如花满春殿，只今惟有鹧鸪飞。三句说盛，一句说衰，其格独创。

送孟浩然之广陵(一)

故人西辞黄鹤楼，烟花三月下扬州。孤帆远影碧空尽，惟见长江天际流。

春夜洛阳闻笛

谁家玉笛暗飞声，散入东风满洛城。此夜曲中闻折柳，何人不起故园情。

峨眉山月歌

峨眉山月半轮秋，影入平羌江水流。夜发清溪向三峡〔二〕，思君不见下渝州。月在清溪、三峡之间，半轮亦不复见矣。「君」字即指月。

横江词

横江馆前津吏迎，向余东指海云生：「郎今欲渡缘何事？如此风波不可行！」

上皇西巡南京歌 上皇归后，以蜀郡为南京。

莫道君王行路难，六龙西幸万人欢。地转锦江成渭水，天回玉垒作长安。

剑阁重关蜀北门，上皇归马若云屯。少帝长安开紫极，双悬日月照乾坤。二句「上皇」，三句「少帝」，而以末句总收，格法又别。

黄鹤楼闻笛〔三〕

一为迁客去长沙，西望长安不见家。黄鹤楼中吹玉笛，江城五月落梅花。梅花落，笛中曲名。

下江陵〔四〕

朝辞白帝彩云间，千里江陵一日还。两岸猿声啼不住，轻舟已过万重山。写出瞬息千里，若有神助。○入「猿声」一句，文势不伤于直，画家布景设色，每于此处用意。

客中作

兰陵美酒郁金香，玉碗盛来琥珀光。但使主人能醉客，不知何处是他乡。强作宽解之词。

秋下荆门〔五〕

霜落荆门烟树空，布帆无恙挂秋风。此行不为鲈鱼脍，自爱名山入剡中。明明说天下将乱，孑身归隐，却又推开解说，此古人身分不可及处。

与贾舍人泛洞庭〔六〕

洞庭西望楚江分，水尽南天不见云。日落长沙秋色远，不知何处吊湘君。

巴陵赠贾舍人

贾生西望忆京华，湘浦南迁莫怨嗟。圣主恩深汉文帝，怜君不遣到长沙。

望天门山

天门中断楚江开，碧水东流向北回。两岸青山相对出，孤帆一片日边来。

苏台览古

旧苑荒台杨柳新，菱歌清唱不胜春。只今惟有西江月，曾照吴王宫里人。

赠汪伦

李白乘舟将欲行，忽闻岸上踏歌声。桃花潭水深千尺，不及汪伦送我情。若说汪伦之情比于潭水千尺，便是凡语，妙境只在一转换间。

清平调词〔七〕

天宝中，沉香亭牡丹盛开，上曰：「赏名花，对妃子，焉用旧乐！」宣李白进清平调词三章〔八〕。白带醉立赋，上命乐工迟其声以媚之〔九〕。清平调，清调、平调，本房中乐，此合用之也。

云想衣裳花想容，春风拂槛露华浓。若非群玉山头见，会向瑶台月下逢。三章合花与人言之，风流旖旎，绝世丰神。或谓首章咏妃子，次章咏花，三章合咏，殊近执滞。

一枝红艳露凝香，云雨巫山枉断肠。借问汉宫谁得似？可怜飞燕倚新妆。初太真持七宝杯，酌葡萄酒，笑领歌意。后高力士谓飞燕比拟轻薄，太真谮于上，因而遣之。

名花倾国两相欢，常得君王带笑看。解释春风无限恨，沉香亭北倚阑干。本言释天子之愁恨，托以春风，措词微婉。

闻王昌龄左迁龙标，遥有此寄

杨花落尽子规啼，闻道龙标过五溪。我寄愁心与明月，随风直到夜郎西。即「将心寄明月，流影入君怀」意，出以摇曳之笔，语意一新。

杜　甫

少陵绝句，直抒胸臆，自是大家气度，然以为正声则未也。宋人不善学之，往往流于粗率。杨廉夫谓学杜须从绝句入，真欺人语。

赠花卿

集注：「花卿名敬定，剑南节度使〔10〕。」

锦城丝管日纷纷，半入江风半入云。此曲只应天上有，人间能得几回闻？杨用修谓花卿在蜀，僭用天子礼乐，子美作此讽之，而意在言外〔一〕。

书堂饮既夜，复邀李尚书下马月下赋

湖月林风相与清，残尊下马复同倾。久拚野鹤如双鬓，倒说以便与下句相对。遮莫邻鸡下五更！

江南逢李龟年

岐王宅里寻常见，崔九堂前几度闻。正是江南好风景，落花时节又逢君。含意未伸，有案无断。

严　武

字季鹰，挺之之子。哥舒翰奏充判官。累为剑南、东川节度使，寻迁黄门侍郎。复为剑南节度等使，迁吏部尚书，封郑国公。

军城早秋

昨夜秋风入汉关，朔云边月满西山。更催飞将追骄虏，莫遣沙场匹马还。英爽与少陵作鲁、卫，

孟雲卿

寒食

二月江南花满枝，他乡寒食远堪悲。贫居往往无烟火，不独明朝为子推。

刘长卿

送李判官之润州行营

万里辞家事鼓鼙，金陵驿路楚云西。江春不肯留行客，草色青青送马蹄。

重送裴郎中贬吉州

猿啼客散暮江头，人自伤心水自流。同作逐臣君更远，青山万里一孤舟。时文房亦贬为南巴尉，吉州去京师，更远于南巴。

酬李穆见寄

孤舟相访至天涯，万里云山路更赊。欲扫柴门迎远客，青苔黄叶满贫家。刘后村谓魏野、林逋俱不能及。

七里滩送严维

秋江渺渺水空波，越客孤舟欲榜歌。手折衰杨悲老大，故人零落已无多。

钱　起

归雁

潇湘何事等闲回？作呼起语，三四相应。水碧沙明两岸苔。二十五弦弹夜月，不胜清怨却飞来。琴中有归雁操，故从操中落想。

暮春归故山草堂

谷口春残黄鸟稀，辛夷花尽杏花飞。始怜幽竹山窗下，不改清阴待我归。

秋夜送赵冽归襄阳

斗酒忘言良夜深，红萱露滴鹊惊林。夜景。欲知别后思今夕，汉水东流是寸心。汉通襄阳。

韦应物

登楼寄王卿

踏阁攀林恨不同，楚云沧海思无穷。数家砧杵秋山下，一郡荆榛寒雨中。

寒食寄诸弟

雨中禁火空斋冷，江上流莺独坐听。把酒看花想诸弟，杜陵寒食草青青。

休日访人不遇

九日驱驰一日闲，寻君不遇又空还。怪来诗思清人骨，门对寒流雪满山。

滁州西涧

独怜幽草涧边生，上有黄鹂深树鸣。春潮带雨晚来急，野渡无人舟自横。起二句与下半无关。〇下半即景好句，元人谓刺君子在下，小人在上，此辈难与言诗。〇何良俊曰：「大清楼帖中刻有韦公手书，『涧边行』，非『生』也；『尚有』，非『上』也。其为传刻之讹无疑。」稍胜于「生」字「上」字(一三)。

张　潮　润州人。

江南行

茨菰叶烂别西湾，莲子花开不见还。妾梦不离江上水，人传郎在凤凰山。总以行踪无定言，在水在山，俱难实指。

张继 字懿孙，襄州人。天宝末进士。大历末，授祠部员外郎。

枫桥夜泊

月落乌啼霜满天，江枫渔火对愁眠。姑苏城外寒山寺，夜半钟声到客船。尘市喧阗之处，只闻钟声，荒凉寥寂可知。

阊门即事

耕夫召募逐楼船，春草青青万顷田。试上吴门窥郡郭，清明几处有新烟？

韩翃

送客之鄂州

江口千家带楚云，江花乱点雪纷纷。春风落日谁相见？青翰舟中有鄂君。鄂君，楚王母弟也。见越人歌。总形其孤行之寂。

寒食

烛以传火，清明日取榆柳之火赐近臣，此唐制也。

春城无处不飞花，寒食东风御柳斜。日暮汉宫传蜡烛，轻烟散入五侯家。「五侯」，或指王氏五侯，或指宦官灭梁冀之五侯，总之先及贵近家也。

少年行

千点斑斓喷玉骢，青丝结尾绣缠鬃。鸣鞭晓出章台路，叶叶春衣杨柳风。

皇甫冉

答张继

怅望南徐登北固，迢遥西塞阻东关。落日临川问音信，寒潮惟带夕阳还。

送魏十六

秋夜沉沉此送君，阴虫切切不堪闻。归舟明日毗陵道，回首姑苏是白云。

司空曙

峡口送友

峡口花飞欲尽春，天涯去住泪沾巾。来时万里同为客，今日翻成送故人。客中送客，自难为情，况又「万里」之远耶？况又「同为客」耶？

江村即事

罢钓归来不系船，江村月落正堪眠。纵然一夜风吹去，只在芦花浅水边。三四语全从「不系」生出。

于鹄　贞元间诗人，隐居汉阳不出。

江南曲

偶向江边采白蘋，还随女伴赛江神。众中不敢分明语，暗掷金钱卜远人。

李涉

宿武关

远别秦城万里游，乱山高下入商州。关门不锁寒溪水，一夜潺湲送客愁。

李　益　七言绝句，中唐以李庶子、刘宾客为最，音节神韵，可追逐龙标、供奉。

夜上受降城闻笛　明云芦管，芦管，笳也，「笛」字应误。

回乐烽前沙似雪(一三)，受降城外月如霜。不知何处吹芦管(一四)，一夜征人尽望乡。绝唱。

从军北征

天山雪后海风寒，横笛偏吹行路难。碛里征人三十万，一时回首月中看。

拂云堆

汉将新从虏地来，旌旗半上拂云堆。单于每向沙场猎，南望阴山哭几回。

春夜闻笛

寒山吹笛唤春归，迁客相逢泪满衣〔一五〕。洞庭一夜无穷雁，不待天明向北飞。

听晓角

边霜昨夜堕关榆，吹角当城片月孤。无限塞鸿飞不度，秋风吹入小单于。乐府：「唐大角曲有大单于、小单于。」○塞鸿闻角声，尚不能飞度，况小单曲吹入征人耳乎？与受降城一首相印。

汴河曲

汴水东流无限春，隋家宫阙已成尘。行人莫上长堤望，风起杨花愁杀人。

临滹沱见蕃使列名

漠南春色到滹沱，边柳青青塞马多。万里江山今不闭，汉家频许郅支和。

上汝州郡楼

黄昏鼓角似边州，三十年前上此楼。今日山川对垂泪，伤心不独为悲秋。

窦　牟

字贻周，扶风人。贞元中进士，长庆中国子司业。

奉诚园闻笛

马燧子畅，以宅中大杏饷窦文场，文场以进德宗。德宗以为未尝见，颇怪畅〔一六〕，命中使封杏树。畅惧进宅，改为奉诚园。

曾绝朱缨楚庄王事。吐锦茵，丙吉事。欲披荒草访遗尘。秋风忽洒西园泪，满目山阳笛里人。伤马氏，以见德宗之薄。

戴叔伦

湘南即事

卢橘花开枫叶衰，出门何处望京师？沅湘日夜东流去，不为愁人住少时。此留滞楚南，见君无期，而咎沅、湘东流，不为少住，亦无聊之思也。

顾况

宿昭应

武帝祈灵太乙坛，新丰树色绕千官。那知今夜长生殿，独闭空山月影寒！刺祈祷之无益也。

权德舆

赠天竺、灵隐二寺主

石路泉流两寺分，寻常钟磬隔山闻。山僧半在中峰住，共占清猿与白云〔一七〕。

武元衡

题嘉陵驿

悠悠风旆绕山川，山驿空濛雨似烟。路半嘉陵头已白，蜀门西更上青天。即蜀道难意。

韩愈

次潼关先寄张十二阁老

荆山已去华山来，日照潼关四扇开。刺史莫辞迎候远，相公新破蔡州回。没石饮羽之技，不必以寻常绝句法求之。

柳宗元

柳州二月〔一八〕

宦情羁思共凄凄，春半如秋意转迷。山城过雨百花尽，榕叶满庭莺乱啼。

夏昼偶作

南州溽暑醉如酒，隐几熟眠开北牖。日午独觉无余声，山童隔竹敲茶臼。

酬曹侍御过象县见寄

破额山前碧玉流，骚人遥驻木兰舟。春风无限潇湘意，欲采蘋花不自由。欲采蘋花相赠，尚牵制不能自由，何以为情乎！言外有欲以忠心献之于君而末由意，与上萧翰林书同意，而词特微婉〔一九〕。

与浩初上人同看山，寄京华亲故

海畔尖山似剑铓，秋来处处割愁肠。若为化得身千亿，散上峰头望故乡〔二〇〕。

刘禹锡

石头城

山围故国周遭在，潮打空城寂寞回。淮水东边旧时月，夜深还过女墙来。只写山水明月，而六代繁华，俱归乌有，令人于言外思之。乐天谓后之诗人，不能复措词矣。

乌衣巷

朱雀桥边野草花，乌衣巷口夕阳斜。旧时王谢堂前燕，飞入寻常百姓家。言王、谢家成民居耳，用笔巧妙，此唐人三昧也。

听旧宫人穆氏唱歌

曾随织女渡天河，记得云间第一歌。休唱贞元供奉曲，当时朝士已无多。贞元尚多君子，元和已少其人，前人谓有「西方美人」之思〔三〕。

与歌者何戡

二十余年别帝京，重闻天乐不胜情。旧人惟有何戡在，更与殷勤唱渭城。王维渭城诗，唐人以为送别之曲。梦得重来京师，旧人惟一乐工，为唱渭城送别，何以为情也？〇当时饼师亦唱渭城，此只取其三叠之工。

杨柳枝词

炀帝行宫汴水滨，数株残柳不胜春。晚来风起花如雪，飞入宫墙不见人。似胜李君虞汴河曲。

和令狐相公牡丹

平章宅里一阑花，临到开时不在家。莫道两京非远别，春明门外即天涯。吴梅村拙政园山茶歌，胎源于此。

张籍

送蜀客

蜀客南行祭碧鸡，木棉花发锦江西。山桥日晚行人少，时有猩猩树上啼。

哭孟寂

曲江院里题名处，十九人中最少年。今日春光君不见，杏花零落寺门前。高郢典试，其年进士十七人，宏词二人，故云十九人。

秋思

洛阳城里见秋风，欲作家书意万重。复恐匆匆说不尽，行人临发又开封。亦复人人胸臆语，与「马上相逢无纸笔」一首同妙。

王建

江陵使至汝州

回看巴路在云间，寒食离家麦熟还。日暮数峰青似染，商人说是汝州山。

十五夜望月〔三〕

中庭地白树栖鸦，冷露无声湿桂花。今夜月明人尽望，不知秋思在谁家。不说明己之感秋，故妙。

贾岛

渡桑乾〔三〕

客舍并州已十霜，归心日夜忆咸阳。无端更渡桑乾水，却望并州是故乡。谓并州且不得久住，况咸阳乎？仍是思咸阳，非不忘并州也。王敬美驳谢注甚允。

白居易

魏王堤

花寒懒发鸟慵啼，信马闲行到日西。何处未春先有思？柳条无力魏王堤。

邯郸至夜思家

邯郸驿里逢冬至，抱膝灯前影伴身。想得家中夜深坐，还应说着远游人。只有一「真」字。

忆江柳

曾栽杨柳江南岸，一别江南两度春。遥忆青青江岸上，不知攀折是何人。

种荔支

红颗珍珠诚可爱，白须太守亦何痴！十年结子知谁在？自向庭中种荔支。达甚亦多情甚。

白云泉

天平山上白云泉，云自无心水自闲。何必奔冲山下去，更添波浪向人间！

赵村杏花

赵村红杏每年开，十五年中看几回？七十三人难再到，今春来是别花来。

元稹

亚枝红

平阳池上亚枝红，怅望山邮是事同。还向万竿深竹里，一枝浑卧碧流中。

闻乐天左降江州司马古人尚右，以降为左。

残灯无焰影幢幢，此夕闻君谪九江。垂死病中惊坐起，暗风吹雨入寒窗！乐天云："他人尚不可闻，况仆哉！"

重赠乐天

莫遣玲珑唱我诗，我诗多是别君辞。明朝又向江头别，月落潮平是去时。

李　贺

南园

男儿何不带吴钩，收取关山五十州？请君暂上凌烟阁〔二四〕，若个书生万户侯？如文潞公之破贝州，王文成之擒宸濠、平八寨，何不可万户侯耶？

寻章摘句老雕虫，晓月当帘挂玉弓。不见年年辽海上，文章何处哭秋风？

柳　淡

征人怨

岁岁金河复玉关，朝朝马策与刀环。三春白雪归青冢，万里黄河绕黑山。

陈　羽　江东人。贞元中进士。

吴中览古

吴王旧国水烟空，香径无人兰叶红。春色似怜歌舞地，年年先发馆娃宫。

吕　温

字和叔，河中人。贞元末进士，王叔文引为侍御史。元和中，历刑部郎中，坐搆宰相李吉甫，贬道州刺史，转衡州卒。

刘郎浦口号

吴蜀成婚此水浔，明珠步障屋黄金。谁将一女轻天下，欲换刘郎鼎峙心？

李德裕

长安秋夜

内官传诏问戎机，载笔金銮夜始归。万户千门皆寂寂，月中清露点朝衣。

令狐楚

少年行

弓背霞明剑照霜，秋风走马出咸阳。未收天子河湟地〔三五〕，不拟回头望故乡。

张仲素

塞下曲

朔雪飘飘开雁门，平沙历乱卷蓬根〔三六〕。功名耻计擒生数，直斩楼兰报国恩。

秋夜曲

丁丁漏水夜何长？漫漫轻云露月光。秋逼暗虫通夕响，征衣未寄莫飞霜。

秋闺思二首

碧窗斜日蔼深晖，愁听寒螀泪湿衣。梦里分明见关塞，不知何路向金微。即王涯所云「不省出门行，沙场知近远」意。

秋天一夜静无云，断续鸿声到晓闻。欲寄征人问消息，居延城外又移军。

凉州词〔三七〕一作张籍诗。

凤林关里水东流，白草黄榆六十秋。边将皆承主恩泽，无人解道取凉州。高常侍亦云：「岂无安边书，诸将已承恩。」高说得愤，此说得婉〔三八〕。

施肩吾

望夫词

手爇寒灯向影频，回文机上暗生尘。自家夫婿无消息，却恨桥头卖卜人。

折杨柳

伤见路傍杨柳春，一重折尽一重新〔元〕。今年还折去年处，不送去年离别人。清思回折。

王　涯

塞下曲

年少辞家从冠军，金鞍宝剑去邀勋。不知马骨伤寒水，惟见龙城起暮云。

羊士谔　泰山人。贞元中进士。元和中，以省郎贬资州刺史。

台中寓直，晨览萧侍御壁画山水〔三〇〕

虫思庭莎白露天，微风吹竹晓凄然。今来始悟朝回客，暗写归心向石泉。随所感触，无非归兴不必作画者果有此心。

杨凝

送客入蜀

剑阁迢迢梦想间，行人归路绕梁山。明朝骑马摇鞭去，秋雨槐花子午关。

张祜

雨霖铃 上皇幸蜀，栈道中遇雨闻铃，制雨霖铃曲以授张徽。洎至德中，复幸华清，从官嫔御，无一旧人，上于望京楼令徽复奏此曲〔三〕，不觉怆然。

雨霖铃夜却归秦，犹是张徽一曲新。长说上皇和泪教，月明南内更无人。情韵双绝。○祜又有集灵台诗：「却嫌脂粉污颜色，淡扫蛾眉朝至尊。」讥刺轻薄，绝无诗品。后人杂入杜集，众口交赞，真不可解。○王维之「白眼看他世上人」，张谓之「世人结交须黄金」，曹松之「一将功成万骨枯」，章碣之「刘项原来不读书」，此粗诗之派也。朱庆馀之「鹦鹉前头不敢言」，此纤小诗之派也。李商隐之「薛王沉醉寿王醒」，此轻薄诗之派也。因论张祜诗而及之。

鲍溶 字德源，未详里居。元和进士。欧阳永叔称其诗清约严谨，为近世之能者。

赠杨鍊师

道士夜诵蕊珠经，白鹤下绕香烟听。夜移经尽人上鹤，天风吹入青冥冥。

杜牧

牧之绝句，远韵远神。然如赤壁诗：「东风不与周郎便，铜雀春深锁二乔」，近轻薄少年语〔三二〕　而诗家盛称之，何也？

过华清宫

长安回望绣成堆，山顶千门次第开。一骑红尘妃子笑，无人知是荔枝来。

登乐游原

长空澹澹孤鸟没，万古销沉向此中。看取汉家何事业？五陵无树起秋风。树树起秋风，已不堪回首，况于无树耶？

江南春

千里莺啼绿映红，水村山郭酒旗风。南朝四百八十寺，多少楼台烟雨中？

醉后题僧院

舭船一櫂百分空，十载青春不负公。今日鬓丝禅榻畔，茶烟轻飏落花风。

泊秦淮

烟笼寒水月笼沙，夜泊秦淮近酒家。商女不知亡国恨，隔江犹唱后庭花。绝唱。

题桃花夫人庙

细腰宫里露桃新，脉脉无言度几春？至竟息亡缘底事？可怜金谷堕楼人。不言而生子，此何意耶？绿珠之堕楼，不可及矣。

寄扬州韩绰判官

青山隐隐水迢迢，秋尽江南草未凋。二十四桥明月夜，玉人何处教吹箫？

边上闻笳

何处吹笳薄暮天？塞垣高鸟没狼烟。游人一听头堪白，苏武争禁十九年？「争禁」妙，俗本作「曾禁」。

山行

远上寒山石径斜，白云生处有人家。停车坐爱枫林晚，霜叶红于二月花。

李商隐　义山长于风谕，工于征引，唐人中另开一境。顾其中讥刺太深，往往失之轻薄，此俱取其大雅者。

夜雨寄北

君问归期未有期，巴山夜雨涨秋池。何当共剪西窗烛，却话巴山夜雨时。此寄闺中之诗，云间唐氏谓寄私昵之人，诗中有何私昵意耶？

寄令狐郎中

嵩云秦树久离居，双鲤迢迢一纸书。休问梁园旧宾客，茂陵秋雨病相如。

汉宫词

青雀西飞竟未回，君王长在集灵台。侍臣最有相如渴，不赐金茎露一杯。言求仙无益也。或谓刺好神仙而疏贤才。或谓天子求仙，宫闱必旷，故以「宫词」名篇。以相如比宫女，穿凿可笑。

宫妓

珠箔轻明拂玉墀，披香新殿斗腰支。不须看尽鱼龙戏，终遣君王怒偃师。列子：「穆王西巡，道有献工人名偃师。偃师所造能倡者，领其颐则歌合律，捧其手则舞应节。技将终，瞬其目而招王之侍妾。王怒，欲诛偃师，偃师立剖散倡者以示王，肝胆支节等，皆假物也。」

齐宫词

永寿殿名。兵来萧衍兵入。夜不扃，金莲无复印中庭。梁台歌管三更罢，犹自风摇九子铃。庄严寺有九子铃。○此篇不著议论，「可怜夜半虚前席」竟著议论，异体而各极其致。

贾生

宣室求贤访逐臣，贾生才调更无伦。可怜夜半虚前席，不问苍生问鬼神。钱牧斋「绛灌但知谗贾谊，可思流汗愧陈平？」全学此种。

北齐二首

一笑相倾国便亡，何劳荆棘始堪伤。小怜玉体横陈夜，已报周师入晋阳。后主冯淑妃名小怜。

巧笑知堪敌万几，倾城最在著戎衣。晋阳已陷休回顾，更请君王猎一围。北齐书：「周师取平阳，帝猎于三堆，晋州告急，帝将反，淑妃请更杀一围，从之。」

旧将军

云台高议正纷纷，谁定当时荡寇勋？日暮灞陵原上猎，李将军是故将军。

常娥

云母屏风烛影深，长河渐落晓星沉。常娥应悔偷灵药，碧海青天夜夜心。孤寂之况，以「夜夜心」三字尽之。士有争先得路而自悔者，亦作如是观。

温庭筠

赠弹筝人

天宝年中事玉皇，曾将新曲教宁王。钿蝉金雁皆零落，一曲伊州泪万行。与白头宫女说玄宗同意。

瑶瑟怨

冰簟银床梦不成，碧天如水夜云轻。雁声远过潇湘去，十二楼中月自明。

渭上题

许浑

吕公荣达子陵归，万古烟波绕钓矶。桥上一通名利迹，至今江鸟背人飞。

谢亭送别

劳歌一曲解行舟，红叶青山水急流。日暮酒醒人已远，满天风雨下西楼。黯然销魂。

学仙

雍陶

心期仙诀意无穷，采画云车起寿宫。闻有三山未知处，茂陵松柏满西风。

和孙明府怀旧山

五柳先生本在山，偶然为客落人间。秋来见月多归思，自起开笼放白鹇。动归思而放鹇，见物我同情也。

天津桥春望

津桥春水浸红霞，烟柳风丝拂岸斜。翠辇不来金殿闭，宫莺衔出上阳花。

赵　嘏

经汾阳旧宅

门前不改旧山河，破虏曾轻马伏波。今日独经歌舞地，古槐疏冷夕阳多。见山河如故，而恢复山河者已不堪凭吊矣。可感全在起句。

陆龟蒙

怀宛陵旧游

陵阳佳地昔年游，谢朓青山李白楼。唯有日斜溪上思，酒旗风影落春流。佳句，诗中画本。

白莲

素蘤多蒙别艳欺，此花端合在瑶池。无情有恨何人觉？月晓风清欲堕时。取神之作。

郑　谷

淮上与友人别

扬子江头杨柳春，杨花愁杀渡江人。数声风笛离亭晚，君向潇湘我向秦。落句不言离情，却从言外领取，与韦左司闻雁诗同一法也。谢茂秦尚不得其旨，而欲颠倒其文，安问悠悠流俗！

席上赠歌者

花月楼台近九衢，清歌一曲倒金壶。坐中亦有江南客，莫向春风唱鹧鸪。

杜荀鹤

溪兴

山雨溪风卷钓丝，瓦瓯篷底独斟时〔三〕。醉来睡著无人唤，流下前滩也不知。

高骈

步虚词

青溪道士人不识，上天下天鹤一只。洞门深锁碧窗寒，滴露研朱点周易。

罗隐

赠妓云英

钟陵醉别十余春，重见云英掌上身。我未成名君未嫁，可能俱是不如人？隐下第，见旧妓云英，英曰：「罗秀才尚未脱白。」因赠以诗。

柳

灞岸晴来送别频，相偎相倚不胜春。自家飞絮犹无定，争把长条绊得人？自出新意。

李洞

山居喜友人见访

入云晴斸茯苓还，日暮逢迎木石间。看待诗人无别物，半潭秋水一房山。

绣岭宫词

春日迟迟春草绿，野棠开尽飘香玉。绣岭宫前鹤发翁，犹唱开元太平曲。

高蟾 字里未详。乾符中进士。

下第后上永崇高侍郎

天上碧桃和露种，日边红杏倚云栽。芙蓉生在秋江上，不向东风怨未开。存得此心，化悲愤为和平矣。

卢弼〔三四〕未详。

塞上四时词〔三五〕

春风昨夜到榆关，故国烟花想已残。少妇不知归未得，朝朝应上望夫山。恐已之家人亦将化石。

卢龙塞外草初肥，雁乳平芜晓不飞。乡国近来音信断，至今犹自著寒衣。

八月霜飞柳变黄，蓬根吹断雁南翔。陇头流水关山月，泣上龙堆望故乡。

朔风吹雪透刀瘢，饮马长城窟更寒。半夜火来知有敌，一时齐保贺兰山。冰冻恐胡马踏冰而来，所以急于防守。

陈陶

字嵩伯，岭南人。隐居洪州西山，种柑橙，令卖之自给。妻子亦知读书。自号三教布衣。

陇西行

誓扫匈奴不顾身，五千貂锦丧胡尘。可怜无定河边骨，犹是春闺梦里人。作苦语无过此者，然使王之涣、王昌龄为之，更有余蕴。此时代使然，作者亦不知其然而然也。

韦庄

古离别

晴烟漠漠柳毵毵，不那离情酒半酣。更把玉鞭云外指，断肠春色在江南。

台城〔三六〕

江雨霏霏江草齐，六朝如梦鸟空啼。无情最是台城柳，依旧烟笼十里堤。

唐彦谦

字茂业，并州人。咸通中进士。

仲山

汉高祖兄刘仲所葬。

千载遗踪寄薜萝，沛中乡里旧山河。长陵亦是闲丘垄，异日谁知与仲多？汉书：「高祖置酒，奉玉卮为太上皇寿，曰：『始大人以臣无赖，不能治产业，不如仲力，今与仲孰多？』」

李拯

字昌时，未详里居。咸通中进士，累迁考功郎中。僖宗召为翰林学士。

退朝望终南山

黄巢乱后，车驾还京作。

紫宸朝罢缀鹓鸾，丹凤楼前驻马看。唯有终南山色在，晴明依旧满长安。杜老「王侯第宅」、「文武衣冠」之感，然以蕴藉出之，得绝句体。

杜常

〔三七〕字里未详，唐末人，已见宋诗中。

华清宫

行尽江南数十程，晓风残月入华清。朝元阁上西风急，都向长杨作雨声。末二句写荒凉之状，在求甚解。

王　驾

社日

鹅湖山下稻粱肥，豚栅鸡栖半掩扉。桑柘影斜春社散，家家扶得醉人归。极村朴中传出太平风景。

王韫秀 以下闺中及方外、无名氏诗。

寄姨妹

相国已随麟阁贵，家风第一右丞诗。笄年解笑鸣机妇，耻见苏秦富贵时。

陈玉兰 吴人，王驾妻。

寄外征衣 一作王驾古意诗。

夫戍边关妾在吴，西风吹妾妾忧夫。一行书寄千行泪，寒到君边衣到无？

葛鸦儿〔三八〕

怀良人〔三九〕

蓬鬓荆钗世所稀，布裙犹是嫁时衣。胡麻好种无人种，正是归时不见归。以耕凿望夫之归，比「悔教夫婿觅封侯」，较切较正。

刘　媛〔四〇〕

长门怨

雨滴梧桐秋夜长，愁心和雨到昭阳。泪痕不学君恩断，拭却千行更万行。

杜秋娘 李锜妾。

金缕词

劝君莫惜金缕衣，劝君须惜少年时。有花堪折直须折，莫待无花空折枝。

武昌妓

续韦蟾句

悲莫悲兮生别离，登山临水送将归。武昌无限新栽柳，不见杨花扑面飞。上二句集得好，下二句续得好。

僧法振

送友人之上都

玉帛征贤楚客稀，猿啼相送武陵归。潮头望入桃花去，一片春帆带雨飞。

乐府辞盖嘉运进

凉州歌

朔风吹叶雁门秋，万里烟尘昏戍楼。征马长嘶青海北，胡笳夜听陇山头。

无名氏

杂诗

无定河边暮笛声，赫连台畔旅人情。函关归路千余里，一夕秋风白发生。

无名氏

胡笳曲

月明星稀霜满野，毡车夜宿阴山下。汉家自失李将军，单于公然来牧马。

崔　涂〔四二〕

初渡汉江

襄阳好向岘亭看，人物萧条属岁阑。为报习家多置酒，夜来风雪过江寒。

校　记

〔一〕送孟浩然之广陵　全唐诗上有「黄鹤楼」三字。

〔二〕夜发清溪向三峡　「清溪」原作「青溪」，据全唐诗改。

〔三〕黄鹤楼闻笛　全唐诗作「与史郎中钦听黄鹤楼吹笛」。

〔四〕下江陵　全唐诗作「早发白帝城」，注一作「白帝下江陵」。

〔五〕秋下荆门　「秋」原作「舟」，据全唐诗改。按：此诗敦煌唐诗残卷题为「初下荆门」，当是李白于开元十三年（时二十五岁）离蜀东游途中所作。时值开元盛日，诗中明言此行为游名山，并非如张翰见秋风而思吴中鲈鱼脍，辞官还乡，见机避祸，沈氏「天下将乱，孑身归隐」云云，非是。

〔六〕与贾舍人泛洞庭　全唐诗作「陪族叔刑部侍郎晔及中书贾舍人至游洞庭」。

〔七〕清平调词　「词」字原脱，据全唐诗补。

〔八〕宣李白进清平调词三章　「词」字原脱，据唐李濬松窗杂录补。

〔九〕上命乐工迟其声以媚之　松窗杂录作「上因调玉笛以倚曲，每曲遍将换，则迟其声以媚之」。

〔一〇〕花卿名敬定剑南节度使　按：旧唐书高適传但云「西川牙将花惊定」，此云「剑南节度使」，盖误。

〔一一〕按：安史乱起，玄宗奔蜀，梨园子弟有流落于蜀中者。杜甫秋日夔府咏怀奉寄郑监审李宾客之芳一百韵：「南内开元曲，当时弟子传。法歌声变转，满座涕潺湲。」自注：「柏中丞筵，闻梨园子弟李仙奴歌。」天上之曲，殆指此类，故闻歌而感叹。

〔一二〕按：明杨慎升庵全集卷五七云：「韦苏州诗『独怜幽草涧边生』，古本『生』作『行』，『行』字胜『生』字十倍。」可参阅。

〔一三〕回乐烽前沙似雪　「烽」原作「峰」，据全唐诗注改。按：「回乐烽」指回乐县烽火台，李益暮过回乐烽：「烽火高飞百尺台」，可证。李益又有军次阳城烽舍北流泉、统汉烽下、上黄堆烽等诗，均可证明当作「烽」字。升庵全集卷六〇云：「塞外无州郡城驿，沙漠无际，望中惟有烽堠，故以烽计程，五烽当一驿，如苜蓿烽、白龙烽、狼居烽是也。」可参阅。

〔一四〕不知何处吹芦管　「芦管」全唐诗注作「芦笛」。

〔一五〕迁客相逢泪满衣　「满」原作「落」，据全唐诗改。

〔一六〕德宗以为未尝见颇怪畅　此十字原脱，据桂苑丛谈补。

〔一七〕共占清猿与白云　「清猿」全唐诗作「青峦」。

〔一八〕柳州二月　全唐诗下有「榕叶落尽偶题」六字。

〔一九〕按：「春风」二句用梁柳恽江南曲：「汀洲采白蘋，日暖江南春。洞庭有归客，潇湘逢故人」语意，谓贬谪远方，动辄得咎，故人虽相近而无由相见。愤激之情，言外自见。沈氏「欲以忠心献之于君而末由」云云，非是。

〔二〇〕散上峰头望故乡　「上」原作「作」，据全唐诗改。

〔二一〕按：此是大和二年梦得重返长安闻歌感旧之作，沈说（引自宋谢枋得唐诗绝句注解）未谛。

〔二二〕十五夜望月　全唐诗下有「寄杜郎中」四字。

〔二三〕渡桑乾　此诗全唐诗互见于刘皂诗，题为「旅次朔方」。按：令狐楚与贾岛有交往酬唱，其所选御览集亦作刘皂诗，当不误。今人李嘉言贾岛年谱以为诗意与贾岛生平不符，应作刘皂诗。

〔二四〕请君暂上凌烟阁　「请」原作「诸」，据全唐诗改。

〔二五〕未收天子河湟地　「河湟」原作「河源」，据全唐诗改。

〔二六〕平沙历乱卷蓬根　「卷」原作「转」，据全唐诗改。

〔二七〕凉州词　此诗全唐诗作张籍诗，乐府诗集卷七九同。按：张籍凉州词共三首，此为第三首。

〔二八〕按：白居易西凉伎：「缘边空屯十万卒，饱食温衣闲过日。遗民肠断在凉州，将卒相看无意收。」可参阅。

〔二九〕一重折尽一重新　「一重折尽」原作「一株折尽」，据全唐诗改。

〔三〇〕台中寓直晨览萧侍御壁画山水　「晨」字及「萧侍御」三字原脱，据全唐诗补。

〔三一〕上于望京楼令徽复奏此曲　「望京楼」原作「望东楼」，据唐郑处诲明皇杂录改。

〔三二〕按：杜牧知军事，好论兵，而不为当时所重，故借詠史抒其怀抱。此诗盖嘲周瑜侥倖成功，「东风」二句，正巧于立言处，沈氏以为「近轻薄少年语」，非是。

〔三三〕瓦瓯篷底独斟时　「瓯」原作「鸥」，据全唐诗改。

〔三四〕卢弼　全唐诗作「卢汝弼」。按：才调集卷八作「卢弼」。

〔三五〕塞上四时词　全唐诗作「和李秀才边庭四时怨」。

〔三六〕台城　原作「金陵图」，据全唐诗改。

〔三七〕杜常　按：杜常乃宋神宗元丰时人，非唐末人。宋诗纪事卷二九云：「常字正甫，卫州人，昭宪皇后族孙。元丰中知郓州，权发遣秦、凤等路提刑，历官工部尚书。」又引宋张舜民画墁录：「神宗闻昭宪之家有登第者，甚喜，有旨令上殿。翌日谓执政曰：『杜常第四人登第，可令提举农田水利。』」

〔三八〕葛鸦儿　原作「葛亚儿」，据全唐诗改。按：又玄集卷下、才调集卷一〇、唐诗纪事卷七九、唐才子传卷二均作「葛鸦儿」。

〔三九〕怀良人　此诗全唐诗重见于河北士人诗，题为「代妻答诗」。按：本事诗：「朱滔括兵（德宗建中三年，朱滔于河北反叛，称大冀王），不择士族，悉令赴军，自阅于毬场。有士子容止可观，进趋淹雅。滔召问之曰：『所业者何？』曰：『学为诗。』问：『有妻否？』曰：『有。』即令作寄内诗，词曰：『握笔题诗易，荷戈征戍难』云云。又令代妻作诗答，曰：『蓬鬓荆钗世所稀』云云。滔遗以束帛，放归。」可参阅。

〔四〇〕刘媛　原作「刘瑗」，据全唐诗改。按：又玄集卷下、才调集卷一〇、文苑英华卷二〇四、乐府诗集卷四二、唐诗纪事卷七九、唐才子传卷二均作「刘媛」。

〔四一〕崔涂　原作「无名氏」，据全唐诗改。

补校记

二二页二行　沈氏谓刘昚虚「与贺知章、包融、张旭为『吴中四士』」。按：新唐书卷一四九刘晏传后附包佶传云：「父融，集贤院学士，与贺知章、张旭、张若虚有名当时，号『吴中四士』。」唐诗纪事卷四〇包佶条及全唐诗包融、张若虚小传所云「吴中四士」均为包融、贺知章、张旭、张若虚，而无刘昚虚。旧唐书卷一九〇中贺知章传：「先是神龙中，知章与越州贺朝、万齐融，扬州张若虚、邢巨，湖州（当作润州）包融，俱以吴、越之士，文词俊秀，名扬于上京。」又云：「时有吴郡张旭，亦与知章相善。」亦不及刘昚虚。据一九八〇年第四期学术月刊谢先模盛唐诗人刘昚虚考，谓昚虚为江东新吴（今江西奉新县）人，则非「吴越之士」，当以张若虚为是。惟唐诗品汇诗人爵里中包融条云：「开元初，与贺知章、张旭、刘昚虚皆有名，号『吴中四士』。」唐音癸签卷二八云：「吴中四士：贺知章、刘昚虚、包融、张旭。一云无昚虚，有张若虚。」唐诗别裁选诗多据唐诗品汇，沈氏所云「吴中四士」殆即据品汇。

二二页一二行　王昌龄字少伯江宁人　按：王昌龄为京兆长安（今西安市）人。因其曾任江宁丞，故新唐书本传及唐诗纪事卷二四皆误为江宁人。唐才子传卷二称其为太原人，乃指其郡望。

二五页四行　储光羲兖州人　按：储光羲为润州延陵（今江苏丹阳县）人。新唐书艺文志于包融诗下注云：「融与储光羲皆延陵人。」唐音癸签卷二八引殷璠丹阳集云：「润州：延陵有包融、储光羲。」宋嘉定镇江志、元至顺镇江志并称其为延陵人。新唐书艺文三储光羲正论十五卷下注云兖州人，河岳英灵集卷中及全唐文卷二五八顾况监察御史储公集序并称鲁国（兖州古为鲁国地）人，盖因光羲早年曾随其父官游并居于兖州。

二八页四行　同田复同道　「同田」全唐诗作「向田」，文苑英华卷三一九及唐百家诗选卷四并同。按：此诗除结二句外，皆作对句，「向田复同道」，正与上句「筑室既相邻」对，当可从。

三〇页二行　李颀东川人　按：傅璇琮唐代诗人丛考谓李颀郡望为赵郡（今河北赵县）李氏，长期居于颍阳（今河南登封县西），后隐居嵩山附近之东川别业。马茂元唐诗札丛李颀里贯仕履辨证（见中华文史论丛十二辑）亦谓其长期居于颍阳，东川乃其别业所在之地，即在颍阳。唐才子传卷二称李颀为东川人，乃据其不调归东川别业一诗而误也。

三六页四行　岑参南阳人　按：闻一多岑嘉州系年考证谓岑参为江陵（今湖北江陵县）人，南阳乃其祖籍。

三八页五行　为我谢老翁　全唐诗作「为谢五老翁」。按：元和郡县志卷一二河中府永乐县：「五老山在县东北十三里，尧升首山观河渚，有五老人飞为流星上入昴，因号其山为五老山。」「五老翁」即用其事，可从。

四五页一三行　李白古风：「如何舞干戚，一使有苗平！」沈氏云：「『干羽』改『干戚』，本渊明『刑天舞干戚』句。」按：陶渊明读山海经「刑天舞干戚，猛志故常在」，系用山海经海外西经「刑天与帝争神，帝断其首，葬于常羊之野。乃以乳为目，以脐为口，操干戚而舞」事，与「有苗平」无涉。李白乃用韩非子五蠹篇「当舜之时，有苗不服，禹将伐之，舜曰：『不可。上德不厚而行武，非道也。』乃修教三年，执干戚舞，有苗乃服」事。沈说大谬。

五五页五行　杜甫字子美襄阳人　据旧唐书文苑下，杜甫为河南巩县人，襄阳乃其祖籍。

七八页二行　所谓亲贤大夫者谓勉也　「者」原作「亦」，据钱注杜诗卷八改。

七九页一行　张谓字正言河南人　按：张谓为河内（今河南沁阳县）人。全唐文卷四一一、四一二常衮授张谓礼部侍郎、授张谓太子左庶子二制均称其为「河内县开国子」。唐才子传卷四亦作河内人。

七九页七行　王季友鄷城人　唐才子传卷四及全唐诗并作河南（今洛阳市附近）人。杜甫可叹云「鄷城客子王季友」，鄷城唐时属洪州豫章郡，乃谓其曾为江西观察使李勉宾客，钱起有送王季友赴洪州幕下诗可证。

八七页五行　吴筠字贞节　「贞节」原作「真节」，据新唐书卷一九六吴筠传、唐诗纪事卷二三、唐才子传卷一及全唐诗改。

八九页六行　授校书郎　原作「授秘书郎」，据极玄集卷上、旧唐书钱起传、唐才子传卷四及全唐诗改。

九一页一三行　忧欢客发变　「客发」全唐诗作「容发」，四部丛刊本韦江州集卷一同。唐诗品汇卷一四作「容鬓」。

一〇四页六行　刘禹锡字梦得彭城人　禹锡郡望为中山，籍贯为洛阳。按：禹锡子刘子自传称其父绪因安史之乱，自荥阳举家东迁。「后为浙西从事，本府就加盐铁副使，遂转殿中，主务于埇桥（在徐州之南）」。旧唐书本传及权德舆、白居易称其为彭城人，殆因此。

一〇四页六行　擢度支员外郎　刘禹锡子刘子自传作「改屯田员外郎，判度支盐铁案」，旧唐书本传同，是。

一〇四页七行　入为主客郎　「主客郎」子刘子自传作「主客郎中」，旧唐书本传同，是。

一一七页一行　韩愈字退之昌黎人　按：韩愈为河南河阳（今河南孟县）人，昌黎乃其郡望。

一三八页一三行　征人歌且行一篇　原作「征人歌早行等篇」，据李肇唐国史补卷下改。按：国史补云：「李益诗名早著，有『征人歌且行』一篇，好事者画为图障。」「征人歌且行」，乃其五古送辽阳使还军之首句。此云「征人歌早行等篇」，乃承两唐书李益传之误。

一八八页二行　胡鹰亦北渡　王琦李太白文集卷四作「胡雁亦北度」。「渡」乐府诗集卷五五亦作「度」，是。按：乐府诗集卷五五载古乐府独漉篇有云：「我欲射雁，念子孤散。」则「鹰」似当作「雁」。

一九三页二行　笑杀山翁醉似泥　「山翁」王琦李太白文集卷七作「山公」，全唐诗及文苑英华卷二七一亦一作「山公」。按：晋书卷四三山简传谓其镇襄阳，习氏有佳园池，每出游嬉，多之池上，置酒辄醉，名之曰高阳池。时有儿童歌曰「山公出何许，往至高阳池。日夕倒载归，酩酊无所知」云云，则当作「山公」。

一九八页九行　沈氏云：「后言寻幽不如学仙，与卢敖同游太清，此素愿也。」按：结句「愿接卢敖游太清」，乃以卢敖借指卢侍御也。沈说未谛。

二六〇页七行　岂无雕与鹗　「鹗」原作「鹞」，据全唐诗改。

二六九页八行　李绅字公垂亳州人　按：李绅为无锡（今江苏无锡市）人（见其过梅里诗序），亳州乃其祖籍。

二七〇页一二行　夜上西城听梁州　全唐诗作「夜上西城听梁州曲二首」，为七绝二首，文苑英华卷二一三、万首唐人绝句卷二二同。「梁州」万首唐人绝句卷二二及唐诗品汇卷五一并作「凉州」。

二八七页一〇行　寰中得秘要　今体诗钞卷一注云：「庄子（齐物论）：『枢始得其环中，以应无穷。』刻本作『寰』，误也。」

二九〇页九行　贬死眉州　「眉州」原作「郿州」，据新唐书卷一一四苏味道传及全唐诗改。

二九九页一一行　应见陇头梅　沈氏云：「『陇头』疑是『岭头』。」按：「陇头」指岭上高处，不误。

三〇一页四行　长孙正隐　岑仲勉读全唐诗札记云：「按长孙贞隐太常博士，见姓纂，宋人讳『贞』改为『正』也。」

三一六页五行　铙吹喧京口　「铙吹」原作「饶吹」，据全唐诗改。

三一七页三行　留醉与山翁　「山翁」全唐诗一作「山公」，文苑英华卷一六二同，是。

三二二页八行　谁道山翁醉　沈氏云：「『山翁』仍宜用『山公』。」按：全唐诗作「山公」。

三二四页一行　庭阴落翠微　「落翠」全唐诗作「落景」，一作「落叶」，宋蜀刻本孟浩然诗集作「落景」，唐诗品汇卷六〇作「落叶」。按：当作「落景」。

三二八页六行　送张子尉南海　「张子」全唐诗作「杨瑗」，文苑英华卷二七一同。

三二八页八行　慎勿厌清贫　「慎勿」全唐诗作「慎莫」，文苑英华卷二七一及唐百家诗选卷三同。

三三九页一一行　口号赠征君卢鸿　全唐诗同。文苑英华卷二三〇作「赠杨征君鸿」，王琦李太白文集卷九作「口号赠杨征君」。按：据此诗结句「不知杨伯起，早晚向关西」，则似应作「杨征君」。

四一五页八行　光启二年擢第　「光启二年」唐才子传卷九及全唐诗并作「光启三年」。

四二五页一行　「溪翁」四句，又见全唐诗杜荀鹤溪居叟诗，宋蜀刻本杜荀鹤文集卷二同。

四三九页七行　只存肤面　碧梧书屋本唐诗别裁（即初选本）作「只存门面肤语」。

四三九页八行　宜招毛初晴太史之讥也　「毛初晴」原作「毛秋晴」，今改正。按：清毛奇龄本名甡，字初晴，后改奇龄，字大可。

四八一页一一行　张南史字季直　「季直」原作「季真」，据唐诗纪事卷四一、唐才子传卷三及全唐诗改。

四八八页八行　陈谏封州　「陈谏」原作「陈谦」，据旧唐书宪宗纪下改。

四九〇页一二行　刘禹锡西塞山怀古，沈氏云：「时梦得与元微之、韦楚客、白乐天各赋金陵怀古，梦得诗成，乐天览之曰：『四人探骊龙，子已获珠，余皆鳞爪矣。』遂罢唱。」按：此段撮引自何光远鉴诫录卷七「四公会」条，实无其事。刘禹锡七律西塞山怀古，乃罢夔州赴和州刺史任沿长江东下经西塞山时所作，五律金陵怀古，乃罢和州刺史游建康（今南京市）时所作，均非与元微之等同作。鉴诫录谓各赋金陵怀古一篇，而所录乃禹锡七律西塞山怀古诗，且西塞山在今湖北大冶县东，距金陵甚远，诗中仅就西塞山江防要塞联想当年战争，不得谓之「金陵怀古」。综上所述，均可证其谬妄。因此条历代笔记、诗话转引甚多，故略予辨正。

四九二页八行　哭吕衡州　「哭」原作「感」，据全唐诗改。按：文苑英华卷三〇三、唐诗鼓吹卷一正作「哭」。

五〇八页一二行　前有长律二首　「二首」原作「一首」，今改正。按：全唐诗李商隐七律重有感之前，有五言排律有感二首。

五〇九页二行　更无鹰隼与高秋　「与」原作「击」，据全唐诗改。按：唐诗鼓吹卷七正作「与」，冯浩玉溪生诗集笺注卷一同。

五一〇页九行　黄陵别后春涛隔　「黄陵」原作「广陵」，据程梦星李义山诗集笺注卷上改。程氏云：「义山与去华（刘蕡字去华）未有广陵踪迹，本集（哭刘司户蕡）云『去年相送地，春雪满黄陵』，则『广』字为『黄』字传写之讹无疑。且初赠之诗有『江风』字，有『楚路』字，尤可为『黄陵』左证。」按：冯浩玉溪生诗笺注卷一亦从之。

五一一页九行　生年二十有重封　「生年」原作「生平」，据全唐诗改。按：唐诗品汇卷八八正作「生年」，玉溪生诗笺注卷三同。

五二二页八行　赵嘏长安秋望，沈氏云：「杜紫薇赏『长笛』句，人因称赵倚楼。」按：王定保唐摭言卷七云：「杜紫薇览赵渭南卷早秋诗云：『残星几点雁横塞，长笛一声人倚楼。』吟味不已，因目嘏为赵倚楼。」则乃杜牧称之为赵倚楼，沈氏撮引有误。

五二五页七行　湘中送友人　「湘中」全唐诗作「湘口」，唐百家诗选卷一六同。才调集卷七、唐诗纪事卷六〇及唐诗鼓吹卷四作「湖口」。玩诗意当作「湖口」。

五二五页九行　故园归去又新年　「又」全唐诗作「及」，唐诗纪事同。

五八六页二行　罗让字景先迥之子　两唐书本传作「字景宣，珦之子」。

六一四页五行　夜台今寂寞　「今」原作「犹」，据全唐诗改。按：文苑英华卷三〇二、唐百家诗选卷二及唐诗品汇卷一一二正作「今」。

六一四页五行　犹是子云居　「犹」原作「疑」，据文苑英华、唐百家诗选及唐诗品汇改。全唐诗作「独」，乃「犹」字之形误。

六一七页九行　东来万里客　「东来」原作「春来」，据全唐诗改。按：钱注杜诗、杜诗详注等同。

六二一页一一行　单于夜遁逃　「夜」原作「远」，据全唐诗改。按：唐令狐楚御览集、唐百家诗选卷八及万首唐人绝句卷一三正作「夜」。清黄生唐诗摘钞云：「『夜』一本作『远』，不惟句法不健，且惟乘月黑而夜遁，方见单于久在围中，若远而后逐，则无及矣。止争一字，语意悬远若此！」

六二三页一行　送王司直　全唐诗作皇甫冉诗，御览集、文苑英华卷二七二及万首唐人绝句卷一三同。唐诗品汇卷四二作皇甫曾诗。全唐诗又见戴叔伦诗，则是误入。

六二三页三行　淮口寄赵员外　全唐诗作皇甫冉诗，万首唐人绝句卷一三同。

六二三页一〇行　四面断行旅　「四面」原作「因而」，据乐府诗集卷四五宋武帝丁督护歌改。按：全汉三国晋南北朝诗亦作「四面」。

六二九页一二行　二十余首中　「二」字原脱，据全唐诗补。按：李贺马诗共二十三首。

六三〇页三行　张祜宫词，沈氏云：「乐府杂录云：『何满子，开元中歌者，临刑歌乐府以赎死，竟不得免。』」按：白居易何满子诗原注：「开元中，沧州有歌者何满子，临刑进此曲以赎死，上竟不免。」乐府诗集卷八〇云：「唐白居易曰：『何满子，开元中沧州歌者，临刑进此曲以赎死，竟不得免。』」查乐府杂录无此条，沈氏殆引自乐府诗集。「歌乐府」应作「进此曲」。

六三一页六行　送陈标　全唐诗作朱庆余诗，万首唐人绝句卷六同。

六六一页八行　韦应物滁州西涧，沈氏云：「下半即景好句，元人谓刺君子在下，小人在上，此辈难与言诗。」按：「元人」应作「宋人」。此乃承王士禛之误。王氏唐人万首绝句选云：「元赵章泉、涧泉选唐绝句，其评注多迂腐穿凿。如韦苏州滁州西涧一首：『独怜幽草涧边生，上有黄鹂深树鸣。』以为君子在下，小人在上之象。以此论诗，岂复有风雅耶？」沈氏撮引自此段。王氏所云之赵章泉即赵蕃（字章泉），涧泉乃韩淲（号涧泉），俱有诗名，世称「二泉」，为南宋人。赵蕃尝受知于杨万里，问学于朱熹。赵、韩所选名唐诗绝句精选，南宋谢枋得为之评注，名曰唐诗绝句注解。其评韦应物滁州西涧上二句，谓「君子在野」，「小人在位」。

六七三页四行　邯郸至夜思家　「家」原作「亲」，据全唐诗改。「至夜」全唐诗作「冬至夜」，一作「至除夜」，万首唐人绝句卷一一同。按：唐时谓冬至前夜为「至除夜」。

六八八页四行　青溪道士人不识　「青溪」原作「清溪」，据全唐诗改。按：万首唐人绝句卷四七正作「青溪」。又按：文选郭璞游仙诗「青溪千余仞，中有一道士」，「借问此何谁，云是鬼谷子」，为此句所本。

六八九页七行　沈氏评高蟾下第后上永崇高侍郎诗云：「存得此心，化悲愤为和平矣。」按：此诗上二句「天上碧桃」、「日边红杏」，喻权贵子弟门阀之高；「和露种」、「倚云栽」，喻主考与权贵亲密相依，曲为狥情。下二句自叹孤寒之士，如秋江芙蓉，生不得地，开不逢时，不敢怨恨主考不予录取。诗意殊怨，惟以比兴出之，措词较为含蓄而已。沈说未谛。

六九〇页五行　陈陶字嵩伯岭南人　唐诗纪事卷六〇谓陈陶剑浦人，唐才子传卷八谓鄱阳剑浦人，全唐诗谓岭南人，又谓一云鄱阳，一云剑浦。按：据其投赠福建路罗中丞「未闻建水窥龙剑，应喜家山接女星」，闽川归梦「千里潺湲建溪路，梦魂一夕西归去」，建溪（即建水）流经剑浦，则当是剑浦（今福建南平市）人。又，其鄱阳秋夕有「忆昔鄱阳旅游日」句，则鄱阳乃其旅游之地。

六九〇页五行　沈氏云：「（陈陶）隐居洪州西山，种柑橙，令卖之自给。」按：「令卖之自给」，语意不明。据唐诗纪事卷六〇陈陶条中引贯休书西人陈陶处士隐居诗后注云：「陶种柑橙，令山童卖之。」则此句应作「令山童卖之自给」。

六九一页六行　李拯小传谓「僖宗召为翰林学士」。据旧唐书僖宗纪及通鉴载：光启元年（八八五）十二月，宦官田令孜恶河中节度使王重荣，徙之他镇，重荣不从，令孜命朱玫等攻之。重荣求援于李克用，克用与重荣合，败朱玫等，进逼长安，僖宗奔凤翔。次年正月，令孜胁僖宗奔兴元，僖宗不从，令孜引兵劫之往宝鸡，朝臣扈从不及。四月，朱玫逼凤翔百官奉襄王李煴为帝。旧唐书卷一九〇李拯传云：「僖宗再幸宝鸡，拯扈从不及，在凤翔。襄王僭号，逼为翰林学士。」沈氏谓「僖宗召为翰林学士」，非是。

六九一页七行　李拯退朝望终南山下注云：「黄巢乱后，车驾还京作。」按：唐军攻破为黄巢义军占领之长安在中和三年（八八三）四月，僖宗自蜀还京在光启元年（八八五）二月，而此诗乃作于光启二年，藩镇李克用、王重荣进逼长安，僖宗出奔兴元，朱玫奉襄王李煴为帝之后。旧唐书李拯传云：「拯既污伪署，心不自安。后朱玫秉政，百揆无叙，典章浊乱，拯尝朝退，驻马国门，望南山而吟曰『紫宸朝罢缀鸳鸾』云云。」

六九四页六行　乐府辞盖嘉运进　按：乐府诗集卷七九云：「乐苑曰：『凉州，宫调曲。开元中，西凉府都督郭知运进。』」全唐诗亦谓郭知运进。

附录· 唐诗别裁集小传补辑

本书有部分作家未附小传，现据全唐诗小传补辑，供读者参考。凡已附小传，虽其中有极其简略者，则不再补充。

卷一

包融

包融，润州人（一云湖州人）。开元初，与贺知章、张旭、张若虚皆有名，号「吴中四士」。张九龄引为怀州司马，迁集贤直学士、大理司直。子何、佶，世称「二包」，各有集。融诗今存八首。○按：新唐书艺文志谓包融系润州延陵人。殷璠曾汇集包融与储光羲等十八人诗为丹阳集。

卷三

刘湾

刘湾字灵源，西蜀人。天宝进士。禄山之乱，以侍御史居衡阳，与元结相友善。诗六首。○按：读全唐诗札记：「按刘湾为彭城刘氏，见次山集七别王佐卿序及姓纂，后书记其官至职方郎中，纪事二五亦云彭城，殆编全（唐）诗者误会彭城为彭州，遂署曰西蜀人欤？」按：中兴间气集卷下录刘湾诗，署曰「西蜀刘湾」，编全唐诗者或以此而称其为西蜀人。

卷五

郭震

郭震字元振，魏州贵乡人，以字显。少有大志。十八举进士，为通泉尉。任侠使气，拨去小节。尝盗铸及掠卖部中口千余，以饷遗宾客。武后召欲诘，既与语，奇之。索所为文章，上宝剑篇。后览嘉叹，授右武卫铠曹参军，进奉宸监丞。久之，拜凉州都督。中宗神龙中，迁左骁卫将军、安西大都护。睿宗立，召为太仆卿。景云二年，进同中书门下三品。先天元年，为朔方军大总管。明年，以兵部尚书复同中书门下三品，封代国公。明皇讲武骊山，以军容不整，流新州。开元元年，起为饶州司马，道病卒。集二十卷，今编诗一卷。

卷七

郎士元

郎士元字君胄，中山人。天宝十五载擢进士第。宝应初，选畿县官，诏试中书，补渭南尉。历右拾遗，出为郢州刺史。与钱起齐名。自丞相以下，出使作牧，二君无诗祖饯，时论鄙之。故曰「前有沈、宋，后有钱、郎」。集二卷，今编诗一卷。

卷八

陈润

陈润，大历间人，终坊州鄜城县令。诗八首。

僧隐峦

隐峦，唐末匡庐僧。诗五首。

卷九

王绩

王绩字无功，绛州龙门人，文中子之弟。隋末，授秘书省正字，不乐在朝，求为六合丞；嗜酒不任事，寻还乡里。唐高祖武德初，以前官待诏门下省。时太乐署史焦革家善酿，绩求为丞。革死，弃官归东皋著书，号东皋子。集五卷，今编诗一卷。

杜审言　杜审言字必简，襄阳人。善五言诗，工书翰。少与李峤、崔融、苏味道为「文章四友」。擢进士第，为隰城尉。性矜诞，尝语人曰：「吾文章合得屈、宋作衙官，吾之书迹合得王羲之北面。」累转洛阳丞，坐事贬吉州司户参军，寻免归。武后召见，令赋欢喜诗，甚见嘉赏。授著作佐郎，迁膳部员外郎。神龙中，坐交张易之兄弟，流峰州。寻入为国子监主簿、修文馆直学士，卒。有文集十卷，今编诗一卷。

长孙正隐　长孙正隐，高宗时人。诗二首。○按：读全唐诗札记：「按长孙贞隐太常博士，见姓纂，宋人讳『贞』改为『正』也。」

苏　颋　苏颋字廷硕，瓌之子。幼敏悟，一览至千言，辄覆诵。擢进士第，调乌程尉。举贤良方正，历监察御史。神龙中，迁给事中、修文馆学士、中书舍人。明皇爱其文，由工部侍郎进紫微侍郎，知政事，与李乂对掌书命。帝曰：「前世李峤、苏味道，文擅当时，号苏、李，今朕得颋及乂，何愧前人！」袭父封爵，号小许公。后罢为益州长史，复入知吏部选事。卒，谥文宪。颋以文章显，与燕国公张说称望略等，世称燕、许。集三十卷，今编诗二卷。

章八元　章八元，睦州桐庐人。登大历六年进士第。贞元中，调句容主簿，卒。诗一卷，今存六首。

卷十

邢　巨　邢巨，扬州人。开元七年，中文辞雅丽科，官监察御史。诗二首。

卷十一

郑锡　郑锡，登宝应进士第。宝、历间，为礼部员外。诗十首。

崔峒　崔峒，博陵人。登进士第，为拾遗，集贤学士，终于州刺史。艺文传云终右补阙。大历十子之一也。诗一卷。

刘绮庄　刘绮庄，毗陵人。初为昆山尉，宣宗时官州刺史。集十卷，今存诗二首。

周繇　周繇字为宪，池州人。咸通十二年登第，调建德令，辟襄阳徐商幕府，检校御史中丞。诗一卷。

卷十二

处默　处默，初与贯休同剃染，后入庐山，与修睦、栖隐游。诗一卷，今存八首。

景云　景云，善草书，与岑参同时。诗三首。○按：岑参有偃师东与韩樽同诣景云辉上人即事诗。

卷十六

薛逢　薛逢字陶臣，蒲州河东人。会昌初，擢进士第，授为万年尉。直弘文馆，历侍御史、尚书郎。出为巴州刺史，复斥蓬州。寻以太常少卿召还，历给事中，迁秘书监，卒。集十卷，今编诗一卷。

李频　李频字德新，睦州寿昌人。少秀悟，逮长，庐西山，多所记览，其属辞于诗尤长。给事中姚合名为诗，士多归重。频走千里，丐其品。合大加奖挹，以女妻之。大中八年，擢进士第，调秘书郎。为南陵主簿，判入等，再迁武功令。俄擢侍御史，守法不阿徇，累迁都官员外郎。表丐建州刺史，以礼法治下，建赖以安。卒官，父老为立庙梨山，岁祠之。有建州刺史集一卷，又号梨岳集，今编为三卷。

来鹄

来鹄，豫章人。诗思清丽。咸通中，举进士，不第。诗一卷。

刘威

刘威，会昌时人。诗二十七首。

卷十八

徐凝

徐凝，睦州人。元和中官至侍郎。诗一卷。

裴度

裴度字中立，河东闻喜人。贞元中擢第，授河阴县尉，迁监察御史，出为河南府功曹，迁起居舍人。宪宗元和六年，以司封员外郎、知制诰，寻转本司郎中。使魏州，还拜中书舍人，改御史中丞，寻兼刑部侍郎。十六年，拜门下侍郎同中书门下平章事。于时讨蔡，度请身自督战，诏以度充淮西宣慰招讨处置使。蔡平，封晋国公。复知政事，为皇甫镈所构，出为太原尹、北都留守、河东节度使。穆宗长庆元年，河朔复乱，诏度以本官充镇州四面行营招讨使。元稹拜平章事，罢度兵权，充东都留守。寻以守司徒同平章事，复知政事。李逢吉沮之，出为山南西道节度使。敬宗宝历元年，度入觐京师，帝礼遇隆厚。数日宣制，复知政事。文宗立，加门下侍郎，集贤殿大学士，进阶特进。以病恳辞机务，诏加守司徒，兼侍中，充山南东道节度等使。太和八年，以本官判东都尚书省事，充东都留守，进位中书令。寻复兼太原尹、北都留守、河东节度使。度固辞，不允。至镇，病甚，乞还东都养病，诏许还京，卒，赠太傅。度状貌不踰中人，而风采俊爽，占对雄辩，出入中外，经事四朝，以身系国之安危者二十年。集二卷，今编为一卷。

张　乔　张乔，池州人。咸通中进士。黄巢之乱，罢举，隐九华。诗二卷。

焦　郁　焦郁，元和间人。诗三首。

梁　铉　梁铉，元和时人。诗一首。

卷十九

薛奇童　薛奇童，大理司直。诗七首。○按：国秀集作薛奇章。

杨　凝　杨凝字懋功，由协律郎三迁侍御史，为司封员外郎，徙吏部，稍迁右司郎中，终兵部郎中。集二十卷，今存一卷。

雍裕之　雍裕之，贞元后诗人也。诗一卷。

七岁女子　女子，南海人，诗一首。

宫人韩氏　宣宗宫人，姓韩氏。诗一首。

刘采春　刘采春，越州妓也。诗六首。○按：云溪友议：刘采春乃伶工周季崇之妻。元稹赠刘采春：「选词能唱望夫歌。」望夫歌者，即罗唝之曲也。采春所唱一百二十首，皆当代才子之作。采春一唱是曲，闺妇行人，莫不涟泣。

薛涛 薛涛字洪度，本长安良家女，随父宦，流落蜀中，遂入乐籍。辨慧工诗，有林下风致。韦皋镇蜀，召令侍酒赋诗，称为女校书，出入幕府。历事十一镇，皆以诗受知。暮年屏居浣花溪，著女冠服。好制松花小笺，时号薛涛笺。有洪度集一卷，今编诗一卷。

王翰 王翰字子羽，晋阳人。登进士第，举直言极谏，调昌乐尉。复举超拔群类，召为秘书正字，擢通事舍人，驾部员外。出为汝州长史，改仙州别驾。日与才士豪侠饮酒游畋，坐贬道州司马卒。集十卷，今存诗一卷。

卷二十

李涉 李涉，洛阳人。初与弟渤同隐庐山，后应陈许辟。宪宗时，为太子通事舍人，寻谪峡州司仓参军。太和中，为太学博士，复流康州。自号清溪子。集二卷，今编诗一卷。

卢弼（全唐诗作卢汝弼） 卢汝弼，登进士第，以祠部员外郎、知制诰，从昭宗迁洛。后依李克用，克用表为节度副使。诗八首。

王驾 王驾字大用，河中人。大顺元年登进士第，仕至礼部员外郎。自号守素先生。集六卷，今存诗六首。

法振 法振，大历、贞元间以诗名。诗十六首。